南开学者书系 第一辑

主编 宁宗一 冯尔康

俄罗斯文学艺术之旅

龙飞 著

河北出版传媒集团
河北教育出版社

图书在版编目（CIP）数据

俄罗斯文学艺术之旅 / 龙飞著 . — 石家庄 : 河北教育出版社 , 2022.10

（南开学者书系 / 宁宗一 , 冯尔康主编 . 第一辑）

ISBN 978-7-5545-6916-0

Ⅰ . ①俄… Ⅱ . ①龙… Ⅲ . ①俄罗斯文学 – 文学史②艺术史 – 俄罗斯 Ⅳ . ① I512.09 ② J151.209

中国版本图书馆 CIP 数据核字 (2022) 第 007045 号

南开学者书系 第一辑

俄罗斯文学艺术之旅

ELUOSI WENXUE YISHU ZHI LV

丛书主编 宁宗一 冯尔康

作　　者 龙 飞

策　　划 董素山 王艳荣

责任编辑 王 磊

装帧设计 郝 旭

出版发行 河北出版传媒集团

河北教育出版社 http://www.hbep.com

（石家庄市联盟路705号，050061）

印　　制 河北新华第一印刷有限责任公司

开　　本 787毫米×1092毫米 1/16

印　　张 28

字　　数 392千字

版　　次 2022年10月第1版

印　　次 2022年10月第1次印刷

书　　号 ISBN 978-7-5545-6916-0

定　　价 68.00元

前　言

我自幼喜爱文学。20 世纪 50 年代的俄苏文学艺术令我如醉若痴。1955 年，我考入北京俄语学院（今北京外国语大学），梦想由此迈入俄苏文学殿堂。然而，大学时代没能学到文学，仅仅打下了点语言基础。幸运的是毕业后我被分到南开大学，南开大学拥有一座藏书极其丰富的图书馆，从此校图书馆就成了我的第二大学。我在那里博览群书，汲取到丰富的精神养料。

改革开放之初，可以说是我国的文艺复兴时期。我和同事们个个精神抖擞，奋起直追，要追回那被耽误了的时光。大家都跃跃欲试，想要干出一番事业。外语教师一般总是首先想到从事翻译工作，教研室的领导便到北京的几家出版社为教师们联系一些翻译选题。他们去了一家大出版社，负责接待的是位资深编辑。那位编辑说："外语教师想搞点东西，不要仅仅局限在翻译上，否则路子太窄，也容易'撞车'；可以运用外文资料来撰写嘛。"

当领导从北京回来向大家传达这个建议时，我听后顿时感觉眼前一亮，豁然开朗：运用外文资料进行撰写，那将是个多么广阔的天地！于是，我和我的先生孔延庚从 1978 年开始合作撰写书稿。

1983 年年底，我申请获得一个天津市重点科研项目，从此专职从事文学研究。

除了书稿。我还撰写了一些文章，发表在《俄罗斯文艺》《中华读书报》《传记文学》《名人传记》《天津日报》《今晚报》等刊物上。我将这些文章根据出版社的要求加以整理，成为这本选集。

全书共分为俄罗斯文学家、俄罗斯艺术家两大类。每类篇目根据俄罗斯文学史、俄罗斯艺术史的顺序编排，同时兼顾文章的发表年代。

感谢河北教育出版社，给了我这次出版选集的机会。书中不当之处，敬请读者指正。

2021 年 6 月

目录

第一编

文学家

俄罗斯诗歌的太阳普希金

初夏的一天，保姆带着不满一岁的小普希金在花园里玩耍。沙皇保罗一世突然驾临。像往常一样，游人们纷纷惊慌逃散——老百姓向来是以恐惧与逃避来表示对这位暴君的“敬意”的。保姆抱着普希金在慌乱中还没来得及跑开，保罗一世已经来到跟前。沙皇望着普希金头上的帽子，怒气冲冲地说：“胆大妄为的小孩儿，在皇帝陛下面前竟敢不摘下帽子！”

这件事似乎是一种预兆，预示着未来诗人一生都同沙皇陛下势不两立。

一

亚历山大·普希金1799年6月6日出生在莫斯科一个古老的贵族家庭。伯父瓦西里·普希金是位诗人，父母也都爱好文学。这样的环境使普希金从小受到文学熏陶。他天资聪颖，自幼博览群书，七岁就开始写诗。

位于圣彼得堡南郊的皇村（今普希金城），有一所专门培养贵族子弟的学校，即皇村学校。普希金十二岁进入皇村学校。当时，校园里充满先进的自由思想，被称之为“自由的摇篮”。在这里他结识了很多进步同学，其中有些就是后来的十二月党人，如普欣、杰尔维格、丘赫尔柏凯等。入学第二年，也就是1812年，俄国爆发了抗击拿破仑侵略的卫国战争，少年普希金和全体俄国人民一起，经受了爱国主义精神的洗礼。战后，他结识了一些驻扎在皇村的参加过卫国战争的青年军官，他们深受欧洲资产阶级民主主义思潮的影响，对沙皇制度极为不满。普希金常常同他们聚在一起，纵谈国事，阅读禁书。他心中萌发的追求民主与自由的思想，找到了生长的土壤。

在皇村学校，普希金课余经常写作，几年间写了一百多首诗。《致诗友》是1814年在杂志上公开发表的第一首诗，可称之为他的处女作。当时作者十五岁。

1815 年，学校举行公开考试，很多贵宾应邀出席，其中有老诗人杰尔查文（1743—1816）。普希金当众朗诵了自己创作的、用古典主义颂诗体写成的《皇村回忆》。这首诗的主题是歌颂卫国战争中人民的英勇斗争和所取得的伟大胜利，令全场听众惊叹不已。杰尔查文激动得热泪盈眶，离开座位想吻这个孩子，可是普希金羞涩地跑掉了。老诗人赞叹道："这就是那个将要接替杰尔查文的人！"

普希金于 1817 年从皇村学校毕业，被外交部录用为十品文官。他对自己的职务并不感兴趣，却喜欢广泛结交进步贵族青年。1819 年，他参加了十二月党人秘密组织的外围文学团体"绿灯社"。这一时期，他写下许多反对暴政、歌颂自由的诗篇，如《自由颂》（1817）、《致恰达耶夫》（1818）、《乡村》（1819）等。其中《致恰达耶夫》是普希金最有名的抒情诗，诗中表达了进步青年对自由的热爱，对革命事业的忠诚，以及对祖国光明未来的信心：

现在我们的内心还燃烧着自由之火，
现在我们为了荣誉的心还没有死亡，
我的朋友，我们要把我们心灵的
美好的激情，都献给我们的祖邦！
同志，相信吧：迷人的幸福的星辰
就要上升，射出光芒，
俄罗斯要从睡梦中苏醒，
在专制暴政的废墟上，将会写上我们姓名的字样！

（戈宝权　译）

这首诗的最末一句，后来被十二月党人镌刻在秘密徽章的背面，时刻激励着他们的斗志。

1820 年，普希金完成了他在皇村学校时就着手创作的叙事长诗《鲁斯兰与柳德米拉》(1817—1820)。长诗根据民间故事和传说写成，洋溢着热爱生活、自由乐观的精神。它标志着俄国浪漫主义文学的新阶段。在这首诗脱稿的当天，俄国浪漫主义诗歌的奠基者、老诗人瓦西里·茹科夫斯基（1783—1852）把自己的画像送给普希金，并在上面题词“失败的老师赠予成功的学生”。

普希金在诗坛上初露锋芒。他的作品到处秘密流传，影响极大，当局对此十分恐慌。沙皇亚历山大一世读了普希金的诗，尤其是那首《自由颂》后，怒不可遏，说道：“普希金弄得俄国到处都是煽动性的诗，所有青年人都在传诵。应该把他流放到西伯利亚！”

在茹科夫斯基等人的奔走帮助下，沙皇才减轻了对诗人的惩罚，他被流放到南方，到南俄总督英佐夫将军的公署供职。

二

1820 年 5 月，普希金离开圣彼得堡去南方。他在途中患了病，恰遇卫国战争的英雄拉耶夫斯基将军一家，便随同他们去高加索和克里亚米旅行和疗养。老将军的小女儿玛丽娅当时刚十四岁，长着黑亮的双眸，热情活泼，充满青春朝气。普希金第一次见到她时，怎么也不会料到，这个纯真可爱的少女，后来会有那样不同寻常的命运。1824 年，她与十二月党人伏尔康斯基结婚。一年之后，十二月党人起义失败，丈夫被流放西伯利亚，她毅然追随丈夫，踏上了荆棘之路，在西伯利亚生活了整整三十年。日后的著名诗人涅克拉索夫（1821—1878)，在长诗《俄罗斯女人》(1872）中歌颂了玛丽娅坚贞不屈的精神。

玛丽娅也很喜欢她的新旅伴，喜欢这个身材不高、眼睛乌黑、一头卷发、灵活敏捷的青年诗人。马车驶近了亚速海，它像一条闪闪发光的缎带。人们下车后，在岸边欣赏海景。顽皮的玛丽娅追逐着浪花，同浪花嬉戏……后来普希金将这个场面写进诗体小说《叶甫盖尼·奥涅金》(1823—1831）的第一章里：

我想起暴风雨来临之前，
那驰过海面的汹涌波涛。
我多么羡慕浪花你追我赶，
怀着爱慕之情拜倒在她脚下。

（查良铮 译）

同拉耶夫斯基一家共同旅行是多么美好惬意！普希金暂时忘却了流放的烦恼。

快活的旅行结束了。1820 年 9 月，普希金来到英佐夫将军的公署所在地基希尼奥夫。英佐夫是位宽厚慈祥的长者，很同情年轻诗人的遭遇，没有给他安排具体工作，而是让他去考察当地的风土民情。

基希尼奥夫是十二月党人“南社”成员的根据地之一。在这里，普希金会见了达维多夫、拉耶夫斯基、彼斯捷尔等十二月党的领袖。他们之所以没有吸收普希金加入秘密团体，主要因为他太容易激动，很难保守秘密；另外，他们也十分珍惜诗人的才华，不愿让他更多地遭受苦难。诗人已觉察出朋友们有事瞒着自己，感觉很委屈。

普希金经常与十二月党人们一起抨击时政，热烈讨论种种重大社会问题。他的诗歌充满革命激情。1821 年，他写了《短剑》一诗，公开号召暴力革命，推翻专制，杀死暴君。这首诗在十二月党人中广为流传。诗人的活动引起了当地警察的注意，他们在给圣彼得堡的报告中写道：“普希金在咖啡馆里不但公开辱骂军队长官，甚至还辱骂政府。”

南方流放时期是普希金的浪漫主义诗歌大发展的时期。十二月党人革命思想的影响，被流放的处境和对自由的渴望，对黑暗现实的憎恨和对美好理想的向往，再加上南方绮丽多姿的自然风光、丰富多彩的民族生活习俗和古老的民间传说，这些都激起着普希金心中的缪斯。他除写下大量抒情诗外，还创作了一组浪漫主义叙事诗:《高加索的俘虏》(1821)、《强盗兄弟》(1822)、《巴赫奇萨拉伊的泪泉》(1823)、《茨冈》(1824)等。

《高加索俘虏》讲的是一个贵族青年看透了人世和社会，渴望自由，离开文明社会，愿到大自然怀抱中去过无拘无束的生活，但在去高加索途中被契尔克斯山民俘虏。一个契尔克斯少女爱上了他，但却未能从他那已冷却的心中得到回应。少女为爱情背叛了家族，最后释放了俘虏，自己则投江殉情。那个青年仅仅回头看了看江水的波涛便转身而去了。诗中主人公那种向往自由又心灰意冷、充满矛盾的精神气质，反映了一代青年人的冷漠、未老先衰的心理特征。贵族青年的这种性格特征和精神状态，在《茨冈》中得到了再现。后来，普希金在他的代表作《叶甫盖尼·奥涅金》中又进一步探讨了这种“俄国的抑郁症”。

《强盗兄弟》的素材来自普希金一次偶然的发现。一天，他在第聂伯河沿岸散步，忽然看见两个脚镣连在一起的犯人，利用出来讨饭的机会，跳下河逃跑了。普希金屏住呼吸，见没人发现才松了口气。这个场面让他感到惊心动魄，便写到了作品里。《强盗兄弟》通过一个强盗自述，兄弟俩为贫穷所迫，铤而走险，被官捉拿后逃跑的故事，表现了不甘奴役、酷爱自由的思想。

三

1823年，普希金被调往敖德萨，在沃隆佐夫总督手下任职。

这位总督大人狂妄自大，阿谀谄媚，追求功名利禄。普希金那刚直不阿、独立不羁的性格与他自然水火不相容，诗人曾写诗讽刺过他。而在沃隆佐夫眼里，普希金不过是一个被流放的、在他的衙门里供他随意差遣的小职员。一次，他竟派普希金到各县去调查扑灭蝗虫的情况。普希金明知沃隆佐夫是故意戏弄自己，但他还是去了。几天后回来，他给上司写了这样一份报告:

蝗虫飞呀飞，

飞来就落定，
落定一切都吃光，
从此飞去无音讯。

（戈宝权 译）

而沃隆佐夫的夫人却是位正直善良的女性，通晓诗画音乐，有很高的文化修养。她同普希金一见如故，非常喜欢他，诗人也迷恋上了这位年轻夫人。他们之间的亲密关系，很快便传到了沃隆佐夫耳里。他对普希金的憎恶变成了仇恨，矛盾冲突日趋尖锐。他不断给圣彼得堡写信告状，向沙皇报告诗人的种种“不端行为”。

终于，沙皇一道命令，将普希金革职，并把他流放到普斯科夫省他父亲的领地米哈依洛夫村，交由地方当局和教会监视。1824 年 8 月，普希金离开敖德萨，被遣送回乡。

在偏僻的米哈依洛夫村，普希金度过了两年与世隔绝、孤寂的幽禁生活。在这里，他唯一的同伴就是他的老保姆。夜晚，老保姆为了给普希金解闷，常常给他讲故事。诗人在给弟弟的信中写道：“那些故事多么美啊！每一个故事都是一首叙事诗。”

每逢节日，普希金就穿上红布衬衫，扎上皮带，穿戴得像个农民，到集市上听盲人唱歌、讲故事，看民间歌舞……

与此同时，普希金埋头读书，研究历史，对人民在历史上的作用有了进一步认识。他整理创作的系列童话诗《沙皇萨尔丹》《渔夫和金鱼的故事》，内容生动，语言优美。有些童话具很深刻的社会意义，如《巴尔达的故事》讽刺神父的贪婪和愚昧，《金雄鸡的故事》抨击统治者的暴虐和好战。这些童话诗已经成为俄国文学中的珍宝，至今仍拥有广大的少年儿童读者。

在米哈依洛夫村的两年里，普希金没有虚度年华，而是创作了许多优秀诗篇，如《致大海》(1824)、《致凯恩》(1825)、《冬天的黄昏》(1825)等，还写了《叶甫盖尼·奥涅金》的重要部分，完成了历史悲剧《鲍里斯·戈东诺夫》(1825)。

《鲍里斯·戈东诺夫》取材于16至17世纪俄国动乱年代一个富有戏剧性的故事：沙皇费多尔死后，宠臣、国舅戈东诺夫害死年幼的王储季米特里，篡夺了王位。他实行暴政，百姓痛苦不堪，致使民怨沸腾。此时，一个年轻修士伪冒当年遇害获救的皇太子季米特里，起兵讨伐戈东诺夫。不堪忍受残酷统治的人民群众，纷纷参加假皇太子的军队。在人民的支持下，假皇太子推翻了戈东诺夫王朝，夺得政权。

这个悲剧提出了专制政权与人民之间的关系、人民在历史上的作用的问题，阐明"人民公意不可辱""得民心者得天下，失民心者失天下"的主题思想。这一剧本以古喻今，影射当时俄国的社会现实，具有鲜明的政治倾向和深刻的社会意义。剧本真实再现了历史事件和历史人物，深入刻画人物性格，在形式上突破了古典主义的束缚，使得俄罗斯戏剧在现实主义道路上迈出了第一步。

四

米哈依洛夫的近邻是三山村，那里因为有三座小山冈而得名。三山村的女地主奥西波娃是普希金的远亲，她共有五个女儿。

在穷乡僻壤，三山村就成了普希金的天堂。奥西波娃家的姑娘们纯朴真挚，十分可爱。长女安娜已经二十六岁，尚待字闺中，虽说长得不很漂亮但是心地善良；十六岁的济娜喜唱歌，在姐妹当中最俊俏；三女儿阿琳娜则弹得一手好钢琴。

奥西波娃的几个女儿，再加上她们的女友，就形成了一个女儿国。乡村小姐们为普希金弹琴、唱歌、朗诵诗，还忙着煮甜酒。诗人同她们说笑，嬉戏，在她们的纪念册上题诗作画。其中以《假如生活欺骗了你》(1825)最为著名：

假如生活欺骗了你，
不必悲哀，无须神伤，
忧郁的日子你要冷静，
请相信，欢乐的时光即将降临。

三山村的女友们给他带来很多温暖与快乐，让他在痛苦的幽禁岁月里得到了莫大的安慰。

一天，三山村的女儿国忽然又出现了一个新成员，这便是从外省来的奥西波娃的侄女凯恩。

早在1819年普希金与凯恩便在圣彼得堡相识，被她的美貌所震惊。那年她才十九岁，却已嫁给了一个比她大三十五岁的老将军。

三山村的重逢使两人欣喜万分，从此他们常常会面。凯恩的出现，唤起了诗人心灵中的美好感情，写下一首世界爱情诗中的千古绝唱——《致凯恩》：

我记得那美妙的一瞬，
在我的眼前出现了你，
犹如昙花一现的幻影，
犹如纯洁之美的精灵。
…………
在穷乡僻壤，在流放的阴暗生活中，
我的岁月就那样静静地消逝。
失掉了神性，失掉了灵感。
失掉眼泪，失掉生命，也失掉了爱情。

如今灵魂又开始觉醒。

你的倩影又重新出现在我面前，
犹如昙花一现的幻影，
犹如纯洁之美的精灵。

我的心狂喜地跳跃，
为了它，一切又重新苏醒，
有了神性，有了灵感，
有了生命，有了眼泪，也有了爱情。

（戈宝权 译）

在这首脍炙人口的名诗中，普希金把爱情同对生活的热爱紧紧联系在一起。在被幽禁的痛苦日子里，凯恩的出现使他灵魂复苏。

后来，凯恩将这首诗抄给了诗人杰里维格，后者将它刊在杂志上。普希金逝世后，大作曲家格林卡为诗谱曲，从此广为传唱。

1826 年，普希金流放生涯结束，回到莫斯科。他对凯恩的爱情慢慢变成了单纯的友谊。而凯恩却把诗人对她的爱永远保留心底，把普希金写给她的诗和情书视若珍宝，甚至连他写诗时坐过的小板凳也作为一件圣物随身携带。

普希金一直怀念三山村，三山村也以大诗人曾光临为荣。为了纪念诗人，后来三山村改名为“普希金村”。

五

1825 年 12 月 24 日，十二月党人发动起义，结果受到残酷镇压。听到这一消息，普希金的心情非常沉痛。他当即整理文稿，坐等官方来抓他。但是沙皇政府没有足够的证据证明普希金参加了秘密组织。新登基的沙皇尼古拉一世对普希金采取拉拢手段，对这位全国闻名的大诗人、文学界的领袖给予“赦免”。

1826 年 9 月，诗人被召回莫斯科，沙皇接见了他并问道：“如果 12 月 24 日您在圣彼得堡的话，您会怎么样呢？”

“我会站到叛乱者的行列里。”普希金不假思索地回答。

沙皇摆出一副“仁慈”的面孔，没再深究。他希望普希金今后能与宫廷合作，并表示要亲自过问、检查他所写的东西。

尼古拉一世想把普希金变成一名“宫廷诗人”。但是，诗人没有被收买，没有背弃自己的同志和朋友，仍旧忠于自由的理想，仍要继续唱着“昔日的颂歌”。这种思想就反映在为十二月党人就义一周年而写的《阿里昂》(1827）一诗中：

舵手死了，水手们也都死了！
只剩下我一个隐秘的歌者，
被暴风雨掷到了海岸，
我依旧唱着昔日的颂歌。

（戈宝权　译）

1827 年普希金创作了著名诗篇《致西伯利亚的囚徒》，并委托伏尔康斯卡娅（即玛丽娅）带给流放中的十二月党人。诗中表达了普希金对十二月党人的革命事业和崇高理想的坚定信念：

爱情和友谊会穿过阴暗的牢门，
来到你们身旁，
正像我这自由的歌声，
会传进你们苦役的洞窟一样。

沉重的枷锁会掉下，

阴暗的牢狱会覆亡，
自由会在门口欢欣地迎接你们，
弟兄们会把利剑交到你们手上。

（查良铮　译）

这首诗在被流放的十二月党人中广为传诵，起了很大的鼓舞作用。

六

1828年12月，普希金在一个舞会上遇到一位绝代佳人，她就是娜塔丽娅·冈察洛娃。从这个晚上起，命运为诗人的未来做了新的安排。

娜塔丽娅十六岁，由母亲带着刚刚踏入社交界。她身材苗条，有一副圣母般莹润如玉的面庞，神态腼腆温柔，略带几分忧伤，目光中流露出深邃的沉思。她身穿飘逸的白色衣裙，简直像个天使！当她出现在诗人面前时，他头晕目眩了。普希金向她求婚。她的母亲称，女儿年纪尚小，过些时候再说。第二年，他再次求婚，终于被接受。

诗人订婚后，他的父亲将祖传领地波尔金诺村附近的一个村子分给了他。为办理过户手续，普希金于1830年8月前往波尔金诺。此时瘟疫流行，他只好滞留在波尔金诺，度过了整整一个秋天。在短短三个月中，他写下数量惊人的作品。他自称是“多产的秋天”。后来俄国文学史上称它为“波尔金诺之秋”。他完成了《叶甫盖尼·奥涅金》的最后几章，还写了包括五个短篇小说的《别尔金小说集》、四个小剧本、一部长诗和三十多首抒情诗。

《叶甫盖尼·奥涅金》是普希金的代表作，也是俄罗斯第一部现实主义诗体小说，具有高度的独创性和民族性，在俄国文学史上占有极其重要的地位。

贵族青年奥涅金厌倦了上流社会空虚浮华的生活，他离开圣彼得堡来到乡间，结识了青年诗人连斯基。连斯基正与奥尔迦热恋，而奥尔迦的姐姐达吉雅娜则爱上了奥涅金。在爱的痛苦的折磨下，她给奥涅金写了一封充满深情的信，向他倾诉衷肠。几天之后，他们俩在花园小径相遇，奥涅金以不愿受家庭牢笼的束缚为由拒绝了少女的爱。达吉雅娜痛苦不堪，郁郁寡欢，日渐憔悴。

一次，连斯基邀请奥涅金去参加达吉雅娜的命名日晚会。那天宾客盈门，地主们的庸俗谈吐和达吉雅娜的忧伤情绪使得奥涅金心情沮丧，而连斯基和他的未婚妻奥尔迦却兴高采烈。于是他想报复一下连斯基。在舞会上，他故意向奥尔迦大献殷勤，卖弄风情。连斯基觉得自己受了侮辱，一怒之下向他提出决斗。奥涅金由于害怕社会舆论的嘲笑，为了维护自己的尊严，竟接受了挑战。在决斗中，连斯基饮弹身亡。奥涅金悔恨不已，他离开庄园，浪迹天涯。

几年之后，奥涅金回到莫斯科。在一次舞会上，他又邂逅了达吉雅娜。此时达吉雅娜已听从母命嫁给了一位老将军，成为雍容华贵的公爵夫人。奥涅金疯狂地爱上她。然而达吉雅娜告诉奥涅金，她虽然仍深深地爱着他，但她已属于别人，她要忠于自己的丈夫，因此拒绝了奥涅金。

奥涅金是作品的中心人物，这是一个具有鲜明时代色彩的人物，是 19 世纪 20 年代俄国贵族青年的肖像。奥涅金本是贵族上流社会的花花公子，但他厌倦了那种空虚无聊的生活，对人生抱冷漠态度，即使是达吉雅娜的炽烈爱情之火也不能使他那颗冰冷的心灵燃烧起来。他鄙视贵族社会的庸俗与伪善，不愿与之同流合污，但他又无法冲破贵族社会的偏见和习俗的羁绊，因而他才接受了连斯基的决斗，并使他的朋友丧生于枪口之下。他天资聪明，才华过人，不过贵族的教育使他脱离实际；他毫无工作能力，缺乏行动的毅力，干什么都浅尝辄止，半途而废；他不满现实，渴望有意义的生活，思考着种种社会问题，苦苦寻求着出路，但人生茫无目标，不知道追求什么，结果虚度一生，毫无作为。他在社会上找不到自己的位置，是一个贵族社会不欢迎，人民又不需要的“多余人”。他的矛盾性格反映了 19 世纪 20 年代俄国贵族青年思想上的苦闷和探求。

奥涅金是俄国文学史上第一个“多余人”形象，通过这个人物，普希金提出贵族革命时期一个重要的社会问题，即贵族知识分子脱离人民的问题。

女主人公达吉雅娜是一个完美动人的俄罗斯女性形象。她在俄罗斯大自然的怀抱中和民族文化传统的熏陶下长大，天性淳朴善良，感情真挚深沉。她憧憬新生活，大胆地表白爱情，追求个性解放。可是她还没能摆脱封建道德观念的重负，屈从父母之命，违心地嫁给一个将军。然而可贵的是，她不迷恋富贵荣华，更厌恶上流社会的喧嚣与纷扰，仍向往那幽静淳朴的田园生活，保持着纯真朴实的感情。

达吉雅娜被普希金誉为“俄罗斯的灵魂”，这一形象寄托着诗人的道德理想。

在这部作品中，普希金不仅塑造了典型的人物形象，而且广泛地展现了俄国社会各阶层的生活。俄罗斯的大自然，经济制度，社会思潮，历史事件，世态人情，民间习俗……都被诗人采撷、融会到诗篇之中。因此，别林斯基称赞这部作品是“俄罗斯生活的百科全书”。

《别尔金小说集》里的短篇《驿站长》，讲述了一个乡间驿站长和他女儿的不幸遭遇。原先父女俩相依为命，过着还算安宁的生活。后来女儿被过路的骠骑大尉诱拐，父亲寻女未遂，孤苦伶仃，在极度悲痛中死去。这篇小说是俄国文学中第一篇描写遭受欺凌的小人物命运的作品，因而具有特别重要的意义。

“波尔金诺之秋”硕果累累，标志着普希金已达到创作的巅峰。

七

普希金于 1831 年 2 月结婚。婚后，他在给岳母的信中写道：“我的妻子非常可爱，我对她的爱与时俱增。上天赐给我一位如此温柔美丽、纯洁善良的天使，我实在受之有愧。”

在给妻子的信中，诗人这样写道：“你的美貌举世无双，令人倾倒。但我爱你的心灵胜于你的容貌。”

新婚夫妇情意绵绵，普希金沉浸在幸福与甜蜜中。

然而，幸福、宁静的日子并未长久，险恶的阴云就开始笼罩着诗人的家庭。

新婚夫妇的第一个夏季，是在皇村度过的。一天黄昏，他俩在皇村花园里散步。娜塔丽娅身穿轻盈的白色纱裙，头戴白色夏帽，肩披红色披肩，风姿绰约，楚楚动人。她同普希金并肩漫步，真是一对天造地设的才子佳人！就在这时，沙皇尼古拉一世偕皇后以及一群随从从对面走来。普希金夫妇已经无处躲避，只好迎上前去，向皇帝、皇后行礼。看到美貌绝伦的娜塔丽娅，沙皇简直惊呆了。过了片刻，尼古拉一世才开腔，说他很高兴认识这位漂亮的夫人。皇后对娜达雅说，希望她今后常到宫里去。

尼古拉一世问普希金为何不供职，诗人回答道，他除了文学之外别无所长。皇帝建议他写一部彼得大帝的传记。

同沙皇相遇，掀开了诗人家庭悲剧的序幕。

原来尼古拉一世早在莫斯科的舞会上就见过娜塔丽娅，对她印象深刻。在皇村花园的不期而遇，使他喜出望外。为了能经常见到她，沙皇将普希金录用到外交部。从此普希金夫妇不得不经常到宫中参加各种应酬。

尼古拉一世还不满足。为了使娜塔丽娅这位“圣彼得堡第一美女”能经常出入宫廷，1833 年 12 月，沙皇又赐予诗人宫廷侍卫的头衔。这种头衔通常是赐给二十岁左右的年轻人的，同普希金这样一位三十五岁的著名诗人的声誉与地位不仅极不相称，而且简直是对他人格的侮辱。

对沙皇的“恩赐”，普希金气得发狂，他怒容满面地要闯进宫中找尼古拉一世理论，朋友们好不容易才把他劝住。他在日记中愤怒地写道：“我可以做一个臣民，甚至做一个奴隶，我却永远不能做个仆从和弄臣，哪怕在上帝那里。”普希金经常托病，拒绝参加宫廷里的活动。

尼古拉一世经常在普希金的住宅周围散步，朝诗人家的窗口张望；舞会上他只同娜塔丽娅一个人跳舞。沙皇追求普希金的妻子，已成为圣彼得堡社交界的公开新闻。

普希金非常痛苦，但是他仍埋头写作，想以此摆脱心中的烦恼。

19 世纪 30 年代是俄国历史上的黑暗时期。尼古拉一世镇压了十二月党人起义之后，加强了反动统治。人民不堪忍受残酷压迫，纷纷起来反抗。因为霍乱流行，许多地方掀起“霍乱暴动”，士兵起义，社会矛盾尖锐。地主与农民的关系、农民起义、国家的命运等问题引起了普希金的思考与忧虑，并且成为这一时期他创作的中心主题。30 年代他创作了两部以农民暴动为主题的小说——《杜布罗夫斯基》（1833）和《上尉的女儿》（1836）。

中篇小说《杜布罗夫斯基》描写贵族青年杜布罗夫斯基因为大恶霸地主强占他家的产业，逼死他的父亲，决心替父报仇，于是投身绿林，成了“盗匪”的首领，率领农民反抗欺压百姓的大地主，放火烧死贪官污吏。小说揭示了贵族地主与农民的深刻矛盾，反映了农民的反抗斗争。

《上尉的女儿》取材于18 世纪 70 年代的普加乔夫起义。为了写好这部作品，普希金查阅、研究了大量有关这次起义的档案材料，并亲自到当年普加乔夫活动的地区调查访问，搜集了大量资料和有关的民间传说、歌谣，先写了一部历史著作《普加乔夫史》（1835），然后写成中篇小说《上尉的女儿》。

《上尉的女儿》描写青年军官格里涅夫奉命到边防要塞就职，途中在暴风雪的深夜里迷路，幸好遇到普加乔夫，后者帮他脱险。分手时他送给普加乔夫一件皮袄作为答谢。到任以后，格里涅夫认识了要塞司令上尉的女儿玛莎，并与她相爱。不久，普加乔夫率领起义军攻占要塞，杀死了要塞司令夫妇，格里涅夫也被起义军俘虏。普加乔夫怀念旧情，释放了格里涅夫，并成全了他同玛莎的婚事。普加乔夫起义失败后，政府以通敌罪逮捕了格里涅夫，判处他流放西伯利亚。玛莎只身来到圣彼得堡，拜见女皇，澄清了事实，使格里涅夫得到赦免。

《上尉的女儿》是俄国文学史上第一部描写农民起义的现实主义作品。普希金以同情的态度表现了普加乔夫起义的正义性，描写了农民运动烈火燎原的浩大声势，塑造了深受人民拥戴的勇敢、坚定、豪迈、乐观的农民领袖普加乔夫的鲜明形象。他那“与其吃死尸活三百年，不如痛痛快快地喝一次鲜血”的人生哲学，突出地表现了他酷爱自由、决不苟且偷生的英雄性格。处于那样的时代，一个贵族诗人能够这样地去描写农民起义领袖，实属难能可贵。

八

普希金的创作进入鼎盛时期，而那企图毁灭他的罪恶势力也日益猖獗。

圣彼得堡社交界出现了一个漂亮的法国青年，他叫丹特士，是逃亡到俄国来的法国保皇党人。他一见娜塔丽娅便肆无忌惮地追求起来。丹特士的胆大妄为轰动了社交界，一时谣言四起。上流社会那些早就对普希金心怀敌意的人们，幸灾乐祸地注视着诗人家庭悲剧的发展。

1836 年 11 月 14 日，普希金收到一封匿名信，信中称他为“乌龟”，影射他妻子同尼古拉一世和丹特士的关系。诗人勃然大怒，要同丹特士决斗。丹特士的义父、荷兰公使赫克伦害怕了，便谎称丹特士追求的是同娜塔丽娅一起出入社交界的姐姐。经过调解，普希金只好收回挑战书。

不久，丹特士和一个仇视普希金的女人伊达莉娅策划了一起阴谋：伊达莉娅邀请娜塔丽娅到自己家，而在客厅迎接她的却是丹特士。丹特士跪在她面前，痛哭流涕地诉说自己的爱情。娜塔丽娅高声呼唤女主人，然后便脱身了。

马上就有人写匿名信告诉普希金，说他的妻子同丹特士“幽会”。普希金将信拿给妻子看，妻子向他如实讲了事情的经过。

“这一切应该想法结束了。”听了妻子的解释，普希金自言自语。

一场悲剧不可避免地发生了。1837 年 1 月 27 日，普希金瞒着妻子与丹特士在圣彼得堡郊区一个叫黑溪的地方进行决斗，以维护他和妻子的名誉。决斗中，他受了致命重伤。

普希金被抬回家。娜塔丽娅失魂落魄地冲过去，跪倒在地。普希金深情地望着她：“我多么幸福啊，我还活着，你就在我身边……你放心吧，你没有过错！……

一切都会好的！”他翕动着嘴唇，竭力想露出一丝笑容。

“普希金，你要活下去呀！”娜塔丽娅声嘶力竭地呼喊着……

经过两天极其痛苦的折磨，1837 年 1 月 29 日，一代诗神溘然长逝。

诗人的死，震动了整个俄罗斯。每天都有成千上万的人来同他们热爱的伟大诗人的遗体告别，并对迫害诗人的沙皇政府表示极大的义愤。对此沙皇政府慌恐万状，生怕引发出更大规模的抗议运动。1 月 31 日深夜，在宪兵的押送下，将诗人的灵柩，匆匆运往米哈依洛夫村附近的圣山镇修道院墓地，草草埋葬。

诗人死了，但诗歌却在无尽的寰宇中永远回荡，一如他在不朽的名作《纪念碑》(1836）中所咏叹的：

不，我不会完全死亡——
我的灵魂在圣洁的诗歌中，
将比我的灰烬活得更久长，
和逃避了腐朽灭亡，——
我将永远光荣，即使还只有一个诗人，
活在月光下的世界上。
…………
我所以永远能和人民亲近，
是因为我曾用我的诗歌，唤起人们的善心，
在这残酷的年代里，我歌颂过自由，
并且还为那些倒下去了的人们，
祈求过怜悯同情。

（戈宝权　译）

普希金向往东方古国

俄罗斯诗歌的“太阳”普希金（1799—1836）生前对中国一往情深。

儿时，他听过妈妈讲外曾祖父的故事。他的外曾祖父是位杰出的军事工程师，深得彼得大帝的宠爱。彼得死后，宫廷排挤这位工程师，将他流放到西伯利亚，还要他去测量中国的万里长城。因此，童年的普希金在怀念自己敬爱的外曾祖父的同时，就知道了遥远东方有个叫中国的国家。

早于18世纪，中俄两国已经开始进行文化交流，在俄国宫廷和贵族社会中出现了“中国热”。普希金少年时代就读于圣彼得堡近郊的皇村中学。圣彼得堡夏宫内的“中国村”和中国风格的建筑物，以及许多精美绝伦的中国工艺品，都给这位敏感多情的少年诗人留下极其深刻的印象。

普希金自幼博览群书，阅读过大量介绍中国的书报。后来他又结识了著名汉学家比丘林，这位学者对诗人的影响极大。比丘林著述颇为丰富。他将自己研究中国的有关著作赠送给诗人，其中有两部译著——《西藏状况概述》和《三字经》。在普希金的藏书里还有中国剧本《赵氏孤儿》的法译本、《四书解义》和《中庸》的俄译本。

在普希金亲自编辑校阅的《文学报》1830年第一期上，发表了一篇未署名评论，对《三字经》给予极高评价。据多位学者分析研究，认为这篇评论很可能出自普希金之手。

正由于普希金广泛接触了中国文化，因而在他的作品中常常出现与中国有关的诗句，例如“一个有礼貌的中国人”“中国的夜莺在歌唱”“到遥远的中国万里长城边”。在他的手稿里还有“孔夫子……中国的圣人”，等等。

普希金早就对中国这个奇妙的东方古国心驰神往。1830年1月7日，他曾经向沙皇政府第三厅厅长宾肯多尔夫提出请求：“我想请求赐允我随赴中国的使团访问中国。”但是这一请求遭到了拒绝。如果当年诗人能到中国旅行，一定会写出许多关于中国的不朽诗篇。

21世纪初，普希金的作品就被译介到我国，深受我国广大读者的喜爱。他那些无论是如匕首般犀利的战斗诗句，还是优美绚丽的抒情诗篇，都深深地打动着每一颗追求自由、渴望幸福的心灵。

诗人生前访问我国的夙愿，终于通过他的作品和他的精神在我国的广泛传播而得以实现。

“我爱你的心灵胜于你的容貌”

——关于普希金夫人

一百多年来，人们往往把普希金之死的主要责任归咎于他的妻子娜塔丽娅·普希金娜。19世纪俄罗斯文学界一些权威论著，一直认定娜塔丽娅是个轻浮浅薄、与诗人在精神上毫无共同之处的庸俗女子。娜塔丽娅几乎成为历史罪人，长期受到谴责与谩骂。

直到1963年，苏联的普希金研究专家奥布多夫斯卡娅和杰缅季耶夫，经过不懈努力，挖掘出一批珍贵的新史料——冈察洛夫家（娜塔丽娅的娘家）的书信，其中包括普希金和娜塔丽娅的法文亲笔信札，有了可喜的突破性新发现。随后他们又着手研究娜塔丽娅写给第二任丈夫兰斯科依的信，以及她的两个姐姐的信件。两位专家出于还原历史本来面目的高度责任感，以这数百封经过论证的信件为基础，陆续撰写了多部专著，相继于20世纪70年代至80年代出版。其中最重要的一部《普希金娜传》在我国已经有中译本，书名改为《普希金夫人传》（团结出版社，1991年）。此外，苏联女作家库兹涅佐娃的作品《“我爱你的心灵”——普希金娜的故事》也早就译成了中文，书名改为《普希金娜的故事》（新华出版社，1983年）。

这些著作的问世，提出了对普希金夫人的新评价：在普希金之死的问题上，她非但不是祸首，而且是受害者；她是个心灵与外貌同样美好的女性。专家们根据翔实的史料，描绘出另一个娜塔丽娅。她受过良好教育，而且纯洁善良。她之所以能够得到诗人至死不渝的爱，不仅仅由于姣好的容颜，更重要的在于可爱的内心气质。假若娜塔丽娅是个头脑空虚的庸俗美人，实际上就贬低了伟大诗人普希金！

普希金在给妻子的信中写道："你可曾照过镜子，你是否相信，你的美貌举世无双，令人倾倒，但我爱你的心灵胜于你的容貌。"在给岳母的信中，诗人这样夸赞妻子："我的妻子非常可爱。和她共同生活的时间越长久，我对她的爱就与日俱增。上天赐给我这样一位温柔美丽、纯洁善良的天使，我实在受之有愧。"

这正是普希金夫妇爱情的基石。

娜塔丽娅比诗人小十三岁。由于年轻，对普希金复杂的内心世界以及他的一些作品都难有深刻理解。不过她崇拜他，尊敬他，支持他的创作。蜜月期间，她就为丈夫誊写诗稿。普希金的每一部新作诞生，总要先朗诵给她听。后来普希金想出版文选，娜塔丽娅便向自己的哥哥求援，要了八十七令白纸。她还为普希金办理过许多出版事务。诗人遇害前半年，娜塔丽娅为减轻丈夫负担，瞒着他再次请求哥哥接济。

普希金是位追求自由反对专制的进步诗人。沙皇政府和上流社会把他视若大敌，千方百计迫害他，欲置之死地而后快。而娜塔丽娅是圣彼得堡第一美女，不知有多少男士为之倾倒，同时也遭到众多贵族小姐太太们的无比嫉恨。作为一位叛逆诗人的妻子，有千百双充满敌意的眼睛在注视着她的一举一动，一言一行。可是涉世不深、天真单纯的娜塔丽娅并不知道丈夫和自己的险恶处境，仍然每天快快活活地参加各种社交活动。沙皇尼古拉一世对她垂涎三尺，法国军官丹特士狂热地追求她……其实娜塔丽娅何罪之有？她天生丽质，这不是过错。如果她有错，就错在过分天真和轻信，另外还有上流社会女子的通病——虚荣。她是个普通人，自然会有这样那样的弱点。不过她是清白的，对丈夫始终忠诚。

普希金信任自己的妻子，深深地爱着她，同时也明白像她这样的绝色女子是很难逃脱悲惨命运的。为捍卫自己和爱妻的名誉，他付出了生命的代价。

普希金与丹特士决斗。对方先开枪，他受了致命重伤。被抬回家后，他在痛苦中安慰妻子："你放心，你没有任何过错！"当剧痛难忍时，他就让娜塔丽娅走开，不愿让她看着自己受伤痛折磨的模样，嘴里不断地说："我可怜的妻子！"并派人去安慰她。在疼痛间歇时，便把妻子唤到身边，反复向她解释，她是无辜的，他永远爱她……

给普希金治伤的御医阿连特目睹了这一切，感叹道："对普希金来说，没有被当场打死是他的不幸，因为他受尽折磨，痛苦不堪。然而对他妻子的声誉来说，他活着回来却是不幸中的大幸。因为所有在场的人都看到她的无辜，以及普希金对她忠贞不渝的爱情，这是毋庸置疑的。"

弥留之际，普希金嘱咐妻子："我死后，你带着孩子们到乡下去住。为我服两年丧你就嫁人，一定要嫁个正派的人。"

普希金逝世后，娜塔丽娅的处境不堪设想。她还不到二十五岁，带着四个年幼的儿女。丈夫猝亡造成撕心裂肺的悲恸，再加上经济窘困，这对她已经相当残酷，她还得承受来自各个方面的指责与辱骂。更有甚者，她竟成为举世闻名的反面教员，人们常以普希金错选了娜塔丽娅招致杀身之祸为教训，教育后人，特别是年轻人，在恋爱婚姻问题上，不要只追求外貌的美。将普希金之死这个重大历史悲剧归罪于一个弱女子，显然是很不公平的。这也是娜塔丽娅后半生的最大痛苦。

娜塔丽娅没有死，是个奇迹。儿女们给了她力量，使她顽强地活下来。孩子们就是她的生命，她已经没有了自己的生命。

遵照丈夫遗嘱，娜塔丽娅带着孩子们回乡下住，服了两年丧，而她的心灵却服了一辈子丧。尽管命运多舛，而善良的天性使她总是十分同情身处逆境的人们。青年作家谢德林被流放，这让她想起普希金当年遭放逐的情景。她为谢德林奔走，终于使他获释。后来她还帮助了另一位无辜受害的年轻人。

普希金逝世七年后，淳朴善良的军官兰斯科依理解娜塔丽娅，同情她，爱她，也爱她的孩子们，向她求婚，她嫁给了他。但是娜塔丽娅内心深处的伤疤总在隐隐作痛，一直郁郁寡欢，五十一岁病逝。临终前唯一使她感到欣慰的是，她和普希金所生的四个儿女都已长大成人。

作为普希金的妻子，娜塔丽娅是无愧于伟大诗人的。由此人们也更能理解普希金对她的爱——“我爱你的心灵胜于你的容貌”。

但是由于长期造成的深远影响，在我国仍然有许多人对普希金夫人持传统观点。

近些年来，经常可在报刊上读到一些国内著名作家、学者造访俄罗斯，参加莫斯科和圣彼得堡普希金故居后写下的观感。文中每每提及诗人之妻都毫无例外地持否定态度。一位作家写道：“娜塔丽娅不是个信守诺言的人。在普希金逝世后不久，她就改弦更张，嫁给一位追求她的法国贵族。这也许是她对普希金的一种报复。”另一位作家写道：“普希金和娜塔丽娅的结合注定是不幸的。她没有给他愉悦和幸福，带来的是郁郁寡欢和悲剧式的结局。……在爱情方面普希金是败者，是输家。”还有一位作家认为：“普希金的婚姻‘下错了一步棋’，举足轻重的一步棋！”新近又有作家写道：“冈察洛娃（即娜塔丽娅）除去给普希金生孩子，对普希金的精神痛苦视而不见，完全漠不关心。”

根据传统史料写的作品必然受到局限，这还是可以谅解的。然而有些似乎是这一学科领域的“圈内人”，却发表有严重谬误的文章，实在是不应该。例如《普希金之死有新说》一文（载《光明日报》1998 年 12 月 9 日），竟张冠李戴地把一个叫伊达莉娅的女人当成了普希金的妻子娜塔丽娅。事实上这个伊达莉娅当年曾追求过普希金，可是诗人对她没有一点好感。她恼羞成怒，从此怀恨在心，同丹特士勾结在一起，制造事端，陷害娜塔丽娅，乃至酿成诗人在决斗中惨遭杀害《普希金之死有新说》一文，把伊达莉娅的许多事统统扣到了娜塔丽娅的头上，最后得出结论：“诗人的悲剧是由其妻一手策划并与她的亲朋共同实施的。”因为“伊达莉娅”和“娜塔丽娅”两个名字，在俄文里仅有一个音节之差，对中国读者来说是非常容易搞混的。这篇《普希金之死有新说》以其标新立异马上引起了广泛瞩目，被其他报刊纷纷转载或摘登。于是以讹传讹，混淆视听，使本已被歪曲的普希金夫人的形象，再次遭到更加粗暴的歪曲。

事实上，早在 20 世纪 80 年代末，莫斯科普希金故居纪念馆所在的阿尔巴特街上，已经兴建了一座普希金夫妇雕塑纪念碑——英俊潇洒的普希金和他年轻美丽的妻子手牵手眺望着远方……

这是俄罗斯有史以来第一次在街头展示普希金和妻子的合像。这一雕塑纪念碑的出现意味深长，说明社会上已经纠正了过去对普希金夫人所持的种种偏见。

望着这座纪念碑，人们感慨万千：庆幸历史终于恢复了公正，蒙冤一百多年的娜塔丽娅可以瞑目了；密切关注她命运的世界各国读者，也为此深感欣慰。

普京圆了普希金诗中的彼得梦

圣彼得堡建市三百年盛大庆典，从2003年5月23日拉开帷幕直至6月1日，持续长达十天之久，可以说这是圣彼得堡的狂欢节，甚至是全俄罗斯的狂欢节！

5月31日庆祝活动进入高潮。普京邀请中、法、德、美、英、日等四十五个国家的元首参加庆典。于是圣彼得堡披上了节日的盛装，天水一色的涅瓦河上插着各国旗帜的船队缓缓行驶，在美妙音乐的伴奏下，响起了激荡人心的浑厚男声诗朗诵：

…………

我爱你，彼得的杰作，

我爱你整洁端庄的容颜，

我爱涅瓦河水汹涌的波涛

和两岸的花岗岩堤堰，

我爱你花纹精美的铁栅栏，

爱你沉思的没有月光的夜晚，

还有那透明而又闪耀的幽暗。

…………

尽情展现你全部的美吧，彼得的城，

像俄罗斯那样巍然屹立。

…………

（余振　译）

懂得俄语并熟悉俄罗斯文学的观众，仔细一听就欣喜地发现，这是普希金的诗，是著名叙事诗《青铜骑士》中的序曲。上面那一段，诗人抒发了自己对这座文化名城的情怀，而整首序曲还描写了当年彼得大帝在兴建圣彼得堡时的宏伟理想。普希金非常崇敬彼得大帝这位推动俄罗斯历史前进的开明君主。除《青铜骑士》外，他还创作了多部与彼得有关的作品——《彼得大帝的黑人》(1827—1828)、《波尔塔瓦》(1828)、《彼得大帝的宴会》(1835) 等。后来沙皇尼古拉一世曾建议他写一部彼得大帝的传记。总之，普希金对彼得进行过长期、深入的研究，因此在《青铜骑士》序曲中能够真实而准确地描述了彼得的梦想：

…………

他站在波涛汹涌的岸边，
心中充满伟大的思想，
遥望着远方。

…………

他在想：
我们要从这里震慑瑞典人，
这儿将建起一座城堡，
让傲慢的四邻感到难堪。
上苍注定我们在此
打开通向欧洲的窗口，
让我们在海边站稳脚跟。
沿着新河的浪涛，
悬挂各国旗帜的船只都将到这里做客，
我们便在广阔天地畅饮狂欢。

…………

（余振　译）

在空前隆重的庆典上，朗诵如此气势磅礴、像音乐般悠扬的诗篇，真是匠心独具，令人惊叹！

观看了庆典实况，人们不由想到它的总导演——普京。普京出生于列宁格勒（现为圣彼得堡），是吟诵着普希金的诗篇长大的。《青铜骑士》序曲就收入在十年制学校的五年级语文课本里。普希金这些热烈颂扬圣彼得堡、颂扬彼得大帝的诗句，普京当然都能倒背如流。自三年前（2000年）他登上俄罗斯总统的宝座伊始，便雄心勃勃地为圣彼得堡建市三百周年做准备。那一刻，俄国家喻户晓的普希金名句——“悬挂各国旗帜的船只都将到这里做客，我们便在广阔天地畅饮狂欢”——自然而然涌上了他的心头。

普京是在普希金诗歌的启示下筹备庆典的。他诚邀四十五个国家领导人莅临；他让涅瓦河的船队挂上各国的旗帜；他在富丽堂皇的彼得宫内大摆筵席，同来自世界各国的贵宾干杯畅饮；节日的夜晚，普京夫人在圣彼得堡街头和年轻的外国客人们跳舞狂欢……

令世人震惊的是，普京竟如此完美而成功地圆了普希金诗中所描绘的彼得的梦！

一个城市的纪念日为什么要这样耗费巨资搞成盛大的狂欢节？原来里面另有深意。正如当年彼得大帝倾注心血，建成圣彼得堡，打开了通向欧洲的门户，从而把封闭落后的俄罗斯变为一个濒海强国。今天，满怀雄心壮志的普京则要借助圣彼得堡三百周年大庆这个天赐良机，继续彼得的强国梦，再次融入欧洲，振兴俄罗斯，把俄罗斯重新带回到大国的行列。

自1713年至1918年的二百多年中，圣彼得堡一直是俄国首都。1914年第一次世界大战期间，由于俄国民众的反德情绪高涨，便将“圣彼得堡”这个德文味道浓重的城名改为俄国化的“彼得格勒”。1924年列宁逝世，为纪念这位革命领袖，彼得格勒改名“列宁格勒”。1991年苏联解体，这座城市又恢复了十月革命前的名称“圣彼得堡”。

总之，圣彼得堡多次易名，这在世界历史上也是罕见的。而它的每一次改名，又都是时代风云变幻的标志。有趣的是，随着城名的变迁，我们读出了一部俄罗斯的近、现代史。

莱蒙托夫：早逝的奇才

天才的俄罗斯诗人米哈伊尔·莱蒙托夫像彗星似的一闪即逝，而祖国和人民永远铭记他的伟大功勋。

普希金的追随者

严寒阴郁的1837年1月29日。巨大的悲痛震撼了圣彼得堡，震撼了俄罗斯——伟大的普希金被杀害，俄罗斯诗坛的太阳陨落了！就在当天，整个圣彼得堡都在传诵着一首悲愤的诗——《诗人之死》：

诗人死了，这光荣的俘虏！
他受尽流言蜚语的中伤，
低垂下高傲不屈的头颅，
胸中带着铅弹和复仇的渴望！
…………
你们，这蜂拥在宝座前的贪婪一群，
“自由”“天才”“光荣”的屠夫啊！
你们藏身在法律的荫庇下，对你们
不准许法庭和真理开口……
但还有神的裁判啊，荒淫无耻的小人！
有位严厉的法官等候着你们
…………

（余振　译）

这首诗道出了人民的心声。诗的作者是名不见经传的二十三岁骠骑兵团旗手莱蒙托夫。广大民众在痛失普希金之后，唯一感到欣慰的是，一位新的诗人在一夜之间成为普希金的继承者，昂首阔步登上俄罗斯文坛。然而沙皇尼古拉一世清楚地认识到，这首诗是“革命的宣言”，慌忙将他逮捕并流放到高加索，企图借用高加索山民的子弹将他除掉。

莱蒙托夫并没有因被流放而丧失斗志，沙皇政府的倒行逆施使他进一步认识到专制制度、农奴制的腐朽。生活的坎坷使他变得更加坚强。

多亏了外祖母的努力和奔波，诗人这次流放的时间并不太长，1838 年 4 月就获得释放。从这时候起，文学便占据了莱蒙托夫生活中最重要的位置。

早年生活

莱蒙托夫于 1814 年诞生在莫斯科一个没落的贵族家庭。他的父亲是个退役军官，家境贫寒；母亲则出身名门贵族。这桩门不当户不对的婚姻造成了家庭的悲剧。莱蒙托夫未满三岁时，母亲病故，外祖母与父亲原本不和谐的关系就更加恶化。为了得到莱蒙托夫的抚养权，双方争执了很久。最后小莱蒙托夫归外祖母抚养。莱蒙托夫既爱父亲，也爱外祖母，但二者却不可兼得。他在奔萨省外祖母的庄园度过童年。1831 年父亲孤独地病逝，年仅四十岁，令莱蒙托夫悲痛万分。这些经历伤害了他那稚嫩而敏感的心灵，造成他性格的孤独和内向。

孩提时代的莱蒙托夫身体羸弱，长着一双明亮的黑色大眼睛。他天资聪颖，从小就掌握多种语言，并且擅长绘画和音乐。

外祖母把满腔的爱全部倾注给了这个小外孙。她尽可能地创造条件，让他受到最好的教育。1827 年，莱蒙托夫随外祖母来到莫斯科，第二年进入莫斯科大学附属的贵族寄宿中学。他十分倾心普希金以及雷列耶夫等十二月党人诗人那些追求自由的诗篇，这对他的思想产生很大影响。从那时候起，他开始写诗，并且大量阅读莎士比亚、席勒、拜伦等西欧名家的经典。两年后，莱蒙托夫还没读完中学便考进了莫斯科大学。当时这所大学人才荟萃，赫尔岑、别林斯基、冈察洛夫等人都在这里读书。学生们成立了各种小组，讨论政治、社会、历史、文学等问题，自由思想十分活跃。这是他思想逐步成熟的阶段。

由于莱蒙托夫的自由思想与校方发生了冲突，1831 年他申请退学，准备转入圣彼得堡大学。然而圣彼得堡大学得知他是莫斯科大学学潮的领袖人物之一，因此不肯接纳他。莱蒙托夫愤然决定进入近卫军军官学校。

纪律严格、生活紧张而单调的近卫军军官学校，对于酷爱自由的莱蒙托夫来说简直是个监狱。他常因违反校规而受到处分或关禁闭，自称这是“可怕的两年”。他唯一的乐趣和精神寄托就是暗自进行创作。他写了许多抒情诗，同时开始创作长诗《恶魔》（1829—1839），并构思反映普加乔夫起义的长篇小说《瓦吉姆》。

1834 年莱蒙托夫毕业，成为近卫军骠骑兵团旗手，驻扎在皇村。军官生涯使他有机会出入圣彼得堡上流社会，从而写下一部揭露贵族社会丑恶的诗剧《假面舞会》（1834）。

为纪念 1812 年卫国战争二十五周年，莱蒙托夫于 1837 年创作了叙事诗《波罗金诺》，这部作品通过一个老兵的回忆，歌颂了在抗击拿破仑侵略军的战斗中，俄国人民的英雄气概。列夫·托尔斯泰把这首诗称作是自己那部巨著《战争与和平》（1863—1869）的核心。《波罗金诺》鼓舞了世世代代的俄罗斯人民。一百多年后，在 1941 年苏联人民在抗击德国法西斯的卫国战争中，这首高昂的诗篇被苏联红军广为传诵。

恋 情

莱蒙托夫早熟，多情，未满十六岁便同少女苏什科娃相恋。苏什科娃漂亮、调皮，还有点风流，常常像捉弄孩子那样捉弄他，搞得他苦恼不堪。他给苏什科娃写过许多情诗，后来被研究者称之为“苏什科娃组诗”。

诗人的第二个女友是伊万诺娃，但他们的罗曼史没持续多久，分手原因众说纷纭。诗人献给她的诗被称之为“伊万诺娃组诗”。

1831 年秋天，莱蒙托夫邻居的二女儿洛普欣娜从家乡来到莫斯科。这个十五岁的女孩聪明美丽，两人一见钟情。诗人给她画过一幅肖像，从她那充满诗意的神韵，就可以理解诗人为何对她如此倾心。他写给她的诗被称之为“洛普欣娜组诗”。第二年，莱蒙托夫到圣彼得堡上学。昔日恋人苏什科娃也到了那里，两人经常见面。消息传到莫斯科，性格内向的洛普欣娜产生了误会，以为诗人背叛了自己。她痛苦不堪，最后屈从父母之命，嫁给一个自己不爱的人。她虽然嫁给了别人，可是始终爱着莱蒙托夫。她是莱蒙托夫的长篇小说《里果夫斯卡娅公爵夫人》(1836—1837）中女主人公的原型，也是他的代表作、长篇小说《当代英雄》（1840）里女主人公之一维拉的原型。

莱蒙托夫将自画像赠给自己的终生恋人洛普欣娜，她珍藏身边，然而为丈夫所不容，只好托付好友保存。后来朋友出国，画在异邦流落数十载，1961 年才返回俄罗斯。如今悬挂在莫斯科莱蒙托夫故居博物馆大厅内的就是那幅历尽沧桑的画。

几次失恋，使诗人变得更加抑郁与忧伤。

名篇佳作

莱蒙托夫笔下的诗篇美不胜收：

大海上淡蓝的云雾中，
有片孤帆闪耀着白光。
它在遥远的异地寻求什么？
它把什么抛弃在可爱的故乡？

（余振　译，《孤帆》，1832）

很久以前，我就想好好地
望一望辽阔的原野和田畴，
想知道，大地是不是美丽，
想知道，我生到这个世界
是为了牢狱，还是为了自由。

（余振　译，《童僧》，1839）

我爱祖国，用的是一种奇异的爱。

（余振　译，《祖国》，1841）

中篇小说《当代英雄》的中心思想是当代人的命运与苦闷。小说主人公毕巧林为俄国文学中继普希金的奥涅金之后又一个“多余人”的形象。作品内容深刻，艺术水平极高，一些篇章令人叹为观止。例如，作者借小说主人公之口，倾诉了自己对高加索风光的感受：“住在这样的地方真令人心旷神怡！我全身的血管都洋溢着一种快感。空气纯净而清新，就像婴儿的吻；阳光灿烂，天空湛蓝——试问，人活在世上还需要什么？在这儿，还需要什么激情、欲望和悔恨呢？”

这些篇章已成为俄罗斯文学的经典，犹如中国的唐诗宋词。

《当代英雄》轰动文坛。果戈理说：“我们任何人都没有写过如此准确、美丽和芬芳的散文。散文家莱蒙托夫将会超过诗人莱蒙托夫。”

别林斯基写道：“出现了一部洋溢着强大创作才能和华美生命力的作品。”

契诃夫感叹：“我还没见过比莱蒙托夫更好的语言了。我想将他的小说拿来，像中学生那样分析每个句子，打算这样学写作。我无法理解，他几乎还是个孩子，怎能写出这样的作品？唉，我若是能写出这样的东西，死也瞑目啦！”

柴可夫斯基打算将《当代英雄》里的一章改编成歌剧，并请契诃夫写脚本。

后因作曲家晚年遭遇不幸，计划未能实现。

一次邂逅

1841 年春天，莱蒙托夫在圣彼得堡休假，一次与朋友聚会时遇到普希金的遗孀——美丽、忧郁的娜塔丽娅，此时普希金已离世四年多。以前他也见过她，可是因为关于她的流言蜚语，使他极力回避她。后来莱蒙托夫才知道，这个可怜女人是无辜的，她纯洁善良。普希金的遇难已给她造成巨大不幸，再把诗人之死这一历史悲剧归咎于一个弱女子，就未免太不公平了。那天他们俩整整谈了一个晚上，达到了相互理解与倾慕，双方都感受到遇见知己的喜悦。尤其娜塔丽娅在屡遭非难与谩骂的处境下，为第一次获得真诚信任而激动不已。这年她二十八岁，有四个孩子，但依旧美得惊人，依旧是上流社会男士追逐的女神。亲人们都盼望她重新建立家庭，然而她内心非常痛苦，承受着常人难以想象的压力。唯有结识莱蒙托夫以后，她感到了欣慰。她明白众多追求者只折服于自己的外貌，而这一次则是她的心灵赢得了胜利。

不料过了三个月，莱蒙托夫也步普希金命运之后尘，在决斗中被杀害。

诗人并不知道自己遇害后给两位女性造成撕心裂肺的痛苦。洛普欣娜完全崩溃，从此精神错乱，不久终于追随心中的爱人而去。被世人诟骂的娜塔丽娅，好不容易在困境中遇到一位知己，仅仅一次长谈，就永远地失去了……她感到钻心的悲痛。又过了三年，她才嫁给一位理解她、爱她并爱她的孩子的善良军官。

在预谋中被杀害

1841 年 7 月 15 日，莱蒙托夫在同一名军人决斗时中弹身亡。对方的助手故意违反当时的决斗规则，显然这是执行宫廷的指令。事先，没有请来医生，也没有准备马车，很明显，这是预先布置好的凶杀。莱蒙托夫被杀了，他静静地躺在那里。这时突然下了雷雨。他的遗体在大雨中淋了几个小时。

当尼古拉二世得知诗人已死，恶狠狠地说："他这是活该！"

沙皇政府不能容忍这位具有反抗精神的诗人。因为他的作品和普希金的作品具有同样可怕的力量，所以决定像对付普希金那样对付他。与其说莱蒙托夫在决斗中丧生，不如说他是在预谋中被杀。他有着与普希金相媲美的才华，但是也没有逃过相似的宿命。

这位仅仅活了不足二十七个春秋的文学奇才留下大量杰作，四百多首诗歌、三十多首长诗、两部小说和几部剧本。戏剧是作者从早期抒情诗和长诗向成熟期散文过渡的一个桥梁。

令人深感惋惜的是，莱蒙托夫的生命过于短促，才华尚未充分展开。若不是被谋害，他一定能创作出许多鸿篇巨制。

莱蒙托夫之死是俄罗斯文学的巨大损失。

为纪念诗人逝世一百四十周年，1981 年建成莫斯科莱蒙托夫故居博物馆。莱蒙托夫故居博物馆坐落在首都的繁华地段，参观者络绎不绝。这所带阁楼的房子原是莱蒙托夫十五岁至十八岁在莫斯科读书时外祖母租赁的。一进入馆内是个宽敞的大厅，除了墙上挂着一幅莱蒙托夫自画像外没有任何展品，这是供参观者聆听全面介绍诗人生平的地方。此外，便是客厅和外祖母的房间。阁楼为莱蒙托夫的居室，他在这里读书、写作。引人注意的是桌上摆着普希金像。诗人从小热爱普希金，崇敬普希金。

莱蒙托夫在中国

早在 20 世纪 20 年代，李大钊就发表文章称赞莱蒙托夫的胆识，瞿秋白译过莱蒙托夫的诗，鲁迅也写过评论莱蒙托夫的文字。30 年代我国开始译介莱蒙托夫作品，50 年代对其译介与研究达到了顶峰。

"文革"后，百废待兴，各出版社纷纷推出介绍外国作家系列丛书，莱蒙托夫自然包括其中。

在我国曾经发生过一个与莱蒙托夫有关的插曲。据著名翻译家、莱蒙托夫诗歌的权威译者余振（1909—1996）说，1980年他去一位老朋友家中做客。友人的儿子曾经当过红卫兵，他告诉余振先生，几个当年的老红卫兵相聚时，其中一人朗诵起余先生译的莱蒙托夫的《咏怀》(1838)：

> 我在悲伤地注视着我们这一代的人，
> 我们的未来——不是黑暗便是空虚，
> 同时，我们在认识与怀疑的重压下，
> 早已经在无为中一天天地衰老下去。
> …………
> 我们对于善和恶都可耻地漠不关心……
>
> （余振　译）

大家听着听着不禁失声痛哭，为自己白白浪费的青春，为当年善恶不分而痛心疾首。莱蒙托夫在一个半世纪前写下的诗篇，竟然如此打动一代曾经懵懂的中国读者，这恐怕是诗人生前所不曾料到的。

俄国现实主义文学奠基人果戈理

1852 年，严冬过去了，春天却姗姗来迟。大雪纷纷扬扬地飘落着……莫斯科在悲恸，整个俄国在悲恸，因为失去了自己的优秀的儿子果戈理！

果戈理的灵柩安放在莫斯科大学的教堂内，莫斯科大学师生日夜为作家守灵。吊唁的人群络绎不绝，他们含着热泪向敬爱的大师致哀。2 月 24 日清晨，大学生们抬着灵柩向墓地走去，后面是浩浩荡荡的送葬队伍。

总督乘坐着马车跟在队伍后面，两旁有宪兵护送。他们是来“维持秩序”的，因为当局担心发生骚乱。不过这反倒给葬礼增添了威武的气氛。看到这罕有的隆重场面，路上有人自以为是地说：“死者准是位将军或公爵！”

恰恰相反，死者在上流社会看来只不过是个微不足道的八等文官，一名无足轻重的作家！但正是这位作家，生前最蔑视将军和爵爷们，并用他那支犀利的笔，对那些人做过辛辣的讽刺和嘲笑。

步入文坛之前

1809 年 3 月 20 日，尼古莱·果戈理诞生在乌克兰波尔塔瓦省密尔格拉德县索罗钦采镇。父亲是个不太富裕的地主，曾经服过军役，还在政界供过职。他热爱文学与戏剧，写过诗歌和剧本，后来辞去官职，带着妻子儿女，在离索罗钦采不远的祖传庄园瓦西里耶夫卡村定居。

庄园景色十分优美。父亲很有雅兴，给花园的每个地方都起一个富有诗意的名称：一片小草地起名“幽谷”，一块小平台曰“退思台”，一个小山洞则叫“隐士洞”。他还常常随口说出一个题目，让孩子们作诗、写文章。在这种场合，果戈理总是十分活跃，他文思敏捷，口齿伶俐。

夏天，父亲喜欢携带孩子们到草原旅行。大草原的壮观景色在果戈理幼小心灵上留下强烈印象，无怪乎日后他成为描绘俄罗斯草原的能手！

父母经常带着孩子到一个富有的亲戚家做客。那家人的庄园里建有私人剧院、画廊和图书馆。在这儿观看父母演戏是果戈理的一大乐事，而到图书馆和去画廊观赏艺术珍品，就会带给他更大的快乐。他在浓郁的艺术气氛中度过了自己的童年。

1818年果戈理进入县立小学读书，1821年转到省立涅仁高级科学中学。初到涅仁，他体弱多病，性格孤傲，再加上他的相貌有点古怪，所以经常受到富家子弟的嘲弄。但他并不示弱，用漫画、讽刺诗来回敬那些人。

果戈理兴趣广泛，喜爱文学、戏剧和美术。他还写剧本，不时登台演戏，专门扮演老年人。从此成为学校的活跃人物。晚上，他在宿舍给同学讲笑话，常模仿某些教授的举止言谈，逗得大家笑疼了肚子，在床上打滚……

学校里有位历史教授，不学无术，只会照本宣科，还强迫学生死记硬背。一天，在课堂上，果戈理听着这位教授讲课感到很无聊，便画起窗外的风景。教授发现后，突然向他提问："马其顿的亚历山大大帝死后发生了什么事情？"

果戈理立刻站起来，不假思索地回答："举行葬礼！"

全班哄堂大笑……

自中学时代，果戈理就倾心于普希金和另一位诗人——十二月党人领袖之一雷列耶夫的作品，那些诗篇激发了他追求自由的热情。十二月党人起义失败，雷列耶夫被沙皇送上绞刑架，使得果戈理万分痛苦与愤怒。民主运动被镇压后，全国一片白色恐怖，沙皇的魔爪也伸进了涅仁中学，一些进步教授被调离了学校。

1828年果戈理毕业。根据他的学业成绩本应得到十二等官职的任命证书，但因为他与一位教授的案件有牵连，所以只得了十四等官职的任命证书。秋天，他回到故乡，父亲已经去世，家里经济拮据，并且故乡闭塞落后，他不愿在那里久留。同年12月，他千里迢迢来到圣彼得堡，想进入司法界。他认为不公正是世界上的最大不幸，做司法工作能对人民有更大的贡献。

然而，首都却十分冷淡地接待这个满腔热血的年轻人。果戈理到处碰壁，到处遭到冷遇和鄙视，好长时间找不到工作。他从家带来的钱都花光了，几乎处于绝境。他每天吃不饱，只靠一件单薄的大衣御寒。为了寻找出路，他向母亲要钱，自费出版了在中学时代写的一部叙事诗《汉斯·古斯加顿》。但这部作品出版后却遭到批评和嘲笑。这大大挫伤了他的自尊心，立即奔到各书店，将书全部收回，亲手烧掉。

这时皇家剧院正招考演员，果戈理在走投无路的情况下也去应考，可是没被录用。他东奔西跑，一年后总算谋得一个小公务员的差事，职位低微，薪水少得可怜。小公务员的生活，使他对社会现实有了初步认识，特别是他耳闻目睹了官场的尔虞我诈、贪污受贿、欺压百姓等腐败现象，感到在这里无所作为，便决心转向文学创作。

一部“沁透着真正快乐的书”

1830 年，果戈理的第一篇小说《圣约翰节前夜》发表。著名诗人茹科夫斯基读了后又惊又喜，非常赏识他的才华，并请他到自己家中参加文艺界的聚会。果戈理从而结识了许多文学家和艺术家。朋友们见他生活困难，便介绍他到爱国女子专科学校当历史教师。他辞去小公务员的职务，边执教，边写作。

1831 年在果戈理的一生中是很有纪念意义的。在这一年他结识了大诗人普希金，他们之间很快建立了深厚友谊，在以后的文学创作中，诗人给了他极大的鼓舞和帮助。也是在这一年，他的小说集《狄康卡近乡夜话》第一部问世，半年之后第二部又出版。

《狄康卡近乡夜话》共包括八篇小说，主要是根据乌克兰的民间故事和传说写成。它以优美抒情、清新活泼的笔调描绘了乌克兰绚丽多姿的自然景色，歌颂了乌克兰人民机智、勇敢和酷爱自由的民族性格，表现了他们对美好生活的向往；同时，又用幽默、诙谐的笔墨鞭挞了恶人和魔鬼。全书散发着扑鼻的泥土芳香，充满浓郁的民族色彩。这是一株由乌克兰土壤、空气培育出来的奇葩。

19 世纪 20 年代之后，俄国许多进步作家都在积极探索民间文学发展的道路，他们从民间文学中吸取营养，常常以民间故事、传说、歌谣为素材进行创作，力求赋予作品以鲜明的民族风格和色彩。果戈理的这部小说集恰好适应了时代的要求，因此受到了文学界的热烈赞扬。普希金高度评价道："它使我惊叹不已，这是真正的、由衷的、自然而然流露出来的快乐，没有虚饰，也不做作。许多地方是多么富于诗意、充满灵感啊！这一切在我们当前的文学中，都是极不平常的现象……我祝贺读者能读到这本沁透着真正快乐的书……我衷心希望作者还能做出更大的成绩。"

《狄康卡近乡夜话》使年轻的果戈理一举成名，从而跻身于俄罗斯著名作家的行列。

普希金非常珍视果戈理的艺术才华。一天，果戈理给他念了作品中的一个片段，诗人惊叹道："只用寥寥数笔就把一个人写得活灵活现。有这样的才华不从事大型创作，简直是罪过！"

普希金的话启发了果戈理，他的兴趣开始转向现实题材。

1835 年，果戈理出版了中篇小说集《密尔格拉得》。他不再是传奇故事的讲述者，而变成了抨击现实的讽刺家。这部作品标志着果戈理的现实主义创作风格初步形成。

笑影逐渐消失

在《密尔格拉得》中，果戈理的笑容逐渐消失。这部小说集里的《旧式地主》和《伊凡・伊凡诺维奇和伊凡・尼基福洛维奇吵架的故事》，反映了地主们庸俗单调、如一潭死水般的寄生生活。他们饱食终日，游手好闲，只能在可笑的谈话和无聊的争吵中度过一天又一天。后一篇的讽刺力量更为强烈。作者用他那支辛辣的笔，三言两语就勾画出了两个伊凡的肖像：一个伊凡肥如蠢猪，他的头像"一只尾巴朝上的萝卜”，另一个伊凡骨瘦如柴，他的头像“一只尾巴朝下的萝卜”。

两个人本来是好朋友，后来竟然为一个“鹅”字（“鹅”字在俄语中可用作骂人的词，意为“笨蛋”）而断绝交情，反目成仇，并诉诸法庭，打了十多年官司，钱都花光了，仍不肯罢休。读到这里，人们不禁要为这些土地主们的空虚无聊感到可笑。可是，在小说结尾作者却感叹道：“生活在这个世界上是多么烦闷啊，先生们！”此时，一种无名的忧郁便会悄悄爬上读者的心头。正如评论家别林斯基所说：“这是一种纯粹俄国式的幽默，是一种作者仿佛在里面也装扮成傻子似的平静的、纯朴的幽默。”“当你读时是可笑的，读完后就感到悲伤了。”这就是果戈理所独有的“含泪的笑”。

但是，难道除了这种庸俗的人和可怕的生活，乌克兰就没有别样的人和别样的生活了吗？作家笔锋一转，在历史小说《塔拉斯·布尔巴》中，把读者带到了乌克兰遥远的过去。小说描写的是16世纪至17世纪乌克兰哥萨克英勇抵抗波兰侵略者的故事。作者以民间叙事诗的风格和浪漫主义色彩塑造了哥萨克英雄的形象，歌颂了他们的爱国主义精神和英勇豪放、剽悍乐观的性格。这是一曲英雄主义的颂歌，别林斯基称赞道：“这是一篇用大胆豪放的画笔写成的瑰丽的史诗……足以和荷马的史诗相媲美的、装在狭小框子里的巨大画幅。”

《密尔格拉得》标志着果戈理已经走向成熟。

辛酸的控诉

自从来到圣彼得堡，果戈理就一直住在一所破旧公寓内。首都贫富悬殊、弱肉强食的不公正现象深深刺痛了他那年轻而敏感的心。他从那令人眼花缭乱的都市生活深处获取了创作素材，在1835年至1842年，创作了一组反映圣彼得堡生活的小说，组成《圣彼得堡故事集》。其中写“小人物命运”的《狂人日记》(1835）和《外套》(1842）反映了小官吏的血泪生活，堪称世界短篇小说中的佳作。

《狂人日记》里的小公务员爱上了一个将军的女儿，这在别人看来简直是异想天开，因此遭到上司的痛骂："喂，瞧瞧你自己，想想你是什么东西？……到镜子前去照照你那副尊容吧，亏你还敢痴心妄想！"他不明白，人为什么要分成等级。最后他发现，世界上一切好东西都被大人先生们霸占去了。难以抑制的愤怒使得他丧失了理智，成了狂人。他用狂人的语言痛骂那些官老爷们："这一大群吹牛拍马、趋炎附势的家伙，总说自己是爱国分子……为了钱，他们甘心出卖父母，出卖上帝！"

《外套》中的主人公也是一个终日抄抄写写，谁也瞧不起，谁也不关心，总是被人捉弄的小公务员。严冬降临，他那件补了又补的外套实在太破了。他节衣缩食，历尽千辛万苦，攒钱做了一件新外套。谁料到，新外套刚刚穿上身，当天晚上就被强盗抢走了。可怜的小官员去央求警察局长，却受到侮辱。去求助于一位要人，竟遭到斥责，他从此一病不起，几天后便无声无息地死了，就像死了一只苍蝇那样无足轻重。

"小人物"主题是19世纪俄国文学的重大主题之一，它体现了俄国文学的深刻的民主主义和人道主义精神。普希金的《驿站长》是这一主题的开端。果戈理继承并发扬了普希金开创的优秀传统，并对后世作家产生了深远影响。在果戈理之后的著名作家陀思妥耶夫斯基说："我们所有的人都是从果戈理的《外套》中孕育出来的。"这句话精辟地道出了这篇小说在俄国文学史上的重大意义。

几部作品的相继问世，给果戈理带来了巨大声誉。别林斯基指出，果戈理"拥有强大而崇高的非凡才能。至少目前，他是文坛的盟主，诗人的魁首；他站在普希金所遗留下的位置上面"。

沙皇俄国的缩影

果戈理的几部作品相继问世后，获得很高的声誉。但是他并不满足于此，深感作为一个文学家责任之重大，应当做得更多和更好些。他从小喜欢戏剧，来圣彼得堡之后，经常去剧院看戏，那里众多的观众使他想到剧场是一个极好的讲坛，作家可以通过它去影响广大群众。于是他决定写一部讽刺喜剧，把发生在俄国大地上的丑恶事物都集中起来，嘲笑个痛快。然而，他没有合适的喜剧题材，就向普希金求助。

普希金便向果戈理讲了自己的一段经历：一次，他外出搜集18世纪农民起义领袖普加乔夫的材料时，被当成是圣彼得堡派来私访的“钦差大臣”，受到当地官员的殷勤招待。诗人还讲了另一件事：有个好吹牛的家伙，冒充圣彼得堡官员到某县去，当地老百姓竟纷纷跑来控告该县县长……果戈理听了这些真实的故事，联系自己所了解的官场生活，得到了很大启示。他用了不到两个月的时间，完成著名喜剧《钦差大臣》(1835)。

故事发生在某偏僻小城。一群官吏得知钦差大臣要来微服私访的消息后，一个个惊恐万状，竟误把一个从圣彼得堡来的浪荡公子赫列斯达可夫当成钦差大臣。市长将他接到家中，奉为贵宾；其他官员们为掩盖自己的罪行，也拼命阿谀奉承，百般谄媚讨好，进行贿赂。市长不仅送去钱财，甚至献上自己的妻女。这位浪荡公子起初感到莫名其妙，但很快就明白过来，干脆乐得以假当真。他向市长的妻子调情，向他的女儿求婚，大捞一把，随即扬长而去。在离开这个小城之前，他把路上的这段奇遇写信告诉圣彼得堡的朋友，不料这封信被当地邮政局长偷看。正当市长因为得到乘龙快婿，并为自己即将飞黄腾达而得意忘形时，邮政局长跑来揭穿真相，官员们后悔不已，丑态百出。这时，宪兵前来报告：“奉圣旨从圣彼得堡来到的长官要你们立刻去参见。”官员们一个个都像触了电一般，木然呆立，全剧以哑场告终。

果戈理在《作者自白》一文中曾这样说明创作这出喜剧的意图：“我决定在《钦差大臣》中，将我知道的俄罗斯的全部丑恶集成一堆，加以嘲笑。”喜剧的前面还有一句题词：“脸丑莫怪镜子歪。”的确，《钦差大臣》就像一面照妖镜，照出了专制俄国官场的腐败，深刻揭露了专制制度压迫人民，欺骗人民的本质。

茹科夫斯基和文艺界人士，费了很大周折，终于给这个剧本弄到一个上演许可证。

1836 年 4 月，《钦差大臣》在圣彼得堡亚历山大剧院正式公演。戏院里坐满了王公贵族、将军大臣、文化名流，连沙皇也来了。起初，每逢滑稽可笑之处，那些官员们就开怀大笑、鼓掌。可是后来，当他们看到剧中官僚的种种丑态时，就笑不出来了，人们开始窃窃私语。戏演完了，沙皇走出包厢，满脸怒容地说："这算什么戏！人人都不痛快，而我尤其不痛快！"

《钦差大臣》像一颗炸弹一样，在社会上爆炸了。

沙皇统治集团被《钦差大臣》的无情嘲笑所激怒，立即下令禁演。有人甚至说，果戈理是俄国的敌人，扬言要把他流放到西伯利亚！

事隔多年，一次，果戈理出席一个宴会。席间，一个将军瞟着果戈理对别人说："他是个革命党徒。……我当省长时，剧院上演他的戏。每当台上出现对当局的嘲笑，全大厅的观众就回头瞧我的包厢。当时我真不知钻到哪儿去才好，最后我只好下令全省禁演他的戏！"

可见沙皇统治集团是如何仇视果戈理。

而俄国民主进步力量却给这部喜剧以极高评价，别林斯基第一个撰写文章热情赞扬它。青年学生们看完《钦差大臣》欣喜若狂，大段大段背诵剧中的对白，许多台词成了谚语，剧中人的名字变成普通名词。

震撼全国的伟大史诗

《钦差大臣》上演后，遭到统治集团的攻击与漫骂，迫使果戈理离开这个令人窒息的国家。1836 年他到了德国，然后去瑞士，在美丽的日内瓦度过秋天。异国的旖旎风光医治了他心灵的创伤，开始接着撰写长篇小说《死魂灵》(1835—1842)。

《死魂灵》的素材也是普希金提供给他的，诗人认为这个题材让果戈理写更合适。果戈理从 1835 年就开始动笔，出国前他曾将写好的几章念给普希金听。往常，诗人听他的作品总是面带微笑，可是这一次，普希金越听脸色越阴沉，最后叹了口气说："天啊，我们的俄罗斯是多么悲惨！"

1837 年年初的一天，正在巴黎的果戈理在一位旅居法国的俄国朋友家做客。突然，从俄国大使馆传来普希金在决斗中被杀的噩耗，在场的人全都失声痛哭了。果戈理一句话也说不出来，手脚冰凉，摇摇晃晃地回到寓所。他无法接受这个事实！他病倒了，很长时间不能工作。普希金是他的良师益友，他的成就与诗人的帮助密不可分。

经过长时间的痛苦思索，果戈理意识到《死魂灵》不仅是普希金提供的题材，而且体现了诗人对自己的热切期望。他应该沿着诗人没有走完的道路走下去。于是他克制哀伤，重新拿起了笔。写作《死魂灵》成了果戈理后半生的主要事业。

不久，果戈理离开了喧闹、纷扰的巴黎，来到罗马。这里阳光明媚，风光秀丽，到处是名胜古迹，他很喜欢这座美丽的古城。他的寓所宽敞明亮，地面是用石板铺砌的，窗上都装有百叶窗，打开窗子就可以看见蔚蓝的天空和圣彼得大教堂的圆顶。

果戈理的写作进行得很顺利，这是他创造力最旺盛的时期。

他总是随身携带一个笔记本，无论走到哪里，一旦心血来潮，灵感涌动，立刻就写起来。

1838 年盛夏，他到意大利南部旅行。一天，骄阳似火，果戈理走得又热又累，恰巧路过一家小酒馆，他走进去，想休息一会儿。屋里烟雾腾腾，人声喧闹；正中央放着一张台球桌子，有人正在打台球，叮叮当当的台球撞击声响个不停；堂倌们殷勤待客，穿梭似的跑来跑去……就在这一瞬间，果戈理的创作灵感突然像潮水般涌来。他躲在一个角落里，拿出本子就写了起来。在嘈杂的声响中，他一动不动，一口气写完了整整一章，并且是他自认为最得意的一章。

果戈理对《死魂灵》的创作倾注了大量心血，小说的写作长达七年之久，其间曾经反复修改多次，每次修改，他都字斟句酌，一丝不苟。1841 年冬天，果戈理带着他的创作成果回到祖国，准备付梓印刷。但是，在出版问题上却遇到了麻烦。

果戈理首先来到莫斯科，托人将书稿送到书刊审查机关。

六年前，果戈理的讽刺喜剧《钦差大臣》就激怒了沙皇官僚集团，至今官吏们仍对这个“革命党徒”耿耿于怀。这次他又送来了《死魂灵》手稿，立刻在审查官中引起一片喧嚣。莫斯科书刊审查委员会主席一看“死魂灵”三个字，就咆哮道：“灵魂是永生的，不可能有死魂灵。作者这是反对永生！”

当这名愚蠢的审查官弄清“死魂灵”原来是指死农奴时，立即暴跳如雷：“这就更加不能允许了……这意味着反对农奴制！”

对小说的内容，书刊审查委员会的官员们就更不能容忍了。

小说在莫斯科无法出版，果戈理将它送到圣彼得堡。经过别林斯基等人的努力，经过反复交涉，圣彼得堡书刊审查委员会才勉强通过。

《死魂灵》的主人公乞乞科夫是个地主兼资本家，是从地主贵族过渡到新兴资产者的一个典型：他既有地主阶级贪婪狠毒、寄生鄙俗的本性，又有新兴资产阶级唯利是图、狡猾奸诈的特点。此人世故圆滑，最善于看风使舵，投机钻营。他看到俄国疾病流行，大批农奴死亡，他灵机一动，计上心来，在死人身上打起了算盘，决定做一笔收买“死魂灵”的生意。“死魂灵”，即已死亡的农奴。当时俄国每十年进行一次人口登记，在两次人口登记期间，有些农奴已死去，但因为地主尚未报请注销户口，这些死农奴在法律上仍然被认为是活人，地主仍要交纳人头税。乞乞科夫就企图钻这个空子，以低价收购一批尚未注销户口的“死魂灵”名单，把他们当作活农奴，拿到政府救济局作抵押，就能按照优待办法领取开垦荒地的贷款，或者在南俄得到土地，这样可以捞得一笔横财。他坐着马车，奔走四乡，访问地主庄园，收买“死魂灵”。没几天，乞乞科夫摇身一变，就成了拥有几百名农奴的大地主。正当他沉醉在发财美梦中的时候，街头巷尾到处都在议论他购买“死魂灵”的事。眼看他的罪恶勾当即将被揭穿，乞乞科夫只得逃之夭夭。

乞乞科夫是贯穿作品始终的中心人物。小说通过乞乞科夫为收买“死魂灵”走访各庄园而展开故事，广泛地展现了俄国现实生活的一幅幅图画，刻画出形形色色的个性鲜明的地主典型。读者跟随着乞乞科夫，走访各庄园，结识了形形色色的地主，领略了他们独特的“风采”。

他们之中有貌似温文尔雅、颇有教养，实则头脑空虚、庸俗无聊、懒惰成性的玛尼洛夫；有善于经营、贪婪吝啬、愚蠢无知、闭塞保守的女地主科罗皤契加；有厚颜无耻、野蛮放荡、吃喝玩乐、吹牛撒谎的“地方恶少式的地主”罗士特莱夫；有精明强干、老于世故、凶狠狡猾而又顽固不化的梭巴开维支；还有卑微猥琐、爱财如命、任仓库里的东西发霉腐烂，自己的生活却过得像乞丐、吝啬到了失去人性地步的守财奴泼留希金……在他们身上，散发着腐朽没落阶级的气味，他们才是真正的、即将进入坟墓的“死魂灵”。从这些形象中，人们自然会看到俄国农奴制必将走向灭亡的趋势。

在《死魂灵》中，果戈理不仅刻画了地主官吏的“死灵魂”，而且歌颂了活的灵魂——祖国和人民。小说里，他对伟大祖国的歌颂，极其鲜明地反映在整部作品的抒情插笔和风景画中：“俄国！俄国！……你本身是无穷的，在这里，在你的怀抱里不该产生出无穷的思想吗？……这里不该产生英雄吗？”

在小说的结尾，果戈理把俄罗斯比作一辆向前疾驰的三套马车，别的国家和民族都将闪到一旁，给它让路。作家相信祖国会有光明的未来。

《死魂灵》出版后，围绕着它立刻掀起一场比当年《钦差大臣》上演后还要残酷得多的斗争。那些从《死魂灵》的主人公身上看到自己形象的达官贵人和地主老爷气急败坏地说，果戈理是在造谣中伤俄国，应该给他戴上镣铐，投进监狱！

在《死魂灵》受围攻时，又是别林斯基第一个挺身而出，捍卫这部伟大作品，称它是“文坛上划时代的巨著”。

像当年《钦差大臣》上演时一样，俄国的进步人士和青年学生们热烈欢迎《死魂灵》。书刚出版，立即被抢购一空，人们大段大段背诵其中的章节。果戈理的句子又一次成了谚语。

俄国哲学家、作家赫尔岑说："这是用绝妙之笔写成的病历。这部史诗是一个过着庸俗生活而感到屈辱的人，当他忽然在镜子里看见自己那被兽化了的面孔时，所发出的恐惧与羞耻的叫喊。"

《死魂灵》震动了整个俄国。

晚年的悲剧

《死魄灵》虽然揭露了俄国社会的种种弊端，不过果戈理并不主张推翻这个社会制度。他不理解自己作品揭露的问题与社会制度之间的关系。他的作品所产生的客观效果，使他深感不安。

书出版一个月后，果戈理又匆匆忙忙出国了。他要赶快写《死魂灵》第二部，以便挽回第一部造成的社会影响。

这位作家计划在第二部里，使第一部中那些庸俗、丑恶的人物，经过道德上的自我完善，上升为理想的正面形象，像但丁的《神曲》描写的那样，使这些人物经过地狱、炼狱最后升入天堂，从而使人民群众对封建制度的巩固寄予信心。

但是，俄国的社会并没有按照果戈理的愿望去发展。19 世纪 40 年代以后，俄国资本主义冲破重重障碍，一步步发展起来；而农奴制度越来越不得人心，受到更加激烈的抨击和批判，这怎能不使果戈理心烦意乱！

为了寻求精神上的宁静，果戈理往来于意大利、法国和德国之间。然而无论在哪里，他也得不到安宁，因为欧洲不断掀起资产阶级民主革命的风暴。在革命风暴面前，他感到惶恐不安。

由于果戈理的思想本来就存在着矛盾。再加上他长期脱离祖国，脱离俄国的进步文学界，又受到保守势力的包围，在这种条件下，他思想中反动保守的因素逐渐占了上风，终于发生了思想危机。1848 年，他出版了《致友人书简选》，俨然以专制农奴制的辩护士身份，完全否定了自己过去那些揭露社会现实的作品，鼓吹从道德、宗教入手改善社会，以维护沙皇专制制度。

《致友人书简选》引起俄国进步人士的愤怒，重病在身的别林斯基奋笔疾书，致书果戈理，给予严厉批评。这封信震动了果戈理，他不得不承认别林斯基有一定道理。他虽然未彻底改变观点，但是承认自己脱离了俄国，需要返回祖国观察生活。

这位深受宗教神秘主义影响的作家，先到耶路撒冷作朝拜，1848 年 5 月返回俄国。

《死魂灵》第二部的写作开始于 1842 年。他的工作进行得很缓慢，很吃力。在创作中出现了许多使他无法解决的矛盾。初稿完成后，他通读一遍，感到里面仍然保持着第一部那种咄咄逼人的讽刺锋芒，违背了自己的创作意图，所以很不满意。经反复修改，终于把第一部中被批判的人物改成正面形象，但是这样做完全违背了生活的真实，因此越改越糟糕。

果戈理在 1842 年秋天定居莫斯科。他振作精神，重新开始写作。可是不管他怎么努力，写出来的东西总不能让自己满意。他忧伤地感到自己的创作力已经枯竭，身心痛苦到了极点。

1852 年 2 月 11 日深夜，重病中的果戈理作了长时间的祈祷，然后叫来书童，吩咐他从书橱里拿出一捆《死魂灵》第二部的稿子，并把壁炉打开。书童立刻在果戈理面前跪下，哭着请求道："老爷，请您住手吧！"

果戈理没有理会书童，亲自将手稿扔进炉内，然后坐在炉前的椅子上，用拨火棍翻动着炉里的纸张，两眼凝视着火焰，直到全部化为灰烬。他站起来，在胸前划了个十字，吻了吻书童，随即倒在沙发上痛哭……

《死魂灵》第二部失败的根本原因在于违背了生活真实。果戈理受到良心的谴责，终于把自己多年辛勤劳动的成果付之一炬。

说到焚稿，这已不是第一次。果戈理对自己的作品极其严格，凡是自己不满意的，或者是读者反应冷淡的，他都毁掉。他曾将处女作长诗《汉斯·古斯加顿》亲手烧毁。

一天午饭后，果戈理请茹科夫斯基听他朗诵自己新写的一个剧本。老诗人中午通常要休息一会儿，所以听着听着便打起盹来，过了一会儿才睁开眼。这时果戈理对他说："您的瞌睡就是最好的批评。"说完，便把剧本扔进火炉里。

这位大作家一生多次焚稿，而逝世前烧毁《死魂灵》第二部，则是世界文学史上最著名、最悲壮的一页。那熊熊的火焰昭示着作家良知的最后胜利。果戈理焚稿后度过了极其痛苦的十天。1852年2月21日离开了人世，那年他才四十二岁。

果戈理原本是位才华出众的作家，但是到了晚年，错误的思想毁掉他的天才。果戈理创作《死魂灵》第一、二部的过程，可以得出这样的教训：一个作家如能深刻地表现生活真实，反映人民的利益与思想，他就会取得伟大的成功；反之，脱离生活，歪曲真理，违背人民的意愿，站到反动阶级的立场上，就必然不可避免遭到毁灭性的失败。

尽管果戈理在后期彷徨，动摇，陷入思想危机中不能自拔，但他仍然是俄国文学史上一位杰出的作家，对俄国现实主义文学的发展有着积极的影响。普希金奠定了俄罗斯诗歌的基础，被誉为俄罗斯诗歌之父；果戈理则奠定了俄罗斯散文（小说及其他文学的统称，以区别于诗歌）的基础，被誉为俄罗斯散文之父。因此，普希会和果戈理堪称俄罗斯文学的双璧。

果戈理的作品，特别是《钦差大臣》和《死魂灵》两部不朽杰作，促进了俄国民主革命意识的形成，在推翻沙皇统治的斗争中发挥了巨大的作用。评论家车尔尼雪夫斯基谈到果戈理时说，尽管他的错误是如此之大，但他的功勋仍将永远载入俄国的史册。

漫谈果戈理

文学家的素质

果戈理具有惊人的观察力和想象力，这些才能是作为一个文学家最难能可贵的素质。童年时代，他每次随大人外出都会感到十分快活。好奇心和想象力总能使他获得许多新鲜而又有趣的东西。譬如，在路上遇到一个阔少爷，小果戈理的思想便会随着他飞驰，猜想这位少爷到哪儿去，去干什么；看见繁华街道上来来往往的行人，他就想象着他们当中某个人是怎样生活的；乘坐的马车经过一座豪华的宅邸时，那里面的人们此时此刻的活动，在他的脑海里就会一幕幕出现……总之，果戈理想象力丰富，并且喜欢捉摸人的性格和心理。一件很小的事物，都能启发他编出一个非常有趣的故事。

1839 年秋天，果戈理和朋友们从莫斯科到圣彼得堡，路过一个叫托尔若克的地方。此时大家饥肠辘辘，走进一家饭馆，叫了遐迩闻名的托尔若克肉饼。肉饼送上桌来，香味扑鼻，很是诱人。他们正大口大口地吃着，突然发现肉饼里有许多根长长的淡黄色的头发，检查每一块肉饼，里面都有头发。果戈理便说，厨师一定是喝醉了，还没有睡够就被人叫了起来，所以气得直揪头发。这是他的第一个猜测。接着他又提出第二种可能：厨子没有喝醉，不久前他害了一场热病，头发脱落，做饭时掉在肉饼里了。当朋友要去找堂倌时，果戈理又预言堂倌将怎么回答他们提出的问题：“头发？怎么会有头发？哪儿来的头发？没关系，这只不过是几根鸡毛罢了！”

正说着，堂倌来了。朋友们对堂倌说在肉饼里发现了头发。果然，堂倌回答的话和果戈理的猜测几乎完全一致，逗得朋友们哈哈大笑，而堂倌却被搞得目瞪口呆。

1849 年夏天，果戈理和友人外出旅行。在一个车站休息时，他们翻阅一本罚金簿，上面登有某绅士的一段非常可笑的启事。果戈理问他的旅伴："你知道这位老爷是何许人？他的性格怎么样？有什么特征？"对方茫然地摇摇头。

果戈理说："那么让我来告诉你吧！"他先用幽默的语言描绘这位绅士的外貌，然后又叙述那个人是怎样飞黄腾达的，甚至讲了这位绅士的详细履历。最后，果戈理还扮演几个不同的人物，表演了这位老爷生活中的几个片段。这时，他的旅伴看着都笑出了眼泪，而他自己却一本正经，认真严肃。果戈理根据一小段启事，就能塑造出一个活生生的人物，编出一段段妙趣横生的故事。他曾经满怀信心地说，自己能未卜先知，预见尚未发生的事物。

辛勤的文学园丁

作为一位文学家，果戈理非常勤奋，从不放过任何一个取得素材的机会。他不止一次请母亲给他讲乌克兰民间故事，风俗习惯。母亲给他提供的民间文学素材，后来都被他用到了《狄康卡近乡夜话》里。

刚到圣彼得堡时，果戈理虽然对首都的官场生活十分厌恶，但他还是充满兴致地和那些愚蠢自负的官员交朋友，登门拜访，和他们攀谈，以便熟悉他们的生活，深入到他们的内心世界中去。《圣彼得堡故事》就是在这样的基础上产生的。

果戈理喜欢聊天，常常在和朋友闲谈中获得许多有价值的东西。《旧式地主》里的女地主，把野猫的出现认为是自己死期将至的预兆，这一情节原是戏剧大师谢普金（1788—1863）讲的关于他祖母的故事。所以后来谢普金一见果戈理，便开玩笑说："那只猫可是我的呀！"

有一次，一个熟人给果戈理讲疯子的习惯和心理状态，果戈理认真地听着。以后，他就把这些写进《狂人日记》里。据果戈理的朋友说，在密尔格拉得真的有两个地主，为了一个"鹅"字而吵架，甚至打起官司来。《伊凡·伊凡诺维奇和伊凡·尼基福洛维奇吵架的故事》就是根据这些真人真事创作的。

《外套》的构思也很有趣。一次，有人谈起一个公务员的轶事，说这位公务员非常贫穷，唯一嗜好就是打猎。他省吃俭用，好不容易才攒够钱买了一支猎枪。可是在一次打猎时，不小心把抢掉进河里了。这位小官员伤心地回到家，从此一病不起。朋友们知道后，凑钱给他买了一支新猎枪，这才救了他一命。听完这个故事，在场的人都笑了，唯独果戈理脸色严肃，陷入沉思。这个故事就是《外套》的原始素材。当然，《外套》这篇俄罗斯文学的惊人之作，比起那个丢了猎枪的小公务员的故事更深刻，也更具有典型意义。由此可见，作家的写作，不是毫无根据的虚构，也不是完全照搬生活，而是把生活中的普通素材经过加工升华，使之成为具有高度概括性的艺术品。

果戈理总是随身携带一个笔记本，这是他在涅仁中学时养成的习惯。本子上记着各种好句子、难用的词、趣闻轶事、风土人情以及自己的心得体会，真是五花八门，应有尽有。他给这些笔记本命名为《手头百科全书》，并视若珍宝。一次外出，他把一个这样的本子遗忘在某地，还特地托一位朋友去寻找。那个朋友找到后，发现竟是一个毫不起眼的旧本子。

果戈理对自己的《手头百科全书》运用得很充分。在户外散步时，常常没走几步，又飞跑回屋，在本子上写下些什么，然后再出去。他进行创作时，《手头百科全书》便成了重要的参考材料之一。

这位要求极高的作家，总是对自己的作品感到不满意。1836 年在出国旅行途中，他写信给老诗人茹科夫斯基说："如果严格而公正地审查一下我以前所写的都是些什么东西的话，我仿佛是在翻阅中学生的旧练习簿。"

1842 年，果戈理在编辑自己的第一部文集时，对《狄康卡近乡夜话》作了这样的评价："这是不成熟的初试之作，不值得读者屈尊一读……"他向来不喜欢听对自己作品的溢美之词。他认为把自己写的东西朗诵给一个对文学一窍不通、并对自己的著作抱有成见的人听，是很有益处的。他说："如果他们发笑了，那就是说真正可笑；如果他们被感动了，那就是说真正感人。因为他们坐下来听我朗读的时候，是绝对不准备发笑，不准备受感动，不准备赞美的。”

果戈理经常把自己的稿子反复地、不厌其烦地朗读，或者念给别人听，或者请别人读给自己听，以发现一般阅读难以发现的问题。他的每一篇作品都经过无数次的琢磨、润色，不断修改，甚至排版付印时，他也要在场，随时进行改动。

果戈理在中国

我国人民很早就熟悉果戈理和他的作品，这得归功于鲁迅先生。鲁迅第一个向中国读者介绍了果戈理。早在1907年，他在《摩罗诗力说》一文中就提到这位伟大的俄国作家，称赞他“以描绘社会人生之黑暗著名”。以后，鲁迅又在许多文章里谈到他。鲁迅认为，果戈理是光辉灿烂的19世纪俄罗斯文学的创造者之一。

1919年五四运动以后，俄罗斯的优秀文学作品已经成为我国广大青年知识分子不可或缺的精神食粮。从1920年开始，果戈理的著作陆续被译成中文，《钦差大臣》和《婚事》两个剧目经常活跃在我国的戏剧舞台上。1935年，鲁迅第一个翻译了果戈理的代表作《死魂灵》，并组织出版了俄国著名画家阿·阿庚（1817—1875）所作的《死魂灵百图》。

鲁迅不仅翻译了《死魂灵》，并对这部名著进行了深入研究。他根据《死魂灵》第二部的五章残稿认为：“果戈理的命运所限，就在讽刺他本身所属的一流人物。”鲁迅又说：作者“想在这一部里描写地主们改心向善，然而他所写的理想人物毫无生气，倒仍旧是几个丑角出色：他死之前，将全稿烧掉，是有自知之明的”。鲁迅的这些见解都非常精辟。

鲁迅之所以研究和介绍《死魂灵》，是因为果戈理所描写的人物在我国也大有人在，可以借用果戈理的讽刺火焰来烧毁中国大地上的丑恶东西。的确，深受反动压迫的中国人民，从这位伟大的俄国文豪对沙皇俄国官僚地主的辛辣讽刺中，加深了对本国反动派的认识，从而增强了他们的斗争勇气。

果戈理作品的爱国主义精神及其对社会黑暗的深刻揭露和尖锐讽刺，给中国的新文学以极其深远的影响。鲁迅的第一篇白话小说、被誉为中国现代文学史上第一篇彻底反封建的新文学作品——《狂人日记》就是在果戈理的《狂人日记》的启发下写成的。果戈理的《狂人日记》是描写小人物的悲剧，而鲁迅的《狂人日记》意在揭露家族制度和封建礼教的弊端，较之前者的社会意义更深，战斗性更强。除此之外，我国著名剧作家陈白尘的讽刺喜剧《升官图》，也是在《钦差大臣》的影响下创作的。

1949 年以后，果戈理的作品在我国得到大量出版。1952 年果戈理逝世一百周年时，根据世界和平理事会的倡议，我国开会隆重纪念的世界四大文化名人，其中就有果戈理（其他三位是法国作家雨果、意大利艺术家达·芬奇和阿拉伯医学家阿维森纳）。

中国人民十分尊重这位在沙皇反动统治最黑暗的年代敢于燃起讽刺之火的伟大作家。他那曲折的创作道路，也为我们提供了许多深刻而有益的启示。

托尔斯泰夫妇早年的幸福生活

贵族出身的列夫·托尔斯泰（1828—1910）五十多岁后思想发生巨变。他同情底层民众，厌恶贵族生活，想将土地分给农民，并放弃著作版权。他要求家人也和现在的生活方式决裂，同他一块儿过平民生活。而妻子索菲亚·别尔斯（1844—1919）掌管着一个庞大家庭，她认为这是托尔斯泰的社会理想，在自己家里怎么能够实现？放弃全部财产，一家人将如何生活？两人经常发生激烈争吵。

1910年10月底的一个深夜，托尔斯泰由家庭医生陪同，乘马车秘密出走。途中，这位八十二岁的老人因天气寒冷，旅途劳累，病倒在一个荒凉的小火车站，十天后辞世。

人们知道，大文豪是与妻子矛盾激化才离家出走的，于是将他的死归咎于索菲亚。说她是托尔斯泰的"扫帚星"，是她的世俗与贪婪逼走了丈夫，还说她是个悍妇。索菲亚一时遭千夫所指。

托尔斯泰是位文学巨匠，但是并非完美无缺。高尔基说，由于灵魂不懈地探索，托尔斯泰是19世纪伟人中最复杂的一个；做他的妻子，做他十几个孩子的母亲，是非常不容易的。高尔基认为，即使索菲亚支持丈夫，全家都过平民生活，也丝毫改变不了当时俄国的现实。

托尔斯泰去世后，索菲亚根据自己和丈夫的日记、笔记以及亲属朋友的书信，整理撰写了一部回忆录。这部题为《我的生活》的长篇回忆录在俄罗斯出版后，使人们得以重新认识大文豪的妻子。

索菲亚原本是个美貌才女，受过良好教育，写了不少诗歌和小说，爱好绘画与音乐，擅长刺绣及缝纫，终生坚持记日记。十八岁那年，父母的朋友托尔斯泰来家里做客，对她一见倾心。当时托尔斯泰三十四岁，在文学界已经小有名气，索菲亚对他也很仰慕。两人很快完婚。婚后十多年，他们生活得非常美满。在这期间，托尔斯泰完成了《战争与和平》《安娜·卡列尼娜》的创作，从而成为举世瞩目的文学泰斗。

笔者主要依据索菲亚的回忆录，探讨这个家庭早年的幸福，领略女主人在那段岁月里的苦与乐，了解世界文学史上两部鸿篇巨制的一些创作背景，以及人物原型。

遇到共度终生的姑娘

孩提时代，托尔斯泰和妹妹玛丽亚有个一起玩耍的女伴，那女孩长大后嫁给了宫廷医生别尔斯。1862 年 7 月，托尔斯泰在莫斯科时，常去别尔斯家。别尔斯夫妇有三个漂亮女儿，托尔斯泰回来对玛丽亚说："如果我有朝一日结婚，就娶别尔斯家的姑娘。"

托尔斯泰频频来访，引起别尔斯夫人的猜测：他是不是看上了自己的哪个女儿？她猜对了，作家喜欢她的二女儿索菲亚。

8 月初，托尔斯泰返回自己的庄园。庄园位于莫斯科西南二百公里，名曰"雅斯纳亚·波良纳"，意为"明媚的林中空地"。此时别尔斯夫人决定带着三个女儿去看望自己的父亲，别尔斯夫人父亲的庄园离波良纳不远，她顺便到那里见见儿时的女友玛丽亚。

别尔斯夫人一行在波良纳逗留了两天。母女四人留下住宿，但是房间里的床和沙发只能睡下三个人。托尔斯泰便拉出一张长安乐椅，再接上一个大方凳。索菲亚说："我就睡这儿吧。"他听了很高兴："我来给您铺床！"然后笨手笨脚地展开床单……

夜晚，索菲亚躺在安乐椅上，因两边扶手靠得比较近，感觉有点不舒服，辗转反侧睡不着。可是一想到托尔斯泰为自己铺床的情景，便怀着一种从未体验过的喜悦进入了梦乡。

次日，托尔斯泰举行野餐会招待客人，三姐妹玩得很开心。下午别尔斯夫人和女儿们便启程去探亲。托尔斯泰从小同别尔斯夫人的父亲也很熟悉，第二天也去了。傍晚，托尔斯泰与索菲亚单独留在玩牌的房间里，他提出要索菲亚根据他用粉笔在桌上写出的每个词的首个字母，读出一句话来。令人不可思议的是，索菲亚竟毫不费力就猜出他要说的话："您的青春和对幸福的渴求十分清楚地提醒我，我已经老了，不可能得到幸福。"托尔斯泰震惊了，认定与自己共度终生的姑娘只能是她。

那天晚上索菲亚也感到非常激动与幸福。

转天，托尔斯泰告辞，临走约好别尔斯夫人返程时再到波良纳。8 月 21 日，别尔斯夫人一行如约而至，托尔斯泰同她们一起乘马车到莫斯科。他此行目的是想向索菲亚求婚。

当时别尔斯一家住在近郊别墅，托尔斯泰常去拜访。由于年龄大、长相不好，他在索菲亚面前自惭形秽。9 月 13 日他给索菲亚写了封不短的求婚信，关键词是："您愿意做我的妻子吗？"但是信写好后两天都没勇气交出去。16 日晚，他终于把信给了她，然后就到别尔斯夫人的房间去。索菲亚拿到信跑回自己的闺房激动地读了起来，这时母亲进屋："去把你的答复告诉他。"她来到母亲房间，正在等候她的托尔斯泰问："怎样？"她答："愿意。"

这天就算是他们的订婚日，托尔斯泰要求尽快完婚。虽然别尔斯夫人希望时间充裕些好置办嫁妆，而他坚持一周后就举行婚礼。在这期间，托尔斯泰每天都去看望索菲亚。为了真诚对待未婚妻，他把过去的日记交给了她。日记里详细记载着他的各种风流韵事，甚至写到他与庄园内一名女奴生下一个孩子。索菲亚读后虽然十分震惊，但是仍宽宏大量地原谅了他的过去。

婚礼前夕，托尔斯泰亢奋得通宵未眠。索菲亚也忐忑不安："我怕他很快发现我是个愚昧、微不足道的女孩而感到失望。"婚礼于 1862 年 9 月 23 日在莫斯科举行。晚宴后，新婚夫妇乘马车回波良纳。

心目中的“娜塔莎”

索菲亚过惯了上流社会生活，婚后来到乡间感到很不适应。波良纳庄园对她如同是个陌生世界。可是为追随她所崇拜的丈夫，不得不面对现实。

新婚宴尔，乃至婚后最初的那些岁月，这对夫妻过得非常甜蜜。他们真心相爱，两人都喜欢弹钢琴，常常四手联弹。当托尔斯泰外出几天，索菲亚的心总是系在他身上，牵挂着他的一切。他给妻子写信：“没有你和工作，我很不自在，两者对我的生活都是必不可少的。”

索菲亚说，丈夫不在家，生活就索然无味，总是盼他早点回来。当他突然出现，她心中便燃起一束火光。两个人成为对方的一部分。托尔斯泰写信告诉亲友：“和索菲亚在一起感受到的那种幸福，一万对夫妻中只有一对才能享有。”

索菲亚说：“我感到世上再没有比我更幸福的人了。”

托尔斯泰意识到自己的新娘还只是个刚成年的孩子，他希望能引领她改变成自己所喜欢的模样，也就是说将她塑造成自己心目中的理想女人。最初，索菲亚把他几乎当成神，乐于听从他的安排，自称是他的“大女儿”，说自己从未忘记他“父亲般的教诲”。

婚后第二年，在爱情甘露滋润下，托尔斯泰雄心勃勃，要实现他伟大的文学梦：“写一部我们这个世纪欧洲真正的历史故事。”——那就是鸿篇巨作《战争与和平》。小说以1812年的卫国战争为中心，气势磅礴地反映了1805年至1820年间的重大历史事件。在“战争”与“和平”的交替描写中，把众多事件与人物串联起来，构成一部百科全书式的壮阔史诗。

索菲亚支持丈夫的理想与追求，愿意承担整部书稿的誊写工作。她景仰托尔斯泰的才华，盼望成为他的贤妻和助手：“他一切都胜过我，年龄、知识、智慧、生活经验。我希望尽量从知识上靠近他，把自己提升到他的高度，至少距离不太远。”

就在婚后第三年的夏天，他们的长子诞生。托尔斯泰自称："我是一个快乐而安宁的丈夫和父亲。""午饭后我躺下休息，她在抄稿。难以置信的幸福。她是难以想象的纯洁与美丽。"

当了母亲后，索菲亚变得忙碌，带孩子、哺乳，还要给丈夫抄稿。过了一年，她再次怀孕。第二胎是个女婴，这时已经是儿女双全，她便打算不再要孩子了。然而丈夫坚决反对，索菲亚不得不服从。

托尔斯泰将全部心思都投入到创作中，对妻子儿女并不关心。所有家务以及庄园事务全都落在索菲亚一个人肩上。她精力充沛，每天从早到晚忙个不停，要照料孩子，还要为丈夫创造舒适安静的环境。孩子越来越多，逐渐长大。索菲亚擅长水彩画，为孩子们亲手制作了启蒙读物。

精明能干的女主人把这个大家庭管理得井井有条。她遏制住自己对文学艺术的爱好，全身心奉献给丈夫和子女。当托尔斯泰写作时，索菲亚不让任何人前去干扰。她是贤妻良母，更是丈夫的得力助手，称她是大师的保护神也不为过。一百多万字的《战争与和平》她抄了七遍。当书稿完成时，他们俩结婚七年，已经有四个孩子了。

娜塔莎是《战争与和平》里作者最钟爱的女主人公，这位迷人少女身上的许多特征和细节均来自索菲亚。小说中描写五月的一个月夜，夜已深，但娜塔莎眷恋着眼前的景色，在窗前向女伴赞叹道："多么美妙的夜色，多么迷人的月亮……你到这儿来，抱住膝盖用力一跳就飞上天了。"这段描写十分美妙，被誉为文学史上的千古名篇。安德烈公爵正因为偶然听到这段对话，而爱上充满诗意的娜塔莎，并决定向她求婚。后来经过一番波折，娜塔莎嫁给了皮埃尔，成为一名贤妻良母。结婚七年间，她生了四个孩子，身材变得丰腴，很少参加社交活动，把全部的爱都注入丈夫和孩子们身上——这不正是索菲亚的真实写照吗？

托尔斯泰将娜塔莎塑造成自己理想的女性形象。在作者心目中，她就是生命和幸福的化身。而娜塔莎身上有着索菲亚的影子，说明索菲亚给了他诸多启示。

“安娜·卡列尼娜”戒指

索菲亚每天晚上将丈夫那些改得密密麻麻、凌乱不堪的手稿拿走，抄写清楚再送回来。她乐此不疲，怀着愉悦的激情一遍遍誊写。有时，某些句子他只写开头一两个字母，她就明白整个句子的意思，帮他完整地补到稿上。第二天上午，他又经过一番修改。午饭后她再来取，重新誊写一遍。

托尔斯泰的每部作品，索菲亚都是第一读者，分享着丈夫成功的喜悦，也分担着他的焦虑与辛苦。有时抄完稿，她会提出自己对作品的某些意见，他也欣然采纳。替丈夫抄稿，她得到了莫大享受，故事情节的发展，预想不到的迂回曲折，令她惊叹不已。融入丈夫的创作中，她心里充满了快乐。

高尔基从托尔斯泰的作品中发现，某些描写只有女性才清楚，即使不是出自索菲亚之手，托尔斯泰也是从她那儿知道的。

19世纪70年代，托尔斯泰又完成一部不朽杰作《安娜·卡列尼娜》。小说从1870年开始构思，直到1873年才动笔。最初他计划写一个上流社会已婚女子失足的故事，然而随着写作的深入，原来的构思不断地改变。小说的初稿仅仅用了五十天时间，但是他感到不满意，反复修改，写了四年。废弃的手稿有一米多高，全都由索菲亚一遍一遍地誊写。

《安娜·卡列尼娜》以安娜和列文两个主人公的生活为线索，从政治、经济、道德、家庭各方面反映了19世纪70年代的俄国社会。托尔斯泰塑造了女性意识的代言人安娜，展现了对人性自由、青春爱情的渴望。小说中另一位少女吉提，则是作为与安娜相对应的人物。她无疑是作者最喜爱的女性形象之一。在她身上集中表述了托尔斯泰的女性观和家庭观。

三十二岁的列文是位开明地主，爱慕年轻貌美的吉提，向她求婚。但是吉提正暗恋着军官渥伦斯基，拒绝了列文。而渥伦斯基和安娜爱得如火如荼。失恋的吉提大病一场后，列文以猜字方式，写出单词的首个字母，然后读出一句话来，向她再次表示自己的感情，吉提终于接受了他的爱；为真诚对待未婚妻，列文请求吉提读他的旧日记——这分明是托尔斯泰将自己当年追求索菲亚的经历写进了小说里。据索菲亚证实："在描写列文和吉提的婚礼时，把我们结婚典礼的场面写了进去。"列文和吉提的爱情，是作者歌颂的理想爱情典范。列文的幸福家庭与安娜的不幸家庭互为对照。列文是托尔斯泰笔下最具自传性质的人物。

托尔斯泰创作这部小说时，正值索菲亚的生育高峰。不断怀孕、分娩和哺乳，这种生活令她厌倦，她感觉自己像繁衍的牲畜。她抱怨道："我很累，怀孕让我变得蠢笨，经常失眠。"

1871 年生第五个孩子时，索菲亚患了严重的产褥热，濒临死亡，经过抢救才转危为安。因此她对怀孕充满恐惧。

医生也劝索菲亚不要再生育了。她向丈夫提出避孕要求，而托尔斯泰认为生儿育女是妇女的天职。以致夫妻间第一次发生激烈争吵。

在《安娜·卡列尼娜》里，作者借安娜嫂子多丽之口说："避孕是不道德的行为。"小说宣扬"妇女的解放不在学校，不在议会，而在卧室"。托尔斯泰是个大男子主义者，违背妻子的意愿，无视妻子的要求，让她十六次怀孕，生了十三个儿女，其中五名夭折，还有三次流产。

与此同时，《安娜·卡列尼娜》十二次易稿。索菲亚跟随着丈夫的改动，一遍遍地抄写。书稿完成后，托尔斯泰感谢妻子的巨大付出，送给她一枚镶嵌着两颗钻石和一颗红宝石的戒指，这枚戒指被命名为"安娜·卡列尼娜"。如今这枚"安娜·卡列尼娜"钻戒，陈列在莫斯科托尔斯泰故居博物馆。

生育、抄稿和操持家务，这就是索菲亚婚后十多年生活的全部内容。

进入 19 世纪 80 年代以后，托尔斯泰的思想出现变化，和妻子产生了严重分歧。索菲亚精神受到刺激，家族遗传的歇斯底里气质也发展起来。于是这个家庭的幸福生活便彻底结束。

“人应当一切都美”

——契诃夫的感情生活

美女米辛诺娃

安东·契诃夫（1860—1904）同莉季雅·米辛诺娃 （1870—1937）的第一次见面十分有趣。那天他正在书房写作，弟弟米沙进来神秘地说：“有一个漂亮极了的姑娘来找玛莎（玛丽雅的昵称），这会儿正在前厅呢！”

“是吗？”契诃夫放下笔，好奇地往前厅去。米沙跟在他的后面。

到了前厅，他们看见一个绝顶美丽的少女站在衣架旁。她一见契诃夫兄弟便急忙用皮大衣领半遮住脸，而他们俩已经把她看清楚了。

契诃夫从前厅的楼梯上了楼，米沙紧跟在后。他们在楼上略呆片刻便又下来，然后再上楼。两人这样上上下下下好几次，竭力把姑娘看了个够。姑娘羞得不敢抬头，以为契诃夫家有许许多多小伙子，不停地上楼下楼呢。

这位金发女郎就是莉季雅，昵称莉卡，年方十九，是契诃夫妹妹玛莎的同事，中学语文教师。她天生丽质，走在街上行人们都要情不自禁地多看她几眼。她通晓多种外语，而且歌唱得很好。

玛莎把莉卡介绍给全家人，从此莉卡经常来做客。她的美丽和天真博得契诃夫全家的好感。时间一长，莉卡和契诃夫之间产生了一种特殊关系。莉卡爱上了契诃夫，爱得十分执着。契诃夫也一度被她非凡的美所倾倒，曾经在信里写道：“请允许我，莉卡，陶醉在你的呼吸中。”“爱你爱到发疯，爱到忘我。”

莉卡给契诃夫写过一封情绪激动、语无伦次的信。她说，早晨她给他写的信是满纸泪痕，她撕掉了，到晚上又觉得“那一切已无足轻重”。

契诃夫回信问：“您何以早晨闷闷不乐？您为什么不珍惜早晨给我写的那

封信？唉，莉奇莎（昵称）呀，莉奇莎！”他像大哥哥对待撒脾气的小妹妹那样耐心。

契诃夫明白莉卡的感情，知道她对自己的爱。然而他却用玩笑话来敷衍，因为他逐渐发现这位美貌少女身上的缺点，开始感到失望。莉卡的最大缺点是意志薄弱，没有主见，总是心猿意马，今天想学声乐，明天就改主意了，过两天又做起了演员梦，结果一事无成。一次，她好不容易答应搞翻译，契诃夫马上送来一个德文剧本。而她一转手就把剧本给了女友翻译，让契诃夫十分恼火。

莉卡年纪轻轻便吸烟喝酒。这是契诃夫所不能容忍的。他苦口婆心地规劝，她说自己已戒掉烟酒。但事实上她恶习未改，使契诃夫感到深深的悲哀。

1892 年夏天，莉卡要同契诃夫去旅行。作为医生的契诃夫，正投身于扑灭霍乱的斗争中，当然不能参加此行，莉卡勃然大怒。契诃夫在信中意味深长地说：“莉卡，在您心中有一条大鳄鱼。实际上我的所作所为幸亏总是听从健全的理智，而不是受被您刺伤的心灵所指使。”

契诃夫有个信条：“人应当一切都美：面貌，衣裳，心灵，思想。”（出自剧本《万尼亚舅舅》）而莉卡拥有的仅仅是外貌的美，这就使得契诃夫对她的爱慕之情逐渐消失。

弟弟米沙劝他与莉卡结婚。他说：“唯有基于爱情的婚姻才有意义。娶个只是长得讨人喜欢的姑娘为妻，就如同在商场里买一件只是好看但毫无用途的东西一样。问题不在于姑娘长得怎么样，而取决于她是否真正可爱。”

这是契诃夫婚姻观的明确阐述。他为什么不敢接受莉卡的爱，从中可以找到答案。

以后，他对待莉卡完全是一种单纯的兄长般温柔亲切的感情：“到我们这儿来过冬吧！我们一定会过得很好的。我将负责教育您，除掉您的恶习。”

契诃夫善于从生活中挖掘创作素材。他没有接受莉卡的爱，然而莉卡这个人引起他深思，作为一种典型性格进入到他创作的素材宝库。他写了小说《跳来跳去的女人》(1892),故事情节来自画家列维坦的罗曼史,而女主人公的某些性格特征则取自莉卡。在另一篇小说《大沃洛佳和小沃洛佳》(1893)中的女主人公身上,也反映了莉卡那变化多端的情绪。

莉卡经过种种努力,对契诃夫彻底失望。后来她爱上了契诃夫的朋友、作家波达片科,后者已有妻室儿女。契诃夫了解莉卡,也了解波达片科,他预见莉卡和波达片科的恋爱不会有好结局。果然,这对情人出走巴黎,有了一个女儿,不久波达片科便遗弃了这对母女。接着女儿夭折,莉卡痛不欲生。

契诃夫为莉卡的不幸十分伤心,对波达片科的行为非常愤慨,骂他是个"下流胚"。

被波达片科抛弃后,莉卡的感情又回到契诃夫身上。当时她身处瑞士,契诃夫正在欧洲旅行。莉卡用信一封接着一封追踪他,诉说心中的愁苦和对他的依恋,并请求他前往瑞士。契诃夫回信说不能去瑞士,并劝她:"不要苦闷,望振作精神,保重身体,深深鞠躬,紧紧、紧紧地握手。"信写得冷静而亲切。

从莉卡身上受到启示,他又写了一个短篇《阿里安德娜》(1895)。女主人公的经历酷似莉卡,莉卡也从小说里认出了自己。在给契诃夫的信中自称是"被您两度抛弃的阿里(阿里安德娜的缩写)"。

最充分反映莉卡那段不幸遭遇的是剧本《海鸥》(1896)。契诃夫只借用了莉卡和波达片科的爱情故事,而剧中女主人公尼娜的性格与其生活原型莉卡却大相径庭。

《海鸥》上演了。朋友们都明白契诃夫把莉卡和波达片科的故事搬上了舞台。但是无论是莉卡,还是波达片科都不生气。《海鸥》首场演出,莉卡专程赶到圣彼得堡观看。在剧场里她痛苦地哭了,从尼娜身上她看到了自己。

莉卡忽然心血来潮,想开一个时装店。契诃夫写信问玛莎:"莉卡怎样?她的时装店又如何?她会压低嗓门儿狠狠地训斥那些女工,因为她的性子暴烈得很啊。她非常喜欢绿色和黄色的绦子,还有大檐帽,由于她的趣味存在这种缺陷,就不可能成为一个时髦而优雅的服装设计师。不过我不反对她开时装店，因为不管怎么说，这毕竟是一种劳动。”

莉卡还是莉卡，时装店没开成，她又去巴黎学声乐了。

莉卡对契诃夫的恋情一直持续着。1898 年，契诃夫与莫斯科艺术剧院演员克尼碧尔相爱，她才彻底绝望，从此再也没有给他写信。后来她嫁给了莫斯科艺术剧院导演萨宁，但是对他没有爱情。

1904 年契诃夫病逝。莉卡身穿黑色丧服来到契诃夫家，一连几个小时默默站在窗前，沉浸在对往事的回忆中。

女作家阿维洛娃

1889 年年初，契诃夫结识了利季娅·阿维洛娃（1864—1942）。阿维洛娃是位富于幻想的姑娘，自幼爱好文学，从小就写诗和散文。她的作品像她本人一样，充满灵气和才气。少女时代，她便十分崇拜契诃夫，他的每一篇小说都使她着迷。当读完《苦恼》(1886）后，她为主人公伤心地哭了。她被文学的魔力所折服，立志要当一名作家。然而同所有普通姑娘的命运一样，她出嫁了。丈夫不喜欢文学，瞧不起作家，对妻子的写作冷嘲热讽。不久有了孩子，阿维洛娃的作家梦就更加难以实现。

契诃夫是在阿维洛娃的姐夫、《彼得堡日报》主编胡杰科夫家遇到她的。他们俩一见如故，谈得很愉快。阿维洛娃为见到心中偶像兴奋不已。她脸色红润，充满青春活力。契诃夫把她当成小姑娘，揪着她那根又粗又长的辫子笑道：“这样的辫子我还从来没见过呢！”

当阿维洛娃告诉他，自己已有了一个快满周岁的男孩时，契诃夫不免有些吃惊。

同契诃夫第一次见面后，阿维洛娃心中燃起了一束照亮她整个精神世界的火光。但是回到家里，丈夫朝她发脾气，她心头的火光一下子便熄灭了，生活又恢复了原样。

三年过去了，契诃夫和阿维洛娃一直没见面。三年间发生了很多变化：契诃夫进入创作的成熟时期；阿维洛娃已是三个孩子的母亲。她的小说开始发表，作家梦逐渐变成现实。

在一个晚会上，契诃夫同阿维洛娃不期而遇，他们在一起谈得很开心。契诃夫让她把稿件寄给他看。两位作家说了些梦幻般的话，度过了一个非常富有诗意的夜晚。而阿维洛娃一回到家，丈夫正怒不可遏，他已经听到了一些流言蜚语……

阿维洛娃遵照契诃夫嘱咐把稿子寄给他。契诃夫看了她的习作，常常坦率地提出意见:"您没在文字上下功夫，而这是应当反复推敲的——艺术也就在这儿了。您得删去多余的字，清除句子里的'鉴于'和'借助于'之类的词。一定要注意语言的音乐性。""花一年时间写部长篇小说，修改半年，再拿去出版。您很少修饰自己的作品。女作家不该如此，而应在纸上刺绣，慢工出细活。"

从此他们开始通信，某种不同一般的感情在他们之间悄然萌生。

阿维洛娃坠入了爱河，在感情的狂澜中饱受煎熬。走投无路中，她忽然闪出一个念头，到首饰店订购了一个表链的坠子，做成书形，一面刻着"契诃夫小说集"，另一面刻着"267 页 6—7 行"。按照这页数和行数在契诃夫小说集里找到的句子是："一旦你需要我的生命，就把它拿去吧！"这是契诃夫的小说《邻居》（1892）里的一句话。阿维洛娃觉得这句话恰好凝聚着自己对契诃夫的一片痴情，便借用它向心上人吐露肺腑之言。

表坠做好后，她在盒上写下首饰店的地址寄给契诃夫。她没敢写下名字，这样做为的是好让自己有个退身之地。因为她明白，她的生命不属于自己一个人，她还有三个孩子……为此她感到透心彻骨的痛楚。

寄出表坠后她惴惴不安，而契诃夫始终没有来信。

在一个假面舞会上，阿维洛娃巧遇契诃夫。她身穿黑舞衣，戴着假面具，嘴里含着核桃为的是改变嗓音，她以为契诃夫不会认出她。契诃夫告诉她说,《海鸥》快上演了，请她务必去看，并且特别嘱咐道：“我要在戏里回答你，你一定要仔细地听！别忘啦！”

“你怎能从舞台上回答我呢？”她困惑不解，“你回答我什么？我又怎么知道哪些话是对我说的？”

“你会知道的！”契诃夫微笑地说。

大厅里奏起醉人的舞曲，阿维洛娃靠着契诃夫的肩膀感到幸福极了。她如梦似幻，借着面具的伪装，终于大胆说出：“我爱你！”

“你在逗人，假面人！”契诃夫笑了。

舞会结束，阿维洛娃始终不知道契诃夫是否认出自己。

阿维洛娃焦急地等待《海鸥》的首场演出。那一天终于到来，她坐在剧场心情十分紧张。演员的每一句台词她都聚精会神地听，但什么也没听出来。戏已经演了一半，她很失望，暗自思忖，假面舞会上契诃夫并没认出她，说在舞台上回答自己，恐怕只是句玩笑话而已。

就在此刻，舞台上出现了这样一个场面：女主角尼娜上场，同恋人特里哥利告别，送给他一个书形的项饰。她告诉恋人，项饰的一面刻着他的书名，另一页刻着页数和行数。尼娜走后特里哥利看着项饰念道：“121 页 11—12 行。”他念了两遍，然后拿来自己的作品，翻到那页找到那两行，念道:“一旦你需要我的生命，就把它拿去吧！”

从尼娜上场拿出项饰那一刻起，阿维洛娃的头便嗡一声响了起来。她呆了，心怦怦地跳，脸火辣辣地发烧……但不管怎么激动，她还是把那两个数字牢牢记住：“121 页 11—12 行。”

“这就是他的回答！”阿维洛娃心中明白了。

回家后，她连忙翻开自己那本小说集，找到 121 页 11—12 行，读到的是：“年轻姑娘不应参加假面舞会。”这完全是契诃夫式的答复。

契诃夫把自己生活里发生的事写到剧中，并通过舞台巧妙地回答了阿维洛娃，示意她要冷静与理智。

1897年初春，契诃夫突然病倒，阿维洛娃得知后十分焦虑，捧着鲜花跑到医院，经再三恳求才被准许探望病人三分钟。契诃夫托她到《俄罗斯思想》编辑部取小说《农民》（1897）的校样。在离开编辑部回家的路上，她碰到正在新圣女修道院外散步的列夫·托尔斯泰，她把契诃夫的病情告诉了他。第二天，托尔斯泰便去探望契诃夫。

几天后契诃夫写信告诉阿维洛娃："您的鲜花不仅没有凋谢，反而越开越娇艳了。"

当时许多朋友都给契诃夫送花，而摆在病床旁桌上花瓶里的却唯独只有阿维洛娃这一束。

契诃夫同阿维洛娃之间的感情瓜葛，在他的小说《关于爱情》（1898）中有所反映。阿维洛娃一看到小说的题目就预感到同自己有关。小说主人公爱上了朋友的妻子，他"不断地问自己，万一我们没有力量制止自己的感情，将造成什么后果？我不敢相信这种温柔忧郁的爱会一下子把她丈夫、她孩子和他们全家的宁静生活粗暴地毁掉"。读毕小说，阿维洛娃禁不住伏案饮泣，书页上留下斑斑泪痕。她为自己破灭了的爱之梦悲伤。

就在那一年，出版商马尔克斯要求购买契诃夫的著作版权，契诃夫写信托阿维洛娃找人把他以前在《彼得堡日报》上发表的小说都抄下来。这使阿维洛娃非常快乐——能为契诃夫做点事是多么幸福！在她的努力下，抄写任务顺利完成。

以后他们还通信，但是阿维洛娃从契诃夫的信里已感觉不到以前那种依恋之情了。

他们俩最后一次见面是1899年4月。契诃夫在莫斯科，恰巧阿维洛娃带着孩子乘火车回圣彼得堡路过莫斯科，在这里换车停留两个多小时。契诃夫知道后到车站看望她和孩子们。

“今晚艺术剧院专为我演出《海鸥》，你看完戏再走行吗？”他问阿维洛娃。阿维洛娃感到很为难。

“无论什么事，您都不同意我。”契诃夫不快地说。他忽然发现阿维洛娃穿的是夹大衣：“您带厚大衣没有？天气很冷啊！我马上写个条子给玛莎，让她把自己的大衣送来，还来得及！”

阿维洛娃费尽口舌才打消他这个念头。

“那么，您若冻病了就给我打电报，我来给您治病，要知道我是个好医生呢。”

“欢迎您到我家做客，不过不是去看病。”

“咱们相识已经十年了，十年，那时我们都年轻。”契诃夫无限感慨。

“难道我们现在老了吗？”阿维洛娃说。

“您还年轻，而我比老还要糟糕……我被疾病缠得失去了自由。”契诃夫悲伤地说。

火车铃声响了，他们就要分别。

“哪怕您病啦，我也不来。”契诃夫又开起玩笑，“我是个好医生，可是我的诊费很贵，您出不起……看来今后我们不会再见面啦。”

契诃夫和孩子们一一告别，同阿维洛娃握了握手就下车了。火车慢慢开动，阿维洛娃从车窗见他的身影掠过，但他没回头。

他们果真没再见面，但一直保持着通信。契诃夫在1900年2月的信里写道：“祝您万事如意，最重要的是盼您快活，不要把生活看得这么复杂，实际上生活恐怕要简单得多。再说，难道我们所不理解的生活应该充满种种使俄罗斯人疲惫不堪的恼人思想吗？”

契诃夫产生了一种新的心境，他劝这位同自己有过不同寻常感情的女友要豁达开朗。

火车站见面后五年多，契诃夫病逝。阿维洛娃则活到1942年，去世五年后她的回忆录发表，文章写得具有女作家特有的优美秀丽。经过考证核实，回忆录在时间、地点、事件上都比较准确。唯独契诃夫的妹妹玛丽雅，断然否定哥哥对阿维洛娃曾产生过某种感情的说法，她认为这只是女作家的自作多情和丰富想象而已。其实玛丽雅为哥哥袒护是多余的，即使契诃夫对阿维洛娃产生过爱情，但是最终还是克制住了。这丝毫无损于一位伟大作家的形象，反而更能真实展现他作为一个有着七情六欲的普通人的内心世界。后人还可以从契诃夫这段经历中，得知他一些作品的创作背景和生活原型。这种史料对研究作家及其作品都是弥足珍贵的。

女演员克尼碧尔

莫斯科艺术剧院开始排演契诃夫的《海鸥》。1898 年 9 月，剧作家应邀观看彩排。在排演过程中演员们深深爱上了这个剧本。当契诃夫来到剧院时，他们非常兴奋和激动，把剧作家团团围住，纷纷向他提出自己所扮演角色的各种问题。然而契诃夫腼腆地望着大家，不知如何回答才好。他的单纯朴素博得演员们的好感，从此，契诃夫同莫斯科艺术剧院便结下了不解之缘。

《海鸥》的女主角阿卡金娜由青年演员奥尔加·克尼碧尔（1868—1959）扮演。这是一位圆脸庞、大眼睛的漂亮姑娘，能歌善舞，才华出众。她非常崇拜契诃夫。当她第一次见到他时，她感到幸福极了。

契诃夫看了排演，对演员的表演都很满意，尤其欣赏克尼碧尔的技艺。在排演场上契诃夫和克尼碧尔一见钟情。

克尼碧尔说，1898 年是她一生最重大的节日，在这一年她成了艺术剧院的演员，实现了多年的夙愿；也是在这一年，她认识了契诃夫。

1898 年同样是契诃夫的盛大节日，这一年《海鸥》的演出取得巨大成功；这一年他终于遇到情深似海的人生伴侣。

在莫斯科逗留五天后，契诃夫便遵照医生要求到克里米亚的滨海城市雅尔达定居。

《海鸥》首场公演，取得意想不到的成功。第二天，契诃夫接到剧院领导涅米罗维奇－丹钦科报告喜讯的电报。随后又收到涅米罗维奇－丹钦科和玛莎分别写来描述《海鸥》上演盛况的长信。

涅米罗维奇－丹钦科在谈到演员的成绩时，特别提出克尼碧尔的表演，说她简直到了出神入化的地步。

玛莎写道，阿卡金娜是“由一个非常非常可爱的女演员、才华盖世的克尼碧尔扮演的。看她的戏简直是一种享受”。以后她随时将《海鸥》演出的情况告诉哥哥，说剧院的演员们请她去玩，待她十分热情。一次，她在信中像开玩笑似的写了一句：“我劝你去追求克尼碧尔，她很可爱。”

1899 年 4 月，契诃夫到莫斯科，剧院专为他一个人演出《海鸥》。几天后他去拜访克尼碧尔。两人相识虽短，却已彼此倾心。克尼碧尔比他小八岁，但是亲朋好友们对他们俩的相爱都不感到突然，似乎这是天经地义的事。

契诃夫邀请克尼碧尔到他在梅里霍沃的别墅去。暮春时节的梅里霍沃仿佛是个人间仙境。克尼碧尔在那里住了三天，这是充满幸福与欢乐的三天，随后她就到高加索度假了。

克尼碧尔一直没有来信，契诃夫很是不安，给她写了一封充满幽默又略带忧伤的信：“您现在在哪里？您这么固执地不肯给我写信谈谈近况，弄得我瞎猜起来了。我想您已经把我们忘记，已经在高加索出嫁，如果真是这样，那么您嫁给了谁？您是否想放弃舞台生涯？剧作者被遗忘了——啊，多可怕，多残酷，多不守信用！”

收到信后，克尼碧尔马上回了一封长信，从此这对恋人开始了书信往来。契诃夫曾这样称呼克尼碧尔：“您好，我生活中新的一页，俄罗斯大地上的伟大女演员！”

的确，克尼碧尔给他的生活掀开了新的篇章。

他们同去游历雅尔达，随后乘轻便马车旅行。坐在舒适的马车里，呼吸着清香的空气，用亲昵诙谐的契诃夫式的语言谈心，何等惬意!

马车经过一所医院的门口，阳台上一伙人向他俩拼命招手呼喊。但车上那对恋人谈得忘情，竟然没有发现，马车驶过去了。事后才知道那是一群认识契诃夫的医生，当时正在医院会诊，他们想拦住马车。这件事传了出去，便成为打趣他们俩的笑料。

经过这次旅行，克尼碧尔已经是契诃夫的未婚妻。契诃夫同莫斯科艺术剧院的关系也越加亲密，他在给友人的信中写道:“感谢上苍，我在生活的海洋中漂泊，最后总算遇到了艺术剧院这样的仙岛。”

随后，艺术剧院排演契诃夫的新戏《万尼亚舅舅》(1897)。契诃夫由于身体不好，没能看排演便回雅尔达了。克尼碧尔的信充满思念:“自你走后我是那么悲伤，心情是那么沉重，若不是维希涅夫斯基(艺术剧院演员)送我，我会放声大哭的。只要还未入睡，我的神魂便追随着你。你身体好吧？着凉了没有？”

契诃夫回信:“我几乎整天坐在屋里想你。回来的路上触景生情，想起你，想起我们的旅行。亲爱的，非凡的演员，卓越的女子，你知道你的信使我多么欣喜！深深地向你鞠躬，深深地，深到前额触及我那口掘到八俄尺深的井底(当时他的房子正在掘井)。我已经习惯同你在一起，现在很感寂寞，我简直不能设想要到明年春天才能见到你……”

在另一封信中他写道:“可别忘了作家，别忘啦！否则我就投河自尽或娶个蜈蚣为妻。”

契诃夫这一时期著名小说《带狗的女人》(1899)正反映了他与未婚妻的离别之苦。

每一个作品问世，契诃夫都要寄给克尼碧尔，并寄去一罐奶油，嘱咐她爱护身体。克尼碧尔为让他放心，拍了一张吃着奶油读他作品的照片寄给他。他看了很开心，在照片上题道:“正吞食契诃夫小说和契诃夫奶油的克尼碧尔。”

克尼碧尔在《万尼亚舅舅》中扮演女主角。她演得很好，但自己仍不满意，为没演好契诃夫的戏而痛心。由此可见，她是位对自己要求严格、有远大理想和坚强意志的女性。契诃夫越了解她就越爱她。他爱的不仅是她的美貌，而且爱她的心灵和思想。对契诃夫来说，克尼碧尔称得上是“一切都美”的人了。

排戏中克尼碧尔常向契诃夫请教，他也总给她提出精辟、宝贵的意见。对共同事业的热爱与追求，使得他俩的爱情更加牢固。

契诃夫对克尼碧尔，对艺术剧院的思念之情与日俱增：“我嫉妒你们剧院的老鼠……我愿给你们剧院当看门人。”

1900年夏，克尼碧尔来雅尔达度假。欢乐的时光飞一般流逝，接着又是长时期的分离。经历了那幸福的日子，他俩更难以分开。契诃夫在信中对克尼碧尔常用这样的称呼：“我的小亲亲”“我亲爱的宝贝”“我亲爱的小狗”“我的小马驹”……

契诃夫开始创作剧本《三姐妹》(1901)，剧中的二姐玛莎是专为克尼碧尔量身塑造的，所以他在信中写道：“你在剧中将担任一个多好的角色啊！”接着又开玩笑说：“如果你给十个卢布就可以得到它，不然我就给别的演员啦！”

病痛和客人常常打断他的写作。他向克尼碧尔诉苦：“我亲爱的、优秀的、无与伦比的女演员，我还活着，在想你，一心盼着见到你，因你不在身边而苦恼……自你走后这里一片衰败景象。没有你我非悬梁自尽不可。给你四百个热烈的吻。你要照顾好自己，我的小狗狗……”

克尼碧尔也想念他，希望他到莫斯科来。但是他感冒了，在信中说：“我不能去你那儿了，也就是说冬天你忘了我吧，我将另有新欢……”

这封信使克尼碧尔感到茫然：“你的信令人多奇怪，你对我冷淡了，你不愿到我这里来。”

契诃夫回复道：“你指责我冷酷无情，只是因为你健康地活着。如果说目前我们不能在一起，这既非我之过错，更非你之过错，而是那恶魔——侵入我体内的杆菌和你对艺术的热爱。”

聪明的克尼碧尔一切都明白了。误会消除，她心疼他，也更怜爱他。

为了将《三姐妹》剧本送到艺术剧院，契诃夫抱病到莫斯科。戏的总排尚未开始，他就因头痛加剧、咳嗽厉害不得不去法国尼斯过冬。又是分离！未婚妻送他上车，火车开动，她追着火车跑。最后火车看不见了，她便痛哭起来。

克尼碧尔决心同他永远结合，在信中主动提出："你 4 月来吗？咱们俩悄悄举行婚礼，你同意吗？"

契问夫没有马上答复，因他有后顾之忧。从尼斯回来他给未婚妻写道："东奔西跑使我疲惫不堪。看来我已老态龙钟，你同我结婚得到的将不是个丈夫，而是个老爷爷。一切我都准备好了，只除了一件小事——健康。"

在另一封信里他写道："我从国外给你带来极好的香水，你必须在复活节前周来取。……假若涅米罗维奇 - 丹钦科派你在复活节前周排戏，那就告诉他，说他可恶，是头猪。"

其实涅米罗维奇 - 丹钦科一点也不可恶，更不是猪，特地准她两周假去雅尔达。

他们计划到莫斯科举行婚礼，然后去蜜月旅行。抵达莫斯科后，契诃夫检查身体，发现病情有所恶化。作为医生，他明白自己时日不多，决定和心爱的人共同享受这迟来的、得之不易的幸福。

1901 年 6 月 7 日，契诃夫同克尼碧尔没有通知任何亲友在教堂举行了婚礼，然后直奔火车站。旅途中他给家人和朋友拍了他已经完婚的电报。契诃夫的婚礼正如他的为人，简单而朴素。

蜜月旅行结束，契诃夫回雅尔达，感到病情没有好转，因此立下了遗嘱。克尼碧尔返回莫斯科。新婚后的第一次分离是难以忍受的。从此他俩享受一段团聚的欢乐，接着又得饱尝分离的痛苦。每次相见前，不知要经过多少个日日夜夜的渴望。而分别后，又有不尽的回忆与思念。爱得越深，痛苦越重。

"到我的梦中来吧，亲爱的！"契诃夫写道。

园里的茶花开了，他特地拍电报告诉她。

克尼碧尔几天接不到丈夫的信就会哭。涅米罗维奇－丹钦科体贴他们的苦楚，常常安排别的演员临时代替克尼碧尔，让她去雅尔达住几天。

在排戏的空隙，克尼碧尔一想到丈夫就心酸得落泪。她甚至想离开舞台，永远守护在他身边。而契诃夫珍惜她的才华，反对这样做。他写道："我们犯了一个大错，那就是我们相遇太晚了。"

克尼碧尔不知道自己已经怀孕，1902年4月在巡回演出时因劳累过度而流产。她伤心得痛哭流涕，因为契诃夫非常盼望有个孩子。他曾写道："我非常希望你能生一个小小的半个德国人（克尼碧尔有德国血统），他会给你消愁解闷，充实生活，有个孩子多好啊，我的宝贝！"可是如今"小小的半个德国人"没能成活，她深感痛心。

身体孱弱，心情不好，克尼碧尔缠绵病榻。夏天他们俩在莫斯科近郊度过。初秋，契诃夫因咯血回雅尔达，又是分离！克尼碧尔来信说自己恢复得很好，许诺明年一定给他生个可爱的宝宝。契诃夫夫妇一直祈盼有个孩子，然而这个并不过分的心愿始终没能实现。

自移居雅尔达以来，契诃夫多年没在莫斯科过冬。他十分怀念莫斯科。在信里说："我亲爱的女长官，我严厉的夫人，只要允许我去莫斯科，我就答应只吃扁豆不吃别的，当涅米罗维奇－丹钦科和维希涅夫斯基进门时，我一定毕恭毕敬地站起来。说实话，雅尔达只能使人产生恶感，这里的水和空气弄得我总跑厕所……你不知道，在这里雨点打在屋顶时是何等凄凉！"

契诃夫一再强调，住在莫斯科比住在雅尔达对肺病有利。医生拗不过他只好同意，契诃夫喜得心花怒放。在莫斯科度过一个愉快的冬季后，病魔又紧紧缠着他，医生建议他到国外治疗。1904年6月，由克尼碧尔陪同到德国，住进巴登韦勒疗养院。一个鲁莽的德国医生竟当着病人的面，说他的病已经没有希望，克尼碧尔又悲又气，而契诃夫却镇静自若。

最初，契诃夫还能走动，两人常乘轻便马车去郊游。他们手牵手在散发着清香的松林里散步。他最留恋林中那片阳光灿烂、青翠欲滴的草地。

后来，契诃夫衰弱得无法行动，每天只能坐在疗养院的阳台观看街景。1904 年 7 月 11 日病情恶化，经过三天三夜的痛苦折磨，14 日傍晚他感觉稍好，一定要妻子到花园散散步。因为几天来她一直守在他身边，他很过意不去。妻子散步回来，他还给她讲了个笑话，逗得她开怀大笑。那天深夜，他悄然离世。

两人相识时，契诃夫已经身患重病，可是克尼碧尔毫不犹豫地嫁给他。三十六岁她失去了丈夫，从此全身心奉献给戏剧事业，荣获“苏联人民演员”称号。在九十一载的漫长人生中，她与契诃夫相恋两年零二十几天，结为眷侣三年零三十七天，加在一起仅仅五年两个月多一点，而且分离总是多于团聚。

克尼碧尔同丈夫天人永隔，却依旧给他写信：“给你写信连我自己也感到奇怪，而我不写简直受不了。当我拿起笔，总觉得你正在什么地方等着我的信！”她情意绵绵地呼唤着：“亲爱的，我的亲爱的，如今你在哪里？”

催人泪下的情思伴随着克尼碧尔终生。

2000 年契诃夫诞辰一百四十周年之际，美国作家卡罗 · 罗卡摩拉根据契诃夫和妻子的书信编成一部新颖别致的剧本——《情书》，展现这对爱侣的绝代情缘。2004 年是契诃夫逝世百年，台湾著名导演赖声川将剧本译成中文，搬上舞台。2014 年为纪念契诃夫逝世一百一十周年，由赖声川执导、蒋雯丽主演的话剧《让我牵着你的手》在全国各地巡回上演，引起了巨大反响。

契诃夫家的灵魂人物玛丽雅·契诃娃

俄国作家安东·契诃夫大名鼎鼎，而他那献出毕生精力默默支持他的妹妹玛丽雅·契诃娃却鲜为人知。就让我们讲讲有关她的故事吧。

兄妹情深

契诃夫有两个哥哥——亚历山大、尼古拉，两个弟弟——伊凡、米哈伊尔，一个妹妹玛丽雅。父亲是南方商埠塔甘罗格一家杂货店的老板。1876年父亲破产，带着妻子、女儿玛丽雅和最小的儿子米哈伊尔去莫斯科投奔在那儿上大学的两个大儿子。安东和伊凡则留在塔甘罗格继续读中学。

到莫斯科后，父亲一直没找到工作，两个大儿子也无法帮助家里。全家挤在一间阴冷潮湿的半地下室，往往吃了上顿没下顿。从小窗口望出去，看见的不是天空和阳光，而是街上地面的垃圾、尘埃和行人的脚。十一岁的米哈伊尔好不容易进入免费学校。十三岁的玛丽雅辍学在家，帮助多病的妈妈干家务活儿，织头巾来换点钱，转年靠好心人资助才得以继续升学。十五、六岁她已经锻炼成精明能干的管家人。

留在故乡的契诃夫课余当家庭教师养活自己，还能给家寄点钱，写信安慰父母，鼓励弟弟妹妹。玛丽雅非常敬爱哥哥，兄妹俩的感情越来越深厚。

契诃夫中学毕业，考入莫斯科大学医学系，从此与家人团聚。玛丽雅和米哈伊尔欢呼雀跃迎接哥哥的到来。契诃夫为了交学费和养家，开始给幽默刊物撰稿。医学系课程很重，上课、完成作业已经使他疲惫不堪，但还得写稿，每天工作到深夜。他的作品一问世便受到热烈欢迎，因此发表率很高，稿费成了家中的主要经济来源。他为玛丽雅交学费，让家人搬出地下室迁入新居，生活逐渐好起来。

以后，契诃夫又帮助玛丽雅和米哈伊尔上了大学。全家人都想方设法为他多做些事：玛丽雅和母亲给他准备可口的饭菜，缝制衣服；米哈伊尔帮他跑腿，到报社和杂志社送稿，取稿费……

契诃夫的房间和玛丽雅的卧室仅仅隔着一层薄板。他常在夜间敲玛丽雅的墙，把脑子里突然产生的题材告诉她。玛丽雅隔着墙也用自己的想象来丰富和发展故事情节。你一言我一语，很快就充实成一篇精彩的小说，兄妹俩为这意外收获又惊又喜。

大学毕业后，契诃夫正式挂牌行医，业余从事写作。他戏称医学是自己的合法妻子，文学只是他的情妇。

以沉默拒绝画家

1885年夏天，全家到莫斯科近郊巴勃金诺村避暑。村民们听说来了一位医生，纷纷来看病。弟弟和妹妹就给契诃夫当助手，玛丽雅也学会了能看点小病。一天，契诃夫不在，来了个小伙子，说肚子不好受。玛丽雅给病人拿蓖麻油时错拿了樟脑油，事后她又难过又害怕。次日，小伙子登门道谢，说他的病治好了。玛丽雅这才松了一口气。

此时，二哥尼古拉在莫斯科绘画雕塑建筑学校的同学列维坦正在邻村写生。契诃夫兄弟与他是好友，便将他请到巴勃金诺同他们住在一起。列维坦是个漂亮的犹太小伙子，性格十分可爱。

年轻人过得很快活。每天清晨，契诃夫伏在小桌上写作，一篇篇幽默风趣的小说诞生了。列维坦专心作画，不一会儿小屋里挂满了习作。契诃夫爱钓鱼，玛丽雅在一旁观看。画家也来凑热闹，但没能坚持多久便高声朗诵起普希金的诗。他发不出卷舌音“P”，大家笑了。他把所有鱼全叫“鳄鱼”，又引起同伴们的一阵哄笑。

列维坦一到契诃夫家，就被玛丽雅的清纯所打动。一天，玛丽雅到林中散步，遇到了列维坦，两人谈得很愉快。多情的画家突然扑通一声跪在地上，狂热地向她倾诉爱情："玛莎（昵称），你脸上的每一处都让我觉得可亲可爱……"

如此突兀的求爱方式令玛丽雅既吃惊又羞涩，她用双手捂住脸，急忙跑开。她跑回自己房间，心慌意乱，伏在枕上哭了。契诃夫进来，她把事情告诉了他，并说不知如何答复列维坦。契诃夫说："如果你愿意，当然可以嫁给他。不过你要注意，他需要的是巴尔扎克小说[①]里那种年龄的女人，而不是你这样的。"

玛丽雅没听懂后面那一句，又不好意思问，但明白哥哥是在警告自己。她一向尊重哥哥的意见，这次同样接受了忠告，把列维坦视为兄长。而列维坦却因初恋受挫丧失了追求幸福的信心，从此放纵自己，在"巴尔扎克小说里那种年龄的女人"当中，制造一次一次的罗曼史。

玛丽雅以沉默拒绝画家完全出于对哥哥的信赖。这得怪罪契诃夫，是他的过分谨慎，使自己最疼爱的妹妹和最要好的朋友，双双失去了幸福。

玛丽雅酷爱绘画，师从列维坦，获得不少有益的教诲。在玛丽雅看来，列维坦是她的第六个兄弟；而对列维坦来说，玛丽雅是他心中的圣洁女神。1886 年，玛丽雅大学毕业后任中学史地教师。契诃夫开始在大型刊物发表中篇小说。玛丽雅除了工作便是照料哥哥。

列维坦经历了几桩风流韵事，越加感到玛莎纯洁无瑕，可敬可爱，多次对她说："玛莎，如果我什么时候结婚，只娶你！"他给玛莎写信称她为"可爱的、亲爱的、我爱的玛莎"。他每次给契诃夫写信都问到玛莎，并以老师身份开玩笑："玛莎小姐工作得怎样？告诉她，要多多努力，不然我就罚她站墙角。""玛丽雅在绘画上成绩很大，真不得了，你们契诃夫一家都是天才！"

痛苦抉择

1888 年盛夏，契诃夫全家到乌克兰一个村庄避暑。一天，房东家来了两位亲

① 指《三十岁的女人》。

戚，他们是斯马金兄弟。两个年轻人相貌英俊，很有文化教养，举止言谈也颇为风趣，立即同契诃夫家交上了朋友。他们俩来自果戈理的故乡，临走时邀请契诃夫兄弟和玛丽雅到他们的家乡做客。契诃夫正想深入乌克兰腹地，几天后他们便出发了。这次乌克兰之行让契诃夫搜集到不少创作素材，也使得在玛丽雅的生活中发生了一件大事。

以后，斯马金兄弟常来莫斯科契诃夫家玩，交往越来越频繁。大斯马金对玛丽雅十分倾心，玛丽雅也喜欢他。两人常在一起散步、聊天。当斯马金向她求婚时，她一点也没感到意外。显然，这个年轻人能燃起她心中的火花。不过和往常处理任何事情一样，需要征求哥哥的意见。她走进哥哥书房，说："听我说，安托沙（昵称），我打算结婚……"

契诃夫早已看出妹妹和斯马金的亲密关系，所以没问她将同谁结婚就全明白了，他没说什么。玛丽雅立刻觉察到哥哥对这一消息并不愉快，就没往下说。她黯然回到自己房间，不知所措，竟哭了起来。以后契诃夫没再和她提这件事，也不像平时那样爱开玩笑了，而且尽量不来找她。这令她十分苦恼。

玛丽雅反复思索了几天几夜。她想，这么多年来在自己的精心照料和安排下，哥哥有了一个舒适环境，他的才华得以施展，在文学道路上突飞猛进。如今父母年迈，倘若自己一旦出嫁，离开这个家，他将会怎么样呢？想到这些，她十分难过。不，不能离开哥哥，不能让他在精神上有一点点不快，不能让他已经习惯了的生活方式有一点点变化，总之，不能影响他的精神支柱——文学事业。

经过激烈的内心斗争，玛丽雅最后作出痛苦决定：拒绝斯马金的求婚。斯马金对玛丽雅的答复感到十分意外，同时也非常痛苦。他给这位变幻莫测的姑娘写了一封言辞激烈的信。

而契诃夫并不理解玛丽雅这番苦心，更不知道她所遭受的种种煎熬。他从未同妹妹谈过她在感情生活方面的问题，似乎忘了这是个豆蔻年华的女孩。他在给朋友苏沃林的信中写道："妹妹仍未出嫁，不过看来还在写情书。我真不明白，她这次又拒绝了求婚，实在是个猜不透的谜。她是唯一真心不愿出嫁的姑娘。”

当契诃夫已不在世时，玛丽雅读到这封信，为哥哥如此理解感到宽慰。这是她出于对哥哥的爱，但却令旁观者难以接受。他真的不明白吗？他亲眼见到玛丽雅同斯马金互有好感，况且妹妹已经郑重告诉他打算结婚了……看来契诃夫也有弱点。他满足于妹妹所创造的环境，不愿发生变动，没意识到她付出的巨大代价，更没为妹妹的未来着想，岂不是太自私啦！？

紧紧关闭感情的闸门

19 世纪 80 年代末，契诃夫家搬到靠近市中心的库德林花园街一幢小楼（今莫斯科契诃夫纪念馆）。这是“大管家”玛丽雅物色的房子，房间设计合理，环境优美，所以她一眼就看中了。全家在那里度过了一段非常快活的时光。

契诃夫从萨哈林岛考察归来，感到作家应当生活在人民中间，因而决定搬到农村去。为购置庄园，玛丽雅和米哈伊尔四处奔走，斯马金也没少出力，1892 年终于在莫斯科近郊梅里霍沃村买下一座庄园。迁到梅里霍沃后，玛丽雅去莫斯科上班极其艰辛。她常年奔波于那条坎坷、泥泞的路上。

契诃夫还未满二十五岁就开始咯血，每逢春天咳嗽都很厉害。当他长途跋涉去萨哈林岛回来后，健康每况愈下，曾经向亲人们表示，准备永远过独身生活。玛丽雅听了十分伤心，不知偷偷流下多少泪。于是她暗下决心：终身不嫁，为照顾哥哥生活，支持他的事业献出一切。

虽然列维坦常常写来一些热情而温柔的信，并不止一次对她说：“玛莎，如果我什么时候结婚，只娶你！”还有那个斯马金，依然经常到梅里霍沃来，也撩得她心神不定。但无论是列维坦，还是斯马金，都只是好朋友而已。她不能让哥哥的生活方式有一点改变，因此她自己的生活方式也不能有一点变化。她怎忍心离开哥哥，特别是在他处于病魔缠身的逆境中，她怎能抛下他，让他孤苦伶仃呢？世上再没有任何一个人比安托沙对她更珍贵了。

深爱的人遭遇厄运

1896年，列维坦患了心脏病，医生说他随时都会有生命危险。那年除夕夜，列维坦在契诃夫家度过。时钟敲过十二下，大家举杯迎接新年，互致祝贺。然而在新的一年，契诃夫和列维坦都未能逃脱厄运。春天，契诃夫大量吐血，被正式确诊为肺结核，震惊了他的亲人和朋友。其实玛丽雅早就怀疑哥哥患的是这种可怕的病，但医生出身的契诃夫却总说自己得的是气管炎，使她将信将疑，一直抱着一线希望。如今的诊断无异于给他宣判了死刑。

夏天，玛丽雅收到列维坦的信，信中写道："我亲爱的好姑娘，你现在在做什么？我想见你，想得要命。但我病得这么重，连坐车去看你的力气都没有了。我是彻底垮啦，恐怕不会活太久了，应当把歌儿唱完啊！"

玛丽雅马上去看望他，原来他又患了伤寒。昔日风度翩翩的画家憔悴得让人认不出来了。列维坦在病榻上用微弱的声音向她再次倾诉衷肠："如果我什么时候结婚，只娶你……"

她听了忍不住落下伤心的泪。

契诃夫和列维坦的病对玛丽雅的打击十分沉重。一个是心爱哥哥，一个是蓝颜知己，患的全是无法医治或难以医治的病。眼看两位最亲密的人，两位天才艺术家即将不久于人世，她心碎肠断。

似乎是命运之神的有意抚慰，1897年列维坦荣获院士称号，翌年回母校莫斯科绘画雕塑建筑学校任教授。契诃夫兄妹为他的成就深感欣慰。

蓝颜知己离去

契诃夫遵照医生嘱咐，1898年迁居南方滨海城市雅尔达。这年10月父亲去世，母亲也搬到了雅尔达，随后卖掉梅里霍沃庄园。这时，由于其他兄弟都有了各自的家室，分别住在莫斯科和圣彼得堡，全部繁重琐碎的事务主要由玛丽雅一个人来承担。因而人们称赞她是契诃夫家的灵魂人物。

玛丽雅仍在莫斯科执教。从此，她不得不比以前更加辛苦，常年奔波于莫斯科与雅尔达之间，并且还经常代表契诃夫出席莫斯科文艺界的各种活动。

1899 年 12 月，玛丽雅到雅尔达度假。她一抵达就接到列维坦给契诃夫拍来的电报："今日请恭候著名院士"。契诃夫全家大喜，玛丽雅更是神采焕发，里里外外忙个不停。当天就迎来了画家，他来这里休养两周。玛丽雅暗自计算了一下，她恰好能在送走列维坦之后离开雅尔达，心中不禁非常欢喜。

一天，风和日丽，列维坦请求玛丽雅同他一块出去散步。路上，列维坦指着一个小山坡说："我想到山上去，那里空气新鲜，呼吸会轻松些。"

玛丽雅同他慢慢往山上走。到了山上，壮丽的景色展现在他们面前，但列维坦的呼吸并未轻松。他说："玛莎，我多么不愿死啊！"

"是啊，他不应该死！"玛丽雅噙着泪想道。

列维坦在契诃夫家迎来 20 世纪，几天后告辞回莫斯科。在 1900 年春天开幕的巴黎世界博览会上，列维坦的四件作品被选送参展。这已是他第三次参展世博会，难怪契诃夫说他是"独树一帜的奇才"。

这年 7 月，列维坦因感冒勾起心脏病逝世，终年未满四十岁。消息传来令人心碎，倘若当年他能同玛丽雅结合，命运也许会是另一个样……

契诃夫全家陷入深深的悲恸中。在玛丽雅面前，出现了列维坦含情脉脉的眼神，耳际响起那温柔热烈、重复多次的情话。这时她才吃惊地发现，自己是多么爱他！

列维坦给她写过许多热情温存的信。她将信件用蓝色缎带捆住——在西方"蓝色"一词联系到爱情时象征着精神上的爱，连同他送的绘画颜料、调色板、画箱和画架，作为最宝贵的物品永远珍藏。

为哥哥献出一生

契诃夫最终没能坚持独身。1898 年莫斯科艺术剧院排演他的剧作《海鸥》时，剧作家同女演员克尼碧尔在排演场上一见钟情。1901 年春天，他们俩在莫斯科结婚。而全身心奉献给哥哥的玛丽雅，却不止一次与爱情失之交臂。

玛丽雅因太爱哥哥了，对克尼碧尔产生了一种莫名其妙的嫉妒。而契诃夫仅仅拥有短暂的幸福时光，1904 年 5 月病情加重，医生建议到国外治疗。于是他由克尼碧尔陪同到德国巴登韦勒疗养。不料他的病情反而恶化，7 月 15 日在异国他乡逝世，终年四十四岁。噩耗传来，玛丽雅如同遭到雷击……

葬礼于莫斯科举行完毕，克尼碧尔拿出一份契诃夫在 1900 年写下的遗嘱交给玛丽雅。遗嘱指定玛丽雅做他的管理人和遗嘱执行人，并将雅尔达别墅赠送给她。玛丽雅被哥哥的信任深深感动。她擦干眼泪，振作精神，决心把这座别墅用来纪念哥哥，使它成为作家契诃夫故居纪念馆。

从此，玛丽雅担任雅尔达契诃夫纪念馆馆长。晚年，当她已两鬓斑白时，曾收到斯马金的一封信，他亲切地回忆往事，表示仍爱她，永远爱她，但始终不明白当年她为什么拒绝他。玛丽雅读着信，报以温柔的微笑。

1957 年，玛丽雅以九十四岁高龄辞世。在生命的最后时刻，她才向世人透露深藏内心几十年的秘密：她是爱列维坦的，但为了哥哥，她愿牺牲自己的幸福。

玛丽雅本来可以成为一名画家——列维坦曾高度评价她的艺术才华，她本来可以充分享受爱情的幸福——两位男士终生爱慕着她。可是她却选择了另一条人生道路：为哥哥的事业献出一切。

心相通

——契诃夫和柴可夫斯基的情谊

在俄罗斯作曲家当中，契诃夫最崇拜彼得·柴可夫斯基（1840—1893）。他以一个作家的慧眼敏锐地觉察到柴可夫斯基与自己的相通之处，就如同他和挚友、画家艾萨克·列维坦在心灵上达到默契那样。柴可夫斯基比他年长二十岁，所以他总怀着崇敬心情关注着作曲家。在给作曲家的弟弟莫戴斯特·柴可夫斯基的信中写道："我愿做一名光荣的卫士，日日夜夜守护在彼得·伊里奇住所的门旁——我尊敬他到如此地步。若谈等级，那么在俄国艺术界，他应居第二位，仅次于早就稳坐第一把交椅的列夫·托尔斯泰。第三位我认为是列宾，而我自己则在第九十八位。"

莫戴斯特在回信中说："哥哥对您写的关于他的话非常高兴，甚至感到有些受宠若惊。至于等级，我认为您应当是第四位。"莫戴斯特告诉契诃夫，哥哥喜欢他的作品，推崇他为"俄国文学未来的柱石"；还告诉他，他的小说《信》一年前在《新时代》杂志发表时，哥哥便被作品迷住了，感到如果不给作者写封信就很不安。他把信寄到了《新时代》编辑部。但遗憾的是契诃夫没有收到这封弥足珍贵的信。

显然，两位艺术家相互欣赏对方的作品。1888 年 12 月，他们终于有机会在圣彼得堡相遇。作曲家的纯朴、谦逊与善良使契诃夫深受感动。同样，柴可夫斯基也很喜欢这位幽默风趣的年轻作家。那次短暂会晤，使彼此留下了深刻而良好的印象。

契诃夫想把即将出版的小说集《忧郁的人》（1888）献给敬爱的作曲家。1889 年 10 月，他在致柴可夫斯基的信中写道："请允许我把这本小书献给您。我很希望得到您的肯定答复，因为这个呈献会给我带来极大的快乐。另外，它还能多少满足我每天思念您时的那种崇敬感觉。”

柴可夫斯基读后马上提笔回信，想表达自己的感激之情，但是一时竟不知如何用文字来表达。次日，他从莫斯科附近的克林城郊住处（今柴可夫斯基纪念馆），专程到市中心库德林花园街契诃夫寓所（今莫斯科契诃夫纪念馆）亲自面谢。大名鼎鼎的作曲家突然光临，给契诃夫全家带来莫大的惊喜。

契诃夫向客人逐一介绍了自己的弟弟妹妹及朋友后，两人便到书房促膝谈心，谈得十分愉快。柴可夫斯基说，自己非常喜欢普希金，曾经想将《上尉的女儿》改编成歌剧，但是没有成功，后来改编了《叶甫盖尼·奥涅金》(1877)。他还说，自己也很热衷莱蒙托夫，将他的诗《金色的云已经入睡》配成了一首无伴奏混声合唱曲。契诃夫同样也是莱蒙托夫的热烈崇拜者，也很爱那首诗，已经将它作为小说《在路上》(1885)的卷首诗。谈到这里，两个人都为相互间心有灵犀而惊喜。

两人越谈越兴奋。契诃夫说：“我还没见过比莱蒙托夫更好的语言了。我想将他的小说拿来，像中学生那样分析每一个句子，打算这样学写作。”

柴可夫斯基提出将莱蒙托夫的中篇小说《当代英雄》(1840)里的《贝拉》一章改编成歌剧，请契诃夫写脚本。契诃夫欣然同意。两人立即把剧中角色的音部做了如下安排：

贝拉——女高音

毕巧林——男中音

马克西姆·马克西梅奇——男高音

卡兹比奇——男低音

几个小时在愉快的谈话中不知不觉过去了。柴可夫斯基送给契诃夫一张照片，背面的题词是“安东·契诃夫留念，您的热烈崇拜者柴可夫斯基敬赠1889.10.14”。

这幅照片从此便永远摆在契诃夫的书桌上。

作曲家走时忘了带自己的烟盒。契诃夫马上派人送还，并附短信一封，动情地写着：“送上照片一张和小书一册，我甚至想将太阳也送给您，假若它是属于我的话。您把烟盒忘在我家了，现送还给您。烟盒里少了三支烟，是大提琴家、长笛手和教育家各吸了一支。”

“大提琴家”和“长笛手”是契诃夫家里两位常客的绰号，“教育家”指的是契诃夫的弟弟伊凡，当时是小学教师。他们各吸了一支烟，不是自己没有，只因这烟是柴可夫斯基的！

这次会面后，两人都沉浸在无尽的愉悦中。过了几天，柴可夫斯基派人送来一张俄罗斯音乐协会举办的交响音乐会1889—1890年季度请柬，从此契诃夫全家能经常出席作曲家亲自指挥的音乐会。

契诃夫十分欣赏歌剧《叶甫盖尼·奥涅金》。他一向认为，普希金原著里达吉亚娜写信那一节，是俄罗斯古典文学中表达人物内心体验的杰作；而柴可夫斯基歌剧里写信的那一场，则把伟大的诗篇同卓越的音乐融为一体，同样是俄罗斯文学艺术中不可多得的珍品。

他认为普希金的诗与柴可夫斯基的音乐珠联璧合。

多次观赏这出歌剧，契诃夫写下短篇小说《散戏以后》(1892)，描写一个十六岁的女孩第一次观看歌剧《叶甫盖尼·奥涅金》后的心情。歌剧以高度的抒情性，动人地展示出一位纯真少女的美好情怀，唤起少女心中一种从未体验过的神秘感觉。她幻想自己也能像女主人公那样给心上人写信，倾诉最真挚的感情。虽然她还懵懵懂懂，但却充满对这种新奇感情的喜悦，所以作者最初给小说命名为《喜悦》。

契诃夫像喜爱普希金原作中连斯基决斗前夕那段独白那样，喜爱歌剧里连斯基的咏叹调：

青春啊，青春，我美好的青春，
你在哪里？你在哪里？
明天为我准备了什么？
（查良铮　译）

作家把这首咏叹调用作剧本《林神》（1889）第三幕的音乐题词，在剧本的场景说明中写道："可以听见，台后叶莲娜正在弹奏《叶甫盖尼·奥涅金》里的连斯基咏叹调。"音乐把观众带入抒情而又紧张的气氛中去。他还在小说《陌生人的故事》（1893）、《我的一生》（1896）和《姚内奇》（1898）里，写到柴可夫斯基的音乐。

柴可夫斯基那些内容深刻、具有重大社会意义的交响曲也深深吸引着契诃夫。一天，妹妹玛丽雅从外面回来，听见客厅里有钢琴声。进屋一看，令她吃惊的是契诃夫一个人坐在钢琴前，用一个手指按动琴键——他是不会弹奏任何乐器的。他完全沉浸在音乐里，竟然没有发现玛丽雅进来。玛丽雅悄悄站在一旁，听出哥哥弹的是柴可夫斯基的《第五交响曲》里的主题。这部交响曲是作曲家的重要代表作之一，表现人与命运的抗争，人由完全听从命运的摆布到产生怀疑，最后决心起来斗争。契诃夫不止一次弹奏这个主题，从中听到了自己的心声。

小说集《忧郁的人》出版后，契诃夫立即将书寄给了作曲家。

1890 年，契诃夫决定到萨哈林岛考察。从做准备工作开始直到返回莫斯科，他花了整整一年的时间。在同一年里，柴可夫斯基因遭受挚友梅克夫人突然与之断交的沉重打击，而痛苦不堪。这样一来，他与契诃夫合作改编歌剧《贝拉》的计划便被搁置。

晚年的柴可夫斯基孤独，郁闷，为国家忧心忡忡，他说："我心爱的，然而是可悲的祖国，处在最黑暗的时期，所有人都感到隐隐的不安，好像在即将爆发的火山上行走。”《第六（悲怆）交响曲》是他的绝笔之作，也是他的创作巅峰。他把自己的心血以及整个灵魂都投入到这部乐曲里，用音乐语言反映了那个时代俄国知识分子的内心世界。

1893 年初冬，一个刺痛人心的消息从圣彼得堡传来：柴可夫斯基猝然去世，令契诃夫陷入深重的哀恸中。就在十天前，他还从报上读到柴可夫斯基去圣彼得堡亲自指挥新作《第六（悲怆）交响曲》首场演出的消息，他为作曲家的成就十分兴奋。万万没有料到，几天后一代天才溘然长逝。他给莫戴斯特发去唁电：“噩耗传来，十分震惊，悲痛欲绝。深深尊敬和爱戴彼得·伊里奇，在许多方面都应感激他。”

契诃夫和全体俄罗斯人一起，经受了失去一位伟大音乐家的巨大悲痛。

柴可夫斯基与契诃夫所处的时代，正是 1861 年沙皇被迫废除农奴制到 1905 年第一次俄国革命之间的过渡时期。沙皇政府预感到末日来临，疯狂进行垂死挣扎，残酷镇压人民。旧秩序即将被摧毁，新的力量正孕育成熟，这是沙皇统治的最黑暗时期。两位大师都是具有民主主义思想的先进人士。他们凭着一颗正直善良的艺术家的良心，用凝结着血与泪的作品，真实而深刻地反映了 19 世纪末俄国的社会生活，反映了同时代知识分子的苦闷、期望和追求，以及对美好未来的憧憬。

契诃夫的小说《草原》(1888)、《乏味的故事》(1889)、《第六病室》(1892)，在主题思想与感情气质方面，非常酷似柴可夫斯基最后的三部著名交响曲。

两位巨匠在俄国文化史上起到承上启下的重要作用，使俄国文学艺术变得更加辉煌。他们的作品早在 20 世纪初就已经引入中国，滋养了我国几代人的心灵，产生了无法估量的影响。他们俩的友谊，他们俩在创作思想上的内在联系，都是值得后人探讨的话题。

契诃夫一些作品的创作背景

安东·契诃夫（1860—1904）是俄罗斯近代伟大的小说家、戏剧家。他的作品引人入胜，内涵深邃，技巧独特，在世界文坛上享有盛誉，早在1907年我国已经开始译介他的小说。

下面就契诃夫某些作品的创作背景进行一些初步探讨。

《致有学问的邻居的信》(1880)

书信体短篇幽默小说，契诃夫的处女作。当时他刚刚二十岁，是莫斯科大学医学系一年级学生。署用笔名“契洪杰”，他准备将“安东·契诃夫”这个名字留到将来发表医学论文时再用。写作既是兴趣所在，又是生计所迫——他的家境十分贫寒，需要挣点稿费来贴补生活。

这篇小说的主人公是个不学无术而又自命不凡的地主，他故作风雅，用文绉绉的语言给一位真正有学问的邻居写信，大谈其对当代科学最新成果的见解。他以荒唐可笑的观点来证明自己那一窍不通的论断。这个人物形象既可笑又可怕，它是那个时代反动思想的化身。契诃夫在生活中观察到这类人，袭用了自己家族老一辈人——祖父、父亲和叔父的书信风格作为形式。小说发表后好评如潮，各种幽默刊物纷纷向他约稿。俄罗斯19世纪的一位文学大师就此诞生。

《一个小官员的死》(1883)

契诃夫的大弟弟伊凡，在莫斯科附近的小镇沃斯克列辛斯克的教区小学教书。1883年暑假，契诃夫去那里度夏。小镇景色优美，是避暑的好地方。他每天在林中采蘑菇、摘覆盆子，到小河游泳、钓鱼。他在当地居民中交了不少朋友。一次，他听到发生在莫斯科皇家剧院里的一件真事：一名小官员在看戏时打了个喷嚏，唾沫星溅到前排一位将军的秃顶上。小官员胆战心惊，自认为闯下了大祸，一而再再而三地到将军家道歉。将军烦了，大发雷霆，将他赶出了家门……小官员受到惊吓，没过几天竟一命呜呼了。契诃夫根据这一素材写成小说，描绘了小官员的奴性心理。

也有史料称，这篇小说的素材是契诃夫和家人在1885年夏天到莫斯科近郊巴勃金诺村避暑时得到的。他们租住了别墅。别墅女主人基塞辽娃是位儿童文学作家，她的父亲别基切夫曾经担任莫斯科皇家剧院院长，是个讲故事能手。一个小官员之死就是老院长讲的发生在剧院里的一个真实故事。但小说创作于1883年，显然有误。契诃夫的小弟弟米哈依尔在回忆录中证实了前种说法正确。

《罪犯》(1885)

契诃夫文思敏捷，往往一件普通事物都能给他以启发。他常常到莫斯科郊外的一位朋友家做客。一天，他和朋友沿着池塘散步，遇到一个叫尼基达的农民正在那里钓鱼，此人为全村闻名的钓鱼能手。契诃夫发现他的鱼竿坠子是从火车铁轨上拧下来的螺丝帽做的，于是一再向他解释，这样做是很危险的，会造成火车出轨、翻车事故。可是尼基达对这些话全然不懂，仍旧一个劲儿地讲他自己的那套道理。契诃夫把这个无知农民那段话记在了札记簿上，随后写成这篇以尼基达为原型的小说。

《万卡》(1886)、《渴睡》(1888)

《万卡》写九岁的男孩万卡在鞋匠家当学徒。他实在无法忍受挨打挨饿的生活，在圣诞节前夜，趁主人出去做晨祷的时候，偷偷给他唯一的亲人、乡下的爷爷写信，诉说自己的苦日子“连狗都不如”，央求爷爷把他带走。写好后他把信装进信封，在信封上写下地址“寄交乡下爷爷收”，便跑到街上将信投入了信箱……

《渴睡》写十三岁的女孩瓦尔卡给皮匠当小保姆。她除了照料婴儿，还要干好多活儿，累得喘不过气。她的眼睛睁不开，脑袋耷拉着，只要一打瞌睡，皮匠就会狠狠地敲她的后脑勺："孩子哭，你倒睡觉！"白天的活儿做不完……

夜晚摇篮里的娃娃总是哭，女主人怒气冲冲地命令道："瓦尔卡，摇娃娃！"瓦尔卡困啊，困啊，脑袋沉甸甸的，难受极啦，而那个娃娃仍不停地哭。在半睡半醒中她发现不让她睡的就是那个啼哭的婴儿。她掐死了婴儿，便一头倒下睡着了。

契诃夫从小就对童工生活有深切的了解与体会。他的父亲早年是南方商埠塔甘罗格的杂货店老板，雇着两名小学徒，每当老板有事离开，就让自己的孩子们去店里轮流值班，因为他不放心那两名小学徒。契诃夫常常被派去值班。他虽然是少东家，也没少受罪："挨打，挨骂，守店，送货，夜里被吵得睡不好……这就是小杂货店老板儿子的生活。我小时候没有童年生活。"而学徒们的处境就要更加悲惨，吃的是残羹剩饭，穿的是破衣烂衫，犯了过错便会被打得死去活来。店铺每天早晨五点开门，夜晚十一二点上门板。他们睡眠不足，面带菜色，随时说睡着就睡着。契诃夫在观察体验了许多苦难儿童的非人生活的基础上，怀着同情与怜悯创作了两篇动人的小说，结尾又都是那么耐人寻味，充满悬念。

《渴睡》是契诃夫短篇小说中的上乘之作。全篇对困的感觉描绘得真切动人，唯有饱尝过困的滋味的人才能写出如此绝妙的篇章。小说中有瓦尔卡的意识流动，昏昏沉沉的脑子里出现朦胧的幻影：父亲生病、去世，母亲带着她从乡下沿途乞讨，进城找活儿……老板一声吼，她又回到了现实。小说运用梦幻与现实相互交替的艺术手法，已经具有20世纪才盛行的意识流文学风格，令人耳目一新。

全篇仿佛没有什么情节，其实是有大情节的，不仅是情节，已经成了事件。生活中会出现一些匪夷所思的现象，莫名其妙的犯罪，肇事者将受到严惩。瓦尔卡在睡意蒙眬中掐死婴儿，实质上是对剥夺她睡眠权力的一种下意识反抗。小说结尾看似夸张，然而一个人连续几天几夜被逼得不能睡觉是会发疯的，更何况是个孩子呢。再加上作品铺垫得真实、自然，就使极端变成典型，不但惊人，而且深刻。

《神经错乱》(1888)、《第六病室》(1892)

契诃夫的朋友、作家迦尔洵(1855—1888)才华横溢，内心气质敏锐而脆弱。在那令人窒息的时代，他看到太多的丑恶事物，可是又深感自己无力反抗，找不着出路而痛苦万分，因此患上了精神病。在一次发病时，他从一座盘旋楼梯护栏的空隙中跳了下去，就这样悲惨地结束了自己年轻的生命。他只活到了三十三岁。

契诃夫的另一个朋友、诗人巴尔明(1841—1891)也被严酷的现实所毁灭。他聪明正直，具有真正的诗人气质。然而这样一个有才华的优秀人物却一天天变得颓废，终日以酒浇愁。有一次，他喝得酩酊大醉，撞破额头，契诃夫作为医生曾去给他治伤。巴尔明五十岁便死了，死得无声无息。他的才华没有得到应有的发挥，他的抱负也无法实现。契诃夫为他深感惋惜。两位优秀朋友的不幸命运，启发他写下这两篇小说。《神经错乱》的主人公华西里耶夫是个大学生，纯粹是迦尔洵气质的人物。他和几名同学逛妓院，第一次目睹了人间的丑恶，因而神经错乱了。

《第六病室》写的是某地方医院混乱不堪，贪污横行，道德败坏。主持院务的医生拉京在这里工作了整整二十年。刚来时曾经为整顿医院工作做了很大努力。可是到处碰壁，弄得他心灰意冷，只好向现实妥协。他开始信奉“不反抗邪恶势力”的托尔斯泰主义。

第六病室是医院的精神病房。有一天，拉京偶然去那里，注意到一个酷爱思考的知识分子病人格罗莫夫。两人便聊了起来，聊得很愉快。以后他常去同格罗莫夫交谈，谈着谈着竟对他的人生观有所触动。他们谈论周围人不懂的哲理，于是大家怀疑这位医生也患了精神病。最后他果真被当成疯子，关进了第六病室。

他奋起反抗，却遭暴打。他想这里的病人天天都受如此折磨，自己过去怎么一直不知道？他心碎肠断，次日中风死去。

契诃夫塑造拉京这一形象时，从巴尔明身上撷取了一些细节，而在病人格罗莫夫身上又有迦尔洵的影子。

创作这篇小说前的1890年，契诃夫出于作家的社会责任感，只身一人，拖着病弱之躯，历尽艰难险阻，不远万里到萨哈林岛进行考察。该岛是沙皇政府最大的流放地，成千上万的政治犯和刑事犯被关押在那里服苦役。契诃夫观看了岛上的监狱，同近万名犯人逐一谈话，目睹了各种酷刑甚至死刑。这些促使他对黑暗现实有了更深刻认识，在致友人信中写道："除了绞刑，我什么都看到了，我觉得萨哈林简直是座地狱。"

回莫斯科后，契诃夫着手撰写长篇纪实文学《萨哈林岛》（1891—1893），并完成中篇小说《第六病室》。第六病室是萨哈林的真实写照。作品抨击了专制统治，同时引人思考：在强权充斥的社会，若某个人有自己的独立思想，这种思想又不为常人所接受，那么在世人眼里他就变成了反常，就是"疯子"；当一个人苟且偷生时，他是"正常"的，当他开始思索并有所质疑时，他就"疯"了；热衷思考又敢于直言的人往往被当成"疯子"，关进精神病院。小说揭示的是一个将正常人逼成"疯子"的社会。

《乏味的故事》（1889）

契诃夫的二哥尼古拉·契诃夫本是个很有天赋的画家，与著名风景画家列维坦是同班同学。名画《索科尔尼克的秋天》（1879，藏特列恰科夫画廊）就是他们两人合作的成果。列维坦画下了风景，尼古拉则在画上添了一个踩着落叶行走的女子。因为他经常为文学作品配图，对人物有着敏锐的感知。

然而尼古拉不珍惜自己的才华，在庸俗生活中越陷越深。契诃夫苦口婆心地劝导他，但他对弟弟的忠告置之不理，依旧我行我素，终因酗酒过度患了肺病，年纪轻轻便死去。尼古拉之死深深触动了契诃夫，引起他深思，想到人的生活目标问题。没有目标的生活是荒诞的，一个人不知道自己活一辈子究竟为了什么，那么他的死也是可怕的。这种情绪充分反映在这个中篇小说里。小说主人公是位享有盛誉的老学者。到了晚年，他对自己一帆风顺的人生深感不满，开始看到以前所没有看到的东西。当他的被保护人（一个已故朋友的女儿）饱经忧患、陷入痛苦与绝望，恳求他指教时，他却无能为力。他明白自己之所以帮助不了对方，是活了一辈子竟不知为什么活着，即缺乏生活目标。契诃夫写出了同时代知识分子的苦闷与彷徨。他将这个触目惊心的故事称之为“乏味的故事”。

《套中人》（1898）

这是脍炙人口的名篇。小说塑造了一个旧制度的卫道士、新事物的反对者的典型——中学希腊语教员别里柯夫。即使是大晴天，他也要穿着套鞋、带着雨伞，穿上大衣，把脸藏在竖起的大衣领里。他的伞有套子，表有套子，甚至连小刀也要装在套子里。他的床挂着帐子，睡觉时穿着睡衣、戴着睡帽，把脑袋蒙在被子里。总之，他把自己完全装进了套子里，将自己的思想也极力装进套子里。

“千万别闹出什么乱子啊！”这是他的口头禅，也是他的生活准则。当他死后躺在棺材中，神情愉悦，似乎庆幸终于如愿以偿——永远装进了套子里。这个形象具有典型意义：对新事物的恐惧与仇恨，反映了俄国第一次民主革命前夕反动阶级的心理状态。

塑造这个人物，契诃夫主要根据自己中学时代的生活。塔甘罗格中学是教育部的典范学校，它阴森恐怖像座监狱。学校里有一个因循守旧、暴戾成性、绰号“蜈蚣”的学监，“蜈蚣”就是别里柯夫的原型。契诃夫读四年级时，就在学生自办的油印刊物上给“蜈蚣”写过讽刺诗。以后，在生活中他遇到过不少类似“蜈蚣”式的人物，他都记在札记簿里了。因此“套中人”的形象在他心中孕育了二十多年，是具有深厚生活基础的。

《樱桃园》(1903)

契诃夫的最后一部戏剧杰作。剧本的题材在他心中酝酿了好几年，主题思想是“向注定要结束的腐朽的旧生活告别，迎接新生活”。剧中描写樱桃园的主人加耶夫兄妹，他们终日无所事事，精神空虚，最后荡尽家产，不得不把祖传的产业卖掉。樱桃园的新主人来了，砍伐樱桃树……

剧本的生活源泉来自多方面：既有巴勃金诺的基塞辽夫庄园近几年的惨淡情况，也有作者本人从梅里霍沃得到的没落贵族生活的印象，还有贵族出身的年轻作家、日后的诺贝尔文学奖得主伊凡·布宁（1870—1953）向他讲述自己的家族史……这就使得契诃夫对剧本的构思日益成熟。他说：“我觉得我的剧本不管怎么乏味，可是总算有点新的东西了。”

1902 年夏天，契诃夫夫妇在戏剧大师斯坦尼斯拉夫斯基（1863—1938）莫斯科近郊的留比莫夫卡别墅度假。斯坦尼斯拉夫斯基的表哥谢尔盖家有个英国籍家庭女教师，该女子身材小巧，拖着两条小姑娘似的长辫子，身着男装，让人很难看出她是男还是女，是大人还是小孩。她同契诃夫交上了朋友，每天见面两个人都要瞎扯一通。有时她一高兴竟坐到契诃夫的肩上，摘下他的帽子，按着他的脑袋向人们行礼……这个怪异女人便成了剧本中家庭女教师夏洛达的原型。剧中管家叶匹霍多夫是根据生活中许多人塑造的，但基本特征取自留比莫夫卡别墅的仆人叶果尔。剧本中那个“永恒的大学生”也是以住在那里的一个年轻人为模特儿的。

剧本完成后，契诃夫告诉斯坦尼斯拉夫斯基，剧名定为《樱桃园》（Вишневий сад）。几天后他又对斯坦尼斯拉夫斯基说，剧名里“樱桃的”一词换成“Вишнёвий”。原来 Вишневий 是现代词，而 Вишнёвий 是古词。前者指的是现代资本主义性的果园，而后者则是没有任何生产价值、只供人们观赏的园子，剧本中描写的正是这种果园。契诃夫仅仅改动一个词，就大大突出了剧本的主题思想。

契诃夫名言的启示

安东·契诃夫（1860—1904）是我最喜爱的俄罗斯作家之一。他和法国的莫泊桑、美国的欧·亨利并称“世界三大短篇小说之王”，还被誉为“20世纪世界现代戏剧奠基人之一”，“莎士比亚之后戏剧第一人”。他的作品引人入胜，内涵深邃，技巧独特。深入研究这位巨匠，可以写成一部洋洋数十万字的专著。本文只想谈谈大师的一些名言给予自己的启示。

一

“人应当一切都美：外貌，衣裳，心灵，思想。”这句名言出自契诃夫的剧本《万尼亚舅舅》（1897）第二幕医生阿斯特洛夫之口。从中可看出，契诃夫对人类生活充满憧憬，并寄予无限希冀。当人人都追求这种崇高境界，世界将会变得非常美好。这句洗练、精致的台词蕴含着深奥的哲理。我反复玩味，经常默诵，将它作为自己追求的一种精神境界。

爱美之心人皆有之，这是热爱生活的表现。试想，一个人若连自己的仪表都不关心与爱护，又怎能朝气蓬勃地干事业？

容貌是天生的，天生丽质者毕竟是少数。而绝大多数均属平常之辈，那么我们这些“大多数”该怎么去追求美呢？在穿着方面不妨在意些，别怕被那些不懂得追求美的人讥笑。我一直坚持这样做，因此周围人都说我外貌显得年轻，看上去身体和心态都挺好。这令我很是开心。

事事顺利时，穿戴美观能让生活锦上添花。退一步说，即便处于逆境，也不能蓬头垢面。南开老校长张伯苓说：“人可以有霉运，但是不可有霉相。越是倒霉，越要面净发理，衣整鞋洁。霉运很快就可好转。”

除了注意外表，更应当重视内在气质，这是一门必修课。即使外貌完美的人也要“修”，不然的话徒有其表，那种美是肤浅、脆弱，经不起考验的。尽管脸蛋漂亮，但若庸俗浅薄、尖酸刁钻，就会令人望而生厌。

修炼内心是追求美的重要途径。多阅读，提高各方面修养，培养高雅情趣，人的精神境界就能上升到一个新的层次，自然便会有品位。通常说“由于可爱而美丽”就是这个道理。这也就是契诃夫要求的“心灵”与“思想”的美。

随着光阴流逝，外貌必然要发生变化，这是无法抗拒的自然规律。而注重内心修养，修炼的层次越高，就越能显示出成熟、睿智和处变不惊的魅力。

看看契诃夫本人的成长过程吧。他出身卑微，祖父是个农奴，父亲是名小店主。1889 年已经成为著名作家的契诃夫，在给友人的信中写道，自己是如何把身上的奴性一点一滴地挤出去，让血管里流淌的不再是奴隶的血，而是真正的人的血，从而登上人类精神的高峰。

从契诃夫的感情经历也可以更具体地理解那句名言的含义。

米辛诺娃是契诃夫妹妹的同事，中学语文教师。她聪明又美丽，通晓多种外语，歌唱得很好。因常来做客成为契诃夫全家的好友。不久，米辛诺娃爱上了契诃夫，爱得很执着。契诃夫也一度被她非凡的美所倾倒。

然而，契诃夫逐渐发现这位美貌女郎身上的弱点，开始感到失望。米辛诺娃的最大缺点是意志薄弱，没有主见，总是心猿意马，结果一事无成。她好不容易答应搞翻译，契诃夫马上送来一个德文剧本。而她一转手就把剧本给了女友翻译，让契诃夫十分恼火。

米辛诺娃还吸烟喝酒，这是契诃夫所不能容忍的。他苦口婆心地规劝，她说自己已戒掉烟酒。但事实上她恶习未改，使契诃夫感到深深的悲哀。

契诃夫的弟弟劝哥哥同米辛诺娃结婚，他说:“唯有基于爱情的婚姻才有意义。”

1898 年，契诃夫在莫斯科艺术剧院的排演场上结识了才貌双全的女演员克尼碧尔，两人一见钟情。后来克尼碧尔扮演《万尼亚舅舅》中的女主角，演得很出色，但是自己仍不满意。由此可见，她是个对自己要求严格并有远大理想和坚强意志的女性。契诃夫越了解她便越爱她。

在排契诃夫的戏时，克尼碧尔总要向剧作家请教，他也常给她提出精辟、宝贵的意见。对共同事业的热爱与追求，使得他们的爱情更加牢固，终于走进婚姻殿堂。契诃夫爱的不仅是她的美貌，更爱她的心灵和思想。对他来说，克尼碧尔称得上是“一切都美”的人了。

二

下面谈谈契诃夫关于写作方面的一些独到见解。

1889 年 4 月 11 日，契诃夫在给哥哥亚历山大的信中写道：“简洁是天才的姊妹。”这句话立即在世界文坛广泛流传，各国作家纷纷将它当成自己的座右铭。

契诃夫的作品就是那句名言的最好注释。他的小说短小精悍，文字简练，结构紧凑，情节生动，发人深思。例如《变色龙》，一个荒诞而又压抑的故事，再如《渴睡》，结局令人不寒而栗！

这位文豪一再强调，语言要质朴，要做到最大限度的简洁，因此他作品的内容比文字要多得多。他自称：“我善于把一些冗长的事物很简短地写出来。”“写作的艺术就是提炼的艺术。”

细节在契诃夫那里成了情节，情节在他那里则是整个故事本身。高尔基如此评价他：“只需一个词，就能创造一个形象，只需一句话，就可以创造一个短篇故事，而且是绝妙的短篇故事。”

契诃夫对青年作家布宁说:“应当尽可能短些，再短些。”他强调修改的重要性，对另一位青年作家格鲁津斯基说：“写作的技巧，其实不是写的技巧，而是把写得差的地方删去的技巧。”

要舍得割爱，下狠心删掉一切可删去的字。正如鲁迅所说：写完后至少看两遍，竭力将可有可无的字、句、段删去，毫不可惜。

到了后期，契诃夫对语言的要求更加严格，往往大段大段地删。剧本《三姐妹》(1901)第四幕剧中人安德烈原有一段长达两页的精彩独白，可是在演出前，作者将它改成了只有三个单词。

契诃夫主张“用刀子把一切多余的东西都剔掉”。他善于用最少的文字表达最丰富的内容。语言精练，可谓字字珠玑，每一个词都具有不可替代的作用。

简洁并不等同于简单，而是需要作者从无比庞杂的素材中搜索，然后从中提炼，高度浓缩，就像酿造醇厚的美酒那样。因此，精心锤炼自己的作品，是需要下一番苦功的。

在契诃夫周围有不少向他求教的文学青年，他提出许多很有见地的看法。例如，1897 年契诃夫在写给他的崇拜者、女作家阿维洛娃的信中写道：“您没在文字上下功夫，而这是值得推敲的——艺术也就在这里。应当删去多余的字，……一定要注意语言的音乐性。”

要在文字上多下功夫，这是非常重要的，因为艺术就在这里了。契诃夫终其一生都在不断提高自己，丰富自己的语言，使语言多姿多彩。他还特别强调，一定要注意语言的音乐性。

在写作过程中，我时刻铭记契诃夫的教导。每写一篇，哪怕很小的东西，都要以虔诚的心态做足功课，写篇三千字的稿，往往要阅读三万字的素材。在写的过程中，细细斟酌，反复推敲，达到尽可能的完美。写出的东西不仅要流畅明快，念起来还得悦耳动听，富有音乐感。著名翻译家草婴曾经请著名演员孙道临朗诵自己的译稿，凡是听着稍感别扭的地方，他一定要再做修改，这就是追求语言的音乐性吧。

再如，俄罗斯著名画家谢洛夫的成名作《Девочкасперсиками》早在 20 世纪 50 年代已经被我国一位俄苏美术史专家译为《少女与桃子》，从此国内美术界便一直这样沿用下来。而我却不以为然，感觉画名中的“女”和“与”二字韵母相同，两个字连在一起既不好念也不好听，所以引用时改译为《少女和桃》(或《女孩和桃》)。我想这恐怕也属于语言的音乐性问题。

我从契诃夫在1895年2月15日写给阿维洛娃的信中发现了一句十分精彩的话："您很少修饰自己的作品。女作家应当不是写，而是在纸上刺绣，……"

这话说得多么好！我尤其喜欢"刺绣"一词——契诃夫不愧为大师，这个譬喻多么简洁和形象啊。也就是说，作者对自己的作品必须精雕细刻，追求完美。每当我乐此不疲地频频改稿时，总是不无自豪地对自己说："我这是在'刺绣'啊！"心里便会充满喜悦。

莎士比亚之后戏剧第一人

——谈契诃夫剧作的艺术魅力

为纪念契诃夫逝世一百一十周年，上海译文出版社于2014年推出四卷本《契诃夫戏剧全集》。首发式上，专家学者给予契诃夫的戏剧极高评价。他的戏剧在20世纪50年代，对我国具有深远意义，而在欧美演出的次数仅次于莎士比亚。因此有人称他为“莎士比亚之后戏剧第一人”。他的戏剧探索影响了20世纪的现代戏剧。

在我国，曹禺虽然没有译过契诃夫的剧本，但他在20世纪30年代至40年代，为契诃夫戏剧在中国的推广工作起了非常大的作用。他在国立戏剧专科学校给学生深入分析契诃夫戏剧的妙处时，曾与学生们一起“沉醉于契诃夫深邃艰深的艺术里”。另外，1930年5月11日，我国第一次上演了契诃夫戏剧。演出单位是上海辛酉剧社，剧目为《文舅舅》（即《万尼亚舅舅》），导演是朱穰丞，主演为袁牧之。由此可见，契诃夫戏剧在我国渊源颇深。

契诃夫是中、短篇小说的革新者，同时又是新型剧本的创造者。他说，自己首先是医生，其次是小说家，最后才是剧作家。然而，戏剧界一些人士却认为，契诃夫首先是一位剧作家，其次是小说家，最后才是医生。这种看法可能有偏颇之处，但至少契诃夫剧作家的身份应当与小说家的身份并列。因为在他的后期作品里，特别是戏剧作品里，充分展现出鲜明的思想倾向和纯熟的艺术技巧，以及创新精神。《海鸥》（1896）、《万尼亚舅舅》（1897）、《三姐妹》（1901）和《樱桃园》（1903）四部名剧，契诃夫的创作达到了巅峰。

这四部剧本的思想内容，同他后期小说的思想内容是一致的。它们可以归纳为：对腐朽庸俗生活的无情鞭挞，对美好未来的热烈追求，对祖国人民的深沉热爱和对劳动者的讴歌赞美。

契诃夫剧作的艺术手法独具特色。

台词是剧作家用以表现人物、情节和完成主题的重要手段。契诃夫认为：“每个人物都要用他自己的语言来说话。”因此，他剧本里的对白都极其性格化，每个人物都有血有肉，有自己的心灵和个性。

《海鸥》第一幕开场，小学教员梅特维兼柯同庄园管家的女儿玛霞的对话就很有趣：

> 梅特维兼柯：您为什么总是穿黑衣裳？
>
> 玛霞：这是给我的生活戴孝。我是个不幸的人。
>
> 梅特维兼柯：为什么？（沉默）我不懂……您身体健康，您的父亲虽然不是个富翁，可是钱也足够花的。我的日子比您可苦多啦，每月只挣二十三个卢布，还得扣掉养老金，可是就这样我还不穿孝呢。
>
> 玛霞：问题不在于钱，一个人即使穷也能幸福。您总爱谈钱，钱。在您看来没有什么比贫穷更为不幸，而我却认为……不过您是不会明白这些的……

几段简短的台词就把剧中人的精神面貌、性格特征作了深刻描绘，使两个不同类型的人物跃然纸上。而后来，玛霞出于无奈，嫁给了梅特维兼柯，这就更加重了她命运的悲剧性。

《三姐妹》中的嫂子娜达莎要赶走家里那位八十高龄的老奶妈，同大姐奥莉加发生了争执：

> 娜达莎：我真不明白，你为什么还留着那个老太婆？
>
> 奥莉加：（吃惊）对不起，我也不明白……她在咱们家三十年啦。
>
> 娜达莎：可是现在她不能干活了啊！不是我不理解你，就是你不理解我。她不能干活，只会睡觉和坐着呀。
>
> 奥莉加：那就让她坐着吧！

娜达莎：（惊讶）怎能让她坐着呢？她是个用人呀！（含泪）我不理解你。奥莉加，我有一个保姆，一个奶妈，咱们家还有一个女仆，一个厨子……这个老婆子有什么用？有什么用？

娜达莎的确不能理解，她那狭隘的心胸怎能懂得高尚的感情？！难怪她苦恼得流出了眼泪。她的感情越真实，就越发引起人们的憎恶。仅仅这几句话就把姑嫂俩的个性刻画得淋漓尽致。

契诃夫剧中人的口头语也不是偶然的，它是角色性格的产物。《樱桃园》里的庄园主加耶夫无论在什么场合总爱说："说谁？"不管别人谈论什么严肃话题，他都会冒出一句打台球的行话："打红球进中兜。"这是个精神涣散、内心空虚的没落阶级代表人物。《海鸥》里的玛霞通常心不在焉地说："小事儿！"这个口头禅更加突出了她对一切事物全都无所谓，对生活充满厌倦的情绪。

契诃夫剧本的对白还有一个显著特点，就是相互之间往往没有联系，常常答非所问。这是因为每个人物内心都有一根思想行动的贯串线，每个人物都是沿着自己这根线来行动，来说话的。下面是《樱桃园》里女仆杜娘莎在迎接久别归来的小姐安尼雅时两人的对话：

杜娘莎：我盼你好久了……亲爱的……我得马上告诉你一件事……

安尼雅：（厌倦地）又是什么？

杜娘莎：管家叶匹霍多夫在复活节后向我求婚啦！

安尼雅：你脑子里总是这一套……（整理头发）我的发夹全丢光了（累得几乎站不住）。

杜娘莎：我真不知怎么才好，他爱我，他是那样地爱我！

安尼雅：（环顾自己的卧室，一往情深地）我的房间，我的窗子，都像我没离开过似的。……

这些对话相互之间似乎没有什么联系，但实际上每个人内心却有着自己的纵的联系，非常合乎人物的性格逻辑。杜娘莎不顾安尼雅旅途疲劳，喋喋不休地诉说管家对她的追求。而安尼雅对此毫无兴趣，只想着自己的心事。她们俩的这番对话不如说是各自的独白，突出了剧中人的性格，表现出她们细微的心理活动。

《三姐妹》第二幕，大家正热烈谈论人生意义的话题时，那位嗜好搜寻新闻的老军医契布迪金，忽然从报上发现了一条新闻，他念道："巴尔扎克是在贝尔基切结的婚。"他一面往本子上记下这句话，一面又把它重复了一遍。此时，在一旁静听人们高谈阔论的三妹伊琳娜，沉思着，也机械地重复这句话。这种插入式台词精彩地补充了人物性格，表现出他们此时此刻的内心活动，使得整幕戏异乎寻常地活泼起来。

契诃夫剧本的台词，除了写出来的，还有大量隐藏在后面的"潜台词"。《三姐妹》第四幕，在剧本中哥哥安德烈原先有一段长达两页的精彩独白，尖锐地抨击了俄国上流社会妇女的浅薄与庸俗。后来剧作家将它改为一个短句，仅仅三个词："Жена есть жена."（太太不过是太太呗），既简洁又含蓄，并恰到好处地道出了主人公那种千头万绪无从说起的复杂心情。把大段台词提炼成三个词，并能概括原来的内容。也就是说短句背后有长达两页的潜台词，这在契诃夫的作品中是非常典型的。

莫斯科艺术剧院的导演和演员们，在长期的艺术实践中，对契诃夫剧本的这一特点有很深的体会。涅米罗维奇－丹钦科说："演契诃夫的戏，绝对不能只靠现成的台词，一定还要依靠那些内在的、隐藏在里面的台词。"这就是为什么演契诃夫的戏常常感到困难的原因，这也正是契诃夫的深刻之处。

在契诃夫剧本对白中，经常注有"停顿"。涅米罗维奇－丹钦科对"停顿"是这样体会的："越接近生活，就越可以避免旧剧场所特有的那种纯粹'文学性'的流畅。……我们要用属于生活本身的最深沉的停顿，要用停顿来表现刚刚经历过的纷扰之结束，用停顿来表现一个即将来临的情绪之爆发，或者，可以说暗示一种紧张力量的静默。”因此说，这种无声的语言不是空白，不是停滞，而是人物感情最复杂的瞬间。停顿的表面是静止的，而人物内心却进行着激烈的活动。

细节描写是作家再现生活的重要手段。契诃夫常常借助艺术细节来刻画人物，以进一步揭示作品的主题思想。

《海鸥》里的玛霞，因为生活不如意，终日郁郁寡欢。可是在第四幕，当远处传来优雅的圆舞曲，玛霞忽然情不自禁跳了几步华尔兹。乍看起来这和她的心境似乎很不协调，但是却发人深思。几步华尔兹泄露了人物的内心秘密：她热爱生活，渴望幸福。

排演《万尼亚舅舅》时，涅米罗维奇－丹钦科和斯坦尼斯拉夫斯基两位导演请契诃夫谈谈剧中人万尼亚，契诃夫说：“我都写在剧本里了。”大家连忙再去翻阅剧本，上面只写着：“万尼亚坐在椅上，整理他那条讲究的领带。”其他什么也没有。这时剧作家解释道：“他有一条极好的领带。他是一个文雅、有教养的人，穿着考究，去过巴黎。”通过领带这一细节，表明人物的身份、经历和文化教养。从而揭露了俄国社会的悲剧：像万尼亚和医生阿斯特洛夫这样有修养有才华的优秀人士，却在穷乡僻壤潦倒终生。契诃夫的提示所包含内容之丰富与深刻，使艺术剧院的导演和演员们惊叹不已。

斯坦尼斯拉夫斯基在《万尼亚舅舅》里扮演医生阿斯特洛夫。契诃夫让他在最后一幕吹口哨:“万尼亚哭，他就吹口哨。”当时斯坦尼斯拉夫斯基感到不可理解：痛苦，绝望，却吹口哨。经过反复思索和多次舞台实践，他终于领悟了剧作家的意图：阿斯特洛夫对生活已失去信心，变成一个玩世不恭的人了。后来契诃夫补充道：“广大群众无时无刻不受着痛苦的压迫，感觉便麻木了……他们到了过于痛苦时反而吹口哨的地步。”从这一细节可以领略契诃夫刻画人物心理的本事。

《三姐妹》里的娜达莎塑造得很成功。当她第一次以安德烈未婚妻身份出场时，身穿粉红色连衣裙，腰间系着一条绿色带子。奥莉加一见十分惊讶，低声说：“你怎么系条绿色腰带？”而娜达莎根本不能理解，反问：“难道这不吉利吗？”作家通过一条腰带画龙点睛地显现出娜达莎的小市民习气。

《樱桃园》里的管家叶匹霍多夫，一上场手中的花束就掉落到地上，接着又一脚踢倒一把椅子，两个动作勾勒出这个绰号为“二十二个不幸”（俄语里“二十二”表示极多之意）的人，那种心神不定、经常惹祸的独特性格。

契诃夫在剧本中重视道具、布景、灯光和声响，借助这些手段来揭示人的内心世界。《万尼亚舅舅》最后一幕，秋夜，一片寂静，万尼亚坐下来开始记账。经过激烈的精神纷扰之后，他强制自己，恢复往日的生活。笔尖沙沙地响着，窗外蟋蟀叫个不停，强烈地衬托出主人公精神的苦闷与寂寞，深沉地体现了剧本的思想内容——19世纪末俄罗斯知识分子的悲哀。

从表面上看，契诃夫的剧本写的是平凡的日常生活。而作者的兴趣所在却是隐藏在后面的深刻的戏剧性。斯坦尼斯拉夫斯基和涅米罗维奇－丹钦科把它叫作“潜流”或“潜台词”。两位大师用这个新的概念，来表现契诃夫剧本的风格和特征。也就是通过台词和动作，来发掘那种不为人所注意的美。演契诃夫的戏，必须从平凡的事物里揭示出潜藏的、隐蔽的力量和它的戏剧性，这就大大丰富并深化了俄罗斯文学艺术反映现实的能力。

斯坦尼斯拉夫斯基认为：“契诃夫的作品对一个深思而敏感的演员是取用不竭的。”他对他的戏剧讲习所的学员们说：“要演契诃夫的戏，就必须具有高度的内心技巧。你们若把契诃夫的戏演好，那么再演别的戏就都不在话下了。”

确实，契诃夫的戏是演员的一个极好的学校，一个丰富的宝库。他不仅为主要角色，也为次要角色，甚至为群众角色开启了创作的门扉。他那些无穷无尽的艺术宝藏一旦为演员们所挖掘，就会放出异样的光彩。

后来，斯坦尼斯拉夫斯基创立了一套闻名世界的、以体验为核心的现实主义演剧体系——斯坦尼斯拉夫斯基体系，就是从契诃夫的剧本中受到启示的。斯坦尼斯拉夫斯基说：“直觉和情感的路线是由契诃夫暗示给我的。为了揭示他作品的内在实质，必须对他的心灵深处进行一番挖掘。当然，任何具有深邃的精神内容的艺术品都要求这样做，不过契诃夫的作品却要求我们做到最大限度。因为除此以外，接近他的途径是不存在的。”“那些总要企图表演和表现契诃夫剧本的人是错误的。必须存在于，即生活、生存于他的剧本中，沿着它那深深蕴藏着的主要精神动脉行进。”

斯坦尼斯拉夫斯基强调说，是契诃夫把他引向“内在的现实主义”，也就是从体验人物内心世界出发来创造角色。而体验人的内心世界这一点正是斯坦尼斯拉夫斯基体系的精髓。因此，可以说契诃夫的戏剧促进了斯坦尼斯拉夫斯基体系的形成，从而开拓了俄罗斯 20 世纪现实主义演剧体系的新纪元。

布宁：俄国首位获诺贝尔奖的作家

在俄罗斯西部城市别尔哥罗德的别尔哥罗德州立大学内，有一条“诺贝尔奖得主大街”，专为俄罗斯文学的诺贝尔奖得主立像。布宁、肖洛霍夫、索尔仁尼琴三位大师的雕像早已入驻。之后，帕斯捷尔纳克和布罗茨基雕像也在这里出现。

五位诺奖得主，布宁的名字对我国当代人而言可能比较陌生，因为他在十月革命后就流亡国外。翻开国内出版的俄苏文学史，很难找到对他的评介。

一

伊凡·布宁于 1870 年生在俄国中部一个破落贵族家庭，四岁时迁入祖父的庄园，后又寄居外祖母的庄园，在美丽的乡间度过童少年时代。他自幼酷爱文学，崇拜普希金、莱蒙托夫，八岁开始写诗。家庭教师懂得三种外语，并擅长音乐、绘画，在老师熏陶下，布宁从小就受到艺术启蒙教育。

1887 年，布宁的第一首诗在圣彼得堡发表，大大鼓舞了这个十七岁的少年。第二年一个大杂志也刊登了他的多首诗歌。十九岁他外出谋生，当过图书管理员、资料统计员、刊物推销员和校对等，业余坚持写作。二十一岁第一部诗集出版。

布宁于 1895 年到莫斯科，结识了契诃夫，从此以写作和翻译为生。他的第一篇小说投往杂志，主编十分赞赏，预言作者将会成为大作家。他的著名诗集《落叶》在 1901 年问世，获俄国科学院普希金文学奖，使他一夜成名。1907 年他的译著——美国诗人朗费罗的《海华沙之歌》，再次荣获俄国科学院普希金文学奖。1909 年俄国科学院授予他名誉院士称号。

十月革命前，布宁的创作已进入鼎盛时期。他的优秀作品，如《乡村》《冬苹果》《兄弟》《从旧金山来的绅士》等都在这期间诞生。他被誉为天才作家，中、短篇小说写作的高手。

布宁不能接受十月革命。1918 年 5 月，他从莫斯科跑到尚未被红军攻下的南方。1920 年 1 月 26 日，南方重镇敖德萨被攻克，他立即登上开往法国的最后一艘轮船，以后再也没返回他热爱的祖国。

二

布宁与两位俄国文坛巨匠——契诃夫、高尔基建立了深厚友谊，对他一生创作影响很大。契诃夫比他长十岁，高尔基比他长两岁。布宁的幽默风趣常常使得契诃夫开怀大笑："我最开心的事莫过于天天能见到布宁！"

当时莫斯科文坛有个"星期三文学小组"，小组成员个个富有情趣，说笑、戏谑，互起绰号。布宁因瘦骨嶙峋、谈吐尖酸刻薄，大家叫他"吸血鬼"。

1901 年 5 月，契诃夫与克尼碧尔结婚，事前连自己的家人都未告知，唯独向布宁透露了这个消息。契诃夫在莫斯科时，布宁几乎每天去做客。克尼碧尔晚上常有演出活动，临走对丈夫说："你同布宁先生在一起总是过得很愉快的！"便放心地走了。布宁留下来与契诃夫聊天，两人谈笑风生，直到深夜女主人回来时才告辞。契诃夫的剧本《樱桃园》，就是听了布宁向他讲述自己的贵族家族史后，受到启发而创作的。

契诃夫非常看中这位青年作家的才华。1904 年逝世前出国治疗时，他托付一位朋友："请转告布宁，让他多写，他会成为文坛巨匠！"契诃夫的最后叮咛永远铭刻在布宁心头。

1910 年纪念契诃夫五十周年诞辰，布宁上台朗诵回忆契诃夫的文章，凡契诃夫说的话，他都用契诃夫本人的声音、语调。契诃夫家族成员坐在台下，母亲和妹妹听着都哭了。布宁善于模仿人，具有表演天赋，难怪斯坦尼斯拉夫斯基曾经邀请他到莫斯科艺术剧院当演员。

通过契诃夫，布宁结识了高尔基。高尔基珍惜他的天才，对他百般爱护。

1907 年布宁的诗文集《在宽阔的天空下》问世，高尔基马上给他写信："新颖，响亮，有一种孩童般纯洁的东西，也有一种对大自然的敏锐嗅觉。""您的诗，您的散文对我来说，都是节日。……在我看来您是伟大的诗人，首屈一指的诗人。"

高尔基在给友人的信中夸赞布宁："你知道吗，他的散文写得这么好，如果要加以评价的话，那么可以说他是当代优秀的修辞学家，这绝非言过其实。"

布宁致力于农村题材的创作，就是接受了高尔基的建议。1912 年布宁从事创作活动二十五周年，高尔基在给他的贺信中热情地写道："您二十五年来的创作，充满了对祖国语言的赤子之爱，您总是那么细腻地体现了祖国语言的美。您的创作即使还未得到充分评价，却已经让我们自豪地宣称：您不愧是缔造了可与欧洲文学相媲美的俄罗斯文学，并成就了 19 世纪俄罗斯文坛繁荣景象的众多巨匠的继承者。"

1934 年，此时布宁离开苏联已经十四载，高尔基在全苏作家第一次代表大会的报告中，认为布宁是俄国文学优秀传统的继承者，是批判现实主义的代表人物，将他与果戈理、契诃夫并列。

布宁能占据如此崇高地位，在于他的作品构思玲珑剔透，文字简洁精致，擅于表现人物内心的微妙情感，堪称散文的楷模。布宁作为杰出的诗人、小说家、俄国批判现实主义最后一位经典作家，被载入世界文学史册。

三

1933 年，布宁在法国完成自传体长篇小说《阿尔谢尼耶夫的青春年华》。同年，瑞典文学院授予他诺贝尔文学奖。授奖理由是为表彰他"严谨的艺术才能，使俄罗斯古典传统在散文中得到继承"。布宁自称这是他一生中的两件大事。获奖后他对记者说："我深信瑞典科学院首先要褒奖我的是最近那部《阿尔谢尼耶夫的青春年华》。"

布宁热爱俄罗斯但是反对十月革命，他怀念祖国却又无法接受苏维埃政权。

二者之间的矛盾使得他的思想感情极其错综复杂。

作为世界闻名的大作家，布宁晚年处境相当凄苦。因为他坚持用俄语写作，读者范围很小，稿酬也低。他获得的诺贝尔奖奖金由于慷慨资助朋友而逐渐散尽。他和妻子双双患有慢性病，生活贫困。他曾萌生返回祖国的念头，但国内发生的事，又使他无法回国。

第二次世界大战期间，德国法西斯占领法国。布宁冒着生命危险，营救苏军俘虏，并在抗击法西斯的地下斗争中做出最大努力。德方曾以优厚报酬多次邀他出来办报，但是他断然拒绝。那一时期他没发表过一篇文章，以示抗议。希特勒大举侵略苏联，布宁义愤填膺："我绝不能看到在德国人统治下的莫斯科，绝不能看到他们在那里发号施令，肆意横行……我绝对忍受不了！"他是位爱国作家，非常想念祖国，1941 年 1 月 12 日在日记中写道："我一直想，如果我能活到那一天，一定要回俄罗斯！"

二战胜利后，1945 年爱伦堡和西蒙诺夫等作家代表团访问欧洲。斯大林交给他们一个任务：动员布宁回国。而布宁却拒绝了回国的邀请。

1953 年，苏联政局开始发生变化。而此时布宁身体已经衰弱不堪，同年 11 月客死异邦，终年八十三岁。

四

布宁在苏联长期遭到冷落，原因是他不认同十月革命。有人将他获诺贝尔奖归结为"出于政治因素"，这正是官方惯用的口实，例如，对帕斯捷尔纳克和索尔仁尼琴，然而事实证明他们的作品都能经受住历史的考验。还有人说，布宁"是以法国作家身份获诺贝尔奖的"。这也不正确，他从未加入法国籍，一直用俄语写作，获奖理由是"以严谨的创作技巧发展了俄罗斯经典小说的传统"，强调的是"俄罗斯"。

还有人认为："布宁的艺术才能从逃亡到法国后就几乎丧失殆尽，文思枯竭。

他的作品成了无本之木，无论是思想性还是艺术性较之前都大为逊色。”这种说法不够公允，将他流亡后的文学成就全都一笔抹杀。

当今的俄罗斯文学界早已挣脱思想桎梏。1955 年出版了布宁的文集，并对他的创作和思想进行研究。近年已经推出十五卷《布宁全集》。

我国 20 世纪 40 年代曾经零星译介过布宁的作品。1950 年上海有个杂志，刊登了他一篇小说的节译，此后布宁在我国便销声匿迹。“文革”结束，才出版他作品的中译本。

在 2013 年布宁逝世六十周年之际，花城出版社推出他晚年最后一部自选集《林荫幽径》(戴骢译)。布宁自称:“这是一生写得最好，在技巧上最圆熟的一个集子”“这些作品无论就它的独创性，多样性，艺术魄力，内在和外在的美来说，都是出类拔萃的。”

中国读者可以通过《林荫幽径》，对这位文坛巨匠有所了解。

中国古诗的俄译者阿赫玛托娃

俄罗斯“白银时代”著名女诗人安娜·阿赫玛托娃（1889—1966），被公认是20世纪世界最伟大的诗人之一。人们把她同“俄罗斯诗歌的太阳”普希金相提并论，称她为“俄罗斯诗歌的月亮”。也就是说，两位大师分别主宰着俄国诗歌的乾坤，照亮了俄罗斯诗坛。

阿赫玛托娃的传奇一生充满悲剧色彩。她成名于十月革命前，初期以写抒情诗驰名。作品细腻动人地揭示了女性的感情世界和内心秘密，尤其深受青年读者的衷心喜爱。人们把她同古希腊著名女诗人萨福相媲美，称她为“俄罗斯的萨福”。

早在20世纪20年代，阿赫玛托娃的诗歌已经引起我国诗人的注意，郭沫若曾经将她的两首抒情诗译成中文，并给予极高评价：“她的著作表现着这有天才的抒情诗人之古典的清澈意味与其沉着的用词。她的疏淡的韵文很喜欢用颠倒的简语。革命并没有威骇了她，依然在苏维埃共和国度她的生活。”

1925年8月，阿赫玛托娃已离异多年的前夫、诗人古米廖夫因“反革命”罪被处决（1991年正式平反）。女诗人的命运便急转直下，她从五彩缤纷的云端被重重地抛了下来。她的新诗一律不予发表，旧作不给再版，已经排好的两卷集纸型全部被销毁，正在杂志准备发排的稿件立即被抽掉。总之，所有的报纸杂志和出版社全都向她紧闭了大门，只因为她是一个被镇压的“阶级敌人”的遗孀——尽管他们早已离异。

当1941年德国法西斯突然进攻苏联，卫国战争爆发，阿赫玛托娃的独生子列夫·古米廖夫从监狱被直接送上了战场。国难家仇一起压到了阿赫玛托娃的心头。宣战当天，她写了一首短诗：“要活，就活得自由，/要死，就死在家园……”

希特勒在苏联大地的暴行引起诗人心中的怒火，她悲愤欲绝地控诉道：“列宁格勒的灾难，/ 我无法用手驱散，/ 无法用泪水洗尽，/ 也无法埋入泥土。”

年过半百的女诗人变成一名不知疲倦的勇敢战士，积极参加列宁格勒保卫战的后勤工作，到电台发表保卫祖国、打击侵略者的演说。她还以诗歌为武器进行战斗。她那些短小精悍、铿锵有力的诗句很受红军战士的喜爱。他们不仅能背诵，而且把诗刻在碉堡里，写在坦克上。当她的著名诗篇《勇敢》发表在《真理报》上时，她感到与祖国，与世界人民站在一起的欣慰。

阿赫玛托娃的精神面貌焕然一新。人们很难相信，这就是当年以吟诵爱情著称的“俄罗斯的萨福”。经受了严酷生活的磨炼，她的思想与艺术日臻成熟，从而进入了创作的新阶段。

正如女诗人自己所说：“严峻时代改变了我，/ 犹如改变了河流的航道。” 尽管她的思想与艺术经受了时代的考验已升华到一个新的境界，然而在战争结束后，一场无情的风暴还是朝她凶猛地席卷而来，那就是 1946 年 8 月 14 日联共（布）中央《关于〈星〉和〈列宁格勒〉两杂志》的决议，以及政治局委员日丹诺夫所作的报告，严厉批判了阿赫玛托娃和作家左琴科，二人双双被开除出苏联作协。

在诗歌不能发表的日子里，幸好阿赫玛托娃自幼受过良好教育，精通多种外语，靠翻译外国诗歌换点钱来维持生活。她对朋友说：“翻译与写作是截然不同的两种工作，我不能从事心爱的诗歌创作，迫不得已才从事翻译。”

阿赫玛托娃同时也是一位优秀的诗歌翻译家。在阅读英、法诗歌译本时，她偶然发现了中国古典诗歌，这些艺术精品的巨大魅力让女诗人怦然心动。她不禁感叹道：“啊，世上还有这么美的诗歌！”她按捺不住自己的激情，毅然将中国诗坛上的精粹之作译成俄文。在精神备受摧残的情况下，在异常艰苦的环境里，她逐字逐句反复推敲、锤炼，力争使译文达到尽善尽美。

中国伟大诗人屈原的千古名篇《离骚》的第一个俄译本，就出自她之手。苏联著名汉学家尼古拉·费德林（1912—2000）邀请女诗人为自己翻译的《离骚》润色。阿赫玛托娃读完这首诗后，与作者屈原产生了巨大的精神共鸣。她虽然不懂汉语，但毅然接受了费德林的邀请：将费德林逐字逐句译出的《离骚》加以诗歌化翻译。

为了使翻译尽量贴近原作、还原屈原《离骚》中的思想感情，阿赫玛托娃在翻译前请费德林给她提供了大量有关中国诗歌的资料，以便了解中国诗学、音韵和调性等。另外，她还请费德林多次给她用汉语朗诵《离骚》，为的是“听一听屈原原作的读音、诗段的韵律”。

终于，1954 年，由费德林翻译、阿赫玛托娃润色的《离骚》第一个俄文译本诞生了。这是文学史上伟大的一页。对阿赫玛托娃的翻译，费德林作出这样的评价：“在我们眼前复活了中国远古歌者的声音。那声音清纯不虚假，充满心灵的激情与悲剧情节。原本是陌生的外国诗歌，我们眼看着它渐渐地变成了自己的、我们感到亲切的诗歌。这种变化实际上是让中国诗歌在俄国土壤上二度开花。”

费德林还说：“我很幸运，依据我逐词逐句的翻译初稿，最终完成译作的是安娜·阿赫玛托娃。恕我大胆说一句，这个译本不愧为经典译作，虽然阿赫玛托娃对我的初稿并没有实质上的改动。她只是增添某些自认为合适的词，也只有阿赫玛托娃能够这样调整润色，经过她的修改确实增加了诗意，使译稿臻于完美更接近于原作……”

除了《离骚》外，阿赫玛托娃还翻译了唐宋诗词，有李商隐的《雨夜寄北》，梅尧臣的《秋雨叹》以及李白的《金陵城西楼月下吟》《灞陵行送别》等名家杰作。俄罗斯人民能最早欣赏到这些优美动人的中国古典诗词，首先应当归功于这位女诗人。

阿赫玛托娃是个对自己要求极其严格的人，无论做什么事，只要去做，就一定要竭尽全力地去做好，追求完美。她在翻译领域内取得巨大成绩，不仅翻译技巧令人折服，而且涉及国别之广也让人惊叹。女诗人译诗的范围从西方一直到东方。阿赫玛托娃就这样成了一位促进中俄文化交流的有功之臣。

阿赫玛托娃和莫迪利亚尼[①]

安娜·阿赫玛托娃（1889—1966）生来多情。她的初恋是在十七岁，那梦一般的美妙年华。阿赫玛托娃已长成一个亭亭玉立、充满青春妩媚的少女。正如普希金笔下的达吉亚娜："是时候了——她感到了爱情。"

她狂热爱上了一名大学生。像所有的痴情女孩一样，她爱得那么真挚，那么热烈，那么不顾一切。但也和通常的少男少女的初恋相似，一往情深的爱最后只给她留下苦涩而又有几分甜蜜的回忆。然而，爱情从此便成为她一生创作的永恒主题，例如，她在《幻觉》中这样描写爱情的喜悦：

> 啊，心在恋爱，爱得盲目而又销魂！
> 一切都在欢笑，无论是绚丽的花茵，
> 无论是空中乌鸦刺耳的噪声，
> 还是林荫道深处那拱形的丘坟。

她又这样描绘对爱情的执着追求：

> 就像冬日里阴云笼罩大地，
> 鸟儿用全身撞击透明的窗扉，
> 让鲜血染红白色的羽翼。

在阿赫玛托娃经受失恋的百般折磨时，一个热情奔放的小伙子闯进她的生

---

① 本文主要根据阿赫玛托娃著《回忆阿·莫迪利亚尼》原文写成。

活，这就是后来的著名诗人尼古拉·古米廖夫（1886—1921），她皇村时代的诗友。古米廖夫对她一见倾心，古米廖夫自1903年遇到阿赫玛托娃，一见钟情，狂热地迷恋她，

而阿赫玛托娃却没有古米廖夫那样的激情。古米廖夫甚至为她几次试图自杀。她终于被他的苦苦追求所感动，答应做他的未婚妻。

1910年春天，阿赫玛托娃和古米廖夫举行了婚礼，然后到巴黎度蜜月。巴黎是世界艺术的中心，她对这座城市早已心驰神往。这里的绘画艺术光彩夺目，使她如入仙境。然而诗歌作品却无人问津，一些诗集只因印有某位知名画家的作品才卖得出去。阿赫玛托娃不禁感叹道："巴黎的美术吞食了法国的诗歌！"

由于性格不同，新婚夫妇在蜜月旅行期间就各分东西：古米廖夫到形形色色的博物馆徜徉；阿赫玛托娃则去看画展，结识了旅居巴黎的意大利青年画家——英俊而又有学识与教养的莫迪利亚尼（1884—1920）。

莫迪利亚尼出身犹太族名门。他的父亲生前是位破产了的银行家，母亲早就预见到儿子的天才，送他进入佛罗伦萨和威尼斯的美术学院。1906年他从意大利来到巴黎，融入这个艺术气氛浓郁的环境，经常出入酒馆和咖啡店，同在巴黎的画家毕加索等人交往。他执着追求自己的理想，狂热献身于艺术创作。

莫迪利亚尼和阿赫玛托娃的偶尔邂逅，使得两个人都精神为之一振。画家立即被这位俄罗斯女郎的神韵和风采所吸引，提出允许为她画一幅肖像的请求。阿赫玛托娃见这个文质彬彬的意大利画家如此诚恳便答应了。她从莫迪利亚尼那里获得不少精神慰藉，使她对法国诗歌的失望心情得到了一些补偿。

那时的画家穷困潦倒，还没有一点成名的迹象。直到死后他才名扬四海。其实，无论是莫迪利亚尼，抑或阿赫玛托娃，当时均属无名小辈。他二十六岁，她二十一岁。用阿赫玛托娃的话来说，那时发生的一切，对他们而言，只是两个"生命的前奏"，"艺术的呼吸尚未点燃起火花，尚未改造这两个人的生存，那应该是一个明媚、轻快的黎明前的时刻"。

他们会晤过几次，阿赫玛托娃便随丈夫返回祖国。

回到圣彼得堡不久，爱好旅行的古米廖夫要启程去非洲。朋友们对此很不理解，问阿赫玛托娃："为什么新婚宴尔他就离开你？"

"他最喜欢外出游历，"她回答道，"早在结婚前我就答应过，决不阻拦他，无论什么时候，他爱到哪儿就去哪儿。"

冬天，莫迪利亚尼给阿赫玛托娃写来许多信，在一封信里写道："您使我着了迷。"这句话让她一生铭记心中。

转年春天，阿赫玛托娃独自一人再赴巴黎，再次见到莫迪利亚尼。她发现，画家在这一年间发生了很大变化：身体消瘦，心情阴郁。他送给阿赫玛托娃十六幅以她为模特儿的素描，这是他在那年的整个冬天，凭着记忆中的印象画出来的。他请求她将画镶上框，挂在自己的房间。

莫迪利亚尼不仅从事绘画，并且搞雕塑，可是依旧那么贫穷。他们俩逛卢森堡公园时，从来不敢坐收费的椅子，而是专门找免费的长凳。他们用法语交谈，谈论最多的话题是诗歌。法国诗人魏尔伦、拉弗格、马拉美、波德莱尔的作品，两人都十分熟悉。

巴黎多雨。在细雨纷飞的日子里，莫迪利亚尼撑着一把又大又旧的黑伞，和阿赫玛托娃并肩坐在卢森堡公园的长凳上。附近那座意大利风格的古老宫殿悄无声息，他们俩一块儿背诵着各自记得滚瓜烂熟的魏尔伦诗篇，往往会为背诵的恰恰是同一章节而惊喜不已……

偶尔，阿赫玛托娃也朗诵自己的诗歌，莫迪利亚尼不懂俄语，感到遗憾。但敏感的艺术家凭着直觉也能猜出诗中某些神奇内容。

一天，阿赫玛托娃捧着一大束红玫瑰来到画家的住所。他不在家，画室的门锁着，而门上的窗户是开着的。她在门外等他，闲得无聊，便把一枝枝玫瑰从窗口抛进屋里。花抛完了，画家仍未回来，她就走了。当两人再见面时，莫迪利亚尼十分惊奇地问她："门是锁着的，钥匙在我这里，你究竟怎么进来的呢？"阿赫玛托娃告诉他，花是从窗口扔进去的。画家大惑不解：“不可能，花儿摆得那么美！”

莫迪利亚尼喜欢彻夜在巴黎游逛。当街道陷入沉睡的寂静时，阿赫玛托娃常常听见他的脚步声，于是她走到窗前，透过百叶窗，望着他在窗下缓缓漫步的身影……

回国以后，阿赫玛托娃珍藏着莫迪利亚尼为她作的画，并遵照画家的嘱托，将它们一一镶进镜框内，挂在她的房间里。这些画成了她一生最宝贵的财富。

巴黎分手，阿赫玛托娃就再没有得到莫迪利亚尼的消息。她深信，这个人应当是闪闪发光的。可是向许多从巴黎来的艺术家打听，他们都说不知道有这么一个人。只有一次，当她同古米廖夫提起莫迪利亚尼这个名字时，古米廖夫不屑地斥之为“酒鬼”……

1941 年苏联卫国战争期间，列宁格勒（即圣彼得堡）被德国法西斯侵略军围困时，莫迪利亚尼送给阿赫玛托娃的那些画几乎全部遭到毁坏，仅有一幅幸免于难。残存的这一幅简练到了极致，也美到了极致。

有很长一段时间，阿赫玛托娃没有得到莫迪利亚尼的任何消息。她以为永生永世再也找不着这个人了，可是后来却听到了许许多多关于他的事情。

20 世纪 20 年代初期，阿赫玛托娃当时还是苏联作家协会理事会的理事。一天，在作协开会时，她偶然翻开一本法国的美术杂志，突然见到了一帧莫迪利亚尼的照片，一个十字架，还有一篇悼念文章。莫迪利亚尼死了，他还未满三十六岁！

直到 30 年代，阿赫玛托娃才从爱伦堡那里得知：莫迪利亚尼后来同一位名叫冉娜的可爱女孩结了婚，他终于寻到了自己的幸福，但也走到人生旅程的尽头。他患了肺病，并已到晚期，1920 年年初死在医院。由于他一贫如洗，是朋友们凑钱将他安葬的。他的年轻遗孀没去送葬。当朋友们回到他的家时，发现女主人已跳楼身亡，撇下了一个小女儿——她也叫冉娜……

莫迪利亚尼生前既贫穷又没有名气，但在他死后，画商们将他的遗作在巴黎展出，因而发了大财。后来世界各国的博物馆都有他的作品，从此他名扬四海，成为20世纪的伟大画家，人们甚至把他同意大利文艺复兴时期的艺术大师波提切利相提并论。他的一幅小小的肖像画在美国的一次拍卖中，以十万美元售出……许多人还将莫迪利亚尼的故事写成小说，拍成电影。让阿赫玛托娃和爱伦堡都无比痛心和愤懑的是，那些小说和电影里的主人公不是酒鬼就是疯子，大大歪曲了他们心目中那个莫迪利亚尼的形象。

经历了一场风暴之后，阿赫玛托娃的处境十分艰难。她的住所狭小而又简陋，可以说家徒四壁，唯有墙上挂的那幅莫迪利亚尼给她作的画像价值连城。女诗人用这幅画来纪念那一段青春时代的美好时光。她在那幅画的陪伴下写诗，听音乐，读书，以巨大的精神力量同命运抗争。

晚年，阿赫玛托娃饱含深情地写了一篇回忆莫迪利亚尼的文章，陆陆续续写了六个春秋。

1966年，阿赫玛托娃逝世前出版的最后一部诗集《时光在飞逝》的护封上，印的就是莫迪利亚尼这幅著名的素描。1990年，莫斯科文学艺术出版社出版的《阿赫玛托娃文集》的扉页上，印的也是这幅作品。可见这幅画对阿赫玛托娃是多么重要。

阿赫玛托娃与伯林的两次会面[①]

一

1945 年 11 月 14 日，在阿赫玛托娃的生活中发生了一件大事：她接见了一位不速之客——英国驻苏使馆一秘以赛亚·伯林（1909—1997）。

伯林是俄国犹太人，生于拉脱维亚共和国首都里加。当医生告知他的母亲不能再生育后，他能来到人间，这本身就是个奇迹。童年时代，他在彼得格勒（即圣彼得堡）度过，十二岁随父母移居英国，毕业于牛津大学。1945 年夏天，驻莫斯科的英国大使馆缺乏人手，特别缺懂俄语的官员，大使馆建议伯林为他们工作四五个月。伯林正中下怀，因为他非常渴望了解当时俄罗斯文学和艺术的状况。他被使馆临时雇用，在莫斯科工作。

一天，伯林专程来到列宁格勒，造访那些熟悉的街道、楼房、雕像、喷泉、河岸和商店，并去寻找自己的故居。所有这些勾起他对逝去了的久远年代的回忆，仿佛走了一个传说中的城市，自己成了这些如梦似幻的传说的一部分。战争期间，这座城市曾遭受法西斯的无情蹂躏，但它依旧那么美丽。

伯林沿着涅瓦河畔漫步，偶然见到有个“作家书店”，就走了进去，和正在那里阅读的一位学者随便攀谈起来，谈论着时局。学者向他描述列宁格勒保卫战的艰苦生活，以及广大居民的牺牲精神和英雄主义。伯林向他问起在列宁格勒的作家们的命运。对方说：“你指的是左琴科和阿赫玛托娃吗？”

“难道阿赫玛托娃还活着？”伯林急切地问道。

“当然活着。她住在离这儿不远的喷泉楼内，你想见她吗？”

---

① 本文素材主要来自（加）伊格纳季耶夫：《伯林传》，罗妍莉译，译林出版社，2001 年。

伯林一向十分崇拜这位女诗人，原以为她是个遥远人物，早已不在人世。得知她还活着，并近在咫尺，他十分惊喜。通过那位热心朋友打电话联系，女诗人同意在当天下午三点接待他们。

走进阿赫玛托娃在喷泉楼的住所，伯林看到这里家徒四壁：一张桌子，几把椅子，一个小木柜，一个沙发，在没有点火的壁炉上方挂着一幅很美的像画——看来画的是青春时代的女主人。此时阿赫玛托娃披着旧披肩，却雍容高贵，气质优雅，当年的美丽依稀可见。她缓缓起身，就像一位悲剧女王，迎接来自另一个世界的客人。年轻的英国外交官向女主人鞠躬，问候——伯林同阿赫玛托娃的著名会面就是这样开始的。

他们俩刚见面没多久就发生了一个意外插曲：伯林忽然听见楼下院子里有人在喊他的名字："以赛亚，以赛亚！"伯林吓出了一身冷汗。他原以为这次访问不会被外界发现，没想到竟有人追踪至此。伯林急忙向女主人说了声对不起，便和陪同他来的朋友匆匆跑了出去。原来下面院子里站的是他的大学同窗小丘吉尔，即英国首相丘吉尔的公子，他们已经多年没有见面。小丘吉尔解释说：他是作为北美报业联盟的代表在莫斯科当记者，来列宁格勒办事，不懂俄语，听说伯林在这座城市，认为他是一个最理想的翻译，就按着别人的指点来到了这里……

伯林以最快的速度帮小丘吉尔办完该办的事情，然后返回书店。他查询到阿赫玛托娃家的电话，打电话向她做了解释和道歉，并问女诗人是否还能再去拜访。

"今晚九点我等你。"她回答道。

二

晚上九点，伯林如约而至。阿赫玛托娃家里正有一位女亚述学专家，她向伯林提了一大堆关于英国大学情况的问题。女诗人显然对此不感兴趣，在一旁默不作声。过了好久，那位亚述学者终于走了，他们俩才能开始纵谈文学与艺术。

女诗人向客人打听了她的许多位移居国外朋友的消息，首先问到艺术家安列普的情况，并拿出一枚安列普赠给自己的黑宝石戒指给伯林看。可惜伯林没见过安列普，但是却非常熟悉他的大名。

在阿赫玛托娃眼里，伯林成了两种俄罗斯文化之间的信使，一种在国外流亡，一种在国内流放。她对客人表示，自己决不离开祖国，以一位诗人的使命感要和人民在一起。伯林确信，像这样的人物他还是第一次见到。同时他也相信，阿赫玛托娃同所有决定承受悲剧性命运的人一样，是非常真诚的。

阿赫玛托娃讲了自己的生活经历，从童年时代讲起。谈到去巴黎度蜜月，在那里与意大利画家莫迪利亚尼充满诗意的友谊，她指着挂在壁炉上方的那张画像说，这就是出自莫迪利亚尼之手。然后又谈到古米廖夫的死，诗人曼德尔施坦姆的死，以及诗人帕斯捷尔纳克对她的特殊友情。沉默片刻之后，她问客人是否愿意听她的诗。她开始读自己的诗——《黄昏集》《念珠集》《群鸟集》《车前草集》等作品。念着念着又说："还有远比我写得好的诗，那些诗造成了我们这个时代最优秀诗人的死，那个我爱的和爱我的人……"说到这里她已经泣不成声。她指的是古米廖夫还是曼德尔斯坦姆？伯林一时难以分辨。

女诗人念了尚未完成的长诗《没有主人公的叙事诗》，虽然它还未完成，而伯林已经意识到自己正在聆听的是一部天才之作。然而当时他怎么也没有料到，这部 1962 年才锤炼完成的长诗，作者后来把他也写入其中，他成了作品里的一个人物——"来自未来世界的客人"。

凌晨三点，女主人到厨房端来一盘煮马铃薯。如此寒酸的款待，让她在客人面前感到十分难堪。他们俩谈起各自喜爱的作家，双方甚至发生了一些争议。两人都崇拜普希金，都不喜欢契诃夫的"灰色世界"。但是，伯林不像她那样喜爱陀思妥耶夫斯基，而她对伯林着迷于屠格涅夫也不以为然。

阿赫玛托娃又将她的新作《安魂曲》念给伯林听，这部作品把一代人所受的磨难铭刻在诗的记忆里。伯林想把《安魂曲》抄写下来，但是她却很有信心地说，不必了，这部诗集很快就要出版，正在看校样，出版后一定寄给他一本。

当伯林问起曼德尔斯坦姆时，她眼中饱含泪水，请求不要再提起他：“自从他打了阿列克赛·托尔斯泰一记耳光之后，一切都完了……”过了一会儿她又用一种全然不同的语调说：“当我们在塔什干的时候，阿·托尔斯泰穿着淡紫色的衬衣，谈论着我们重返列宁格勒的美好时光。他是一个有天赋的、有趣的作家，一个恶棍，魅力十足，拥有风暴般的性情。他已经死了。他能做任何事，任何事。他是个冒险家。他只喜欢年轻，能量，活力。他没有完成《彼得大帝》，因为他说他只会处理青年彼得。……他叫我安娜什卡，这让我害怕。但我很喜欢他，即使他造成了我们这个时代最好的诗人的死，那个我爱的和爱我的人。”她重复了刚才那句话，这时伯林才明白曼德尔施坦姆在她心中的地位。

他们就这样作了彻夜长谈。两人之间进行着那种在人一生中十分罕见、十分可贵的最真诚的交流。

告辞时，伯林吻了吻她的手。他走在路上非常兴奋，回到旅馆已经是上午十一点。据和伯林一块儿来列宁格勒的同伴说，当他一头倒在自己房间的床上时，喃喃自语道：“我恋爱了，我恋爱了。”

三

1945年12月，伯林在驻苏使馆的工作结束，将要返回英国。转年1月4日，他专程到列宁格勒同阿赫玛托娃告别。他送给她两本书，她回赠他几本自己的诗集，每本都有她的亲笔献词。还在一本书上写下自他们俩第一次见面后她创作的一些爱情诗（即《诗五首》中的前几首）。分手后，伯林在给友人的信中提及拜访女诗人时，坦白承认：“这是最令我激动的一件事。”

阿赫玛托娃同比自己年轻二十岁的伯林的一夜交谈，达到了心灵的相通，令他们终生难忘。两次邂逅对各自的人生轨迹都产生了巨大影响。女诗人本已十分坎坷的生活道路变得更加荆棘丛生，同时她又给世界留下了许多美丽诗篇。

接着，就是1946年8月14日联共（布）中央《关于〈星〉和〈列宁格勒〉两杂志》的决议横空出世……这个决议不仅震惊苏联人民，也震惊了全世界。西方国家由此深信苏联的政策不会改变，1946年8月14日也可被视为冷战开始之日。

阿赫玛托娃明白自己为什么得罪了官方，这与她同英国外交官的私人会面有直接关系。她写道：

他不会成为我的亲爱丈夫，
但20世纪的骚动不安
则应归功于我和他。

（汪剑钊 译，《没有主人公的叙事诗》第三献词）

自从伯林第一次来访后，阿赫玛托娃就连续不断地给他写情诗。这些情诗共有两组，一组是《诗五首》，另一组是《野玫瑰盛开》（十三首）。其中写道：

我从不喜欢
让别人怜悯，
而有了你的一点怜悯之情，
犹如阳光照暖我的身心。
这就是为什么周围闪着霞光，
这就是为什么我每走一步
都创造了一个奇迹。

（本书作者 译，《诗五首》之三）

她把同伯林的见面看作是奇迹！又如：

我和你，同样承受着
痛苦的永世分离。
你为什么要哭泣？还是把手伸给我，
答应再次来到我梦里。
我和你，如同山和山……
我和你，在人间无缘再相聚。
但愿你，通过午夜的繁星，
给我送来你的情意。

（本书作者　译，《野玫瑰盛开》之三）

《伯林传》一书的作者伊格纳季耶夫是位伯林研究专家。他认为伯林与女诗人只是精神上的恋爱。根据他的看法，再去读那些动人心魄的爱情诗歌，就更能体会到阿赫玛托娃那深沉、热烈而奔放的感情世界。

在马雅可夫斯基墓前

两座墓碑

诗人弗拉基米尔·马雅可夫斯基（1893—1930）葬在莫斯科新圣母公墓，暗红色的墓碑上是一尊他的胸像。不远处有座巨大的墓碑，墓主是男低音歌唱家费多尔·夏里亚宾（1873—1938），墓碑为其全身雕像。和诗人墓相比，位置显赫，气势恢宏。歌唱家客死异乡，1984 年他的部分骨灰从巴黎迁葬至此。

看着两座墓碑，人们会想：不知诗人对歌唱家与自己为邻有何感受？当年他视对方为敌人，大声疾呼，要求给予惩治。如今冤家路窄，他们俩将永远厮守在一起。

好斗性格

马雅可夫斯基宣称“讽刺是自己最喜欢的武器”。他对周围人动辄挖苦、奚落，极尽讥讽之能事。

他最爱揶揄比自己年轻两岁的诗人谢尔盖·叶赛宁（1895—1925）。20 世纪 20 年代，叶赛宁的思想同现实产生了矛盾，内心痛苦，曾一度消沉，后摆脱精神危机，写下许多优秀诗篇。而马雅可夫斯基却紧紧抓住对方的缺点、错误不放，认定他是个酒鬼和流氓。1924 年纪念普希金诞辰一百二十五周年，马雅可夫斯基把自己同普希金相提并论：“死后 / 咱们俩 / 几乎肩并肩；/ 谁挤在咱们中间？……是的，还有个叶赛宁，/ 那是一名冒充农民的恶棍。”

1925 年，叶赛宁因抑郁症发作自缢身亡，被批判为“颓废派”。一场批判运动开展起来，马雅可夫斯基在《致叶赛宁》一诗中写道：“你去了，/ 获得了所谓的超升。/ 一片空虚……/ 你飞着，/ 钻进群星。/ 再没有预支稿费，/ 也没有啤酒馆，/ 从此清醒。”诗的结尾：“在人世间 / 死去 / 并不困难，/ 创造生活 / 可要困难得多。”

这首诗获得好评，成了“肃清叶赛宁流毒”的武器。从此，叶赛宁诗歌作为“毒草”，被禁长达三十年。

马雅可夫斯基对文学巨匠高尔基也不肯放过。当时高尔基被迫侨居意大利。马雅可夫斯基针对高尔基滞留国外，在《马雅可夫斯基致高尔基的信》一诗中讽刺道：“我们每每想到痛苦的移民高尔基，就会感到痛苦。”（“高尔基”一词的俄文意思是“痛苦的”。）

在马雅可夫斯基眼里，阿赫玛托娃“充满资产阶级情调”，绘画大师贝努阿也受过他挖苦，而夏里亚宾遭到的抨击最为严酷。

夏里亚宾是1918年第一位被苏维埃政权授予“人民演员”称号的艺术家，1922年出国演出。他怀念俄罗斯，本要返回祖国，但是1927年发生的一件事使他再也无法回国：在巴黎，他向当地俄罗斯难民捐款五千法郎。没想这一善举竟酿成大祸，被谣传成夏里亚宾资助了白卫军……

马雅可夫斯基立即发表《人民演员先生》：“歌和诗——/ 是炸弹和旗帜。/ 歌手的声音 / 能够唤醒阶级，/ 今天 / 谁不同我们 / 一起歌唱，/ 谁就是 / 反对我们。”结尾大声疾呼：“教育人民委员部 / 请从 / 白色老爷的头上，/ 摘掉‘人民演员’/ 这顶红色桂冠！”

在一片叫骂声中夏里亚宾果真被撤销“人民演员”头衔。遭受如此诬陷他痛苦万分，只好继续在异国他乡漂泊，直至去世。

诡秘情人

1930年，马雅可夫斯基由于爱情失意等诸多因素，竟步他所不屑的叶赛宁之后尘，举枪自杀。

诗人感情炽烈，一生都在追求爱，但是终身未婚。在众多情人中，他爱得最深、受影响最大的当数有夫之妇莉莉娅·布里克。莉莉娅神秘而放荡，绝非等闲之辈。诗人长期被这个神通广大、心毒手狠的女人牢牢控制。

诗人渴望建立家庭，而莉莉娅不肯做他的妻子，他想同别的女子结婚，她又千方百计地破坏，因为她和丈夫需要掌控诗人丰厚的稿酬。然而不管她怎么严格管制，诗人依旧苦苦寻求自己的感情寄托。

1925年，马雅可夫斯基在纽约结识了美丽的俄侨女郎伊丽莎白，爱称艾丽，两人一见钟情。诗人访美期间，艾丽始终同他形影不离。诗人回国时艾丽已经怀有身孕，他让女友给自己写信，怕信件落入莉莉娅手中，特意给艾丽留下了他姐姐的地址。第二年夏天，艾丽生下女儿，也取名伊丽莎白，爱称也是艾丽。1928年秋天，三人在尼斯相聚，这是唯一一次团聚。以后艾丽再也没能见到心上人，1930年传来他自杀身亡的噩耗。

原来，马雅可夫斯基告别两个艾丽后去了巴黎，遇见风姿绰约的俄国少女达吉亚娜。诗人立即被她所倾倒，双双坠入了爱河。一天，在众多朋友面前，他朗诵了一首写给女友的诗。诗的结尾写道："反正 / 有一天 / 我要带走你——/ 把你一个人,，/ 或同巴黎一起。"

达吉亚娜希望马雅可夫斯基留在巴黎，但诗人必须回莫斯科，他的剧本《臭虫》已经完成初稿，需回去同导演梅耶荷德讨论、修改，准备上演。他向心爱的姑娘海誓山盟，答应转年春天一定再来看望她。1929年2月诗人来到巴黎，两人度过一段甜蜜时光，商定秋天举行婚礼。分手后，他俩通信、拍电报，但信件常有丢失。原来诗人这次恋爱已被莉莉娅发现，为了自身的利益，她想方设法去阻挠。她马上将年轻漂亮的女演员维罗尼卡介绍给诗人，想利用这个有夫之妇来转移他对达吉亚娜的执着感情，破坏他去巴黎结婚的计划。

同年9月，马雅可夫斯基申请出国，未获批准。他多次出国，向来畅通无阻，唯独此次遭到拒绝，这是莉莉娅通过一个神秘情夫从中作梗。诗人既思念恋人又怀疑自己是否已不被高层重视，情绪沮丧。而达吉亚娜则误以为是他变心，悲愤中答应了另一个追求者。

莉莉娅达到目的了，可是仍不放过一切机会将这对情侣的爱情彻底粉碎。她装作是无意间向诗人透露达吉亚娜即将出嫁的消息，诗人越发苦闷，便把自己的爱宣泄到维罗尼卡身上。

1930 年伊始，马雅可夫斯基的一切都很不顺利：举办创作二十年展览遭冷落，剧本上演受批评，开朗诵会听众毫无反应……诗人深感自己不再受重视，拼命抓住维罗尼卡这根稻草，常常同她歇斯底里大发作。4 月 14 日早晨他俩相见，诗人要求她马上做自己的妻子，当天就不再回家，不再去剧院。而维罗尼卡十点半要去排戏。两人争执了一阵，最后，马雅可夫斯基放走她。维罗尼卡刚走到门外，屋里就传出枪声，诗人自杀了。

马雅可夫斯基留有遗书，遗书中写道："爱情的小舟被生活的暗礁撞得粉碎。"道出了自杀的主要原因。遗书中他称莉莉娅、母亲、两个姐姐和维罗尼卡是他的家属，请政府给予关照。因此莉莉娅和诗人母亲、姐姐们平分了他的全部遗产和以后的所有版税。

美国女儿

1991 年 7 月，纪念马雅可夫斯基九十八周年诞辰前夕，一对美国母子来到诗人墓前凭吊。这就是在美国长大的小艾丽和她的儿子。1935 年，母亲带着她嫁给美国人汤普森，并告诉了女儿其生父是谁。1985 年，母亲逝世。小艾丽将母亲珍藏的信件、照片保存起来，1990 年向有关部门出示各种证件，公开了自己的身世。诗人这段鲜为人知的情史终于公之于世。

小艾丽现名帕特里齐娅·汤普森，是位心理学家，带着儿子首次应邀到苏联参加纪念活动。母子俩一下飞机便直奔陵园。帕特里齐娅含着眼泪跪在父亲墓前献花，并为母亲圆梦——将母亲的部分骨灰埋入墓中，让他俩永远在一起。1993 年马雅可夫斯基一百周年诞辰，她再次到莫斯科出席纪念活动，再次去墓地缅怀父母。

想当年诗人移情别恋，撇下了两个艾丽。遗书中他称莉莉娅、母亲、姐姐和维罗尼卡为其家属，根本没有提及艾丽母女。如今女儿和外孙前来祭奠，他会不会感到愧疚?！

2013 年，马雅可夫斯基一百二十周年诞辰之际，某机构进行了民意调查，马雅可夫斯基虽仍拥有读者，不过在排行榜上却输给了他的死对头叶赛宁。

“诗王”与“戏王”的合作①

——关于马雅可夫斯基和梅耶荷德的一段史话

1915 年，诗人弗拉基米尔·马雅可夫斯基（1893—1930）结识了著名戏剧家弗谢沃洛德·梅耶荷德（1874—1940），他把自己刚刚出版的长诗《穿裤子的云》送给了对方，扉页上的题词是：“诗王献给戏王”。

这就是我们要谈的“二王”。

戏王梅耶荷德青年时代就读于莫斯科大学法学系，后来转到戏剧家涅米罗维奇－丹钦科主持的音乐戏剧学校。当涅米罗维奇－丹钦科初次见到他时印象是：“形象不佳，演个喜剧小丑也许还可以！”

梅耶荷德的确形象不佳，个子瘦长，颧骨很高，鹰钩鼻子，但却具有非常出众的艺术天赋。1898 年，涅米罗维奇－丹钦科和斯坦尼斯拉夫斯基共同建立莫斯科艺术剧院时，这名优秀学生便成了艺术剧院的台柱演员。

然而其貌不扬的梅耶荷德，内心却有一个不平凡的抱负，他要在戏剧表演艺术上有所创新。他在日记中写道：“向前，向前，永远向前。即使犯错误，也比平庸无为强！”

斯坦尼斯拉夫斯基那以内心体验为核心的演剧体系，在 1902 年已经初步形成。梅耶荷德终于忍耐不住，毅然脱离了人们为之向往的第一流的莫斯科艺术剧院，自己创办剧院，既当导演，又做演员，进行孜孜不倦的艺术探索。

1908 年，梅耶荷德有幸观赏了美国著名女舞蹈家、现代舞奠基人邓肯到圣彼得堡的演出。在邓肯的艺术中，造型完美的身段，和面部、眼睛、声音一样，可

---

① 本文部分素材来自（苏）K. 鲁德尼茨基：《梅耶荷德传》，童道明、郝一星译，中国戏剧出版社，1987 年。

以同观众“交谈”。邓肯的舞蹈艺术启发了梅耶荷德，更加坚定了演员必须训练自己的身体的观点。

梅耶荷德进行了与斯坦尼斯拉夫斯基不同的艺术尝试。斯坦尼斯拉夫斯基体系的核心是：在表演艺术创作过程中强调感情重于理智，因而称之为“体验派”的演剧体系。而梅耶荷德则要求台词与形体的表现力，要求完善“演员生产的唯一工具”——演员的身体。他认为演员的创作是空间的造型创作，也就是说，演员的艺术是要善于正确运用自己身体的表现手段。他还认为，走向形象和感情的道路不应从“体验”、从“内部”开始，而应从外部动作开始；通往心理的道路，只有借助于一定的形体状态才能找到，也就是从外部到内部。

1914 年，梅耶荷德创办了一份以艺术探索为宗旨的杂志《三个橙子的爱情》。

梅耶荷德同马雅可夫斯基相识后，两人谈得十分投机。马雅可夫斯基的戏剧主张和梅耶荷德有许多相似之处，他认为戏剧中应重视动作，这与契诃夫、高尔基的那些表现社会心理的戏剧是大不相同的。后来有人批评他的戏剧是“杂耍”、是“傀儡戏”，他高兴地说：“我正希望既有杂耍，又有傀儡戏。”

由于他们的美学观点如此一致，因而两人一见如故，结成忘年交。

“二王”双双以满腔热情迎接十月革命。马雅可夫斯基称之为“我的革命”，梅耶荷德则是最早一个拥护布尔什维克政权的戏剧家，在 1918 年加入俄国共产党（布）。

梅耶荷德不满足于《鲁斯兰与柳德米拉》《白雪公主》《大雷雨》之类的旧剧目，他渴望一个革命性的剧本。当他正为此而苦恼的时候，似乎是从天而降，在十月革命一周年到来的前夕，马雅可夫斯基把梅耶荷德和教育人民委员卢那察尔斯基和另外几个朋友，请到自己的住所里，向他们朗诵了新作——诗剧《宗教滑稽剧》。剧本利用圣经中关于世界洪水的神话故事来描写十月革命，反映时代的主要冲突——无产阶级和资产阶级的决战，塑造了正面人物和反面人物，把歌颂与讽刺、政治与神话，巧妙地糅合在一起。

这个剧本令人耳目一新，大家公认它是个革命的剧本。梅耶荷德盼到了向往已久的东西，创作热情立即被点燃。他兴致勃勃地将剧本推荐给亚历山大剧院，希望他们能在十月革命一周年时上演。他和诗人来到剧院。剧院的演员休息室里挂着一幅圣像，演员们一听剧名就害怕了，因为把“宗教”同“滑稽”两个词联系在一起，对他们来说，这是亵渎神灵。有人惶恐地在胸前画十字……支吾了一会儿，最后他们借口一个月时间太仓促，排不出来而拒绝了。

离开剧院走在街上，梅耶荷德向马雅可夫斯基斩钉截铁地表示：一定要演出这个剧！

在卢那察尔斯基的大力支持下，他们借到音乐剧院的演出大厅，在报上登了一条招聘演员的广告：“演员同志们，你们应该用革命的戏剧来纪念革命的伟大节日。马雅可夫斯基的这部诗剧，应该由你们来演出。”

在不到一个月的时间里，他们便把这部剧排演出来。由梅耶荷德执导，马雅可夫斯基为助理导演兼演员，扮演了剧中三个角色。由于大诗人亲自参加演出，使整出戏产生了十分强烈的效果，一连演了三天。尽管《宗教滑稽剧》的演出因时间仓促，显得粗糙，但它掀开了苏联戏剧史上的第一页。

1921 年，马雅可夫斯基把《宗教滑稽剧》又进行了修改，5 月 1 日在梅耶荷德领导的俄罗斯联邦第一剧院公演。演出非常成功，以致一直演到 7 月 7 日演出季结束。

梅耶荷德处理这个戏时，不落大幕，取代舞台布景的是一个大地球仪（以表示地球），舞台和观众席连成一片，演员与观众之间的关系具有了最大限度的自由。梅耶荷德深信贝多芬那句名言：“为了更高的美，没有一个规律是不可打破的。”

修改后的《宗教滑稽剧》的杂技与杂耍因素更为强烈，剧作家的创新精神正符合导演的心意。总之，马雅可夫斯基的剧本在空间、节奏和风格式样上，同梅耶荷德的导演手法融为一体。

《宗教滑稽剧》受到多数观众的好评，但也有不少人持反对态度。诗人别德内伊写了一首题为《安德龙王》的长诗讽刺它。以支持新事物著称的卢那察尔斯基，也因梅耶荷德过于极端感到难以接受。俄罗斯联邦第一剧院被迫停演这个剧目。

而梅耶荷德不甘心就此罢休。他和他的学生及追随者们组成了一个集体，命名为国立高等导演讲习所，后又改为国立实验戏剧讲习所，最后定名为国立梅耶荷德剧院。不管怎么改名，实际上那是他的实验室。马雅可夫斯基是这里的常客。

梅耶荷德从未停止过实验、探索。他不能有半点儿懈怠，稍一放松，就很不安。夜里常常一个念头向他袭来，他会吓出一身冷汗——“我是个安于现状的庸人了，我的生活太舒服啦。我将会裹着厚厚的棉毯死去，我不再是个有创造性的艺术家了。”

他那种标新立异的精神使许多人视若洪水猛兽，但同时又受到不少有识之士的高度赞扬。

满腔激情的马雅可夫斯基说：“梅耶荷德的戏剧万岁！”

才华横溢的爱伦堡说：“梅耶荷德的戏剧构思是辉煌灿烂的。”

开明的戏剧导演瓦赫坦戈夫说：“梅耶荷德给未来戏剧奠定了基础，未来将会感谢他！”

1926 年，梅耶荷德将果戈理的《钦差大臣》搬上了舞台。他用自己独特的手法来处理这出戏。无比压抑的苦闷和荒谬绝伦、难以忍受的庸俗——果戈理这部剧作所要表现的精神实质，在舞台上全都一一再现出来。

最初能理解和接受这出戏的，只有卢那察尔斯基、马雅可夫斯基和诗人别雷等人，绝大多数都持否定态度，一时间梅耶荷德又成了众矢之的，还是那个别德内伊，用短诗《杀人犯》来抨击：

你取得了一次可怕的胜利，
果戈理的笑被你一棍子打死！

梅耶荷德反唇相讥："那些形形色色谩骂我的人耗尽了他们的唾沫。记得梅里美在他那部小说《卡尔曼》中用过的一句西班牙谚语：'侏儒的勇气表现在拼命地吐唾沫上。'"

马雅可夫斯基在关于《钦差大臣》的辩论会上，第一个起来为该剧辩护。

为了支持梅耶荷德，马雅可夫斯基先后又写了两部讽刺喜剧——《臭虫》（1928）、《澡堂》（1929），他同戏剧大师再次携手合作。

《臭虫》里的主人公普利绥坡金曾是工人、共产党员，参加过革命斗争，但如今却向往不劳而获的奢侈生活。这个小市民对社会有害，就像臭虫对人体有害一样《澡堂》则讽刺官僚主义群丑，他们由人民公仆变成了官僚，被历史所抛弃。

马雅可夫斯基的讽刺手法大胆而又丰富。《臭虫》里经过十个五年计划以后，人们把主人公放到动物园的笼子里，挂上一个动物名称——"庸俗的蠢夫"。《澡堂》的最后，由一名女仆把那些官僚主义者当成了无用的垃圾全部倒掉……

剧作家用程式化（即假定性）来扩大舞台的时空界限，怪诞手法是两个剧本的重要特征。

同以前一样，梅耶荷德与马雅可夫斯基配合得水乳交融。排演《臭虫》时，吸引了著名画家集体库克雷尼克塞（由三位年轻画家组成，平均年龄二十五岁）作舞台美术设计，并请年仅二十二岁的音乐才子肖斯塔科维奇配乐。《臭虫》集中了众多俄罗斯艺术精英的智慧！

1929 年 2 月《臭虫》首场演出，受到观众的热烈欢迎。马雅可夫斯基在海报中写道：

在梅耶荷德剧院
看喜剧

《臭虫》——
人们
大笑
和紧锁前额。
公民
快去
看
《臭虫》!
售票处门口排成了蛇阵,
剧场里簇拥着人群。
甲虫开了玩笑
请你别生气,
它笑的是你的朋友
不是你。

《臭虫》中的普利绥坡金的名字成了“小市民”的代名词在社会上风行。电车售票员对那些不买车票想蒙混进去的人骂道:“你是骗子,是无赖,是流氓……是马雅可夫斯基的臭虫!”

马雅可夫斯基知道后十分高兴,认为这是对他作品的最高评价。

可是对这个剧仍有大批反对者,他们批评这种讽刺不合时宜。为了回答反对者,梅耶荷德与马雅可夫斯基接着又排演《澡堂》。由于这出戏的矛头指向了社会上层人士,因此演出后遭到了更为激烈的抨击。著名评论家叶尔米洛夫发表了批评该剧的文章。马雅可夫斯基在《澡堂》演出的海报上写道:

一下子
无法把

所有官僚主义者
都洗清。
因为澡堂
和肥皂
都不够用。
另外还有
叶尔米洛夫这类
批评家的
笔
给官僚主义者们
帮闲出主意。

《澡堂》演出后不到一个月，马雅可夫斯基竟于1930年4月14日突然开枪自杀。诗王与戏王的合作也就到此结束。

《臭虫》《澡堂》的遭受抨击，忠实合作者的骤然弃世，这对梅耶荷德都是沉重的打击，但他顽强地支撑着，继续从事他的实验。他坚信："一部作品如果所有的人都说好，那肯定是失败了；如果所有的人都说坏，那肯定还有它一定的优点；如果一半人狂热地叫好，一半人恨不能将作者撕成两半，才是真正的成功。"

戏王比诗王多活十年。他锲而不舍地潜心研究，指导演出了许多著名剧目。为了艺术事业，他献出了自己的宝贵生命。

20世纪50年代中期，梅耶荷德得到平反，恢复名誉。他的艺术遗产作为一大戏剧流派，成为全人类的艺术珍宝。

诗王和戏王的最后结局都是悲剧性的。然而他们那种勇于革新的精神，将永远值得得后人尊重。

捧撒心灵珍珠的诗人叶赛宁

春汛过去了，美丽的奥卡河又回到了河床。它像一面镜子，映出碧蓝的天空和两岸的景物。草儿刚刚披上新绿，孩子们就像一群小麻雀似的跑到牧场来了。小姑娘叽叽喳喳地叫嚷着摘野果、采野花，男孩子干脆打赤脚，钻到湖边的水草丛里掏鸭子窝。在这群孩子当中，有一个长着金色卷发和蓝色大眼睛的漂亮小男孩，他叫谢尔盖·叶赛宁。

一

1895 年 10 月 3 日，叶赛宁出生于梁赞省一个农村。他的童年是在邻村外祖父家度过的。八岁那年，他和舅舅去夜牧，到奥卡河畔饮马。月光洒下一片银辉。他牵着马儿来到河边，月亮静静地浮在水面。马儿饮水时，像要将水中的月亮吞下，可是月亮又从马嘴里滑出。看到这幅神奇画面，小叶赛宁高兴得跳了起来，后来他写出“马儿将月亮一饮而尽”的惊人诗句。

叶赛宁陶醉在白桦、稠李、朝霞、夕阳中。大自然唤起他的遐想，也赐予他无尽的灵感。他喜欢夜晚独自一人坐在奥卡河畔，望着天上的月光和星斗，各种奇想纷至沓来：一会儿觉得月亮像个面包，一会儿又觉得它像外公那顶黄帽子。他低头看到洒落在水中的星斗，仿佛是一群白色的燕子。窗前亭亭玉立的白桦，在他眼前如同一位沉思的少女；菩提树伫立着，好像一把绿色的伞；天上的白云使他想到了小羊羔……大自然熏陶了他的诗人气质。

九岁那年，叶赛宁回家乡进入村小学读书。小学毕业，他到师范学校就读。十五六岁时已经写下许多传世杰作，例如：

夜，四周静悄悄，

唯有小溪轻轻欢跳。
月亮洒下一片光辉，
大地顿如银子般妖娆。

（刘谌秋、茹香雪　译，《夜》，1911 年）

叶赛宁 1912 年从师范学校毕业，在莫斯科肉店打工的父亲来信说，已经给他在东家的账房里找了个差事。叶赛宁便去了莫斯科。

二

莫斯科是多么美好，而肉店账房的活计却毫无诗意可言。叶赛宁醉心写诗，但寄出的稿石沉大海。父亲抱怨儿子不干正事，一味写些没用的小诗。

一次，叶赛宁和父亲以及店主大吵了一通后便离开肉店。他到书店当过职员，后来又到印刷厂当校对。这位天使般的美少年很快便品尝到爱情甘露。在那甜蜜的日子里，从他的笔端流出欢畅诗句：

篱笆旁荨麻长得茂密，
用色彩缤纷的珠母打扮自己，
淘气地点头低声细语：
“早晨好啊，早安！”。

（本书作者　译，《早安》，1914 年）

1914 年新年伊始，叶赛宁迎来了两件喜事：与女友安娜（印刷厂同事）共筑爱巢，诗歌第一次发表。他将稿费买了礼物送给父亲，以证明他的写作并非如父亲所言——“没用的小诗”。从此作品陆续见诸报端。

叶赛宁有了小家庭，但不会过日子，钱都用来买书报杂志。孩子即将降生，他却辞掉工作，醉心写作。他不适合过家庭生活，似乎专为写诗而生。正如高尔基所说："叶赛宁与其说是一个人，倒不如说是一个器官——大自然为了诗歌，为了表达无尽的'田野的哀愁'和对世间一切生物的热爱以及人们所最应得到的仁慈，而特意创造的一个器官。"

叶赛宁决定到首都发展。1915 年 3 月，他离开安娜母子，抵达圣彼得堡。下了火车，叶赛宁就径直到他所景仰的大诗人勃洛克那里。他给勃洛克送上自己的诗篇，勃洛克读了后感到这个梁赞小伙子的作品清新纯净，语言优美丰富，十分欣喜，当即写了几封推荐信，让他同圣彼得堡的一些著名诗人、编辑取得联系。第二天，叶赛宁带着勃洛克的信去拜访诗人戈罗杰茨基，把自己的诗歌念给他听。对方只听了几句便明白了：这是俄罗斯诗坛上的一个天才！戈罗杰茨基也给他写了几封推荐信，其中一封是这样写的："请给年轻才子叶赛宁一点温暖，他的口袋里虽然只有几个卢布，而他的心灵却十分富有。"

叶赛宁的作品陆续在首都报刊上发表，诗集也将出版，并且经常参加文艺界人士的聚会。他像一颗耀眼的新星在圣彼得堡文坛上升起。

1916 年世界大战期间，叶赛宁应征入伍，在军用卫生列车服役。上级知道他擅长写诗，让他写一首歌颂沙皇的诗，正如他后来在诗中所说："我的心不会说谎。"他无法从命，于是受到惩处——被调往前线军事处感化营。

不久，爆发了二月革命。叶赛宁脱离了临时政府军队，同社会革命党人一起，积极参加革命活动。这时他情绪高昂，对未来充满美好的憧憬，对祖国前途也满怀信心。

1917 年 5 月，叶赛宁结识了一位美丽的女打字员季娜伊达·拉伊赫，两人相互倾心，8 月便举行了婚礼。

三

十月革命胜利。叶赛宁怀着狂喜，写下许多歌颂革命、歌颂祖国的诗篇。

首都迁到莫斯科以后，拉伊赫因在政府机关工作，她和叶赛宁也搬到了新首都。当时生活条件十分艰苦，燃料缺乏，阴冷潮湿，食品按定量分配，每人只能勉强充饥。不过他们并不沮丧，和当时的许多年轻人一样，依然精神饱满地工作。夏天，他们的女儿出生。拉伊赫将她留在条件稍好的奥廖尔市父母家里。为了孩子，她甚至调到那里工作，撇下叶赛宁一个人在莫斯科。他今天住在这个朋友家，明天搬到另一个朋友那里，过起了流浪生活。

叶赛宁在新首都的文坛上开始露面，许多莫斯科的文人还是第一次见到这位在圣彼得堡出了名的诗人。他们原以为他是个土里土气的农村小伙子，然而出现在面前的却是个风度翩翩、潇洒时髦的美男子。人们不禁惊叹："叶赛宁啊，真是个奇迹——由一个农村少年一跃而成为同勃洛克齐名的俄罗斯一流诗人！"

这是叶赛宁最幸福的时期。他孜孜不倦地工作，最大限度地施展自己的才华。他的作品数量极多，而且情绪激昂，这在他是前所未有的。例如，出现了这样一些惊人的诗句："天空是一口大钟，/月亮是它的钟舌。/我的母亲是祖国，/我是布尔什维克。"另外还有一些气势磅礴、充满浪漫主义色彩的诗句："啊，天上和人间的，/革命万岁……/举起粗壮的手臂，/摘下太阳当作金色的大鼓。"这是诗人内心感情的真实流露。

1919年，叶赛宁在诗人马里延戈夫等发起的"意象派"宣言上签了名，并被推选为该派领袖。可是一年后，他发现自己与"意象派"的美学观点有分歧，便发表文章批判其唯美主义观点。

叶赛宁虽然写过许多歌颂革命的诗篇，但他并不理解无产阶级革命的实质，他是带着农民的倾向性接受革命的，一心向往农民的天堂。

当时苏维埃政权面临巨大困难：外有武装干涉，内有被推翻阶级的反抗。严峻现实粉碎了叶赛宁的浪漫幻想。回到家乡，看到农村的情景，他深感迷惘与困惑。《我是最后一个乡村诗人》一诗是他为旧俄罗斯乡村唱的挽歌。他不理解工农联盟，不理解农村社会主义改造。他的小农经济思想同现实产生尖锐矛盾。诗人十分苦恼，坦诚地说出自己的心境："我很忧伤，因为历史正经历着一个扼杀活人个性的痛苦年代。""我的心灵疲倦极了，为周围发生的一切而惶惑不安，没有任何语言能表达我此刻的痛苦思绪。"

叶赛宁开始酗酒，甚至打架斗殴，与妻子感情破裂。拉伊赫带着两个孩子离开了他。失去了妻子儿女，他更沉溺于杯中物，常常喝得酩酊大醉。为了发泄内心的积郁，他不时寻衅闹事。

四

1921 年秋天，饮誉全球的美国著名女舞蹈家邓肯应苏联政府邀请，来莫斯科创办舞蹈学校。叶赛宁慕名前去拜访。两人一见钟情，超越了年龄的差距（邓肯比他年长十七岁）、语言的不通和生活方式的差异。两人海誓山盟，永不分离。

叶赛宁遇到邓肯是在他情绪消沉的时候，然而这场旋风式的爱情并未能把他从醉生梦死中拯救出来。1922 年至 1923 年间，他的抒情组诗《莫斯科酒馆之音》就是他思想危机时期的产物。

舞蹈学校学生们的成绩使邓肯十分高兴，她说："我来莫斯科之前，欧美的报纸预言我此行一定要失败。如果现在让他们看看这些孩子该有多好！"

邓肯决定带学生们到欧美演出，在这之前她先到国外做些准备工作。当时苏联纸张匮乏，政府允许国外的私人出版社为国内作家出版图书，叶赛宁也想趁机到国外出版自己的诗集。

他俩在出国前登记结婚了。1922 年 5 月，新婚夫妇乘飞机抵达柏林。两位著名人物的到来，成了轰动柏林的头条新闻。

到国外不久，叶赛宁和邓肯之间就产生了矛盾。感情易变是叶赛宁的最大弱点。他曾狂热地爱过邓肯，可是共同生活以后，这位迷人的舞蹈女神在他眼里逐渐失去魅力。而邓肯却对他一如既往，而且爱得越来越深。这反使叶赛宁感到厌倦，觉得是一副无法摆脱的镣铐。

邓肯原想将学生带到国外演出，但在国外接到校方来信说，政府没有批准这一申请。她深感失望，只好进行个人演出。每次演出前，她都要发表热情洋溢的演说，表达她对苏维埃政权的同情，因而遭到西方各国政府官员的反感。到了巴黎，法国政府就告诫他们，不许发表任何演讲，并要接受警方监视。这使叶赛宁十分恼火。

异国风光虽然美丽动人，西方文明虽然令人惊叹，而叶赛宁的思乡之情却与日俱增。他拼命喝酒，以酒浇愁。一次酒醉后，他砸坏了旅馆房间里的所有家具。警察来了才把他制服，将他带到警察局。邓肯去要人，警察局答应可以放人，不过条件是他必须立即离开法国。

在巴黎的几个月，叶赛宁出版了一部诗集，并构思诗剧《恶棍的国度》。这部诗剧的创作动机是他参观了纽约交易所之后产生的。交易所里那唯利是图、荒唐怪诞的现象使他震惊，他说："比处在狼群之中还要可怕！"

在美国波士顿演出时，邓肯的演说激怒了当地官员。再加上叶赛宁在后台打开一扇窗子，向窗外的美国市民讲述苏联百姓的新生活，这就更加引起当局不满。迫害接踵而来：首先是停止邓肯的巡回演出，接着取消了她的美国公民资格，最后官方勒令他俩立即离开美国。

叶赛宁和邓肯于 1923 年 2 月从美国又来到巴黎。各家旅馆都拒绝接待他们。幸好邓肯在巴黎的一幢房子赁期刚满，才总算有了个落脚处。他俩挥霍无度，而且一吵架就互相赛着砸东西，所以最后弄得囊空如洗。最后向朋友借了一笔路费，他们才得以返回莫斯科。

五

回莫斯科后，叶赛宁不无得意地对朋友们夸口："我在国外没少打架，不过我应当受到奖励，我是为了革命而打架的！"

不久，叶赛宁失踪了，邓肯急得几乎要发疯。经过三天三夜的煎熬，邓肯痛苦不堪——她早已预感到叶赛宁会离开她。为了散心，她动身去高加索疗养。一个秋风秋雨的阴郁日子，她在高加索收到一封奇怪的电报："不要再给叶赛宁来信来电。他同我在一起，再不会回你那里。加林娜·贝克斯拉芙斯卡娅。"

邓肯虽然不知加林娜为何许人，但是猜出叶赛宁已另有新欢。

结束了同邓肯的罗曼史，叶赛宁又搬回原先与马里延戈夫同住的寓所。马里延戈夫已经结婚，寓所有两个房间，叶赛宁住在这里虽有诸多不便，但他还是感到非常幸福，非常满足，因为他又回到亲爱祖国的怀抱。

出国旅行成了叶赛宁思想转变的契机。他通过西方社会与苏联的对比，激发了爱国热情。一度沉沦的诗人从精神危机中解脱，悔恨过去的放荡：

在蓝空飞翔时，亲爱的小鸟，
请告诉父老，说我已不再堕落。

（本书作者 译，《我从来没有这般疲倦过……》，1923 年）

他责备自己：

走过的道路这么短，
犯下的错误如此多。
…………
应当头一个
把我吊死，
将我的双手从背后倒剪；
因为我曾用
沙哑、不健康的声音
搅扰了祖国的

睡眠。

（本书作者 译，《暴风雪》，1923 年）

秋天，他认识了女演员米克拉舍夫斯卡娅，这位女子楚楚动人的容貌使诗人心荡神驰。以后他们常常会面，在一起散步。叶赛宁向她诉说，祖国的一草一木对他都是亲切的。他深情地抚摸着树木，房屋……他说："我确信这里的一切，包括天空和月亮，都要比国外的好！你不知道我在外面是多么寂寞和难受！"

米克拉舍夫斯卡娅仿佛是一个奇异的精灵，赐予诗人无尽的灵感。他写下《蓝色的火焰熊熊燃起》等七首优美动人的抒情诗献给她。这些诗充满炽烈的柔情和对自己过去的真诚忏悔。

六

马里延戈夫有了孩子，他的岳母来照料小孩。这样一来，叶赛宁就无法再在那个寓所里住下去了。这时妹妹卡佳住所的主人、他的女崇拜者加林娜请诗人搬到自己那里。叶赛宁出于无奈，只好到加林娜的寓所暂时栖身。

加林娜是位报社编辑，早在 1920 年就与叶赛宁在文学晚会上相识。她一直痴情地爱着诗人，而他却只把她当作一个好朋友。后来叶赛宁生活中突然出现了一个邓肯，这给加林娜带来巨大的痛苦。叶赛宁离开邓肯后，她又萌生了希望。为了断绝邓肯的幻想，正是她发出那封残酷的电报，当然电报内容是经叶赛宁同意的。

1924 年，叶赛宁创作了一系列书信体抒情诗，有《给母亲的信》《给一位女子的信》《母亲的来信》《给母亲的回信》《给外祖父的信》等。运用书信体裁，通过真诚坦率地倾诉衷肠，反映了风云变幻的时代，主人公复杂细腻的内心世界，这是叶赛宁的一个创举。

《给一位女子的信》是写给拉伊赫的。拉伊赫后来带着两个孩子嫁给了著名戏剧导演梅耶荷德。叶赛宁非常怀念她和一双可爱的儿女，看到梅耶荷德一家生活得十分幸福，他悔恨交加，经常默默流泪，并且抱怨马里延戈夫："是他一再说诗人不能结婚，应该是个自由的人。他把我从拉伊赫身边拉走，而他自己却娶了老婆！"

在《给一位女子的信》中，既写出当年造成悲剧的社会原因与个人责任，也写出自己今日的新生。全诗充满对前妻的真挚感情和良好祝愿。

在《母亲的来信》中，叶赛宁借母亲之口数落道：

你把自己的孩子
不知丢到了哪里，
将自己的妻子
也随随便便让别人娶去。

（本书作者　译）

每当他朗诵到这里时，就沉重地停了下来，几乎无法念下去。这正是他内心的创伤所在。

在《给母亲的回信》里，他写道："在这冷酷的星球上／有多少肮脏的勾当！／就连太阳列宁／也不能马上将它烧光！"这在当时一片歌功颂德声中，是不同凡响的。

在《给外祖父的信》中，则反映了诗人在对城市与农村问题的看法上发生了可喜的转变。

七

真诚，这是叶赛宁其人其诗的最大特点。阿·托尔斯泰称赞叶赛宁的诗"像是用双手从心中捧出，撒向四处的一颗颗珍珠"。

是的，叶赛宁总是怀着一颗赤诚的童心，将自己内心的一切感受，毫无保留地和盘托出，甚至连一些无人知晓的个人隐私，也坦率地公之于世，这是一位多么天真而又单纯的诗人啊！然而不幸的是，他的一片真情当时没有得到一些人的谅解，甚至他对未来的决心也被认为是不可信的。那些人抓住叶赛宁的缺点、错误不放，认定他是个酒鬼、流氓和颓废派。叶赛宁的精神受到沉重打击，他的满腔热情被泼上一盆冷水。

这一时期，叶赛宁的思想感情极其复杂而矛盾。《苏维埃俄罗斯》一诗充分反映了他这种心情：既抒发了诗人内心的悲哀，又表达了他对祖国那种深沉的、超越一切的、永恒的爱。这是一首典型的“叶赛宁心灵之歌”。

1924 年至 1925 年，诗人充分施展才华，有两部重要作品问世。一部是抒情组诗《波斯抒情》。它欢快明朗，一反诗人前一时期那种忧郁哀伤的情调。特别是其中的《莎嘉奈，我的莎嘉奈》，是那么优美动人，把对祖国、家园和对恋人的爱交织在一起，也只有叶赛宁才能达到如此炉火纯青的地步：

莎嘉奈，我的莎嘉奈！
或许由于我从北方来，
想同你谈谈故乡的田野，
谈谈月光下起伏的麦浪。
莎嘉奈，我的莎嘉奈。

或许由于我从北方来，
那里的月光百倍明亮，
无论设拉子多美丽，
美不过梁赞的沃野平原。
或许由于我从北方来。

我想同你谈谈故乡的田野，
我的头发来自田间裸麦，
你若愿意，就将它缠在指上，
我一点也不会感到疼痛。
我想同你谈谈故乡的田野。

你可以看着我的卷发，
想象月光下起伏的麦浪。
亲爱的，嬉戏说笑吧，
只是不要让我想起
月光下起伏的麦浪。

莎嘉奈，我的莎嘉奈！
在北方那儿也有位姑娘，
她和你非常酷似，
可能她正把我思念……
莎嘉奈，我的莎嘉奈。

（本书作者　译）

再一部便是叙事诗《安娜·斯涅金娜》。这是一部悲剧性作品，而它的基调却乐观向上。例如，其中有这样的句子：“你好啊，生命的朝霞时光！”他还这样抒发自己的情怀：“我常想，/多么美好啊，/大地 / 和大地上的人。”这已成为叶赛宁的名句。类似这种诗句在他以往的作品中极为罕见，它是诗人思想境界升华的标志。

精神复苏后，叶赛宁的作品不仅题材具有重大社会意义，而且艺术技巧也更加成熟完美。

八

在这一时期，加林娜几乎把他的出版事务全部包揽下来。她再一次向他表示了爱慕之情，叶赛宁只好坦率地对她说：“作为朋友，您使我感到亲切，但是作为女人，我并不爱您。”

1925 年 3 月，加林娜在自己生日那天邀请了几个朋友，其中一个名叫索菲娅·托尔斯塔娅，是列夫·托尔斯泰的孙女，长得惊人地像她的祖父。叶赛宁不由多看了她几眼。三周后他去巴库。在给加林娜的信中，他多次请她问候索菲娅。加林娜立刻明白了一切，再次陷入深深的痛苦中。

索菲娅早就被叶赛宁的风流倜傥所吸引，于是在叶赛宁的生活里又一次发生了闪电式的爱情。6 月，他搬到索菲娅家中。两人感情并不融洽，但还是在 9 月登记结婚了。轻易爱上一个女人，很快又感到失望，这在叶赛宁已不止一次，这正是他的致命弱点，因而他注定是不会幸福的。感情异变，由下面这首诗就可得到证明：

我曾在这个女人身上寻求幸福，
却出乎意外地落了个倒霉下场。
我怎知爱情竟是传染病，
我怎知爱情竟是黑死症。

（本书作者　译，组诗《莫斯科酒馆之音》中《唱吧，唱吧，你的手指跳动着……》，1923 年）

叶赛宁写了一组以冬天为背景的短诗，这是他的绝笔之作。一次酒醉，他侮辱了一个头面人物，对方扬言要起诉。妹妹卡佳便劝他住进精神病院，因为病人是不受审的。这时叶赛宁已经患有抑郁症，他只好同意。

住院不到一个月，叶赛宁就擅自离开医院，带着全部手稿、书籍和开始新生活的庞大计划，迁居列宁格勒（即圣彼得堡）。计划开始新生活。四天后抑郁症发作，自缢身亡，年仅三十岁。

九

叶赛宁的弃世，使一向十分爱惜这位年轻才子的高尔基悲痛万分，他感叹道："叶赛宁来到这个世界实在是太晚了，或者说实在是太早了。"

高尔基这句话的意思是：叶赛宁生不逢时。

诗人的确生不逢时。在他死后，他被批判为"颓废派"。为肃清其"流毒"，一场批判"叶赛宁情调"的运动轰轰烈烈地展开。此后，叶赛宁的诗歌被禁长达三十载。直到 1955 年，苏联文艺界终于迎来"解冻"的春天，被歪曲的历史恢复了本来面貌，叶赛宁也才得到了公正评价。他的作品一再出版，成为俄罗斯人民案头必备的经典著作之一。广大读者之所以如此热爱叶赛宁，可以用高尔基的话来诠释："这位杰出的真正诗人以其独特方式反映了我们的时代，用他的诗歌丰富了我们的生活。"

叶赛宁的诗歌不仅折射出时代风云，并且具有无与伦比的艺术魅力。他继承了普希金、莱蒙托夫诗歌的优良传统，又不断探索创新，独辟蹊径。在他的诗中常见到一些别开生面、新颖别致的诗句："睡眼惺忪的小白桦绽放笑颜，/ 梳理着柔软如丝的发辫。""金色桦树丛 / 用欢言笑语劝说过，""小铃铛放声大笑，/ 笑出了眼泪。""枞树姑娘陷入了忧伤。""稠李树披着白色斗篷正进入梦乡。""马儿将水中明月一饮而尽。""摘下太阳当作金色的大鼓。"

诗句比喻新鲜，联想大胆，发人奇想。自然界的一切在诗人笔下都拟人化了，也可以说叶赛宁把人与自然有机地结合了起来。

诗人善于运用颜色。这不仅在俄罗斯诗歌中少有，甚至世界诗歌中也非常罕见。翻开叶赛宁诗集，真是五彩斑斓！蓝色是他的主色调，象征着宁静、欢欣和幸福：“蓝莹莹的乡间”“蔚蓝的五月”“浅蓝的星星”。诗人在大自然怀抱里长大，对绿色情有独钟：“田野上绿波荡漾”“柔软的绿茵”“绿色的发髻”；他用红色表现朝气蓬勃与欢乐幸福：“朝霞在湖上织成鲜红锦缎”“骑着玫瑰色的马疾驰”；用金色描绘自然界的光辉灿烂……

叶赛宁诗歌韵律优美，富有音乐感。一位不懂俄语的外国友人听他朗诵后连声称赞：“这是音乐！”总之，他的作品给人带来美轮美奂的艺术享受，因此具有永恒的生命力。如今他被誉为俄罗斯苏联时期诗歌奠基人之一。

十

我国早于1922年便在报纸杂志上出现介绍和评论叶赛宁的文字。1927年，左翼作家蒋光慈率先翻译了叶赛宁的几首诗。20世纪30年代，鲁迅在文章里提到过叶赛宁，施蛰存翻译了叶赛宁一篇文章，戴望舒翻译了叶赛宁诗六首。1947年孙绳武译出高尔基回忆叶赛宁的文章。此后在我国，叶赛宁的名字几乎绝迹。

20世纪50年代初，新政权在政治、经济和文化等各个方面全盘“一边倒”。苏联把叶赛宁打入了另册，我国也将诗人视为异己。甚至到了50年代中期，叶赛宁在他的祖国已经恢复名誉，并且获得了极高声望，他的诗集再度成为畅销书，而我国依旧对他讳莫如深。因此50年代前后成长起来的中国读者，根本不知叶赛宁为何许人。直到20世纪80年代，长期被禁锢的思想终于冲出牢笼，全国各地出版社争先推出叶赛宁诗歌的中译本。

随着时间的推移，人们将会发现叶赛宁的诗歌无论在艺术技巧上，思想内容上，都要远远超过许多同时代的著名诗人。当然，这只是一家之言，一切将由历史来评说。

叶赛宁一些诗歌的写作背景①

叶赛宁出生在梁赞省雷布诺夫斯克区康斯坦丁诺沃村，并在那里度过了童年和少年时代。

仲夏的割草期，是农村生活最热闹和快活的时光，迎接割草季节就像迎接节日一样。最先去牧场的是男人和孩子们。他们套上马车，车上放着割草期间的临时住所——窝棚，装衣物、食品的箱子，还有农具，浩浩荡荡驶向牧场。在为时三周的割草期，他们都得住在那里。

最欢快的时刻莫过于割草时的工间休息了。年轻人拉起手风琴，尽情地唱啊，跳啊。按照当地风俗，从上次割草期算起，结婚不满一周年的新婚夫妇是要被扔进湖里“洗澡”的。虽然这种“澡”洗起来很不舒服。可是新人们并不气恼，因为这是自古沿袭下来的习俗。新郎、新娘在水里扑腾的狼狈相，逗得大家开怀大笑。这一笑，人们身上的一切劳累便顿时烟消云散了。

叶赛宁每年都参加割草劳动，后来在抒情诗《罗斯》(1914）中，表述了这种劳动的欢乐。

每到节日，村里格外热闹。在复活节的整整一周里，钟楼内所有的钟从早到晚叮叮当当响个不停。复活节后七天就是降灵节。在这个节日前夕，村民们成群结队到村外的山谷里砍伐白桦树枝，采摘铃兰花。到了降灵节的那天，家家户户的门窗上都装饰着白桦的枝条。整个村子干净漂亮，就像被水冲洗过一样。叶赛宁对这个节日印象很深，感受很多。离开故乡后，写下抒情诗《降灵节的早晨》《1914》，寄托自己对故乡的思念。

---

① 本文根据诗人叶赛宁的亲属、好友撰写的回忆录及对其作品所作的注释，综合、整理而写成。

村里传说在教堂附近的十字路口上，每天早晨都有一个白衣女妖出现，吓得妇女们清早不敢去挤奶。母亲对叶赛宁说："夜里可别到十字路口去，碰上女妖非把你掐死不可！"

叶赛宁听了觉得十分好笑，说："今天我去教堂旁呆一宿，若捉住妖怪，就揍它一顿！"

"什么？你疯啦？"母亲惊恐万状地叫道。

叶赛宁坚持一定要到离教堂不远的仓库去过夜。母亲怎么劝说也无济于事，只好让他去了。当他临走时，母亲给了他一把刀子，以防万一。

第二天，天刚蒙蒙亮，挤奶的妇女到仓库里叫醒了叶赛宁。他冻得浑身发抖，但却带着胜利的微笑，安然无恙地返回家中。

叶赛宁的抒情诗《女妖》（1915）就是根据这些传说的印象写成的。

村里的地主库拉科夫有一座大庄园。库拉科夫死后，庄园由他的女儿卡申娜继承。

卡申娜品貌出众，心地善良，受过良好的教育。她很年轻时便出嫁了，丈夫是莫斯科的军官。但是她不愿同丈夫在一起生活，经常带着一对儿女回到康斯坦丁诺沃。

庄园在卡申娜悉心照料下变得诗意盎然：那座白色的小楼淹没在一片茂密的绿荫中，白桦、白杨、松树、橡树……应有尽有；园子里的繁花茂草招来无数喋喋不休的小鸟儿；果树散发出扑鼻的芳香，令人陶醉。

叶赛宁的一个朋友担任卡申娜孩子的家庭教师。一天他把叶赛宁带到卡申娜家中，从此叶赛宁经常出入卡申娜的庄园。

母亲不愿儿子经常去卡申娜那里，因为卡申娜是地主小姐，而且还是个有夫之妇。

"今天你又去卡申娜家啦？"母亲问道，接着说："别去找那位小姐啦，她同你不是一路人！"

叶赛宁沉默不语，晚上依然去卡申娜那里。

以后每逢卡申娜的两个孩子来给叶赛宁送鲜花时，母亲总是不以为然地摇摇头。

叶赛宁那首非常美的抒情诗《绿色的发髻》(1918)就是献给卡申娜的。他的最后一部杰作——叙事诗《安娜·斯涅金娜》（1925）中的部分内容，取材于他同卡申娜交往的那段生活，而诗中的女主人公安娜就是以卡申娜为原型，诗里描写的庄园也正是卡申娜的那座庄园。

苏维埃政权刚刚建立的日子，国家、人民面临巨大的困难。在1919年严寒、饥饿的冬季里的一天，叶赛宁和诗人马里延戈夫沿着莫斯科满目凄凉的街道散步。一路上他们看到许多马匹倒在路边。庞大的尸体，呆滞的目光，呲着的牙齿，使叶赛宁感到又恐怖又悲惨。在邮局门口对面，横着两匹死马。两只乌鸦正在啄它们的眼浆，死马的眼眶已经变成两个空洞。这时有人朝乌鸦投过来一块石头，乌鸦扬起黑色的翅膀，“呱，呱，呱”叫着飞走了。

天空飘落雪花。他们两人开始往回走，谁也没有说一句话。回到寓所后，叶赛宁脱掉大衣，在桌前坐下。他想写点什么，可是冷得拿不住笔。他又披上了大衣，这时才发现大衣上的雪一直还没有融化呢。

这一天的印象压得他喘不过气来。悲凉的诗句从他心中滚滚涌出，写下了充满忧伤和痛苦的诗篇《牝马船》。

1920年初，叶赛宁的妻子拉伊赫离他而去，他又成了单身汉。春天，他同马里延戈夫到乌克兰旅游，到了哈尔科夫。一天，叶赛宁躺在床上，马里延戈夫在旁边忽然发现他的头顶秃了一块，便大叫起来：“哎呀，事情不妙！你头顶上有个五戈比大的秃块！”

叶赛宁马上从床上坐起来，用两面镜子照自己的头顶，看了一会儿之后，放下镜子，拿起笔无限感慨地写下《秋风萧索，猫头鹰叫了……》一诗：

秋风萧索，猫头鹰叫了，
在清晨，在广阔的原野上，
我的头发开始盘旋飞升，
一绺绺金发慢慢枯萎变黄。
…………

（刘谌秋、茹香雪　译）

1920 年 7 月，在同马里延戈夫去高加索的火车上，叶赛宁根据旅途的观感，写下著名抒情诗《四旬祭》。这首诗反映了他将城市与农村对立起来的思想。一天，他躺在火车的卧铺上读书，忽听外面传来一片喧哗声。他从车厢探出头去，只见大草原上一匹红鬃马驹拼命追赶他们乘坐的那列火车。叶赛宁立刻被这一情景所触动，振臂高呼，为小马驹加油鼓劲。小红马追赶了一阵，终于落在火车后面，渐渐地看不见了。叶赛宁惘然若失，呆呆地坐着。他把火车比作城市，把马驹视为农村，在他看来，马驹的失败象征着农村的衰落。他在诗中写道："活马已败给了钢铁马队。"

他把旅途中的一些细节也写进诗中，并赋予它以深刻含意。抵达一个港口时，列车员提着水桶到井边打水。诗人马上联想起他所憎恨的"钢铁客人"——现代化城市，他在诗中诅咒道：

见鬼去吧，可恶的客人！
我们的歌同你唱不到一起，
只可惜没在你幼小时
像投水桶似的把你掷到井里淹死。

（本书作者　译）

火车来到彼得洛夫港时，那里停着一列载满疟疾病人的火车。病人们一会儿发冷，一会儿发热的痛苦情景，使诗人又产生了联想：

钢铁的热病震动了
农舍的木肚皮。
（本书作者　译）

1924年，叶赛宁回故乡度夏。因两年前村里发生的一次大火，他家房子部分被烧毁。他回来后只得住在火灾中幸存下来的谷仓里。谷仓很小，又闷又热，还存放着衣物粮食。母亲和妹妹们为了取东西，免不了要打扰他。谷仓是个木棚，在里面不能吸烟，连点灯都很危险。在这样恶劣的条件下，叶赛宁仍然顽强地写作。好在从谷仓的窗户望出去，景色很美，可以看到成群的仙鹤飞向田野，窗下火红的山楂树鲜花怒放……这些自然风光使叶赛宁即兴写出《金色的树丛劝说过……》一诗。

1925年春天，叶赛宁到莫斯科艺术剧院的著名演员卡恰洛夫家中做客，同主人的小狗吉姆成了好朋友。他抱着吉姆，抚摸着它的爪子说："你这是什么爪子，我从来还没见过像你这样的爪子！"

吉姆在他身上快活地跳啊，叫啊，舔他的鼻子。当他朗诵诗时，吉姆专注地瞧着他的嘴。

"啊，真拿你没办法，和你难舍难分！今天回家，我马上就给你写诗！"

果然几天后，叶赛宁身穿节日盛装，戴着大礼帽，专程送来一首写给吉姆的诗——《致卡恰洛夫的小狗》。

后来叶赛宁生病住院，十分怀念吉姆，对医生说："你不知道那只小狗有多好……如果我现在见到它，病马上就会痊愈的！"

1925年3月底，叶赛宁到巴库去。半年前他曾在那里度过一个"波尔金诺之秋”，创作大丰收。这次旧地重游，他的兴致很高。一天，他同几个朋友乘汽车兜风到了山里。当时正值初春，山上凉风习习，他穿得很单薄，着了凉，第二天就病倒了。复活节他是在医院的病床上度过的，他觉得自己可能要死了。在这一天，他写下两首充满悲观情绪的诗——《歌》《来，吻我吧，吻吧……》。

1925 年 6 月，叶赛宁同列夫·托尔斯泰的孙女索菲娅·托尔斯塔娅共同生活后，立刻发现两人性格不同，趣味各异，对许多事物的看法也不一样。他那企盼开始新生活的幻想破灭了，落入家庭的牢笼中使他感到非常窒息。

盛夏逼近，他的这种窒息感就更加强烈。为了摆脱烦恼，他于 7 月初回故乡住了一个星期。当时正值割草季节，他帮父亲割草，愉快地干起少年时代他最喜欢的农活儿，然后又和渔业小组到村外捕鱼。正是根据这次劳动的体会，他写了抒情诗《成功，你祝福每一种劳作吧……》。

1925 年 7 月下旬，叶赛宁携索菲娅前往高加索，住在朋友特意为他们俩安排的一幢乡村别墅里。卧室的一个窗子正朝着花园。黎明时分，叶赛宁经常被鸟儿的歌声唤醒。就是在这样一个美妙的清晨，他即兴写下《雀群像海潮般尽情歌唱……》一诗。

叶赛宁对索菲娅已经感到失望，而索菲娅对他仍一往情深。尽管如此，两人还是在 1925 年 9 月登记结婚。结婚之前，叶赛宁到一个茨冈女人那儿去算卦，鹦鹉叼出一只铜戒指来。茨冈女人将戒指给他戴上，说这是幸福的象征。结婚那天，叶赛宁把戒指给索菲娅戴上，并写下《大概将永远如此……》一诗纪念这一时刻。

叶赛宁死后，索菲娅一直戴着这枚极其普通的戒指，把自己对丈夫的全部深情都凝聚在这件小小的信物上。

1925 年秋天，叶赛宁的小妹妹舒拉来探望他。小舒拉一年前才从家乡来到莫斯科读中学。叶赛宁一向最疼爱她，见到她十分高兴，提议乘马车出去兜风。舒拉和索菲娅也都愿到户外玩耍。

在路上，舒拉看到有许多猫，便告诉了哥哥。叶赛宁起初只是笑笑，后来也感到妹妹的发现很有趣，就把它作为一种游戏，数一数路上总共碰到多少只猫。大家玩得很开心，叶赛宁几乎比舒拉还着迷。只要看见一只猫，他就从座位上跳起来，大声喊道："又一只！又一只！"

几个年轻人无忧无虑地开怀大笑，连原来满面愁容的马车夫，也不禁绽露出温和的笑容。

马车驶到剧院广场，叶赛宁说该吃午饭啦，大家便下车走进一家大饭店。小舒拉到莫斯科后还是头一次进餐厅，因此显得很拘束。叶赛宁却对她说："看你多漂亮，大家都在瞧你呢！"

果然，周围的人都朝他们看，不过人们看的不是舒拉，而是叶赛宁和索菲娅。

第二天，叶赛宁写了两首充满深情、散发着俄罗斯泥土芳香的诗献给舒拉，那就是《我没见过像你这样的美人……》《啊，世上的猫何其多……》。

邓肯和叶赛宁的一段恋情[①]

世界著名的美国女舞蹈家伊莎多拉·邓肯（1878—1927）是个勇敢、率真、具有独创精神的女性。她出生于旧金山，降临人世时父母已经离婚。母亲是位音乐教师，给予女儿们以良好的音乐教育。邓肯自幼喜爱跳舞，由于家中生活贫困，十一岁便同姐姐一起以教舞谋生。

这位善于独立思考的少女，深感程式化的芭蕾舞训练束缚了人体表达内心感情的天性。她从海浪的起伏、棕榈树枝的摇曳和小鸟的飞翔中吸取到动作的灵感，创造了一种基于古希腊艺术的自由舞蹈，从而开拓了现代舞的新天地。她首先在欧洲扬名，随后在德、俄等国开设舞蹈学校，成为现代舞的创始人，被誉为“现代舞之母”。

与叶赛宁初次见面就成为情侣

1921 年秋天，邓肯应苏联政府邀请，到莫斯科创办舞蹈学校。正处于精神危机时期的苏联年轻诗人谢尔盖·叶赛宁（1895—1925）突然闯进她的生活，于是两位浪漫艺术家便产生了一段奇特的罗曼史。

叶赛宁是俄罗斯苏联时期著名诗人，出生在农村，九岁开始写诗，十五岁已写出传世之作，十九岁发表作品，从而成为俄国诗坛上一颗耀眼的新星。十月革命时，诗人怀着狂喜写下许多歌颂革命的诗篇。虽然他歌颂革命，但并不理解无产阶级革命的实质。随着革命形势深入发展，他的思想同现实产生了矛盾，内心十分痛苦。叶赛宁遇到邓肯正是在他情绪最消沉的时候。

邓肯的经历也充满传奇色彩。她有过多次如痴若狂的爱情，也遭受过在一天

---

① 本文部分素材来自（美）艾尔玛·邓肯等：《邓肯的最后岁月》，苏音等译，百花文艺出版社，1999 年 。

之内失去一双心爱儿女的绞心悲痛。在她的艺术道路上，时而鲜花遍地，阳光普照，时而荆棘丛生，阴云密布。她的故事为广大世人所关注。

这位舞蹈家从来不愿受婚姻束缚，在欧洲先后与好几个人相爱，并育有儿女，但全都没有结婚，最终都以悲剧结束。有人认为邓肯放荡，其实她没有过错，向来忠于自己所爱的人。她说："若他们对我忠实，我不会离开他们中的任何人。因为只要是我爱的人，我就会永远爱下去。如果说我离开的人很多，那只怪男人感情易变，怪命运残酷无情。"

到莫斯科不久，邓肯出席一个小型晚会。当她在房间休息时，突然有个年轻人冲了进来。漂亮的面孔、金色的卷发和动人的蓝眼睛，都是邓肯从未见过的，他就是叶赛宁。她的心醉了，立刻向他伸出双臂。叶赛宁快步跑上去，紧紧抱住她，欢呼道："我的伊莎多拉！"

邓肯温柔地抚摸着他的头发，用刚刚学会的俄语一个音节一个音节地说道："金—色—的—脑—袋……"

过了一会儿，邓肯俯下身吻了吻叶赛宁，快活地说了一个俄语单词："天—使！"

接着她又吻了他一下，说："魔—鬼！"

叶赛宁给她朗诵自己的诗，邓肯虽然一句也听不懂，然而她觉得这是十分优美动听的音乐。

这就是邓肯和叶赛宁第一次见面的情景。从那天晚上起，他俩便成了情侣。

他们爱得很热烈，虽然语言不通，年龄悬殊，性格各异，但火一般的爱超越了一切。两人海誓山盟，永远相爱，永不分离。

诗人经常住在位于普列奇斯坚卡大街邓肯的寓所。他的一伙诗人朋友也经常在这里出入，其中有个叫万尼亚的，是有名的邋遢鬼。大家为他和叶赛宁编了一首打油诗：

万尼亚总不洗脸，
谢廖沙则干干净净。
因为谢廖沙[①]
常常睡在普列奇斯坚卡。

舞校诞生

邓肯坠入爱的狂澜中，她依然能将巨大精力投入工作，爱情给她以力量。

莫斯科舞蹈学校终于诞生，邓肯招收四至十岁的女孩子作为学生，她从来没有像在俄国这样遇到这么多愿做她学生的孩子。学校的规模只允许招收四十名学生，而来报名的就有二百多人。她们当中有的要走五俄里路，穿越泥泞难行的街道才能到学校。学生的父母把女儿送到舞蹈学校，与其说是出于对舞蹈艺术的热爱，倒不如说是希望孩子不至于挨饿。

舞蹈学校的生活条件很差，但学生们都非常刻苦。这大大感动了邓肯，她对孩子们怀着满腔母爱，工作更加努力。

严冬降临，学校由于缺乏燃料被迫停课。当局告诉邓肯：苏维埃政权正经历着严重经济危机，政府无力支持学校，建议她举行收费演出。邓肯听后深感失望，但她坚持留下来，为学校的生存而奋斗。年底，她开始了营业性演出，将演出全部收入用来购买木材和食品，学校复课了。看到活泼可爱的孩子们兴高采烈的神情，邓肯的心得到了抚慰。

叶赛宁的朋友们不愿意诗人同邓肯谈恋爱。他们认为自己这一伙人原本是一个心齐的小团体，而现如今叶赛宁被邓肯夺走，破坏了小团体的完整性，所以他们千方百计、想方设法要拆散这对恋人。

十二月底，一个偶然机会，使叶赛宁那伙调皮朋友的恶作剧居然得逞。那些

① 谢廖沙为叶赛宁名字谢尔盖的昵称，普列奇斯坚卡的俄文意思是“最清洁的”。

人中有个叫格里沙的，是全俄疏散委员会的检查员，要到波斯（今伊朗）出差。他走时大家到车站送行，叶赛宁也去了。在火车即将启动的一刹那，叶赛宁被众人举到了车上，格里沙伸出双臂把他接住。火车开动，叶赛宁就这样被“挟持”了。朋友们一个个十分开心：他们的计划第一步成功啦！

叶赛宁突然神秘失踪后，邓肯立即失魂落魄，躺在床上，茶饭不思……没过几天，一个晚上，叶赛宁却像幽灵般出现了。原来他发现自己被骗，路上便同格里沙吵了起来。到了南方城市罗斯托夫，他一怒之下将格里沙即将乘往波斯去的汽车车厢的玻璃全给砸了个粉碎，然后乘火车返回莫斯科。邓肯一见到叶赛宁便欣喜若狂，此刻她觉得自己是天底下最幸福的人！

摔碎金表

邓肯的演出叶赛宁一场也不肯放过，有时他就站在舞台的侧幕观看。邓肯在演出前的讲演使他十分吃惊，便问邓肯的翻译施奈德：“您翻译的真都是伊莎多拉在舞台上讲的？还是您自己添上去的？”

当他得知果真是邓肯自己讲的之后，越发敬佩邓肯是个了不起的女性。

一天，叶赛宁忽然无缘无故地发火，把邓肯送的那块他平素十分珍爱的金表摔碎了。

说起这块金表，里面还有一段有趣的故事呢。在叶赛宁的圈子里有表的人为数极少，因此由一个“没表人”一下子成为一块金表的拥有者，他十分得意，经常在人们跟前掏出表来看一下钟点。可是他的朋友们却对这只贵族化的表尽情嘲笑，说它是叶赛宁的“订婚礼物”……

受不了同伴的嘲弄，叶赛宁将表还给了邓肯。邓肯不肯接受，她说，只要他真心爱她就必须保留这块表，不要理会那些愚蠢的朋友们。说着，她将自己的一张小照片镶进表的后盖上，又把表交给了叶赛宁。

叶赛宁觉得邓肯将照片镶入表内很有情趣。他一会儿把表放进衣袋里，一会儿又掏出来："让我瞧瞧现在几点啦！"然后打开表的后盖，望着照片上美丽的邓肯，轻声问道："你是谁呀？悄悄躲在这里面……"他的神情像个可爱的孩子。

可是没过几天，他竟发疯似的把表摔在地上。圆表壳闪着金光在地板上滚动着，邓肯的照片也从后盖掉了出来，落在邓肯脚下……邓肯望着这一切，脸色变得惨白。

怎么也不能让叶赛宁安静下来。最后还是施奈德把他拉进浴室，用冷水给他冲头，他的神志才逐渐地清醒。

叶赛宁回到邓肯的房间，冲上去拾起地上邓肯的照片和表的碎片，然后扑进邓肯的怀里。邓肯温柔地抚摸他的头发。

"怎么用的是冷水？"她抬起头惶恐不安地对施奈德说，"他不会感冒吧？"

诗人的抑郁症此时已露端倪。

结婚登记出国旅行

学生们的进步使邓肯十分高兴。一次课后，她兴奋地对已担任舞蹈学校秘书的施奈德说："孩子们的成绩对我是最高的奖赏！在我来莫斯科之前，欧美的报纸曾预言我此行一定会失败的！……如果现在能让他们看看这些俄国孩子该有多好！"

邓肯忽然萌生了一个想法：带学生们到欧洲和美国演出，这样既可显示她的工作成果，又能借此机会为舞蹈学校筹集一笔相当可观的资金。她是个说干就干的人，在征得政府同意后，便忙碌起来，自己先要到国外做些准备工作。

当时的苏维埃政权因纸张缺乏，出版困难，允许国外的私人出版社为国内作家出版图书。叶赛宁也想趁机与邓肯同行，到国外出版自己的诗集。

邓肯和叶赛宁都知道，在美国未办理结婚手续的情人如果一起旅行的话，往往会招来许多麻烦。所以两人决定，在出国前让两人的婚姻合法化。

结婚，这对于过去一贯反对婚姻束缚的邓肯来说是不可思议的事。可是如今，她为了要带叶赛宁出去，必须做他名正言顺的妻子。

1922年5月3日，邓肯欢欢喜喜地同叶赛宁一块去办理了结婚登记手续，这也是她生平唯一一次婚姻。

5月12日，新婚夫妇乘飞机抵达柏林。邓肯容光焕发，妩媚俊俏，看上去并不比叶赛宁大多少岁。他俩下榻在一家大旅馆，那儿已经有许多记者在恭候了。

邓肯来自“赤色”的莫斯科，而且伴随她的又是一位比她年轻十七岁的俄国诗人丈夫，所有这一切都成了轰动柏林全城的头号新闻。

当时柏林有许多俄国作家，每逢星期五就在“艺术之家”聚会。高尔基、阿·托托尔斯泰、爱伦堡等人读小说，马雅可夫斯基发表演讲，叶赛宁则参加到茨维塔耶娃、帕斯捷尔纳克等人当中朗诵诗。有时他们之间会激烈地争吵一通，就像当年在莫斯科时一样。

夫妻吵架

一到柏林，邓肯就交给叶赛宁一张成衣店的白卡。后来她才发现，他定做了一个人一辈子也穿不完的衣裳。她没有责怪他一个字，反而说：“他还是个孩子，从来没穿过什么好衣服，就让他尽情享受一下吧。”

这对新婚夫妇过着阔绰的生活。邓肯随身带着一位秘书和一名女佣，叶赛宁的诗人朋友库西科夫又紧紧缠着他，所以开销很大。这也增添了他们的烦恼，往往成为夫妻之间发生口角的导火线。

邓肯不会理财，还很容易受骗。她的律师把她在柏林的一所房子以极其低廉的价格卖了出去，损失惨重；她在巴黎的银行存款也被查封了。叶赛宁对此十分恼火，可是邓肯却若无其事，依旧快快活活地跳上汽车，到各处去玩。

夫妻俩经常吵架。在一次吵架后，叶赛宁对邓肯说，他同她无法再继续生活下去，回到莫斯科就该分手了。邓肯听了十分悲伤，她预感到他们之间的爱情将要结束。

叶赛宁夫妇之间的裂痕，都被库西科夫看在眼里。他极力怂恿叶赛宁离开邓肯，于是叶赛宁跟随他躲到了柏林的一个公寓。

叶赛宁“失踪”后，邓肯心急如焚，乘汽车在柏林市区整整找了三天，直到第四个晚上才找到他。叶赛宁此时穿着睡衣坐在公寓的客厅里，正同库西科夫边喝酒边下棋。当身着红色长衫、手持皮鞭的邓肯闯了进来，叶赛宁和库西科夫吓得急忙从另一个门跑了。邓肯盛怒之下把公寓客厅里所有的东西砸了个粉碎。最后，她在走廊的衣柜后面找到了叛逃的丈夫。

一见叶赛宁，她的满腔怒火立刻熄灭，用平静的口吻对他说：“赶快离开这儿跟我回去。”

叶赛宁在睡衣外面披上一件大衣，载上他那顶大礼帽，一声不响地跟着邓肯走了，库西科夫则留下来结账。

两天以后，公寓的账单寄到了邓肯的旅馆，数目大得惊人，因为其中包括邓肯所损坏物品的赔偿费。总之，这场风波使得他俩在经济上蒙受了重大损失。

诗人心生厌倦

感情易变是叶赛宁的一个致命弱点。他曾狂热地爱过邓肯，可是当他与邓肯共同生活了几个月后，这位迷人的舞蹈女神在他眼里也逐渐失去了魅力。而邓肯却对他爱得越来越深，她那热烈而专注的感情，反而让叶赛宁觉得是一副难以忍受而又无法摆脱的镣铐。还在蜜月中，他就把这种心情写进诗里。

邓肯想方设法医治叶赛宁的抑郁症，决定离开柏林，取道德国名城科隆和斯特拉斯堡去巴黎，以便让叶赛宁在旅途中参观游览那些著名的哥特式大教堂。然而，他们的计划没能顺利实现，在签证时遇到了阻力。原因是叶赛宁手里那张“赤色”护照，还有邓肯在公开场合发表的一系列同情苏维埃政权的讲话，让法国政府的官员们非常不满。

在等候签证期间，邓肯和叶赛宁到附近的城市旅游、参观。

叶赛宁的两部作品——《叶赛宁抒情诗和叙事诗集》第一卷和《普加乔夫》在柏林出版了。多年的夙愿得以实现，这是出国以来最令他高兴的事。在送给邓肯那本《普加乔夫》的扉页题词是："我为了一切，为了一切感谢你。"这句话引自他所热爱的莱蒙托夫的抒情诗《感谢》。

七月底，在邓肯一个朋友的帮助下，夫妇俩才抵达巴黎。法国政府告诫他们，不得发表任何政治性的讲话，并要在各个方面接受警方的监视。这些又大大惹恼了叶赛宁。

为了排解叶赛宁的郁闷，邓肯带他游览巴黎的名胜古迹，要让她的伟大的天才"孩子"见见世面。

在巴黎，他俩巧遇来这里旅游的叶赛宁前妻拉伊赫和她的丈夫梅耶荷德，两对夫妇友好相处。拉伊赫向叶赛宁讲述了一双儿女的近况。拉伊赫的突然出现，还有关于两个孩子的一些细节，立刻勾起叶赛宁对前妻和儿女的怀念。他又陷入伤感之中，有时好像是故意似的拿邓肯出气。一天，他奚落邓肯说："舞蹈家的声誉是不会持久的。人一死，一切就全完啦！"

"不，"邓肯反驳道，"一个舞蹈家如果真是伟大的，就能给世界留下永远难忘的东西，人们是无法忘记他的。"

"你只不过是个舞蹈家，死后没人记得你，"叶赛宁靠着墙，两只胳膊在胸前交叉着，脸上带着一丝嘲弄的微笑，"而诗人却能永远活着。我，叶赛宁的诗歌将在身后流传……"

邓肯的眼睛里含着泪水，讷讷地说："美是不会死的。"

夏末秋初，叶赛宁在邓肯带领下，游历了意大利的几座名城，参观了许多著名美术馆和博物馆。异国风光虽然美丽动人，西方文化虽然令人赞叹，然而叶赛宁却感到厌倦。他的思乡之情与日俱增。

被美国驱逐出境

邓肯原计划将莫斯科舞蹈学校的学生带到国外演出，但校方来信说，政府没有批准这一申请。邓肯又一次感到失望，她只好进行个人演出。

十月，邓肯和叶赛宁乘船到了纽约。邓肯原指望祖国会派一个欢迎团来迎接她，但码头上只有一群记者在等候他们。船靠近码头时，一个移民检查员走过来向叶赛宁夫妇宣布：禁止上岸，今夜只能在船舱里度过，明天清晨去埃利斯岛接受检查。至于为什么，官员不做任何解释。

当天纽约的各家晚报都用大字标题刊登消息：《伟大女舞蹈家伊莎多拉·邓肯莅临我市》。

然而这位举世闻名的艺术大师，此刻正同她的丈夫坐在船舱里苦度长夜。

第二天，在纽约的一家大报上刊登了下面的评论："邓肯被拘留在埃利斯岛！老天爷也会哈哈大笑的——为世界创造新的舞蹈艺术建立了功勋的邓肯竟被列为恐怖分子！"

在埃利斯岛，当局向邓肯和叶赛宁宣布：由于邓肯在苏联逗留时间很长，不得不让人怀疑她是否曾为苏联政府做过某些工作，因此需要经过审查才能允许入境。

美国官员对邓肯和叶赛宁整整审问了两个小时，最后让他们立下再也不唱《国际歌》的字据，才给予自由。

邓肯的朋友们，在叶赛宁夫妇下榻的旅馆里，举行了一个隆重而盛大的欢迎宴会，欢迎这位美国女儿的归来。邓肯置身于温暖的友情中感到无比幸福，热情洋溢地向友人们讲述了自己的旅苏观感。

尽管邓肯每次演出前的讲话都高度评价苏维埃政权，但她的演出依然受到观众热烈欢迎，并且获得同行的好评。她成了新闻人物，成群的记者追踪着她，簇拥着她。

可是叶赛宁却闷闷不乐。因为他感到在美国人们根本不把他看成是一个诗人，而只是邓肯的“小丈夫”；邓肯的名气大大超过了他，他充其量不过是邓肯的陪衬而已。一天，他在街上突然发现报纸上刊登了自己的一张大照片。他高兴极了，买了一大摞回去。不料经人翻译，报上只把他称作是“迷人的舞蹈女神邓肯的俄国年轻丈夫”，根本没提他是位天才诗人。叶赛宁气愤极了，于是把邓肯当成报复的对象，粗鲁地咒骂她是“母狗”“婊子”，有时甚至对她施以俄罗斯农民式的拳打脚踢。邓肯却宽厚地原谅了他，把这一切都归咎于他神经上的疾病。

确实，叶赛宁的这种病在纽约经常发作。发病时整个人就变了模样，简直令人不敢相信这就是那位平素被称作“天使”的可爱诗人。

叶赛宁常常用十分美好的语言向邓肯谈到自己的三个孩子（在拉伊赫之前他还有个初恋情人安娜为他生下一子），谈自己对他们的思念之情。而当他说到邓肯那两个夭折了的子女，却用了许多残酷的字眼。在一次歇斯底里大发作时，他甚至把邓肯的一个镶着孩子照片的大相册扔进了火炉里。这是邓肯最珍贵的东西，她拼命去夺，可是敌不过叶赛宁那股蛮劲儿。眼看着自己爱子爱女的遗像化为灰烬，邓肯晕倒了。朋友们劝她离开叶赛宁，可是她说，自己不能丢掉这个“有病的孩子”，她要将他送回他的祖国。连最知心的朋友也不理解，她为什么这样爱这个疯丈夫呢。邓肯说，叶赛宁长得太像她那个死去的儿子了，不忍心抛弃他，伤害他。

在美国波士顿演出时，邓肯那带有政治性的演说激怒了波士顿的官员们。再加上叶赛宁在后台打开一扇窗子，向窗外的美国人讲述革命后苏联人民的新生活，这就更加引起当局的不满。演出结束，邓肯挥动着红色纱巾，朝观众高声说道：“这就是红色，我也是红色的！它是生命和活力的颜色！”

第二天，美国的一些大报上出现了耸人听闻的报道。有无耻文人居然不择手段，歪曲事实，把邓肯的“红纱巾”故意改成“红衣裙”，造谣说邓肯“脱掉红衣裙，赤身裸体地发表演说，吓得许多观众蒙着眼睛跑出剧场……”

这样一来，波士顿当局立即对这个“轻佻的布尔什维克女人”下了禁演令。

邓肯夫妇到了芝加哥。演出经纪人要求邓肯不要再发表演说，但她是不会轻易听人劝告的。演出结束时，在芝加哥观众的热情鼓励下，她面带纯真的微笑说道：“我的经纪人告诉我说，如果我再演讲，巡回演出就要完蛋！不错，演出是要完蛋啦……我将回莫斯科，那里有伏特加、音乐、诗歌、舞蹈……哦，对啦，还有自由！”

全场爆发出雷鸣般的掌声。

美国政府当然不会饶恕这对不安分的夫妻，迫害接踵而至：首先是邓肯计划从费城开始的巡回演出被停止，接着邓肯被剥夺了美国公民的资格，最后官方命令他们俩立即离开美国。

在法国的遭遇

叶赛宁和邓肯于 1923 年 2 月 11 日乘船抵达法国大港口瑟堡。邓肯对在码头上等候他们的西方记者说：“我们从美国被赶了出来！……在这个号称‘自由’的国家里，根本毫无自由可言！”

随后他们来到巴黎，住进克里永旅馆。叶赛宁仍然酗酒，一天发酒疯，打碎了旅馆房间里所有的镜子，并砸坏了家具。警察来了，好不容易才把他制服，最后将他带往警察局。有关叶赛宁的新闻传遍全巴黎。克里永旅馆“请”邓肯迁出，邓肯只好搬往另一家旅馆。她和朋友到警察局要人，警察局答应释放叶赛宁，不过条件是他必须立即离开法国。邓肯只好接受这个条件。她同朋友们商量的结果是：让叶赛宁先去柏林，因为那里有许多俄国同胞，还有苏联政府的代表。叶赛宁自己对此也表示同意，于是由女仆冉娜陪送他去柏林。

在巴黎的那几个月，叶赛宁虽然经常酗酒闹事，同时也进行了大量的创作。

诗人到柏林后十分怀念邓肯，一天之内一连发出好几封内容相同的电报：“亲爱的伊莎多拉，我要死啦，快来救我！”

收到这些电报，邓肯心急如焚，立即和一位女友乘汽车前往柏林。汽车风驰电掣般飞奔，一路上险象环生。

当汽车停在柏林叶赛宁居住的旅馆门前时，在这里等候已久的叶赛宁飞跑过来，从司机的头上越过，投入邓肯的怀抱。他俩紧紧地拥抱着，丝毫不理睬身边众多的围观者。最后不得不由警察来驱散将这对夫妻团团围住的人群。

有时，叶赛宁和邓肯相处得非常恩爱。同朋友聚会时，叶赛宁高兴起来便朗诵诗，一激动就蹦来蹦去，活像跳舞的半人半兽的神。朗诵完毕，他跪倒在邓肯面前，把头贴进她的怀里，仿佛是个玩累了的孩子。邓肯温柔地抚摸着他的头发和脸颊，眼睛里闪动着圣母般慈祥、圣洁的光彩。

有时，叶赛宁喝醉了便发起疯来，邓肯最初还容忍。但是当他侮辱她的舞蹈时，她就不答应了。她用自己所能用的俄语骂人的词来回敬叶赛宁，这些词不外乎“猪”“狗”“母牛”之类。她那带着浓重美国音的俄语引得大家哈哈大笑，连叶赛宁也不禁笑了起来。

一次，叶赛宁夫妇请客，结账时数目惊人。邓肯向来出手大方，将一张一千法郎的支票拿出来。账房找回一摞马克，叶赛宁马上抢到手里，然后跑到他那伙朋友当中散发……

没过几天，叶赛宁夫妇返回巴黎，到了一家旅馆，用“叶赛宁先生及夫人”的名义顺利地办理了登记手续。因为旅馆的夜班职员不知道这对夫妇就是鼎鼎大名的邓肯和她的丈夫。第二天，他俩的身份暴露了，旅馆拒绝为二人提供饮食，并要求他们立即离开。夫妇俩到了另一家旅馆，经理也推说没有空房。幸好邓肯自己那幢位于巴黎豪华大街上租出去的房子租赁期刚满，才总算有了个落脚之地。

他们俩挥霍无度，叶赛宁总是要买各种各样的东西，邓肯一再容忍，说他像小孩子要玩具似的要个没完没了。除此之外，只要他们一吵架就相互赛着砸东西，所以最后弄得囊空如洗。债主们——裁缝、汽车司机、旅馆经理，不断上门讨债。于是这对浪漫夫妻不得不靠变卖寓所里的家具和收藏品度日。

每天，邓肯都笑着问叶赛宁："咱们今天吃什么？沙发？书架？还是那把椅子？"

回到莫斯科

邓肯和叶赛宁借了一笔路费才返回了莫斯科。由于政府对舞蹈学校已无力支持，学校只得惨淡经营。当时学生们正在近郊度假，邓肯的第一件事便是去看望那些她日思夜想的孩子们。

不久，叶赛宁离家出走，邓肯急得几乎要疯狂，总是喃喃自语："他一定遇到什么事了，受伤啦？得病啦？发生意外啦？"

过了一会儿，她叹了口气，又自言自语道："不能总是这样，该结束啦！"

经过三天三夜的煎熬，邓肯精神上痛苦不堪，决定带着她的学生，也是她的养女艾尔玛去高加索疗养。

秋风秋雨。邓肯的心情更加忧郁。一天，她忽然收到一封奇怪的电报："不要再给叶赛宁发信和电报。他现在同我在一起。他永远不再回你那里。加林娜·贝克斯拉芙斯卡娅。"

邓肯虽不知这位加林娜为何许人，但已猜到十之八九。她不甘心叶赛宁就这样被另一个女人夺去，当即给叶赛宁拍去电报："可能是你的女仆发来的电报。说信和电报不要再寄往原住处。是否地址有变？电告。"

邓肯没有收到回电，就返回了莫斯科。

在火车站，施奈德买了一本杂志，上面有叶赛宁的新作《你像所有的俄罗斯女性那样纯朴……》。施奈德念给邓肯听，邓肯兴奋地大叫道："这是写给我的！"

施奈德委婉地解释说，这首诗不像是写给她的，而邓肯却固执地坚持己见。

一天，邓肯正在剧院演出。叶赛宁来了，送来一盆花。剧院服务员拦住他，他大声喊道："我找邓肯！"

施奈德听见了连忙把他接到后台，让他站在侧幕观看邓肯的表演。叶赛宁激动地呼唤着邓肯。施奈德请求他千万别出声，如果邓肯一旦发现了他，她是什么事都会干得出来的。果然，邓肯谢幕时一眼看见了叶赛宁，就不顾一切地跑过去，把他紧紧搂住。

邓肯把叶赛宁带回家，像个慈祥温柔的母亲，劝他不要再喝酒了，他默默点头表示同意。可是晚饭还没吃完，叶赛宁突然跳窗跑了。

这就是邓肯最后一次见到的叶赛宁。

邓肯的悲惨结局

邓肯自称，同叶赛宁的恋情是“猛烈的、灾难性的”。叶赛宁遗弃了她，她的“最后的爱”同前几次一样，由于男人的感情易变而悲惨结束。这位浪漫女子一生多次恋爱，无一不是以悲剧告终。作为一位伟大的艺术家，邓肯在西方被誉为“波提切利和米开朗琪罗的媲美者、贝多芬和肖邦的姐妹”。而作为一个女人，她却十分不幸，令人不禁为之叹息。

莫斯科时时勾起邓肯的痛苦回忆，使她不堪忍受。舞蹈学校处于奄奄一息的境地，政府由于无力支付经费，已对学校停止供电和煤气，学校被迫再次停课。这对邓肯又是一个致命打击。在绝望中她接受了朋友的建议：去德国做一次巡回演出，将全部收入用来挽救学校的生命。

1924 年秋天，邓肯同她那些可爱的学生们一一吻别，动身来到柏林，从而开始了她一生中最穷困潦倒的岁月。过去她在柏林受到极其热烈的欢迎，她被称作“圣洁的伊莎多拉”，而如今德国把她当成敌人。她在那里的演出遭到了非议，一切都很不顺利。结果弄得她身无分文，最后靠美国寄来的一笔钱到了法国。

邓肯想去欧洲各国演出，可是那些国家惧怕她的“赤色宣传”，不给她入境签证。她经济拮据，只好栖身法国尼斯的低级旅店。为了糊口，她不得不答应为美国书商撰写一部自传，以换取稿费。然而，仿佛是命运的故意捉弄，她翘首等待，想用来解燃眉之急的那笔稿费，竟是在她罹难后的第二天方才汇到。

叶赛宁于1925年12月在列宁格勒因抑郁症发作自缢身亡的噩耗传来，邓肯肝肠寸断，在给施奈德的信中写道："我的泪都哭干了……我要追随他而去。"她果真跳海自杀，后被一位英国军官救起。

邓肯给巴黎各家报社拍去电报，电文中写道：

"叶赛宁的惨死使我悲痛欲绝。诗人年轻英俊，才华横溢。他不以自己的天赋为满足，他的勇敢精神驱使他去寻求某种不易获得的东西。他轻易毁灭了自己年轻而美好的躯体。然而他的精神将永远活在俄罗斯人民心里，活在所有诗歌爱好者心里。我坚决抗议美国报界在巴黎发表的那些轻率言论。叶赛宁同我之间从来没有过不和谐，我们也从未离婚。我悲恸而绝望地哀悼他的不幸离世。"

叶赛宁死后，邓肯的精神受到了很大刺激，连外貌也变得让人难以相信，这就是当年那位迷人的舞蹈女神吗？她身体虚胖，面容苍老，只有那双眼睛美丽依旧，不过却流露出一种难以摆脱的悲哀……

1926年出版的叶赛宁诗集成了畅销书，所得版税相当可观。莫斯科法院鉴于邓肯是叶赛宁的遗孀之一（1925年叶赛宁又与托尔斯泰的孙女索菲亚结为夫妻），特地给她送来三十万法郎的遗产。邓肯此时虽然非常拮据，但却将这笔巨款全部转赠给叶赛宁的父母和两个妹妹。她说："他们比我更需要。"

邓肯对叶赛宁的爱，充分体现了这位女性的崇高品格。

1927年9月14日傍晚，邓肯要去参加音乐会。像往常一样，她披着一条自己最喜欢的红色大丝巾，丝巾绕在脖子上，又层层叠叠地拖出一截，飘在身后。她走出大门，坐进了一辆敞篷小汽车。汽车没有挡泥板，绕着邓肯脖子的丝巾下端被汽车的后轮带住了。车轮一转动，丝巾就死死勒住了她的脖子……司机这才回头看到发生的情况，立即把车停住，而舞蹈女神还没来得及出声，瞬间就已香消玉殒。司机悲痛地哀号："我杀死了圣母！"

邓肯罹难后，苏联外交使团献给她的红玫瑰花圈上的题词是："哀悼伊莎多拉俄罗斯的心敬献"。

《喀秋莎》的词作者伊萨科夫斯基

中国人民解放军三军仪仗队官兵，应邀参加俄罗斯2015年5月9日纪念卫国战争胜利七十周年红场阅兵式。5月4日夜晚进行彩排，中国方队用俄语高唱苏联经典歌曲《喀秋莎》，正步走过红场。旁边的五十二个俄罗斯受阅方队全都惊呆了，立即报以热烈掌声和欢呼声，随后便一块儿唱起了这支歌。在现场观看的俄罗斯群众沸腾了，欢呼，喝彩，随着节奏拍手，伴着旋律歌唱，不少人甚至流下了激动的眼泪。

这首歌中国官兵唱得非常不容易。不懂俄语，就用汉语标注。学歌用了一个晚上，练歌用了一周时间。但在红场纵情歌唱的时候，他们感到所付出的一切都很值得。

中国军人在红场放歌《喀秋莎》，拨动了俄罗斯人的心弦。因为这不是一首普通的歌，而是有着特殊由来的歌。在卫国战争的艰苦岁月，它成为苏联人民抗击德国法西斯的象征。正由于《喀秋莎》具有超出音乐以外的重大意义，因而获得了极其崇高的社会地位。

词作者伊萨科夫斯基

《喀秋莎》的词作者苏联著名诗人米哈伊尔·伊萨科夫斯基（1900—1973），出生在俄国斯摩棱斯克州一个贫苦农民家庭。他的母亲共生育了十三个子女，但由于贫困和疾病，只成活了五个。伊萨科夫斯基排行十二，患有先天性高度近视。

父亲为了养活这群孩子，农闲时经常外出找活儿干，好不容易在邻村找到了一份邮差的工作。每星期去火车站取邮件时，就把小伊萨科夫斯基带上。因此，这个孩子便有机会接触到许多报纸和杂志，从而学会了读书写字。他十岁上学，因为交不起学费多次被迫辍学，在老师和好心人的帮助下总算完成了小学学业。

他后来之所以成为著名诗人，正是自强不息，刻苦努力的结果。

伊萨科夫斯基很早就对俄国农民的穷困和艰难有切身体会，在一首回忆童年的诗中写道："我在穷乡僻壤长大 / 在那里 / 浓雾吞噬了每一条道路 / 在那里 / 妈妈哼唱摇篮曲 / 早早就将悲苦的命运唱给我们听。"

这个苦孩子从小热爱诗歌，崇拜大诗人普希金、莱蒙托夫和涅克拉索夫。小学毕业考试时，他朗诵了自己的两首诗，受到在场老师的夸赞。十四岁那年，伊萨科夫斯基写了一首诗，题为《士兵的请求》。老师将它投到莫斯科的《处女地报》，居然发表了。处女作的问世大大鼓舞了他，自此他决心要成为一个诗人。

伊萨科夫斯基以顽强的意志和不懈的努力，日后终于实现了自己的理想。

十月革命后，伊萨科夫斯基积极投身到新生活的建设，当过小学教员、乡苏维埃政府的秘书。自 1921 年起，他在斯摩棱斯克的《工人之路报》编辑部工作了十年，写报道，同时也写诗，作品得到了读者的好评。1927 年，他的诗集《稻草中的电线》问世。高尔基在《真理报》发表文章，赞扬伊萨科夫斯基"不是乡巴佬，而是一个了解城市与农村这两股力量不能互相分离的人"。高尔基的话更加激起这位年轻诗人的创作热情。他的诗集相继推出，有《外省》《离去之诗》。

由于工作出色，1931 年伊萨科夫斯基被调到莫斯科的《集体农庄庄员》杂志社。后来，他的视力越来越不好，迫不得已离开编辑岗位，全心全意投入诗歌创作中。他自称写得很慢，字字推敲，行行斟酌。成为专业作家以后，陆续出版了多部诗集，有《种田能手》(1931)、《四个愿望》(1936)、《祖国之歌》(1945)和《诗与歌》(1948)等。

伊萨科夫斯基继承和发扬了俄罗斯诗歌的优良传统，主要受到涅克拉索夫的影响。他将感情真挚、热情洋溢的作品献给生于斯长于斯的故乡。讴歌美丽的家乡，描绘丰富多彩的农村生活，充分展现了俄罗斯人的性格、内心世界，表达了对故乡、对俄罗斯的热爱。

大诗人一生共创作了近二百五十首诗歌。他的作品抒情流畅，雅俗共赏，尤其适合谱曲传唱。他的许多脍炙人口的抒情诗被多位作曲家谱成了歌曲，风靡全国。最流行的有《送别》(1936，查哈罗夫谱曲)、《有谁知道他》(1938，查哈罗夫谱曲)、《喀秋莎》(1938，勃兰切尔谱曲)、《灯光》(1943，勃兰切尔谱曲)等。而其中《喀秋莎》最为杰出，并且最具传奇色彩。

《喀秋莎》的故事

1938年初春季节，伊萨科夫斯基写下了《喀秋莎》的前八行。一天，与他长期合作的作曲家查哈罗夫问他有没有新作，他便拿出未完成的八行诗，但查哈罗夫当时并没有看上。

过了不久，莫斯科有位文学家准备创办一本杂志，把作曲家勃兰切尔和伊萨柯夫斯基邀请到编辑部，希望他们为创刊号写一首歌。离开编辑部，在归途的汽车上，勃兰切尔邀请诗人为他的爵士乐队11月的演出季写一首诗。伊萨科夫斯基想起了那八行诗，当场写下交给了作曲家。

诗歌的修辞美妙，音调婉转，特别是诗行重音很特别，可谓标新立异。这八行诗一下子就打动了勃兰切尔，歌曲很快就谱好了。乐队指挥克努舍维茨基看了也十分喜欢这首歌，催他去找诗人要其余几段歌词。而此时伊萨科夫斯基已到雅尔塔度夏，勃兰切尔便专程去雅尔塔。诗人在作曲家的鼓励下，完成了《喀秋莎》全诗。

《喀秋莎》曲调流畅，感情质朴，表达一位纯真少女对远在守卫边疆的恋人的一片痴情。这是一首爱情歌曲，姑娘在春暖花开时节，来到晨雾飘浮的河边，思念着心上人，给他带去甜蜜的问候……

1938年11月28日，勃兰切尔的爵士乐队，在莫斯科的联盟大厦圆柱大厅举行音乐会。当最后一个压轴曲目奏响时，著名歌唱家瓦莲金娜·巴季谢娃走上舞台，她演唱的正是《喀秋莎》，立即震惊了全场观众。演唱完毕，大厅里响起经久不息的掌声，巴季谢娃又演唱了第二遍、第三遍。于是这首歌很快就在全国流传开来。

后来，当年没看上这首诗的查哈罗夫不胜惋惜地说，自己那时没看出诗里蕴藏着的浓浓的歌味，成了他终生的遗憾。

1941 年 6 月 22 日凌晨，希特勒撕毁 1939 年 8 月 23 日与苏联签订的《苏德互不侵犯条约》，向苏联发动闪电进攻。兵分三路同时轰炸苏联大片领土，北进列宁格勒，中进莫斯科，南进基辅。苏联方面，无论在思想上还是军事上，全都缺乏准备，因此战争初期，处于被动地位，伤亡惨重。

首都形势告急。敌军攻占了斯摩棱斯克，距莫斯科仅三百至四百公里，正集中强大兵力准备发动进攻，占领莫斯科。7 月中旬，莫斯科新编的红军近卫军第三师仓促开赴前线。在送行的人群里，莫斯科工业学校的一群女学生唱起了《喀秋莎》:“正当梨花开遍了天涯，河上漂着柔曼的轻纱，喀秋莎站在峻峭的岸上，歌声好像明媚的春天……”近卫军第三师的全体官兵向姑娘们行了个庄严的军礼，他们含着激动的泪水伴着歌声走上了前线。几天后，在极为惨烈的第聂伯河阻击战役中，这个师的官兵几乎全部阵亡。但他们毕竟给德国最精锐的装甲部队狠狠迎头一棒，为红军组建保卫莫斯科的最后防线赢得了宝贵时间。

“喀秋莎”本是极为常见的俄罗斯女性的名字，现已升华为一个深爱着前线战士的姑娘，她执着地等待心上人的归来。于是“喀秋莎”便成了战士们的大众恋人……

从此，《喀秋莎》在苏联被唱响，唱遍前线和后方，成为战士们最喜爱的歌曲。这支饱含着少女纯情的歌，使战士们的心灵得到了慰藉，对未来充满憧憬。它将美妙的音乐和正义的战争相融合，把姑娘的情爱与士兵们的英勇报国紧紧联系在一起。

这首浪漫的情歌在卫国战争艰苦卓绝的岁月里起了重要作用，成了战斗的号角、前进的动力，时时刻刻鼓舞着千千万万的红军将士和后方民众同仇敌忾，击败侵略者。《喀秋莎》给予广大红军指战员强大的精神力量，在他们心中树立起了必胜的信念。

“喀秋莎”火箭炮

1942年年初，苏联生产了一种火箭炮，仅凭它发射时的火焰和独特的呼啸声，就足以使纳粹分子惊魂丧胆。在举世闻名的斯大林格勒保卫战中大显神通，给敌军以毁灭性的打击。当时由于保密，这种新型武器并无正式名称，但在发射架上标有生产厂家的俄文缩写字母 K，苏军士兵由此联想到歌曲《喀秋莎》第一个字母也是 K，就把这心爱的火箭炮亲昵地称作“喀秋莎”。“喀秋莎”成了消灭法西斯的有力武器。

伊萨科夫斯基于1944年创作了一首题为《关于喀秋莎的歌》的诗，讲述一个发生在战场上的真实故事。不过故事的主人公已不是那位少女，而是一个在卫国战争中为苏联红军取得胜利发挥重要作用、让敌人闻风丧胆的武器“喀秋莎”火箭炮。

这支曲调优美的苏联歌曲自诞生之后立刻传遍了世界，受到了世界各国人民的喜爱，甚至包括敌人在内。一次战役间隙，四周一片寂静，疲惫不堪的苏军战士突然听到从对面敌人战壕里传来一遍又一遍的《喀秋莎》歌声。战士们既震惊，又愤怒：“怎能让龌龊的法西斯玷污我们的‘喀秋莎’？！”他们出其不意地冲入敌人的战壕，夺回那张宝贵唱片。第二天，喀秋莎火箭炮悄悄发起攻击，把对方阵地打成一片火海。苏军战士从掩体里跳了出来，兴奋地欢呼：“瞧啊，喀秋莎要复仇啦！”

第二次世界大战期间，《喀秋莎》不仅风靡苏联，而且是一首流传世界的战歌。欧洲各国的反法西斯战士们唱着它冲锋陷阵：意大利游击队员们将这首歌作为自己的队歌，唱着它从法西斯手中解放了罗马城；保加利亚游击队也将《喀秋莎》定为队歌；法国抵抗组织十分欣赏这首歌，将它列入抗击德军行动的信号……

1943 年，伊萨科夫斯基凭着自己的诗作和歌曲获得斯大林奖。他将五万卢布奖金全部捐赠给故乡福斯霍达村，用于建设文化之家，里面包括小剧场、图书馆等，以丰富乡亲们的文化生活。1985 年，福斯霍达村民为缅怀已故诗人伊萨科夫斯基，自筹资金在文化之家内开设了《喀秋莎》博物馆——为一首歌曲建立博物馆，这在世界上是独一无二的。里面收藏着所有关于《喀秋莎》的珍贵资料和记忆。如今这个博物馆改为伊萨科夫斯基纪念馆。在这个常住人口只有几百名的小村里，还建有一座象征性的喀秋莎纪念碑，纪念碑的外观是俄罗斯农村传统木屋的一角，旁边放着一块巨石，石上嵌有一个金属牌，上面刻着《喀秋莎》的前两行歌词。另一边竖着一段形状奇特的松树杆，酷似竖琴，象征着音乐和歌曲。

《喀秋莎》的曲作者勃兰切尔一生谱写了两千首歌曲，而《喀秋莎》使得他名扬四海。他说："无论我走到哪个国家，人们一定会介绍我是《喀秋莎》一歌的曲作者。我的朋友不管来自多么遥远的地方，都要向我讲起关于《喀秋莎》的故事。坦率地说，这让我感到很愉快，但又令我有些难过，那么多人谈到《喀秋莎》，仿佛我创作的其他歌曲根本不存在似的。"作曲家去世后葬于莫斯科新圣母公墓。墓地非常简朴，没有任何雕像，只有一块巨型黑色大理石碑，碑上镌刻着他的姓名和生卒年代，下面则是歌曲《喀秋莎》的第一个乐句——真可谓匠心独具。

20 世纪 50 年代初，《喀秋莎》传入我国，深受中国广大民众的喜爱，成为家喻户晓的流行歌曲。从此它便扎根在我们这些黄皮肤黑发黑眼人的心中。

原诗很快被译成中文，有 1952 年版的著名学者黄药眠的译本，1954 年版的翻译家蓝曼的译本。歌曲《喀秋莎》的译配者是著名音乐家赵沨（1948 年版）。1956 年上海《广播歌选》准备重新发表这首歌曲，该刊编辑吕寒柏在赵沨译配的基础上作了补译和修改。现在国内传唱的正是这个版本，也是公认译得最好的版本。

电影《幸福的生活》插曲

战后，伊萨科夫斯基与大作曲家杜那耶夫斯基（1900—1955）联袂为音乐喜剧片《库班的哥萨克》(1949）创作了四首电影插曲——《红莓花儿开》《你从前是这样》《丰收之歌》《歌唱幸福》。1950年电影刚一上映，歌曲马上就流传开来，唱遍了整个苏联。

《库班的哥萨克》的电影脚本出自大名鼎鼎的剧作家波戈廷之手。波戈廷因写“列宁三部曲”——《带枪的人》《克里姆林宫的钟声》《悲壮的颂歌》而红极一时。影片《库班的哥萨克》描写的是库班草原上两个集体农庄进行劳动竞赛，男女主人公是这两个农庄的主席，既是竞争对手，又相互爱慕。大家把荒凉的库班草原变成富饶的良田，歌颂了集体农庄庄员们的幸福生活。

1950年，我国东北电影制片厂译制了《库班的哥萨克》，将片名改为《幸福的生活》。四首插曲的歌词均由该厂翻译孟广钧译成中文，中文歌谱很快就发表在《广播歌选》上。电影放映后，立即风靡全国，大家争相观看。我国同胞正是通过这部影片了解到当时苏联人民的幸福生活，憧憬着“苏联的今天就是我们的明天”，对未来充满期望。

那一首首美妙绝伦的插曲，让中国观众如醉如痴。最受欢迎的是《红莓花儿开》，歌中唱道：“田野小河边红莓花儿开，有一位少年真使我心爱，可是我不能对他表白，满怀的心腹话儿没法讲出来！……”歌儿以明快、活泼的节奏，跳跃、流畅的旋律，表达了少女对心上人的思念之情，但她又羞于开口，将那种复杂心情演绎得淋漓尽致，让人产生无尽遐想。正因为如此，这首歌马上受到广大中国民众的追捧。另一首《你从前是这样》委婉，情深，十分动人，思想内涵已达到一个更深的层次。

20世纪50年代中期，苏联文坛“解冻”，对文学艺术作品重新作出评价。电影《库班的哥萨克》遭到否定，它与另一部影片《金星英雄》(1950）同时成为“粉饰生活”“无冲突论”的典型。然而《库班的哥萨克》中的插曲却具有永恒的生命力，它们早已脱离影片本身而独立存在，成为俄罗斯的著名歌曲。

四首插曲均由伊萨科夫斯基作词，杜那耶夫斯基谱曲。提起杜那耶夫斯基，中国年长的读者定会非常熟悉。那首朝气蓬勃、乐观向上的《祖国进行曲》(1936，电影《大马戏团》插曲，诗人列别杰夫－库马契作词）就是他谱写的。这首歌音调激昂，节奏铿锵。《祖国进行曲》犹如我国的《歌唱祖国》，它几乎成了苏联的第二国歌。

我国“文革”期间，《喀秋莎》《红莓花儿开》等苏联抒情歌曲竟被批判为“黄色歌曲”，那真是一个荒唐的年代！如今在国内的许多音乐会上，这些动人的歌儿一再被演绎，融入了几代人美好的青春记忆。现在，一个甲子过去了，这些老歌依旧魅力无穷，深信它们在世界音乐史上能占有一席之地。

诗人的后期作品

卫国战争胜利后，伊萨科夫斯基发表了《敌人烧毁了故乡的农舍》(1945）。描写胜利归来的战士回到故乡，亲人们被战争夺去了生命，家中房屋变成一片废墟……这首诗遭到严厉批判，被斥之为“调子低沉”，充满“伤感情绪”。然而诗人并不认同，开始对自己的创作道路进行反思。

伊萨科夫斯基于1945年开始创作长诗《关于真理的童话》。长诗采用涅克拉索夫《谁在俄罗斯能过好日子》的体裁。写一个农民受乡亲们的委托前去寻找一位美少女——“真理”，但是历尽艰辛也没能找到，原来她被迫远离人间。在那邪恶势力猖獗的年代，“真理”也不得不退让……这部以童话形式写成的长诗在当时无法发表。伊萨科夫斯基只得靠翻译诗歌度日，译过乌克兰诗人谢甫琴科和匈牙利诗人裴多菲的作品。这也是20世纪50年代以后他再也没有写诗的原因。

直到四十一年后的1987年，伊萨科夫斯基的长诗才在《旗》杂志上刊出，而诗人已经逝世十四年。有学者认为，这部作品若在“解冻”时期发表，其影响力肯定会大大超过爱伦堡的小说《解冻》。

据著名翻译家高莽回忆，1955 年他和另一位著名翻译家戈宝权在莫斯科曾见到伊萨科夫斯基，大家谈起中苏诗歌和音乐的交流。诗人强调诗歌作者要写自己熟悉的事物，要有真情实感，要善于运用文字。当说到《喀秋莎》在中国广泛流传的情况时，伊萨科夫斯基很激动：“若能听到中国人的演唱，该多好啊！”他的声音有些颤抖，眼眶里涌出泪水。

晚年的伊萨科夫斯基完全失明，妻子去世后，生活已不能自理。

1999 年，高莽访问了伊萨科夫斯基的故乡斯摩棱斯克，会见当地的文艺工作者。当高莽谈到伊萨科夫斯基的很多诗篇已译成了中文，并出版了多种译本时，当地的文学艺术家十分惊喜。2000 年是伊萨科夫斯基百年诞辰，他的家乡要为诗人建立纪念碑而募捐筹款。高莽回国后与朋友们谈起此事，于是我国八位文艺界著名人士——高莽、薛范、蓝曼、邵燕祥、张廷华、孟广钧和介聂踊跃捐献。不久，高莽收到斯摩棱斯克州文化局局长的感谢信：“谢谢您和所有的中国朋友，为我们杰出的同乡、伟大的诗人伊萨科夫斯基百年诞辰纪念活动所做出的贡献。”

如今，这座雕像纪念碑已经矗立在伊萨科夫斯基家乡他曾上过学的学校附近。那是青年时代的诗人，风华正茂，站在树前，似乎正在苦苦思索诗句。

再现诺索夫的童话王国

——关于世博会俄罗斯馆

上海世博会俄罗斯馆是一座令人倾心、充满童话色彩的花园城，相信它那独特魅力会成为孩子和成年人共同的乐园。

俄罗斯拥有举世闻名的文学和艺术财富，为世界文明增添无限光彩，世博会俄罗斯馆的设计理念即源自文学。俄罗斯展区总代表说：“在俄罗斯有一种特别的现代理想城市理念，每个俄罗斯人都自幼熟知，那就是作家诺索夫提出的‘最好的城市应该是最受孩子们喜爱的城市’。”俄罗斯馆以诺索夫笔下的童话故事为蓝本，把布展方案定位为儿童梦想中的城市，即未来的理想城市。

苏联著名作家尼古拉·诺索夫（1908—1976）生于基辅一个演员家庭。中学时代，他多才多艺，不但善于唱歌、演戏，在自然科学领域也有诸多特长，还为手抄本杂志撰稿。当时正值苏联经济最困难的时期，这位富有才华的少年曾经卖报、干勤杂工，还在伐木场、水泥厂和砖瓦厂当过工人。1927 年诺索夫考入基辅艺术学院，1929 年转入莫斯科电影学院，1932 年从电影学院毕业担任电影导演，1938 年发表处女作——短篇小说《机灵鬼》，1945 年出版短篇小说集《笃笃笃》。

据诺索夫自称，他进入文学界是非常偶然的。当有了儿子以后，每天都要给孩子和孩子的小朋友们讲些有趣的故事，成为一种习惯。不经意间，他就踏上了儿童文学创作的道路。他说：“为孩子写作是件最好的工作，需要各种门类的丰富知识，还必须更多地懂得儿童心理。”

诺索夫非常熟悉孩子，理解他们的喜怒哀乐。因此他的作品情节曲折，幽默诙谐，深深吸引着小读者，被誉为苏联儿童文学百宝箱中的“璀璨明珠”。中篇小说《维加·马列耶夫在学校和在家里》于 1950 年出版，风靡一时，获 1951 年斯大林奖。这部小说译介到我国后，深受少年朋友们的喜爱，也曾经给不少今天的中老年人带来巨大的欢乐，陪伴他们度过那段人生的美好岁月。诺索夫不愧是位探索少年儿童心灵的大师。他用那支神来之笔，刻画出一个个天真烂漫、活泼可爱、对各种事物充满好奇、又层出不穷地搞恶作剧的孩子的形象，将他们的音容笑貌、举止言行和内心活动描绘得栩栩如生、跃然纸上。故事情节真实自然，可读性极强，一下子就能攫住读者的心。他的另外两部中篇小说《快乐小家庭》（1949）和《一个少先队员的日记》（1950），同样妙趣横生，不仅受到小朋友的热烈欢迎，甚至连成年人读了也会开怀大笑。

1954 年，诺索夫推出童话代表作《小无知及其同伴历险记》。作品想象力丰富，温馨迷人，为孩子们描绘了作家心中的理想城市。“小无知”立即被广大小读者所痴迷，成为一个家喻户晓的人物。随后《小无知游太阳城》（1958）、《小无知游月宫》（1965）相继问世，形成三部曲，荣获苏联俄罗斯克鲁普斯卡娅国家奖。

诺索夫的许多作品被搬上了舞台和动画片中，《两个朋友》《幻想家》被拍成了电影。童话里的人物形象经常出现在儿童杂志内，甚至连糖果包装纸上都能屡屡见到。他的大部分作品被译为几十种文字，成了世界少年儿童的挚友。

晚年，诺索夫的重要作品是中篇小说《我的朋友伊格尔的故事》（1971）和中篇回忆录《井底的秘密》（1977）。他的孙子伊格尔·诺索夫继承祖父事业，写了两部关于小无知历险的新书——《小无知游石头城》和《小无知岛》。

《小无知及其同伴历险记》描写一座叫“花城”的美丽城市。这里每座房子周围都种着鲜花，有雏菊、母菊、蒲公英。所有街道也以花命名：甘菊路、铃铛花街、母菊林荫路和矢车菊街心花园。城市位于一条小河的岸边，小河叫黄瓜河，因为两岸长着许多黄瓜。故事的主人公是个名叫小无知的小矮人男孩，他和十五个小矮人同伴住在铃铛花街的一所房子里。孩子们的名字都很有趣：小博士、医生小药丸、机械师小螺丝和助手小凿子、猎人小子弹、画家小颜料筒、音乐家小竖琴、小急性子、小唠叨鬼、小不吭气、小甜面包、小果汁、小丢三落

四、小马虎和小粗心兄弟。

花城的汽车是用果汁汽水来发动的。不过小螺丝和小凿子制造的那辆汽车有了一项重大改进，水箱里装着一根带小水龙头的橡胶软管，这样就能边开车边喝可口的汽水了。

小无知由于无知，又爱吹牛，经常惹是生非，闹出不少笑话。

爱好阅读的小博士最聪明。他从书中获取知识，常给朋友们讲述遥远国度的故事，这就使得小伙伴都渴望去旅行。有人提出徒步行军，有人建议乘船航行，小博士说："咱们造一个气球，乘气球飞行吧。"

这个想法立即得到大家的一致赞同。于是十六个同伴开始为制作热气球而忙碌。花费了不少力气，气球终于做好，小男孩们便乘坐着它去旅行。途中出了事故，他们从天空上掉了下来，落在一座只有女孩子的城市。这些小旅行家都不同程度地受了轻伤，被女孩们安排在医院里治疗和休养。随后，他们相继康复出院。孩子们发现这座城市空气清新，一尘不染，而且繁花似锦，绿树成荫，因此叫"绿城"。这里的一切都令他们心驰神往：到处长着硕大的果树，还有体积相当于两层楼房的大西瓜，芦苇秆做成的自来水管，亚麻杆编织的小桥，每所房子前都有美丽的喷泉，喷出的水还可用来浇菜园——每家每户都辟有菜园，栽种着各种各样的蔬菜。

绿城的所有男孩都住到了不远的河滩上，那儿有他们自己的城市——"风筝城"。他们爱游泳和晒太阳，特别喜欢从事各种冒险活动。冬天河水冻结大家去滑冰，春天涨大水时就乘船到处漂游。小无知的同伴们也去了风筝城。令他们吃惊的是这里机械化程度极高，一切都靠按电钮来控制，按一个电钮，门开了，按另一个电钮，椅子出来了，如果需要一张桌子，再按一个电钮，从墙上就会打开一个桌面……他们还见到八轮蒸汽汽车，四个轮子在下，四个轮子在上，以预防车祸的发生。

小家伙儿在这两个城市结交了新朋友，增长了许多新知识。

当这群小旅行家长途跋涉、英雄般地返回家乡花城时，受到当地居民的热烈欢迎。小伙伴们将绿城的各种好东西一一移植到自己的家园中。小无知从此变成了一个聪明、机智、对知识充满渴望的好孩子。后来小无知又游历了太阳城以及月宫。

在当今的俄罗斯人看来，小无知是个英雄，他对一切都感兴趣，并渴望去发现新事物。半个多世纪过去了，俄罗斯社会已经发生了翻天覆地的变化。然而生活在那片土地上的人们，依旧非常热爱诺索夫的作品，它就像昨天写的那样。诺索夫的文学具有永恒的生命力。

富有创新精神的上海世博会俄罗斯馆设计师们，将诺索夫五十多年前的童话梦想付诸实践。他们把俄罗斯馆变为小无知历险过程的三个梦幻王国。童话中的美好想象与神奇经历，将在这里逐一展现。

俄罗斯馆展示厅共三层。第一层“百花城”，是绿色生态城市理想的体现。遍布着储存太阳能的鲜花，水果造型的房子，巨大蘑菇做成的下水道，形态各异的汽车不“喝”汽油，而是快活地品尝着可口的草莓酱……所有这些装饰物全部来自童话，其体积之庞大，让参观者感觉自己变成小人国里的成员，从而获得一份奇妙的体验。

第二层“太阳城”，展现俄罗斯青少年的科技成果，折射出他们的才智与理想。

第三层“月亮城”，显示太空的神秘与奥妙，使观众遐想无限。

俄罗斯馆把观众带入一个奇妙的未来世界。置身于这座亦真亦幻的花园城，孩子们快乐地感受小无知的神奇王国，大人们也可重温童年时代天马行空的梦想。

这一切，使人想起苏联首次参加世博会的情景。作为世界上第一个无产阶级政权的国家，苏联曾经风光无限。1937年经过两个五年计划的建设，其工业生产总值已跃居欧洲第一，世界第二。这一年，巴黎世博会举行，苏联雄赳赳，气昂昂地亮相了。开幕那天，一座两个英姿勃勃、高举着苏联国徽——镰刀和锤子的

男女青年大型雕塑，巍然矗立在苏联馆顶部，雕塑名为《工人和集体农庄女庄员》

然而 2010 年的世博会，俄罗斯避开意识形态，选择了童话，期望将童话中的美好理想变为现实。这种选择很符合时代精神。

西蒙诺夫的一首名诗和一段婚姻

1941 年 6 月 22 日，希特勒向苏联发动闪电进攻，严酷的卫国战争开始了。苏联青年纷纷奔赴前线，其中就有后来成为著名作家的康斯坦丁·西蒙诺夫（1915—1979）。他十九岁发表作品。从高尔基文学院毕业后进入伏龙芝军事学院军事记者培训班，1940 年至 1941 年 6 月就读于军政学院。战争爆发第六天，他应征入伍，担任《红星报》战地记者。

西蒙诺夫在前线写了许多通讯、特写、散文与诗歌。他十分思念恋人瓦莲京娜·谢罗娃（1917—1975）。谢罗娃是当时莫斯科红极一时的女演员，既演话剧，又拍电影。她风姿绰约，妩媚妖娆，人称"苏联的梦露"。

苦苦追求得来的爱

西蒙诺夫与谢罗娃相识于 1940 年，她的美貌令他神魂颠倒。当她在剧院演出时，他一连十几天手持鲜花坐在第一排，目不转睛地望着她。她却不以为然，因为追求她的人很多。而西蒙诺夫的热烈、执着与痴狂感动了她，最后终于接受了他的爱。

瓦莲京娜·谢罗娃出身戏剧世家，母亲波洛维茨卡娅是著名话剧演员，1954 年荣获"人民演员"称号。谢罗娃原姓波洛维科娃，二十一岁嫁给飞行员谢罗夫后即随夫姓。少女时代，她考入青年工人剧院附属的戏剧学校，毕业后成为青年工人剧院的演员。1939 年在影片《倔强的姑娘》中扮演女主角，获得成功，一举成名。

1938 年，瓦莲京娜邂逅了年轻英俊的飞行员安纳托利·谢罗夫。两人一见钟情，相识第三天，谢罗夫便向她求婚。当时瓦莲京娜还有点犹豫，没有马上答应。但这位飞行员善于制造浪漫与惊喜。一天晚上，女友随剧团乘火车到列宁格勒（今圣彼得堡），他去送行，随后便搭飞行员朋友的飞机赶往列宁格勒。瓦莲京娜一下火车，就看见谢罗夫手捧鲜花正在迎候。她被深深感动，于是毫不犹豫地答应了他的求婚。这是他俩相识的第八天。

婚后不久，谢罗夫以志愿军身份参加西班牙反法西斯战争，击落敌机六架，被授予苏联英雄称号。然而，1939 年谢罗夫在试飞一种新机型时不幸牺牲，撇下了刚刚二十二岁、已怀有身孕的爱妻。那天，恰是两人结婚周年纪念日。噩耗传来，谢罗娃痛不欲生，三个月后生下儿子。她自称若没有这个孩子自己是绝对活不下去的。为了纪念亡夫，她给儿子也取名为安纳托利。

西蒙诺夫于 1940 年在剧院舞台上初次见到谢罗娃时，正是她最痛苦的那段时光。谢罗娃经不住西蒙诺夫的苦苦追求，同意做他的未婚妻，不过对前夫依然十分怀念。

诗人对谢罗娃爱得如醉如狂，对小安纳托利也非常好，孩子也很爱科斯佳（西蒙诺夫名字的昵称）叔叔。但是谢罗娃眼里却不时流露出淡淡的忧伤，她曾经对女友倾诉衷肠：“儿子越长越像父亲，看着他我便想起安纳托利。回想起我们俩一起度过的无比美好的日子的每个细节，心便碎了。科斯佳是个好人，可我……”她没再往下说，心中的话可想而知。

西蒙诺夫一厢情愿地爱着谢罗娃，而谢罗娃回报给他的并非真正的爱情，只是一种感激之情。

战争爆发，西蒙诺夫上了前线，这对情侣不得不分开。

《等着我吧》的诞生和社会反响

年轻的战地记者西蒙诺夫总思念自己的美丽女友。情之所至，信笔成篇，一代名诗就这样诞生了。全诗如下：

等着我吧，我一定回来，

只是你要苦苦等待。
等到那愁煞人的黄雨
勾起你忧伤满怀。
等到大雪纷飞，
等到酷暑难耐，
等到别人已忘记过去，
不再把亲人等待。
等到从远方
再没有书信寄来，
等到一起等待的人
都已倦怠。

等着我吧，我一定回来，
不要理会那些人，
他们喋喋不休地说：
该忘了，该忘了。
即使儿子和母亲认为
我早已不在；
即使朋友们等得厌倦，
围坐炉火旁，
干一杯苦酒，
悼念亡魂……
切莫忙着和他们举杯
你要把我等待。

等着我吧，我一定回来，
死神一次次被我击败。
就让没等我的人
说这是侥幸，意外。
那些没等下去的人不会懂得，
正是你的苦苦等待，
在枪林弹雨中
把我拯救出来。
我是怎么死里逃生的，
唯有你我明白——
只因你比任何别人
都更善于等待。[①]

该诗写于西蒙诺夫入伍后半个月。这原本是他的一封私密情书，他不想公开，更不愿发表。然而诗人有在众人面前朗诵自己作品的嗜好。某天，一时兴起，把这封情书也念了出来。没想到它随即被士兵们一遍遍地吟诵，显示出超乎寻常的喜爱。大家抄下来或贴身收藏，或夹在信中寄给后方的家人。是前后方广大读者对这首诗的无比热爱，促使他决定将诗拿去发表。

西蒙诺夫把诗寄给了《红星报》，然而该报主编认为这样的诗不能登在军报上，否则战士们读了会更加思念亲人……1942 年年初的一天，西蒙诺夫遇到了《真理报》主编，主编问他有什么新作。他说有一首诗，但未必适合《真理报》。主编想看看，他便将诗朗诵了一遍。主编听后被深深感动，大胆拍板：采用！

《等着我吧》于 1942 年 1 月 14 日在《真理报》刊出——这是该报破天荒第

① 作者参考了多位名家的译文重译此诗。

一次刊登诗歌，立即引起全社会的强烈反响。人们奔走相告，流着泪吟诵它，前方战士疯狂地争相传诵。有些士兵将诗抄下来，夹在信里寄给女友或妻子。它成了传单，前线战士和后方妇女把诗和亲人的照片放在一起，装进贴心的口袋当作护身符。士兵们还把诗句刷在奔赴前线的军车上……这首诗慰藉了饱受战争煎熬的心，鼓舞了浴血奋战的军人和他们的亲人。

俄罗斯是个诗的国度，人们对普希金等大师的作品能倒背如流。西蒙诺夫不经意间写出了众多战士内心深处的感受，由一己之情的抒发而演化为全民的精神共鸣，因而这首诗瞬间走红。二十六岁的西蒙诺夫一夜成名。

在卫国战争时期，《等着我吧》的影响甚至超过了歌曲《喀秋莎》，几乎所有前线战士和后方百姓都能背诵，极大地鼓舞了全国人民的斗志。在战火纷飞的艰苦岁月，最需要这样的精神食粮。《等着我吧》成了苏联人民战胜德国法西斯的象征。一首不长的抒情诗，居然能够成为喀秋莎火箭炮之外的重要武器和全民族的情感寄托，这在世界诗歌史上也十分罕见。

西蒙诺夫从20世纪40年代初至50年代中期，他的所有作品都是献给谢罗娃的。其中《等着我吧》则专为她一人而写。

这首诗发自肺腑。全诗共三段，每段第一句都是“等着我吧，我一定回来，”这是全诗的核心，回旋往复，一遍遍地呼唤。这个主旋律出现了三次，引领着每一段诗。第一段一连出现七个“等着”，真是柔情万丈。它以异乎寻常的强烈、深厚的感情，重重地叩击着每一个读者的心灵。

全诗简洁朴素得惊人，以极其有限的文字表达十分丰富的内容，令人有荡气回肠之感。整首诗没有什么技巧，只是毫不掩饰地抒发自己的内心感受，也就是情真意切，发自内心，自然而然便具有了喷泻而出的效果。

原诗的文字十分简洁纯朴：“等着我吧”（Жди меня）。俄文仅为两个词，Жди是ждать（等待）的命令式，但在这里已经不是命令而是请求、恳求甚至是乞求了。第一段一连出现七个Жди，感情异常真挚。

《等着我吧》激起了许多艺术家的创作灵感。曾为《喀秋莎》谱曲的大作曲家勃兰切尔立即将诗谱成了歌曲，广为传唱。随后又有将近二十位作曲家也给它谱上了曲子。

在广大读者的鼓舞下，西蒙诺夫将这首诗改写成同名剧本，后又将它搬上银幕，话剧和影片的女主角都由谢罗娃扮演。导演要求把勃兰切尔谱写的《等着我吧》保留在话剧和影片里。无论是话剧还是电影，再次引起强烈反响。

作家瓦西里耶夫的小说《这里的黎明静悄悄》（1969）不仅多次被拍成电影、电视剧，还改编为话剧和歌剧。歌剧中女主人公之一的冉尼娅有段抒发内心感情的咏叹调，就是以西蒙诺夫这首诗为歌词的。

战后，有位士兵给西蒙诺夫写信说："您的诗，以及您在诗中所表达的对亲人深切的爱，支撑我们度过战争年代。"

《等着我吧》被称作是卫国战争中第一首爱情诗，并且列为中学生必读的经典诗歌。总之，这是一首在俄罗斯文学史上具有举足轻重地位的诗，一首具有非同寻常传奇性的诗。

《等着我吧》在中国

我国 20 世纪 40 年代抗日战争时期，著名翻译家戈宝权第一个将这首诗译成中文，题曰《等待着我吧》。改革开放后，另一位著名翻译家苏杭的译文在《诗刊》1980 年第 6 期刊出，题为《等着我吧……》。读者认为后来者居上，更具有诗的意境，如今广为传诵的就是这个版本。1987 年上海外语教育出版社推出上海外国语大学许贤绪教授选译的《苏联名诗选读》，其中选有这首诗，题为《你等着我，我就能回来》。但该书出版后没有超过苏杭译文的影响力。此外，据说黎华、陆人豪等译坛名家也都译过这首诗，可见它多么吸引我国的俄苏文学翻译家们。

2015 年第二次世界大战胜利七十周年，我国举行了各种纪念活动，这首扣人心弦的诗再次引起国人的关注。网络上出现了许许多多新的译文，有些网友非常认真、仔细地挑出被视为“权威版”的苏杭译文的种种不足，提供各式各样见解，并拿出自己的最佳方案，形成了一场令人振奋的诗歌大讨论。

不是人们过于挑剔和苛刻，而是因为原诗的文字与感情实在太动人，使得广大读者、诗歌爱好者和翻译界人士面对如此美妙的诗句反复琢磨，欲罢不能。在新译文中，笔者认为北京外国语大学王立业教授的《等着我，……》（2015）超越了“权威版”。这很正常，毕竟三十多年过去了，理应诞生更好的译本。

这首诗在我国早已谱成歌曲。由著名音乐家钱仁康根据勃兰切尔的版本译配，题为《等着我》。不过这支歌在我国的演唱概率远远比不上该诗的朗诵，因为原诗文字非常完美，译得也朗朗上口。

1944 年，苏联根据西蒙诺夫剧本拍摄的同名电影《等着我》完成，当时在重庆的著名翻译家曹靖华正着手翻译这个剧本。同年 10 月重庆上映了这部影片，曹靖华刚刚译完剧本。他看了电影受到启发，产生灵感，将剧名改为《望穿秋水》——含蓄、典雅，更符合国人的审美情趣。

谢罗娃没能“等待”

《等着我吧》是苏联诗歌的不朽绝唱。然而深入研究其创作背景就能发现，在诗的后面隐藏着一个爱情悲剧。

正因为西蒙诺夫和谢罗娃的爱情基础并不牢固，再加上谢罗娃这个绝色美女是多少男士的梦中情人。诗人不免暗自担忧：两人分开后，未婚妻的感情会不会发生变化呢？她会等待他吗？她能等待他吗？

西蒙诺夫对恋人的担心果然不幸变成了现实。这首诗发表后不久，谢罗娃在一个高级军官医院为伤员慰问演出时，结识了战功卓著、英俊潇洒的罗科索夫斯基将军（1944 年晋升为元帅）。帅哥与美女相遇，两人爱得死去活来，尽管将军已有妻子儿女。

虽然西蒙诺夫完全知情，可是他对谢罗娃仍然不肯放弃，1943 年向她求婚。

在现实与感情的天平上权衡再三，谢罗娃最终选择了西蒙诺夫。

谢罗娃和诗人结婚后，并没有中断与罗科索夫斯基的关系，他们俩作为情人持续了好几年。战争结束，谢罗娃与丈夫重聚，但已貌合神离。

罗科索夫斯基对谢罗娃始终一往情深，战后仍旧常到西蒙诺夫寓所前小立片刻，望一眼谢罗娃卧室的窗帷。每天下午五点整，一辆政府要员的轿车准时开到她家门前，罗科索夫斯基从车里走出，在门前“立正”几分钟。这是他俩每天五分钟的“幽会”。

这件事很快就传到了斯大林那里，最后由他出面干预：1949 年罗科索夫斯基被派往波兰任国防部长。元帅和女明星的这段婚外情才不得不画上句号。

谢罗娃深爱的第一任丈夫与她已天人永隔，而虏获了她心灵的美男子元帅又被调到了国外，面对的是没有什么爱情可言的西蒙诺夫，她感到十分郁闷。耐不住寂寞的大美人从此放纵自己。1950 年她生下一个女儿，西蒙诺夫见到后意味深长地说：“头发是黑的，这么说是我的啰！”

此时西蒙诺夫已经跻身高位，多次获得斯大林奖金，成了文坛上屈指可数的重要人物。他曾任作协副总书记和书记处书记，苏共中央候补委员，连任两届最高苏维埃代表，堪称当时的风云人物。尽管西蒙诺夫仕途顺畅，著作等身，可是家庭生活并不幸福。妻子的出轨使他非常痛苦，对谢罗娃由热烈的爱转变为强烈的恨，这段婚姻终于在 1957 年走到了尽头。离婚后，西蒙诺夫马上娶了个比自己年轻十几岁的新娘。

西蒙诺夫利用手中的权力，官报私仇，打压谢罗娃的演艺事业，逼得她走投无路，精神崩溃，借酒浇愁，最后穷困潦倒，五十八岁便郁郁而终。不少人认为西蒙诺夫做得太过分，尤其谢罗娃的广大粉丝指责他对不起这位美女明星。

遵照上级旨意创作

西蒙诺夫是个富有才华的全能型作家。他从事战争题材的创作，诗歌、小说、散文、文艺评论、剧本全都涉及，而且多产。多年的战地记者生涯使他养成平易近人的作风，还具有不畏惧死亡的勇敢。他曾担任大型文学杂志《新世界》主编，《新世界》思想活跃，锐意革新，成为文艺界开明派的阵地。西蒙诺夫任职期间曾推出过不少优秀作品。

1949 年 10 月 1 日，以法捷耶夫为团长、西蒙诺夫为副团长的苏联文化代表团来北京参加开国大典。此时的西蒙诺夫不仅是声名显赫的大作家，并且已经成为高官——苏联作协副总书记。

为什么西蒙诺夫仕途如此顺畅？原来他出身不好，外祖父是贵族，舅舅为沙俄政府的五品文官，当过三个省的省长，十月革命后流亡法国。三个姨妈在 1935 年都以“危害社会分子”罪逐出列宁格勒，流放偏远地区。其中一个被处决，一个死于流放地，一人在流放二十年后才获释。西蒙诺夫心里明白，这是自己的致命“污点”，想要在新社会中得到重用，必须谨慎小心，察言观色。

第二次世界大战胜利后，爱伦堡、西蒙诺夫率作家代表团访问欧洲。斯大林交给西蒙诺夫一个重要任务：动员旅居巴黎的俄国著名作家、1933 年诺贝尔文学奖得主布宁回国。这是斯大林对他的莫大信任。

在创作上，西蒙诺夫也必须见风使舵。他在 20 世纪 40 年代的几部重要作品——长篇小说《日日夜夜》(1943—1944)，剧本《俄罗斯问题》(1946)，诗集《友与敌》(1948) 和剧本《异邦阴影》(1949) 等，都是遵照上级领导的旨意创作的。晚年，西蒙诺夫在回忆录里也不得不沉痛地谈到关于《异邦暗影》的创作：“我现在只有强制自己才能重读这个对我是可耻的，对一个作家是迎合潮流的剧本。当时无论如何都不应该写。如果有勇气不作践自己，完全可以不写。”

六次获得斯大林奖金在苏联作家中是绝无仅有的，因而遭人诟病。

20 世纪中叶，西蒙诺夫创作了战争三部曲《生者与死者》（1954—1959）、《军人不是天生的》（1963—1964）、《最后一个夏天》（1970—1971）。三个大部头长篇小说，获得列宁文艺奖金。这是西蒙诺夫苦心经营十多年的作品，试图全景式的描绘苏联卫国战争的整体面貌。作者的野心很大，想让他的“三部曲”成为史诗性巨著。可是广大读者却不买账，认为这三部小说冗长，乏味，艺术性不高。

经过时代的洗礼，历史的沉淀，当今西蒙诺夫的绝大多数著作，都没能经受住时间的考验。唯有摆脱掉种种羁绊写出的真正直抒胸臆的作品，例如《等着我吧》，才能获得广大读者的厚爱。这首诗在俄罗斯文学史上具有非常重要的地位。为了纪念这首诗的作者，如今圣彼得堡北部有一条街道，被命名为“西蒙诺夫街”。

西蒙诺夫自己绝对没有料到，百年之后，在他众多的巨著中，最受读者喜爱并能永远流传下来的，竟是一首未获官方大奖、只有三十六行的抒情短诗。

苏联第四代诗人叶夫图申科和阿赫马杜琳娜

20世纪中叶，苏联文坛迎来“解冻”时期，思想文化空前活跃。在诗歌领域内涌现出一批年轻诗人，主要有叶甫盖尼·叶夫图申科（1933—2017）、贝拉·阿赫马杜琳娜（1937—2010）、安德烈·沃兹涅先斯基（1933—2010）和罗伯特·罗日杰斯特文斯基（1932—1994）等。诗人们的崭新思想和创新艺术，给诗歌带来一股强劲的冲击。这些文学新秀属于苏联“第四代”诗人。“第四代”指的是20世纪50年代苏联社会生活发生巨变时出现的诗人，叶夫图申科为其中的领军人物。

自幼醉心诗歌

叶夫图申科是苏联第四代诗人代表人物，出生在西伯利亚一个小镇的知识分子家庭，属于乌克兰流放者的后裔。父亲从事地质工作，热爱诗歌，母亲是位歌唱家。父母很早就已经离异，他随母亲定居莫斯科。他继承了父亲的天赋，从小喜欢写诗，写得很痴迷。但母亲不愿他成为诗人，因为俄罗斯诗人的命运大多很悲惨：普希金和莱蒙托夫在决斗中被杀害，叶赛宁自缢身亡，马雅可夫斯基举枪自尽。当然，还有不少诗人死于集中营。

当叶夫图申科还是个小学生时，就将一本厚厚的诗稿寄到全国一流的出版社，出版社来信邀他去一趟。他到了编辑部，编辑问：“你找谁啊，小朋友？”大家以为他是替爸爸来的……

在学校，叶夫图申科是个不太安分的学生。一天夜里，校长办公室的窗子被砸坏，各班级的日志全部丢失。校长怀疑是叶夫图申干的，未经调查就将他开除。他怕母亲伤心，瞒着她。但母亲还是知道了，流着眼泪让他去请求校长宽恕。他觉得自己很冤枉，不肯去。母亲打算亲自去找校长。他同母亲吵翻了，一气之下扒着火车到哈萨克找父亲，在那里当了工人。那年他十五岁。

一年后，叶夫图申科回到莫斯科，用打工挣来的钱买了一台打字机，剩下的交给母亲。他白天踢球，夜晚写诗，往《苏维埃体育报》投稿，从此常在这份报上发表诗歌。

被学校开除后过了七年，叶夫图申科已经是个小有名气的诗人。当他作为校友应邀回母校参加晚会，一个同学走过来向他道歉："那些日志是我偷的……"总算还了他一个清白。

成为新崛起一代的诗人

叶夫图申科十九岁出版诗集，随后进入高尔基文学院进修。早期，他模仿马雅可夫斯基，后综合马雅可夫斯基、勃洛克、叶赛宁和帕斯捷尔纳克的写作特点，自成一家。

随着国内形势的巨大变化，叶夫图申科经历了由懵懂到觉醒的全过程，对过去时代做出深刻反思。他的宣传鼓动天赋和坚持正义、敢于抗上的精神，很快就成为新崛起一代诗人的代表。他思想活跃，关注社会政治生活，创作了不少政论诗，引起强烈震撼与争议，赢得广大读者的欢迎。在苏联诗歌史上被称为"大声疾呼派"，又译作"响派"。

"响派"诗歌大多是政治抒情诗，以其强烈的社会意义和"大声疾呼"式的表达方式而产生广泛影响。那些诗句豪情万丈，甚至使平常不读诗的人也关心起诗歌来。"响派"诗人们经常在剧院或体育馆举行朗诵会，吸引了广大民众。这些朗诵会成为那一代人永远难以忘怀的盛事。

叶夫甫图申科口才极好，出口成章，妙语连珠。他具有罕见的朗诵才能，在当时诗坛上可谓首屈一指。他的许多作品都是先在集会上朗诵后，才拿去发表。在一次大型诗歌朗诵会上，会场座无虚席。当叶夫图申科在台上朗诵《俄罗斯人要不要战争》时，观众与他齐声朗诵："俄罗斯人要不要战争？/那就请你们去问问，/宁静的辽阔耕地和原野，/还有白桦和杨林。"台上台下融为一体，场面壮观，十分感人。

沃兹涅先斯基的创作独树一帜，追求声响和视觉效果，诗集《反世界》被改编成诗剧，在剧院演出数百场。他的朗诵水平也很高。罗日杰斯特文斯基诗歌的特点是政论与抒情浑然一体，富有浓重的浪漫主义色彩。尽管他平时说话有点结巴，但一站到台上朗诵，声音圆润浑厚，非常流畅，一点也不口吃。女诗人阿赫马杜琳娜经常和他们同台朗诵，作为这一群体里最年轻而且魅力四射的诗人，往往令观众为之陶醉。

女诗人崭露头角

1953 年，叶夫图申科正就读于高尔基文学院。当时许多人，尤其年轻一代感到茫然若失，从盲目的信仰转化为无信仰。1954 年的一天，叶夫图申科和同学们在俱乐部里喝酒、朗诵、争论。突然有个女生抑郁地说："革命死了！"

旁边一个圆脸的美少女马上喊道："你说这话不害羞吗！革命没有死！革命病了。革命应当得到挽救！"

叶夫图申科不禁被圆脸女孩所吸引——她就是阿赫马杜琳娜。这是他俩的初次相遇。阿赫玛杜琳娜出生在莫斯科一个知识分子家庭。父亲是鞑靼人，母亲为俄罗斯和意大利混血儿。她天资聪颖，风姿绰约，人称"鞑靼美人"。她从小热爱诗歌，1954 年考入高尔基文学院。

从那一天起，叶夫图申科就对这个一年级小师妹展开了强大攻势。阿赫马杜琳娜集清纯与妩媚于一身，是众多男生追求的"校花"。她终于被这位英俊潇洒、又有才华的师兄所征服。几个星期后，两人走进婚姻殿堂，新郎二十一岁，新娘未满十八岁。

这对年轻夫妻在诗歌创作上共同探讨，那是一段非常幸福的时光。甜蜜的爱情赐予阿赫马杜林娜以灵感。1955 年她在《共青团真理报》上发表了处女作《祖国》。从此一发不可收，作品接连在大型文学刊物《十月》上发表。这些诗歌以其纯净的语言、丰富的音色，立即在文坛引起巨大反响。

接着便是值得大书特书的1956年，这对诗人夫妇也迎来了创作高峰。阿赫马杜林娜的诗不同于叶夫图申科，直接冲击当时属于禁区的重大社会政治问题，而是闯入了另一个禁区——个人感情领域。她继承阿赫玛托娃诗歌的传统，主要写日常生活、爱情和艺术，突出特点是勇于袒露女性的内心世界。如《深夜》（1955），以细腻笔触，将一个女子对心上人的似水柔情倾诉出来。

阿赫马杜林娜与叶夫图申科虽然是诗坛上非常相配的一对，但两人的个性都很强，在生活上经常争吵。不过因相互眷恋并欣赏对方的才华，很快又会和好如初。20世纪50年代末，女诗人终因丈夫强迫她堕胎，导致婚姻破裂。

分手后，他们各自又组成新的家庭。然而两人仍旧是好朋友，经常在一起开朗诵会，造就了那个时代诗歌的辉煌。1962年阿赫马杜林娜出版了第一本诗集《琴弦》，同年参加苏联作家协会。在第四代诗人中，她是最先崭露头角的抒情女诗人。

阿赫玛托娃的传人

以前的文学，绝对不能涉及个人感情题材。正因为如此，阿赫马杜林娜那些抒发个人感情的诗篇，便具有冲破禁锢的重大意义。她的作品被读者衷心爱戴。

在《别为我浪费很多时间……》(1957）中，她写道："你以为我是出于高傲/才不跟你继续交往？/不，不是高傲，而是痛苦/使我把头高昂。"寥寥数语便描绘出女主人公复杂的感情和强大的内心。

阿赫马杜琳娜出版了近三十部诗集，可谓著作等身。她继承和发展了俄罗斯诗歌的优秀传统，是阿赫玛托娃、茨维塔耶娃之后又一位杰出女诗人。她善于从日常生活中摄取素材，语言优美高雅、想象力丰富奇特，令人目不暇接。对人生的思考，是她作品的重要主题。1987年诺贝尔文学奖得主布罗茨基称她为"莱蒙托夫、帕斯捷尔纳克等人开创的诗歌流派当之无愧的继承者，她的诗歌情感真挚、风格独特、发人深思"。1977年，美国文学艺术研究院推选她为名誉院士。

女诗人既具有才华又拥有美貌，并富正义感，所以爱慕她的人非常多。叶夫图申科始终认为她是“有无限魅力的女诗人”。与她关系十分密切的沃兹涅先斯基终生都痴情地眷恋着她。著名电影导演梁赞诺夫坦言：“第一次见面就爱上了她！”著名作家兼导演舒克申也十分迷恋她，邀请她在两部影片中扮演角色。

阿赫马杜琳娜大胆直率，敢于坚持真理。她拒绝参加对诺奖得主帕斯捷尔纳克的批判，随后又声援两位持不同政见者、诺奖得主索尔仁尼琴和萨哈罗夫。20世纪 80 年代，她竟跑到高尔基市，机警地越过警察哨所，探望被流放在那里的萨哈罗夫……她总是无所畏惧，尽自己所能，为那些深陷困境的人挺身而出。她于 1989 年获苏联国家奖。苏联解体后，1998 年叶利钦颁给她总统奖，2004 年普京总统又颁给她俄罗斯联邦国家奖。2010 年她与叶夫图申科同时获诺贝尔文学奖提名。

阿赫玛杜琳娜晚年疾病缠身，2010 年 11 月 29 日与世长辞，享年七十三岁。梅德韦捷夫总统向其亲属表示深痛哀悼，并赞扬她的作品为“俄罗斯文学的经典”。这位 20 世纪后半叶充满传奇色彩的女性，被誉为俄罗斯文学“黄金时代”“白银时代”与现代文学联系的纽带。

女诗人安息在莫斯科新圣母公墓。离她的墓不远，就是终生爱着她的沃兹涅先斯基的墓。有人量过，相距只有一百一十一步。

叶夫图申科独领风骚半个世纪

1957 年，叶夫图申科发表了著名诗篇《致一代精英》，诗中写道：“一代人中的精英啊，/ 请把我当作一名号手！/ 我要吹起进攻的号角，/ 决不会吹错了音调，/ 假若我的气力不够，/ 便会用钢枪代替军号。”

叶夫图申科思想敏锐，关注社会现实，擅长以激情澎湃的政论诗干预生活。他的诗风雄辩泼辣，具有很强的鼓动性，能产生非同寻常的轰动效应。1961 年，叶夫图申科完成了历史题材叙事抒情诗《娘子谷》，抗议反犹主义，悼念被纳粹屠杀的近十万名乌克兰犹太人，轰动全国。他的肖像立即上了美国《时代》周刊的封面。

大作曲家肖斯塔科维奇读了《娘子谷》受到强烈震撼，激起创作灵感，将长诗谱写成著名的《第十三交响曲》。

1964 年，肖斯塔科维奇再次将叶夫图申科的长诗《拉辛之死》(1963）谱成同名声乐交响诗。诗人豪迈而富于激情的诗句，与作曲家高超的音乐结合在一起，可谓相得益彰。

到了 20 世纪中叶，叶夫图申科的诗歌风靡全国，他以大胆触及尖锐的社会问题而闻名。一次，在体育场的朗诵会上，有数千人参加，听众如痴如醉。会后，人们抬着诗人绕场一周，尊他为“诗歌奥林匹克冠军”。

叶夫图申科与中国渊源颇深。他曾两度访华。第一次是在 1985 年 10 月，他随苏联作家代表团到北京，举行诗歌朗诵会，同文学界人士交流，对中国诗坛产生了重大影响，掀起“叶夫图申科热”。他和他的诗友们的作品，成了我国新一代诗人的启蒙读物。

三十年后的 2015 年 11 月，叶夫图申科荣获我国“中坤国际诗歌奖”。老诗人不辞辛苦，跨洋亲莅北京大学现场受奖。诗人年轻时是苏联文坛上著名的“帅哥”，与当年相比，显然消瘦苍老了许多。不过他神采依旧，服饰鲜艳，谈笑风生，妙语连珠。同刚刚结识的中国诗人朋友们一见如故。在颁奖典礼上，他动情地表示：“我很荣幸，能在白居易的国家里获得诗歌奖。”接着又诙谐地说：“不过我还年轻，才八十二岁，要更加努力地工作，好配得上这个奖励，能最终做到实至名归。”

2017 年 4 月 1 日叶夫图申科在美国病逝。梅德韦杰夫总理在社交网站上写道：“叶夫图申科是位十分独特的人。他天才地、深刻地、富有激情地、警句格言式地呼应整整一个时代。他善于发现能打开人们心灵的钥匙，善于发现能引起许多人共鸣的精准词汇。我们将永远铭记这位伟人，铭记他明媚而又静谧的爱的力量。”

诗人去世后我国读者才得知，他罹患癌症已经六年，做过肾摘除手术；2013

年因关节炎截去右腿，拖着的是一条假肢……但在 2015 年他出现在北大时，仍如此精神抖擞，如此幽默风趣，完全源自他那颗年轻的心。

叶夫图申科是当代才华卓著的诗人，也是如今世界文坛的风云人物。他除了写诗，还创作小说、电影脚本，甚至当过电影导演。这位高产作家出版诗集四十余部，长诗十余部，作品被译成七十多种文字，获多项国际权威大奖。他在苏联和俄罗斯独领风骚半个世纪。2011 年他再次获诺贝尔文学奖提名。

作为苏联时期“大声疾呼”派最后一位诗人，叶夫图申科的离去，意味着俄罗斯诗歌史上曾经辉煌的一页已宣告结束。诗人们将在自己的作品中获得永恒。

叶夫图申科与肖斯塔科维奇的两次合作

《娘子谷》的诞生

1961年夏末，叶夫图申科去乌克兰首都基辅举办诗歌朗诵会。抵达的当天，他和朋友到郊外参观著名的峡谷——娘子谷。1941年，德国纳粹占领了基辅，命令全城所有的犹太人集合起来。法西斯分子驱赶着惊慌失措的人群来到郊外，让男女老少赤身裸体地站在峡谷悬崖上，对面就是敌人的机关枪扫射，无辜百姓一个个倒下，跌入谷中粉身碎骨……1943年，德国侵略者撤退前，命令苏军战俘挖出那些尸体进行焚烧。据苏联官方估计，三年内敌人在这里屠杀了约十万人。

大屠杀的遗址使叶夫图申科深感震惊，整个峡谷堆满垃圾，此时距离法西斯暴行发生已经过去了二十年。而有良知的诗人难耐心中的巨大波澜，为惨死的犹太人无限悲哀。当晚，他就在住处写下了九十多行的长诗《娘子谷》，悼念被屠杀的普通百姓，对排犹主义进行抗议。诗是这样开始的："在娘子谷没有纪念碑，/悬崖峭壁犹如粗粝的墓碑。/我心生恐惧，/感觉自己/就像犹太民族一样古老。"

这首历史题材的叙事抒情诗讲述犹太人遭受的迫害，批判了反犹主义，暗示性地抨击对于异议分子的残酷行为。诗最后写道："我的脉管中没有犹太血液，/但我对反犹分子的深仇大恨，/无异于一名犹太人，/因此我是一个真正的俄罗斯人！"这个结尾使诗站到了人类的高度，是一首俄罗斯人良心之歌。

叶夫图申科仅仅用了三四个小时就完成了这部作品，马上通过电话向莫斯科的朋友朗诵自己的新作，但忘了他的电话是能被窃听的。第二天一早，基辅当局便将叶夫图申科诗歌朗诵会的宣传牌通通拆掉，理由是城里正爆发流感。

《娘子谷》饱含人道主义精神，表达重视人权的观点。

长诗发表前后

叶夫图申科回莫斯科后，将长诗送到《文学报》编辑部。编辑和记者们看了纷纷为之叫好，但至于发表，谁也没敢想。大家默默地你看看我，我看看你。一位编辑室主任拿起笔在诗稿上签了字，要在这一期上发排。

诗人松了口气，可是那位主任却对他说："你先别走，还没让主编过目，必须由他最后拍板！"

这让叶夫图申科又心神不定。他在编辑部坐等了两个小时，仍然没有任何消息。编辑和记者都回到各自的房间，时不时有人过来看看他，安慰几句。女打字员们还特地给他送来一些糖果。这时突然进来一位老排字工人，激动地握住诗人的手："你就是叶夫图申科？孩子，我给你的《娘子谷》排版……这诗写的都是实话！排字工人全都看了，一致支持你……老弟，我年轻时参加过工人纠察队，保护犹太人免受暴徒的杀害。"

老工人的话让忐忑不安的诗人踏实了许多。

主编终于接见叶夫图申科，说："你的诗写得不错，我们打算发表。不过什么情况都会发生，你要做好思想准备！"

叶夫图申科回答道："我有思想准备。"

他又回到原来的房间。次日的报纸一般是在晚上七点印出，但所有编辑、记者下班后都留了下来，等着出报。七点已过，主编还没签字付印。八点时主编竟派车回家接他的妻子来报社，这让叶夫图申科感到莫名其妙。

十一点时主编夫人来到报社。十一点半主编把叶夫图申科请进主编室，那位夫人在旁微笑地望着他。主编告诉他，自己专门把妻子接来是为征求她的意见，因为如果发表这首诗，他极有可能丢掉工作。如今妻子也支持诗人，所以主编终于签了字。主编夫人神色凝重地对诗人说："我们决定准备接受一切后果。"

这时整个报社沸腾了，印刷车间热闹非凡，工人们都拥过来同叶夫图申科握手。机器开始滚动，报纸哗哗地落了下来……

第二天各个报亭的《文学报》被抢购一空。《文学报》影响巨大，发行量在百万份以上，因此《娘子谷》一下子轰动了莫斯科乃至全国。

叶夫图申科收到雪片般的来信、来电，有祝贺他的，也有抨击他的。几天后，莫斯科的《文学与生活报》刊发了某诗人针对《娘子谷》的一首诗，污蔑叶夫图申科是忘记人民的“小人”。过了三天，还是这份报，发表了一篇批判《娘子谷》的长文，指控诗人煽起民族间的仇恨情绪……

共青团组织派来两名身高一米九的运动健将，给叶夫图申科当保镖，如影随形，以防不测。

肖斯塔科维奇将《娘子谷》谱成交响曲

苏联当时音乐界的领军人物、大作曲家德米特里·肖斯塔科维奇（1906—1975）读了《娘子谷》，受到强烈震撼，激发了创作灵感。他给叶夫图申科打电话，问他是否同意将《娘子谷》谱成音乐。这个电话令年轻诗人受宠若惊，欣然答应。

肖斯塔科维奇请叶夫图什科到自己家里，边弹边唱。作曲家又将诗人已经发表的另外三首诗《幽默》《在店里》《追名逐利》收入这部交响曲，并请他为这部作品的第四乐章专门写一首诗。于是诗人按照大师要求创作了《恐惧》。这部为男中音、合唱队和管弦乐团所配器的《第十三交响曲（娘子谷）》最终完成。交响曲长达五十分钟，由五个乐章组成。五个乐章均为叶夫图申科的诗，分别是《娘子谷》《幽默》《在店里》《恐惧》《追名逐利》。

莫斯科民众翘首期盼《第十三交响曲》的演出，因为大家明白这部作品里蕴藏着什么。交响曲终于在 1962 年 12 月 18 日举行首演。

那天音乐厅内听众爆满，气氛异常活跃。演出结束，在全场观众要求下，肖斯塔科维奇由叶夫图申科搀扶着上台接受热烈的掌声与喝彩。肖斯塔科维奇又腼腆又笨拙地向观众鞠躬，而叶夫图申科则像一名熟练演员那般潇洒自如。两代艺术家都是为了一个共同的理想——人类的精神自由而奋斗。望着作曲家和诗人，观众为之疯狂。人们有节奏地欢呼着："再来一个，肖斯——塔——科——维奇！""再来一个，叶夫——图——申——科！"

诗人回忆道："观众起立鼓掌约达四十分钟之久。音乐大厅外的交通已经瘫痪，因为大家都很熟悉我这首诗。让他们惊讶的是演出居然被批准了。"

叶夫图申科的肖像立即上了美国《时代》周刊的封面。

二度合作及《自传》风波

创作于1963年的长诗《拉辛之死》也是叶夫图申科的优秀作品。斯杰潘·拉辛是17世纪哥萨克农民起义领袖，为反抗沙皇的专制与暴政毅然率领五千多人的起义军，起义遍及伏尔加河流域至里海地区，一年内攻占了察里津等重镇，逼近首都莫斯科。1670年10月起义军被沙皇军队击败，拉辛被俘，1671年6月在莫斯科英勇就义。从此拉辛威名远扬，震撼全国，成为历代俄罗斯作家、艺术家歌颂的对象。

叶夫图申科以简洁粗粝的风格成功地刻画出一个栩栩如生的反抗者形象，描写拉辛从走向刑场到被处决的过程。1964年肖斯塔科维奇再次将这首长诗谱成同名声乐交响诗《拉辛之死》。叶夫图申科豪迈而富于激情的诗句，与作曲家高超的音乐结合在一起，可谓珠联璧合。

声乐交响诗《拉辛之死》的首演很不顺利，主要是由于叶夫图申科惹来的麻烦。他在国外出版了一部自传，大胆揭露出许多为官方所不容的历史事实。他被召回国内，罪名是叛徒和蜕化变质分子，受到猛烈批判。叶夫图申科母亲的工作单位也同所有单位一样，召开了批判大会，母亲为儿子的罪过受到谴责。事情闹得沸沸扬扬，甚至"美国之音"广播说，叶夫图申科经受不住迫害已经自杀了。

叶夫图申科的一位好友急忙闯到他家去，见他活得好好的，两人便举杯庆贺诗人的“再生”。这时门铃又响了，民警赶来，一见诗人便喊道：“谢天谢地，还活着……请您到阳台上亮亮相吧！”叶夫图申科不得不走到阳台，只见下面聚集着一大群人。他十分吃惊，便朝人群挥手。大街上的人们一见到诗人，立即欢呼雀跃：“乌拉！乌拉！……”

尽管诗人遭到批判，但经过肖斯塔科维奇和乐队指挥康德拉申的一再努力，声乐交响诗《拉辛之死》终于在1964年12月举行首演，取得轰动性成功。叶夫图申科的诗极具视觉冲击力，寥寥数语，仿佛天荒地远的一切动静都凝聚在了刑场上。

交响诗的最后充满奇幻色彩。被刽子手砍下滚落在地的拉辛头颅怒视着沙皇，牧师上前企图合上他的双眼，但拉辛的眼睛将他的手推开。心虚的牧师和沙皇吓得浑身发抖，头颅竟爆发出一阵大笑！这一超现实主义的结尾将作品推到了高潮。

《拉辛之死》气势恢宏，震撼人心，表现了反抗专制和强权、向往自由幸福的大无畏精神。当局曾指责这部作品“有所影射”，不许公演，后来慑于国内外舆论压力才撤销了这道禁令。

两度同肖斯塔科维奇合作，成了叶夫图申科永远的骄傲。的确，纵观苏联诗坛，没有任何人的作品能像叶夫图申科的诗歌那样，成为这位音乐大师创作灵感的源泉。

正由于叶夫图申科的长诗《娘子谷》，1976年在基辅终于竖立起一座娘子谷纪念碑。诗人自豪地说，在推动人类历史进步的过程中，他做了应该做的事。

诺贝尔文学奖得主布罗茨基

1996年1月28日，一个震惊世人的噩耗从纽约传出：1987年诺贝尔文学奖得主、美籍俄裔诗人约瑟夫·布罗茨基于当天凌晨因心脏病发作，在睡梦中猝然去世，终年未满五十六岁。

俄罗斯总统叶利钦在哀悼这位美籍俄裔流亡诗人时，称他为“俄罗斯诗歌的太阳，是继普希金之后最伟大的诗人。”叶利钦痛斥苏联当局将这位国宝级的天才驱逐出祖国，说这是俄罗斯永恒的耻辱；他懊悔自己执政后，又未及时将诗人迎回祖国，成为俄罗斯永远的遗憾。

俄罗斯笔会中心的悼词是：“20世纪俄罗斯文学痛苦的历史，同布罗茨基一起，同他的作品一起终结。随着他的去世，我们时代俄罗斯诗人的殉难史宣告结束。”

布罗茨基的英年早逝使全世界的读者深感悲痛与惋惜。而他的作品将永存，精神将永存。

列宁格勒的犹太男孩

布罗茨基1940年5月24日出生在列宁格勒一个犹太知识分子家庭。父亲原是海军军官，由于犹太血统被迫退役。母亲为区政府机关的办事员。很长一段时间，只能靠母亲的工资养家。后来父亲在附近小城的报社谋到一个摄影记者的职位。被边缘化了的父亲热爱拍摄大海。布罗茨基说：“这是他最接近自由的方式，有时哪怕仅仅望着它也就满足了。而他一生的大部分时间都在望着它，拍摄它。”

七岁时，布罗茨基到学校图书馆填表申请借书，填到“民族”一栏，他明知自己是犹太人，却对管理员说，不知道自己属于什么民族。管理员让他回去问问父母。从此他就再也没去图书馆。他说，这是自己生平第一次说谎，而这次撒谎是因为他的血统造成的。

由于深受父亲职业的影响，这个犹太男孩对海军情有独钟，疯狂地爱着那缀有闪闪发光的双排金色纽扣的海军大衣。十四岁时报考潜艇学校，各科考试都通过了，只因他是犹太人没被录取。布罗茨基感受到他的民族给自己带来的巨大压力。或许正因为身上流淌着当时深受歧视的犹太血液，他从小就显露出桀骜不驯的性格。

当时苏联普通百姓的住房条件很差。每家至少四口人，一般仅有一个房间，往往是三代人挤在一起。父母只能在孩子睡着时做爱。布罗茨基家所在的公寓是五居室，住着五家人。五户共用一个厨房，一个卫生间——早晨方便时要排队。如此拥挤不堪，导致邻里之间常常产生纠纷。布罗茨基家三口人，住的是一间四十平方米的房间，相比之下还算优越。父母用书架隔出十平方米给儿子专用，美其名曰“半个房间”。

列宁格勒的阴沉天空，处处都是单调乏味、整齐划一的模式，令布罗茨基难以忍受。他不满意学校的刻板教育，愿追求自由的生活。十五岁那年，他毅然离开学校，外出打工。当过车工、火车司炉工、水手，地质勘探队杂务工。后来他到一家工厂，毗邻是所医院。他有过当医生的理想，所以便到那所医院的太平间当杂工，用手术刀给尸体开膛、缝合。离医院不远就是一座全国著名的监狱。他常见到监狱的犯人们放风时在院里散步的情景。有时犯人会趁看守不注意，把信抛到墙外。他就将信捡起并寄出去。

布罗茨基白天工作，晚上读书，自学了英文和波兰文。这个酷爱诗歌的少年在书海中畅游，情之所至，自己也开始写诗、译诗。在他那“半个房间”里，仅有一床，一桌，一椅，一套音响，书和手稿从地板一直堆到了天花板。他说：“我们从来没有自己的单独房间同女孩谈情说爱，女孩也没有自己的房间。我们的爱情活动主要是散步和聊天。”

日后布罗茨基感激这段岁月，因为他被迫沉入书的世界。从那个时候起，他改变志愿了，不当医生，想成为诗人。但在布罗茨基开始写诗后不久，他一生的命运便发生了变化——监狱的大门立即朝他敞开。

荒诞不经的“寄生虫”罪

布罗茨基写的诗无处发表，便由“地下出版社”刊登，并通过朗诵和手抄本等形式广为流传。有些作品甚至传到了国外，赫然登在正式刊物上，往往连他自己也浑然不知。

年轻诗人非常热衷被斥为“颓废派”的阿赫玛托娃、曼德尔施塔姆、茨维塔耶娃和帕斯捷尔纳克的作品。在电车上读这些诗，读毕又给别人传阅，有时复印出来散发给朋友们。这些就成了后来指控他的十六条罪状之一。1963 年他被捕，内务部为让犯人明白自己的罪行，将档案材料给他过目，他才知道。

布罗茨基的诗歌表现出具有独立思考、和当时整个国家气氛格格不入的精神，被当局视为异端。因此自 1962 年起，他就成为公安部门监视的对象。诗人两次被关入监狱的精神病院。在精神病院最恐怖的是给他强行注射一种可怕的镇静剂，到半夜又被粗暴叫醒，拉他去冲冷水浴，冲完后用一块湿浴巾把他全身紧紧裹住，然后将他推到暖气旁烤干浴巾。他全身的皮肤都受到了伤害……

遭受过如此折磨，布罗茨基出狱后再也不敢住在家里，而是到处流浪。1963 年 11 月 29 日的《列宁格勒晚报》刊登了《游荡在文学边缘的寄生虫》一文，指责布罗茨基的“寄生虫生活方式”。同年年底，布罗茨基被捕。女友马上同他断交，害得他差点要割腕自杀。转年，1 月 9 日的《列宁格勒晚报》选登了一封“劳动人民来信”，要求驱逐布罗茨基。还有人说，他往人们头脑里灌输反苏思想，并且污蔑他不懂外语，他的诗都是别人替他写的……

1964 年 3 月，列宁格勒法院开庭审判布罗茨基，指控其罪名为“利用黄色诗歌和反苏作品毒害青年”，是个“没有做过任何对社会有益工作的懒汉和寄生虫”。所谓“寄生虫”，指的是他一直没有稳定职业。自 1955 年至 1963 年期间，他共换了十三种工作。

针对这样的污蔑，布罗茨基答辩道："我是个诗人和翻译家。"

法官们听了哄堂大笑："你是作家协会会员吗？"

那些人认为不是作家协会会员就不能算是作家。整个审判过程进行得野蛮粗暴，司法人员显得十分愚昧无知。

最后，布罗茨基被判服苦役五年。

阿赫玛托娃的预言

在布罗茨基未满二十岁那年，诗友叶甫盖尼·莱因带他到列宁格勒郊外科马罗沃作家村，拜访他心中的偶像、著名女诗人阿赫玛托娃。这是他所热爱的当代俄罗斯诗人当中最后一位幸存者——曼德尔施塔姆和茨维塔耶娃早已死于非命，帕斯捷尔纳克也因获诺贝尔文学奖受到官方迫害而撒手人寰。布罗茨基从女诗人那里得到很多裨益，以后经常去求教。

阿赫玛托娃自 20 世纪 50 年代中期处境逐渐好转：恢复名誉，作品解禁，分到作家村的别墅。最令她欣慰的是独生子列夫于 1956 年重获自由。她的前夫是大诗人古米廖夫，1921 年蒙冤被处以极刑。列夫仅因"阶级敌人之子"，从 30 年代大清洗开始三次入狱。她对儿子的爱是巨大的。当亲友们私下责备列夫脾气古怪时，她总为儿子辩护："他从九岁就成为一个人民公敌的儿子，哪个图书馆也不让他借书……"尽管她百般呵护儿子，但母子俩仍难以相处。两年后列夫终于从家里迁出。

列夫离开后，阿赫玛托娃并不孤单寂寞。在她的别墅里，每天都聚集着一群爱好诗歌的年轻崇拜者，其中就有布罗茨基。他们送上自己的作品请她指点。她也会朗诵自己的新作，听取大家的意见，彼此相互切磋。充满活力的年轻诗人们簇拥着一位诗歌女王，成了作家村的一道独特风景。

布罗茨基的才华在这个群体里闪闪发光，让阿赫玛托娃欣喜万分。1965 年春天，她应邀赴伦敦接受牛津大学授予荣誉博士学位，同她的精神恋人、牛津教授伯林畅谈俄罗斯文学。她对伯林说，当今俄罗斯国内有不少颇具天赋的年轻诗人，其中最杰出的当数布罗茨基，他身上具有伟大诗人的一切特质，但这是个被埋没的天才；目前他深受羁绊，不过迟早会挣脱绳索，让她与茨维塔耶娃、曼德尔施坦姆、帕斯捷尔纳克等老一代诗人黯然失色，也让世界为之震惊。阿赫玛托娃说到这里，语气坚定，充满信心，尽管当时布罗茨基正在服苦役。

二十二年后，阿赫玛托娃的预言果真实现。

诗人被迫服苦役

布罗茨基被押送到边远地区阿尔汉格尔斯克附近的劳改农场当伐木工。这里离北极圈很近，周围是大片沼泽地。气候寒冷，睡觉不能脱衣，吃的都是冷饭冷菜。他病倒了，几个年轻医生专程看望他，给他带去食品、钱和书籍。钱他谢绝了，食物和书籍收下了。医生发现诗人心脏有先天性缺陷，不能干过重的体力活，并给他开具了证明。于是，他被调到一个仅有十四户居民的小村，这是个牧区，劳动力匮乏。

在那里，布罗茨基每天起牛粪、刷洗牲口棚、装运肥料，还要挖出一块块石头——这样做仅仅为了增加一点耕地面积。到了播种季节和收获季节，就要下地干活儿。总之，繁重的体力劳动同牲口没有两样。晚上布罗茨基潜心读书，写作。这个时期他的最大收获是研读了英国当代著名诗人奥登（1907—1973）和美国当代诗人弗罗斯特（1874—1963）的作品。

朋友们给布罗茨基寄来睡袋、酒精炉和蜡烛。阿赫玛托娃对他很是牵挂，经常安排年轻诗友带着由她出钱购买的各种物品去看望他。

在布罗茨基服苦役期间，他的第一部诗集《韵文与诗》（1965）在美国出版，获得高度评价。这对苏联官方是个莫大讽刺。

布罗茨基一案引起国内外的强烈抗议。在阿赫玛托娃、肖斯塔科维奇和叶夫图申科等文艺界名流以及西方作家的呼吁下，当局不得不缩短布罗茨基的刑期，提前将他释放。

1965年深秋，布罗茨基重获自由。改判的只是刑期，意味着他仍有罪，迫害者对他还可为所欲为。当他回到列宁格勒，阿赫玛托娃送给他一套自己到国外领奖时专为他买的西装。她晚年享誉世界，但布罗茨基的命运让她非常忧虑。为解救他，女诗人到处奔波，犯过三次心脏病。

布罗茨基回到列宁格勒没有多久，对他关怀备至的阿赫玛托娃便因心脏病发作溘然长逝。布罗茨基与同伴们无比悲恸。大家明白，20世纪诗歌史上最精彩的一页已经成为过去。

被驱逐出境

十八个月的苦役生涯让布罗茨基精神上有了很大成长。最重要的是他明白了许多东西，能够区分善与恶，而且变得更坚强，不再惧怕残酷的现实。写作和阅读陪伴他度过无数寒冷的长夜，来自文学的慰藉帮他确立了为之献身的信念。诗人沉浸在创作的欢乐里。艺术上他始终贴近两位前辈：阿赫玛托娃和奥登，追求形式的创新和音韵的和谐。

国外邀请布罗茨基去参加一个诗歌研讨会，苏联当局的答复竟是："查无此人。"布罗茨基的作品连续在西方出版，这更令官方无法容忍。1972年6月，布罗茨基被剥夺苏联国籍，驱逐出境。诗人不由分说被塞进一架飞机。原先要把他发配到以色列，但布罗茨基坚持要去维也纳，因为他心中的另一位偶像奥登在那里。

离开列宁格勒前，布罗茨基给苏联领导人勃列日涅夫写了一封信："虽然我失去了苏联国籍，但我仍是一名苏联诗人。我相信我会归来，诗人们永远会归来，不是他本人归来，就是他的作品归来。"

布罗茨基从此背井离乡，成为真正的流亡诗人。

抵达维也纳，布罗茨基给远在郊区的奥登打求助电话。两人虽然从未谋面，却彼此神交已久。早在20世纪60年代，英国企鹅出版社要出版布罗茨基诗集的英译本时，出版社问他要不要请人写个序？布罗茨基反问道，有没有可能请奥登写。奥登读了布罗茨基一些英译诗稿，很是喜欢，欣然允诺，为诗集作序。现今看到年轻诗人遭受迫害，奥登极为愤慨，立即伸出援助之手，热情接待他，将他推荐给多位著名作家，并要求美国诗人协会为流亡诗人提供一点经济援助。诗人协会马上拨出一千美元，这笔钱布罗茨基一直用到有了稳定工作。接着奥登又带他去伦敦，出席“国际诗歌节”。半个月后，美国密歇根大学聘请布罗茨基为驻校诗人。

以后，布罗茨基到纽约的大学任访问学者。他醉心写作，也醉心教学，称教学是“一种非凡的心理学科”。1977年诗人加入美国国籍。

布罗茨基来到西方后很快就进入了主流文化圈。他同时运用俄语和英语写作，发扬了俄罗斯诗歌的优秀传统，又注入西方现代派的艺术手法，二者巧妙地构成了非常独特的风格。浓郁的抒情性、音乐性和强烈的视觉效果，使得他的诗歌丰富完美，深邃奥妙，受到极高评价，被誉为“世界诗人”。

荣获诺贝尔文学奖

定居美国后，布罗茨基的创作大丰收，荣誉也接踵而至。然而令他抱憾终生的是，作为家中至爱的独子，流亡后始终没能见到自己的双亲。苏联当局强硬地拒绝他父母的多次出国申请。母亲逝世于1983年，父亲逝世于1984年。两位老人始终没能与这个被祖国“开除”了的儿子见上一面，这是多么不合乎情理啊。布罗茨基在1985年的《在意大利》一诗中写道：

这些日子

傍晚的太阳依然遮住公寓的骨牌。

但是那些爱我多于爱他们自己的人
已不再活着。……
（黄灿然 译）

家中已经没有亲人，所以他后来一直拒绝回苏联。

1987年，由于布罗茨基的作品“超越时空限制，无论在文学上及敏感问题方面，都充分显示出他广阔的思想和浓郁的诗意”，最终荣获诺贝尔文学奖。诺贝尔奖颁奖辞提及他对“英语特性的掌握令人惊讶”，称其为“俄语诗人与英语散文家的完美结合”。这位诺贝尔文学奖获得者有两点引人瞩目：他年仅四十七岁，是诺贝尔文学奖有史以来最年轻的得主之一；另外，他是位历尽沧桑的流亡者。

得知自己荣获诺贝尔文学奖时，布罗茨基正在餐馆与一位朋友进午餐。当记者追问他听到喜讯的第一时间有何感想，他表示自己并不吃惊，因为前一天已有瑞典记者向他透露了这个消息。“不过令我遗憾的是，不得不懊丧地中断了这顿美餐。”布罗茨基调侃道。

在受奖演说中，布罗茨基提到三位俄罗斯诗人——曼德尔施塔姆、茨维塔耶娃、阿赫玛托娃，以及另外两位对他有着同样特殊意义的欧美诗人奥登和弗罗斯特。他动情地讲道：“那些身影常使我不安，特别是在此刻。无论如何，他们不鼓励我说太多妙语。在这美好的时辰里，我仿佛代表着他们来领奖——尽管我逊于他们当中的任何一位。……我只提出了五位——我十分珍重他们的创作，关注他们的命运。这是因为若没有他们，作为一个人、作为一个作家，我都无足轻重：至少今天我不会站在这里。”

接受媒体采访时，布罗茨基表示自己对政治不感兴趣，并非“持不同政见者”。不过他认为：“诗人用间接的方式改变社会。政治家们应让文学宁静。如果国家不让文学宁静，作家就有权干涉国家事务。”

布罗茨基在美国终于拥有渴望已久的宁静。得益于宝贵的宁静，他的才华大放异彩。作品一部部相继问世。诗歌集《诗选》(1973)、《言论之一部分》(1980)、《致乌拉尼亚》(1984)、《二十世纪历史》(1986),散文集《小于一》(1986)、《论悲伤与理智》(1996)等,相继问世。

魂归威尼斯

布罗茨基最喜爱两个城市:圣彼得堡和威尼斯。只是前者留给他太多的伤痛,而后者却是他年轻时的梦想。到美国后,他结束了第一个学期的教学,立即飞往威尼斯。1989 年写了题为《水印》的散文献给这座美丽的水城。布罗茨基最后几年的圣诞节几乎都是在威尼斯度过的。他称威尼斯是“水上金色的鸽巢”“流亡者的故乡”。诗人一生共造访威尼斯十七次,生前已经选好威尼斯作为自己的长眠之所。

诗人的崇拜者经常去威尼斯的圣米凯莱岛墓地谒拜诗人之墓。墓碑上部是拱形的,上下分别用俄文和英文镌刻着他的姓名和生卒年月日。碑旁有个美丽花环,前面是白色的菊花和逝者的遗像。碑右边放着个小桶,里面插满笔和名片,这是热爱他的人献上的。名片大多是俄罗斯姓名,显然,祖国同胞以他为荣。

布罗茨基逝世于纽约莫顿街 44 号住宅,这个新寓所是他在 1993 年携带妻子和女儿迁入的。这位诺贝尔奖得主在这里勤奋工作,度过了生命最后的两年多时光。他给心爱的女儿写过一首长诗《发现》,作品一反他的惯有风格,运用的是明快的笔调。这部长诗已在他去世后不久出版。

诗人的遗孀玛丽亚·布罗茨卡娅将寓所内书房中的全部遗物——一张写字台、一把椅子、两个装着书籍的书柜和三台打字机,完整地赠送给他的故乡圣彼得堡。书桌上摆放着奥登、阿赫玛托娃的照片,玻璃板下压着诗人在威尼斯的几幅留影,打字机前立着茨维塔耶娃的肖像……

如今“布罗茨基书房”陈列在圣彼得堡喷泉楼阿赫玛托娃博物馆楼下一个房间内,意味着两位诗人的紧密联系。一位是 20 世纪俄罗斯“白银时代”的诗歌皇后，一位是俄罗斯诗歌传统的杰出继承人和创新者。

布罗茨基博物馆

圣彼得堡市政府已将铸造大街24号诗人早年与父母居住的寓所，建成布罗茨基博物馆。当时布罗茨基家只占据一间房，如今要建博物馆，需将同一单元内的五个居室全部清空。在2004年以前，布罗茨基故居的五间房已分别被五个家庭所居住，收购过程异常艰难。经过十年努力，五居室才相继收购成功，修复工作也才得以开展。布罗茨基博物馆已于2015年5月24日诗人七十五周年诞辰前夕向公众开放。

与此同时，布罗茨基当年因“寄生虫”罪被判服苦役的所在地阿尔汉格尔斯克州政府，在诗人服刑时住过的小村内，也修建了一个布罗茨基博物馆。

2015年是布罗茨基七十五周年诞辰，2016年为诗人逝世二十周年。这段时间里，在俄罗斯和世界范围内已掀起一个“布罗茨基热”。他的绝笔之作《论悲伤与理智》中译本（刘文飞译），也于2015年4月由上海译文出版社推出。

布罗茨基的一生经历令人感叹，也发人深省。

第二编

艺术家

俄罗斯音乐之父格林卡

1836 年 11 月 26 日晚上，一部震撼人心的歌剧响彻圣彼得堡大剧院。这部歌剧是俄罗斯音乐史上划时代的杰作——《伊凡·苏萨宁》，歌剧作者为年轻作曲家米哈依尔·格林卡（1804—1857）。

“音乐是我的灵魂”

格林卡出生在俄国西部一个地主家庭。他幼年就表现出对音乐的喜爱，从庄园的乐队中，熟悉了许多美妙的俄罗斯民间音乐，以及外国作曲家海顿、莫扎特、贝多芬等大师的乐曲，并向乐师们学小提琴和钢琴。十岁时他曾说：“音乐是我的灵魂。”

可是父母没为格林卡安排做艺术家的前程，而是送他进圣彼得堡贵族寄宿学校。此时十二月党人的自由思想在先进知识阶层中广为流传，学校里不少教师和学生就是十二月党人。格林卡的文学老师丘赫尔别凯尔正是普希金的同学和挚友，也是著名的十二月党人，对他影响非常大。他在老师家中结识了普希金，从此与诗人结下深厚的友谊。后来他将普希金的许多诗篇谱成了浪漫曲。

格林卡毕业后到圣彼得堡交通部任职。第二年他辞去公职，把全部精力投入音乐创作中。

1825 年 12 月圣彼得堡爆发了十二月党人起义。十二月党人在俄国唤起的爱国热潮，使得包括格林卡在内的优秀艺术家受到了极大鼓舞。这不仅对格林卡的早期创作，而且对他一生的创作都产生了深远影响。

19 世纪初叶的俄国，既没有自己的音乐，也没有自己民族的作曲家。上层社会对西欧音乐顶礼膜拜，盲目崇拜西方音乐。歌剧院上演的都是清一色的意大利歌剧，音乐会上演奏的无一不是德国、奥地利作曲家的作品。俄罗斯那些优美动听的民歌和民间音乐得不到应有的地位。面对这种状况，格林卡痛心疾首，立志要改变落后局面，一定要让俄罗斯的乐曲响彻祖国大地。

为了振兴俄罗斯音乐，格林卡决定掌握世界的先进作曲技巧，1830年出国深造。在意大利，他学到了技巧，但是没有得到灵感与快乐，一种不安的情绪经常折磨着他。他说："我实在不愿成为意大利人。对祖国的怀念，使我想以俄罗斯风格从事创作。"

《伊凡·苏萨宁》开创俄罗斯音乐的新纪元

1834年，威尼斯狂欢节的一个夜晚。一群来自世界各国的音乐家，聚集在咖啡馆里，唱歌，谈论音乐。

"我们能够，而且必须按俄罗斯风格进行创作！"格林卡满腔激情地说。

在他身旁的一位外国作曲家讥笑道："在你们那野蛮的大森林里，在雪地和白熊中间，难道能有什么独特的音乐语言？"

这番话深深刺痛了格林卡。第二天他就启程回国了。

回到祖国，格林卡怀着振兴俄国民族音乐的雄心壮志，开始创作歌剧《伊凡·苏萨宁》。歌剧反映了一个真实历史故事：1613年冬天，俄国人民在抗击波兰侵略者的战斗中，一个叫苏萨宁的农民被敌人逼着领路；苏萨宁把敌人军队领进了荒无人烟的森林里，自己为保卫祖国而献身；最后，侵略者在密林中饥寒交迫，全军覆灭。

在这部歌剧里，第一次塑造了一位普通农民形象作为主人公，第一次歌颂了一位普通农民的英雄业绩。整出歌剧的音乐贯串着俄罗斯民歌的优美旋律，其中最杰出、最著名的是剧终气势磅礴的大合唱《光荣颂》：

光荣啊，光荣啊，祖国的大地，
光荣啊，俄罗斯，我的祖国……

《伊凡·苏萨宁》像一股春风，吹进死气沉沉的俄罗斯乐坛，使得它开始出现了转机。

而格林卡在创作这部歌剧时，经历了重重阻力。

沙皇尼古拉一世命令将剧名改为《为沙皇献身》，并且指派一名御用文人修改剧本。那个文人便把为沙皇歌功颂德的词句塞进了剧本里。排演时，剧院经理不肯接受这部歌剧。最后格林卡以不要分文报酬为条件，才获准演出。

贵族老爷们辱骂它是“乡巴佬音乐”。

尽管如此，《伊凡·苏萨宁》音乐的内在性格和民间因素却是篡改不了的。它是第一部用俄语演唱的歌剧，也是第一部俄罗斯民族歌剧，受到了广大观众的热烈欢迎。

普希金、茹科夫斯基、果戈理等文学界泰斗为歌剧的辉煌成功举行祝贺晚会。晚会上人们连声欢呼：“乌拉！”

普希金送给格林卡一首诗：

听到这一新生作品，
他们由嫉妒变成仇恨。
让他们切齿痛恨地咒骂吧，
但格林卡[①]不会被踩到泥土下。

《伊凡·苏萨宁》首场演出后，作曲家也得到了官方的“恩惠”：尼古拉一世赏给他一枚戒指，并赐他出任宫廷合唱团的指挥。沙皇这种手段同不久前赐普希金为宫廷侍从的目的是一样的，企图拉拢格林卡，使他成为一名俯首帖耳的宫廷音乐家。然而，沙皇的阴谋未能得逞，格林卡虽然当了宫廷合唱团指挥，但是他依旧选择了人民作曲家的道路。

---

① 俄文里“格林卡”的意思为“粘土”，在这里是双关语。

格林卡在吸取民族音乐的养料和西欧音乐先进技巧的基础上，创作了俄国第一部具有世界水平的真正的民族歌剧。它被人称作是“俄罗斯歌剧的曙光”，不仅照亮了俄罗斯歌剧的创作道路，而且对俄国民族音乐的发展也具有里程碑意义。

令后人无比欣慰的是，十月革命后，这部歌剧恢复了原名，并把当年那个御用文人强加于这部伟大作品的一些歌词，按照作曲家生前的意愿，通通作了修改。

《鲁斯兰与柳德米拉》诞生

《伊凡·苏萨宁》的成功极大地鼓舞了格林卡。他非常喜欢普希金那部满含着民间文学芳香的浪漫主义叙事诗《鲁斯兰与柳·德米拉》(1817—1820)，萌生了将它改编成歌剧的想法。他同普希金商谈，诗人十分支持，并且同意参加歌剧脚本的编写工作。早在数年前，他们俩已有过一次成功的合作：格林卡将普希金的抒情诗《美人啊，请不要在我面前再唱起》谱成了歌曲。

《鲁斯兰与柳德米拉》讲的是古代武士鲁斯兰与公主柳德米拉在举行婚礼时，突然电闪雷鸣，新娘被恶魔劫走。鲁斯兰历尽艰险，最后借助神剑的威力制服妖魔，救出公主。这是一部表现善战胜恶、歌颂英雄主义的作品。其音乐风格英勇果敢、乐观自信，充满浓郁的东方民间情调。它的序曲是格林卡最出色的交响作品之一，以鲜明、生动的音乐语言概括剧情，而那神奇美妙的曲调，又把人们带到古老的神话幻境中去……

正当格林卡兴冲冲准备与大诗人再度联手合作时，一颗罪恶的子弹射入普希金的胸膛，诗人倒在血泊中……俄罗斯诗坛的太阳骤然陨落，这对格林卡是意想不到的巨大打击。过了很长一段时间，他的心境才稍稍平复，当他再拿起笔时已是两年后的1839年。

1839年格林卡的生活发生了许多烦恼与不幸。

宫廷合唱团的官员们故意为难他。常常有这种情况：当他刚刚谱写了两页，就会有一名军人来到他跟前，很有礼貌地说：“阁下，歌手们已经集合在等着您啦！”格林卡看出那些官员嫉妒他的才华，极力想把他排挤走。于是他以健康不佳为由，向沙皇提出辞呈。一个小小的乐师竟然敢于拒绝皇家的恩典，这是何等胆大妄为！上流社会对他就更加侧目而视。

就在这一年，格林卡那风华正茂的弟弟不幸早逝，给他和年迈的母亲带来难以言表的痛苦。

也是在这一年，格林卡同妻子的感情彻底破裂，不得不离家出走，寄居在朋友那里。

直到心灵从第二次创伤中痊愈，格林卡才全心全意投入《鲁斯兰与柳德米拉》的创作。歌剧的某些旋律早已在脑海里出现，他不断地哼唱，在谱纸上写作，用钢琴弹奏以检验效果……就这样，他日以继夜、通宵达旦地处于狂热的创作中。

《鲁斯兰与柳德米拉》的音乐风格英勇果敢、乐观自信，充满浓郁的东方民间情调。其序曲是格林卡最出色的交响作品之一，以鲜明、生动的音乐语言概括剧情，而那神奇美妙的曲调，又把人们带到古老的神话幻境中去，至今仍是世界音乐会上的保留曲目。

在写这部歌剧的同时，格林卡还将普希金爱情诗篇的千古绝唱——《我记得那美妙的一瞬》谱成浪漫曲。普希金的诗和格林卡的音乐结合得无比完美：开始，动人的旋律洋溢着幸福的激情；然而，突然出现了转折，生活里有那么多的痛苦与磨难，乐曲陷入了深深的悲哀之中；最后，光明战胜了黑暗，优美的旋律又再度响起……

《鲁斯兰与柳德米拉》于1842年完成，举行首场演出。沙皇和贵族对这部歌剧表示出公开的敌视，尼古拉一世只看了一半就离开剧场。而文艺界进步人士却认为它是“生长在俄罗斯音乐土壤上的一朵灿烂的、一百年之内只开一次的花儿”。

第二年，欧洲“钢琴大王”李斯特到俄国访问演出，高度评价这部歌剧，并将其中精彩乐段改编成钢琴曲，在音乐会上演奏。

《鲁斯兰与柳德米拉》的序曲，至今仍是世界音乐会上的保留曲目。

这部歌剧具有鲜明的民族音乐特色，高度的艺术技巧和英雄主义、乐观主义的主题。它与《伊凡·苏萨宁》共同为俄国古典歌剧的两个基本分支——神话史诗剧和人民历史剧——奠定了基础。两部作品都是俄罗斯民族歌剧的典范，不但成为俄罗斯歌剧宝库中的珍品，而且也是世界歌剧史上的杰作。

进步音乐家的旗帜

格林卡不仅是俄罗斯古典歌剧的奠基人，还是俄罗斯古典交响乐的奠基人。以民歌为素材的交响幻想曲《卡玛林斯卡雅》是格林卡交响乐创作的顶峰。他把欧洲古典交响乐与俄罗斯民间音乐完美地结合起来。继他之后的大作曲家彼得·柴可夫斯基（1840—1893）对它给予很高评价："格林卡的《卡玛林斯卡雅》孕育了整个俄罗斯的交响音乐。"

格林卡的名字成为当时进步音乐家的旗帜。在他周围团结着一批年轻音乐家，其中有达尔戈梅斯基以及巴拉基列夫——著名的"强力集团"的未来领导者。穆索尔斯基、柴可夫斯基的创作活动也受到格林卡的影响。19 世纪后半叶，他们都成了格林卡的继承者。

格林卡为俄罗斯古典音乐开创了一个光辉的繁荣时期，成为俄罗斯民族音乐的开拓者，对俄罗斯民族音乐的发展起到了划时代的作用。他是当之无愧的俄罗斯音乐之父。

"音乐是人民创造的，作曲家只是把它编成曲子而已。""让我每时每刻都和人民在一起，我要和人民同甘苦，共欢乐。"这两句名言是格林卡对自己创作的总结，后人也能从中领悟到，他的伟大作品具有永恒生命力的原因。

心灵属于俄罗斯，天才属于全世界

——关于柴可夫斯基

1869 年繁花似锦、花香袭人的夏天，彼得·柴可夫斯基（1840—1893）同往年一样，到基辅附近的小镇卡敏卡妹妹亚历珊德拉的庄园度假。一天，他正在作曲，忽然窗外飘来阵阵歌声。那是一位工匠在唱一支古老的民歌，曲调委婉动人。柴可夫斯基听得入了迷。那悠长缓慢、感情深挚的旋律，一整天都回荡在他的耳际。第二天清早，他便去找那位工匠，请对方唱这支歌，他将曲调记录下来。工匠说，这支民歌叫《孤寂的万尼亚》。后来柴可夫斯基以它为主题，写成《第一弦乐四重奏》的第二乐章《如歌的行板》，这富有俄罗斯民歌韵味的主题，经过变奏手法的处理在乐曲中一再出现，感情极其沉郁、哀伤，表现出俄国人民在沙皇统治下的悲惨生活。从此《如歌的行板》便成了柴可夫斯基的代名词。

当列夫·托尔斯泰于 1876 年听到这首乐曲时，感动得泪流满面，紧紧握住作曲家的双手，激动地说："我已接触到忍受苦难的人民的灵魂深处。"

如今，《如歌的行板》已是音乐会上的保留曲目。

柴可夫斯基善于从民歌宝库中汲取营养，所以他的作品富有浓郁的俄罗斯风格；他努力以自己的乐曲来反映社会现实，因而他的作品具有强烈的时代感。

从神童到九等文官

1840 年 5 月 7 日，柴可夫斯基诞生在西伯利亚南部小城伏特金斯克。父亲是采矿工程师。母亲酷爱音乐，喜欢唱歌，也擅长弹琴。小彼得在摇篮里便熟悉了妈妈的歌喉和琴声，这是他的音乐启蒙教育。伏特金斯克一带流传的丰富多彩的民歌，也给他留下了深刻印象。

彼得天资聪颖，很小就和哥哥、表姐一起在年轻的法国家庭女教师芬妮小姐指导下读书、识字。他六岁便能读法文书和德文书，七岁已经会用法文写诗。芬妮把孩子们的读书和生活安排得生动活泼。有时，她让孩子们自编故事，然后讲给大家听。她发现彼得的故事编得最有趣。这个孩子的想象力很丰富，但性格过于敏感和脆弱，往往一些微不足道的小事也会伤害他。因此芬妮对他格外小心谨慎。

一次，彼得翻看地图册，翻到欧洲那页时，他不住地亲吻俄国，却用唾沫去啐欧洲的其他部分。芬妮对他说，这样做是不对的，是在啐自己的老师。彼得回答道："您不要责备我，您看我不是用左手遮住法国了吗？"

彼得的音乐天赋显露得很早，五岁那年便能将从风琴中听到的咏叹调在钢琴上全部弹奏出来。如果没有钢琴，他就随便在身边的什么东西上敲出旋律。一次，他在窗户的玻璃上醉心地"演奏"，竟把玻璃敲碎，扎伤了手指。父母见他这么迷恋音乐，给他请来一位音乐教师。在教师指导下，彼得进步很快。一天，父亲的朋友来拜访，向彼得介绍了肖邦的马祖卡舞曲。客人走后，彼得马上就能弹奏出来。

父亲在莫斯科找到一个报酬优厚的工作，全家于1848年9月迁到莫斯科。没料到那个职位竟被一个熟人夺去了。当时莫斯科正流行霍乱，全家只得迁往圣彼得堡。彼得和哥哥尼古拉进了一所寄宿学校，哥俩被人喊作"乡巴佬"，彼得那颗稚嫩的心受到了伤害。不久兄弟俩又染上麻疹。翌年6月，父亲在西伯利亚小城阿拉佩夫找到一个差事，又举家迁到阿拉佩夫。经受了生活的挫折，彼得变得更加忧郁和怪僻。

1850年夏天，母亲把他送到圣彼得堡法律学校预科读书。开学之前，他第一次到剧院观赏格林卡的著名歌剧《为沙皇献身》（即《伊凡·苏萨宁》）。他激动万分，屏住呼吸，进入了忘我境地。从此，格林卡便成了他心中的偶像。

母亲安顿好他便回阿拉佩夫。临别时，彼得不禁悲从中来，死死缠住母亲。母亲百般劝说和安慰都无济于事，只得狠心地登上马车，彼得哭嚎着去追赶……

远离亲人的痛苦折磨着他。直到两年后父亲退休，全家搬到圣彼得堡。亲人们欢聚一堂，彼得此时才绽露出笑容。这一年，他考进法律学校的本科班。

法律学校是培养官吏的地方，唯一使彼得感兴趣的是学校设有选修音乐课。他在那间放着各式各样乐器的音乐教室里，度过了许多欢乐的时光。

父亲曾向当时的一位著名德国音乐教师请教:“我这个孩子适合从事音乐吗？”那位德国人一则不相信彼得的天赋，二则看到俄国音乐家社会地位的低下，因此作了否定的回答。于是彼得晚了好几年才进入音乐学院。

巨大的灾难突然从天而降：1854 年夏天，慈爱的母亲被霍乱夺去了生命，撇下一群年幼的儿女。彼得生平第一次感受到钻心的悲痛。他在哀伤中开始作曲，把自己的种种感受诉诸音乐，写下一首献给家庭女教师的圆舞曲，这是他的处女作。

1859 年，柴可夫斯基从法律学校毕业，得到九等文官的头衔，在司法部任一等文书。这种职业同他的天性格格不入。工作中他毫无热情，总是发呆。他虽然身在司法部的办公室里，而音乐形象却紧紧追逐着他。有时，他和别人正谈得津津有味儿时，往往会被脑子里出现的乐思抓住，而突然沉默下来。据他的同事说，有时他竟心不在焉地把音乐会节目单之类的东西，撕碎放进嘴里嚼。还有人说，一次他将一份文件中的一页全吃到了肚子里……

献身音乐

1861 年，沙皇亚历山大二世慑于席卷全国的农民骚动，废除了农奴制。虽然这只是自上而下的改良措施，但毕竟是俄国封建生产方式向资本主义生产方式过渡的转折点。资产阶级民主主义文化得到了发展，俄罗斯的文学艺术开始了一个富于创造性的新时期。

处在这样的历史条件，1862 年 9 月，全国第一所音乐学院——圣彼得堡音乐学院成立，著名音乐家安东·鲁宾斯坦任院长。柴可夫斯基每周到音乐学院听两次课，梦想当音乐家。1863 年他终于辞职，进入音乐学院。

在音乐学院里，柴可夫斯基是个地道的穷学生。为了挣得一口饭吃，他不仅要在课余教钢琴，还得改写流行的器乐曲，参加演出。生活的节奏紧张得喘不过气来，但他依然没能摆脱贫穷的困扰。有时他几乎要向命运屈服了，差点又回到司法部当个安分守己的文书，还险些儿当上一名肉类检查官……

柴可夫斯基不但要过穷日子，还得承受各种精神压力。当祖父得知孙子辞掉前程远大的官职去学音乐时，大发雷霆："别佳（彼得的昵称）怎么拿法律学去换喇叭吹？"

叔父也不住地摇头叹息道："唉，别佳啊，别佳，真丢人，放着司法部的官不当，玩起了三弦琴！"

哥哥讽刺他："你永远也不会成为格林卡。"

柴可夫斯基却充满信心地回答："即使我不能成为格林卡，但总有一天你会因为我们是兄弟而自豪的！"

二十三岁才专攻音乐，柴可夫斯基深感自己艺术基础薄弱，决心用勤奋来追赶被耽误了的岁月。

鲁宾斯坦担任作曲课。柴可夫斯基经常通宵达旦、废寝忘食地刻苦学习。一次，鲁宾斯坦让学生根据一首曲谱编写几首变奏曲式，柴可夫斯基却交上二百多首，使老师大为吃惊。又一次，鲁宾斯坦让学生为普希金的剧本《鲍里斯·戈东诺夫》中的一场谱写乐队总谱，规定必须使用竖琴。这个作业难度很大，全班只有柴可夫斯基一个人完成。有时，鲁宾斯坦朗诵一首诗，让学生为它配上乐曲，第二天就得交卷。这种教学方法要求学生具有很高天赋、付出巨大劳动才能完成。柴可夫斯基在这位严师的教导下，逐渐掌握了作曲技巧。

但是生活的道路并非一帆风顺。柴可夫斯基同他的老师之间潜藏着矛盾：鲁宾斯坦是位古典乐派的音乐家，他要求学生认真研究舒伯特、舒曼和门德尔松等 19 世纪上半叶的作曲家。而柴可夫斯基既十分尊重这些大师的优秀传统，又非常关注当代音乐家，如格林卡、柏辽兹、李斯特和瓦格纳等人的作品。他不愿拘泥于传统音乐形式，喜欢用新的风格进行创作，因此艺术思想同老师产生了分歧。鲁宾斯坦布置柴可夫斯基在假期里写一首序曲，柴可夫斯基根据奥斯特洛夫斯基的剧本《大雷雨》谱写了一首戏剧性的管弦乐序曲，供一支现代化的管弦乐队演奏。这首序曲的革新精神触犯了学院派的规则，惹恼了鲁宾斯坦。柴可夫斯基虽然受到挫折，但他的信念没有动摇。

1866年柴可夫斯基毕业。他的毕业作品是用席勒的诗《欢乐颂》谱成大合唱，尽管鲁宾斯坦不喜欢它，不过仍然获得银质奖章。

鲁宾斯坦的弟弟、钢琴家尼古拉·鲁宾斯坦在莫斯科筹建了一所音乐学院，要聘请一位和声学教授，选中了柴可夫斯基。

初到莫斯科，乡愁充塞着柴可夫斯基的心头。他很不习惯那里的生活。尼·鲁宾斯坦十分热情地接待他，坚持要他住到自己家里，还借给他一套礼服，强迫他接受自己的半打衬衫，亲自带他去找裁缝做大礼服……

但主人的殷勤款待，并没有使柴可夫斯基感到舒适。他住的那间小屋和鲁宾斯坦的卧室只有一板之隔，而他俩性格不同，生活方式各异。柴可夫斯基每周要上二十六个学时的课，忙得不可开交，其余时间便是伏案写作。而鲁宾斯坦却好交际，家里整天宾客满堂，热闹非凡，并且不时从他的房间传出叮叮当当的钢琴声，扰得柴可夫斯基心烦意乱。他想在夜间工作，但又怕影响主人的休息，只得每天一清早挟着五线谱纸到附近一家咖啡店去写作。

失败的初恋

柴可夫斯基结识了法国女歌唱家黛西莉·阿尔托。1868年9月18日莫斯科戏剧节开幕，揭开帷幕的是意大利歌剧团演出的歌剧《奥赛罗》，剧中女主角由阿尔托扮演。阿尔托的精湛技艺轰动了莫斯科，也折服了柴可夫斯基。

几天后，在一个音乐晚会上，柴可夫斯基遇到阿尔托。阿尔托很喜欢这个腼腼俊秀的俄国青年，从此，他俩几乎天天相会。柴可夫斯基陷入了情网，他给妹妹亚历珊德拉写信说："我同阿尔托相处甚好，她很喜欢我。像这样聪明、美丽、善良的女子我还从未遇到过。"

他给弟弟莫戴斯特写道："你若知道阿尔托是位什么样的艺术家该有多好！我还是生平第一次被一位演员这样强烈地吸引。你没能看到她的演出真是遗憾。"

柴可夫斯基对阿尔托迷恋得神魂颠倒，他将一首钢琴曲献给了自己的心上人。在阿尔托随剧团离开莫斯科之前，他俩订了婚。柴可夫斯基写信告诉父亲，如果没有障碍的话，他将于明年夏天同阿尔托结婚。

可是障碍来自各个方面：阿尔托本人不愿因结婚而离开自己热爱的舞台；她的母亲由于柴可夫斯基比自己的女儿年轻五岁而反对这桩婚事；柴可夫斯基的朋友们担心他同阿尔托结婚会影响他的事业，因为阿尔托已是红极一时的歌剧演员，而柴可夫斯基却还是个无名小辈。在朋友当中，鲁宾斯坦最为激烈："作为一个名演员的丈夫，你将变成可怜的奴隶，跟着她到各处演出，靠她的收入过着养尊处优的生活，你就不会再为自己的事业奋斗了。"

柴可夫斯基认为朋友的忠告确实有道理。他也不愿沦为"某某名演员"的丈夫，更不愿放弃自己爱入骨髓的音乐事业。但他又十分眷恋阿尔托。在矛盾的心情下，他写信征求父亲的意见。老人回信嘱咐儿子：要用时间来考验爱情。

父亲的嘱咐不无道理，阿尔托没能经受住考验。当柴可夫斯基还在犹豫时，鲁宾斯坦告诉他一个最新消息：阿尔托在华沙嫁给了一位西班牙男中音歌唱家。柴可夫斯基听了顿时脸色惨白。

"哼，以前我没说错吧。"鲁宾斯坦得意扬扬地说，"她不需要你这样的丈夫，那个西班牙人才是她要找的男人。而你，我们需要你，俄国需要你！你不能去侍候那个法国女人！"

然而，柴可夫斯基对阿尔托无法忘怀。1869 年冬天他创作交响诗《罗密欧与朱丽叶》序曲时，情不自禁把对恋人那刻骨铭心的爱注入乐曲中。作品取材于莎士比亚的著名剧本，描写一对青年男女的爱情悲剧。序曲写得十分感人，这是因为作曲家在描绘男女主人公那真挚热烈的爱情时，倾注了自己内心深处对阿尔托的恋情。这部序曲具有深刻的思想内容，强烈的艺术感染力和鲜明的音乐形象，完美地揭示了莎士比亚原著的悲剧本质。它虽然是一部悲剧，却洋溢着青春的气息；尽管男女主人公最后全都不幸死去，但真挚的爱情却永垂不朽。柴可夫斯基在乐曲中塑造了爱情和死神两个音乐形象，而爱情的形象表现得极为鲜明。渴望爱情、追求幸福，是这部作品的基调。

《罗密欧与朱丽叶》序曲使柴可夫斯基一举成名，进入俄国一流作曲家的行列。

阿尔托来去匆匆，像一支小小的插曲，在柴可夫斯基的生活中一闪即逝。但正像许许多多青年男女的初恋那样，柴可夫斯基对阿尔托的感情却保持终生。

一年后，阿尔托再度随剧团到莫斯科演出，扮演歌剧《浮士德》中的女主角。柴可夫斯基怀着深情前去观看。在整个演出过程中，他茫然若失地坐着，手举小望远镜，眼里充满泪水！

作为朋友，柴可夫斯基并没有失去阿尔托。又过了十九个春秋，他们在柏林不期而遇，两人都惊喜万分。阿尔托在当地从事声乐教学工作。这时她已年过半百，但在柴可夫斯基眼里依然魅力无穷。阿尔托请他写一首浪漫曲，而后来她收到的却是一部由六首浪漫曲组成的套曲。套曲选用几位法国诗人的作品谱成，充满温馨、真挚的感情。在最后那首《令人倾心的女子》中，优美的曲调同歌词配合得天衣无缝。尤其令人惊讶的是柴可夫斯基所选诗句，十分准确地表达了他对阿尔托的一片痴情，似乎是那位法国诗人专为这对昔日情侣而写的：

你是魅力和魔法的化身，
你给人欢乐、幸福和痛苦。
你可知道，凡是被你俘虏的人，

都不会感到那枷锁的沉重。

阿尔托十分感谢柴可夫斯基这份绝妙的礼物。1890年她在巴黎的一个音乐会上演唱了这些浪漫曲，于是那六首浪漫曲首先在法国听众中广泛流传，并赢得人们的喜爱。

俄罗斯的"欢乐颂"

1872年，柴可夫斯基终于离开鲁宾斯坦那热闹非凡的住宅，搬到一套三间居室的寓所，并请了一名仆人，从此拥有一个安静舒适的环境，可以专心工作了。他夜以继日地勤奋创作。在他看来，艺术创作不能只靠天才，也不能等待灵感，最重要的是勤奋。他说："灵感不喜欢拜访懒汉。"

这位作曲家的最大特点是非常珍惜时间，工作时注意力高度集中。他的生活节奏是快速的，走路快，读书看报快，写信快，作曲的速度更是快得惊人，令他的同行们望尘莫及。

这是柴可夫斯基的多产时期。1873年春天，他为奥斯特洛夫斯基的童话剧《白雪公主》配乐谱曲。这部充满诗意的剧本使他陶醉，仅仅用了三个星期便轻松地完成了。色彩斑斓的秋日，他在乡间只用十天便写完以莎士比亚的名剧为题材的同名交响幻想曲《暴风雨》，曲调十分流畅。当时他的心境宁静而愉快，白天在树林里漫游，傍晚在深谷中散步，深夜坐在窗前静思，似乎有一种神奇的力量吸引着他，使他一挥而就。这部作品于12月上演，获得成功。

《第一钢琴协奏曲》是柴可夫斯基早期大型作品中最明朗乐观的一部，充满青春活力和欢快情绪。第一乐章一开始，犹如和煦春风迎面扑来，又像灿烂阳光洒满大地，令人精神为之一振。序奏曲乐观向上，具有辉煌壮丽的史诗气概。作曲家以自己搜集到的乌克兰民歌为基础，经过加工，作为这一乐章的主旋律。第二乐章优美，抒情，牧歌音调的主题沁人心脾，洋溢着田园风味。第三乐章是欢乐的颂歌。全曲结尾，高潮迭起，其磅礴的气势、亢奋的情绪、辉煌的效果都是前所未有的。洋溢着青春激情的旋律几经反复，越来越热烈豪迈，形成一个欢腾壮阔的巨浪，在凯歌般的音乐中结束……

这是一首庄严壮丽的生活颂歌，因此有人称它是继贝多芬《欢乐颂》之后的俄罗斯的“欢乐颂”。

而这部名曲问世之初，却被鲁宾斯坦全盘否定。鲁宾斯坦说它毫无价值，不可能演奏，陈腐、拙劣、庸俗，简直不可救药，需要彻底修改；还说如果能按照他的意见把作品改好，那他可以给作者面子，在音乐会上演奏。

“我一个音符也不改！”柴可夫斯基断然回答。付印时他果真一个音符也没动，只将乐谱献词“献给尼·鲁宾斯坦”改为“献给冯·彪罗”。德国钢琴家彪罗是他的好友，收到这件献礼十分欣喜，1875年在波士顿首演，亲自担任钢琴演奏，演出好评如潮。尤其第三乐章最受欢迎，每次演出结束，他都得应观众要求重奏这个乐章。有趣的是，曾将这部作品批得体无完肤的鲁宾斯坦，后来也多次在国外演奏它，使他获得国际声誉。柴可夫斯基终于维护住自己的创作个性。这也是他最早进入欧美音乐圈的代表作，并成为西方音乐的经典。

随后柴可夫斯基创作了芭蕾舞剧《天鹅湖》。全剧包含大量脍炙人口的动人乐段，许多已深入人心。整出舞剧的音乐优美流畅，迷人的旋律如同泉水般缓缓流淌。贯彻全剧的天鹅主题是剧中的主要音乐形象，它温柔优雅，委婉动听。《四只小天鹅》舞曲轻盈活泼，富有俄罗斯民族韵味，深为广大听众所熟悉和喜爱。令人陶醉的还有热情奔放的《西班牙舞曲》，清新欢畅的《那不勒斯舞曲》，快速狂热的《匈牙利舞曲》和粗犷有力的《马祖卡舞曲》。

在这部充满诗情画意的芭蕾舞剧中，柴可夫斯基对舞剧的音乐进行了重大革新，突破传统舞剧音乐的程式，提高音乐在剧情方面的作用，从而使《天鹅湖》成为近代西方芭蕾舞剧发展史上的里程碑。后来，他还创作了芭蕾舞剧《睡美人》《胡桃夹子》。三部杰作都是世界舞剧的伟大典范，而《天鹅湖》则是经典中的经典。

1876年，柴可夫斯基应圣彼得堡《小说家》月刊音乐副刊的邀请，谱写一部以十二个月时序为题的钢琴套曲《四季》。编辑部要求每月一首，为期一年，分别与十二个月的气候特征相联系。这种别出心裁的约稿，激起柴可夫斯基的极大兴趣。《四季》并非一气呵成，而是作曲家根据自然景色和人民生活习俗对自己的感受每月即兴创作一首。他工作繁忙，让仆人按时提醒。每当仆人告诉他该交稿了，他便一挥而就，一首首精美的乐曲就此诞生，形成一部独具特色的套曲。《四季》中每首乐曲都像一幅色彩缤纷的俄罗斯风景画或风俗画，其中备受推崇的是《六月·船歌》《十月·秋之歌》。特别是《六月·船歌》，那俄罗斯风格的旋律尤为迷人。

柴可夫斯基的作品既具有深邃的内容，又通俗易懂，引人入胜，在世界乐坛上也是个奇迹。他拥有广泛听众，这是由于作曲家总是努力把作品的深刻性与通俗性紧密结合起来。他说："我竭尽全部心力，希望我的音乐得以普及，希望热爱它并从中获得安慰和支持的人越来越多。"

1876年底，托尔斯泰高度评价《如歌的行板》，使柴可夫斯基感到莫大荣幸。随着同托尔斯泰的会见，他迎来一生中极其重要的1877年。

"不能看见的天使"

柴可夫斯基在1877年里发生了几件大事：同梅克夫人通信，从而开始了他们之间长达十四年的不同寻常的友谊；与米柳科娃结婚，使他的精神濒临崩溃；创作了两部传世杰作——《第四交响曲》和歌剧《叶甫盖尼·奥涅金》。

当时娜杰日达·梅克四十六岁，是位感情丰富、很有文化教养的女子。她出身贵族家庭，父亲是个音乐爱好者，因此她从小就广泛接触音乐。十七岁时她嫁给工程师卡尔·梅克。卡尔在精明能干的妻子协助下施展才智，建成从莫斯科到梁赞的铁路，从而成了富翁，但他却不幸英年早逝。丈夫死后，梅克夫人深居简出。虽然卡尔给她留下一大笔遗产，然而金钱填补不了内心的孤寂，她只有从音乐中寻求精神寄托。

鲁宾斯坦是她的好友，1876年12月的一天，到她家做客，为她演奏了柴可夫斯基的交响幻想曲《暴风雨》。演奏结束，梅克夫人的眼睛闪烁着惊喜的光彩："谁？这是谁的作品？"

鲁宾斯坦向她介绍了年轻作曲家柴可夫斯基，并请求她给予资助。

就这样，梅克夫人同柴可夫斯基开始了书信往来。起初，梅克夫人是以委托柴可夫斯基作一支曲子，同时附上一笔丰厚酬金的方式来资助这位穷困音乐家的。

梅克夫人衷心喜爱柴可夫斯基的音乐。收到他的曲子后她在信中写道："您的作品使我陷入了狂喜……您的音乐把我的生活变得十分愉快。"

柴可夫斯基满怀感激地回信："一个音乐家。一个被失望与失败阻塞了道路的音乐家，知道人世间还有像您这样的人，如此忠诚，如此热烈地酷爱音乐，这真是最大的安慰啊！"

在频繁的书信往来中，他们彼此敞开心扉，交流对生活、对艺术的感受和见解。他们逐渐成了挚友与知音，但两人相约永不见面，柴可夫斯基称她是"不能看见的天使"。

梅克夫人请求柴可夫斯基送她一张照片。收到照片后，她立即回信说："它使我非常、非常地快活，使我的世界燃烧，使我的心又明亮又温暖。希望你的生活总像我此刻的心境那样美好。"

随信她也寄来一张自己的照片。从照片上柴可夫斯基看到的是一位端庄纤弱的中年夫人，那双深邃的眸子，揭示了她丰富的内心世界。

梅克夫人使柴可夫斯基灵感勃发。他开始酝酿两部大型作品，一部是歌剧《叶甫盖尼·奥涅金》，另一部是《第四交响曲》。他准备将《第四交响曲》献给自己的"天使"。

不幸的婚姻

不久，一个年轻女子突然闯进柴可夫斯基的生活。1877年5月，他收到一个叫安东尼娜·米柳科娃的姑娘写来的一封情书，向他倾诉爱慕之情。他虽然曾见过这个安东尼娜，但并不了解她。他没回信，而给一位熟悉安东尼娜的朋友写信，打听这位女士的品格与为人。

几天后，情书又来了："我的初吻永远留给你，不给任何别的男人。再见，亲爱的，别让我失望啊……没有你我就活不下去，说不定我会走上绝路。让我再看你一眼。吻你，好让我把这一吻带到另一世界去，别了，永远是你的……"

这封信震惊了柴可夫斯基。他想，自己若拒绝她，说不定她真会去寻死，这岂不是罪过！

当时他正沉浸在根据普希金的诗体小说改编的同名歌剧《叶夫甫盖·奥涅金》的构思里，正分享着剧中主人公的痛苦与欢乐。普希金原著中，达吉亚娜向奥涅金写信倾诉衷肠的那一章最使他着迷，他反复吟诵达吉亚娜的信，并说："我爱上了达吉亚娜，对奥涅金的冷酷无情十分愤怒。"

安东尼娜的情书使他想到了达吉亚娜。啊，竟会有这样的巧合，如今在他的生活中奇迹般地出现了一位"达吉亚娜"，而他能像奥涅金那样拒绝她吗？万一安东尼娜自杀了，他不是比奥涅金的罪孽还要大……想到这些，他的头发根都竖了起来。

就在这时，柴可夫斯基收到朋友的回信，信中写道，安东尼娜二十八岁，长得还漂亮，受过中等教育，离家独居，没有什么不好的名声，不过智力低下，神经似乎有点不健康。

这封信的最后两句话原本是很重要的，但沉湎在梦幻世界中以为自己遇到了一位"达吉亚娜"的作曲家，对此并没有引起足够重视。更何况他已经三十七岁，亲人们都盼望他能早日成家。想到这些，他决定去拜访他的"达吉亚娜"。

柴可夫斯基的到来使安东尼娜十分欣喜。

“她身材适中，金发，体格羸弱，脸庞上有一种特殊的美，可以说很迷人。”柴可夫斯基如此描绘安东尼娜给他的最初印象。

交谈中，他发现这个姣弱女子性格泼辣，甚至有点歇斯底里。

柴可夫斯基坦率地对安东尼娜说，他对她并无爱情，但可以做她的忠实朋友。他说自己脾气暴躁，喜怒无常，孤僻古怪，经济状况也不好。他问安东尼娜，愿不愿嫁给这样一个人？安东尼娜表示愿意。

从那天起他们开始了交往。安东尼娜狂热地追求柴可夫斯基，而后者对她只是感激与同情。他稍有犹豫，安东尼娜便大动干戈，以死威胁，可怜的作曲家出于无奈，便向她求婚了。

他俩于 1877 年 5 月底订婚，计划在 7 月结婚。

订婚后柴可夫斯基心绪很乱。他的未婚妻不能使他产生一点兴趣，这是最可怕的；其次，他十分眷恋安静舒适的单身生活。

为了让心境恢复平静，他到乡间住了一个月。美丽的大自然对他很有裨益。对突然发生的事情他反复思索，终于悟出：没有一个人能逃脱自己的命运，同安东尼娜的萍水相逢就是命中注定的。

回莫斯科时，婚期已近，安东尼娜兴致勃勃地张罗着布置新房和购买衣物，而柴可夫斯基却在这期间完成了歌剧《叶甫盖尼·奥涅金》的主要部分。

7 月，柴可夫斯基结婚了。当他和新娘单独相处时，突然意识到，自己的未来将永远同这个陌生、怪异的女人捆绑在一起，是多么可悲！后来，他称结婚那天是个“可怕的日子”。

新婚夫妇按预定计划去圣彼得堡度蜜月。火车开动时柴可夫斯基抑制不住啜泣起来，幸好快活的新娘根本没有发现丈夫的沮丧情绪。

柴可夫斯基对妻子在肉体上感到厌恶，想同她保持兄妹般的友爱，但也无法做到，因为她同自己在精神上没有丝毫相通之处。原来她的新娘根本不是什么“达吉亚娜”，她的头脑与心灵都绝对的空虚。她声称爱好音乐，可是对柴可夫斯基的作品连一个音符也不懂。她说自己爱他四年了，而她却从未参加过他作品的音乐会。这位新娘还是个可憎的饶舌妇，总好喋喋不休地重复自己被许多男人追求过的故事。说起这些她便眉飞色舞，让柴可夫斯基十分厌恶。尽管如此，他还是努力争取做一个好丈夫。

一天，柴可夫斯基带着安东尼娜去参加一个酒会。新娘的俊俏博得大家的好感，但她一开口就显得那么不善谈吐，而且毫无情趣，以致当她同别人交谈时，她的丈夫在一旁紧张不安地插嘴，替她说完没有说完的话。

和安东尼娜共同生活的时间越长，他越加发现这个女人总以为所有男人都在追求自己，总是在给自己编造爱情故事。

柴可夫斯基对妻子的厌恶不是与日俱增，而是与时俱增，甚至是与分俱增。自结婚以来，他一直有一种梦魇般的感觉。这样的日子怎么过下去呢？他陷入了绝望，想用死来解脱。一个寒冷的秋夜，他走进齐腰深的莫斯科河，希望患上肺炎，以结束生命。然而他的体质很好，未能如愿。

怎么办呢？柴可夫斯基写信央求在圣彼得堡的弟弟阿纳托里给他拍一封假电报，他便借机逃到了圣彼得堡。这时他的精神已濒临崩溃的边缘，阿纳托里到车站接他时，几乎认不出自己的哥哥。阿纳托里把他送进一家旅馆，他神志不清地昏睡了四十八个小时。一位医学专家检查后告诉阿纳托里：病人必须彻底休息，最好让他永远不要再见到他的妻子，否则他会精神失常的。

柴可夫斯基逐渐清醒。阿纳托里便到莫斯科，同鲁宾斯坦一起去找安东尼娜，把柴可夫斯基的情况告诉她，并劝她同意离婚。没料到安东尼娜泰然自若，满口答应：“为了彼得，我愿忍受一切。”

安东尼娜边说边倒茶请他俩喝，看来她心绪极好。

“啊，真没想到，鲁宾斯坦今天会和我一起喝茶！”安东尼娜容光焕发地对阿纳托里说。她完全沉浸在同大人物会面的喜悦中，把丈夫、他的出走、生病和离婚忘得一干二净。

“每一个音符都要献给你。”

阿纳托里在征得安东尼娜同意离婚后，先将她送往奥德萨，然后遵照医生嘱咐，陪伴哥哥到国外疗养。他们先到瑞士。那里的景色十分优美，而柴可夫斯基的心境却很忧郁。初冬，两兄弟到了意大利。但他们的钱已花光，生活陷入困境。柴可夫斯基只好向梅克夫人求援。梅克夫人立即替他偿还了三千卢布的债务，并请他接受每年六千卢布的资助。他十分感动：“从今以后，我笔下写出的每一个音符都要献给你。”

柴可夫斯基逐渐康复能够写作了。紧张而充满乐趣的工作帮助他从精神危机中解脱出来。他立刻致力于《第四交响曲》的创作。他告诉梅克夫人：“由于你，我正精力充沛地工作。……我认为这部交响乐与众不同，它是我迄今为止写得最好的一部。我非常愉快，它是属于你的。你一听就明白我是怎样想念你。如果不是你，它能有完成的一天吗？”

《第四交响曲》完成于1878年1月，这是献给梅克夫人的厚礼。按照梅克夫人的愿望，乐曲上的题词没有标明她的名字，而是“献给我的朋友”，以后又改成“献给我最挚爱的朋友”，后来梅克夫人建议将《第四交响曲》称之为《我们的交响曲》。

“《我们的交响曲》最迟于12月完成。让它告诉你：我衷心爱你。我最好的朋友，我的友中之友！”

在米兰，柴可夫斯基给她寄去六片花瓣：“让它使你想起南方、太阳、大海和温馨的空气。”

《第四交响曲》于1878年2月由鲁宾斯坦指挥，在莫斯科第一次演出。梅克夫人不顾身体不适，冒着雨雪严寒，独自一人坐在剧场的包厢里，全神贯注地聆听着这部对她有着极其特殊意义的乐曲。音乐会结束，她立刻给柴可夫斯基写信：“在你的音乐里，我听见了我灵魂的自白，听见了我的气质，我的感情的回声，以及我的思想，我的悲哀。……我们只是在空间上相距遥远，除此之外，我们几乎就是一个人了。对每一件事我们都有同感，而且往往是在同时。”

读了这封信，柴可夫斯基十分欣喜地感受到他的音乐进入了她的心中，她也体验到他写这部作品时内心所充满的那种感情了。

春天降临。它显示出自己的全部瑰丽：阳光明媚而温暖，树木吐出了新芽，鲜花开遍大地，这些都令柴可夫斯基心醉。他乐思汹涌，只要心中出现一个旋律，马上就会伴随出现它的和声。他的工作得心应手，少有地顺利，一切烦恼都消失了，作曲成了一件无休止的乐事。

而他的挚友更令他动情。梅克夫人在音乐会上听了他的《斯拉夫进行曲》（1876），回来后给他写道：“喜悦使我两眼充满泪水。我一想到它的作者在某种意义上说是属于我的，我就有说不出的快乐——谁也不能把他从我这里夺去。……在这里，周围都是陌生人。我觉得你完完全全属于我，谁也不能做我的对手。‘在这里，我占有，我爱。’”接着她写道：“宽恕我这疯狂的呓语吧！……刚才我想说我衷心拥抱你，但怕你觉得奇怪，所以我还像平常那样说一句：再见，我亲爱的朋友！再者，如果这封信不很妥当，就请把它当作是由你的音乐所刺激起来的不正常的呓语吧。不要为我这种发作吃惊，我的神经是不太健康的。”

读完信，柴可夫斯基很不平静，马上提笔写道：“你的信深深感动了我。当我知道我的音乐深入到我所爱的人的心里时，这就是我生平最快活的时光。……我还有必要告诉你我是衷心爱你的吗？我从未见过一个人对我这般亲切，从未遇到过一个人同我的心灵如此相通。你的友谊对我像空气一样不可或缺。我无论在做什么事，都想到我那遥远的朋友。你的爱与同情已成为我生存的基石。作曲时我总是在想，你一定会听到和感到我所写的东西。你以为我对你信中所表示的亲切会感到奇怪吗？不会的，在接受之余我只有一种恐惧：怕自己不配。”

看来，我们的男女主人公已经成了精神恋人。

回国，又遭幽灵追逐

柴可夫斯基心情很好。他的《钢琴奏鸣曲》还没完成，突然又想写一部《小提琴协奏曲》。一部作品尚未写完，又动手开始另一部，这在他还是第一次。梅克夫人知道后，惊喜地写道："我俩心灵的相通是非常令人吃惊的。前些天我忽然想，假如你写一首《小提琴协奏曲》该有多好，紧接着你就来信说，你正在写一部《小提琴协奏曲》……"

1878 年 4 月柴可夫斯基回国。梅克夫人请他到自己位于乌克兰空闲着的伯莱罗夫别墅去，可以完全归他支配。柴可夫斯基接受了邀请。他去住了两周，每天作曲、写信，这是梦境般的美妙生活。临走时给女主人留下一件礼物，那就是三首小提琴、钢琴合奏曲：《沉思》《谐谑曲》《旋律》，总称《怀念可爱的地方》。

转年初春的一天，柴可夫斯基从莫斯科回到圣彼得堡，当时已是凌晨四点。他一进门就被一个冲过来的女人紧紧抱住。他吓坏了，连忙推开，定睛一看，竟是久违了的安东尼娜！

安东尼娜矢口否认自己曾同意离婚，絮絮叨叨地诉说自己是多么爱他，还说，一年前委托办理离婚手续的那个人，是个"卑鄙的阴谋家"，是那人从中挑拨，因为他爱上了她。

柴可夫斯基给了她一百卢布，她便安静了一会儿。接着她又十分得意地谈起自己在圣彼得堡征服了许多新的男人。在隔壁房间的阿纳托里和莫戴斯特听到这些忍不住走了进来。安东尼娜一见两个小叔子便向他们诉说，她同彼得之所以离散，是因为另一个男人钟情于她。

几天后，柴可夫斯基散步回来，见门上有张纸条，上面写着："我在想象中吻了你无数次。"又过了几天，安东尼娜硬是搬进柴可夫斯基三兄弟居住的那套房子里。柴可夫斯基马上去莫斯科，安东尼娜又在莫斯科出现。她像一个幽灵似的紧紧追逐着他，他只好用钱把她打发走。

安东尼娜声称如果有人诬告柴可夫斯基与别的女人私通，她将亲自为他开脱。在当时的俄国，私通是离婚的唯一合法理由，因而柴可夫斯基的离婚成了不可能的事。为了摆脱安东尼娜，他只好一次又一次地给她钱。

两年后，柴可夫斯基得知，安东尼娜在莫斯科有了情夫，并且生了孩子，这本是预料中的事。柴可夫斯基终于松了一口气，因为这已成为他同安东尼娜离婚的最好理由，用不着再给自己编造同某个女人姘居的故事了。

1896 年，安东尼娜的精神彻底崩溃，被送进了疯人院，这时柴可夫斯基已经逝世三年。她从疯人院里仍不断给他发出一封封充满胡言乱语的信，1917 年死在疯人院。

原来，安东尼娜在 1877 年狂热追求柴可夫斯基时，就已经是个精神病患者了。命运竟如此残酷地捉弄了这位天才作曲家。

"天使"与"神"的对话

1878 年秋天，巴黎举行世界博览会。鲁宾斯坦在那里主持俄国音乐专场，指挥演奏了柴可夫斯基的《暴风雨》和《第一钢琴协奏曲》。这时梅克夫人正在巴黎，她参加音乐会后写信给柴可夫斯基，叙述她听《暴风雨》时的心情："当那延长的和弦响起来的时候，我全身的神经都在战栗。……这里只有《暴风雨》，只有爱情，只有它那不能看见的作者。伟大、优美的乐曲一泻千里。它充满整个世界，给人们带来幸福和欢乐……我将把我的灵魂奉献给你，你是我的神！……《暴风雨》演奏完毕，我已魂离肉体。"

这年柴可夫斯基向鲁宾斯坦递上了辞呈，成为自由的作曲家。他分别在圣彼得堡和卡敏卡小住几周，然后到佛罗伦萨。年底，梅克夫人举家到佛罗伦萨过冬。她又向柴可夫斯基提出一个更为大胆的建议：请他也去佛罗伦萨，住到特地为他准备的另一座别墅，那幢别墅离她的住处只有几英里远。她早就萌发了这种浪漫的想法，秋天她曾在信中写道："如果你能到我附近的地方来，亲爱的朋友，我会多么高兴！为什么咱俩不能到科莫湖，住在湖畔，相距一二英里，该有多好啊！”

柴可夫斯基接受了邀请。

佛罗伦萨的别墅宽敞明亮，华丽舒适。客厅里有一架大钢琴，书房中放着最新的报纸和杂志，写字台上有一张纸，上面醒目地写着：“欢迎你，我亲爱的好朋友！”

书桌上还有一封信，女主人热情地写道：“我是多么快活啊，我的神！你到了这里，我是多么快活啊！感到你就在我的附近，知道你就住在那幢房子里，能和你欣赏同样的景色，呼吸同样的空气，这真是一种难以表达的快乐！”

第二天清早，柴可夫斯基打开窗子，佛罗伦萨的迷人景色展现在眼前。他坐下来给梅克夫人写道：“亲爱的朋友，我找不出恰当的语言来表达我对此地一切事物的欣喜之情……说到房子，唯一缺点就是太宽敞和太舒服了，我怕自己会被宠坏啦……昨天天气很好，今天可惜下雨了，是我给你带来了坏天气！”

梅克夫人很快就让人捎来了回信：“亲爱的彼得·伊里奇，知道你喜欢那所房子，而且咱们住得这么近，我真难以形容自己的快乐。昨晚之后，连我的屋子也显得更美好，我的散步也变得更愉快了。今天我走过你的别墅，望遍所有的窗户，暗自盘算着你正在做什么。天气这样坏，我真有点过意不去。但这不是你带来的，亲爱的，这里常常都是如此，明天或后天太阳就一定会出来。我不知道怎么感谢你才好，因为我们的组曲给我带来莫大的欣喜。‘我们的’这个词是多么迷人啊，我的神！和你有着一件共同的事物，是何等快乐！现在我们确有许多共同的东西了，这是多大的好事！你在散步时，可爱的朋友，请到我的别墅附近。看看我生活的地方。……现在我正弹你的《小提琴协奏曲》里的抒情曲，感到无比愉快。”

在空间上离得这么近，两人的感情越来越热烈了。柴可夫斯基称梅克夫人为

"天使"，梅克夫人奉他为"神"。

她在信中常常叮嘱："不要忘记衷心爱着你的她啊！"或"别忘记一个全部奉献于你的灵魂！"

他的信往往这样开头："我睡不着，想和你谈心，我可爱的朋友。"信尾则喜欢这样结束："再见，我亲爱的、甜蜜的Н·Ф（梅克夫人名字的俄文缩写）！"

正因为如此亲昵，两人谁都盼着见面，但又都没有勇气。不过他们还是在无意中见了面。

一天，柴可夫斯基在外面散步，忽然迎面驶来一辆马车。车上坐着两位女子，一位是全身黑色装束、身材修长、神态高贵的中年夫人，另一位是身穿浅色衣裙、活泼美丽的年轻姑娘。柴可夫斯基马上意识到这是梅克夫人和她的女儿。他向她俩鞠躬，车上的母女也向他还礼。刹那间马车驶过去了。柴可夫斯基和梅克夫人都为这意想不到的邂逅感到慌乱与激动。

几天后他们在剧院相遇，虽然座位离得远，但相互都看得见，这又给两人带来极大的快乐。

柴可夫斯基说："我无法表达我的兴奋……我故意坐在可以让你看得见的地方。"

梅克夫人说："我多么爱你啊！在剧院里看见你，我高兴极了！早晨醒来我脑子想的第一件事就是你。一整天，我都意识到你就在离我不远的地方。由于你，我周围的空气都变得温馨了！……亲爱的人，在我离开佛罗伦萨之前，你可别走啊！"

圣彼得堡传来了好消息：《第四交响曲》演出成功！柴可夫斯基立即将这一喜讯告诉梅克夫人，说这部交响曲的"每一个音符都是为你而写的。……没有一个人能像你那样对我的音乐有如此强烈的反应，我们两人的灵魂是亲近的"。

在"天使"的守护下，柴可夫斯基于短短三周内取得丰硕成果：完成《第一管弦乐组曲》，开始着手创作歌剧《贞德》。

时间飞逝，分别的日子就要到了，两人都有一种越来越强烈的心灵的依恋。圣诞节前，她去维也纳看望孩子，他也动身到巴黎，两个人的距离又拉开了。

为了寻求一个安静的工作环境，柴可夫斯基又到了瑞士。在那里《贞德》的写作进行得十分顺利。

1879 年夏季，柴可夫斯基来到花园别墅伯莱罗夫。女主人已经在那里了，住在离他不远的一所房子里。和这位“不能看见的天使”生活在同一幢别墅内，而且离得这么近，柴可夫斯基不免有些紧张。

梅克夫人的一个年轻的家庭音乐教师巴胡尔斯基，每天到柴可夫斯基处上和声学。一天他告诉柴可夫斯基说，梅克夫人最小的女儿米洛奇卡很想见见“彼得叔叔”，他想把她带来。

“好的，我很高兴。”柴可夫斯基这样回答巴胡尔斯基。可是当巴胡尔斯基一离开，他立即给梅克夫人写信：“我不愿让米洛奇卡来看我，理由是：你我之间像现在这样所保持的友谊是我的幸福，也是我快乐的源泉，我不愿这种友谊有丝毫变化。……我将一如既往地爱米洛奇卡。”

梅克夫人回信说，她同他的看法一样。但人们分析，这很可能是梅克夫人对柴可夫斯基的一种试探，然后又知趣而退。

米洛奇卡没有同她的“彼得叔叔”见面，而她的母亲却同他在无意中又匆匆见了一面，这也是他们一生里总共三次见面中的最后一次。

那是 1879 年 8 月 30 日的黄昏，柴可夫斯基乘车外出归来，在路上迎面驶来一辆马车。他抬头一看，马车上坐的正是梅克夫人和她的孩子。柴可夫斯基和梅克夫人的视线相对了一刹那，两人都有点不知所措，互相行了个礼，马车分开了，就像上次在佛罗伦萨一样。

柴可夫斯基回家后马上写信请求梅克夫人原谅，而她却回答道：“我为碰见你而高兴，像这样的会面我说不出有多么愉快。它使我确信：你真是在伯莱罗夫了。我不想同你发生任何密切的个人关系，然而我却喜欢消极地和你亲近，喜欢像在佛罗伦萨那样，坐在同一个剧院里，也希望在路上遇到你。当我发现，我所爱的你，给予我极多的你，不是神而是人，这真是我最大的快乐！”

《贞德》脱稿，柴可夫斯基返回圣彼得堡。

不能抑制的自白

《第四交响曲》的钢琴改编谱出版后，梅克夫人一遍又一遍地弹奏它，疯狂的痴情伴她度过了两个不眠之夜。她终于向她的“神”披露了隐藏心底两年多的秘密：“我怀疑你是否理解我是如何的嫉妒你，尽管我们之间从未有过直接交往。你可知道，我对你嫉妒得简直令人难以饶恕，恰像一个女人对她爱的男人所怀有的那种嫉意。你可知道，当你结婚时我是多么难过，我的心就像被撕碎了一样，一想到你和那个女人亲热的情景，我简直受不了。你不认为我很坏吗？当你和她关系不好时，我竟暗自高兴，为此我曾责备自己，不相信自己丧失了理智。然而我不能驾驭自己的感情，它不受我支配。我恨那个女人，因为她不能使你幸福；但如果你和她生活得十分美满，我将百倍地恨她。我确认她把本应只属于我的东西抢去了，把我的权利剥夺了。因为在这世界上，我比任何人都爱你，在我心里你比一切都珍贵。如果这些话使你不快，那就请原谅我不能抑制的自白。我倾诉了一切，根源是《我们的交响曲》。我以为最好是让你知道我并非是你想象中那么完美的人，这样将不致影响你我之间的关系。对此我不愿有任何改变，但求我们的友情能像现在这样维系到我生命的最后一刻……但我又无权这样说。原谅我，并忘记我所说的一切——我的心乱了。请原谅我，并请相信，我没有生病，我什么也不需要。再会，亲爱的朋友，忘记这封信吧，但不要忘记衷心爱你的人。”

梅克夫人的倾诉衷肠使柴可夫斯基十分不安，他害怕她那奔放得近乎狂热的感情。他愿同她保持一定距离的友谊与爱情，但是决不能逾越雷池一步。

几经思索，柴可夫斯基的回信写得委婉而得体：“我带着感激和爱读了你的信。除了用音乐之外，什么也不能表现这种强烈的感情……知道《我们的交响曲》

使你失眠，我很过意不去，以后我要用我的音乐使你快乐。……至于音乐本身，我知道你一定会喜欢，怎能不喜欢呢？我写的时候心里总是想着你。世上没有第二个人能像你这样探索我灵魂的秘密。作品的献词非常有意义，它不仅说出了我，而且说出了你。这部交响曲不是我的，而是我们的，它永远是我最喜爱的作品。它是时代的纪念碑。这个时代在深深的悲苦中，在一连串无法忍受的苦闷、悲哀、失望中忽然诞生了希望，幸福的太阳开始照耀，而太阳就是这部交响曲所献给的那个人。如果不是命运之神把你送到我身边，我会成为什么样？真不敢想象。一切都是你给予的：生命，自由和做梦也想不到的各种好运气。”

由于梅克夫人特殊友谊与爱情的感召，这一时期在柴可夫斯基笔下优秀作品源源不断地倾泻出来。1880 年他在短短十二天之内写了《1812 年序曲》和《弦乐小夜曲》。完成这两部作品时，他不禁欢呼：“多谢音乐之神高照！”

梅克夫人为进一步密切同柴可夫斯基的关系，想让他的某位外甥女作自己的儿媳。最后，亚历珊德拉的女儿安娜同梅克夫人最钟爱的儿子尼古拉订了婚。婚礼于 1884 年 1 月举行，但是新郎的母亲没有出席婚礼，新娘的父母也从未见过这位亲家。

苦闷与彷徨

德国汉堡爱乐协会邀请柴可夫斯基出国指挥演出自己的作品，他接受了邀请，从 1887 年 12 月至翌年 3 月他在国外巡回演出，迎接他的是欢呼、掌声和鲜花。

载誉归来后，柴可夫斯基创作了举世闻名的《第五交响曲》。这部作品反映沙皇统治下俄国知识分子彷徨不安的心境。

柴可夫斯基虽然对沙皇专制制度不满，但又反对暴力革命，幻想通过沙皇政府实行自上而下的政治改良，然而严酷的现实彻底毁灭了他的幻想。他深深感受到社会生活的悲剧性，这是 19 世纪 80 年代俄国知识分子普遍的精神状态。《第五交响曲》正反映了作曲家本人以及他的广大同时代人的这种心情。

他唯有用不倦的工作来驱除精神上的苦闷。完成了《第五交响曲》，他马上创作《哈姆雷特》序曲，并着手写芭蕾舞剧《睡美人》。

第二次西欧旅行回来后，柴可夫斯基受委托创作歌剧《黑桃皇后》。起初他的心情很坏，但一投入到工作中，他的恶劣情绪便烟消云散了。他处于兴奋状态，以令人难以置信的速度——四十四天便完成了歌剧的谱曲。在创作中他十分投入，有时在他眼前甚至会突然出现“黑桃皇后”鬼魂的幻觉，把他吓出一身冷汗。写到最后一场剧中男主角自杀时，他为怜悯自己的主人公不禁失声痛哭。

19 世纪 80 年代，三位大师——柴可夫斯基、契诃夫和列维坦是俄国艺术生活的轴心。他们的名字是紧紧联系在一起的。契诃夫的小说《草原》《乏味的故事》《第六病房》，列维坦的画《符拉基米尔路》《墓地上空》，都与柴可夫斯基的《第五交响曲》在主题思想上有许多相同之处。三位巨匠分别以音乐、文学和绘画的形式，反映那个时代的俄罗斯知识分子苦闷、彷徨、追求幸福、渴望斗争的心情。

同梅克夫人的书信依然往来着，友谊与爱情依然继续着。但这种友情已经不像最初几年那么狂热，那么奔放，而显得平稳与成熟了。

梅克夫人的长子弗拉吉米尔挥霍无度，柴可夫斯基担心她的财产会受损失，但梅克夫人仍然坚持为他提供年金。1890 年年初，除了年金之外她还另外给了他一笔数量相当可观的款项。

从 1887 年到 1889 年，柴可夫斯基多次出国指挥演出，他已名扬世界。1890 年 1 月，他再次造访诗意盎然的佛罗伦萨，在那里完成了歌剧《黑桃皇后》，回国后又神速地写了一部弦乐六重奏《佛罗伦萨之回忆》，反映他在佛罗伦萨时平静而愉快的心情。他写信告诉梅克夫人：“我真希望这部作品能让你喜欢，我写它时是带着无限的愉快和极大的热情，一点力气也没花费。”

但不久以后，他的平静与愉快便永远地被粉碎了。

不解之谜

1890 年盛夏，柴可夫斯基照例到卡敏卡度假。妹妹亚历珊德拉正缠绵病床，全家人都焦虑不安。见此情景，他的心情也十分沉重。不久，为了到高加索的梯比里斯参加一年一度的音乐会，柴可夫斯基不得不告别了重病中的亚历珊德拉，没想这竟成了兄妹的诀别。

这年秋天，柴可夫斯基到高加索的梯比里斯举行一年一度的音乐会。美丽的梯比里斯，鲜花与欢呼……他沉醉在胜利的喜悦中，万万没有料到，竟会收到梅克夫人的一封使他既惊愕又痛苦的绝交信。梅克夫人说，她已濒临破产，以后不能再资助他了。信的末尾写道："不要忘记我，有时想想我。"

柴可夫斯基像遭到了雷击一样，他觉得高加索九月的阳光顿时变得昏暗了。年金的停供对他已无所谓，因他的收入比过去大大增加，而友谊的结束却使他接受不了。他马上给梅克夫人写道："你信上的最后一句话（'不要忘记我，有时想想我。'）让我感到痛心。……难道你以为我只在用你钱的时候才会想到你吗？你为我所做的一切，难道我有一时一刻能够忘怀吗？毫不夸张地说，是你拯救了我。如果不是你的友谊与支持，我一定会发疯乃至毁灭掉。……我从没有一刻忘记过你，将来也永远不会忘记你，因为无论我想什么，都联系到你。用尽我心中的全部热力亲吻你的双手。"

但是柴可夫斯基没有得到回信。他匆匆赶回莫斯科，知道梅克夫人并没破产。她家投资的铁路，营业始终兴旺如前。柴可夫斯基很气愤，认为她欺骗了自己，认为她从未爱过自己，他只不过是一个怪僻的贵妇人的玩物而已。现在她玩腻了，听厌了他的音乐，就借口什么破产啦，狠心地抛弃了他。柴可夫斯基从未感到自己如此下贱，他的自尊心遭到了可怕的伤害。他原以为，即使天崩地裂她也不会变心，但不可思议的事终于发生了！从此他对世上的一切都丧失了信心，陷入深重的、无法安慰的痛苦中。

柴可夫斯基抱着一线希望，希望能收到她的一封消除误会的信，他天天翘首等待，但始终没有收到。

曾经是柴可夫斯基的学生、现已是梅克夫人女婿的巴胡尔斯基给他写来一封信，信很短，很有礼貌，但很冷淡。信中写道，梅克夫人“病得很重，而且精神焦躁。不能像以前那样给您写信了。”

柴可夫斯基立即给巴胡尔斯基回信，希望能通过他恢复与梅克夫人的关系。但是巴胡尔斯基却把信退还给他，重复上一封信的话“她身心交瘁，冷淡是因病所引起，别无他意。”柴可夫斯基的最后一线希望也彻底破灭了。

梅克夫人的断交，对柴可夫斯基来说始终是个不解之谜。多少年后，他们两人都早已长眠地下，据梅克夫人的孙媳解释说，当时梅克夫人患了不治之症——肺病，她等待着死神的降临，而更为不幸的是。她的长子弗拉吉米尔也染上此种绝症，每天发烧，咳嗽。她看着一天天消瘦的儿子，内心不胜痛苦。她想，自己已经老了，死，对她来说并不可怕，而儿子正当壮年，不该让他遭到这样的灾难啊。梅克夫人开始受到良心的责备，认为自己对孩子们太不关心啦。在将近十四年里，她的全部心思都用在一个人的身上，那就是柴可夫斯基。他的音乐，他的来信，给他写信，为他安排创作环境，创造同他“见面”的机会，计划让管弦乐队演奏他的作品……她悔恨这些都是她的罪孽，而弗拉吉米尔却对此一无所知，这就使她更加内疚，感到对不起儿子，感到自己不是个好母亲。在百感交集中，在神经备受刺激的情况下。她决心立即结束自己的这种罪孽……

关于梅克夫人的突然断交，人们还有种种猜测：有人认为是梅克夫人的子女亲属为了自身的利益，强迫她中断与柴可夫斯基的友谊；也有人怀疑梅克夫人是不是听到了他是个同性恋者的传言？但真正的原因何在，只有她自己知道了。总之，他们这种罕见的友谊以奇特的方式开始，又以奇特的方式结束。

悲凉的晚年

圣彼得堡皇家歌剧院委托柴可夫斯基写一部芭蕾舞剧。他开始创作《胡桃夹子》，但是没有太大的信心

1891年春天，美国邀请柴可夫斯基去纽约指挥演出，这是他多年梦寐以求的愿望，他接受了邀请。旅途中他看到一张俄国的《新时代》报，从上面发现了亚历珊德拉的讣告，他的心如同被蛇咬了一口似的。轮船第一天出海，就有一名旅客跳海自杀……一切都显得那么阴森恐怖！抵达纽约的当天晚上，他一个人在旅馆里抱头痛哭。

美国之行，使柴可夫斯基再次赢得国际声誉，然而，他对此十分淡漠。他宁愿拿所有这一切去换回亚历珊德拉的生命，换回梅克夫人的友谊与爱情。

回国以后，柴可夫斯基继续创作《胡桃夹子》。他用一个月完成了这部芭蕾舞剧。全剧最有名的是《花之圆舞曲》，旋律轻快，富有诗意，使人神往，令人陶醉。听到这样的音乐，人们就会同意卢那察尔斯基的话："有时，柴可夫斯基也登上真正飞向幸福的高度。于是，在他的乐章里，就能听到作家科罗连柯的那句名言：'人生来是为了幸福，正像鸟儿生来为了飞翔一样。'而当他飞翔的时候，全身都闪耀着彩虹般的霞光。"

让人惊讶的是，在创作这部"闪耀着彩虹般霞光"的乐曲之时，正是柴可夫斯基屡遭不幸之日，一个创伤紧接着一个创伤，伤口还淌着鲜血……然而他却写出了如此欢快、活泼、优美动听的乐章，博得世界听众的由衷喜爱。它是欧洲各国一百多年来芭蕾舞剧中上演率最高的剧目。观众认为，其魅力主要在于那神奇的音乐。

《黑桃皇后》演出成功，柴可夫斯基声誉日高。但他依然感到苦闷与孤独，只有从紧张工作中才得到一点乐趣。他虽然刚刚五十一岁，却已显得老态龙钟：头发花白、牙齿脱落、两眼昏花、步履蹒跚。饱经沧桑的音乐家，在坎坷的人生

道路上踽踽而行。他自己没有欢乐，却给世界奉献了欢乐。

1892 年喜讯频传：法国法兰西学院选他为院士，英国剑桥大学授予他音乐博士的头衔，并请他前往参加学位授予仪式。

显然他已经是世界第一流作曲家，但又有谁知道他的心境是何等忧郁！人们以为他定是个百万富翁了，然而出人意料的是他每次出国演出得到的钱少得可怜，往往回来比去时还要穷。

从国外回来后，他埋头创作《第六交响曲》。他将压抑多年的感情倾注到写作中，把自己的心血和灵魂都凝结在这部作品里。脱稿时他说："我一生没有这样满足过，这样骄傲过，这样快乐过，因为我确实完成了一部佳作。"他想加一个曲名。弟弟莫迪斯特建议用"悲怆"一词，他立刻同意了。"悲怆"这一标题非常贴切地揭示了作品所表达的思想内容——悲哀、痛苦、幻想与斗争。悲剧性的形象和气氛贯彻始终。这是反映柴可夫斯基世界观和艺术成就的代表作，也是他的创作顶峰。

《第六交响曲》具有鲜明的自传性质。作者通过典型的个人感受，深刻而真实地反映同时代的知识分子，对现实不满与绝望的情绪，从而引起同时代人的强烈共鸣。

1893 年 10 月 22 日，作曲家兴冲冲地到了圣彼得堡，开始排练这部新作。28 日正式演出，由作者亲自指挥。11 月 1 日夜他突然发病，被诊断为霍乱，病情一天天恶化，6 日凌晨溘然长逝。一代伟大作曲家匆匆结束了他悲怆的一生。

柴可夫斯基的功绩是卓著的。他创造性地将西欧的优秀音乐融入俄罗斯民族音乐中，从而开辟了俄罗斯音乐发展的新道路。人们感激他，怀念他。

如今在莫斯科以西八十六公里的克林城内的作曲家故居，建成柴可夫斯基纪念馆。纪念馆前矗立着作曲家的纪念碑，碑上刻着："他的心灵属于俄罗斯，他的天才属于全世界。"来自世界各地的参观者络绎不绝，来这里追寻伟大音乐家的遗迹。参观的人首先被领到大厅，坐下来聆听一曲摄人心魄的柴可夫斯基的音乐，把人们带入他的音乐世界。馆内布置得同作曲家生前一样，保存着他的许多珍贵资料。纪念馆的花园绿荫如盖，有好几株橡树上挂着牌子，写着某人于某年某月某日为纪念柴可夫斯基而栽，说明后人是多么热爱这位音乐大师。

死亡之谜

关于柴可夫斯基的死因，传统的说法是死于霍乱，但20世纪80年代以后有了新的发现。据一位从苏联移居美国的研究柴可夫斯基音乐的专家奥尔洛娃调查证明，他是因同性恋问题，被一个半官方的司法机构非法判决服毒自杀的。

究竟柴可夫斯基的死因何在，这还是个尚待进一步解开之谜。但不管他是怎么死的，他都是一位伟大的音乐家。

梅克夫人与柴可夫斯基“断交”背后的隐情

富孀梅克夫人具有很高的音乐修养。经好友著名音乐家尼古拉·鲁宾斯坦介绍，她成了柴可夫斯基的资助人。1876 年底，她和柴可夫斯基开始通信，然而相约永不见面。他们在频繁的书信往来中，彼此敞开心扉，畅谈艺术，畅谈人生，从而成了挚友，进而发展为爱情。两个人在书信里恋爱，在笔墨中拥抱。

梅克夫人感情丰富、勇敢率真，当爱到了无法抑制的地步，就会不顾一切地倾泻出来。她不止一次想要超越“精神恋人”这道鸿沟。而柴可夫斯基却坚守自己的底线——不见面，不接触，只通信，永远保持着远距离的爱，精神上的爱，决不逾越雷池一步。每当收到她那些发自肺腑的表白时，他便费尽心机，回信写得委婉而得体，使对方那狂热、奔放的感情波澜逐渐趋于平静。这种特殊的友谊与爱情一直持续了将近十四年。在这十四年间，柴可夫斯基灵感勃发，乐思汹涌，创作力旺盛，完成了一系列不朽的乐章。

1890 年 9 月，柴可夫斯基在高加索的梯比里斯举行音乐会，突然收到梅克夫人寄来的一封绝交信。她说自己正濒临破产，不能再资助他了，信的末尾写道：“不要忘记我，有时也得想起我。”

柴可夫斯基像遭到了雷击。年金的停供对他已无所谓，而友谊与爱情的结束却实在难以接受。他马上写信，但没有回音。连忙赶回莫斯科，知道梅克家族并没有破产。他很气愤，认为她欺骗了自己，从未爱过自己。他不断给她写信，祈盼能够消除误会，恢复友谊与爱情，可是却再也没有收到她的片纸只字。

梅克夫人的断交对柴可夫斯基至死都是个不解之谜，同时也成为世人的不解之谜，引起种种猜测。

20 世纪 30 年代，美国青年女作家凯瑟琳·鲍恩（1897—1973）同梅克夫人的孙媳芭芭拉·梅克合作，将柴可夫斯基与梅克夫人的往来信件全部译成英文，编辑成书，书名为《挚爱的朋友——柴可夫斯基与梅克夫人的故事》，于1937年在纽约出版。在这本书的后部透露，梅克夫人之所以同柴可夫斯基断交，是因为1890年她患了肺病，她的长子弗拉吉米尔也染上这种绝症。她不胜痛苦，谴责自己对子女太不关心，不是个好母亲。在这十四年里，无论白天或黑夜，柴可夫斯基都占据着她的心灵：他的音乐，他的来信，写信向他倾诉，计划让他来“看”自己……她私下里感到了快乐。但如今，作为一个母亲，她认为这是一种罪孽，便在悔恨交加中结束自己的罪孽。

这样的解释过于简略。从梅克夫人致柴可夫斯基的全部信件中可以感受到，她对他爱得十分炽烈、真诚。而柴可夫斯基有时却显得在敷衍，甚至引发人们谴责他有点虚伪。总之，两人的爱，梅克夫人要远远超过柴可夫斯基。那么究竟是什么原因使她最后变得如此冷酷无情呢？似乎个中另有隐情。因此，长期以来人们对这本书的说法并不能完全认同。

直到近些年，梅克夫人的孙女加林娜·梅克（1891—1985）在去世前推出一部回忆录，叙述了自己漫长一生的风风雨雨。回忆录中还涉及梅克夫人同柴可夫斯基断交的缘由，大大充实了早年凯瑟琳与芭芭拉的诠释，显得合乎逻辑，比较具有说服力。

提到加林娜，首先需要对她做个介绍。在梅克夫人的众多孙辈当中，加林娜的身份比较特殊。她既是梅克家族的后代，又同柴可夫斯基有着极其亲密的血缘关系。19世纪80年代，她的祖母梅克夫人为了进一步密切同柴可夫斯基之间的关系，多次要求两个家族联姻，想让他的某个外甥女作自己的儿媳。几经协商，最终柴可夫斯基妹妹亚历珊德拉的二女儿安娜同梅克夫人的儿子尼古拉结为伉俪。这对年轻夫妇于1891年生下女儿加林娜，因而加林娜也是柴可夫斯基妹妹的外孙女，柴可夫斯基则为她的舅祖父。作为两个家族的一根纽带，加林娜对待从未谋面的祖母和舅祖父、他们之间的友谊与恋情，能够保持一种客观公正的态度，而且相当坦诚，敢于披露家族隐私，这就使得一些历史事实变得清晰起来。

加林娜在回忆录中写到，她从长辈那里得知，早在梅克夫人与柴可夫斯基相识之前，她的祖父卡尔·梅克还健在时，也就是1876年1月，梅克到首都圣彼得堡办事，并去看望嫁到这座城市的二女儿亚历山德拉。亚历山德拉见到父亲后，满腹委屈地向父亲告发：母亲特别宠爱的最小妹妹米洛奇卡并不是他的亲生骨肉，她的生身父亲其实是梅克的秘书！梅克听到这个始料未及的秘密如同晴天霹雳，顿时心脏病发作，几个小时后便撒手人寰。

到了1890年，米洛奇卡已经长大，出落成亭亭玉立的美丽少女，那年夏天她嫁给了贵族安德烈公爵。这时，对母亲和米洛奇卡一直怀恨在心的亚历山德拉，妒火中烧，竟将父亲当年猝死的原因向家人公布，全家大乱……

梅克夫人此时方才得知丈夫的真实死因，深感内疚与羞愧。这对她已经是一个莫大的打击。而小女婿安德烈却乘人之危落井下石，对岳母进行威胁和敲诈，声称若不答应他的条件就要公开这些丑闻，让她和米洛奇卡全都身败名裂。梅克夫人只得一一满足他的要求。在身心交瘁中，她罹患了肺病和精神病，从此卧床不起。陷入人生绝境的她，没有忘记自己深爱的那个人。她担心安德烈、亚历山德拉之流会再干出些什么罪恶勾当，将无辜的柴可夫斯基也牵扯进去，损害他的声誉和事业。为了保护自己心中的“神”，她流着热泪，忍着心头剧痛，给他写了那封绝交信，并斩钉截铁地下决心，从此不再拆开他的任何信札。

毫不知情的柴可夫斯基痛苦地度过生命的最后三年。直到1893年11月逝世时，他对这位神秘莫测的“天使”依然耿耿于怀，弥留之际不断呼唤着她的名字：“娜杰日达，娜杰日达！”

梅克夫人从报上得知柴可夫斯基猝逝的噩耗后，肝肠寸断，仅仅三个月，也追随着心中的“神”而去。

试析柴可夫斯基死亡之谜

两种说法

1893 年秋天，柴可夫斯基完成《第六（悲怆）交响曲》，10 月 28 日在圣彼得堡亲自指挥首场演出。11 月 6 日他猝然逝世，官方报道死于霍乱。长期以来这已经成为定论。直到 1980 年，从苏联移居美国的学者亚历山大·奥尔洛娃向传统结论发出挑战，论证他是因同性恋问题被一个半官方司法机构非法判决服毒自杀的。

奥尔洛娃的证据来自审判柴可夫斯基法庭的公诉人尼古拉·雅科比的遗孀。雅科比当时是参议院总检察长，也是柴可夫斯基在圣彼得堡法律学校的同学。据雅科比夫人说，1893 年 10 月，她丈夫收到贵族图尔莫尔公爵写给沙皇亚历山大三世的控告信，控告柴可夫斯基引诱其侄搞同性恋。公爵要求雅科比将信呈交沙皇。同性恋当时在俄国被视为犯罪行为，应判坐牢或流放。雅科比考虑到沙皇非常推崇柴可夫斯基及其音乐，若公开此案将给皇室带来耻辱，因此未将信呈交，而是擅自决定由原法律学校八名同学组成荣誉法庭审判柴可夫斯基。10 月 31 日柴可夫斯基出庭受审，最终判决他服毒自杀，以挽回圣彼得堡法律学校及沙皇的声誉。法庭为他提供了毒药。柴可夫斯基服毒后于 11 月 2 日病倒，6 日逝世。11 月 7 日，圣彼得堡各报报道了柴可夫斯基死于霍乱的头条新闻。

雅科比夫人曾经答应丈夫保密，但到了晚年不愿带着负担去见上帝，于是将事情告诉了好友沃伊托夫。1966 年，奥尔洛娃为研究柴可夫斯基作品，结识了在俄国博物馆供职的沃伊托夫。她对作曲家的热衷感动了沃伊托夫，便把柴可夫斯基之死的秘密讲给她听。奥尔洛娃移居美国后，将这骇人听闻的发现公之于世，最初在 1980 年的纽约《新美国人》报抛出爆炸性文章，随后又发表系列作品——

《柴可夫斯基的最后一章》《生与死的秘密》等。

一石激起千层浪，围绕着柴可夫斯基之死的争论首先在美国展开。1981年2月，美国音乐教授施皮格尔曼于美国《真实》杂志撰文，支持奥尔洛娃的观点。半年后，该杂志又发表别尔别洛娃等三人合作的反驳文章，认为当时俄国不少人都有这种行为，但构不成犯罪，柴可夫斯基不会为此自杀。

英国音乐理论家、柴可夫斯基四卷传记作者布拉乌恩也同意奥尔洛娃观点，并援引1980年版格罗乌娃编《音乐与音乐家词典》中的论述："毋庸置疑，柴可夫斯基死于自杀，但自杀原因不能确定。喝生水患霍乱而死的说法纯属臆造。"

西方开展的讨论引起苏联的回应。苏联评论家柴可夫斯卡娅在《新世界》杂志1986年第10期进行驳斥。苏联学者波兹南斯基于美国《19世纪音乐》杂志1988年第3期刊登持同样观点的长文，就柴可夫斯基是否存在自杀动机作了分析，认为他"一生除了那段短暂婚姻外，从未有由于自己的异常感到痛苦，他生活满足，没有促使他自杀的因素。"

1993年柴可夫斯基百年忌辰，围绕着其死因的争论进入了白热化。英国教授布朗推出传记新著《难忘的柴可夫斯基》，观点与奥尔洛娃一致。他历时十六载，检索了五千件有关日记与信函，并搜集到大量证据。与此同时，已经移居美国的波兹南斯基在英国出版《柴可夫斯基之死》，坚持传统结论。

苏联时期的主流媒体称，制造自杀论是别有用心，必须彻底批驳。而当今的俄罗斯学界早就摆脱思想桎梏，奥尔洛娃的论证已成为该研究课题的重要依据。

个性及感情经历

本文试图根据柴可夫斯基的个性、经历及当时情况，分析其死因，力求接近历史真实。

柴可夫斯基天生敏感，十四岁痛失慈母，变得忧郁和乖僻。他曾经同一位意大利女歌唱家热恋，但后来她嫁给了别人。随后他成了同性恋者。流言蜚语令他烦恼，亲人们便劝他结婚，他只好同意。不久，1877 年春天他收到一封情书。当时他正创作歌剧《叶甫盖尼·奥涅金》，被达吉亚娜致奥涅金的信所感动，他以为写信人是自己的“达吉亚娜”。接着情书又来了：“没有您我就活不下去。”这句话震撼了他，就去拜访那姑娘。两个月内完婚。婚后才发现妻子心灵空虚而且俗不可耐，憎恶之情与日俱增。他逃到圣彼得堡，大病了一场。原来妻子早就患有精神病，后被送入精神病院。

痛苦与绝望几乎把他吞噬，是他的资助人、富孀梅克夫人从物质和精神上拯救了他。他感动地向她表示：“今后我写的每一个音符都要献给你。”

早在 1876 年，钢琴家鲁宾斯坦见梅克夫人喜爱柴可夫斯基作品，便请她资助这位穷音乐教授，她慷慨允诺。柴可夫斯基和赞助人开始通信，但相约永不见面。在书信往来中，彼此敞开心扉，达到心灵相通，友谊发展为爱情。尽管她十分真挚热烈，而他却坚持维护精神之恋。

1890 年梅克夫人突然与他断交，他犹如遭到雷击，从此陷入痛苦深渊。有人怀疑，梅克夫人是否由于得知他是个同性恋者而断交？他俩只是精神恋人，这一推测不能成立。

一触即发的自杀因素

持传统结论者认为，柴可夫斯基创作力旺盛，事业如日中天，享誉世界，不存在自杀因素。而事实并非如此。他生性忧郁，经常悲观厌世。1875 年致弟弟信中写道：“整个冬天我心灰意冷，甚至陷入绝望，期待死亡。”1877 年为摆脱不幸婚姻，他曾跳入莫斯科河。1887 年 3 月，他留下一字条：“要成为正常人，我该怎么做？”为不能克服自己天性上的毛病而苦恼。他一生最快乐的时期是同梅克夫人亲密神交的十四年，她的绝交对他是个毁灭性打击。虽然 1892 年法兰西学院选他为院士，剑桥大学授予他博士学位，但所有这些都无法医治他内心的创伤。

在巅峰之作《第六交响曲》里，柴可夫斯基将自己所有的痛苦、悲哀，无法解脱的矛盾，以及曾经渴望的幸福，全都淋漓尽致地表现出来。最末乐章是首安魂曲，向人世告别。

这位善良多情、备受民众爱戴的音乐奇才，同时又是为当时社会所不容的同性恋者，这就是他的悲剧所在。他自尊心极强，隐私一旦被揭露，肯定不愿活下去，更何况迫于压力呢？他多次有轻生念头。梅克夫人与之断交后，他一直处于忧伤中，自杀因素增多，而且一触即发。

霍乱之说漏洞百出

自柴可夫斯基逝世之日起，人们对官方的死因报道便产生怀疑。

疑问一，霍乱是传染病，患者需要隔离，病人死后要用金属棺材密封。而柴可夫斯基患病期间不少人前去看望，临终时有亲属在场，死后遗体停放两天供凭吊。著名作曲家里姆斯基－柯萨科夫就十分吃惊："多么奇怪，柴可夫斯基死于霍乱，但人们却可接近遗体，甚至有人吻他的头和脸！"著名戏剧活动家佳吉列夫也提出同样的疑问。针对人们的怀疑，《圣彼得堡日报》解释道："由于柴可夫斯基不是死于霍乱，而是血液感染，所以没有传染性，其灵柩还将继续开放。"岂非自相矛盾？

疑问二，《新时代》报根据死者亲属和医生提供的材料报道：11 月 1 日晚，柴可夫斯基和弟弟及友人看戏后，到涅瓦大街莱涅拉餐厅进餐时喝了杯水，次日患病，医生认为正是这杯带菌的生水使他感染上霍乱。随后他弟弟在《新时代》撰文，说那杯生水是 11 月 2 日中午在家喝的，与前种说法不一致，而且不合逻辑——病情不会在短时间内达到无法救治的地步。另外，据同时代人回忆，莱涅拉餐厅是圣彼得堡名流经常出入的高级场所，餐厅的饮用水都经过煮沸消毒才送上餐桌，柴可夫斯基不可能因此感染霍乱。何况 1893 年 11 月初，圣彼得堡的霍乱高峰期已宣告结束，一直患有胃病、非常重视饮食卫生的作曲家，怎么轻而易举染上霍乱？

悲惨结局

相互矛盾、漏洞百出的背后必有难言之隐。其实道理很简单，极力将真相隐瞒起来，好让死者不致蒙受羞辱。官方作出死于霍乱的结论，就能为他举行隆重葬礼和盛大追悼会，将他安葬在圣彼得堡名人公墓。若不隐瞒真相，作为有罪的人，他就会被草草埋在荒郊野外，甚至连他那些音乐作品也将受到影响。隐瞒这件“不光彩”的事，在当时便保住了他的声誉。

柴可夫斯基的不幸是生活在保守落后的时代，似乎成了罪人。如今同性恋只是个性取向问题而已，何罪之有？社会在进步，柴可夫斯基的死因也应当找回真相。

奥尔洛娃的论证比较可信。这里就柴可夫斯基自杀的被迫性质再补充点证据。《第六交响曲》即将脱稿，8 月 24 日他给出版商尤根松的信中写道：“我一生从未这么满足，这么骄傲，这么快活，因为我确实完成了一部佳作。”

指挥新作首场演出后，柴可夫斯基十分兴奋，想将作品再作修改，并准备 12 月去敖德萨。是一个突发事件打断计划，打乱生活，逼他走上了绝路。

柴可夫斯基之死可能是世界音乐史上的最大悲剧。

夏里亚宾的传奇人生及其中国之行

提起夏里亚宾的名字，耳际就会响起那支深沉、悲壮的《伏尔加船夫曲》。它原是一首古老的俄罗斯民歌，经过这位现代歌王的天才处理，艺术形象更加完美。当他演唱这首歌时，可以听见纤夫的沉重脚步、他们的呼唤和内心的力量，甚至能听出纤夫们拖着货船由远而近，又由近走远的情景……

由学徒到世界大歌唱家

费多尔·夏里亚宾 1873 年出生在俄国喀山一个贫苦农民的家庭。他只读过几年小学便去当学徒，学过鞋匠和木匠。一次，扛木料时摔倒，摔得很疼，但他咬咬牙没有哭，对自己说："哭有什么用？"

苦难是生活的学校，夏里亚宾就是在苦难中成长起来的。他从小喜欢唱歌，尤其爱唱俄罗斯民歌，用那些美妙的歌声来减轻生活的压力。侥幸的是上天赐给这个穷孩子一副好嗓子，声音洪亮，音域宽广。他从未接受过正规的音乐教育，而是以顽强的意志和不懈的努力，日后成为世界男低音歌王，至今尚无人能与之匹敌。

夏里亚宾初次登台是十五岁在喀山的"夏季花园"剧场跑龙套。后来剧团到外地演出歌剧，一位扮演剧中宫廷官的演员生病了，便由夏里亚宾临时"救场"。没想到他的表演很成功，观众朝他热烈鼓掌。由于激动，他在离开舞台时跌了一跤，于是观众席上又传来一阵笑声……

回到故乡，夏里亚宾发现家中生活依旧十分艰难。最令他痛心的是母亲竟靠乞讨度日……在走投无路的情况下，他只得离开家乡到巴库，过着动荡不安的生活。他所在的剧团一个个先后全都解散了。为了糊口，他曾经到码头当搬运工，住在贫民窟里。一场霍乱袭来，他险些丧命。

后来，夏里亚宾流浪到梯弗里斯，在饥寒交迫中甚至想到了自杀。过了不久，他成为这个城市的“普希金花园”里的“俄罗斯合唱团”团员。这时命运开始有了转机：他那副好嗓子被梯弗里斯的歌剧演员乌萨托夫发现，请他到自己家，教他唱歌，并供给食宿，这为他日后事业打下了基础。

1894 年，夏里亚宾已经长成一个高大英俊的小伙子。他来到圣彼得堡，跻身著名的马林斯基剧院。但这里人才济济，并不缺男低音，他只能演些小角色，没有施展才华的机会。演出季的最后一天，扮演《水仙女》磨坊主人的那位演员深知夏里亚宾的心愿，想办法成全了他：开演前自己装病，剧院经理不得不让夏里亚宾上场。出人意料，他演得非常精彩——是金子总要发光！剧院从此对他另眼看待。

这时夏里亚宾栖身于普希金大街的一家旅馆，这儿住的大多是演艺界人士，其中有位著名演员达利斯基。在歌剧艺术上，达利斯基是他的启蒙老师，常常帮助他创造角色。两年后，一位著名女演员看了夏里亚宾的演出，被他的演技所震惊，问他：“您这是从哪学来的？”

“我学过达利斯基主义。”夏里亚宾回答道。

黄金搭档拉赫马尼诺夫

1896 年是夏里亚宾一生具有重要意义的一年。莫斯科的大企业家、艺术鉴赏家马蒙托夫于 1884 年秋天建立了一个私人歌剧院。这个剧院为俄罗斯歌剧艺术的发展注入了新的生命力。

马蒙托夫发现了夏里亚宾的罕见天赋，高薪聘他为歌剧院演员。1896 年 11 月 22 日，马蒙托夫剧院演出格林卡的歌剧《伊凡·苏萨宁》。夏里亚宾扮演主角苏萨宁，演出后好评如潮。那年他二十三岁，开始在莫斯科歌剧舞台上崭露头角。

在马蒙托夫剧院期间，他结识了后来成为大音乐家的谢尔盖·拉赫玛尼诺夫（1873—1943）。拉赫玛尼诺夫与夏里亚宾同龄，在夏里亚宾到剧院后被马蒙托夫聘为剧院乐队指挥，从此两人结下深厚友谊，不同一般的创作友谊。1897 年 10 月 25 日剧院演出圣 - 桑的歌剧《参孙与达丽拉》。夏里亚宾扮演主角参孙，拉赫玛尼诺夫担任乐队指挥。接着他俩又合作演出歌剧《水仙女》和《五月之夜》。

拉赫玛尼诺夫是位全能的音乐家。他以作曲著称，又擅长指挥，而且还是一位出色的钢琴演奏家，被誉为“音响的魔术师”。

1899 年，莫斯科文艺界为纪念普希金一百周年诞辰，演出由拉赫玛尼诺夫创作的歌剧《阿列克》（根据普希金长诗《茨冈》改编）。夏里亚宾扮演主角，由拉赫玛尼诺夫亲自指挥。

夏里亚宾说，拉赫玛尼诺夫是他的黄金搭档，无论是指挥还是伴奏，“我们俩就像一个人”。他还说：“不是我在唱歌，是我们在唱歌。”

拉赫玛尼诺夫写了《命运》《你认识他》《付人头兑》等歌曲献给夏里亚宾。他的多部歌剧，如《吝啬骑士》《里米尼的弗朗西斯卡》也都是为这位好友创作的。两位天才的汇合，成了音乐史上的一个奇迹。

后来，夏里亚宾和拉赫玛尼诺夫先后辞去马蒙托夫剧院的工作，两个人的友谊却更加牢固。

他们一起多次外出旅行，还曾拜会大文豪列·托尔斯泰。当两个年轻人站在托尔斯泰面前，都非常激动，也非常紧张。拉赫玛尼诺夫在伙伴耳旁低声说：“假如他让我弹琴，我真不知还能不能弹，我的手指冰凉冰凉的。”托尔斯泰果真让他弹了。夏里亚宾在一旁心怦怦直跳，心想：“他若让我唱歌怎么办？”

拉赫玛尼诺夫弹完，托尔斯泰问：“有谁会听这种音乐？”这一问让他和他的朋友都很沮丧……托尔斯泰和其他来客果然要夏里亚宾唱歌。夏里亚宾唱了几首歌，最后一首是达尔戈梅斯基的《老班长》。唱毕大家鼓掌，说恭维话。托尔斯泰没有鼓掌，也没有说话，只是在听到最后那支歌时流出了眼泪。

这时候，托尔斯泰的儿子把两位年轻客人拉到一旁，说：“再待下去就会感到无聊啦，咱们还是到茨冈人那儿痛痛快快地唱唱吧！”

夏里亚宾正感到拘束，也怕大作家向他提出一些不知该怎么回答的问题。一个小时以后，几个年轻人已经在欣赏茨冈人的演唱了。

莫逆之交高尔基

夏里亚宾和马克西姆·高尔基（1868—1936）是同乡也是挚友。高尔基比他年长五岁，童年和少年时代与他有极其相似甚至相同的经历。两个人都是由下层劳动者经过艰苦奋斗，成为世界级的大师，这也是他们之间深厚友谊的基础。

当时莫斯科文学界有个“星期三文学小组”，高尔基是这个小组的成员。他经常邀请夏里亚宾去参加活动。夏里亚宾每去一次自然免不了要应大家的请求唱歌助兴。文学小组的成员们个个都富有情趣，说笑、戏谑，相互起绰号。作家布宁瘦骨嶙峋，谈吐尖酸刻薄，被恰当地称为“吸血鬼”；诗人别洛乌索夫性格温柔，因而荣获“圣母玛丽亚”这一美称；出版家乌米洛留包夫由于身材高大，有一个绝妙而确切的称号：“大水牛”；人们亲昵地称夏里亚宾为“叫人开心”——可不是吗，只要他一展歌喉就让人愉快！当时远在南方雅尔达疗养的契诃夫，听到莫斯科文艺界这些活动时羡慕不已，竟托人恳请给自己也取一个可笑的绰号，并说越可笑越好……

20世纪初，高尔基因参加革命活动遭到放逐，后来由于肺病严重，需要前往克里米亚疗养。他在宪兵的押送下启程。夏里亚宾得知这个消息，为让高尔基路过莫斯科时能同朋友们见上一面费了不少心思。

当局深知高尔基路过莫斯科时一定会发生混乱，甚至将会导致示威活动，于是命令高尔基在离莫斯科四十俄里的波多尔斯克车站换车。当高尔基在车站候车室里烦闷地踱步时，突然听见一个熟悉而悦耳的声音——夏里亚宾、安德烈耶夫和布宁等人赶来了！他们给高尔基带来非常大的惊喜。这时出现了一个官方代表人物，要写下所有来人的姓名。夏里亚宾气愤地高声喊道：“这些朋友都是我请来的，由我负责，不许写名单！”

夏里亚宾的一声怒吼，让那个人灰溜溜地走了，因为这时他已经很有名气。

还有一件事，使得他和高尔基的友情变得更为深厚。1911 年 11 月 6 日晚，沙皇尼古拉二世到马林斯基剧院观看夏里亚宾主演的歌剧《鲍里斯·戈东诺夫》。演出结束谢幕后，夏里亚宾正准备下场，突然，合唱队全体队员在一名女队员的率领下，唱着国歌，从布景后门蜂拥而出，然后扑通一声全都跪在台上——他们是为争取提高待遇向沙皇请愿的。而夏里亚宾当时并不知事情原委，想退下去，但台上已水泄不通，走不过去。他莫名其妙地、孤零零地站在一群跪着的人的前面很是尴尬，情急之下只好将一条腿屈膝倚在一张安乐椅上，直到歌唱完，大幕落下。他就这样身不由己地成了向沙皇请愿的参加者。事后，夏里亚宾遭到许多不明真相人士的激烈指责。是高尔基向大家说明了情况，为他讨回公道，让夏里亚宾感到这种友谊的温暖。

高尔基如此称赞他的好友：“夏里亚宾——只要一念出这位杰出歌唱家的名字，每个俄罗斯人心中就会产生一种伟大的民族自豪感！”

突破传统表演模式

夏里亚宾天赋极高，又十分勤奋，他的艺术很快就达到炉火纯青的地步。他唱作俱佳，成功地创造了一系列令人难忘的舞台形象。如《伊凡·苏萨宁》里的苏萨宁，《鲍里斯·戈东诺夫》里的戈东诺夫，《堂吉诃德》里的堂吉诃德，《浮士德》里的魔鬼，《水仙女》里的磨坊主人。他还能把剧中的次要角色也创造得形象鲜明，令人难忘。

这位歌唱家热爱文学和绘画，各种艺术门类都是融会贯通、相互影响的。这对他的舞台事业大有裨益。

最难能可贵的是夏里亚宾具有独创精神，勇于突破传统表演模式。拿到剧本后，他首先深入分析角色的经历、性格和时代背景，对剧中人的刻画着重于内心世界和性格特征。虽然他很重视化妆的效果和功用，但更讲究“心理上的化妆”。

因此他塑造出来的人物形象生动，性格鲜明，具有强烈的感染力。他一再强调，对于一个真正的歌剧演员来说，不能把自己仅仅局限在声乐技巧上，更重要的是应当反映出人物的精神世界；歌唱艺术是美妙的声音与思想一致的统一的完整体。

夏里亚宾从不满足于作曲家在剧本中所定下的意图，而要进行更深入的挖掘，使作曲家的构思变得丰富和完美。他的创作思想往往比剧本要深刻得多。

年长他十岁的话剧导演斯坦尼斯拉夫斯基，在排演《鲍里斯·戈东诺夫》进行导演设计时，就借鉴了夏里亚宾的艺术创作。斯坦尼斯拉夫斯基认为歌剧演员要掌握三种艺术——戏剧、音乐和歌唱技巧。他说夏里亚宾是“将这三种艺术融合于一身的、最完美的榜样。”“夏里亚宾是一个天生的才子。他好像知道唱歌的秘诀，花费了很长时间才找到这个秘诀。……他始终没有把自己看成是一个完美的艺术家，一直在努力达到完美。”

斯坦尼斯拉夫斯基曾向夏里亚宾讲述自己关于表演艺术的观点，并说自己的演剧体系是从他那里“抄袭”来的。夏里亚宾听后大叫道：“救命啊，我遭人抢劫啦！”

他们两人的现实主义艺术主张的确极其一致。

当时意大利歌剧在俄国十分风行，夏里亚宾成功地把意大利美声唱法和俄罗斯本土的演唱经验融合到一起。1901 年他走出国门，让世界认识了他。作为歌剧演员，他具有一般意大利和法国歌剧演员所没有的表演才能。他演唱意大利和法国歌剧也充满魅力。

当夏里亚宾演出的俄罗斯歌剧获得国际声誉后，俄罗斯歌剧乐派才真正奠定了稳固的基石，开创了一个新传统，并在世界上占有一席之地，这就是夏里亚宾做出的重大贡献。1911 年，沙皇政府授予他歌唱家的最高荣誉称号——“权威歌唱家”。

为难民捐款酿成大祸

十月革命后，新政权很重视夏里亚宾。1918 年他是第一位被苏维埃政府授予“人民演员”光荣称号的艺术家，斯坦尼斯拉夫斯基直到 1936 年才获此殊荣，可见夏里亚宾当时的地位。尽管如此，一些基层干部对待知识分子和文艺界人士十分粗暴。那些人经常搜查夏里亚宾的住宅，没收家中财物，并且不止一次、不分昼夜地“光临”。弄得全家人惶惶不可终日。

苏维埃政权刚刚建立的日子，物质生活十分艰苦。夏里亚宾要抚养一个大家庭——他结过两次婚，共有十个子女，还得资助许多外人，往往吃了上顿没下顿。当局要求全体公民，包括妇女在内，都要到涅瓦河劳动，把沉在河里的大木船拉上岸来，拆卸了当劈柴用……夏里亚宾不忍心妻子、女儿们受这种折磨，向政府提出到国外演出的请求，1922 年获准出国。

在国外，夏里亚宾的思想非常矛盾。为了抚养庞大的家庭，他不得不到世界各地演唱，但又对那些国家感到厌倦。他在给朋友的信中写道：“为了钱，为了黄金，为了美元而出卖灵魂——我要狠狠地咒骂自己，我变得多么可怜！”

夏里亚宾对俄罗斯的怀念之情与日俱增。本来他是要返回祖国的，但在 1927 年发生的一件事使他无法回国。

旅居巴黎期间，一天，他在俄罗斯教堂的院子里看见两个衣衫褴褛的俄罗斯妇女带着几个残疾儿童在行乞。这一情景使他心中非常难过，随后他通过一位神父向当地俄罗斯难民捐款五千法郎。没想这一善举竟酿成大祸：那位神父在巴黎的俄侨报纸上发表了对捐款者表示感谢的话，于是谣传夏里亚宾资助了白卫军……

莫斯科的报刊称夏里亚宾是“一个为了金钱从本国人民一方逃向本国人民死敌一方的人”，并煽动性地叫嚣：“为什么不宣布：在艺术工作者当中，在享有国家人民演员光荣称号的人当中，没有夏里亚宾先生这类变色龙、背叛者的地位？！”

马雅可夫斯基立即发表《“人民演员”先生》，在诗中大声疾呼：

教育人民委员部
请从
白色老爷的头上，
摘掉“人民演员”
这顶红色桂冠！

在这片叫骂声中夏里亚宾果真被撤销了“人民演员”的头衔，并强行没收了他在国内的房产和财物。遭受如此诬陷他感到痛苦万分。高尔基一再劝他回国，但他对回国后的一切没有信心。越往后他越感到不能回去，担心一踏上苏联国土就会被送进劳改营。特别是1932年他在巴黎出版了回忆录，将自己的经历，包括1927年事件，通通公之于世，他明白克里姆林宫的当权者是不会饶恕他的。

上级曾派戏剧家涅米罗维奇－丹钦科捎来“口谕”：“回来吧，还给你房子，还给你别墅，比你原来的还要好十倍！”

夏里亚宾脸色阴沉地反问：“还回房子，还回别墅……心灵能够还回来吗？”

复杂而残酷的现实让他不能回国。为此他又遭国内的严厉谴责，说他出国不归是为“在资本主义世界追逐个人名利”。

高尔基多次规劝，但没生效，连这位挚友对他也很不满。他们三十多年的友情竟然出现了裂痕。

在给友人的信中，夏里亚宾满腔深情地写道：“我亲爱的祖国啊，我对你怀着崇敬之情至死方休！”他认为自己流亡国外，同当年普希金一样，是“悲惨的放逐”。而国内很多人却责备他在国外漂泊是“咎由自取”。

来中国举行音乐会

有国不能回，夏里亚宾只好继续周游世界。他一直忙于欧美的演出活动，非常想到亚洲旅行。他希望在庆祝自己演出五十周年时能自豪地说："我到过东方。"

1935年12月，夏里亚宾先到日本，转年2月至4月，来我国演出。他先后在上海、哈尔滨、大连、天津和北京五大城市举行独唱音乐会，受到广大中国观众的热烈欢迎。在世界级声乐大师中，他是第一个来我国演出的。

夏里亚宾此行的第一站为上海。上海文艺界知名人士立即举行了一个盛大隆重、热情洋溢的茶话会欢迎贵宾。茶话会开到一半，梅兰芳忽然站起来向客人表示歉意，说晚上还有演出，需要提前离开。夏里亚宾听了非常吃惊，问道："怎么？今天你有演出还来参加这个会？"他的神情与口气显得十分不理解，甚至有点责备的意思。接着他又说："我的习惯是，演出前夕决不参加宴会，连说话都要尽量减少。这样到了歌唱时才能保证精神饱满，发音清亮。"歌唱家这一席话让梅兰芳牢牢记在心里，后来他把这件事讲给青年演员听，并且告诫他们一定要爱护自己的嗓子。

结束了上海之行，夏里亚宾启程到哈尔滨。著名翻译家高莽当时还是哈尔滨的小学生，至今仍然记得这件事。哈尔滨是座美丽的北方都市，由于侨居着许多白俄，整座城市的文化内涵、生活习俗都深受俄罗斯影响，因而有"东方莫斯科"之称。夏里亚宾到来时，全城沸腾，尤其俄国侨民更是欣喜若狂，像迎接一个盛大节日，又像迎接一位亲人——逃亡中国的白俄与有国不能回的歌唱家似乎有某种特殊感情。中国大街（今中央大街）上到处张贴着夏里亚宾的招贴画，马车声"哒、哒"响，里面乘坐着去参加夏里亚宾音乐会的人。歌唱家来到这里，仿佛回到了俄罗斯……而苏联国内一些人对他去哈尔滨，又谴责他"到不该去的地方去"。

随后，夏里亚宾到大连，在那里举行了一场演出，然后便去天津。天津演唱会会场设在英租界设备相当考究的耀华学校礼堂，演出盛况不亚于哈尔滨，票价从五元直到十元。众多文艺界人士和音乐爱好者纷纷前往观摩学习。后来成为艺术大家的沈湘和曹禺都去聆听了独唱会。曹禺回忆说，夏里亚宾是高尔基的好友，这点我早就知道。听他唱歌是在南开中学上学时，张彭春老师曾给学生们播放过夏里亚宾的唱片，给我留下深刻印象。后来夏里亚宾到天津，开独唱音乐会，我知道这个消息后便抢着去买票。他的《伏尔加船夫曲》唱得深沉，浑厚，有力，令人神往。我还从未听过这么美妙绝伦的歌唱。西洋音乐给了我很好的影响。

夏里亚宾中国之行的最后一个城市是北平。他在上海、哈尔滨和天津演出的盛况早就传到了北平。歌王还没有抵达，北平的《世界日报》已经刊登了许多宣传和介绍的文章。音乐会票价平均为六块袁大头，这在那时是相当昂贵的，但仍然被抢购一空。而夏里亚宾本人不会料到的是：当时年仅二十岁的青年李德伦，在观赏完他的音乐会后便迷上了音乐，并从此走上献身音乐的道路，日后成为中国第一代指挥大师。李德伦说：亲耳聆听过夏里亚宾的歌声，是他一生的光荣。

在我国五大城市举行的音乐会上，夏里亚宾的演出曲目为《跳蚤之歌》《波斯恋曲》《老班长》《两个掷弹兵》等名歌，而《伏尔加船夫曲》则是压轴节目，也是他唱遍世界的一支歌。通过巡回演出，他给中国听众带来了这首歌，从此《伏尔加船夫曲》深受几代中国人的热爱……

中国观众那种异乎寻常的热情与友好，极大地抚慰了这位饱受精神折磨的老艺术家。中国之行成为他晚年生活的一个最美好的记忆。

思念故国家园，但无法回归——这是他最大的痛苦，尽管事业辉煌，他的歌声已征服了全世界。

回到祖国怀抱

到我国举行演唱会两年后，也就是 1938 年 4 月 14 日，六十五岁的夏里亚宾因败血病客死他乡。法国政府为他举行了空前隆重的葬礼，当送葬队伍在街上行进时，警察自动维持秩序，行人个个脱帽致哀。队伍经过大歌剧院，巴黎市政当局要求将他的灵车在剧院门口停留几分钟，以便让法国人民与这位伟大的俄罗斯艺术家告别。

而与此形成鲜明对比的是，苏联方面仅在报纸次要版面极不显眼的地方，刊登了一则夏里亚宾死于巴黎的短讯。重病中的斯坦尼斯拉夫斯基在病榻上看到消息后，悲愤地对身边的护士说："夏里亚宾是那样的聪明和富于创造性……他发现了发声学的秘密，应当去教授发声学。然而没有留下一座教授他发声法的学校，这是多么可耻的事啊！"

20世纪50年代，夏里亚宾的冤案终于得到了澄清。作为民族的光荣与骄傲，1984年他的部分骨灰被迁葬到莫斯科新圣母公墓。1993年夏里亚宾一百二十周年诞辰，莫斯科为这位举世无双的艺术家举行了盛大纪念会，政府将他在圣彼得堡和莫斯科的故居都改建为夏里亚宾纪念馆，他的回忆录也得以出版。真理终于回到了人间。

夏里亚宾的墓碑

1984 年金秋季节，莫斯科新圣母公墓内出现了一座十分引人注意的新墓，墓主是四十六年前病逝于巴黎的俄苏著名歌唱家费多尔·夏里亚宾（1873—1938）。现今他的部分骨灰从巴黎迁回这里。墓碑上是个全身雕像：夏里亚宾斜倚着沙发，一只手搭在扶手上，另一只手靠近坎肩，头微微扬起，神情专注，似乎正陶醉在歌声中。这一风流倜傥、潇洒不羁的形象，充分显示出夏里亚宾的独特个性。

这座雕像出自当代雕塑家叶列茨基之手，其创作灵感源自著名画家伊里亚·列宾（1844—1930）为夏里亚宾所作的一幅大肖像。

列宾终日勤奋作画，平时不会客，只有每周的星期三是开放日。每逢周三，列宾家里宾朋满座，大家高谈阔论，好不热闹。夏里亚宾是列宾家的常客。由于他一展歌喉就令人愉悦，所以绰号叫“让人开心”，深得列宾夫妇的喜爱。冬天，夏里亚宾和老画家一起滑雪橇、铲雪……他非常崇拜列宾，列宾的早期名画《伏尔加河的纤夫》(1873)，对他演唱那首脍炙人口的船夫曲有很大帮助。

1914 年的一天，夏里亚宾前去拜访列宾。他的活泼洒脱激起画家的灵感，请他坐在躺椅上，便画了起来。这件作品虽然未完成，却留下了一张照片，让后代雕塑家受到启发。

叶列茨基的这座雕像原本是为莫斯科大剧院而制作的，但是因作品的重量，不适宜放在剧院，便将它安置到公墓作为墓碑。这座墓上雕如此巨大，显得气势恢宏，在整个公墓里十分突出。而且墓地位置显著，更显气势恢宏，体现出墓主的社会地位，以及民众对他的热爱。

据说，一次夏里亚宾到国外演出，在海关被民众认了出来：“这就是大名鼎鼎的夏里亚宾，他有一副金嗓子！”海关人员听后，就请他去透视颈部。他大惑不解，海关人员说：“请原谅，因为大家都说你嗓子里有金属……”

在国外期间，夏里亚宾去过欧美，也到过东方。他实现了周游世界的梦想。1938年年初，夏里亚宾在巴黎患了败血病，住进医院。同年4月，这位歌唱家与世长辞，享年六十五岁。

20世纪50年代中期，夏里亚宾的冤案得到澄清，“人民演员”称号也得以恢复。同那几位客死异乡的好友拉赫玛尼诺夫、布宁相比，他是幸运的。作为俄罗斯民族的骄傲，他的部分骨灰最终回到了祖国的怀抱。

夏里亚宾的墓与马雅可夫斯基的墓距离很近。那位怒斥“白色老爷”的诗人的墓碑上有个胸像：他目光冷峻，双眉紧锁。墓碑是红色的，也是他一生的写照。他的诗充满“向左，向左”“打倒”“革命”，虽然一度震耳欲聋，但是即使在苏联时期都已显得落伍，毕竟口号不是艺术。然而遭诗人抨击的夏里亚宾的歌声，将在世界永远回荡。

音乐奇才拉赫玛尼诺夫

一

在世界音乐界，谢尔盖·拉赫玛尼诺夫（1873—1943）的名字十分响亮。这位身材高大的音乐家，得天独厚长着一双巨手，弹琴能轻易按到跨12度的琴键。因此他创作的钢琴曲，并非所有人都可以演奏。

拉赫玛尼诺夫出生在离圣彼得堡不远的一个音乐世家，四岁开始随母亲学钢琴。他的姐姐常常自弹自唱柴可夫斯基的《寂寞的心》，使得他初次接触到那位影响自己一生的大师的音乐。

十二岁时，拉赫玛尼诺夫独自一人远赴莫斯科，师从著名钢琴家兹维列夫，并见到了仰慕已久的柴可夫斯基。一年后进步神速，他将柴可夫斯基的《曼弗雷德交响曲》改编为钢琴二重奏，受到大师的称赞。这增加了他的信心，十四岁开始作曲，十六岁考入莫斯科音乐学院。学生时代，他就以指挥身份率领音乐学院合唱团演出，后又登台演奏自己的《第一钢琴协奏曲》。

1892年拉赫玛尼诺夫毕业，毕业作品是为戏剧家涅米罗维奇-丹钦科的歌剧脚本《阿列科》（根据普希金长诗《茨冈》改编）谱曲，获得大金质奖章。

拉赫玛尼诺十九岁成为职业作曲家。音乐出版商古泰尔主动找上门来，柴可夫斯基帮助他与出版商打交道。

《阿列科》在莫斯科演出。彩排时，柴可夫斯基亲自到排演场，并征求拉赫玛尼诺夫的意见：愿不愿将《阿列科》与自己的新歌剧《伊奥兰塔》（1890）同台演出？这使得他受宠若惊。首场演出，他的家族成员全都出席了。而最具影响力的莫过于柴可夫斯基的光临，他不时从包厢探出身来热烈鼓掌。

1893年秋天，拉赫玛尼诺夫因到基辅指挥《阿列科》，错过了欣赏柴可夫斯基在圣彼得堡指挥首演《第六（悲怆）交响曲》的机会。没想到几天后大师就撒手人寰，他无比悲痛，为怀念恩师，写下了《挽歌三重奏》。

二

每年夏季，拉赫玛尼诺夫都到莫斯科郊外的伊凡诺夫卡乡间别墅度假，并在那里创作。《第一交响曲》是他第一部有分量的作品，1896年在圣彼得堡首次演出，由著名作曲家格拉祖诺夫指挥。而对风格保守的格拉祖诺夫来说，这首乐曲充满现代的、新颖的音乐语言，所以进行了不小改动，最后的曲谱虽大结构未变，但已经面目全非。结果演出失败，这对拉赫玛尼诺夫打击极大。最令他郁闷的是自知写了出色作品，演出时却败在了无法理解自己思想的指挥手上。为此他患了抑郁症。

《第一交响曲》的失败促使拉赫玛尼诺夫从事指挥工作。好在他是个全能音乐家，既擅作曲，又富指挥才华，还具有杰出的钢琴演奏技巧。1897年，马蒙托夫私人歌剧院聘他为乐队指挥，在这里他结识了后来成为著名歌唱家的夏里亚宾。他指挥演出的剧目都由夏里亚宾扮演主角，他们成了黄金搭档。夏里亚宾称他俩就如同一个人。

尽管在歌剧院很有成绩，而拉赫玛尼诺夫仍向往作曲。他辞掉工作，但又缺乏创作灵感，精神一度处于悲观状态。朋友安排他同列·托尔斯泰两次会面，希望能对他有所帮助。第一次，托尔斯泰一再向他说：“你一定要工作，必须每天工作。”第二次，大文豪听他弹琴后直视着他说：“告诉我，有谁会想听这种音乐？”问题如此尖刻，令拉赫玛尼诺夫十分沮丧。托尔斯泰不仅没能帮助他，反倒使他更加痛苦。

后来，拉赫玛尼诺夫接受了一位神经学博士达尔的治疗。达尔医生是业余音乐家，对他的情况非常理解。治疗时，医生采用催眠术，不断在他耳边说：“你将开始写乐曲，乐曲能写得称心如意，乐曲会很好的……”达尔博士就这样快捷有效地治愈了他的心理疾患。

三

拉赫玛尼诺夫又恢复了作曲能力，完成《第二钢琴协奏曲》，从而开始了新的创作高峰。他将这部作品献给达尔博士，感谢医生给予自己第二次创作生命。

“拉二”（我国音乐界人士对它的昵称及简称）以特有的抒情和诗意赢得普遍赞扬，成为拉赫玛尼诺夫最成功的代表作之一，也是20世纪的伟大乐曲之一。他的音乐充满真诚的激情，以及丰富的旋律，并富有浓郁的俄罗斯民族风格，显示出柴可夫斯基对他的深刻影响。1901年“拉二”首次演出，他亲自担纲独奏，大获成功。“拉二”奠定了他作曲家的地位，是音乐会上的保留曲目。

1902年，拉赫玛尼诺夫与远房表妹结婚。甜蜜的生活赐予他丰富的创作灵感，完成了根据涅克拉索夫的诗歌谱写的《春天大合唱》，创作了十多首艺术歌曲以及大型钢琴独奏曲《肖邦主题变奏曲》。这是他的多产时期。

俄国局势动荡，拉赫玛尼诺夫在国外开始创作《第二交响曲》。在巴黎，他看到瑞士象征主义画家勃克林的绘画《死之岛》，受到强烈震撼，创作了同名交响诗，表现出对死亡的思考。

在此期间，拉赫玛尼诺夫完成了《第二交响曲》，内容涉及作者从《第一交响曲》失败后的失望、消沉，逐渐回归生活，回到音乐创作的历程。其感情异常纯朴真挚，因此被称为“俄罗斯抒情交响曲”，是他全部交响曲中的佼佼者。作品以深刻的思想性、感人的抒情性和突出的俄罗斯民族音乐风格，赢得广泛的世界声誉。

回国后，拉赫玛尼诺夫创作了《第三钢琴协奏曲》，1909年带着新作的手稿应邀到美国演出。“拉三”征服了美国观众，人们一再要求他出场，直到他举起双手表示虽愿为之，但手指已不听使唤了，观众才笑着请他休息。评论界认为，《第三钢琴协奏曲》技巧艰涩，可称“钢琴家的试金石”，成为拉赫玛尼诺夫音乐生涯的一座里程碑。

钢琴曲《绘画练习曲》是拉赫玛尼诺夫专门为女儿写的描绘童年景象的作品，要求具有高超的演奏技巧，属于高难度曲目。随后，他根据象征主义鼻祖、美国诗人爱伦·坡的诗完成合唱交响曲《钟声》。这部作品如同一面反映生命的镜子，从某种意义上说，可同柴可夫斯基的《第六（悲怆）交响曲》以及马勒的《大地之歌》相呼应。

四

1917 年二月革命，拉赫玛尼诺夫热烈欢迎专制政权的解体，在莫斯科为伤兵举行音乐会。随后他又演出柴可夫斯基的《第一钢琴协奏曲》，将全部所得捐赠给革命政府。十月革命后不久，斯德哥尔摩邀请他去举行音乐会。圣诞节前夕，他携妻女抵达瑞典。1918 年全家定居美国。

初到国外，拉赫玛尼诺夫依靠举行钢琴演奏会维持生活。1919 年他的第一批唱片诞生，这是爱迪生为他亲手灌制的。然而富裕的生活和显赫的声名没能减轻他的乡愁。莫斯科艺术剧院访美演出，剧目中有《阿列科》，让他感到极大安慰。不久已获苏维埃政权授予“人民演员”称号的夏里亚宾出国巡演，两位好友在异国他乡会面无比激动。

1921 年夏季，苏联发生大饥荒，西方国家纷纷伸出援助之手。拉赫玛尼诺夫牵挂祖国的灾难，举行多场慈善音乐会以表达自己的心意。出于对俄罗斯的眷恋之情，他写下《三首俄国民谣》，这是他俄罗斯情结的典型流露。生活安定后，他将精力投入到作曲中，完成了《第四钢琴协奏曲》。

拉赫玛尼诺夫在瑞士琉森湖畔买地盖了一幢别墅，完全按照伊凡诺夫卡宅院的模样建造，并保持故居的摆设，还请了一名俄国仆人。

20 世纪 30 年代初，一些流亡美国的俄国人士在《纽约时报》发表声明谴责斯大林政权，拉赫玛尼诺夫也应邀签名。苏联当局立即下令禁演他的作品，并把他列为不受欢迎的人。这令他内心有一种难言的沉重："我失去了祖国，被迫离开出生之地。我在那里度过成长、挣扎的岁月并尝尽苦涩，最后在那儿取得成功。现在全世界都向我敞开，唯有一处让我吃闭门羹，那就是我的祖国——俄国。"

两年后美苏关系好转，苏联方面解除了对他音乐的禁令。

在美丽的琉森湖畔，拉赫玛尼诺夫心情愉悦，灵感源源不断，创作了钢琴与乐队协奏曲《帕格尼尼主题狂想曲》。这部意趣横生、充满幻想性和抒情性的作品获得各方人士的一致好评，并很快被录制成唱片，许多国家唱片的发行竟先于音乐会。

关于这部乐曲有一个故事：一天，拉赫玛尼诺夫同朋友共进晚餐，谈起曲中的第 24 变奏曲的弹法极难演奏时，侍者正送上一盘饮料，朋友说："要想弹得得心应手，为什么不喝一杯薄荷奶油？"作曲家随手拿了一杯喝下，然后弹奏，果然弹得完美无瑕。从此，他每次上台演奏第 24 变奏曲前必先喝一杯薄荷奶油，因此，该曲又名《薄荷奶油变奏曲》。

在同家人共享天伦之乐的过程中，拉赫玛尼诺夫完成了大型作品《第三交响曲》。这部乐曲的创新之处在于表达的简洁，其效果反而更强化了它的感情力量。

五

晚年，拉赫玛尼诺夫的最大安慰是能同夏里亚宾经常见面。夏里亚宾也很怀念俄罗斯，他本是要回国的，但却无法回国。从此只能在国外流浪。

1938 年，夏里亚宾患了重病，拉赫玛尼诺夫每天到医院陪伴他。两人回忆起快乐的青年时代，谈往事，谈俄罗斯，直到夏里亚宾逝世。失去了挚友，拉赫玛尼诺夫同俄罗斯最后一根联系的纽带也戛然中断，有时从苏联电台听到播放自己的作品时就十分高兴和感动。

拉赫玛尼诺夫完成另一部大型管弦乐作品《幻想舞曲》是在1940年。他说："我只是写下萦绕在心头的音乐，尽可能求其自然。"

国际局势紧张，1939年8月苏德签署了互不侵犯条约。9月1日希特勒向波兰宣战，第二次世界大战爆发。1941年6月22日希特勒撕毁条约，闪电进攻苏联。拉赫玛尼诺夫极为忧心，多次举行音乐会，将演出收入捐献给苏联红军。他在1942年3月致苏联驻纽约领事的信中写道："一个俄罗斯人为俄罗斯人民战胜敌人略尽绵薄之力。深信必将获得全胜。"

大师的最后一部作品是改编柴可夫斯基的《摇篮曲》，让人想到五十五年前他以改编柴可夫斯基的作品开始作曲生涯。这是意味深长的——以柴可夫斯基始，又以柴可夫斯基终。

拉赫玛尼诺夫曾说："我感到工作比闲散更愉悦，所以祈求上帝让我工作到生命的最后一天。"上帝果真允诺了他的祈求。他年近七旬仍然四处演出，1943年2月突然一病不起。原来他罹患了急性癌症。他在病床旁装了收音机，为的是了解战争消息。1942年年底，苏联红军在斯大林格勒英勇抵御德军，1943年3月美军在太平洋的反击行动已势不可挡……拉赫玛尼诺夫放心了，3月28日溘然长逝。

拉赫玛尼诺夫是20世纪前半叶俄罗斯最伟大的音乐家之一。他属于晚期浪漫主义，直接继承了柴可夫斯基学派的传统并有所发展，具有深厚民族音乐基础，旋律丰富，擅长史诗式壮阔风格。他的后期作品以其创新精神日益显示出与现代主义思潮的贴近，融入俄罗斯现代音乐的潮流中。

怀念紫丁香

——拉赫玛尼诺夫的俄罗斯情怀

“一个人能否获得幸福，就要看他能否在紫丁香丛中找到五个瓣的花朵。”——这是俄罗斯民间的一个传说和一种习俗。紫丁香在俄罗斯意味着对幸福的向往与追求。

俄罗斯音乐大师拉赫玛尼诺夫热爱紫丁香，爱得刻骨铭心，爱到至死方休。自1917年年底背井离乡，流亡异国他乡，紫丁香在他心中就成了俄罗斯的神圣象征。

1902年春光明媚的5月，拉赫玛尼诺夫同青梅竹马、相恋多年的表妹娜塔丽娅结为伉俪。甜蜜的新婚生活赐予他丰富的创作灵感，情之所至，完成十一首温馨动人的艺术歌曲。《紫丁香》（又译《丁香花》）就是其中一首。《紫丁香》为作品21号中的第五首，属于他最著名的浪漫曲之一。歌词采用俄罗斯女诗人别凯托娃的诗篇。后来拉赫玛尼诺夫又将这首抒情独唱曲改编为钢琴独奏曲。

《紫丁香》在俄罗斯脍炙人口，并驰名世界。如今这支歌曲已经译配成中文，译配者为著名歌曲译配家张宁，收入《俄罗斯浪漫曲精选》（张宁编，人民音乐出版社，2003年）。现将《丁香花》歌词译文援引如下：

看霞光正升起，
露水沾满草地，
清晨散发着温馨气息；
芳香阵阵飘溢，
丁香花影浓密，

我在花丛把幸福寻觅……
我生活的幸福就在这时到来，
每当丁香花为我盛开；
从那翠绿枝头，
从那芳香花朵，
幸福阵阵涌向我心怀。

多么丰富的内涵，多么浓郁的诗意，多么纯真的感情！

今年恰逢拉赫玛尼诺夫诞辰一百四十周年和逝世七十周年。在俄罗斯隆重纪念音乐大师的日子里，笔者有幸观赏到一张来自俄罗斯的影碟——拍摄于2007年、描述拉赫玛尼诺夫生平的彩色音乐电影《紫丁香》(Ветка сирени)。影片画面非常美妙，紫丁香贯穿全片始终，就像是一幅幅清新、淡雅的水彩画。朦胧的曙光笼罩着大自然，披着露珠的绿茵草地上，长满迷人的紫色和白色丁香花，片中主人公如醉如痴地采摘着花枝，狂吻着花朵……影片的背景音乐，用的全都是出自作曲家笔下那些美妙动听、感人至深的乐曲。这是一部令人赏心悦目的艺术片，无疑会给古典音乐爱好者，尤其拉赫玛尼诺夫的乐迷们，带来巨大的精神享受。

电影《紫丁香》并非全面、翔实地讲述主人公一生的经历，因此不是传记片，应称之为故事片。影片的表现手法新颖别致而独特。它将主人公所钟爱的紫丁香，作为一根贯穿全片的线，通过这根奇妙的线，撷取了拉赫玛尼诺夫生平的几个重要片段。既然是故事片，就允许虚构，不要求一定要忠于生活真实。况且片尾已经声明："本作品为艺术创作，与史实不完全相符。"

影片非常抒情、非常诗意地表现出，十月革命后这位被迫流亡国外的音乐家内心洋溢着对祖国和故土的浓浓眷恋之情——这是影片的最大成功。

我看了两遍电影，感觉意犹未尽，因它疏漏了主人公真实生活中与紫丁香有关的一些动人故事。还有一点令人不很满意的是，影片中虚构成分太多，甚至显得有些离谱。在纪念伟大音乐家之际，本文提供一些鲜为人知的相关史料，涉及他与紫丁香的特殊情缘，众多崇拜者给予他的爱戴、支持和帮助，以及流亡国外时，他对俄罗斯的那片深情。

这位大音乐家结婚时，岳母将位于莫斯科附近的伊凡诺夫卡庄园赠送给他。他成了那儿的主人，首先便在园中种下最最心爱的紫丁香。每年夏季，他和妻子女儿都要到伊凡诺夫卡避暑。他的许多重要作品也都在这个风光旖旎、气候宜人的地方完成。1907 年夏天，全家照例去别墅度假。此时妻子即将临产，他和妻妹索菲亚满怀喜悦，又栽种了许多紫丁香和玫瑰，以迎接新的小生命的到来……可见紫丁香在他心中的地位。

拉赫玛尼诺夫是位极富魅力的音乐奇才。特别在 1909 年于美国成功首演日成为他重要代表作的《第三钢琴协奏曲》后，他载誉归来，任莫斯科爱乐乐团指挥，成为全国首屈一指的指挥家，新作也一部部问世。出众的才华、完美的作品，再加上他那翩翩风度，征服了许多观众，尤其是女性观众。有位女乐迷一连数年，总是在他的音乐会后送上一束白色紫丁香，卡片上署名为“白色紫丁香”。连他在国外举行的音乐会上也是如此。显然，这位女士痴迷《紫丁香》，更被作曲家本人所吸引，将紫丁香视为作曲家的化身，甚至狂热地追踪他，一直追到国外。后来索菲亚帮他打听到，献花人是位颇有音乐修养的少妇。但拉赫玛尼诺夫从未与她谋面，只将所有这些作为一个美丽的谜永藏心底。

1911 年至 1912 年间，另一位指挥家库塞维茨基崛起。拉赫玛尼诺夫的地位使得他身不由己地成为库塞维茨基的对手，卷入一些纷争中，给他增添了许多烦恼。在这个时刻，又一名神秘女性进入到他的生活里。1912 年初，他收到一位署名“Re”的女崇拜者的来信，畅谈对他音乐的感受，引起了他的注意。他给她回信，倾诉自己内心的种种苦闷。这位 Re 小姐在精神上给予他极大的支持与抚慰，使他能在最艰难的时候重新振作精神。后来才得知她就是已经在文坛崭露头角的年轻女诗人沙基妮安。

他们俩的友谊持续了整整七年，直到他被迫离开俄国。沙基妮安在各个方面都给了他很大帮助，曾应他邀请写了一组象征主义诗歌。这种现代诗是他从未涉猎过的，所以他的谱曲也采用了自由风格。全组歌曲中最出色的当属《雏菊》和《梦》。拉赫玛尼诺夫逝世后，沙基妮安将他写给自己的全部书信结集出版，并写了一篇序，勾勒出她心目中的音乐大师。

1913 年，拉赫玛尼诺夫收到另一位女崇拜者、莫斯科音乐学院学生丹尼洛娃的信，信中附上一首美国诗人爱伦·坡的诗《钟声》，这首诗已由俄国象征派诗人巴尔蒙特译成俄文。这位女粉丝建议大师用这首诗创作一部乐曲。他阅读了诗篇，立即产生浓厚兴趣，并回忆起童年随外祖母到教堂做礼拜的情景。他决定将它写成一部合唱交响曲。进入创作时，他沉浸在前所未有的激情中。当时他就声称，这将是自己的第三交响曲。事实证明，《钟声》的确是部杰出作品。

拉赫玛尼诺夫成了 20 世纪浪漫乐派的代表人物，在作曲、指挥和钢琴演奏三方面的造诣已登上巅峰，他被誉为集三种才能于一身的音乐之神。他买了汽车，在伊凡诺夫卡兜风，自己亲自驾驶，司机充当乘客……

作曲家的事业欣欣向荣。然而十月革命时，伊凡诺夫卡庄园被收归国有，莫斯科的寓所也得不到安宁……拉赫玛尼诺夫再也无法从事创作。正当作曲家万般烦恼时，斯德哥尔摩邀请他去举行音乐会。圣诞节前夕，全家四口，抛弃莫斯科的全部家产，怀揣两千卢布（每人只准许携带五百卢布出境）奔赴瑞典。曾经拥有的一切，瞬间化为乌有。不过他还有音乐，北欧已为他安排了数十场音乐会。

1918 年，拉赫玛尼诺夫全家定居美国。从莫斯科传来消息：那位早就主动放弃皇位的皇弟梅克大公遭到枪决，而梅克大公是拉赫玛尼诺夫的乐迷和朋友，令他既感震惊又无限悲伤。

尽管拉赫玛尼诺夫在国外事业有了很大发展，但仍然十分怀念俄罗斯，怀念伊凡诺夫卡的紫丁香。当他办好回国探亲的手续时，却因病未能成行，从此再也没有机会踏上俄罗斯的土地。

1921年，苏联发生大饥荒，祖国的灾难令拉赫玛尼诺夫牵肠挂肚。他举行了多场慈善音乐会，以表达心意，并写下充满浓郁俄罗斯风情的《三首俄国民谣》。

拉赫玛尼诺夫在美国买了房子，雇用俄国仆人、俄国厨师和俄国司机，完全保持俄国生活方式和习惯。随后他在瑞士琉森湖畔买地盖别墅，按照伊凡诺夫卡宅院的模样建造，布置和摆设也完全同俄国故居一个模样，庭院中栽种着紫丁香。

1931年初，一批流亡美国的俄国人士在《纽约时报》发表声明，谴责斯大林政权，拉赫玛尼诺夫也应邀签名，而他是其中最著名的人物。苏联当局立即下令全国禁演他的所有作品，并把他列为不受欢迎的人。这让他既忧伤又难以释怀。全世界都向他敞开怀抱，唯有他的祖国拒绝游子的归来。

希特勒入侵苏联后，拉赫玛尼诺夫多次举行音乐会，将演出收入全部捐赠给苏联红军。虽然后半生旅居美国，但他始终呵护住俄罗斯文化传统——它已溶入他的血脉里，烙在他的灵魂中。直到客死他乡，他都是一个纯粹的俄罗斯人，他都在怀念俄罗斯大地的紫丁香。

现代乐派的最初啼声

——斯特拉文斯基的早期代表作

1910 年 6 月 25 日，“佳吉列夫俄罗斯芭蕾舞团”的《火鸟》在巴黎歌剧院首场演出。舞剧的音乐神秘而美丽。这是一种全新的音乐，没有曲式，不像传统音乐那样基于同一个调子。它以闪耀着青春活力的乐曲和舞蹈征服了充满浪漫情怀的法国观众。在狂热的掌声与欢呼声中演员们一再谢幕，作曲家伊戈尔·斯特拉文斯基（1882—1971）也被请到台上，同热情的观众见面。大名鼎鼎的法国印象派音乐家德彪西，专门到后台向年轻的俄国同行表示自己十分喜欢《火鸟》，并邀请他共进晚餐。

后来，斯特拉文斯基回忆道：“出乎意料，《火鸟》的成功竟是由于我的音乐。”

一

美籍俄裔作曲家斯特拉文斯基生于圣彼得堡附近的奥拉宁堡（今罗蒙诺索夫），父亲是皇家歌剧院的男低音歌手。受父亲影响，他自幼酷爱音乐，九岁学钢琴，十岁以后即兴作曲。他与著名作曲家尼古拉·里姆斯基－柯萨科夫（1844—1908）之子安德烈是同学，因此常有机会聆听大师的教诲。1901 年他遵从父命，没有报考音乐学院而是进了圣彼得堡大学攻读法律。与此同时自学音乐，不断得到里姆斯基－柯萨科夫的指导。他使用那些听起来有些奇怪的和弦组合，往往令他的老师无法理解。

由于斯特拉文斯基没进过音乐学院，不曾受任何教条束缚，所以能用全新的目光审视传统，再加上刻苦努力，最终成为西方现代派音乐的领军人物。

斯特拉文斯基的三部芭蕾舞剧音乐——《火鸟》（1910）、《彼得卢什卡》（1911）、《春之祭》（1913）为他在世界乐坛奠定了不可动摇的基础。他的创作分为三个时期：俄罗斯风格时期、新古典主义时期和序列主义时期。早期的三部作品既有鲜明的俄罗斯风格，又有强烈的原始表现主义色彩，是他早期创作的代表。

二

作曲家的音乐生涯从一开始便同两位俄罗斯艺术名人有着密切关系。一位是戏剧活动家、芭蕾舞团经理人谢尔盖·佳吉列夫（1872—1929），另一位是舞蹈家、芭蕾编导米哈伊尔·福金（1880—1942）。

佳吉列夫在音乐、绘画、戏剧及舞蹈等领域都有很高修养。1907年开始，他每年利用假期举办俄罗斯演出季，组织俄国艺术家去欧洲各国巡回演出。1909年在巴黎首次举办俄国歌剧芭蕾演出季，上演福金的作品《埃及之夜》《仙女们》等，获得巨大成功。1913年，正式成立“佳吉列夫俄罗斯芭蕾舞团”，在巴黎、伦敦等地演出，其艺术活动对西欧的芭蕾复兴起到巨大推动作用。佳吉列夫十分善于用人和发现人才，几乎与当时艺术界所有知名人士都合作过，如舞蹈家巴甫洛娃、作曲家德彪西、普罗科菲耶夫等。他一反传统芭蕾片面突出舞蹈部分的惯例，主张芭蕾应是音乐、舞蹈、文学与绘画统一的综合体。

1909年至1914年期间，福金担任俄罗斯演出季和佳吉列夫俄罗斯芭蕾舞团的主要演员兼舞蹈编导。

斯特拉文斯基能同他们合作，源于为祝贺里姆斯基－柯萨科夫女儿的婚礼，他写了管弦乐《焰火》（1908）。那任性而活泼的音色，与过去所有音乐都不同，引起了佳吉列夫的注意。听完这首不同凡响的作品，佳吉列夫敏锐地觉察到年轻作者的才华，立即聘请他担任俄国舞剧团的音乐顾问，并希望他能为剧团日后的剧目谱曲。随后，佳吉列夫委托作曲家为福金编剧、取材于俄罗斯民间传说的芭蕾舞剧《火鸟》谱写音乐。

1909年秋天，斯特拉文斯基在圣彼得堡东南里姆斯基－柯萨科夫家的林中别墅休假，开始构思《火鸟》。此时恩师已于一年前去世，安德烈一直陪伴着他，所以他将《火鸟》献给安德烈。

在创作《火鸟》的过程中，斯特拉文斯基始终与佳吉列夫、福金保持着紧密联系。他同福金不厌其烦地一节一节研究剧情，搞清每一段舞蹈或场面对音乐的要求：情绪、气氛、速度。由于已确定了演出日期，工作日程十分紧张。斯特拉文斯基每写完一段音乐，福金就连忙把乐谱拿去，逐段进行舞蹈动作、场面调度的设计。排演时，斯特拉文斯基都要在排练场。和在马林斯基剧院听惯了的乐曲完全不同，演员们对《火鸟》的音乐感到茫然惑。他们往往抓不住曲子的“脉搏”，如那些不规则的拍子和切分音。这时，斯特拉文斯基只能亲自坐在钢琴前为大家弹奏，或者用棰子敲打地板向演员们提示节奏。由于音乐复杂，包括造型的细节部分也极为丰富，对舞蹈演员来说，要使舞步与动作合上音乐，成了一件很困难的事。

《火鸟》表现出斯特拉文斯基音乐的鲜明个性。复杂而强有力的节奏，充满进取精神，令同时代的音乐显得苍白。“火鸟”已经起飞，意味着一位音乐巨人已经诞生。斯特拉文斯基从此一夜成名。人们认为他自《火鸟》后，就已经与里姆斯基－柯萨科夫、拉威尔等大师并驾齐驱了。

《火鸟》的出现是世界芭蕾史上的重要事件，标志着舞剧创作已越过大型古典舞剧的全盛时期，迈入现代芭蕾的新阶段。它是20世纪芭蕾舞台上最具影响力的现代芭蕾作品之一。

其实，斯特拉文斯基的创作个性直到《火鸟》以后才充分崭露。《火鸟》在管弦乐色彩方面还有一些里姆斯基－柯萨科夫的痕迹，但在其他方面却是《彼得鲁什卡》《春之祭》的先声。后两部作品也是为佳吉列夫的剧团而作的，也都是根据俄罗斯古老传说写成。

三

《彼得鲁什卡》响彻着一种独特旋律。街头的喧哗，万花筒般变化的节奏，音色的千变万化，音响的高低升降……全首乐曲像是无数音乐“镜头”的蒙太奇；在乐器的使用上充满了古怪的和弦。这部歌剧标志着斯特拉文斯基的独特风格业已形成，再次巩固了他在乐坛的地位。这一作品展现出更大的信心和更臻圆熟的技巧，影响了欧洲音乐的发展轨迹。那种新颖音乐所产生的效果，启迪了欧洲广大年轻一代作曲家。

《春之祭》表现俄罗斯原始民族在春天向大地祭献的仪式。可以说它是在音乐、节奏、和声等诸多方面与古典主义音乐切断联系的一场革命，彻底颠覆了传统音乐语言，从而创造出一系列崭新的音乐语言。作品充满现代主义思潮中“原始主义”情调，因而被称作是“史前世界的田园曲”，20 世纪音乐的里程碑。

在《春之祭》首演现场，引发了音乐史上最著名的骚动。强烈的节奏，刺耳的音响……令观众分成支持和反对两派，争吵谩骂，甚至大打出手，乱成一团。这部舞剧也是音乐史上最有争议的作品之一，出奇的不和谐，难以抵御的震撼力和似乎对所有传统的拒斥，使《春之祭》成了一个现代的传奇。它以独特的节奏、融合多种材料的复调性和声与对位手法及色彩缤纷的管弦乐法，被誉为“现代主义音乐的第一声啼哭”。

俄国十月革命使当时旅居瑞士的斯特拉文斯基不得不继续在国外漂泊。不管身处何方，他都是个工作狂。而终其一生最好的作品仍是早期的《火鸟》《彼得鲁什卡》《春之祭》。

四

1934 年，斯特拉文斯基加入法国国籍，1939 年移居美国，1945 年加入美国国籍。这位作曲家一生不仅数次改变国籍，在音乐创作风格上也经历了多次变化。

斯特拉文斯基被人们誉为音乐界中的毕加索，二人同为 20 世纪现代艺术的先驱，也是一生的挚友。毕加索常赠画给他。一次，他在国外旅行，行李中有一幅毕加索为他作的肖像，被海关官员发现了。毕加索的画十分抽象，几名官员颠来倒去不得其解，大为疑惑，猜想一定是幅伪装了的秘密军事地图。斯特拉文斯基只得说："这确是一张图，本人面部的平面图。"结果肖像还是被忠于职守的海关官员没收了。

斯特拉文斯基创造了音乐的诸多奇迹。20 世纪的作曲家没有任何一位能像他那样广泛涉猎，在种种风格流派的创作中都获得巨大成就。他的特点是博采众长，汲取各种营养，作品题材和体裁极其丰富。他大半生旅居国外，并始终处于那个时代各种音乐新潮的风口浪尖上，但仍不失爱国之心，在作品中一直保持着浓郁的俄罗斯传统。

苏联曾长期全盘否定斯特拉文斯基，斥之为"资产阶级流派"。直到 1962 年，作为苏联文化解冻的一个象征，他被邀请回苏联访问。

斯特拉文斯基抵达莫斯科时受到了英雄般的欢迎。他说自己的内心始终是个俄罗斯人："我一生都说俄语，用俄语思维。我讲的虽然是其他语种，但实际都是从俄语翻译过来的。"他表示自己创作中所有好的东西都属于俄罗斯，没有他的俄罗斯芭蕾舞剧就没有他的一切。

《莫斯科郊外的晚上》是怎么风靡全国的

一

提起《莫斯科郊外的晚上》，有谁会不知道呢？这支优美动听的歌深深影响了我国几代人。它已成为那特定时代苏联歌曲的一个代表。

关于这首名曲，有着许多不平凡而有趣的经历。1956年，苏联正举行全国运动会，莫斯科电影制片厂拍摄了一部大型文献纪录片——《在运动大会的日子里》。电影制片厂邀请著名作曲家瓦西里·索洛维约夫-谢多伊（1907—1979）和著名诗人米哈伊尔·马都索夫斯基（1915—1990）合作，为电影谱写插曲，《莫斯科郊外的晚上》就是其中之一。

马都索夫斯基的诗歌出色地描绘了俄罗斯大自然内在的美，而索洛维约夫-谢多伊那富有魅力的、水晶般剔透的旋律又发展了诗歌形象。用作曲家本人的话来说，歌曲是“顺着字母从笔尖底下流出来的”。

最初，莫斯科电影制片厂对《莫斯科郊外的晚上》并不看好，认为是平庸之作。越有内涵，越有深度的作品，它的艺术魅力往往不是一下子被认识的。据马都索夫斯基回忆说：这首歌曲拿去录音时，电影制片厂的音乐部负责人审听之后并不满意，毫不客气地对索洛维约夫-谢多伊说：“您的这首新作平庸得很。真没想到您这样一位鼎鼎大名的作曲家会写出这种东西来！”

这首歌最初是在1956年上映的文献纪录片《在运动大会的日子里》中的四首插曲之一。电影放映后观众对插曲反响并不大。后来在电台播放，才开始受到听众的欢迎。

第二年7月底，第六届世界青年联欢节在莫斯科举行，联欢节筹委会选送这首歌去参加联欢节歌曲大赛。它却出乎意料地夺得一等奖和大金质奖章奖，深受各国代表的喜爱。联欢节落下帷幕后，代表们在告别莫斯科时，纷纷吟唱着《莫斯科郊外的晚上》的美妙旋律登上列车，回到各自的国家。从此它便传遍世界，不同肤色的人们都在用各种语言来演唱它……

鲜为人知的是，卫国战争期间，索洛维约夫－谢多伊被吸收参加了苏联元帅俱乐部。俱乐部里有著名苏联元帅朱可夫、科涅夫、瓦西列夫斯基、马里诺夫斯基等。朱可夫元帅授予这位作曲家一个非正式的称号："音乐元帅"。索洛维约夫－谢多伊之所以被吸收到元帅俱乐部，是因为在战争期间，创作了九十多首歌曲，其中最著名的有《海港之夜》(1941）等，苏联红军战士就是唱着他的歌曲去战斗的。

二

第一个将《莫斯科郊外的晚上》介绍到我国的是当时还未满二十三岁的上海残疾青年薛范。1934 年他出生在一个高级职员家庭，两岁时因患小儿麻痹症导致双腿残疾。上小学是家人背着他到学校，读中学则是依靠自己的双拐。刻苦，使他门门功课都很优秀。十八岁高中毕业，他准备报考无线电工程系。母亲建议他学会计或中医，但二者他都不喜欢。最后他听从班主任的建议，报考俄语专业，被上海俄语专科学校（上海外国语大学前身）录取。当他兴冲冲地去报到时，却因下肢残疾被学校拒之门外，这对他是一个沉重的打击。

母亲见他一连几天没说话，便安慰道："你不要多想，有我们在，就有你一口饭吃；我们不在了，人民政府也不会不管你的。"然而，他心中想："凭什么要别人养活我！"

薛范没有向命运屈服，像贝多芬那样——"我要扼住命运的咽喉。"他以顽强的毅力通过广播电台自学俄语，同时自学了大学中文系、历史系的全部课程。

一个偶然机会，薛范应邀翻译苏联歌曲《和平战士之歌》，不久，这首歌在第一本歌曲刊物《广播歌选》上发表，随后作为电台的"每周一歌"在广播中教唱，很快便流传开来。这对十九岁的薛范是个极大鼓舞，随后，他把十二元稿费买了俄汉词典。从此他一发不可收，自学了音乐理论、世界音乐史、作曲法、和声学等。1955 年，他译配的两本《苏联歌曲集》相继出版。

《莫斯科郊外的晚上》在世界青年联欢节上获奖的消息见报后，薛范马上将歌曲译成了中文。这首歌使他一夜成名，引起了广泛关注。以后虽然有不止一位译者再次将这首歌译成中文，但四十多年来薛范的版本，无人能够超越，它具有永恒的生命力。

“文革”期间，薛范复习了中学时代学过的英语，又自学法语和日语，从而大大拓宽了译配歌曲的创作空间。如今他已经是国内著名的音乐学家、外国歌曲翻译家，在国外也享有很高声誉。迄今为止，他共译配外国歌曲近两千首，出版著作多部，发表文章百余篇，被上海师范大学聘为客座教授，荣获俄罗斯联邦政府授予的“荣誉证书”、俄罗斯联邦总统授予的“友谊勋章”。为纪念他从事歌曲翻译活动五十年，2007 年 2 月 21 日，天津音乐界与北京三个合唱团联袂举行了薛范翻译作品音乐会。

三

如今已是耄耋之年的薛范，充满深情地回忆起当年译配《莫斯科郊外的晚上》时的情景：1957 年 7 月，他着手翻译这支歌已经两天了，但仍有好几处感到不甚满意。那天晚上，他乘坐手摇车去剧院看歌剧。散场后，在回家的路上，在一片静谧中，忽然传来悦耳的钢琴声。他停下车，听出这是肖邦的《降 E 大调夜曲》。美妙的旋律挽留住他，他痴痴地谛听着，浮想联翩。直到琴声沉寂以后，他才恋恋不舍地离开。回到家已是午夜一点，而他毫无倦意，坐在未完成的译稿前，灵感勃发，仅仅用了一个小时就一挥而就。

这年 9 月，歌曲在上海的《广播歌选》上发表。随后各地相继转载，电台播放，立即风靡全国。

真正让这首歌轰动的是“文革”结束后的一场音乐会。1985 年中苏关系好转。上海音乐厅举办一场星期广播音乐会，主题是苏联歌曲专场。薛范译配的十多首苏联歌曲在音乐会上由多位歌唱家演唱。

当《莫斯科郊外的晚上》一曲奏响时，全场观众都被这首乐曲所感动。由于它打通了观众尘封已久的感情，不少人流下了热泪。苏联驻上海大使馆的多位官员专程来观看演出，给予了极高评价。第二天，苏联的《真理报》对这场音乐会做了整版报道。而我国各地的电台、电视台也开始播放《莫斯科郊外的晚上》，这首歌立即风靡神州大地。薛范的名字也被全国听众所记住。

《莫斯科郊外的晚上》在苏联诞生以来，一直享有世界声誉。它在我国流传后融入了中国人的思想感情和生活体验，会唱的人甚至比苏联人还要多。它已成为传世的经典歌曲。薛范称它是 “世界音乐文化宝库中一颗璀璨的明珠，俄苏歌曲的骄傲”。

北京举办了《莫斯科郊外的晚上》在中国五十年的纪念会。为一首翻译歌曲举办一个纪念会，这在中国音乐史上还是首次。

每当薛范在音乐会上出现时，整个音乐厅便会齐声高唱这首歌曲向他致意。后来成了约定俗成的模式：无论他到哪里参加音乐会、联谊会或大型活动，《莫斯科郊外的晚上》便是他的背景音乐。这首脍炙人口的经典成了他的符号。

四

一首抒情歌曲为什么能在将近半个世纪内久唱不衰？有位苏联评论家这样说：“杜那耶夫斯基的《祖国进行曲》中的爱国主义主题，在《莫斯科郊外的晚上》里用另一种形式、以新的面貌出现了。”薛范则进一步解释道：歌曲在传唱过程中，其内涵被大大地延伸了；它已经不是一首单纯的爱情歌曲，也不仅仅是赞美莫斯科郊外迷人的夜晚；它表现了人们对祖国、故乡、亲人以及一切美好事物的真挚的爱。

《莫斯科郊外的晚上》在我国已深入到民众的生活中，融入人们的思想感情里，甚至它的译配者薛范，也备受广大群众的尊敬与爱戴。1995年，俄中友好协会副主席库利科娃曾评价薛范说："薛范先生对苏联歌曲的词意有深切的理解，体味出其中深刻的内涵与韵味。也许正因为如此，我们的歌曲借助于薛范先生出色的译文，对于中国的歌手和合唱团才有如此强烈的吸引力，得到中国广大听众的热烈反响。"

尽管薛范以后又译配了无数优秀的外国歌曲，可是人们最念念不忘的仍是他那首《莫斯科郊外的晚上》。无论他走到哪里，人们都会把他同这支充满魅力、让人心醉的歌联系在一起。在各种音乐会上，在多种联谊活动中，或在每次签名售书时，只要大家一见到这位身残志坚的音乐家，都会激动得热泪盈眶。人们向他倾诉着肺腑之言："我们是听着您的歌长大的。唱着您的歌，我们不知有过多少美丽的青春之梦！您的歌，鼓舞我们去奋斗。您的歌，是我们苦难生活中的精神支柱，衷心感谢您！……"

一首好歌具有难以估量的精神力量。

一个对社会做出贡献的人，也必然会得到社会的热情回报。

小提琴巨匠奥伊斯特拉赫及其访华演出

1957 年金秋时节，我国迎来享誉世界的苏联小提琴演奏家大卫·奥伊斯特拉赫（1908—1974）。这位乐坛巨人在北京、天津和上海举行了多场音乐会，让中国观众获得极大的艺术享受。以毛泽东主席为首的国家领导人，也聆听了他的独奏会。大师还与我国几个顶级乐团合作，举行了大型音乐会。奥伊斯特拉赫的访华演出，使年轻的中国小提琴艺术工作者大大开阔了视野，学到许多先进的理念和技艺。与世界级音乐巨匠合作，成为中国音乐人最早、最值得骄傲的一件事。

那么让我们来了解这位有如此巨大影响力的小提琴大师吧。

早熟的天才

奥伊斯特拉赫是小提琴演奏史上多少年才出现的一位奇才。他的成长如同神话。奥伊斯特拉赫出生在乌克兰敖德萨的艺术之家，父亲是犹太血统的书商，也是音乐爱好者，母亲为敖德萨歌剧院合唱队成员。在家庭的熏陶下，他自幼酷爱音乐，经常随父母去看歌剧。听了妈妈演唱的歌剧片段，他很快就能哼唱出来。他回忆道："我从小生活在音乐中。三岁半时，爸爸给我买了把玩具小提琴，我拿着它就去参加街上音乐家们的演奏。"

五岁那年，父亲送给他一把儿童用的小提琴。他这样描述自己首次演出的"盛况"："我拿着琴站在院子里，周围都是小朋友。在我面前摆着一本自己根本看不懂的乐谱，我看着它，便拉了起来。从琴中发出的声音对我来说是神圣的。"

奥伊斯特拉赫的天赋引起当地著名小提琴教育家斯托利亚尔斯基的注意，并让他到自己的班上学琴。老师认为学琴的孩子对声音必须敏感，敏感才能捕捉不同的声音，塑造不同的声音；另外还要有想象力。当学生拉练习曲时，老师启发道："你把它想象成一条小溪……" 奥伊斯特拉赫得天独厚，具有丰富的想象力。

十月革命后，斯托利亚尔斯基创办了敖德萨戏剧音乐学校。1923 年奥伊斯特拉赫考入这所学校，在斯托利亚尔斯基班上同时学小提琴和中提琴。他的音乐才能得到充分发挥，入学不久便参加乐队，被任命为小提琴首席。几个月后他担任独奏，演奏巴赫的《小提琴协奏曲》，转年举行了生平第一场音乐会。

1926 年，奥伊斯特拉赫在毕业音乐会上，演奏了风格跨度大、技术难度高且音乐内涵深的作品，包括巴赫的《恰空舞曲》，塔蒂尼的《魔鬼的颤音》，普罗科菲耶夫的《第一小提琴协奏曲》和鲁宾斯坦的《中提琴奏鸣曲》，显示出高超的技艺。

毕业以后，奥伊斯特拉赫应作曲家格拉祖诺夫邀请赴基辅演奏这位作曲家的《小提琴协奏曲》，取得很大成功。格拉祖诺夫十分赞赏他的艺术处理。第二年，奥伊斯特拉赫受邀与列宁格勒爱乐乐团合作，演出他最喜爱的曲目——柴可夫斯基的《小提琴协奏曲》。自此，这位年轻的小提琴手开始在国内进行巡回演出。

奥地利小提琴家弗里茨·克莱斯勒（1875—1962）是 20 世纪小提琴演奏艺术的鼻祖，奥伊斯特拉赫最崇拜这位“琴圣”，并深受其影响。当他第一次从唱片上听到克莱斯勒，立即在这个艺术领域内看到一片新天地。他练习了大量小品，刻意模仿偶像的某些独特演奏手法。小品是对表达能力的考验。后来，他在大型作品中能够表达出层次那么丰富细腻的思想感情，在很大程度上得益于这种苦练。

天才加勤奋

音乐是奥伊斯特拉赫毕生的追求：“我努力要达到作为一个艺术家的使命，并希望和人们分享世上的美妙音乐，让音乐普照每一天的生活——这就是我生命的原动力。”

二十岁时，奥伊斯特拉赫独自一人到首都莫斯科发展。这里聚集着众多苏联一流的音乐大师，在创作、演奏与欣赏方面都代表着全国的最高水平。对任何一个从外地初到莫斯科的年轻人来说，都会遇到异常艰苦和严酷的挑战。然而，奥伊斯特拉赫毕竟不是一般人，他以顽强的毅力终于战胜了各方面的艰难险阻。

不久，奥伊斯特拉赫遇到颇有才华的青年女钢琴家罗塔雷娃。两人相互帮助，相互勉励，1930 年结为伉俪。幸福的婚姻激励着奥伊斯特拉赫。婚后不久，他在青年演奏家竞赛中获得冠军，赢得了他青年时代音乐生涯的一个重要胜利，也是送给新婚妻子的最好礼物。

1931 年，罗塔雷娃生下儿子伊戈尔，她全心全意照料小家庭，甚至甘愿为了丈夫的前途和孩子的成长而放弃自己的事业。当奥伊斯特拉赫举行音乐会时，她总是守候在音乐厅后台的休息室里，为他预备好一杯水和一条毛巾，独自为丈夫的演奏默默祈祷。

奥伊斯特拉赫先后获得数不胜数的奖项。他二十六岁受聘为莫斯科音乐学院教师，二十九岁晋升为教授，四十二岁荣获“苏联人民演员”称号。看起来这位小提琴家一帆风顺，是命运的宠儿，而他经受的艰辛唯有自己最清楚。他成功的秘诀就是天才加勤奋，以及妻子在背后的大力支持。

从 1935 年开始，奥伊斯特拉赫到国外巡回演出，充分展示了极富个性的演奏。由于他那充满新鲜感和人情味的技艺与风格，赢得了广大听众的衷心喜爱，从此扬名西方音乐界。

两年后在布鲁塞尔，奥伊斯特拉赫终于聆听了对自己风格产生重大影响的前辈大师克莱斯勒的音乐会。他在日记中写道：“克莱斯勒的演奏给了我永不磨灭的印象。他的非凡才华、深刻表演，征服了全场观众。”

卫国战争期间，奥伊斯特拉赫以自己的艺术为祖国服务，经常到前线给战士们演奏。1942 年他抵达被敌军围困了数百天的列宁格勒举行音乐会，演出柴可夫斯基的《小提琴协奏曲》。音乐会在音乐厅内举行，同时向全城播出，列宁格勒所有市民都能听到他的琴声。音乐厅内没有暖气，气温在零度以下。音乐会正在进行当中，突然响起空袭警报。但没有人离开音乐厅，直到大师演奏完毕，全场欢声雷动。苏联人民从他的音乐里得到了巨大的精神力量。

小提琴之王

美国小提琴大师耶胡迪·梅纽因（1916—1999）是战后第一个到访苏联的音乐家，这是位带来美妙旋律的艺术使者。1945 年 11 月，他在莫斯科举行了三场精彩的音乐会，曲目为巴赫、贝多芬和勃拉姆斯的小提琴作品。奥伊斯特拉赫从梅纽因那里获得极多裨益，两位小提琴家从此成为挚友。在 1947 年布拉格之春音乐节，二人相遇，共同演奏了巴赫的《双小提琴协奏曲》。

在经济危机的形势下，苏联杰出的小提琴家们大多离开了祖国。梅纽因同奥伊斯特拉赫曾进行过推心置腹的谈话，梅纽因问他是否有移居西方的想法，他回答得非常诚恳："我感谢我的国家为我所做的一切。她把我培养成人，给了我最好的音乐教育和训练。我的家在那里，离开他们似乎就是对他们的不忠诚。"

奥伊斯特拉赫觉得自己有一种使命，应当作为苏联小提琴学派的代表而发挥作用。他始终坚守在祖国的土地上，因此他成了苏联标志性的演奏大师，经常代表国家在海外演出，是那个时代最重要的文化使节。

奥伊斯特拉赫有着非凡的音乐才能和高深的艺术修养，以充满诗意的抒情性演奏见长，有着惊人的表现力和精深的技巧，演奏风格纯朴庄重，富于热情，能使音乐达到十分高超的艺术境界。

经过不断地刻苦锤炼，奥伊斯特拉赫的艺术更加成熟。他的演奏既大气磅礴又感情细腻，善于把高超的技艺和对作品的深刻理解完美地结合在一起。他的音乐温暖而深情，形成了独特的奥氏音色。

即使在台上演奏难度很大的乐曲，他也显得轻松自如。在这种轻松的背后，是演出前花费许多时间和很大心血对作品进行深入分析和理解，反复看总谱，听唱片的巨大付出。他在上台前总是对技巧和演奏动作进行严谨的准备，演出时就只有他和音乐了。

奥伊斯特拉赫于 1953 年在巴黎首次举行音乐会，演奏了莫扎特、勃拉姆斯和哈恰图良的著名小提琴协奏曲。他那炉火纯青的演技扣人心弦，使得整个巴黎为之轰动，将他誉为“来自莫斯科的帕格尼尼”。

1955 年访美时，美国掀起了“奥伊斯特拉赫热”。他在纽约卡内基音乐厅的演奏，简直就是一场盛大狂热的聚会。当时在美国的众多音乐大师，如克莱斯勒、斯特恩等都来聆听他的音乐会。尤其克莱斯勒的出席使得奥伊斯特拉赫受宠若惊。他回忆道：“克莱斯勒的出现让我激动万分。他聚精会神地听我拉琴，结束时，第一个站起来向我鼓掌，我想我一定是在做梦吧……后来他把自己谱写的贝多芬协奏曲华彩乐段送给了我，这是我一生最珍贵的礼物。”

奥伊斯特拉赫在美国的成功，奠定了他作为小提琴演奏巨匠的地位，被誉为“小提琴之王”，属于苏联，更属于全世界。在 20 世纪众多小提琴大师中，只有海飞兹、梅纽因等少数人能与之比肩。

声援肖斯塔科维奇

作为苏联小提琴学派的领军人物，奥伊斯特拉赫对 20 世纪音乐的发展做出重大贡献。多位苏联著名作曲家，如肖斯塔科维奇、普罗科菲耶夫和哈恰图良，都愿将作品题献给他。许多优秀的小提琴作品都是在他的辉煌演奏启迪下诞生的。

肖斯塔科维奇的《第一小提琴协奏曲》作于 1947 至 1948 年间，是题赠给奥伊斯特拉赫的。但当时形势严峻，作曲家无法将协奏曲拿出来公演，直到 1955 年才请奥伊斯特拉赫举行首演。但这部极富独创性的作品演出后却是一片沉默。奥伊斯特拉赫发表文章打破闷局，这对肖斯塔科维奇是有力的声援。他首次演奏就以自己精辟的诠释建立了作品的演奏风范，很快被公认为 20 世纪小提琴协奏曲的经典之一。1955 年在卡内基音乐厅，奥伊斯特拉赫将这部乐曲作为自己的重头曲目，让它登上国际舞台，震撼了音乐厅内的所有听众，同时发现了一部伟大的作品和一位伟大的演奏家！因此说肖斯塔科维奇将这部不朽之作题赠给他的确是实至名归的。

肖斯塔科维奇的《第十交响曲》创作于1953年，社会政治生活进入一个新的历史时期。同年12月17日在列宁格勒首演，1954年又在莫斯科演出。这部交响曲再次引起轩然大波，被谴责为“悲观主义”“非现实主义”。奥伊斯特拉赫挺身而出，发表文章为作曲家辩护。事实证明，《第十交响曲》具有深刻思想内涵和高度的艺术水准，是肖斯塔科维奇十五部交响曲中无与伦比的杰作之一。对交响曲创作沉寂了整整八年的作曲家而言，这算得上是一次真正的复出。西方世界马上展开双臂热情欢迎它——1954年10月《第十交响曲》在纽约演出。有“指挥帝王”之称的卡拉扬也多次演绎这部作品。

全能音乐家

苏联作曲家哈恰图良在回忆录中写道，奥伊斯特拉赫掌握新作品的本领令人难以想象，当自己那部音乐语言非常特殊的协奏曲刚完成后，请奥伊斯特拉赫到家里来视奏。他拿起琴来一拉，就像这部作品早就是他的保留曲目一般。这让哈恰图良十分震惊，佩服得五体投地。

奥伊斯特拉赫演奏的曲目极广，从巴赫、莫扎特以及被称作“史上最著名的四大小提琴协奏曲”的贝多芬、门德尔松、勃拉姆斯和柴可夫斯基的四部小提琴协奏曲，全都是他的保留曲目。此外还有同时代的苏联名家题献给他的乐曲。几乎囊括了世界范围内从古典到现代的最杰出的小提琴作品。

大师曾在一个音乐季中连续举行五场音乐会，共演奏了十五首时间跨度在二百年以上的著名协奏曲，创造了小提琴演奏史上的奇迹。不过人们认为他还是在演奏俄苏曲目，尤其是柴可夫斯基作品方面具有最大的优势。他演奏柴可夫斯基的《小提琴协奏曲》感情表达舒展自然，琴声发自肺腑，十分真诚感人。据说梅纽因听了他演奏这部乐曲的录音后，表示再也不演这个曲目了，因为自己实在无法超越好友。

奥伊斯特拉赫多才多艺，不仅是杰出的小提琴演奏大师，还是优秀的指挥家和中提琴演奏家。他的指挥动作也像他拉琴一样朴实自然。1956 年他曾指挥伦敦爱乐乐团，同时兼演奏。他的独生子伊戈尔·奥伊斯特拉赫是莫斯科音乐学院学生，后来也成为著名小提琴家，父子俩经常合作，举行二重奏音乐会。

20 世纪 50 年代中期，我国第一代指挥家李德伦正在苏联留学，一次去观摩奥伊斯特拉赫的音乐会。大师那甜美、纯净的音色和激动人心的感情，让李德伦十分感动。他对坐在身旁的伊戈尔一再说："太棒啦，实在太棒啦！"

伊戈尔回答道："那当然，他两个星期没有碰小提琴了。"原来大师为了保持对作品的新鲜感和自己的状态，特意两周没有拉琴，这是一种什么境界啊！

1957 年访华演出

根据《中苏文化合作协定 1957 年执行计划》，1957 年 10 月 4 日，奥伊斯特拉赫和他的搭档、钢琴家扬波尔斯基到我国进行为期三周的演出。大师的到来引起了强烈轰动，能够聆听大师的天籁之音，这让中国乐坛和广大乐迷们感到简直难以置信！

10 月 6 日晚，奥伊斯特拉赫在北京人民剧场举行了首场独奏音乐会。曲目有勃拉姆斯的《小提琴奏鸣曲》、普罗科菲耶夫的《第二小提琴奏鸣曲》、列克莱尔的《小提琴奏鸣曲》和柴可夫斯基的《沉思》《圆舞曲 - 谐谑曲》等。他出神入化的精湛表演让观众如醉如痴。演出结束后，大家一再欢呼、鼓掌。于是他又加演了五支短曲，使音乐会比预定时间延长了四十分钟，但观众依然舍不得离开剧场。

第二天晚上，奥伊斯特拉赫在北京首都剧场举行第二场独奏音乐会，再次受到热烈欢迎。

当时奥伊斯特拉赫的中文翻译、中央音乐学院青年教师毛宇宽和他朝夕相处，成为好友。毛宇宽回忆了一些感人细节。奥伊斯特拉赫平易近人，幽默风趣，没有任何架子。他们下榻在北京前门饭店。一天，两人沿着前门外大街漫步，手捧从小摊上买的糖炒栗子边吃边聊。来到王府井大街的国际书店，奥伊斯特拉赫看见苏联出版的唱片中，有一张是自己演奏的普罗科菲耶夫的《灰姑娘》选曲，便买了两张，一张自己保存，另一张签名送给了毛宇宽。他们到了百货商店，奥伊斯特拉赫要为儿子买顶皮帽做礼物，又说还要买一条毛围巾，请毛宇宽帮他挑选哪种颜色好。毛宇宽为他挑了一条，他说太好了，马上付款，然后把围巾拿到中国朋友面前说道："这是送给你的。"毛宇宽说，自己万万没料到他使出这样一个绝招！可见这是个多么真诚可爱的人。

毛宇宽发现，奥伊斯特拉赫每天都要坚持练琴，练得汗流浃背，而且演出前一定要彩排。

10月9日晚，奥伊斯特拉赫与中国同行合作，举行大型音乐会。上半场同黎国荃指挥的中央实验歌剧院管弦乐队演奏贝多芬的《小提琴协奏曲》、巴赫的《小提琴协奏曲》。下半场与李德伦指挥的中央乐团管弦乐队演出莫扎特的《第五小提琴协奏曲》、勃拉姆斯的《小提琴奏鸣曲》。演出前排练时，李德伦能用俄语和他直接交流，不必通过翻译。因此两人合作得既得心应手，又心情愉快。

据当年在场的某些资深音乐家回忆，这场音乐会做协奏的乐团水平实在太差……在整个演出期间，乐队老是配合不好，不是快了就是慢了，各种乐器乱成一团。然而出人意料的是，奥伊斯特拉赫并没受到乐团水平的任何影响，用他的小提琴感染着台下的观众。让大家感觉这个世界还有蓝天，还有希望。

10月10日晚，苏联驻华大使尤金，在新落成的苏联大使馆内举办十月革命四十周年音乐招待会，由奥伊斯特拉赫演奏。以毛泽东主席为首的中国领导人出席，这是毛泽东绝无仅有的一次出席外国使馆的招待会。

次日，奥伊斯特拉赫到天津，举行了一场音乐会。第二天访问中央音乐学院（当时中央音乐学院在天津），晚上举行演奏会，一千多名师生观摩学习。演出曲目中包括一首中国作品，即中央音乐学院首任院长、著名作曲家、小提琴家马思聪的代表作《第一回旋曲》。这是奥伊斯特拉赫特意为中国观众准备的，在马思聪面前演奏马思聪，他考虑得多么周到！因此《第一回旋曲》成为第一首被外国小提琴大师演奏的中国小提琴曲。这令有"中国小提琴第一人"美誉的马思聪非常感动，认为这是自己的幸运。音乐会后，马思聪向大师赠送了他至当年为止写作的全部小提琴作品的曲谱。

10月15日，奥伊斯特拉赫抵达上海，当晚在大光明电影院举办音乐会，上半场演奏巴赫的《小提琴协奏曲》和布鲁赫的《小提琴协奏曲》。下半场的曲目是普罗科菲耶夫的《罗密欧与朱丽叶》片段和两部欧洲作曲家的作品。

大师还与上海交响乐团合作，演出柴可夫斯基的《小提琴协奏曲》，由该团团长黄贻钧执棒。演奏这部协奏曲已是他的第四百次了，虽然身经数百战，但排练时他仍然全神贯注，一丝不苟。

奥伊斯特拉赫访问了上海音乐学院，开大师班，与上海音乐学院院长贺绿汀等中国同行举行座谈会。上海乐坛的名流精英荟萃一堂，兴高采烈，喜气洋洋。奥伊斯特拉赫侃侃而谈，历数他心目中多位当代小提琴巨匠，唯独没说克莱斯勒。有人向他提出，他神情庄重地说："克莱斯勒不是一般人，"用手指了指天花板，"他是神！"

离开上海时，因要赶时间，奥伊斯特拉赫一行是乘飞机返回北京的。当时我国几乎没有国内民用航班，他们乘坐的是小型运输机。没有座椅，只有一排长凳，乘客总共不足十人，当然也没有饮食供应。这次航程飞了五个小时，其辛苦可想而知。此时奥伊斯特拉赫讲了个笑话：

音乐学校课堂上。老师向学生提问："彼佳，《叶甫盖尼·奥涅金》是谁写的？"彼佳以为老师在追查墙上的涂鸦："不是我写的。"老师愕然，学音乐的学生居然不知柴可夫斯基的歌剧！放学后彼佳的父亲被请来，老师说："你儿子的学业太差，今天我问他《欧根·奥涅金》是谁写的？他居然说不是他写的！"家长恳切地说："我儿子向来很诚实，他如果说不是他写的，那肯定不会是他写的。"老师惊讶，向校长谈及此事："这家长太无教养！"校长说："好多人都这样，自己做的事就是不认账。"另一老师插嘴："那就开导开导这孩子，只要保证下次不再写就算了！"

听完笑话，毛宇宽和随行人员捧腹大笑，艰苦的航程愉快了许多。

10月22日晚，奥伊斯特拉赫在北京天桥剧场举行告别演奏会。国务院副总理陈毅出席观看，并在演出结束到台上与奥伊斯特拉赫、扬波尔斯基亲切握手，祝贺演出成功。

我国音乐界人士和乐迷们，十分珍惜这场音乐会，因为不知道什么时候再能看见可爱的奥伊斯特拉赫和听到他那摄人心魄的琴声。

奥伊斯特拉赫就要回国了，那天的早餐算是饯行宴。出席的有文化部副部长夏衍和苏联大使馆的文化参赞。进餐中，奥伊斯特拉赫怀着依依惜别的感情说："我希望下次还有机会来中国。"

20世纪20年代，曾有多位世界一流小提琴家来我国演出，如海飞兹和克莱斯勒等，而像奥伊斯特拉赫带来如此系统性的曲目，并在三个城市举行为时三周演出的大师，他当属第一人。

与中国朋友的深厚友谊

鉴于奥伊斯特拉赫访华演出的巨大反响，中国唱片社在中国音乐家协会主席吕骥的建议下，将奥伊斯特拉赫访华演出的部分现场录音，编辑成八张中密纹唱片《奥伊斯特拉赫访华演出节目选辑》，以"资料唱片"的名义内部出版，供中国音乐工作者学习借鉴。这些唱片后来由中国唱片公司合成四张CD公开发行。

奥伊斯特拉赫回国后给中国朋友写信："这次中国之行给我留下不可磨灭的印象，这将是我一生中最强烈最有趣的印象之一。同令人欣喜的观众见面，与天津、上海热情洋溢的学生们聚会，游览多处名胜古迹，了解中国戏剧妙不可言的技艺，与同行的诚挚会晤，和中国的交响乐团及指挥家们同台演出——时光如此短促，而印象却多不胜收，以致我现今似乎还在神游中。我每天都想起你们，向李德伦以及所有亲爱的朋友们致以诚挚的问候。"

奥伊斯特拉赫很关心中国音乐人才的成长。1958年4月，第一届柴可夫斯基国际钢琴比赛在莫斯科举行，中国选手刘诗昆夺得亚军。同年9月，第一届艾涅斯库国际钢琴比赛在布加勒斯特举行，中国选手李名强摘得桂冠。奥伊斯特拉赫写道："我很高兴近日在一些国际比赛上为伟大中国的年轻音乐家们鼓掌。他们以自己的艺术、自己的表现赢得了普遍称赞。"

1958年，马思聪代表我国出席首届柴可夫斯基国际小提琴比赛并担任评委。小提琴比赛评委会主席正是奥伊斯特拉赫，老友相见都很激动。奥伊斯特拉赫在评委会上提出再增加两位评委会副主席，其中一位就是马思聪，这一建议立即被通过。可见他多么看重马思聪！

1958年9月是奥伊斯特拉赫五十岁生日，毛宇宽写信向他祝贺。他回信表示感谢，说自己在莫斯科举行了两场"生日音乐会"，演奏了六部协奏曲。

辉煌、忙碌的晚年

不久，中苏关系恶化，奥伊斯特拉赫与中国朋友的通信往来也被迫中断。

20世纪60至70年代，奥伊斯特拉赫多次与苏联大提琴家姆斯蒂斯拉夫·罗斯特罗波维奇（1927—2007）合作，演绎勃拉姆斯的《双重协奏曲》，堪称是梦幻组合，成为永载史册的名演。

晚年，奥伊斯特拉赫始终奔波在各国巡演，积劳成疾，患了心脏病，仍坚持外出巡演。1974年10月24日，他在荷兰阿姆斯特丹旅行演出期间，心脏病猝发，未及抢救，过早地与世长辞，终年六十六岁。他的遗体被运送回国，安葬在莫斯科新圣母公墓。

噩耗传来，中国音乐界人士以及广大乐迷们深感震惊与悲恸。2002年，定居香港多年的毛宇宽和家人外出旅行时，专程到俄罗斯莫斯科新圣母公墓凭吊这位中国人民的好朋友。奥伊斯特拉赫墓前竖立着一座雕像，雕塑家准确地抓住了大师闭目凝神拉琴时的经典表情，将那传神的一刻化作永恒。

1993年发现的编号"42516"小行星，现命名为"奥伊斯特拉赫星"，后人将永远铭记他的不朽功勋。

绘画艺术的一座高峰

——关于俄罗斯“巡回展览画派”

“俄罗斯年”在明媚春光中揭幕，作为“俄罗斯年”活动的重要项目——“俄罗斯艺术三百年·特列恰科夫美术博物馆珍品展”从3月21日至5月中旬在中国美术馆举行。伊凡·克拉姆斯科伊（1837—1887）、伊凡·希什金（1832—1898）、伊里亚·列宾（1844—1930）、瓦西里·苏里科夫（1848—1916）、艾萨克·列维坦（1860—1900）……这些在艺术史上如雷贯耳的名字随着他们的珍贵原作来到北京，成为“俄罗斯文化节”一席华贵绚丽的精神盛筵。展览以时间为序共分四个部分：18至19世纪、19世纪70年代、19世纪末至20世纪初及苏联时期。其中第二部分，即“巡回展览画派”时期，是俄国美术发展的重要阶段。

19世纪后期的俄国社会

19世纪中期，俄国民族解放运动进入了一个新的发展阶段。全国就农民问题和农奴制问题展开了广泛争论，形成了两大阵营。自由派主张采用改良手段；而以别林斯基、车尔尼雪夫斯基为代表的革命民主主义者，主张消灭农奴制，推翻沙皇专制制度，彻底解放农民。

迫于当时形势，1861年沙皇亚历山大二世宣布废除农奴制，俄国经济得以迅速发展。国内的民主运动情绪越发高涨，民族觉醒和急剧变化的社会生活必然要反映在文学和艺术中。因此，俄国迎来了文化艺术的繁荣。经过整整一代人的努力，到19世纪70年代，出现了许多促进文化高涨的组织：文学家们团结在《现代人》《祖国纪事》等进步杂志的周围；音乐家们组成了“强力集团”；美术界则产生了“巡回展览画派”。

“巡回展览画派”创建始末

在批判现实主义文艺思潮冲击下，象牙塔里的皇家美术学院的学生也掀起了波澜。传统的绘画题材和艺术风格受到挑战，民主主义的美学观点和批判现实主义的创作原则成为追求的目标。1863年，圣彼得堡美术学院公布了毕业班创作命题为一个古代神话。这远离社会生活的命题引起广大学生的不满，要求自由命题，而院方坚决予以拒绝。以伊克拉姆斯科伊为首的十四名毕业生示威性地离开学院，组织了“圣彼得堡自由美术家协会”。这就是当时著名的“十四人造反”事件，沙皇亚历山大二世曾下令对他们进行监视。

1870年，克拉姆斯科伊来到民主艺术发源地莫斯科，联合一批具有民主思想的青年画家，如米亚索夫等，建立“巡回展览画派”。他们遵循革命民主主义的美学观点进行创作，从民主的立场出发，真实描绘俄国民众的生活，反映他们的愿望，揭露和批判沙皇制度，使自己的创作为广大群众服务，把作品拿到全国各大城市巡回展出。1871年10月28日首次展览在圣彼得堡开幕。

“巡回展览画派”的诞生标志着俄国美术的一个新纪元。这个画派以先进的思想与高超的技巧刷新了欧洲艺术史。画家们关心人民疾苦生存，贴近底层，把艺术从少数贵族沙龙中解放出来；而且绘画题材广阔，人物画、风俗画、风景画、肖像画和历史画蓬勃发展，呈现出空前繁荣的景象。

“巡回展览画派”和俄国的文学、戏剧、音乐相配合，形成强大的批判现实主义运动。19世纪70至80年代，“巡回展览画派”经历了最兴旺发达时期，当代优秀的画家都加入这个流派的行列。学院派艺术则被时代洪流所淹没。

著名艺术收藏家巴维尔·特列恰科夫（1832—1898）是这一画派的坚强后盾。他在精神和物质上都给予青年画家大力支持，不断购买他们的画，建立“特列恰科夫画廊”（如今俄罗斯最大美术馆——“特列恰科夫美术博物馆”的前身），展出其中的杰作。

1923年，“巡回展览画派”因成员分化而宣布解散。历时五十三年，几乎每年举办一次画展，共举办四十八次画展，在国内外产生深远影响。

画派杰出人物及代表作

克拉姆斯科伊是“巡回展览画派”的领袖。他不仅是画家，也是艺术理论家和社会活动家，对俄国批判现实主义的绘画理论与实践做出了重大贡献。他擅长肖像画，如《托尔斯泰肖像》《希什金肖像》，不但准确表现他们的外貌特征，而且对人物的内心活动进行了精细刻画。他的创作范围广泛，风俗画、人物画和风景画也都卓有成就。《无名女郎》出色地塑造了一个具有典型意义的女性形象。

希什金自幼热爱森林，崇敬森林，同森林结下不解之缘，一生都在探索森林的奥秘。他笔下的森林气魄雄伟、豪迈壮观，显示出俄罗斯的民族性格，因此他被誉为“森林之王”。《松林》《麦田》《森林深处》《松林的早晨》《造船木材森林》都是举世无双的力作。他的生活非常不幸，妻子儿女全都先他而去。但从他的作品里丝毫感觉不到画家个人的遭遇。希什金的画风写实、细腻，在俄罗斯深受欢迎，也为我国民众所爱戴，因此他的作品常常被临摹。看过他真品的观众感叹道：“只有亲自看见原作，才能体会到他的高雅与华贵。”

列宾被公认为批判现实主义的泰斗，“巡回展览画派”的旗帜。他的成名作《伏尔加河的纤夫》是现实主义绘画的典范，揭示了劳动人民的痛苦生活和他们身上的力量，初次展出便引起强烈反响。列宾的创作始终跳动着时代脉搏，他还画过许多歌颂革命英雄的作品。《意外归来》描绘一个被流放的革命者突然回到家的情景，画面每个人物都栩栩如生，画家抓住流放者跨进门槛的那一瞬间每个人的神情，显示出各种复杂情感。列宾也善于创作历史画，《伊凡雷帝和他的儿子》最具震撼力。伊凡雷帝是俄国第一个沙皇，因疑心太重，暴躁中用权杖误伤了儿子。画面上伊凡雷帝惊恐万状地紧紧抱住头部血流如注的垂死儿子，展现出人性与兽性的交织……列宾以丰富的创作和卓越的技巧把俄国绘画提高到一个新水平。他是位勤奋画家，素描对他来说就如同空气那样重要。他每幅作品的画稿都有几十幅，甚至几百幅，有时为画中一个人物苦苦思索两年。他说，所谓灵感，实际是辛勤劳动的报酬。列宾的一生就是一部画不惊人死不休的奋斗史。

苏里科夫从学生时代就把目光专注于俄国古代历史中那些惊心动魄的事件。他一生致力于历史题材的创作。《近卫军临刑的早晨》和《女贵族莫洛卓娃》表现了17世纪俄国人民生活中的两次重大改革：彼得大帝的社会改革和彼得大帝父辈时代的宗教改革。两幅作品大胆暴露了历史前进中的种种矛盾与冲突，让世人根据历史作出自己的判断。《近卫军临刑的早晨》首次展出，就被特列恰科夫买下，苏里科夫以最有前途的青年历史画家活跃在美术界。《缅希柯夫在贝列佐夫村》反映了彼得大帝的宠臣缅希柯夫的凄惨晚年。缅希柯夫是彼得改革事业的积极支持者。彼得死后，宫廷政变，他遭到贬黜被流放到西伯利亚苦度残年。如果说《近卫军临刑的早晨》表现的是彼得大帝的全盛时代，那么作为彼得大帝得力助手的没落，就标志着彼得大帝时代的悲剧性结束，反映了俄国社会一个非常重要的转折。这三幅作品是苏里科夫历史画的“三部曲”，也是俄国历史进程中的三座里程碑。

列维坦自幼一贫如洗，并因犹太血统多次被逐出莫斯科，靠奖学金才得以完成学业。学生时代，他的画作就被特列恰科夫重金买下。从此他以独具风格的风景画家身份登上画坛。列维坦的作品成为俄罗斯大自然的象征。他继承现实主义传统并进行创新，以朴素的绘画语言展现俄罗斯的四季风光，并传达出人的内心感受，被誉为“俄罗斯大自然的抒情歌手”。对外光画法的探索使得列维坦接近当时的法国印象派。《弗拉基米尔路》描绘那条自古押解犯人去西伯利亚的必经之路。画家强调了路的漫长感，气氛压抑而悲凉。《金色的秋天》的魅力在于以非常抒情的笔调把秋天的气氛表现出来，给人一种清新、愉快的感觉。列维坦的创作是俄国19世纪后期风景画的一个高峰。在他眼里大自然如此生动，每一个普通角落都充满诗情画意。他的许多杰作就取材于十分平常的景色，而他却能点石成金。

为美术史写下光辉篇章

“巡回展览画派”与文学、音乐、戏剧领域先进人士共同繁荣了俄国19世纪后期的艺术舞台。“巡回展览画派”造就了一大批功底深厚、技法精湛的英才，把俄罗斯美术推向辉煌发展的高峰，为世界美术史写下了光辉篇章。

苏联时期，“巡回展览画派”作为珍贵遗产被继承与发展。这一画派对中国美术界曾产生过相当深远的影响，我国年长一辈对这些大师都很熟悉和敬爱。中青年人参观了这次画展，也会被巨匠们的大家手笔所震撼。是的，那些属于全人类的艺术瑰宝具有永恒的魅力。

列维坦：俄罗斯大自然的抒情歌手

1900 年 4 月，巴黎世界博览会开幕。7 月下旬，在博览会俄国馆的观众发现，列维坦的作品突然全都围上了黑纱——原来未满四十岁的年轻画家已在近日猝然离世。面对那些奇美的风景画，人们不禁悲痛万分。

一

艾萨克·列维坦（1860—1900）是俄罗斯著名风景画家。他的风景画含有风俗画的因素，力图通过大自然形象表达人的思想感情。主要作品有《深渊旁》《弗拉基米尔路》（均 1892）、《墓地上空》（1894）、《三月》《金色的秋天》《清风》（均 1895）、《春汛》（1897）和《湖》（又名《罗斯》，1900）等。他的作品构思独特，用笔洗练，色彩鲜明而丰富，对俄罗斯风景画的发展影响极大。

列维坦生于立陶宛小城基巴尔塔的一个教师家庭，后来随父母迁居莫斯科。他十二岁进入莫斯科绘画雕塑建筑学校。不久父母先后去世，留下四个孤儿，生活十分艰难。列维坦因极度贫困和成绩突出，被校方批准免交学费。1879 年，沙皇政府迫害犹太人，犹太血统的列维坦兄弟姐妹被逐出莫斯科，迁往郊区。屈辱和贫穷使得这个少年发愤图强，以优异成绩获得奖学金。学校的著名教授阿列克赛·萨甫拉索夫（1830—1897）发现了他的天才，把他收为自己的学生。

尽管列维坦经受贫穷和种族歧视，而且初恋受挫终生未婚，但他的艺术生涯却很顺利。学生时代，他的习作已引起著名的特列恰科夫画廊主人、收藏家巴维尔·特列恰科夫（1832—1898）的注意。特列恰科夫认为在该校风景画班的学生中，列维坦最具天赋。一次校内画展，收藏家被列维坦那幅《索科利尼基之秋》（1879）所吸引，决定以一百卢布的高价买下。这时年轻作者走了过来，腼腆地同买主握手。对方向他说出价格，他并没听见，完全沉浸在激动中——自己的画将挂在特列恰科夫画廊!

1883年列维坦毕业。特列恰科夫又买下他的《小桥》(1884)和两幅克里米亚习作(1886)。收藏家以自己独特的艺术敏感，相信这个青年将会成为俄国画坛未来的巨匠!

自从与特列恰科夫画廊结缘，列维坦声名鹊起。这位美男子由一名穷学生成为职业画家，从此手头宽裕，穿戴考究，更显得风度翩翩。

由于童年和少年时代备受磨难，列维坦患有抑郁症。每次发病他就丢下画笔，拿起猎枪，带上猎犬跑出去，一连几天不见他的踪影。有时抑郁症逼得他甚至要自杀。

1885年暮春，列维坦到莫斯科近郊写生，在那里他遇到了正在邻村巴布金诺度夏的安东·契诃夫(1860—1904)。契诃夫的二哥尼古拉·契诃夫和列维坦是同班同学，所以他们早就相识，互相景仰对方的才华。这次意外相逢，两人都很高兴。

不久，列维坦的抑郁症再次发作。消息传到契诃夫兄弟那里，他们立即冒着大雨，赶了三俄里夜路来看望列维坦。在契诃夫兄弟的邀请下，几天后列维坦搬到了巴布金诺，住进契诃夫租赁的别墅。契诃夫兄弟中的一个淘气包写了这样一首诗献给画家：

这儿是列维坦的厢房，
里面住着可爱的画家。
他起得很早很早，
一起床就要喝茶。
吆喝小狗韦斯塔，
端盆牛奶来喂它。
茶还没有全喝光，

就轻轻摆弄他的画。

的确，每天清晨列维坦总是第一个起床。契诃夫七点开始写作时，列维坦已完成一幅习作。契诃夫伏在一张小桌上写小说，一篇篇风趣幽默的作品诞生了。画家也不落后，不一会儿他那“鸡窝”（人们这样戏称他的小屋）的四壁便挂满了绝妙的作品。这群年轻人过得很快活。契诃夫爱钓鱼，画家也来凑热闹，不过他坚持不了多久便高声朗诵起普希金的诗。他发不出卷舌音“P”，大家不禁笑了。他把所有的鱼都叫“鳄鱼”，这又引起同伴的哄笑。

契诃夫的妹妹玛丽雅是个清纯女孩，她那清秀的椭圆形脸庞酷似契诃夫，具有一种超俗、飘逸的美。列维坦被她的神韵所迷住。

一天，玛丽雅到树林散步，路上遇见列维坦，两人便聊了起来，谈得十分愉快。一种心灵的默契使多情的画家心潮起伏，突然扑通一声跪在地上，向玛丽雅倾诉爱情。玛丽雅一时不知所措，吓得转身就跑……

玛丽雅跑回去后，告诉了契诃夫。契诃夫了解列维坦的浪漫气质，向妹妹提出了忠告。因而玛丽雅以沉默回应列维坦，并回避与他见面。

而列维坦呢，像个幽灵似的在巴布金诺游荡了整整一个星期。他怅然若失，苦闷又涌上了心头。大家知道了这件事，想方设法消除它留下的不愉快痕迹。这样，玛丽雅克服了羞涩，列维坦表面也恢复了常态，两人又常见面，在一起谈笑玩耍。对玛丽雅来说，列维坦如同她的兄长，对列维坦来说，玛丽雅是他心中的圣洁女神。

不久，列维坦因患热病不得不回莫斯科，临别时他送给契诃夫兄妹一幅题为《伊斯特拉河》的风景画。这幅作品描绘了巴布金诺那条动人的小河，也珍藏了这群年轻人在巴布金诺那段美好生活的回忆。

以后两年的夏天，契诃夫兄弟姐妹仍然到巴布金诺度假，每次都忘不了邀请列维坦。1886 年春季，画家曾在克里米亚写生。他将五十多幅精彩的习作带到巴布金诺。大家观看挂满四壁的画，对列维达沙（昵称）的天才赞叹不已。

列维坦也很关心朋友，当他听说契诃夫收到作家格里果罗维奇写来的一封热情洋溢的信，鼓励他要珍惜自己的才能、写出大作品时，列维坦为好友而高兴："本来嘛，像你这样有天才的'鳄鱼'(他给契诃夫起的绰号)，却写些报屁股的玩意儿，真见鬼！"

巴布金诺又热闹了，玩笑和恶作剧层出不穷。在别墅的草地上，列维坦和契诃夫化装成阿拉伯人表演哑剧，逗得大家疼了肚子。

秋天，列维坦的克里米亚习作在莫斯科的展览会上几乎全部售光。他戴着时髦的帽子，穿着华丽的西装，然而脸色疲惫，一见契诃夫就喊："苦闷啊，苦闷！"几天后他又对契诃夫说："要是能在巴布金诺待上一些日子，天知道会有多大收获！"

二

初恋受挫使列维坦丧失了寻求幸福的信心。他变得放荡不羁，编织着一个又一个浪漫故事。

当时在莫斯科有位很出名的女士，她叫库夫申尼科娃，是位法医的妻子。她已经四十出头，肤色黝黑，长得并不美，但身材很好，并且颇具才华，擅长绘画，也弹得一手好钢琴。她的家虽然简陋，不过经女主人巧手布置，就变得美观舒适。她还有一种本领：用几块碎布料就能缝制出一件优雅别致的衣裳。丈夫每天忙于公务，妻子在家作画。她不甘寂寞，经常邀请文学家、演员和画家们来做客，她的家便成了文艺沙龙。

崇尚名流的库夫申尼科娃，早就梦想结识像列维坦这样的知名画家，于是列维坦和契诃夫兄弟都被邀请到她的沙龙中。契诃夫不喜欢库夫申尼科娃，而列维坦却成了她家的常客。这位画家的翩翩风度，对女性具有很大吸引力。库夫申尼科娃马上便倾心于他，把自己的画作拿给他看，请他指教。列维坦没料到法医夫人竟如此多才多艺，便收下了这名“女弟子”。

莫斯科的画家们常常到伏尔加河沿岸和莫斯科附近的萨温镇去写生，在那些地方往往一连住上几个月。1887 年，列维坦同一位画家去伏尔加时，库夫申尼科娃也参加到他们的行列，在那里住了整整一个春天。秋天一到，她又以列维坦学生的身份单独同他到萨温去。于是传出了这样一条引起轰动的新闻：列维坦同一位比自己大十几岁的“学生”成了情侣。

库夫申尼科娃很爱列维坦，对他关怀备至，列维坦不能无动于衷。他明明知道自己不会从中获得幸福，不过他还是放纵自己的感情。

几次外出旅行，列维坦总是满载而归，创作出许多优秀作品。老一辈著名风景画家列夫·加米涅夫（1833—1896）在萨温看过列维坦的画作之后，发出这样的感慨：“该是我和萨甫拉索夫退出历史舞台的时候了。”

契诃夫在给朋友的信中写道：“列维坦沉到旋涡中了。”这句话意味深长，既反映画家的艺术成就，也包含了他同库夫申尼科娃的关系。

1888 年，列维坦和库夫申尼科娃以及另一位画家乘船沿伏尔加航行，到了小城普寥斯。他们发现这里的景色非常美，郁郁葱葱，诗意盎然，特别是那坐落在一个绿色山岗上的古老小教堂更是迷人。艺术家们决定就在这个小城住下。

几位画家在河岸观赏风景。当他们选好地点便撑起蓝色帆布大伞开始作画，好奇的居民站在他们背后。一次，列维坦独自一人出去写生，有位老婆婆在旁边看了好一会儿，然后恭恭敬敬地画着十字，掏出一个戈比，放进画家的颜料箱里。

这一时期列维坦的心情很好，画下许多明朗愉快的作品，有《黄昏·金色的普寥斯》《幽静的去处》《雨后》（均 1888）等，而那座古老的小教堂后来便进入他的名画《墓地上空》中。

当契诃夫看到这些作品时赞叹道：“你的画里出现了微笑。”

1889 年秋天，列维坦迁入一间宽敞明亮、豪华舒适的新画室。画室为圆形，从顶部采光，窗户朝北，铺有地毯，非常幽静。卧室则在楼下。这是他的崇拜者、酷爱绘画的年轻企业家萨瓦·莫洛佐夫（1862—1905）为他提供的。不久，莫洛佐夫就成了莫斯科艺术剧院的主要资助人，斯坦尼斯拉夫斯基将他与特列恰科夫相媲美："俄国戏剧界找到了莫洛佐夫，正如造型艺术盼来了特列恰科夫。"

以后列维坦和他的女伴又多次到普寥斯。他们租了间小屋，房东和他的母亲都是狂热的旧教徒，而他的新婚妻子却是个具有反抗精神的女性。她同库夫申尼科娃很要好，后者以其妇女解放的观点影响她，帮助她出逃。她们俩常于傍晚时分在小树林会面，而列维坦则在山岗上为她们警戒，同时欣赏普寥斯的晚霞。他无意中有了惊人发现，发现了一个题材：黄昏的普寥斯。以后他每天傍晚来这里，第二天早晨再将前一天的印象画下来，这就是《金色的普寥斯》画作的最初构思。

列维坦在普寥斯的成就为自己成为风景画大师奠定了基础，而普寥斯也因接待过这位大师而骄傲。列维坦十分喜爱的那座山岗，后来命名为"列维坦山"。在普寥斯人中流传着这样一句话："列维坦使普寥斯闻名于世，而普寥斯也让列维坦名扬四海。"1972 年普寥斯将画家住过的房子建成"列维坦故居博物馆"。

三

1891 年 5 月，列维坦接到契诃夫的邀请，请他到契诃夫家在奥卡河沿岸的阿列克辛诺城附近租下的别墅去。列维坦乘船前往，在船上结识了一位美丽女郎莉季雅。她是玛丽雅的好友，也应契诃夫之邀去度夏。莉季雅告诉列维坦，她的舅舅在特韦尔省有个庄园，离庄园的正房不远有三间小农舍，名曰"寂静村"，颇具诗意。列维坦听了很感兴趣，表示一定要去观光。

盛夏时分，列维坦和库夫申尼科娃果真来到"寂静村"，那儿真静啊，是个钓鱼的好地方。列维坦马上想到爱钓鱼的契诃夫，立刻写信请他光临："如果在我的'寂静'中，能看到你那张鳄鱼脸，那我就太高兴啦。在这儿钓鱼真是太好不过了，鲈鱼、狗鱼，样样都有！”

然而契诃夫没有去，不是他不想钓鱼，而是因为列维坦身边的那个库夫申尼科娃。

一天，列维坦和库夫申尼科娃偶然来到离“寂静”几俄里的一个庄园旁，那儿有个深渊，上面架着一座独木桥，这番景色吸引了列维坦。庄园女主人武尔夫男爵夫人见他在作画便走过来说：“您知道这个具有特殊意义的地方吗？就是它使普希金获得灵感写出了《人鱼》！”

接着她向两位画家讲述了一个真实故事：她的曾祖父是个暴虐的地主，家里的年轻马夫爱上了磨坊主的女儿，当主人得知这两个年轻人的爱情后，马夫被罚终身服兵役，姑娘悲痛欲绝，投渊自尽。普希金曾来过这里，听到这个传说，就写下了叙事诗《人鱼》（又译作《水仙女》）。

听毕男爵夫人的叙述，列维坦为那对恋人的悲惨命运感叹不已，决定画下可怜少女葬身的地方。他同库夫申尼科娃每天来这里写生，画了整整一个星期，后来便产生了名画《深渊旁》。

经过几次共同旅行，列维坦和女伴的关系已经公开化。契诃夫对此很看不惯，情不自禁创作了小说《跳来跳去的女人》（1892）。这部作品无疑是受列维坦与库夫申尼科娃的故事所启发而写成的。契诃夫将生活中的素材提炼出来，进行了艺术创作，因此小说不等于生活的纪实，它已成为艺术品了。

最初，列维坦并没介意，在小说发表后他还到契诃夫家玩耍。可是库夫申尼科娃读完小说十分恼火，她怂恿列维坦给契诃夫写抗议信。于是列维坦同契诃夫的关系变得紧张，最后两个好友竟断交了。

列维坦依旧我行我素。1892 年夏天，他同库夫申尼科娃在弗拉基米尔省的一个村庄博尔金诺度过。一天黄昏，他们俩打猎归来，走在弗拉基米尔大道上。列维坦忽然站住了，对她说：“停一下，这就是以前的弗拉基米尔路！”

弗拉基米尔路自古以来就是押送流放到西伯利亚的犯人所必经之路。列维坦沉重地说："以前，不知有多少不幸的人，沿着这条路，在叮当的镣铐声中走向西伯利亚。"

第二天列维坦带着一块大画布来到这里，根据实景分几次画完一幅题为《弗拉基米尔路》的名画。画面很简洁：在阴暗天空的笼罩下，一条光秃秃的路通向远方，十字路口竖立着墓碑和路标，气氛压抑悲凉。这是一条普通的路，又是一条苦难深重、充满血泪的路！在这幅朴素的画里，列维坦对受压迫人民寄予了无限同情。这件作品在艺术史上是一个极好的例证，证明一幅风景画也能具有深刻的内容。后来列维坦把这幅画赠给特列恰科夫画廊，可见它在作者心中的地位。他将画的草图送给契诃夫的弟弟米哈依尔，上面题着："给未来的检察长米・契诃夫"。米哈依尔当时是大学法律系学生，列维坦的话含有讽刺意味：当你成为检察长时，你就发配戴着镣铐的囚犯走上这条路吧！

当列维坦带着累累硕果回到莫斯科时，一个令他怒不可遏的消息正在等待着他：沙皇命令所有犹太人必须于1892年7月14日前离开莫斯科。

又一次被逐！十九岁时他就蒙受过这种侮辱，如今他已经是蜚声国内外的大画家，而野蛮愚昧的政权是不会珍惜天才的！列维坦只得背着沉重的精神包袱，背着国家民族的奇耻大辱，重返博尔金诺。一路上，他深深体会了被流放的苦涩。

朋友们都为列维坦不平，为他四处奔走，连库夫申尼科娃的丈夫也为帮助列维坦尽了最大努力。沙皇政府迫于舆论压力，终于在12月批准列维坦回莫斯科。当画家返回时，库夫申尼科娃为他举办了一个快活的庆祝会。尽管如此，列维坦内心深处仍然受到一次重创。

转眼到了1893年盛夏。列维坦和他的情人来到特韦尔省奥斯特罗夫斯诺湖畔的乌沙科夫庄园住下。这庄园像是一个花的海洋，列维坦在那里画下许多丁香。他和库夫申尼科娃经常骑马远足，环湖而行，去寻找画材。

然而隐痛始终萦绕在心间。列维坦个人的不幸同人民的苦难、祖国的命运交织在一起，千头万绪，他画下了悲剧性的《墓地上空》。这幅作品塑造了大自然阴郁的形象：陡峭河岸上有个小丘陵，上面是片古老荒凉的墓地，十字架包围着一座破旧的小教堂。一大片乌云像黑幕般垂挂在上空，暴风雨马上就要来临。大自然的动荡不安，同墓地的死寂形成鲜明对比。画家自己的痛苦生活在画作中留下了痕迹。创作这幅作品时，他请库夫申尼科娃弹奏贝多芬的《英雄交响曲》里的葬礼进行曲。那悲凉肃穆的旋律注入他的心田，再从那里流向他的画布。

《墓地上空》曾引起争议，有人认为画中表现的情绪过于伤感，但最终还是被特列恰科夫收购。列维坦十分感动，在致特列恰科夫的信中写道："我的一切，我的全部精神，我的全部内涵，都在这幅画里了。"

四

第二年，列维坦又来这里度夏，库夫申尼科娃跟着也到了，还带来两个活泼可爱的年轻姑娘。列维坦很喜欢这两个小客人，同她们嬉戏，把她们画入画中。但为时不久，这种无忧无虑的田园生活便被破坏了。

圣彼得堡一位大臣图尔恰尼诺夫的庄园离这儿不远，他的妻子和三个女儿正在那里消夏。画家列维坦住在乌沙科夫家的消息传出后，大臣夫人图尔恰尼诺娃便带着女儿们前来拜访。

图尔恰尼诺娃与库夫申尼科娃同龄，文化教养很高，聪明过人，举止大方，谈吐文雅，具有一种特殊的魅力。她邀请两位画家到她那里小住。她的庄园位于湖畔林中的戈尔卡村，庄园里有一座带露台的白色二层楼房，内设图书馆，还有一个不大的药房，女主人常给村民治病，小姐们在网球场上打网球，她们同家庭女教师用英语讲话。这是一个有趣的家庭，引起列维坦的好感。库夫申尼科娃将这些都看在眼里，回乌沙科夫庄园后歇斯底里大发作，又哭又闹，扬言要同列维坦分手。这样一来，列维坦的抑郁症又发作了，他带着猎犬到森林去。当他回来时，库夫申尼科娃再次以决裂来威胁。列维坦一言不发，盛怒中的库夫申尼科娃立即启程回莫斯科，这就结束了她同列维坦长达八年之久的恋情。以后她不断写来一些刻薄辱骂的信，给列维坦带来不少烦恼。

图尔恰尼诺娃热情邀请列维坦到戈尔卡，特地为他辟了一间画室，她的女儿们也很喜欢画家。列维坦好不容易才恢复了内心的平静，重新开始工作。色彩斑斓的秋景使他忘记了世上的一切烦恼，他沉浸在创作的欢乐中。从此，图尔恰尼诺娃占据了库夫申尼科娃原先在列维坦生活中的地位。

1895 年年初，列维坦同契诃夫和解，他又重新出入契诃夫家，再次见到他的第一个恋人玛丽雅。玛丽雅仍把他看成自己的兄长，他也仍把她奉若圣洁的女神。

早春三月，列维坦踏着白雪来到戈尔卡。别墅门前站着端庄的女主人，眉宇间流露出欣喜，在她身边是那个长着一双黑色大眼睛的小女儿阿尼娅。

醉人的春光给了画家灵感。他同阿尼娅一块儿出去作画，画下朝气蓬勃、生机盎然的《三月》，画面表现大自然从冬眠中苏醒，充满春天的温暖，雪开始融化，从房檐滴落……如果说《弗拉基米尔路》《墓地上空》充满忧伤的话，那么《三月》和同年秋季创作的《金色的秋天》则洋溢着欢乐情绪。《金色的秋天》画面充满阳光，湛蓝的天空飘浮着白云，阳光穿过云朵照耀在蓝得发亮的小溪上，田野正在由绿变黄，树叶已变成金黄色……笔触中宣泄着画家心里涌动的激情。由此表明，列维坦内心深处充满对生活的热爱和对幸福的渴望。这幅画后来被收入中学课本，在俄国家喻户晓。它是列维坦著名代表作之一。

1895 年 6 月，列维坦来戈尔卡度夏，这次造访他把女主人一家宁静的生活搅起了轩然大波。母亲和大女儿瓦里娅之间的关系变得十分紧张，她们经常发生口角，瓦里娅不时向母亲那表面平静的脸庞投去仇恨的目光。接着，阿尼娅偷偷跑到列维坦的画室，给他捎来姐姐的信。那些信像一团火，令列维坦不敢拿在手里。

从见到列维坦第一面起，瓦里娅就狂热地爱上了他，以少女初恋的全部纯真和炽烈爱上了他。瓦里娅没有料到夺去她所爱的那个人正是自己的母亲！可怜的姑娘生平第一次遭受如此无情的打击。终于在一天晚上，被爱折磨得如痴如狂的瓦里娅，突然跑来找列维坦，要求同他私奔。列维坦陷入了无法摆脱的困境，于是朝自己的头部开了一枪，受了轻伤。伤好得很快，但他心灵的伤口却一时难以愈合。女主人马上写信请契诃夫到戈尔卡来。契诃夫是位善治心病的良医，不久列维坦又恢复了生活的勇气。契诃夫也告别朋友，返回自己在莫斯科近郊的别墅。他将戈尔卡白色带阁楼的房子、网球场、姑娘们用英语交谈、一个可爱的小女孩每天陪画家出去写生、女主人的小药房和她给农民看病……通通记在札记薄上，以后这些素材就用在了他的著名小说《带阁楼的房子》（1896）里。

列维坦也不能再在戈尔卡久留，同图尔恰尼诺娃母女告别时，他看见瓦里娅那双美丽的蓝眼睛里充满泪水。以后他再也没有见到她，却同她的母亲一直保持着书信往来，还不时在莫斯科会面——列维坦又一次放纵自己的感情。难怪契诃夫把自己那部新出版的、描写犯人流放的纪实文学《萨哈林岛》（1895）送给列维坦，上面题着："此书赠给亲爱的列维坦，以备因情杀而充军到此岛时一用。"

五

同契诃夫恢复友谊后，列维坦和玛丽雅又能经常见面。经历了库夫申尼科娃和图尔恰尼诺娃，他更觉得玛丽雅纯洁无瑕，可敬可爱。他不止一次对她说："玛莎（昵称），如果我什么时候结婚，我只娶你！"

这是他的真心话。然而，结婚，无论对列维坦还是对玛丽雅来说，都已经是不可能的了。

从玛丽雅方面，安东在她心中占据了压倒一切的地位。他身体一直不好，曾向亲人表示，准备一辈子过独身生活。出于对哥哥的爱，玛丽雅暗下决心：终身不嫁，为照顾哥哥的生活，为支持他的事业，献出自己的一生。

从列维坦方面，他在女人当中消耗了不少精力，用契诃夫的话来说："娘儿们折磨了他”。特别是自1896年起，他患了心脏病。一次去历史博物馆看展览，在上楼时突然发病，倒在楼梯上。他的病来势凶猛，医生表示，前景很不乐观。人们为这位有天才的年轻画家即将不久于人世而感到惋惜和悲伤。

因此，列维坦和玛丽雅是注定不能结婚的，不过这不妨碍他们之间的友谊。列维坦常给玛丽雅写信，信中称她为“可爱的，亲爱的，我爱的玛莎”。

玛丽雅从学生时代就酷爱绘画，列维坦曾指导过她。在给契诃夫的信中，他开玩笑说：“玛丽（法语名）小姐工作得怎样？告诉她，要多多努力，不然我就罚她站墙角。”又说：“玛丽雅在绘画上成绩很大，真不得了，你们契诃夫一家都是天才！”

19世纪90年代中期以后，列维坦疾病缠身，玛丽雅总是像亲姐妹那样去照料他。

列维坦对玛丽雅坦诚到了令人感动的地步，他曾向她讲述自己在戈尔卡那段情节复杂的罗曼史。

“鬼知道是怎么回事！玛莎，她们俩一个是母亲，一个是女儿……”

“你这是从莫泊桑的小说里学来的吧！”玛丽雅笑道。

1896年的除夕夜，列维坦是在契诃夫家度过的。他头戴狗皮帽，身穿深色鼬鼠皮大衣，手拿一根镶金头的轻巧而高贵的手杖。大家十分欣赏他这身打扮。他自嘲道：“我很像一个做宝石生意的波斯商人吧？”

大伙儿都笑了，打趣他说，怪不得他对女人有那么大的魔力！

时钟敲过十二下，大家举杯迎接新年，并互致祝贺。

然而在新的一年里，列维坦和契诃夫都未能摆脱灾难。列维坦的心脏病日益严重，契诃夫也患了肺结核，这些对玛丽雅都是十分沉重的打击。这年夏天，身体已经很虚弱的列维坦又患了伤寒。玛丽雅前去探望，昔日风度翩翩的画家憔悴得几乎认不出来了。列维坦在病榻上用微弱的声音向她再次倾诉衷肠：“如果我什么时候结婚，我只娶你，玛莎！”

玛丽雅听了这话忍不住落下伤心的泪。

直到列维坦脱离了危险期，玛丽雅才松了一口气。

六

列维坦作为一位风景画家，俄罗斯大自然的天生丽质，在他的笔下得到了升华。每一幅画，他都注入自己的感情，从而撞击着人们的心灵。在列维坦之前和之后的俄罗斯不乏风景画家，但他们大多把风景作为自己的描绘对象，很少有人能把风景之外的东西画出来。因此，列维坦被誉为“俄罗斯大自然的抒情歌手”。

当时法国正在兴起的印象主义外光画法，对列维坦的画风改变有不小影响。例如，他的《白桦丛》(1885—1889)被称为“俄罗斯印象派”的代表作。表现的是小白桦树林的一角，阳光在白色树干和绿色叶子上颤动着，游戏着；旁边是鲜嫩多汁的青草和星星点点的蓝色小花。画面的色彩柔和、新鲜，又很明亮。

在法国，列维坦曾观看过印象派画家创始人之一克劳德·莫奈(1840—1926)的《干草垛》系列(1890—1891)，他说：“这里面是有东西的。”

1892年、1896年和1900年，列维坦连续三届参加世界博览会，为祖国争得了荣誉。1897年获得美术院士称号，翌年回母校莫斯科绘画雕塑建筑学校任教授。

列维坦尊重学生的独创精神，和他们进行共同探讨。他对学生充满深情，经常买下一些贫困学生的画。学生们都非常喜欢他，一次他们外出写生，集体给老师写信，说不仅大家想念他，就连白嘴鸦都在叫：“列维坦在哪里？列维坦在哪里？”列维坦立即回信：“告诉白嘴鸦，列维坦不但要来，而且还要带上猎枪呢！”

画家健康状况稍有好转，而契诃夫的身体却每况愈下。根据医生的要求，他不得不迁居克里米亚的滨海城市雅尔达。

1899年春天，契诃夫回莫斯科，同他的未婚妻克尼碧尔(他准备过独身生活的计划终于被爱情所打断)，还有玛丽雅一起去看望列维坦。列维坦穿着天鹅绒的工作服正在作画，一见三位贵客欣喜若狂。他拄着那根考究的手杖，带领朋友们参观他的作品。他大病初愈，瘦削苍白，而那双漂亮的黑眼睛里燃烧着热情，显然，他非常激动。

大家看到，画架上摆着一幅大型油画《湖》。《湖》原命名《罗斯》（俄罗斯的古称），画家怕题目太大，便谦逊地改为《湖》。画面丰富多彩，生机勃勃。湖水映出蓝天上的白云，色彩瑰丽，充满欢乐的感情。这是画家多年来探索的俄罗斯大自然的概括形象，也是他在告别人世前珍藏在内心深处的伟大祖国形象。列维坦对俄罗斯母亲的热爱之情溢出了画面……

七

1899 年 12 月中旬，契诃夫在雅尔达收到列维坦发来的电报："今日请恭候著名院士。"

这就是说"院士列维坦"要光临雅尔达了！契诃夫全家大喜，玛丽雅更是神采焕发，里里外外忙个不停。当天就迎来了"著名院士"，他是因心脏病来这里休养的。看到他的憔悴面容，契诃夫兄妹不禁暗暗伤心。虽然他还是那样爱开玩笑，但怎么也掩盖不住他已重病在身。当过医生的契诃夫比谁都清楚这一点。不过他善于用俏皮话来创造欢乐气氛，一会儿称列维坦为"院士"，一会儿又称之为"教授"，一会儿又说，对列维坦不能再称"你"，而要称"您"啦，等等。

契诃夫的新居建在半山腰，面对蓝色的大海。列维坦同契诃夫坐在露台上观赏景色，整个雅尔达尽收眼底。

契诃夫兄妹常常陪伴列维坦沿着海岸散步。虽已是隆冬季节，但雅尔达海滨依然春意盎然。宝石般的蓝色海水使他们心旷神怡，暂时忘却一切烦恼。

海滨路上有一家书店，店主是契诃夫的朋友，书店也出售他自己画的画。一天契诃夫带着列维坦来这里，列维坦一见那些画便连声喊道："活见鬼，这儿卖的什么货色！"契诃夫不说话，在一旁使劲咳嗽，出来以后他说："那些画是店主画的，他在旁边听着哩。"列维坦后悔不已，赶紧回去向店主道歉，并且诚恳地向他分析这些作品的缺点。

晚上，契诃夫和列维坦在书房谈心。契诃夫说，他很想念俄罗斯中部的自然风光，在雅尔达感到十分寂寞。列维坦听了马上对玛丽雅说："请给我拿一块硬纸板来。"

玛丽雅把纸板送来，列维坦将它镶在壁炉上方的玻璃砖上，便在上面画了起来。一个小时以后，完成了一幅表现俄罗斯北方风光的画——《干草垛》。契诃夫和玛丽雅非常喜欢这幅画，就让它永远镶在壁炉上。

列维坦在契诃夫家迎来了 20 世纪，几天后告辞回莫斯科。

1900 年夏天，列维坦带学生到乡间写生，因着凉患重感冒勾起心脏病。玛丽雅看望他时，他刚从昏迷中醒来。几天后，图尔恰尼诺娃特地从戈尔卡赶来护理病人。玛丽雅又惦记着契诃夫，便去了雅尔达，谁知从此便是永别。7 月 22 日，列维坦怀着对幸福的渴望，怀着对生活的热爱，离开了他无限眷恋的世界。

契诃夫感叹道："列维坦是位伟大的独树一帜的奇才。他的作品多么清新而有力，本该引起一个变革的。人们对列维坦的作品太不重视，太不珍惜了，这简直是耻辱！"

列维坦的身影经常出现在契诃夫的作品里，有《不幸》（1886）、《亮光》（1888）、《跳来跳去的女人》（1892）、《三年》（1895）、《带阁楼的房子》（1896）和《海鸥》(1896）等。

俄国画家、艺术批评家阿列克赛·别努阿（1870—1960）在《19 世纪俄罗斯油画史》中称列维坦："朴素的、健康的现实主义最杰出的代表。"

八

中国民众与列维坦有不解情缘。20 世纪 50 年代，俄苏文学艺术如潮水般涌入我国。外文书店内大量销售俄苏名画画册及单幅印刷品，墙上挂着列宾、列维坦等名家的印刷画作，深深熏陶了我国的少男少女。

在 20 世纪 90 年代的改革大潮中，我国许多城市兴起了“画廊热”。不少画廊出售世界名画临摹品，主要用于装饰家居和公共场所。风景画的装饰性原本就具有极大的优势，而且列维坦的作品绚丽多彩，诗意盎然，因此卖得最火，其中又以《金色的秋天》占据首位。可见列维坦在我国早已深入人心，影响了几代人。

1949 年以后，我国在北京以及许多大城市，举办过许多届俄罗斯画展，每一次都有列维坦的作品。特别是 1998 年，为纪念中国美术年，我国文化部、俄罗斯文化部在北京中国美术馆联合举办《俄罗斯列维坦及同时代画家风景画展》。这次画展受到广大观众的热烈欢迎。画展以列维坦为首要画家，同时囊括了同时代的优秀风景画家，包括他的老师在内。可见列维坦是 19 世纪俄罗斯风景画的领军人物。

一百多年后，列维坦的作品在我国一直受到如此厚爱，可能是他生前所始料未及的。

谢洛夫：追求创新的绘画大师

只要那幅《少女和桃》映入眼帘，就让人感觉眼前一亮，没有理由不喜欢它！这是 19 世纪末至 20 世纪初俄罗斯大画家瓦连京·谢洛夫（1865—1911）的成名作，问世于 1887 年，当时作者只有二十二岁。

诗意现实主义

谢洛夫出生于圣彼得堡的一个音乐之家。九岁师从绘画泰斗列宾，十六岁进入圣彼得堡美术学院，在名师指导下受到严格的绘画基础训练。他天赋极高，对色彩具有敏锐的感受。他的老师说，没有别的学生能像他那样对绘画艺术理解得如此透彻。

1885 年谢洛夫毕业。谈到自己的理想时，他说："当前的绘画大多刻板得使人生畏，我想取得令人精神为之一振的效果。"

19 世纪 80 年代正值"巡回展览画派"极盛时期。谢洛夫与"巡回画派"的风景画家列维坦是挚友。思想、感情和观点的一致，使两人彼此吸引。后来谢洛夫也加入了"巡回展览画派"。他俩的共同特点是继承现实主义传统又追求创新，体现出俄罗斯绘画艺术由传统向现代的过渡。列维坦的《白桦丛》（1885—1889）对外光画法的探索非常接近当时法国的印象派。这期间，谢洛夫也尝试着新的表现手法。1887 年夏天，他和多位文艺界名流正在艺术赞助人马蒙托夫的庄园度假。一天，他看见了马蒙托夫那个活泼可爱的十三岁女儿薇拉。女孩身穿粉红色衣裳，在她背后是窗外明媚的阳光和绿树，这些色彩激起了画家的创作冲动。他拿出画笔，于是不朽之作《少女和桃》诞生了。作品充满活力，赞美青春，在外光色彩上具有印象派的特征。它在莫斯科展出，轰动了画坛。谢洛夫的处女作果然"令人精神为之一振"。收藏家特列恰科夫马上将它买去。这幅作品在国外展出，年轻作者被视为俄国最杰出的人物画家。

谢洛夫进入一流艺术家的行列，但他谦虚谨慎，继续进行探索。转年完成的《阳光下的女郎》(1888）同样表现的是青春主题。树荫下，阳光透过枝叶的缝隙洒在姑娘脸庞和身上，用光色瞬间变化的效果塑造人物，具有印象主义的手法。特列恰科夫认为这幅画有重大创新，立即将它买下。而“巡回展览画派”内有人看不惯这种新的创作手法，攻击画中人像是一个“梅毒病患者”。

如今这两件作品被誉为“俄罗斯绘画的明珠”，或称赞它是画坛上歌颂青春的欢乐诗篇。

谢洛夫的人物画和列维坦的风景画，表现出与“巡回展览画派”的社会批判倾向有所不同的“诗意现实主义”。

无与伦比的肖像画家

早熟的谢洛夫是个绘画全才，既能画人物，又能画风景，还是历史画家、插图画家和舞台美术家。

90年代以后，谢洛夫主要从事肖像画创作，颠覆了之前肖像画的公式化模式。在工作中，他非常投入，自称每画完一幅肖像就如同患了一场大病。他给多位文艺界师友作肖像，并接受社会订货，为一批豪门贵族画像，数量之多足以筑成一座展示俄国当代著名人士的肖像画廊。他的作品最成功之处，在于能真实地挖掘出人物的精神世界和社会属性，这点几乎无人可以超越。

谢洛夫的《列维坦像》(1892—1893）成了列维坦肖像中的经典。1892年12月，他开始为好友画像。此时犹太血统的列维坦处境不好，夏天他从写生地返回莫斯科，沙皇正命令犹太人离开莫斯科。他已蜚声世界，但仍遭到驱逐，后经社会名流呼吁才被准许返回莫斯科。谢洛夫为他画像，实际是对他的声援，也是向沙皇政府的挑战——敢于为被放逐者画像！作品完美地表现出列维坦的诗人气质，艺术家风度，优雅的举止和隐藏内心的痛苦。

列维坦非常喜欢这幅作品："谢洛夫是位了不起的画家，相信这幅肖像一定能挂在特列恰科夫画廊！"然而认真严谨、一丝不苟的谢洛夫总是感到不满意，反复修改了许多遍。后来它果真挂在了特列恰科夫画廊。

《女演员叶尔莫洛娃像》(1905）是谢洛夫肖像画的代表作。著名女演员叶尔莫洛娃以演技精湛、富有民主精神而享誉全国。1905年1月9日"流血星期日"发生后，谢洛夫和叶尔莫洛娃站在一起，对沙皇政府镇压平民表示强烈愤慨。谢洛夫上书美术研究院院长、沙皇尼古拉二世的叔父提出抗议，并辞去院士称号。他非常敬重叶尔莫洛娃，为她画像意味着颂扬民主与自由。他怀着虔诚感情，在画中突出了主人公形象的庄重以及高贵的内在气质。全身立像的构图给人以雄伟的感觉；色彩不多，主要是黑、灰和赭色，却令人感到色彩极其丰富。

有位建筑师看到这件作品后，惊呼："这简直是叶尔莫洛娃的雕像！"谢洛夫画的肖像如此具有表现力，仿佛是一座立体的雕塑。

一位不平凡的老师

1897年，莫斯科绘画雕塑建筑学校聘请谢洛夫为教授。他一到校，全校工作立即焕然一新。他建议请几位名家来执教，于是列维坦和康·科罗文都回到母校任教，大大增强了师资阵容。

谢洛夫以勤奋著称。他的座右铭是："灵感不会轻易光临，而要亲自培养，并且还必须持之以恒。"他以身作则，对自己严格得几近苛刻，对学生们要求也十分严格。他常对学生说："你若想达到某个目标，就得刻苦再刻苦。只要有毅力，你的愿望就一定能实现。"有时，他鼓励一些受到挫折的学生："人一生总要遇到不如意的事，经受了磨砺，就会变得坚强。"

在家里，谢洛夫对儿女也非常严格。孩子们既爱他，又怕他。"既爱又怕"这种心情在他的学生当中同样很普遍。

1908年，俄国著名女雕塑家、罗丹的弟子戈鲁勃金娜要求到莫斯科绘画雕塑建筑学校任教。但是，在1905年她曾将自己的住所提供给革命者作为秘密集会的地方而被捕入狱，出狱后仍然受到监管。为此，她的申请遭到了校方拒绝。谢洛夫认为“戈鲁勃金娜是位真正的艺术家，人才难得，应当批准”。但上级领导无视他的意见，他义愤填膺，1909年2月坚决辞职。

全校学生这时才意识到，一向神情严肃、沉默寡言的谢洛夫对他们是何等重要，大家失去了一个多么不平凡的老师，再没有比他更善于教诲的人了，而且没有任何人能像他那样主持正义。

学生们深深眷恋他，一百四十名学生给他发来电报：“我们为失去您这样一位无可替代的老师感到十分惋惜。大家向您这位认为自由艺术高于一切的伟大画家致以崇高敬意。”

加盟“艺术世界”

19世纪90年代后期，“巡回展览画派”丧失了先前的活力，而这时候欧洲艺术运动活跃。俄国也受到了极大影响，画坛异彩纷呈，各种流派、团体争相涌现，其中最著名和影响最大的美术团体是“艺术世界”。这个团体成立于1898年，由圣彼得堡一些对艺术有独到见解的青年组成。创始人为画家阿列克赛·别努阿（1870—1960）、艺术活动家谢尔盖·佳吉列夫（1872—1929）等。

这批年轻艺术家不满俄国绘画的现状，对欧洲艺术形式的革新十分向往；既反对学院派的保守，又看不上“巡回展览画派”后期在题材及表现手法上的陈旧。他们注重形式技巧，热衷西欧的现代主义。这个团体定期举办画展，出版杂志《艺术世界》，在广大艺术爱好者中非常受欢迎。“艺术世界”扩大了艺术创作的范围，进行过许多别开生面的有益探索，为推动俄罗斯绘画技法的发展作出不小贡献。

在新的历史条件下，谢洛夫出于对艺术形式革新的追求，积极参加“艺术世界”的活动，1900年成为这个团体的重要成员，并担任《艺术世界》编委。“艺术世界”也因这位著名画家的加盟而提高了自身地位与影响力。谢洛夫深入研究西欧绘画，受到现代派的启发，在技法和色彩方面进行不懈探索，大大丰富了艺术表现手法，创作出许多传世杰作。在这一时期的美术史上，谢洛夫占据相当重要的地位。

谢洛夫在生命的最后一年格外忙碌：作品参展都灵的世界博览会，随俄国芭蕾舞团到伦敦作舞台设计……长期紧张的工作使他积劳成疾。回莫斯科不久因心脏病猝逝，年仅四十六岁，留下六个尚未成年的儿女。

在20世纪40至50年代，苏联出版的艺术史论著中，大凡从“巡回展览画派”正统观念出发，将“艺术世界”定性为“形式主义流派”；谈到谢洛夫时，只简单地说他参加过“艺术世界”，而着重强调他是“巡回展览画派”的后起之秀。这显然有失公允，也不全面。

我国画家亚明说：“谢洛夫发展了俄罗斯绘画传统，可惜苏联时期的绘画没能继承他的精神，这是个教训。”随着时代进步，如今无论是谢洛夫还是“艺术世界”，都已经得到公正评价。

谢洛夫的创作承前启后，极好地显示出世纪之交俄罗斯艺术在各种流派、思潮的交汇融合中，不断开拓前进的精神。

世界画坛的色彩大师柯罗文

19世纪末至20世纪初，在俄国绘画史上，阿勃拉姆采沃庄园占据特殊的一页，被称为“俄罗斯绘画艺术的摇篮”。庄园位于莫斯科东北七十公里，主人萨瓦·马蒙托夫（1841—1918）是位富商、艺术爱好者和赞助人。1870年他买下这座庄园并进行修建。

马蒙托夫盛情邀请众多知名画家到自己景色优美的庄园写生、作画，像对待贵宾那样款待他们。早年，列宾和瓦斯涅佐夫等大画家经常聚集在那里，组成“阿勃拉姆采沃艺术小组”。后来这儿的常客便是年轻一代，其中有康·柯罗文与谢洛夫。这些后起之秀才华横溢，思想活跃，意味着一种新思潮的出现。

一

康斯坦丁·柯罗文（1861—1939）生于莫斯科一个受过高等教育的商人家庭，母亲则出身贵族。他和哥哥谢尔盖·柯罗文（1858—1908）从小酷爱绘画。哥哥先考进莫斯科绘画雕塑建筑学校，弟弟十四岁时也考入这所学校。虽然兄弟俩都爱好绘画，但性格相距甚远。谢·柯罗文严肃认真，康·柯罗文活泼浪漫，因此日后各自的发展道路也迥然不同。谢·柯罗文忠实遵循现实主义艺术传统，致力于描绘深刻的社会题材，作品中以农民形象为主；弟弟则具有开拓精神和创新意识，不满足于传统的表现手法。

柯罗文（以下均指康·柯罗文）的两位导师萨符拉索夫和波列诺夫都是著名的风景画大师。在导师们的教导与熏陶下，柯罗文对俄罗斯大自然的美丽十分迷恋。比他高两届的列维坦也是萨符拉索夫和波列诺夫的学生，在全校风景画班中最有才华。柯罗文同列维坦气质相近，在学校时就成了挚友。

他俩先后毕业，开始了职业画家的生涯。80年代正值“巡回展览画派”兴旺时期，柯罗文和列维坦加入了这一画派。两个穷画家靠卖画糊口，租住在一间小屋里，共同生活，一起作画。因为没有钱，他们甚至共用一套礼服。

一天清晨，柯罗文醒来，看见列维坦站在窗前望着外面流泪，他惊讶地问发生了什么事？泪流满面的列维坦说："你看外面的风景多美啊！"

列维坦对大自然如此热爱与多情，令柯罗文深受感动。

他们在阿勃拉姆采沃庄园结识了另一个年轻才子——刚从圣彼得堡美术学院毕业、年仅二十岁的谢洛夫。三位年轻画家从此结下深厚友谊。最年长的列维坦当时只有二十五岁，柯罗文二十四岁。谢洛夫不久也成为"巡回展览画派"成员。

1884 年至 1885 年，大企业家、艺术赞助人马蒙托夫在莫斯科创办了一座歌剧院。他试图在舞台布景上打破陈规，让新颖别致、绚丽多彩的布景能同俄罗斯音乐一起搬上舞台。剧院排演第一个剧目《水仙女》时，聘请列维坦、柯罗文画布景。对于他们来说这是一个全新的领域，一切得从头学起。画布景需要粗犷、奔放的笔触，随时要远距离地观看所产生的效果。两人还开展了艺术竞赛。

经过这样的锻炼，他们的画笔就更加大胆、自信和运用自如了。尽管收获很大，列维坦仅画了一次，随后仍去创作风景画。而柯罗文却从此爱上了这项工作，日后成为著名的舞台美术家。

二

当时法国印象画派盛行，并在欧洲各国得到广泛流传。印象派是欧洲艺术从现实主义向现代主义过渡的重要阶段。源起 19 世纪后半叶，一群年轻有为的法国画家，背叛学院派传统，在绘画技法上进行探索与革新。他们走出画室，在外光中作画，探求光与色的表现效果。于是出现了发挥光色原理加强表现力的新方法，使他们的作品充满前所未有的新鲜感。

柯罗文迷上了印象派，1883 年创作的《唱诗班女孩肖像》被认为是最早的俄罗斯印象派作品。列维坦陆续用四年时间完成的《白桦丛》(1885—1889)，那种外光画法非常接近印象派，被称为“俄罗斯印象派”代表作。谢洛夫也尝试着新的表现手法，1887 年在阿勃拉姆采沃庄园画下《少女和桃》，在外光色彩上具有印象派特征。第二年他创作了《阳光下的女郎》，用光色瞬间变化的效果来塑造人物，更具印象派手法。柯罗文和他的同伴们对这一新的技法充满好奇，怀有浓厚兴趣，并热衷进行尝试。

1885 年，柯罗文来到向往已久的印象派发祥地巴黎。他认为印象派是艺术发展的新成就，深入研究这一画派对光与色的处理，吸取其精华，从而在表现形式上有了很大突破。

随后柯罗文去了西班牙。1888 年他开始创作《西班牙女子利奥诺拉和安帕拉》，直到第二年回到莫斯科才完成。这幅画是他在西班牙看了歌剧《卡门》受到启发而作的，富有浓郁的异国情调。阳台旁的两位西班牙女子，那潇洒的风度和豪放的气质折射出卡门的性格——追求自由和个性解放。画面色彩绚烂，笔触流畅，受到印象派影响，但仍不失俄罗斯的绘画传统。在当时被看作是柯罗文最优秀的作品。

1891 年，“巡回展览画派”的一些年轻画家给协会的理事会联名写信，提出协会所有成员参加画展的平等权利问题。他们的许多作品未获准参展，希望能从老一辈画家的约束下解放出来。这封信反映出协会领导对那些“不安分”的年轻成员，存有偏见，在信上签名的有柯罗文和谢洛夫等。然而理事会对这封信并未作出任何反应，只有列宾和波列诺夫支持他们。由此可见，老一代画家已经变得保守，思想也显得僵化。其实这批充满创新精神的年轻艺术家，日后对俄国绘画的发展起了举足轻重的作用，他们的呼吁是不容小觑的。

三

柯罗文于 1892 年至 1994 年又一次旅居巴黎，在那里从事创作。1897 年，莫斯科绘画雕塑建筑学校聘谢洛夫为教授，他上任后建议请几位名家来授课。于是柯罗文、列维坦都回到母校任教授，三位好友一起共事非常融洽。学生们无比自豪——俄罗斯当代著名画家都聚集在他们的学校里！

柯罗文对学生们说："不要以为学油画会很轻松。恰恰相反，从事艺术是一件极其严肃、艰苦的事业。既要有信心，也要有胆量和魄力。"

谈到油画写生练习中的问题时，柯罗文告诫学生们，最大困难是明暗相近的色彩，它们很相似，但实际上是有区别的。自然界色彩丰富，但不同色彩明暗度却常常相近，若混淆了只画出一种颜色，画面就显得单调呆板。所以必须仔细观察比较，理解它们之间相近又区别的关系。经过努力，下一番苦功，就能辨别自然界中复杂的色彩，这样画面就会变得生动活泼。

1900 年世界博览会在巴黎举行，列维坦有四幅作品参展。柯罗文的《西班牙女子利奥诺拉和安帕拉》参展并获金奖；他所设计的俄国展馆的中亚部分，被法国政府授予荣誉称号；他和谢洛夫在阿勃拉姆采沃庄园参加设计的陶瓷图案也获大奖……在喜讯频传中却发生了一件十分不幸的事：这年 7 月列维坦病逝。

柯罗文除了教学，还在剧院工作，曾任莫斯科大剧院、马林斯基剧院舞台经理。他最杰出的布景作品有《天鹅湖》《伊凡·苏萨宁》《白雪公主》等。十月革命后，他继续从事舞台设计、布景绘制工作。1920 年学生们去看望他，见老师仍坚持写生。他说："我的爱人就是大自然，我是为它而生！"

到了后期，柯罗文创作了不少静物画，最著名的有《玫瑰》(1917)，以及一系列描绘巴黎夜色和街道的作品，如《巴黎》(1933)。柯罗文画作的特征是色调异常丰富，在他众多的作品中找不到同样色调的画。他注重色彩的整体感，总能把自然界中的各种复杂的色调关系描绘出来，在色彩运用上拥有不同寻常的天赋。

浸润在光影中的形象是印象派画家最爱的主题。例如柯罗文的《在花园》(1914)，观众的注意力完全被五颜六色的生动光影所吸引；画中人与花朵难以分辨，绿色竹椅似乎成了树叶的一部分。柯罗文是卓越的色彩大师，在表现手法上有时甚至比法国的同行们更加前卫。他这样解释自己的创作思想："处理一幅画，就像给自己奏一支欢乐的乐曲，是对美的陶醉。”

1923 年，柯罗文因心脏不好，获准到巴黎治疗。后来他就留在了那里，直至去世。

柯罗文的才华很长时间没有得到公正评价。苏联时期排斥除“社会主义现实主义”以外的任何流派，印象派更是批判的重点，因此我国贬称他“成为印象派的追随者”，对他少有介绍。

直到 1998 年，我国举办《俄罗斯列维坦及同时代画家风景画展》，柯罗文的作品《磨坊旁的小桥》《夜幕中的雅尔塔》来华参展。2017 年 12 月至今年 3 月，“俄罗斯国立特列恰科夫美术馆珍品展”在上海举行，展出六十八幅作品，其中有柯罗文的《画室》（1892）。历史终于肯定了这位杰出画家。

有争议的大画家格拉西莫夫

20 世纪 90 年代，我从一本《俄罗斯文艺》杂志封面上看到一幅非常美的画。连忙翻开杂志，查到画名叫《雨后》，作者为苏联画家 A. 格拉西莫夫。这幅画让我爱不释手。不久，我家要迁入新居，我计划请画家临摹几幅自己喜爱的油画来装饰房间，其中就选上了《雨后》。

据临摹该作品的画家介绍，格拉西莫夫非同一般，他大名鼎鼎，曾经一度主管苏联美术界。给领袖画肖像是他的主旋律，此外风景、静物也十分精彩。这番话让我对格拉西莫夫产生了兴趣。以后凡见到有关他的文章或画作，我都仔细阅读或观赏，并保存起来。日积月累，对他逐渐有了较比深入的了解。

一

亚历山大・格拉西莫夫（1881—1963）生于离莫斯科不远的小城卡兹洛夫（今米丘林斯克）一个商人家中。作为长子，他小学毕业就辍学帮着父亲做买卖。他非常喜欢绘画，随时随地画下观察到的一切。他想要去学画，但父亲反对，要他继承自己的事业。然而格拉西莫夫太热衷作画了，二十二岁那年闯荡到莫斯科。虽没受过任何基础训练，居然考上了著名的莫斯科绘画雕塑建筑学校。

格拉西莫夫幸运地成为绘画泰斗谢洛夫、卡萨特金和柯罗文的学生，学到了精湛的作画技巧。他没有用家里的钱，靠勤工俭学完成学业。在全校，他是个非常活跃的人物，不止一次组织画展，坚持以现实主义风格去同新的绘画流派相抗衡，显示出鲜明的艺术观点和出众的组织才能。

1915 年格拉西莫夫毕业，获画家和建筑师两个头衔。当时正值第一次世界大战，他应征入伍。1918 年退役后回故乡，在卡兹洛夫市的剧院做舞台美术设计。1925 年他再度来到莫斯科，从事自己最钟爱的绘画创作，并加入了美术家协会。

在1926年美协第八届画展上，格拉西莫夫展出了几幅作品，有风景、静物，以及为他的同乡——著名园艺学家米丘林所作的肖像，得到评论界的肯定。这是他第一次参加大型展览会，也是他在美术界初次崭露头角。

这时的格拉西莫夫精力充沛，雄心勃勃。他从事历史画、肖像画、风景画和静物画，各种体裁和题材全都涉猎。而使他一夜成名的是油画《列宁在讲坛上》（1930）。画面上列宁站在高高的讲坛上，身体前倾，飘动的红旗增强了动感，广场上是人群和旗帜组成的海洋。它高度概括了列宁的典型形象，是当时列宁肖像中最出色的一幅。作品刚一问世，立即轰动全国。凡提及列宁的文章往往就会出现这幅画作，还多次被选作列宁纪念邮票的图案。它不仅在苏联家喻户晓，20世纪50年代在我国也广为流传，成了那个时代的一幅标志性绘画。

《列宁在讲坛上》是格拉西莫夫的重要代表作，从此进入鼎盛时期。随后，他为斯大林画下许多肖像。革命领袖题材成为他的主要方向。

1934年联共（布）中央在全苏作家第一次代表大会上提出“社会主义现实主义”的创作原则。格拉西莫夫热烈拥护这一指示，创作了一系列歌颂领袖及其他领导人的肖像画，有伏罗希洛夫、莫洛托夫、布琼尼和日丹诺夫等人。这样，他不仅赢得了巨大声誉，又拥有了丰厚的资金支持。

格拉西莫夫曾经被派出国，考察西方美术。他称赞西方古典艺术的成就，痛斥各种现代新流派：“欧洲现代画家是资本主义世界彻底堕落的表达者。”

20世纪30至40年代，格拉西莫夫专注于“大题材”创作。除了为党政领导人画像，还创作了《芭蕾舞女演员列佩申斯卡娅》（1939）。这作品体现出完全不同的风格，无论构图还是对人物的处理，都进行了大胆尝试。格拉西莫夫别开生面地通过一面大镜子去表现女演员的优美身段，扩大了表现空间，又使画面更加丰富。

风景画和静物画在格拉西莫夫的创作中占据了重要地位。早年他热衷风景与静物，十月革命后转向了革命题材。在创作“大题材”的空隙，为了放松心情，他画了许多静物与风景，自称是“小品”。而这类“小题材”作品充满抒情性，深受观众喜爱，也足以展现画家非凡的功力。令我心仪的《雨后》（又名《潮湿的露台》，1935）就是其中最典型最出色的一幅。

这件作品形式独特，用色极其熟练，以无拘无束的笔触，把夏日雨后那种对清新空气的美好感受表现得淋漓尽致。潮湿的露台，地上和栏杆光影绰绰。桌上一瓶带着水珠的鲜花，倒下的玻璃杯、落下的花瓣，更增添了无尽诗意。露台外的树丛也充满着水气，有沁人心脾之感。难怪人们称这是一首油画抒情诗。

第二次世界大战后，联共（布）中央为消除西方在意识形态方面的影响，1946 年通过了四个有关文学艺术政策的决议。1947 年，格拉西莫夫任苏联美术研究院院长，后又任苏联美术家协会主席，成为当时苏联美术界的头号人物。

为“肃清印象派的恶劣影响”，1952 年格拉西莫夫下令查封了具有印象派风格的女雕塑家戈鲁勃金娜纪念馆。被查封的还有莫斯科“西方新艺术博物馆”，那里收藏着毕加索、马蒂斯等大师的许多珍品。国内凡是违背“社会主义现实主义”原则的画家，一律遭到了封杀。

二

20 世纪 50 年代正是中苏关系的蜜月期。1954 年 5 月，我国中苏友好协会代表团访苏，代表团中包括几位著名画家：朱丹、亚明和邹雅等。在苏方安排下，中国画家们拜访了格拉西莫夫，高莽作为随团译员一起前往。格拉西莫夫热情接待中国客人，向大家展示自己的作品，畅谈创作上的体会。他对现代派绘画，包括印象派非常反感，盛赞中国古代绘画传统。他说，中国年画和古典绘画有一个共同特点，即“用简洁的笔墨表现出最复杂的情节和意境，使观者的感官和想象紧密地结合起来，唤起他们内心的共鸣”。他表示有机会一定要到中国观光。这年秋天，他的愿望终于实现。

1954 年 10 月，北京刚刚建成苏联展览馆（今北京展览馆）并投入使用。第一个展览就是苏联举办的“苏联经济及文化建设成就展览会”。展出日期为10月2日至12月16日。其中包括画展，格拉西莫夫的《四位老画家群像》(1944)首次在中国展出。画中表现四位老艺术家聚在一起攀谈，每个人物都有鲜明个性。这件作品在性格刻画和艺术处理上非常出色，可以看出格拉西莫夫的娴熟技巧。用写意手法表现严谨具象人物，只有掌握了高度技艺的人才能达到。这幅画给中国美术界和广大观众留下深刻印象。

在展览会开幕的同时，格拉西莫夫随苏联文化代表团访华。他首先拜会了中国美术家协会主席、著名老画家齐白石，并将自己的画集赠送给齐白石老人。

当时正值国庆节期间。北京秋天的景色非常美丽，红墙绿瓦，熙熙攘攘的欢乐人群，吸引了格拉西莫夫。他在大街上支起画架作写生，路过的中国民众都向他致意。一天，他看完京剧回到宾馆十分兴奋，凭着记忆画出舞台场面。他还让高莽当模特，画下一张水彩肖像。

北京的《美术》杂志请格拉西莫夫撰写文章。他答应了，但自己不动笔，斜倚着沙发口述，让高莽做记录。高莽写好后向他读了一遍，略作改动，便由高莽译成中文，题为《谈苏联画家的创作方法》，刊登在《美术》1955年第5期。

三

至今一个甲子过去了。格拉西莫夫在苏联美术界是个复杂而颇具争议的人物。在那特殊的历史时期，他为斯大林效力，执行了错误的文艺路线。而且他独断专行，粗暴伤害过很多同行，引起业内人士的憎恶。但从全面来看，他在艺术上还是有很大贡献的，在绘画史上应占据一席之地。

格拉西莫夫的作品对我国的油画、水彩画，乃至中国画的发展都产生了巨大影响。例如，我国当代国画名家赵梅生写道：“当我看见苏联格拉西莫夫所作油画静物《红玫瑰》时，他那狂放的笔触，强烈的色彩对比，特别是用笔的气魄，这不正和中国画大写意的追求有异曲同工之美吗？”

纵观格拉西莫夫的艺术遗产，令人怦然心动的并非那些“大题材”作品，而是他自我消遣时画下的风景和静物。2012 年在伦敦苏富比拍卖会，他的一幅《玫瑰》成交价为三十六万多英镑，折合美元为五十七万。《雨后》现藏于特列恰柯夫画廊。2015 年在我国杭州举行的“俄罗斯国立特列恰柯夫画廊藏品展”，参展作品都是中方与俄方协商逐一筛选出来的，其中就有《雨后》。中国观众在这幅画前驻足观赏，发出阵阵惊叹。所有这些充分说明格拉西莫夫创下的奇迹。

俄罗斯艺术赞助人马蒙托夫

莫斯科富商萨瓦·马蒙托夫（1841—1918）在俄国文化史上被誉为“艺术保护人”。2008年9月5日，俄罗斯发行一枚艺术赞助人马蒙托夫邮资封，2016年10月25日，俄罗斯又发行一枚马蒙托夫诞辰一百七十五周年纪念邮票。就让我们来了解这位非同寻常的人物。

“阿勃拉姆采沃小组”

马蒙托夫出生于西伯利亚一个商人家庭。他的父亲曾创办俄罗斯股份制企业协会，修建了莫斯科至亚罗斯拉夫尔的铁路，并参与巴库油田的开发，是一位相当成功的企业家。1850年举家迁往莫斯科。马蒙托夫自幼热爱绘画、音乐和戏剧，具有很高的艺术修养。学生时代，他就是个文艺活动的积极分子。可是当他从莫斯科大学法律系毕业后，父亲却坚持要求他继承自己的事业。出于无奈，马蒙托夫只好听从父命，当了一名铁路商人。

父亲于1869年逝世，马蒙托夫和兄弟姐妹各分得丰厚遗产。从此他将经商和从事艺术活动同时进行，1870年买下莫斯科郊外的阿勃拉姆采沃庄园，作为开展活动的基地。

阿勃拉姆采沃庄园原先的主人是俄国作家谢尔盖·阿克萨科夫（1791—1859）。这里景色优美，他的好友果戈理、屠格涅夫和演员谢普金等文艺界名流是庄园的座上宾。1859年阿克萨科夫去世，庄园逐渐荒芜，作家的后人便将它出售。

新主人马蒙托夫修复了庄园，盛情邀请众多知名艺术家来这里做客。伊里亚·列宾（1844—1930）、瓦西里·苏里科夫（1848—1916）、瓦西里·波列诺夫（1844—1927）和维克多·瓦斯涅佐夫（1848—1926）等画坛巨匠经常在这里聚集，阿勃拉姆采沃庄园成了当时俄罗斯艺术生活的中心。有些名家甚至长期住在这里从事创作，因此这个庄园被喻为“俄罗斯绘画的摇篮”。1880 年“阿勃拉姆采沃小组”正式成立。

在“阿勃拉姆采沃小组”诞生了不少俄罗斯名画，例如，列宾那幅家喻户晓、充满戏剧性的《意外归来》(1882)，还有《库尔斯克省的宗教游行》(1883—1885)。瓦斯涅佐夫花费了十几年心血的代表作《三勇士》在这里基本完成；他的《阿廖努什卡》(1881) 取材自俄罗斯民间故事，画中充满浓郁的俄罗斯情调及俄罗斯特有的忧伤，正是庄园的旖旎风光赐予画家以创作灵感。

随着时间推移，这里的常客便是年轻一代，其中有列维坦、康·柯罗文和谢洛夫。这些后起之秀才华横溢，思想活跃，意味着一种新思潮的出现。

二十二岁的谢洛夫在庄园内，以马蒙托夫的女儿为原型，画下深受广大民众衷心喜爱的成名作《少女和桃》(1887)，作品在构图和色彩上都有很多新突破。

这些俄罗斯画坛珍品，如今全部收藏在国立特列恰科夫画廊，成为国宝。

马蒙托夫歌剧院

19 世纪 80 年代以前，俄国只有官办剧院。沙皇政府派人控制剧院，也就是戏剧事业被官方所垄断，因此剧目与表演艺术显得保守陈旧。1882 年，处在政治危机中的沙皇当局，出于“把人的聪明才智从当前的政治问题上吸引开去”的考虑，才颁布了法令准许私人创办剧院。19 世纪 80 至 90 年代，私营剧院相继出现。

这一政策的出台令马蒙托夫欣喜万分。他早就梦想将音乐、绘画、舞蹈和文学等多种门类的艺术融汇成一个整体。从 1884 年秋天开始，他在莫斯科筹建歌剧院，这也是当时俄国第一家私人歌剧院。

马蒙托夫对创办剧院满怀信心。因为在他麾下拥有众多国内顶级画家，剧院的舞台美术工作绝对将是一流的。至于物色演员和音乐家对他来说也不困难，由于他与各个艺术领域的行家都保持着紧密联系，挖掘这方面的人才也有得天独厚的优势。

剧院确定了排演的第一个剧目是作曲家亚历山大·达尔戈梅日斯基（1813—1869）的歌剧《水仙女》（根据普希金同名诗剧改编）。1885 年 1 月 9 日，马蒙托夫歌剧院的演出季就以这个剧目为开始。

马蒙托夫要求舞台布景必须打破陈规，让新颖别致、富有民族特色的布景与俄罗斯音乐一起出现在舞台上。

“阿勃拉姆采沃小组”不少成员都投入到舞台美术设计工作，列维坦和康·柯罗文成为其中骨干。但两人从未搞过舞台布景，这对于他们来说是一个全新的领域。

画布景通常是好多人。大家边工作，边说笑，很是热闹。马蒙托夫的身影也经常出现在工作室里。列维坦根据瓦斯涅佐夫的草图，画剧中水底世界的场面。人手不够，他把自己的同学尼古拉·契诃夫（作家安东·契诃夫的二哥）也请来帮忙。舞台美术家西莫夫回忆道：彩排前的那个晚上，大家准备干个通宵。十点多，安东·契诃夫来造访，年轻画家们热情欢迎这位贵客。契诃夫看完布景后，谈了谈感想，便讲了些非常有趣的故事，让大家笑得前仰后合……

列维坦画完幕布得到一大笔酬金——马蒙托夫对所有艺术家都很慷慨，然后就去长途旅行。而康·柯罗文从此爱上这项工作，日后成为著名舞台美术家。

1885 年 1 月 9 日晚，马蒙托夫歌剧院《水仙女》首次公演。当幕布开启，观众席上立即爆发出一片热烈掌声，这是向制作布景的艺术家们致敬。

在振兴俄罗斯歌剧艺术方面，马蒙托夫歌剧院起了重要作用。大作曲家里姆斯基-柯萨科夫特地为剧院创作歌剧《五月之夜》（根据果戈理同名小说改编）和《萨特阔》，并在这里举行了首场演出。

著名世界男低音歌王费多尔·夏里亚宾（1873—1938），也是从马蒙托夫私人歌剧院开始自己的艺术生涯。他出身学徒，二十一岁时闯荡到圣彼得堡，跻身马林斯基剧院。但这里不缺男低音，没有施展才华的机会。偶然一次“救场”，他演得非常精彩。

马蒙托夫发现了夏里亚宾的罕见天赋，高薪聘他为剧院演员。1896 年，剧院演出格林卡的歌剧《伊凡·苏萨宁》，夏里亚宾扮演主角，一举成名，开始在莫斯科歌剧舞台上崭露头角。他所创作的一系列俄罗斯歌剧舞台形象都成为经典。后来，他和这里的一名女舞蹈演员结婚，可谓事业、爱情双丰收。

夏里亚宾到马蒙托夫歌剧院后不久，剧院请来一位乐队指挥任 1897—1898 演出季指挥。他就是二十四岁的谢尔盖·拉赫玛尼诺夫（1873—1943），与夏里亚宾同龄。这是位全能音乐家，首次执棒。剧院的音乐总监担心自己会被他所取代，处处刁难他，但是没能难倒基础扎实的拉赫玛尼诺夫。1897 年，剧院演出圣－桑的歌剧《参孙与达丽拉》，夏里亚宾扮演主角，拉赫玛尼诺夫担任乐队指挥。演出获得极大成功。马蒙托夫对这位新指挥非常满意，下个演出季仍然续聘他。

夏天，马蒙托夫邀请夏里亚宾和拉赫玛尼诺夫到阿勃拉姆采沃度假。他和两位艺术家一起研究下个演出季即将上演的剧目《鲍里斯·戈都诺夫》（穆索尔斯基根据普希金同名戏剧改编）——他向来爱参与剧本的分析工作。

随后，夏里亚宾与拉赫玛尼诺夫又合作演出《水仙女》《五月之夜》。1899 年是普希金的百年诞辰，剧院演出歌剧《阿列克》（戏剧家涅米罗维奇－丹钦科根据普希金长诗《茨冈》改编，拉赫玛尼诺夫作曲）。夏里亚宾扮演主角，由拉赫玛尼诺指挥。

令马蒙托夫引以为豪的是，两位日后享誉世界的大师都出自他的歌剧院！

醉心艺术的一生

除了“阿勃拉姆采沃小组”和马蒙托夫歌剧院两大硕果外，马蒙托夫还做过许多有意义的事。19 世纪 90 年代，他在阿勃拉姆采沃建立了陶瓷作坊和木工作坊，许多画家参加了陶瓷图案的设计，这些陶瓷产品远近闻名。

为纪念著名诗人莱蒙托夫逝世五十周年，马蒙托夫想要在 1891 年出版莱蒙托夫诗集，请画家米哈伊尔·弗鲁贝尔（1856—1910）为诗集绘制插图。名画《坐着的天魔》就是弗鲁贝尔为诗人的作品《天魔》所作的插图。从此他一发不可收，创作了“天魔”系列，并以富有独创性著称。弗鲁贝尔成了20世纪俄罗斯绘画的先驱之一，这要归功于马蒙托夫的提携。

1898年成立的“艺术世界”是继“巡回展览画派”后又一美术团体。“艺术世界”的月刊《艺术世界》，倡导艺术的多元化。这份刊物在文艺界和青年读者中很受欢迎，马蒙托夫曾经给予大力资助。

俄罗斯套娃的出现也源自马蒙托夫。第一个套娃是他家人从日本带回来的，妻子建议按这套娃娃的样式制作俄罗斯女孩形象的套娃。他把这个任务交给木工作坊，俄罗斯套娃诞生了。瓦斯涅佐夫和弗鲁贝尔等名家亲自绘制过套娃。

马蒙托夫一生醉心艺术，对企业经营没有什么兴趣。后来，有人以贪污罪诬告他，他被捕入狱，最终被判无罪，但他从此破产。这位富翁沦为一介平民后，艺术家们对他倍加爱戴与呵护。

在俄罗斯现代艺术运动发展进程中，马蒙托夫的巨大贡献是毋庸置疑的。

俄罗斯“白银时代”女雕塑家戈鲁勃金娜

19世纪末至20世纪20年代的三十多年间，俄罗斯的文学艺术被称作“白银时代”。这一时期正值两个世纪之交，而且经历了第一次世界大战和俄国的几次革命。

“白银时代”是与俄罗斯文学的“黄金时代”相对而言的。“黄金时代”泛指以普希金等大师为代表的19世纪俄国文学。“白银时代”则是俄国文化继普希金等巨匠之后又一个风起云涌、群星璀璨的年代。这是俄国的转折时期，由封闭帝国走向开放。在欧洲现代主义文化影响下，短短几十年间，俄罗斯现代文学艺术如雨后春笋般蓬勃发展，并涌现出一批杰出的文学艺术家。

本文介绍一位国人可能感到比较陌生的女雕塑家——安娜·戈鲁勃金娜（1864—1927）。

戈鲁勃金娜出生于莫斯科州扎赖斯克市郊一个农民家庭，家里经营着一个菜园。在她两岁时，父亲便过早去世，留下了七个儿女。由于家境贫寒，只能让男孩子上学。童年时代，戈鲁勃金娜是从当地教会执事那里受到启蒙教育的，随后便完全靠自学。她从小爱读书，更喜欢画画和摆弄泥巴，搞雕塑，显示出对泥土造型的敏感。家里人都很珍惜她这方面的才华。

二十五岁时，戈鲁勃金娜来到莫斯科，考入莫斯科绘画雕塑建筑学校，成为雕塑专业一名年龄最大的学生。后来又到圣彼得堡美术研究院所属的艺术学校就读。当时，许多俄罗斯艺术家既反对学院派的传统，又不满意“巡回展览画派”后期题材的保守和表现形式的陈旧。在现代主义思潮冲击下，他们提倡创作自由，热衷革新艺术形式，纷纷踏上欧洲艺术的朝圣之路。在接受欧洲新思潮的同时，又以俄罗斯血液，丰富、滋养着艺术。

戈鲁勃金娜同样渴望追求西欧文艺新思潮。巴黎是她最向往的地方，那里有雕塑大师奥古斯特·罗丹（1840—1917）——现代雕塑的开拓者，还有新兴的印象画派。罗丹和印象派画家们交往非常密切。受到印象派对光、色变幻效果的影响与启发，他将印象派画家用画笔捕捉瞬间自然光影的手法，巧妙地运用到雕塑上。

1897 年，戈鲁勃金娜来到巴黎，拜见了罗丹，请求做他的学生。大师被她的纯朴以及对艺术的执着所感动，愿用特殊方式教授这名俄国女弟子：老师给她布置作业，学生按时完成，然后带着作业再来向老师请教。她就这样追随罗丹学了两年多。

受到大师亲手点拨，她的才华得以迸发出光彩。罗丹不止一次夸赞这个学生交来的作业："非常好！"

戈鲁勃金娜的雕塑《老年》，1899 年在巴黎沙龙展出获得三等奖。这件作品深受罗丹的著名雕塑《欧米哀尔》（又名《老娼妇》，1885）的影响。

1899 年年底，戈鲁勃金娜学成回国，在莫斯科开始了雕塑家的职业生涯，成为俄罗斯第一位女性雕塑家。她将人物肖像作为自己的主攻方向，并牢记导师罗丹的教诲：没有任何别的艺术创作像肖像那样更需要深入的洞察力。女雕塑家念念不忘恩师的教诲，曾给他写信表达自己深厚的感激之情。

戈鲁勃金娜在国内已经崭露头角。她应邀为莫斯科艺术剧院大门门楣创作了浮雕《海神》（1902—1903）。这是她的一件经典雕塑，泥的斑驳像暗涌的潮流，把浪花与海神塑造得淋漓尽致。作品中泥塑的痕迹运用达到了自然流畅的境界。

这个出身底层、孩提时代未曾受过正规教育的农家女子，经过多年拼搏，终于成为一位优秀的雕塑家。她有幸师从罗丹，作品中有较多的罗丹烙印，其艺术经历使她成为最具欧洲现代主义风格的俄罗斯雕塑家。

1905 年 1 月 9 日（公历 22 日），在俄国首都圣彼得堡发生了"流血星期日"事件。戈鲁勃金娜对此义愤填膺。"流血星期日"促进了 1905 年俄国第一次革命的爆发。在这期间，女雕塑家将自己的住所提供给革命者们用来秘密集会。革命失败后，她被捕入狱。经过她的姐姐亚历山德拉奔走营救，她才获准出狱，但是必须接受当局的监管。

怀着实现人类进步事业的美好理想，戈鲁勃金娜创作了《卡尔·马克思肖像》（1905），被称作是第一个为马克思塑像的俄国雕塑家。

1908 年，戈鲁勃金娜申请回母校莫斯科绘画雕塑建筑学校任教，可是因为她曾被捕入狱这一历史问题，而遭到了拒绝。学校的督学，也是莫斯科的总督，在戈鲁勃金娜的申请书上大笔一挥："不予批准"。当时担任莫斯科绘画雕塑建筑学校教授的著名画家谢洛夫，对学校领导这种做法不能容忍，他公开表示："戈鲁勃金娜是一位真正的俄罗斯雕塑家。这样的人才在我们这里是极其罕见的，因此她的请求理应受到重视。"

谢洛夫认为官方如此对待一位天才雕塑家很不公正。由于不能超越学校的"章程"，1909 年 2 月，谢洛夫愤然辞职，以示抗议。

女雕塑家本人早已饱尝磨难，申请被驳回也是预料之中的事。她向主持正义的谢洛夫表示了感谢，从此专心致志地投入工作。她制作雕像的对象范围很广，除了普通民众，更多的是文艺界杰出人物，如诗人莱蒙托夫、别雷和文豪列夫·托尔斯泰等。在创作过程中，她首先深入研究这些大师的作品，尽力理解他们复杂深奥的内心世界。她认为必须经过这样的努力，才能表现出人物的精神风貌以及性格特征。

经过多年的苦心经营，1910 年戈鲁勃金娜终于在莫斯科建立了自己的工作室。工作室规模不大，但是对她来说已经实属不易。

戈鲁勃金娜的感情生活很不顺利，因此一直独身，将全部精力献给了自己钟爱的艺术事业。1914 年，年逾半百的女雕塑家举办了一生中唯一一次个人作品展览，她将售出作品的全部收入，捐献给第一次世界大战中受伤的俄国士兵。

1917 年，二月革命发生，迫使沙皇退位，以相对和平的方式结束长达三百年的沙皇专制统治，建立了临时政府。二月革命的胜利使得俄国的政治制度发生根本性变化，大大推动了俄国历史的发展。临时政府颁布的第一个法令是取消书报检查制度，人民享有言论自由。以高尔基为首的社会著名人士认为，当前任务是捍卫二月革命成果，发展经济，繁荣文化。戈鲁勃金娜和众多文学艺术家，一致拥护高尔基的主张。

八个月后，十月革命爆发，推翻了临时政府。临时政府成员遭到逮捕，其中两名竟被杀害，这件事震惊了广大民众。高尔基怒气冲冲地来到司法部，坚决要求释放被捕人员。由于他的崇高威望，临时政府成员很快就获释。

1918 年，苏维埃政权向全国雕塑家们提出了一个新任务。4 月 14 日列宁签署了《纪念碑宣传计划》，人民委员会公布了“关于拆除为歌颂沙皇及其仆从而建立的纪念碑和拟定俄罗斯社会主义革命纪念碑方案的法令”，全国雕塑家、建筑家们立即热烈响应这一号召。唯独戈鲁勃金娜始终保持缄默，原因在于她认为新政权没有善待临时政府成员。从这一点可以看出她桀骜不驯的性格。

苏维埃政权也不喜欢戈鲁勃金娜作品中那种现代化的风格。

晚年，戈鲁勃金娜有两座雕像非常引人注目：《列夫・托尔斯泰胸像》（1927）和《小白桦》（又称《风中少女》，1927）。前者体积巨大，令人很难相信出自一位女性之手，这是塑造托尔斯泰形象的各种造型艺术中的一件优秀作品。她崇拜这位大文豪：“托尔斯泰像大海，他的目光灼人。”

《小白桦》塑造的是一位在风中伫立的纤弱少女，楚楚动人。据说这是以她的侄女薇拉为模特儿创作的，如今它的复制品竖立在莫斯科新圣母公墓薇拉・戈鲁勃金娜的墓碑上。高莽先生曾在新圣母公墓见过这个雕像，赞叹它“散发着女性的妩媚”……而在笔者看来，这位风中少女充分体现了女雕塑家自己历经风吹雨打的坎坷一生。

当戈鲁勃金娜病重时，留下遗嘱：将她在莫斯科的工作室以及一百五十多件作品全部捐献给国家。女雕塑家去世后，她的姐姐实现了她的遗愿。1932 年她的工作室改建成戈鲁勃金娜纪念馆，由她的侄女薇拉·戈鲁勃金娜担任纪念馆馆长。

然而，到了 1952 年，苏联美术家协会主席格拉西莫夫下令查封了戈鲁勃金娜纪念馆，理由是这些作品违背“社会主义现实主义”的创作原则。在随后的“解冻”时期，戈鲁勃金娜恢复了名誉。1976 年戈鲁勃金娜纪念馆重新开放，可是许多作品都已失散。

1964 年是戈鲁勃金娜的百年诞辰，苏联政府发行了一枚纪念邮票，上面印有女雕塑家的肖像，背景则是她的大型雕塑《列夫·托尔斯泰胸像》。

又过了半个世纪，2014 年 2 月为纪念戈鲁勃金娜诞辰一百五十周年，俄罗斯国立特列恰科夫画廊举办了戈鲁勃金娜作品展览。说明这位女雕塑家在俄国艺术史上占据的重要地位，人民将永远铭记她的丰功伟绩。

享誉世界的苏联女雕塑家穆希娜

绝大多数的中国民众对穆希娜这个名字可能并不熟悉，甚至根本就不知道，但她制作的一座雕像于20世纪50年代初至70年代末，在我国家喻户晓。中年以上的人，只要回想起小时候或青年时代看苏联电影的情景，就一定还会记得，随着乐曲响起，片头出现一个十分熟悉而又振奋人心的画面：一座银光闪闪的雕塑旋转九十度后，面对观众的是两个英姿飒爽、高擎着苏维埃国家的象征——镰刀与铁锤的青年男女形象，背景为克里姆林宫尖塔。这个画面是当时莫斯科电影制片厂的标志，其中的雕塑源自一座题为《工人和集体农庄女庄员》的著名雕像，它是苏联雕塑大师薇拉·穆希娜（1889—1953）的代表作。

当时我国电视尚未普及。节假日，大家去电影院看场电影几乎就是唯一的娱乐方式了。据我个人亲身体会，上大学时，学校经常放映电影。我的母校是北京外国语学院（今北京外国语大学），学校一向以放映苏联影片为主。晚饭后，学生们坐在广场上等候着。影片开映了，一看到莫斯科电影制片厂的片头，就意味着快乐的时光开始了，我们便不由自主全神贯注地望着银幕……

毕业后，我被分到高校执教。这里也有周末在广场上放映电影的传统，放映最多的依旧是苏联电影。每逢周末，全校师生员工争先恐后地带着板凳去广场占位子……因此，看电影就成了一件非常令人开心的事。

近日，偶然从俄罗斯网络上见到一张莫斯科电影制片厂厂徽的老照片，也就是该厂出品影片的片头。这张图片深深打动了我，让我感到十分亲切与温暖，并勾起了许多美好的记忆。

那么，就让我们来了解一下这座著名雕塑的作者穆希娜吧，因为正是她曾给中国民众带来那么多的欢乐，这一点恐怕连她自己也不会料到。

坎坷的生活道路

薇拉・穆希娜1889年出生在拉脱维亚首都里加一个商人家庭。两岁时母亲死于肺结核，父亲带着她迁居克里米亚的费奥多西亚市。十四岁那年父亲不幸去世，她和姐姐全都由叔父抚养长大。穆希娜从小喜爱绘画，1909年进入莫斯科艺术学校读书。偏偏此时她遭遇意外，姣好靓丽的脸庞上留下了一块伤疤，这对于一个正值青春年华的少女来说是多么无情的打击！家人不敢让她照镜子，怕她想不开，甚至会寻短见。

叔父决定送她出国治疗并攻读她所痴迷的艺术。

1912年穆希娜来到巴黎，师从法国雕塑大师罗丹的得意弟子、著名雕塑家布尔德尔（1861—1929）。不幸的遭际促使她更加专注于对事业的追求，因而成绩优异。1914年她游历了以雕塑著称的意大利。精湛的古典艺术和现代艺术的新潮流，对她日后的创作产生了重要影响。

第一次世界大战爆发后，穆希娜返回祖国，当过舞台美工，又进入美术学校任教。随后，她怀着满腔爱国热情接受医学培训，成为一名护士。这期间她邂逅了比自己年长六岁的著名外科医生阿列克谢・扎莫科夫（1883—1942）。这位军医参加过俄国1905年革命，不仅思想先进、医术精湛，而且风度翩翩，是位相当完美的男士。1918年他俩结为伉俪，二人意笃情深，恩爱有加。从此，自幼失去双亲又遭遇不幸的穆希娜迎来了幸福生活。

1918年4月12日，列宁签署了“纪念碑宣传计划”。全国雕塑家、建筑家热烈响应这一号召，穆希娜也在其中。就在列宁发出指示后的三年间，仅莫斯科和圣彼得堡两个城市就建立了四十多座纪念碑、浮雕像和纪念匾，如《卡尔・马克思纪念碑》《苏维埃宪法方尖碑》等。

穆希娜认为，艺术的任务是代表人民发言，满足他们的审美需求。在新的形势下，她努力表现新人物，歌颂普通劳动者，赞美他们丰满、健康与剽悍的体魄。在20世纪20年代初期，她已显露出不同凡响的创作才华。1922年至1923年间，她制作了雕塑《革命火炬纪念碑》。

1927年，穆希娜为纪念十月革命十周年创作的作品《农妇》，在美术展览会上获得一等奖。作为雕塑家，她脱颖而出，但万万没料到的是，这时她的家庭受到了意外打击：正直善良的扎莫科夫遭人诬陷，穆希娜也被牵连进去。1930年两人同时被捕，分别发配到偏远地区服苦役。那年他们的儿子刚十岁，一度流离失所，后来才由亲戚照料，这个原本十分幸福的小家庭从此历经磨难。

在以高尔基为首的知名人士关怀和努力下，1932年穆希娜和丈夫终于无罪获释，重返莫斯科，并恢复了各自原来的工作。

重获自由后，穆希娜开始拥有自己独立的工作室。她珍惜机遇，激情四溢，一件又一件优秀作品从她的手下涌现。

时代的象征：《工人和集体农庄女庄员》

1936年，苏联政府接到1937年在巴黎举行的“艺术、技术和现代生活”世界博联会的邀请，决定参加这次展览。这是苏联第一次参加世博会，也是颂扬社会主义建设胜利的绝好时机。著名建筑设计师鲍里斯·约凡负责设计苏联展览馆。说到约凡，顺便提一句，在后来卫国战争期间，是他提出把克里姆林宫伪装起来的设想，使得这一标志性建筑物免遭敌机破坏。因此他被称作是天才的建筑设计师，这是后话。

按照约凡的构思，苏联馆建筑物上应有一座雕像，由一对男女青年组成，象征苏维埃大地的主人—— 工人和农民。于是，苏联国内开始了雕塑设计方案的竞标活动，大批雕塑家纷纷参与。最终穆希娜胜出，她按照约凡的构想，进行设计的群雕《工人和集体农庄女庄员》中标。1937年春天，她完成了这件大型作品。

穆希娜制造雕像时，使用的是当时世界上最薄的钢片，只有两毫米厚，形体巨大的雕像总重量为八十吨。在铸造技术尚未现代化的20世纪30年代，制作如此大型的不锈钢雕塑，在全世界都算得上是个伟大的创举。

制作过程中，穆希娜克服了许多技术上的难题，特别是每个局部都要根据 1.5 米高的小稿放大十五倍来完成，仅制作飘带一项就用了将近五吨的材料。她把不锈钢片在木模上压制成型后，一块块地拼接起来，更增大了工艺的难度。而制作的时间非常紧迫，仅有三个月。上级领导十分重视这件雕塑的创作，曾经亲自前往穆希娜的工作室视察。

雕像完成后，马上被拆分成六十五块，用二十八节列车运往巴黎。穆希娜感慨地说："从我们这里诞生了一门新的学科——雕塑工程学。"

当时苏联风光无限。1937 年，经过两个五年计划的建设，苏联的工业生产总值跃居欧洲第一，世界第二。于是苏联雄赳赳、气昂昂地亮相巴黎世博会。

世博会开幕的那天，这尊 24.5 米高的大型雕塑巍然矗立在苏联馆建筑上。苏联馆是个长方形大厦，其空间逐渐向前增高，形成一座 34.5 米高的拱门。雕像立于展馆顶部，从地面计算高近 60 米。穆希娜创作的那对朝气蓬勃的青年男女，仿佛凌空飞翔，十分壮观。这座不锈钢雕像在不同光线的照耀下显现出各异的绚丽色彩，具有丰富的艺术表现力和强烈的时代感，成为新生的苏维埃国家的象征。

这件作品震撼了世界，让西方资本主义阵营充分感受到第一个社会主义国家的强大。国际舆论称赞它是"20 世纪最伟大的雕塑作品"。在苏联馆对面的德国馆，一只雄鹰雕塑俯视着行人，据说是专为挑战苏联工农雕塑而赶制出来的。

穆希娜深受导师布尔德尔影响，她的雕塑具有强烈的建筑感。人们很难相信，这座气势磅礴的巨大雕像出自一位女性之手。她的非凡创造力和宏伟气魄令世人震惊。也正是这座雕塑将穆希娜载入了 20 世纪世界雕塑的史册，让她的名字誉满全球。

法国著名作家罗曼·罗兰被这座雕塑深深打动，他写道："在塞纳河畔的世界博览会上，两位年轻的苏联巨人高举着镰刀和锤头，以一种不可遏止的姿态飞翔。而且我们听得到从他们胸中涌出一首英雄的颂歌，号召各国人民奔向自由、团结并走向胜利。”

世博会期间，巴黎市民，尤其是女性公民，曾联名写信请愿，希望将这尊雕塑留在法国。他们认为这是一个很好的范例，证明女性雕塑家也可以有这么大的本领。

世博会结束后，雕像运送回国。穆希娜建议将它安置在列宁山上或莫斯科河畔，而雕像最后矗立在莫斯科新建成的全苏农业经济展览馆（今全俄展览中心）大门前，成为家喻户晓的“苏维埃时代的理想与象征”，被树为“社会主义现实主义”雕塑艺术的典范。但是，穆希娜认为雕像安置的高度违背了她的设计。雕塑高 24.5 米，应当安置在 33 米的基座上，可是基座竟被压低到 12 米。穆希娜为此多次上书有关部门，说明一座雕像如果安置得不恰当，将有损它的思想内涵和艺术效果。可是穆希娜的呼吁没得到当局重视。

从 1947 年起，《工人和集体农庄女庄员》成为苏联最大的电影基地莫斯科电影制片厂的厂徽。随着莫斯科电影制片厂制作、生产和发行的影片在全球放映，世界各国观众都会在片头中看到这尊气势非凡的雕像。我国可能是当时放映苏联影片最多的国家，因此这座雕像在几代中国观众心中留下了难以忘怀的深刻印象。

世界影响力

穆希娜是位多产的艺术家，她的作品在苏联各地比比皆是。最著名的有莫斯科音乐学院门前的柴可夫斯基纪念像，高尔基大街（今特维尔大街）起点广场上的高尔基雕像纪念碑，还有莫斯科大学校园内一对面对面地坐着的男女学生雕像，以及下诺夫哥罗德的高尔基纪念碑。

此外，穆希娜还有一件重要的代表作《粮食》。这一群雕作于 1939 年，原是应市建工程的委托，为莫斯科河的桥面作装饰而设计的。后来它被改铸成青铜材质，于 1939 年在苏联“食品工业展览会”上展出，受到普遍称赞。两名集体农庄的姑娘蹲在地上，一左一右，形成一个门式构图，彼此呼应。组雕无论从哪个角度看，造型都很完整。穆希娜使劳动舞蹈化，它是生活，又不同于生活。雕塑总体感觉不过分庄重，具有生活气息，同时兼顾到了其纪念碑的性质。这件作品如今收藏在俄罗斯最著名的美术馆之一——国立特列季亚科夫画廊内。

苏联解体后，许多苏联时期的领袖像、纪念碑纷纷被推倒。而莫斯科市政府将《工人和集体农庄女庄员》视为一个时代的象征，很重视对这座艺术遗产的保护，2003 年 10 月特地拨出 1.62 亿卢布的巨款，对它进行了全面维修。花费如此重金对待一座苏联时期的雕塑实属罕见，维修工程直到 2009 年才告结束。维修完成后，雕塑基座增至最初在 1937 年巴黎世博会展示时的高度，即高达 33 米，实现了穆希娜七十多年前的最大心愿。

当局还计划在基座内部修建无支柱陈列馆，把这一空间建成俄罗斯穆希娜博物馆。在里加和费奥多西亚，早已分别建有穆希娜博物馆，这些城市为诞生和养育了这位大雕塑家而自豪。

罗曼・罗兰曾赞扬德国女版画家凯绥・珂勒惠支是“有丈夫气概的女画家”，而穆希娜也可以说是具有男人气魄的女雕塑家。

穆希娜阳刚大气的创作个性，对中国造型艺术产生了深远影响。上海展览中心，也就是以前的中苏友好大厦，门外原先竖立的那座塑像——由我国雕塑家张充仁于 20 世纪 50 年代制作，就借鉴了《工人和集体农庄女庄员》的风格。中国雕塑大师刘开渠、潘鹤等也都从穆希娜的作品里得到了许多裨益。

20 世纪 50 年代，我国书店中介绍穆希娜的各种书籍和她的作品集已经成为美术类的普及读物，甚至是畅销书。进入 21 世纪，这位雕塑大师的影响力仍然在持续。2013 年，《穆希娜论艺术》一书，由我国著名俄苏美术史专家奚静之翻译，中国文联出版社首次推出。

穆希娜的作品在 20 世纪世界现实主义雕塑领域具有广泛影响。她的创作特点是生活气息、象征性和装饰性三者完美结合，构思上非常巧妙，创作时又不拘泥于表现手法和材料本身。她的作品大胆创新、内涵深邃，力图唤醒人们对至真、至善、至美的追求。她是美术史上一流的雕塑大师。

无比出色的墓上雕

莫斯科新圣母公墓是欧洲三大著名公墓之一，也是俄罗斯最大的名人公墓，那里可以看到穆希娜精彩的墓上雕作品。她曾为多位亲朋好友制作了墓上雕，其中包括高尔基的儿子马克西姆、歌唱家索比诺夫，还有她最亲密的人生伴侣扎莫科夫。

马克西姆是高尔基同第一任妻子彼什科娃所生的儿子，高尔基夫妇十分疼爱马克西姆。他们原本有一双儿女，而女儿卡佳五岁时不幸夭折，此后他们更加珍惜这个唯一的儿子。马克西姆性格开朗，活泼好动，与一位美女画家结婚，生有两个女儿。高尔基让他管理过自己繁杂的事务，甚至作为自己的代表办理过一些要事。列宁也曾经亲自过问马克西姆的工作，安排他到苏联外交人民委员会担任外交信使。高尔基回国定居后，马克西姆偕妻带女同父亲住在一起。1934 年 5 月，时年三十七岁、身体一向健壮的马克西姆，因感冒而猝然去世。白发人送黑发人，使高尔基和彼什科娃悲痛欲绝。他们决定好好安葬自己的独子。高尔基甚至把原定苏联作家第一次代表大会召开的日期延后了几个月。他让彼什科娃去见穆希娜，请她为马克西姆设计一座墓碑。

在穆希娜夫妇心目中，高尔基德高望重，并且是搭救过自己的恩人。她非常同情高尔基和彼什科娃老年丧子的不幸，穆希娜接受了这个任务。这是她第一次设计墓碑。

高尔基原本只是请穆希娜在一块普通石头上做个浮雕，再刻上一句话："他的心灵曾经一团糟。"可是穆希娜认为那样太没有艺术性。她拜访了高尔基，与彼什科娃进行了长谈，还向马克西姆的妻子了解他生活中的种种细节，搜集了大量照片，随后开始创作马克西姆的浮雕全身像。

墓碑用一整块乌拉尔灰色大理石雕成凸浮雕全身像，马克西姆好像从巨石里走出来。他身着夏装，靠着墙，双手插在裤兜中，左脚悠闲随意地搭在右腿前，低头似乎思索着什么。穆希娜不仅创作了雕像，还设计了墓区周围的环境。墓碑四周绿草茵茵，黄花朵朵……

这座墓上雕得到了高尔基和彼什科娃的肯定，尤其令彼什科娃十分满意。她感激地对穆希娜说："您为我延长了儿子的生命……"

新圣母公墓内所有墓碑中最具艺术魅力、最摄人心魄的当数列维·索比诺夫（1872—1934）的墓碑。索比诺夫是著名抒情男高音歌唱家，与男低音歌王夏里亚宾是同时代人，他们被誉为俄罗斯歌坛的"双星"。索比诺夫在歌剧舞台上塑造过许多不朽的艺术形象，以扮演柴可夫斯基的歌剧《叶甫盖尼·奥涅金》中的连斯基著称，那首连斯基咏叹调《青春，青春》令多少人陶醉！穆希娜与他是远亲。索比诺夫去世后，其家人委托她设计墓碑。

女雕塑家为此倾注了大量心血，几经思考，最后决定用天鹅作为象征的形象。天鹅是美与音乐的化身。传说天鹅临终时从喉咙里吐出一块白银，从而终止了那银铃般的歌声。这与索比诺夫的绰号很贴切——"俄罗斯舞台上的天鹅"。垂死的天鹅侧卧在一座高起的石台，美丽的长脖无力地垂在张开的翅膀上。它抖动着，挣扎着，最终完成了自己的绝唱。穆希娜的创作灵感源自索比诺夫的代表作《断翅的天鹅》。这只凄美的天鹅成了索比诺夫灵魂的象征。穆希娜说："天鹅在俄罗斯人的心中一向是纯洁的象征，我还没有见过比索比诺夫更纯洁的人。"

天鹅墓碑震撼了前来瞻仰的人们。索比诺夫也因这座墓碑大大提高了在全世界的知名度。

穆希娜才华过人，既能打造气势恢宏的巨型雕塑，又能创作手法新颖、寓意深刻的作品。

荣誉掩盖了痛苦

事业的成功给穆希娜带来巨大的声誉。1943 年她获得“人民艺术家”称号，1947 年当选为苏联美术研究院院士，五次获得斯大林奖金。这些荣誉掩盖了她在创作上和生活中经历的种种痛苦。

穆希娜一生设计了一座又一座雕像纪念碑，可是许多都没有得到当局认可。譬如，她为诗人谢甫琴科设计的雕像，有人借口诗人身穿乌克兰民族服装而加以反对。又如，那座《工人和集体农庄女庄员》，当时也有人发现了“问题”……穆希娜的每一件作品都经受了考验。

晚年，穆希娜花费巨大心血制作了三座大型纪念碑，有列宁、高尔基和柴可夫斯基等人的塑像，可是在她生前一座也没有竖立起来。她说：“我很痛苦，因为我的劳动和我的创造全都落空了。”

当生命进入尾声，穆希娜已经无法执笔，她曾口述一封致苏联政府的信，提出最后的恳求：“不要忘记造型艺术”，它“给予人民的影响不亚于电影或文学”；她提醒政府在艺术上不要畏惧冒险，“在探索新事物时，假若没经受不断的、经常的失败，就不可能有新的苏维埃艺术的成长”。

另外，穆希娜原本非常美满的家庭，在 20 世纪 30 年代末至 40 年代初发生了巨大变故。她的丈夫扎莫科夫一直从医，在国内享有盛誉。他曾经为莫洛托夫、加里宁、高尔基和蔡特金等领导人和知名人士治过病。然而世事难料，1938 年他再次被迫离开自己所创建的医学研究所，从此赋闲在家，郁闷成疾，于 1942 年 10 月去世，年仅五十九岁。临终前他留下一句话：“我为人类竭尽了所能。”

穆希娜在极度悲痛中为丈夫制作墓上雕，并将他的遗言刻在墓碑基座上，下面刻上她自己的话：“我也如此。”的确，他们两人都为人类竭尽所能。扎莫科夫用高超的医术拯救人类的生命，穆希娜则以精湛的艺术滋养人类的心灵。他们值得后人怀念，两句遗言更堪称经典，让人们永远铭记。

失去了最挚爱的人之后，穆希娜坚强、执着地投入到艺术事业中，直至1953年9月病逝，享年六十四岁。她的孙子说："祖母死于心绞痛，这是凿石匠通常患的不治之症。"她的工作确实不亚于石匠。

如今，穆希娜与扎莫科夫合葬在莫斯科新圣母公墓。通向他们墓地的那条道路，夏天不会长草，冬日不会积雪，因为总有络绎不绝的人群，手捧鲜花，前来凭吊。

俄罗斯现实主义戏剧大师斯坦尼斯拉夫斯基

中国民众对斯坦尼斯拉夫斯基这个名字并不陌生。他的演剧体系理论，我国于20世纪30年代开始译介。1935年左翼戏剧家联盟成员章泯执导话剧《娜拉》，第一次尝试运用了斯坦尼斯拉夫斯基体系。

1949年以后，是中苏关系蜜月期，我国戏剧及电影界掀起了学习“斯坦尼斯拉夫斯基热”，聘请苏联戏剧专家来华讲学，派遣中国学生赴苏攻读“斯坦尼斯拉夫斯基”。斯坦尼斯拉夫斯基体系的现实主义美学原则，对我国戏剧和电影艺术产生了极其广泛而深远的影响。焦菊隐、金山、赵丹和孙维世等知名导演和演员，曾创造性地运用斯坦尼斯拉夫斯基体系；在戏剧学院和电影学院，斯坦尼斯拉夫斯基理论都是必修的经典课程。

斯坦尼斯拉夫斯基的艺术摇篮

康斯坦丁·斯坦尼斯拉夫斯基（原姓阿列克赛耶夫，1863—1938）生于莫斯科一个富商家庭。他的父母十分恩爱，共育有十个子女，其中两个幼时夭折。康斯坦丁排行第二，上面有一个哥哥，下面有三个弟弟和三个妹妹。父母不喜欢奢侈豪华的生活方式和资产阶级社交活动，热衷于自己温馨的小家庭。康斯坦丁从小体弱多病，很晚才会说话。他个子长得很快，可是瘦得出奇，妈妈抱怨他是个“不好带的孩子”。

在康斯坦丁三岁时，妈妈为孩子们请来一位年轻的家庭女教师斯诺波娃。斯诺波娃思维活跃，极富创造性，并有无穷的想象力。她讲了许多好听的故事，发明各种有趣的游戏，给孩子们编导童话剧。这种资质熏陶了她的学生们。康斯坦丁作为未来戏剧家应具备的天赋，从幼年时代就这样培养起来。

斯诺波娃在他们家服务了八年，直到出嫁。从此，康斯坦丁在家里便成了领头羊，带着兄弟姐妹们做各种各样的游戏。他们在大厅内玩“过家家”；或把大厅想象成是片一望无垠的田野，每个人穿着农民的衣裳，系上头巾，踏着草鞋，背上包裹，手拄木棍，上路朝圣。这是他们模仿从阳台上经常看到路过的朝圣者们。

康斯坦丁当起了外科医生，给“患病”的布娃娃开刀，然后再用线将伤口缝上。最让大家兴奋的游戏是在近郊留比莫夫卡庄园别墅的楼顶阳台上“开轮船”。阳台的柱子就是桅杆，窗帘充当船帆。在假设的甲板上摆着长凳，女孩子们是乘客，男孩子当船长或水手。船长拿着望远镜观看远方，水手们一会儿把窗帘放下，一会儿又将它升起，风大的日子就显得格外有趣。水手们还爬桅杆……

父母经常带孩子们去看歌剧、舞剧和马戏。总之，剧院是兄弟姐妹们最喜爱的去处。每逢去看演出，就成了他们的盛大节日。

阿列克赛耶夫家的孩子，几乎全都继承了外祖母（一位著名法国女演员）的遗传基因，个个酷爱戏剧。

爸爸为了让他们有个娱乐场所，在别墅内修建了一座小型剧院。剧院的第一次演出是1877年妈妈生日的那天，康斯坦丁兄弟姐妹一共演了四出话剧。那天全家热闹非凡。演员们经过化妆师鬼斧神工般的双手，奇迹出现了。当他们一个个从化妆室走出来时都已“面目全非”，有的突然衰老，有的成了秃顶，有的显得年轻，有的变得漂亮……首次家庭演出非常成功，因而康斯坦丁更加迷恋戏剧。

“丑小鸭”演化为“白天鹅”

康斯坦丁十二岁上中学。他个子很高，偏偏他的同学全都比较矮小，他在同伴中更显得鹤立鸡群，所以绰号叫“大个子”。无论校长来视察，或学监到教室巡视，总是第一个叫他起来背诵或回答问题。为了不惹人注意，他极力把自己蜷缩起来。

19世纪70年代的俄国，中学开始加强古典课程的教学。希腊文、拉丁文的教师都是专门从国外请来的。他们强迫学生们死记硬背枯燥无味的知识。教员总让学生死记拉丁语的不规则变化，硬背一些译得很蹩脚的诗歌。例如，莎士比亚的剧本《奥瑟罗》里有一个句子："马儿竖起耳朵听。"可是教员将它逐字死译成："耳朵竖立在马儿身上。"还令学生们背诵。

中学尚未毕业，康斯坦丁便执意离开了那摧残人的地方，到父亲的公司当一名小职员。

康斯坦丁身材虽然魁梧，但是举止动作并不优雅，显得笨手笨脚，动不动就会撞倒东西。只要他到谁家去，那家的主人便急忙把容易碰坏的物品移开。一次舞会上，他撞翻了一盆棕榈树。另一回，他在跳舞时滑倒，还拽下一架坏了一条腿的钢琴。而且他的口齿也不流利。总之，在莫斯科上流社会，康斯坦丁以动作迟钝、笨嘴拙舌而闻名。他一心想当演员，然而从不敢表露，怕引起众人的讥笑。于是他暗下决心，一定要克服与生俱来的缺陷，努力在姿势、动作、声音和语调上下一番苦功。

一年盛夏，奇热难忍。全家都到郊外别墅去度假，只有康斯坦丁一个人留在莫斯科的大宅院里，把全部空闲时间用来进行形体训练和朗诵训练。

家中的门厅有一面大穿衣镜，康斯坦丁每天一连几个小时在镜前研究自己的体态。而那大理石墙壁和楼梯的回声，又十分有助于他进行声音的训练。

每天下班回来，康斯坦丁从晚上七点一直练到深夜三点。他像一个观众那样，对着镜子仔细研究自己的形象；像一个听众那样，苦苦揣摩自己的声音和语调。一连练了好长时间，就这样一点一滴地克服自身的缺陷。

十几年后，当著名演员斯坦尼斯拉夫斯基以他那精湛的表演征服广大观众时，谁能想到当初他竟是一个动作笨拙、口齿不流利的小伙子！而由"丑小鸭"演化为"白天鹅"过程之漫长与艰辛，只有他自己最清楚。

康斯坦丁开始参加业余演出，1885 年将"斯坦尼斯拉夫斯基"作为自己的艺名。剧团里有个长着一双大眼睛、娇小玲珑、天真可爱的女演员玛丽娅·莉莉娜（1866—1943），他们多次同台演出。斯坦尼斯拉夫斯基发现她具有罕见与可贵的素质，一是敏感，二是质朴。1889 年在联袂演出席勒的《阴谋与爱情》时，他们俩相爱了。很快这对有情人结为眷属。

1892 年年初，斯坦尼斯拉夫斯基父亲去世，他同父亲感情十分亲密，守灵一夜之后，他竟然白发丛生，那年他二十九岁。

莫斯科艺术剧院的诞生

斯坦尼斯拉夫斯基不满足于业余演出，渴望有一个剧院。1897 年夏天，著名作家、剧作家、戏剧家涅米罗维奇－丹钦科（1858—1943）写信约他到莫斯科一家饭店会晤。涅米罗维奇－丹钦科为当时俄国剧坛的落后状况忧心忡忡，认为俄罗斯戏剧的优良传统已蜕化为平庸、纯技术、公式化的表演手法。他说，契诃夫的剧本《海鸥》前不久在圣彼得堡演出的惨败，不是剧本本身的问题，而是当时盛行的旧的演剧体系的失败。他想要建立一个完全新型的剧院。他向对方阐述了自己的想法和计划。斯坦尼斯拉夫斯基对此完全赞同。两人一拍即合。这次具有历史意义的会晤长达十八个小时，从那天下午两点在大饭店开始，一直到次日清晨八时，于莫斯科近郊的斯坦尼斯拉夫斯基家的别墅结束。谈得罕见的默契。会谈结果便产生了举世闻名的莫斯科艺术剧院。

斯坦尼斯拉夫斯基向艺术剧院投资一万卢布，他的夫人莉琳娜愿为艺术剧院无限期义务服务。莫斯科大企业家萨瓦·莫洛佐夫（1862—1905）承诺给艺术剧院提供资金。

艺术剧院刚刚成立，在一次排戏时，两个女演员为了生活琐事争吵起来。斯坦尼斯拉夫斯基冲出排演场，坐到院子的树桩上像孩子般地哭了起来："只因一些私人小事，就毁了一切……这样一件伟大的了不起的工作，竟被某些愚蠢的虚荣心所毁掉！"他为心中的艺术女神受到伤害而痛心。他的举动震惊了所有人。排演停止，立即召开大会，会上处分了那两个演员。以后再也没有发生这类不愉快的事，艺术剧院全体成员变成一个和睦的大家庭。

艺术剧院在诞生之初处境困难。首先是剧目问题，没有好的剧目剧院就难以生存。为了选择剧本，两位领导人绞尽脑汁。涅米罗维奇－丹钦科用了很大努力才争取到契诃夫剧本《海鸥》的上演权，他和斯坦尼斯拉夫斯基共同执导。斯坦尼斯拉夫斯基身兼导演和演员二职，在排演《海鸥》时产生了名言——“不要表演，而要生活”。

两位导演和全体演员把自己的全副身心都奉献给这出戏，几乎是孤注一掷了。

正式公演。《海鸥》这个剧没有离奇的情节，一切都朴素无华，真实可信，就像生活本身那样。然而背后却包含着复杂的心理活动和重大的矛盾冲突。剧中角色的对白、动作都十分淳朴，并能准确反映出人物的性格特征，深刻挖掘出人物此时此刻的内心感受。演员们没有一点做作，没有一点夸张，一切都非常自然。戏一场接一场演下去。剧中人和观众越来越接近，观众不知不觉进入到戏的境界中去。

第一幕闭幕，剧场死一般的寂静。突然，像江堤决口一样，台下爆发出热烈的掌声和喝彩声。观众涌到台前把幕布拉开。沉浸于绝望中的演员们，在台上一个个张皇失措。谁也没有想到应向观众还礼，致谢。显然他们原以为演出无可挽回地失败了，对眼前发生的事情一下子还没弄明白。可是，刹那间台上也沸腾了！演员们相互拥抱接吻，哭泣，歇斯底里地打滚，斯坦尼斯拉夫斯基疯狂地跳起舞来……

艺术剧院以新的表演风格赢得了广大观众的认可。在演员成绩方面，大家公认莉琳娜和克尼碧尔（后来她成为契诃夫的妻子）名列前茅。莉琳娜扮演剧中女配角玛莎。玛莎是庄园管家的女儿，暗恋着年轻的男主人，她抑制着单相思的痛苦……莉琳娜的表演倾倒了观众，为全剧增添光彩的同时也证实了斯坦尼斯拉夫斯基的一句名言：“没有小角色，只有小演员。”

为纪念这次具有历史意义的伟大胜利，艺术剧院的深灰色幕布上出现了一个图案——一只展翅飞翔的白色海鸥，它后来成为莫斯科艺术剧院的院徽。

“体系”的形成

莫斯科艺术剧院给了《海鸥》以舞台生命，而《海鸥》又对艺术剧院的新的演剧体系起了催生作用。

艺术剧院接连成功演出了契诃夫的《万尼亚舅舅》《三姐妹》《樱桃园》。后来，斯坦尼斯拉夫斯基创立了闻名世界的演剧体系。他称“体系”的诞生就是从契诃夫的剧本，特别是《海鸥》中受到启示的：“直觉和感情的路线是由契诃夫暗示给我的。为揭示他作品的内在实质，必须对他的心灵深处进行一番挖掘。当然，任何具有深邃内容的艺术品都要求这样做，不过契诃夫的作品却要求我们做到最大限度，因为除此以外接近他的途径是不存在的。”“必须存在于，即生活、生存于他的剧本中，沿着它那深深蕴藏着的主要精神动脉行进。”

斯坦尼斯拉夫斯基强调，是契诃夫把他引向“内在的现实主义”，也就是从体验人物内心世界出发来创造人物。这点正是斯坦尼斯拉夫斯基体系的精髓。契诃夫的剧本促进了“体系”的形成，从而开创20世纪现实主义演剧体系的新纪元。

排演《万尼亚舅舅》时，斯坦尼斯拉夫斯基扮演医生阿斯特洛夫，一个正直善良却不得志的知识分子。剧本的主题具有广泛的社会意义，而由他塑造的阿斯特洛夫，又大大提高了该剧的主题思想。在角色创作中，他很快便挖掘出一位同时代人的内心世界，这源于剧中人同演员自己异常接近的气质——对生活的热爱。他第一次在舞台上感受到演员与角色的完全融合，因此阿斯特洛夫也成为他最成功的舞台形象之一。后来艺术剧院为全俄医生代表大会演出该剧。由于剧作者曾是医生（契诃夫毕业于莫斯科大学医学系，曾从医多年），剧中一个主要人物是医生，使得医生观众受到强烈震撼。演出中观众席上哭声四起。演员们深受感动，此情此景更把他们推向真诚的体验。

契诃夫同艺术剧院合作了六年便英年早逝。这对斯坦尼斯拉夫斯基是个非常沉重的打击。因为只有通过契诃夫的剧本，他的表演方法和导演方法才有创新。如今再也不会有契诃夫的新剧本了，他觉得自己的艺术也走上了绝路。

1905 年俄国第一次革命期间，莫洛佐夫同情革命，并给予资助，后不知为何突然自杀身亡，不过也有人说他是遇害。这还是个未解之谜。

斯坦尼斯拉夫斯基无限悲痛："契诃夫的病故撕碎了剧院的半个心，而莫洛佐夫的死亡又撕碎了剧院另半个心。"他感到前途渺茫，失去了自信，便到芬兰度假。他每天坐在海边岩石上，回顾自己的戏剧道路，总结经验与教训。

芬兰之行，促成斯坦尼斯拉夫斯基艺术生涯的飞跃。

斯坦尼斯拉夫斯基体系已初步形成，"体系"要求演员尽可能地接近角色，直到融为一体；要求舞台动作尽可能地接近生活动作，以达到惟妙惟肖的生活逼真性，让观众透过假定的"第四堵墙"，窥视到生活的真实，给人一种身临其境的感觉。

"体系"的理论有了，还必须通过实践来验证。但是道路曲折而艰难。他的理论一时没被同事们所接受，大家各有不同的见解。青年演员易于接受新事物，他们津津有味地聆听着他的讲授，成为"体系"的热烈拥护者。在这关键时刻，涅米罗维奇－丹钦科支持了他，1909 年排演屠格涅夫的剧本《村居一月》作为"体系"的实验。"体系"从此被艺术剧院正式采用。

艺术剧院的两位领导人

涅米罗维奇－丹钦科可以说是斯坦尼斯拉夫斯基命中的贵人。当年正是他独具慧眼，物色到年轻的斯坦尼斯拉夫斯基。没有他，斯坦尼斯拉夫斯基不可能那么顺利地走上专业剧人的道路；没有他，就不会有莫斯科艺术剧院；没有他，斯坦尼斯拉夫斯基体系也难以诞生。而且涅米罗维奇－丹钦科是劳苦功高的幕后英雄，一直负责艺术剧院的行政工作，担任导演和负责挑选剧目。斯坦尼斯拉夫斯基则专心当导演和演员，不用操心其他的事。所以在 1918 年纪念艺术剧院成立二十周年的讲话中，斯坦尼斯拉夫斯基把涅米罗维奇－丹钦科誉为艺术剧院的"辛勤母亲”。

此外，斯坦尼斯拉夫斯基从涅米罗维奇－丹钦科那里获益匪浅。原先他只崇尚古典作品，是涅米罗维奇－丹钦科循循善诱，他才将目光转向当代作家和当代生活，才有了契诃夫的剧目。令斯坦尼斯拉夫斯基深感内疚的是，由于自己长期活跃在舞台上，使得他的知名度超过了涅米罗维奇－丹钦科，他这种歉意与不安是发自内心的。

每次排戏，通常是斯坦尼斯拉夫斯基与涅米罗维奇－丹钦科共同导演。若斯坦尼斯拉夫斯基扮演主角，他总十分尊重对方的意见。

一次排演时，他们俩合导，斯坦尼斯拉夫斯基扮演主角。一般情况下，他都服从涅米罗维奇－丹钦科指挥。但这次涅米罗维奇－丹钦科的分析与他自己的直觉体会恰恰相反。他毫不费力就能同角色融为一体，而他试图贯彻对方的旨意时竟一无所得。彩排时，他非常苦恼。大家等他上场，而他却在化妆间里发呆。最后，涅米罗维奇－丹钦科撤销了他的演出资格。他遵守纪律，服从决定。

与梅兰芳的会晤

斯坦尼斯拉夫斯基于 1928 年患了心脏病，从此不再演戏，只能当导演，另外就是撰写关于“体系”的著作。

1935 年，梅兰芳访苏演出，斯坦尼斯拉夫斯基场场必看，并请客人观看由他执导的话剧，邀他到自己家中做客。斯坦尼斯拉夫斯基一贯主张现实主义的表演方法，既重视民族的优秀遗产，又善于吸收外来艺术的精华。他对梅兰芳说，要成为一个好演员或好导演，必须刻苦钻研理论和技术，二者不可偏废。演员必须通过演出，不断接受观众的考验，才能丰富自己，否则就是无根的枯树。

斯坦尼斯拉夫斯基和梅兰芳属于不同的艺术流派。前者强调贴近现实生活，刻意求真；后者则不拘于形似，极力追求神似。尽管两位大家的艺术观点各不相同，但他们彼此之间十分尊重，虚心汲取对方的精粹。在观看了梅兰芳演出的座谈会上，斯坦尼斯拉夫斯基说：“梅博士的现实主义表现方法可供我们探索研究。”又说：“中国的戏曲表演是有规则的自由动作。”梅兰芳将这两句话牢记心中。

当时，那位因反纳粹政权而流亡苏联的德国戏剧家贝尔托·布莱希特（1898—1956）正在莫斯科。斯坦尼斯拉夫斯基、布莱希特和梅兰芳，是三个不同艺术流派的代表，被称之为“世界三大演剧体系”。三大演剧体系代表人物的聚会，成了近代戏剧史上的盛事。

可以用我国著名导演黄佐临的话来概括三大演剧体系的不同之处：“斯坦尼斯拉夫斯基相信舞台上的第四堵墙，布莱希特要推翻这堵墙，而对梅兰芳，这堵墙根本就不存在。”

回国后，梅兰芳努力钻研斯坦尼斯拉夫斯基的著作——《我的艺术生活》《演员自我修养》，对“体系”进行深入探究。

大师的遗嘱

十月革命后，为赈济饥民，莫斯科艺术剧院出国演出，全部收入上缴赈饥中央委员会。

在美国演出时，一家出版社请斯坦尼斯拉夫斯基写一部关于舞台经验的书，这便是后来由美国出版的《我的艺术生活》。在书最后，他写道：“我愿把自己比作是一个淘金者。最初，他必须长时间地在无路可循的莽丛中披荆斩棘，寻觅金矿。然后淘尽成千成百吨的沙石，以便从中找出几粒金屑。作为一名淘金者，我能留给后人的，不是我的辛劳、我的探索和困苦，快乐和沮丧，而是我所得到的几颗贵重的金屑。”

这“金屑”就是他毕生为之奋斗的“体系”。

由于斯坦尼斯拉夫斯基的功绩，20年代初，政府将一所楼房赠送给他。他对国家如此贵重的馈赠不忍接受，便将大客厅改建成小型剧场，供艺术剧院排演用。大师七十五岁寿辰，政府又将他寓所所在大街改名为“斯坦尼斯拉夫斯基街”。

他已经功成名就，各种荣誉纷至沓来。而他依旧谦虚谨慎，坚持不断探索。

在生命的最后半年，斯坦尼斯拉夫斯基抓紧时间工作：口述著作，在家中小剧场排演莫里哀的《伪君子》。他选择这个剧本的目的为说明他的“体系”是普遍通用的，而不是一般人认为的那样，只适合于艺术剧院的典型剧目——契诃夫的系列剧目。

1938 年盛夏，斯坦尼斯拉夫斯基病入膏肓，弥留之际他没给家人留下任何遗言，却惦念着在他一生中起决定性作用的亲密合作者。由于涅米罗维奇 - 丹钦科的夫人刚刚去世，他担心老友悲伤与孤单……

斯坦尼斯拉夫斯基对青年一代怀有深厚感情。1938 年共青团建团二十周年时，他在报上发表文章致青年艺术家：“要把一切最美好的人类的思想和愿望带进艺术殿堂，要在门槛外抖掉生活的尘屑和污垢。这样你们的工作就会成为使人们的心灵纯洁高尚的永恒节日。”“要学会爱自己心中的艺术，而不是艺术中的自己。”

一个月后，大师与世长辞，那番话可看作是他的遗嘱。

斯坦尼斯拉夫斯基安葬在莫斯科新圣母公墓。墓碑为白色大理石，十字架下刻的是一直垂落到墓碑底座的剧院幕布，幕布上有一只展翅飞翔的海鸥。

1948 年大师逝世十周年，政府将他的寓所建成斯坦尼斯拉夫斯基故居博物馆，如今已成为莫斯科的一个极富文化内涵的旅游景点。馆内保持着主人生前每个房间的布置和摆设。大厅里陈列着十分丰富的书稿、资料、文献和图片，其中有两封信非常感人。一封是因一次排演他迟到了，他向艺术剧院全体人员致歉。另一封是他在某次演出时忘了台词，致使冷场两分钟而写的检讨。大师那严肃认真的精神由此可见一斑。

斯坦尼斯拉夫斯基平时最爱说：“写下来！”他一向认真严谨，生怕有疏漏，所以事无巨细，均有文字记载。这已成为他终生的一个习惯，因而留下了数百个笔记本。除了记事簿，便是数目惊人的创作札记、导演计划和讲稿。此外，还有大量信札和各个时期的剧照。

如今在俄罗斯，斯坦尼斯拉夫斯基全集已经出版了近二十卷。他的著述之丰富可称著作等身，令不少多产作家也为之钦佩与赞叹。他的手稿更是数不胜数。徜徉在文献资料以及书稿、照片的海洋中，参观者仿佛接触到大师的精神深处。

另外，还有一间小展室，展出斯坦尼斯拉夫斯基的夫人，也是他事业上的忠实助手、艺术剧院著名演员莉琳娜的系列剧照。这些珍贵照片记录了女主人非同寻常的艺术人生。

展品里有世界各种文字的出版物。而最吸引中国观众的是自 20 世纪 30 年代开始至 90 年代，斯坦尼斯拉夫斯基著作、全集的各种中译本，传记中译本，以及中国学者撰写的有关论文集和大师的传记。在中文图书中，有梅兰芳的著作《舞台生活四十年》，这是 20 世纪 50 年代初梅兰芳亲自赠给这座博物馆的。所有这些，都表明我国与斯坦尼斯拉夫斯基的特殊情缘。

探讨斯坦尼斯拉夫斯基的两句名言

20 世纪初期，俄罗斯戏剧大师康斯坦丁·斯坦尼斯拉夫斯基（1863—1938）创立了以体验为核心的现实主义演剧体系。斯坦尼斯拉夫斯基体系是世界唯一一个全面完整的戏剧体系，素有“戏剧创作的百科全书”之称。因此，斯坦尼斯拉夫斯基成为联合国教科文组织评选出来的第一批世界文化名人之一。

提起斯坦尼斯拉夫斯基这个名字，中国知识界都非常熟悉。他所创立的演剧体系理论，我国于 20 世纪 30 年代开始译介，并由第一代话剧导演运用到舞台实践中去。

1949 年以后，我国戏剧界掀起了学习“斯坦尼斯拉夫斯基热”。聘请苏联戏剧专家来华讲学，派遣中国学生赴苏联攻读斯坦尼斯拉夫斯基体系。斯坦尼斯拉夫斯基体系的现实主义美学原则，对我国戏剧艺术产生了极其广泛而深远的影响。

本文试图对斯坦尼斯拉夫斯基的两句非常重要、流行极广的名言进行初步探讨。

一

“没有小角色，只有小演员。”

1898 年春天，斯坦尼斯拉夫斯基与剧作家、戏剧家涅米罗维奇－丹钦科（1858—1943）共同创办了莫斯科艺术剧院。6 月 14 日作为开幕日，莫斯科艺术剧院排演了第一个剧目——阿历克赛·托尔斯泰（1817—1875）的历史悲剧《沙皇费多尔·伊凡诺维奇》。

在排演场上，斯坦尼斯拉夫斯基向全体演员讲了一句话：“没有小角色，只有小演员。”他进一步解释说：今天演哈姆雷特，明天演配角。即使演配角，演员也必须以艺术家的身份去扮演。

斯坦尼斯拉夫斯基那句话非常简练，原文仅有六个词，译成中文也只有十个字，然而其含义却十分深刻。也就是说演员无论演什么角色都应当竭尽全力，这是演员最基本的职业操守。戏份少，并不说明角色小，在整部戏中，每一个人物都很重要。角色无论大小，只要用心，一个小角色也能演得非常出色。能演好小角色的演员，才是真正的大演员。一个大演员往往会以高超的创造力，使平凡的小角色熠熠生辉。把配角也演得精彩才是真本事。至于什么叫作小演员呢？那就是没能把角色演好的演员。

这句话让莫斯科艺术剧院的全体成员受益匪浅。大大提高了他们对艺术的痴迷与热爱，以及锲而不舍、精益求精的敬业精神。

1898 年 9 月，莫斯科艺术剧院排演第二个剧目——契诃夫的《海鸥》。斯坦尼斯拉夫斯基的夫人玛丽娅· 莉莉娜（1866—1943）扮演剧中的女配角玛莎。玛莎是庄园管家的女儿，暗恋着年轻的男主人，但对方根本没有注意到她的存在……莉莉娜以朴素与自然的表演风格，博得观众的热烈称赞，为全剧增添了光彩，受到业内人士高度评价。她充分体现了“没有小角色，只有小演员”的精神实质。因此，莫斯科艺术剧院在日后演出契诃夫的剧作所走过的漫长道路上，莉莉娜树立了第一座里程碑。

莫斯科艺术剧院在斯坦尼斯拉夫斯基和涅米罗维奇 - 丹钦科的领导下，成为俄罗斯话剧界的最高艺术殿堂。20 世纪初，斯坦尼斯拉夫斯基体系理论业已形成，自 1909 年开始运用到演出实践中。这对莫斯科艺术剧院现实主义艺术传统的确立和巩固起了重要作用。长期以来，莫斯科艺术剧院在世界上享有极高声誉。

1949 年以后，斯坦尼斯拉夫斯基体系对我国影响巨大。1952 年，北京人民艺术剧院成立，剧院提出这样一个振奋人心的口号：“要把北京人艺建设成为像莫斯科艺术剧院那样的剧院！”在斯坦尼斯拉夫斯基体系、莫斯科艺术剧院的经验基础上发展起来的北京人艺是成功的，它也成了我国话剧界的最高艺术殿堂。

斯坦尼斯拉夫斯基的“没有小角色，只有小演员”俨然成为北京人艺字字千金的承诺和信条，是敬业精神的重要体现。斯坦尼斯拉夫斯基的名言早已深入到这座艺术殿堂所有人的心中，融进他们的血液里，成为艺术家们取之不尽、用之不竭的精神财富。

著名电影演员舒绣文于1957年调入北京人艺，第一次登台演的是个没名没姓没台词的女学生。在《带枪的人》一剧中，她扮演一名打字员，没有任何台词，只有打字的“嘀哒”声。但台下的苏联专家却说：“那个打字员是位大演员。”

在北京人艺演了一辈子小角色的表演艺术家黄宗洛被誉为“龙套大师”。他为演好角色往往到了走火入魔的地步。在《龙须沟》里，他扮演一个卖梨的老头儿。为体验生活，隆冬季节，他在北京街头跟着一个卖梨的老人一块儿做了半个月的“买卖”。对任何一个小角色，“龙套大师”都能挖掘出其独特的艺术魅力。

由于斯坦尼斯拉夫斯基这句话在我国业内太流行了，一般人以为这是句流传已久的“行话”。有人认为它源自北京人艺，有演员说这是自己在中央戏剧学院念书时听老师说的，还有某位演员称它是剧组导演冯小刚的话……可见这句名言在我国深入人心的程度。

但是这句话有时也被误传。例如，有文章引用时，竟称：“没有小演员，只有小角色。”这就把意思完全搞错了。

在当今，这句名言甚至启发了社会上的各个行业：对一个始终用心的人来说，任何一种工作都会有巨大的发挥空间。

二

“要学会爱自己心中的艺术，而不是艺术中的自己。”

斯坦尼斯拉夫斯基为“体系”奋斗了一生，源于他对艺术的敬畏与热爱。1938年夏天，大师已经卧病在床，去世前一个月曾撰文发表在报上。文章嘱咐青年艺术家们：“要把一切最美好的人类的思想和愿望带进艺术殿堂，要在门槛外抖掉生活的尘屑和污垢。这样，你们的工作就会成为使人们的心灵纯洁高尚的永恒的节日。”

这就是要求艺术工作者必须具有高尚的情操，必须净化自己的灵魂，不允许把生活中的污秽带进艺术殿堂。只有圣洁的心灵才能创作出艺术精品，让世人受到精神洗礼。反之，一切以“我”为中心，相互猜疑忌妒，彼此搬弄是非，那是无法进行艺术创作的。

怎么才能避免后一种情况发生呢？大师接着写出这样一句话——“要学会爱自己心中的艺术，而不是艺术中的自己。”

据我个人理解，这句话是告诫献身艺术事业的人一定要热爱艺术，应当将它放在至高无上的神圣地位，放在“小我”之上。大师说得十分深刻，充满智慧与哲理，值得后人反复品味，反复思索。

如今它已经是至理名言，广为流传。这句箴言当年不知曾震撼和鼓舞了多少中国的年轻人！20世纪五六十年代和改革开放初期，在我国的艺术院校里，学生们床头上通常都挂着这句发人深省的警句。歌唱家廖昌永讲述道：上学时，导师常对他说，一定要热爱心中的艺术，而非艺术中的自我。这句话对他影响非常大，今天他也常对自己的学生讲。放下心里的那个“我”尤其重要，不能总想着表现自己。

斯坦尼斯拉夫斯基的夫人莉莉娜是剧院里的美女。然而为了符合剧本《海鸥》的要求——玛莎是个其貌不扬的老姑娘，莉莉娜让化妆师使自己的形象变老变丑，在舞台上的举止言行也大大异于她本人平日的优雅风度……她所塑造的玛莎获得轰动性的成功。因此可以说，莉莉娜同样是体现“热爱心中的艺术，而不是艺术中的自己”这一精神的极好典范。

我认为大师的话中文译得已相当准确与完美。而作为箴言，还能让它更加简洁，删去一些可以删掉的字，例如：

“爱自己心中的艺术，而不是艺术中的自己。”

“爱心中的艺术，而不是艺术中的自己。”

“爱心中的艺术而非艺术中的自己。”

这些都能将其思想内涵充分体现出来。

总之，斯坦尼斯拉夫斯基不愧为大师。这两句话言简意赅，包含着丰富而深奥的内容，成了世上所有艺术家的座右铭。这些箴言不仅激励了他的同行们，甚至超越出艺术界，对全社会都有裨益。

梅耶荷德：最懂中国京剧的苏联戏剧家

一

1935 年 2 月，我国京剧大师梅兰芳（1894—1961）应邀到苏联演出，征服了广大的苏联观众，并受到苏联文艺界高度评价。梅兰芳演出时，苏联著名戏剧导演弗谢沃洛德·梅耶荷德（1874—1940）偕夫人场场必看。观摩完梅兰芳的京剧后，梅耶荷德欣喜若狂，在座谈会上激动地说：

“俄罗斯的戏剧走到了自然主义道路。舞台上同真实生活一样，如同照相，失去了生气。梅兰芳先生的《打渔杀家》没有任何布景，父女俩划着双桨，表现了江上风光，使观众在想象中感受江上生活的诗意。这种手法十分高明，我非常钦佩。梅博士的面部表情，特别是善于运用眼神来表达人物的内心活动，令人叹服！梅兰芳先生的手势可真叫绝，让我们这些语言不通的外国观众也能理解剧中人的思想感情，这些都是应该用心去学的地方。看了梅先生的手势，我觉得咱们一些演员的手都应该砍掉！”

最后那句话引起了笑声，而梅兰芳已经感动得两眼湿润。

梅耶荷德一语道出中国京剧的精髓。京剧的写意性正符合他的艺术追求，并从中汲取丰富营养。观赏了梅兰芳的表演，看到演员灵活的形体控制，他更坚定了演员必须进行身体训练的观点。因而他的激动是可以理解的——三十多年苦苦探索，如今突然遇到知音。遗憾的是当他遇到梅兰芳这位艺术知己时，他的艺术，乃至他的生命全都已经进入了尾声。

梅兰芳离开苏联后，梅耶荷德仍然沉浸在喜悦与激动中。他从中国京剧受到了启迪，着手重排话剧《聪明误》。《聪明误》公演时，海报上写着：“重排此戏，献给梅兰芳博士。”

1936年年初，梅耶荷德对戏剧学院毕业生讲话，多次提到梅兰芳。他一直锲而不舍地探讨中国京剧艺术。

到了50年代，此时梅耶荷德已不在人世，梅兰芳私下对他的俄语翻译高莽说："苏联戏剧家中真正懂得中国京剧的就是梅耶荷德！"

二

在30年代后期，形势变得非常严峻，梅耶荷德被批判为"形式主义"代表人物。"形式主义者"梅耶荷德同"现实主义者"斯坦尼斯拉夫斯基"相对立"的神话，被炒得沸沸扬扬。他们真的"相对立"吗?

梅耶荷德的学生、著名电影导演谢尔盖·爱森斯坦（1898—1948）针对两位师长的学说，提出了自己的看法：

"对斯坦尼斯拉夫斯基的简单解释是，演员必须具有他所扮演者的感情；对梅耶荷德方法的简单解释是，演员必须具有富于表现力的动作知识。我们要从两个学派中吸取精华。必须使演员既发展梅耶荷德的要素，也发展斯坦尼斯拉夫斯基的要素。所有演员都应当具有这两种技术。而这两个学派中的任何一派都是片面的，没有考虑到彼此所特有的要素。强调动作的梅耶荷德派，应激起相应的情感，那就是用动作来引起感情。我们的目的是要创造一个综合学派，它必须体现感情与动作的自然结合。"

爱森斯坦的见解客观中肯，将两个"学派"问题轻而易举地解决了。其实，无论是梅耶荷德，还是斯坦尼斯拉夫斯基，对所谓的"对立"之说也都感到莫名其妙，两人从来不认为他们之间有什么不可调和的矛盾。梅耶荷德说："我们是两个相互补充的体系。"斯坦尼斯拉夫斯基说："我们需要梅耶荷德。"

本来这是一个极其简单的问题，"相对立"的神话纯属人为制造、并且是强加于人的。

爱森斯坦：电影蒙太奇原理的奠基人

一

苏联于 1925 年为纪念俄国 1905 年革命而拍摄的影片《战舰波将金号》，以其磅礴的气势和惊人的独创性轰动世界影坛。以后它在各国上映，场场座无虚席。甚至连最坚定的反布尔什维克分子，也被这部影片的表现力所折服。

三十三年之后，《比利时电影》杂志邀请二十六个国家的电影专家，提出自电影问世以来最突出的十二部作品时，一百一十七位专家中有一百一十位把《战舰波将金号》列为榜首。在这部影片诞生五十二年后的 1987 年伦敦电影节上，它仍是一部无可匹敌的力作。

可以说《战舰波将金号》开创了世界电影的新纪元。

这部不朽影片的导演是当时年仅二十七岁的谢尔盖·爱森斯坦（1898—1948），他因此而名扬四海。无疑这是一位不可多得的天才，他对电影艺术的主要贡献是发现了蒙太奇原理。

蒙太奇是法语的译音，原意为“构成”“装配”，用在电影上则是“剪辑”“组合”之意。在电影创作中，将许多分散的、不同的镜头，有机地组接起来，形成各个有组织的片段、场面，直至一部完整的影片。运用这种技法能增强电影的艺术感染力。

爱森斯坦对蒙太奇原理的发现，在世界电影史上具有划时代的意义。

二

1898 年在拉脱维亚的里加城一个建筑工程师家里，这位未来的电影巨人诞生了。父亲的祖辈是从德国迁来的犹太人，母亲为俄罗斯人，出身圣彼得堡一富商家庭。爱森斯坦是独生子，从小受到良好教育，早就掌握了多种外语。可是父母感情不好，母亲携带儿子迁居圣彼得堡。在首都，母亲带他看马戏，保姆给他讲民间故事，日子还算快活。1910 年父亲从里加迁来，全家团聚。然而父母总是吵架。母亲数落父亲是强盗，父亲谩骂母亲是妓女……这给爱森斯坦的心灵造成了极大的伤害。

母亲终于带着儿子离家出走。途中她忽然意识到，孩子将会妨碍自己的爱情奇遇，于是把他锁在火车车厢里送回丈夫家。她独自一人去了法国。这个家庭就此解体。母亲的无情遗弃，重创了孩子那颗稚嫩心灵。

爱森斯坦是个相当英俊的小伙子，尤其那头卷发和蓝色眼睛更是惹人喜爱。他个子不高，但很敦实，最引人注目的特征就是脑袋大得出奇，前额高得出奇。大概正是这个大头颅，才使得他那样聪明过人，博学多才。

从少年时代，爱森斯坦就倾心于绘画，并且热衷博览群书，吸取各方面的知识。在父亲的意志下，他进了圣彼得堡大学土木工程学院，攻读建筑专业。十月革命时他正在大学读书。父亲明确表示反对革命，去了德国。

爱森斯坦中断了大学学业，和全班同学一起参加了红军，最初是工程技术兵种，由于他的绘画才能后来被调去搞宣传鼓动工作。国内战争期间，他作为一名革命的宣传画家上过前线。复员后，他到莫斯科，加入了无产阶级文化协会剧院，担任导演、舞台设计和服装设计，从而开始了他的艺术生涯。

三

这时候一批大胆的艺术家，如马雅可夫斯基、梅耶荷德、肖斯塔科维奇等都在各自的领域里创造着全新的艺术。爱森斯坦也尽情地发挥自己的创造才能。

在排演《悬崖》一剧时，他受毕加索立体画的启示，设计出一种由穿旱冰鞋的演员带动的活动布景，以扩大舞台动作的时间与空间，令观众耳目一新。

著名导演梅耶荷德是当时戏剧界最有声望的人物。他创办了一个国立高等导演讲习所，后来命名为梅耶荷德剧院，实际上是他艺术探索的实验室。1922 年爱森斯坦投靠他的名下，成为梅耶荷德的一名学生。

当时梅耶荷德正同马雅可夫斯基联手合作，进行艺术创新。马雅可夫斯基十分赏识爱森斯坦的才华，而诗人的豪迈气魄，又对爱森斯坦日后的创作产生了重要的影响。

在排演话剧《塔连尔金之死》时，梅耶荷德让自己的学生们参加竞赛，构思设计杂技动作和舞台调度。爱森斯坦提出了两个设计方案。他的构思大胆与出色，使他的老师深感震惊。

几天后，在梅耶荷德讲课时，坐在爱森斯坦旁边的女学生拉伊赫（后来成为梅耶荷德的妻子）写了个条子递给他："当梅耶荷德感到自己已是一个成熟的导演时，他便离开了斯坦尼斯拉夫斯基。"

爱森斯坦看后有所领悟，随即离开梅耶荷德，回到无产阶级文化协会剧院。他感到自己确实应当进行独立的艺术创作了。

1923 年，他在马雅可夫斯基主办的《左翼文艺战线》杂志上，发表了一篇题为《杂耍蒙太奇》的文章，其观点是把杂耍节目，即精彩的、出人意料的表演片段作为戏剧的基础。把这些具有独立性的片段顺畅地连接起来，也就是蒙太奇，贯串着一个统一的主题，以引导观众走向导演所预期的方向。

这是爱森斯坦的第一篇美学宣言，它引起激烈的争论，得到少数革新者的称赞，却受到多数人的反对，认为是对戏剧传统的亵渎。在剧院排了几部话剧后，爱森斯坦开始通过戏剧走向电影。

四

爱森斯坦酝酿拍摄一部题为《罢工》(1925）的影片，他物色了一位卓越的摄影师——瑞典人爱德华·基赛为影片的总摄影师。作品内容以一个真实事件为基础，描写一名工人由于被诬告偷窃含冤自杀所引起的罢工风潮。工人运动风起云涌，导致沙皇军队残酷镇压广大罢工工人。

导演在影片中，把一群安插在工人群众里的奸细，同猫头鹰、虎头狗的镜头穿插起来，将那些奸细比作灭绝人性的禽兽，这是具有深刻讽刺意义的。最后他又把军队屠杀工人的场面，同一个屠宰场宰牛的镜头拼接在一起，作为对杀戮无辜的象征性批判。

《罢工》在国内公映后受到肯定。评论界公认爱森斯坦是位独创才能很强、创作个性十分鲜明、革命热情极其旺盛的艺术家。与此同时，也有人批评他“没有创造出个性鲜明的人物形象”“迷恋于电影隐喻的形式主义实验……令观众不易理解”，有些手法是“自然主义”的。而在国外，这部不同凡响的影片获得一致好评。1925 年在巴黎艺术博览会上，为苏联电影赢得了第一个国际奖。

《罢工》拉开了爱森斯坦探讨电影蒙太奇原理的序幕。

蒙太奇的先驱应是爱森斯坦的同事列夫·库列肖夫（1899—1970）。库列肖夫在莫斯科电影学院建立了先锋派实验室，早在 1920 年他就做过实验：先拍下一个毫无表情的人的面孔，然后分别把他同一盆汤、一具尸体、一个孩子的镜头连接起来，结果使观众感到他有想喝汤、悲痛和喜悦的表情。通过实验证明将同一镜头与不同镜头分别组接，就可创造出不同的审美含义。

实际上蒙太奇手法产生的根源之一，在于试图克服苏联早期电影业的最大困难——胶片匮乏，电影工作者不得不利用一些零碎胶片来拍摄，然后再加以剪辑。库列肖夫正是在这种历史背景下进行他的实验。而爱森斯坦则在这一实验的基础上，进一步充实和发展蒙太奇原理，形成 “蒙太奇学派”，开创了世界电影的新纪元，因而享有“现代电影之父”的美誉。

五

爱森斯坦对自己的处女作并不满意，他要创作出更好的作品。这时苏共中央为纪念俄国 1905 年革命二十周年，号召电影工作者都来拍摄优秀的革命影片。爱森斯坦选择了黑海战舰“波将金号”起义这一题材，作为1905年革命的一个缩影，进行最大限度的历史概括。

战舰波将金号起义是发生在1905年的一个真实事件。在革命洪流推动下，波将金号的水兵处决了反动军官，然后升起革命红旗，将军舰开到敖德萨海港，受到当地群众的热烈欢迎。但是沙皇政府派来军队，向起义水兵和平民百姓进行惨无人道的屠杀，起义以失败告终。

爱森斯坦和基赛到克里米亚拍摄这部影片。一天他们俩从塞瓦斯托波尔港——当年波将金号停泊的地方，沿着海岸来到过去的沙皇行宫。他们在那儿散步时，看到装饰在从宫殿通向花园的石阶上的一些大理石狮子雕塑，一只狮子躺着熟睡，旁边一只醒了，第三只正在爬起来……

基赛对这三只狮子十分感兴趣。他说，只要拍摄三个石狮的片段，就能剪辑成一只石狮跳起来的镜头！他兴奋得跃跃欲试，第二天就将三只石狮分别拍了下来，经过剪辑，果然三只没有生命的石狮，变成一只跳起来的石狮，这就是蒙太奇！

在影片《战舰波将金号》中，表现大屠杀的场面时，切入一只大理石狮子跳起，似乎连石头也要起来怒吼，抗议刽子手们的屠杀！

爱森斯坦还运用蒙太奇方法，创造了电影艺术的形象思维。例如，前面提到的那个屠杀场面，即著名的“敖德萨阶梯”，已经成为电影史上的经典范例：一个镜头是沙皇军队的大皮靴沿着阶梯一步一步走下去，另一个镜头则是惊慌失措奔跑的群众；然后又是迈着整齐步伐的士兵举枪射击，然后再是人群中一个一个倒下的身影、沿着血迹斑斑的台阶滚下的婴儿车、抱着孩子沿台阶往上走的妇女……两组镜头相冲击产生的效果，是让观众怒不可遏！

在这部影片中，爱森斯坦将蒙太奇手法的运用达到了炉火纯青的地步。“敖德萨阶梯”“三头石狮”等场面已成为电影史上的经典范例。

这部影片拍摄神速，仅仅用了一百天便完成了。1925年12月在莫斯科大剧院纪念大会上放映。在放映前几本时，爱森斯坦还在剪辑后几本。剪辑好马上由副导演亚历山德洛夫骑摩托车送到大剧院去。

《战舰波将金号》以巨大的艺术感染力，体现了革命群众不可战胜的思想。这部作品在电影表现形式方面有了许多新发现，节奏鲜明的蒙太奇和独到的拍摄角度、出色的画面构图，以及它所引起的思想情绪，使这部影片获得了极高荣誉。它的成功在电影史上是空前的。

不久《战舰波将金号》在世界各国上映。德国政府对它进行了审判，一个检察官在法庭上说："放映这部影片就会造成一种促使国家发生政变的情绪。"荷兰一艘军舰"文省号"的水兵们，看了《战舰波将金号》之后就起义了。20 世纪 30 年代爱森斯坦到美国，三 K 党要将他驱逐出境，因为他们认为："《战舰波将金号》比一个红军师还要危险！"

不管右翼分子怎样反对，在巴黎的艺术博览会上，它获得了最高奖，征服了全世界。

六

一心埋头从事研究工作的爱森斯坦，在纷至沓来的荣誉面前显得不知所措。他感到羞涩、害怕，害怕巨大的声誉会带来意想不到的麻烦。因为不久之前就曾经有人捉弄过他。

他从不接触女性，像是个禁欲主义者。人们不相信他在女人面前无动于衷，于是有两个搞恶作剧的人，找来一名妓女，让她在爱森斯坦家里等他，他们自己则躲到另一个房间去。爱森斯坦回来后发现这事勃然大怒，几乎要气疯了。他变得更加孤僻，然而事业的成功又向他展示了实现各种理想和计划的机会，他的思维永远处于亢奋状态 。

爱森斯坦把艺术家的视野，同科学家、哲学家善于分析的思想结合在一起。除了蒙太奇理论外，他还提出理性电影理论和类型演员理论。理性电影的核心是把形象思维同逻辑思维沟通起来，把科学与艺术结合起来。他永远在思考、实验。

《战舰波将金号》成为经典性的影片，迫使它的导演考虑下一步的拍摄计划，而且也使他身不由己地卷进一场竞争中。

1926 年 10 月，库列肖夫最有才华的学生普多夫金，根据高尔基的小说《母亲》拍摄的同名电影问世。它像第二枚炸弹一样在莫斯科爆炸了！普多夫金的才气足可与爱森斯坦相提并论，但两人在艺术风格上迥然不同。爱森斯坦宣扬以科学和理性为出发点，普多夫金则主张以感情和人情味为出发点。爱森斯坦说普多夫金模仿他的蒙太奇方法，普多夫金说爱森斯坦剽窃他人的想法据为己有。最后闹得不可开交，两位大导演像两个小孩一样，各买一条狗，双双给自己的小狗取了对方的名字，任意吆喝它，以宣泄自己的仇恨……

爱森斯坦参加了苏共中央的十四次代表大会，领会到应当跟上时代，拍摄反映农村集体化的影片。他构思了一部题为《总路线》的作品，把不断变化的农业情况记录下来。

与此同时，普多夫金由于《母亲》的成功，被指定导演一部更重要的电影来纪念十月革命十周年，这部影片就是《圣彼得堡的末日》。

准备拍摄《总路线》的电影公司，发现本公司没有纪念十月革命的影片，便让爱森斯坦暂时停止《总路线》，赶拍另一部配合形势的片子。爱森斯坦只好中断手中的工作，立即上马拍摄根据美国记者里德的著作《震撼世界的十天》改编的影片《十月》。

爱森斯坦到列宁格勒（即圣彼得堡）导演《十月》，全城人民热烈欢迎这位著名电影大师。他对这座城市也倍感亲切，回忆起童年时代的生活。他步入冬宫，大模大样地坐到被推翻了的沙皇王朝的皇帝宝座上，想尝一尝当皇帝的滋味。可惜他的双腿太短，只能悬着空，这模样同皇帝的身份很不相称。于是他索性把双腿放在宝座的扶手上，当回“潇洒天子”吧！他就这样拍下了一张纪念照。

七

为了能使《十月》在1927年11月7日上映，爱森斯坦发疯似的工作，终于如期完成。可是到了十月革命节，《十月》却被禁映，取而代之的正是他的对手普多夫金的《圣彼得堡的末日》。

这是为什么呢？原来托洛茨基被开除出党。然而在《十月》里，托洛茨基仍作为一名十月革命的英雄出现。爱森斯坦接到上级指示，必须修改影片，删掉所有有关托洛茨基的地方。他花了整整五个月来修改，用他自己的话来说，累得几乎一命呜呼了。而且一部作品完成后再动大手术，总会破坏其完整与统一，这是作者所最痛心的。

《十月》获准上映后，被评价为“仅仅取得了局部的成功”“影片中充分反映了导演在艺术方法上的折中主义和思想上的幼稚”。

敏感的艺术家，经历了一次次挫折，自然会有无限的苦恼。但他除了工作，还是工作，再没有其他的精神寄托。他要继续拍摄中途停拍的《总路线》。

可是《总路线》也出现问题：由于中断了很长一段时间，以前拍好的大部分素材已远远落后于飞速发展的现实生活。怎么办呢？爱森斯坦毫不犹豫地决定：一切从头开始。

《总路线》放映后，得到比《十月》更为严厉的批评，影片根本不能上映。爱森斯坦只好再次修改，片名改为《旧与新》，但仍没得到满意的评价，上映了很短时间便从银幕上消失。

1929年夏天，爱森斯坦应邀到柏林参加《旧与新》的首映式。政府同意他与基赛、亚历山德洛夫在国外进行为期一年的考察，考察有声电影的发展。在欧美期间，爱森斯坦利用这段宝贵时间，考察与研究西方古典艺术和当代艺术的特征，不断从人类艺术宝库中吸取营养，充实自己。他还在国外进行了系统的讲学，后来根据这些讲演整理成书，先后在那些国家出版。

在爱森斯坦出国的几年里，苏联国内发生了很大变化，文艺界的情况尤为显著：先锋派实验的时代已告结束，社会主义现实主义成为文艺创作的准则。

1935 年 1 月，苏联电影业为庆祝创建十五周年，召开了一个历时五天的会议，讨论苏联电影创作问题。爱森斯坦被任命主持会议。开幕式上，苏共中央代表狄纳莫夫作了长达四个小时的报告，其中批评爱森斯坦道："爱森斯坦理论的错误在于把思想与感情分开，这样的人是不存在的。"

在狄纳莫夫之后，爱森斯坦作了报告。接着便是大会讨论。普多夫金、库列肖夫、亚历山德洛夫都受到了批评。而对爱森斯坦的批判火力就更加集中，因为他的同事都认为，他的个人兴趣背离了苏联电影的总路线。甚至对《战舰波将金号》都有人攻击道："如果脱离那个时期，用今天的观点来分析，无疑会有许多评论家对这部影片给予无情的批评。"

会议的第二天，乌克兰导演杜甫仁琴作了发言："当我听了爱森斯坦的报告后，我怕他知道得如此之多，他的头脑如此之'清晰'，以至于看来他将不再拍摄电影了。如果我知道得像他那么多，我宁愿去死！"这时场内响起一片笑声，杜甫仁琴得意地讲下去："你们笑了，我很抱歉。我担心爱森斯坦会自己咬自己的尾巴，希望他不要这样。我还担心他的实验室可能会由于一大堆复杂、神秘、莫名其妙和乱七八糟的材料而爆炸……"

普多夫金把爱森斯坦的报告比作"像一条银河，……它很迷人，比我们的太阳系还大"。这句话又引起笑声。

他滔滔不绝地讲下去，还伴着各种手势。爱森斯坦强忍住愤怒，默默地听着。

因拍摄名噪一时的影片《夏伯阳》而走红的导演之一小瓦西里耶夫，也以学生的身份规劝自己的老师"投入现实生活中来"。

会议第三天，库列肖夫的发言简练、深刻，他说："关于爱森斯坦，你们已经把他当成一具尚未到时候就给掩埋了的尸体。你们带着热烈、感人、含泪的微笑谈论过了。而我必须对他，一位活生生的人，一位我所爱戴并且非常器重的人说几句话。亲爱的谢尔盖·米哈依洛维奇（爱森斯坦的名字与父名），有人说一个人知识太多会爆炸，他担心这会发生在你身上，亲爱的谢尔盖·米哈依洛维奇，从来没有人因知识丰富而爆炸，因嫉妒心太重而爆炸的事情倒是有。我要说的就是这些。”

库列肖夫的发言一针见血。

最后是电影科学研究院院长列别杰夫发言，他对爱森斯坦做了一个肯定性的评价。

会议最后一天举行颁奖仪式，表彰对苏联电影事业有重大贡献的电影工作者。获最高奖——列宁勋章第一名的是电影局领导人舒姆耶茨基，然后是普多夫金、杜甫仁琴和《夏伯阳》的导演瓦西里耶夫兄弟，获二等奖——红旗勋章的有亚历山德洛夫，三等奖是人民艺术家称号，获四等奖——功勋艺术家称号的有基赛、库列肖夫和爱森斯坦。

爱森斯坦实际上获末等奖，这对他无异于是个羞辱。

八

爱森斯坦并不沮丧。他准备拍摄一部题为《白静草原》（1935—1937）的影片。电影脚本是共青团中央委托作家拉热谢夫斯基创作的，描写少先队员巴甫立克与富农分子父亲的破坏活动进行斗争，最后被父亲杀害的真实故事。这次的副导演由爱森斯坦的助手碧拉担任，摄影师仍是基赛。拍摄过程中爱森斯坦大病了一场，休养好久才康复，而后又拼命工作。

但电影局领导人舒姆耶茨基对这部片子十分不满，认为把农业集体化中的阶级斗争写成了父子之间善与恶的斗争了，因此要求修改。爱森斯坦同他争论，但最终还得修改。在这期间爱森斯坦多次患病。

1937 年 3 月 17 日，电影事业管理局终于下令停止拍摄《白静草原》。舒姆耶茨基在《真理报》发表文章，指责爱森斯坦不向生活学习，过分相信自己的学识渊博，利用创作机会和大量资金，拍摄了一部有害的形式主义影片。

爱森斯坦不服从电影管理局的决定，要求由同行专家讨论解决，于是开了三天的会。会上没有一个人为爱森斯坦辩护，也没有一个人认为电影管理局的决定有什么不妥。许多同行都检讨自己“盲目崇拜名人”，并批评爱森斯坦“不够坦率，自高自大，不能与人合作，不承认同事们的成就，最主要的是脱离现实，漠视生活的巨大发展”。

这个会之后爱森斯坦心灰意冷，隐居家中，除了碧拉和基赛之外谁也不见。

《白静草原》被指令销毁，爱森斯坦的心血全部付之东流。直到1967年才由两位苏联著名导演从爱森斯坦的档案材料中保存的一部分底片，整理成由一百七十一幅照片组成的纪念性照片电影。

1937年夏天，乌克兰作曲家齐士柯的歌剧《装甲舰波将金号》在列宁格勒和莫斯科先后上演。它同爱森斯坦那部电影非常相似，但在介绍这部歌剧时，既没有提到电影《战舰波将金号》，更没有提到爱森斯坦的名字。

1937年秋天，爱森斯坦获准恢复工作。他又振作精神，把个人荣辱得失全都置之度外。他想拍摄一部关于西班牙内战和另一部关于1917年红军建军情况的影片，还想同法捷耶夫合作拍一部电影。但所有这些都受到阻挠，没能实现。最后总算准许他拍一部历史片，内容是反映13世纪俄罗斯在亚历山大·涅夫斯基大公领导下击溃德国侵略者的故事，片名叫《亚历山大·涅夫斯基》(1937—1938)。这次他感到幸运的是能同著名作曲家谢尔盖·普罗科菲耶夫(1891—1953)合作，后者为影片配乐，取得了十分完满的效果。

《亚历山大·涅夫斯基》完成后，1938年11月23日在莫斯科上映，其声誉甚至超过当年的《战舰波将金号》。

1941年希特勒进攻苏联，莫斯科受到威胁。爱森斯坦参加了民防工作，他为自己在敌人的燃烧弹空袭中，用灭火泵灭火成功而兴奋不已。不久，他接受了拍摄《伊凡雷帝》(1944—1945)的任务。影片描写16世纪伊凡这位新的、强大、统一的俄罗斯王国缔造者。该片仍由普罗科菲耶夫配乐。

《伊凡雷帝》第一集放映后得到好评，获斯大林奖金一等奖。他的声誉再次隆起，被誉喻为“电影界的莎士比亚”。爱森斯坦决定继续拍摄第二集和第三集。1946年2月第二集剪辑完毕，他兴高采烈地去参加为庆祝他的成功而举行的晚会。当他正欢快地跳舞时，心脏病突然发作，倒在地上，被紧急送往克里姆林宫医院。

《伊凡雷帝》第二集受到批评，批评它是反历史主义的，暴露了作者对历史事实的无知。由于爱森斯坦正在重病中，医生提出意见，这个批评才暂时没有公开发表。1946年9月4日，把对《伊凡雷帝》第二集的批评公之于天下。爱森斯坦不得不又做检讨，因而第三集没能完成。

长期紧张的工作，使得爱森斯坦积劳成疾。再加上热衷创新的精神屡遭批判，导致他心灵创伤累累，又进一步损害了机体。大病一场后，他不能再做导演了，只好致力于著述与教学工作。

1948年刚满五十岁的爱森斯坦，由于工作过度紧张，精神又屡遭刺激，突然发病。他那颗锲而不舍地进行热烈追求的心脏，骤然停止了跳动。一代天才，带着壮志未酬的深深遗憾离开了世界。

爱森斯坦背后的非凡女性

作为电影大师，享有“蒙太奇之父”盛名的谢尔盖·爱森斯坦（1898—1948）早已誉满全球。至于他个人生活方面的史料却极其罕见，国内凡介绍他的书和文章都没有涉及他的家庭。有人称爱森斯坦终生未婚，这种说法似乎有点接近事实，因他长期独居，发病时孤身一人，导致英年早逝。然而，事实上爱森斯坦办理过结婚登记手续，妻子也是一位优秀的电影工作者，对他一生的事业有很大帮助。可是由于某种特殊原因，他的婚姻状况却鲜为人知。

在拍摄《战舰波将金号》（1925）的时候，爱森斯坦结识了一位年轻的电影杂志女编辑——碧拉·阿塔舍娃（1900—1965）。碧拉长得十分可爱，小巧玲珑，黑头发黑眼睛，性格活泼，温柔善良，并具有很高的文化修养。

爱森斯坦一向以博学多才著称。他在圣彼得堡大学攻读建筑专业时，就已经开始研究达·芬奇、弗洛伊德和巴甫洛夫等人的学说。进入电影界，他将艺术家的视野，同科学家、哲学家善于分析的思想结合在一起。

尽管在学识方面碧拉比爱森斯坦略微逊色，但在同龄人当中，她可称得上佼佼者。因此两人一见如故，谈得非常愉快。碧拉早就是爱森斯坦的崇拜者。相识后，她爱上了这位天赋极高的先锋派导演，热情地为他提供各种材料，帮助他抄写东西，并且经常给他打扫房间、洗衣、做饭。后来她成了他的秘书，再后来还当过他的副导演。总之，无论在工作上和生活上都是他忠实而得力的助手。她爱得很执着，可是爱森斯坦只把她当作是自己的姐妹，这让碧拉感到十分痛苦。

1929 年，爱森斯坦到欧美考察有声电影，在国外作了系统讲学。他的演讲不仅围绕着电影艺术，而且涉及哲学、社会学、心理学乃至最新科学。鉴于他的博学，剑桥大学盛情挽留他任哲学教授……爱森斯坦出国三年期间，碧拉无时无刻不在思念他。好不容易盼到他回来了，但他对碧拉依旧跟过去一样，并没有成为她所热切期望的恋人。

20世纪30年代中期，爱森斯坦拍摄影片《白静草原》(1935—1937)，指定由碧拉担任副导演。碧拉欣喜不已，能同自己心中的偶像亲密合作是多么幸福的事！但万万没有料到，在影片拍摄过程中，爱森斯坦与该片扮演集体农庄主席的女演员杰列谢娃相互产生了好感。这令碧拉无比伤心。

杰列谢娃身材高挑，而感情细腻，既有胆量，又有柔情。当《白静草原》受到批评时，她完全支持爱森斯坦，甚至敢去找莫斯科电影制片厂厂长辩论，要他公正对待爱森斯坦的作品。

1937年电影局下令停拍《白静草原》，随后又作出销毁影片的决定，爱森斯坦的心血全部付之东流。他心灰意冷，隐居家中，除了碧拉和摄影师基赛以外，任何人他都不见。作为该片的副导演，碧拉也很愤懑，可是她还得尽力宽慰爱森斯坦。

杰列谢娃和爱森斯坦交往几年后，终于向他提出分手。她在信中责怪他："你对我的态度怎么如此恶劣？我已经整整五年将全部精神都用在你身上。难道你不明白，我们之间的关系是多么畸形和反常?！每天早晨我热切期待电话铃声，因为这是与心爱人的唯一交流方式。谈话仅仅两三分钟，毫无热情、也不温存，更无爱意。我问：'咱们俩什么时候见面?'你的回答总没好气：'我没时间！'我满腔热情，你却冷若冰霜……"

爱森斯坦与杰列谢娃分手后，碧拉心中重新燃起了希望。

不久爱森斯坦患病，忠贞不渝的碧拉始终守候在他身旁，无微不至地照料他，一直到他完全康复。大病初愈，爱森斯坦不能再当导演，主要从事著述和教学。他在电影学院导演系任教。学生们不但爱听他的课，更喜欢他这个人，称他为"我们的小太阳"。他们给老师画了幅漫画：一头狮子卷发，一个与身材不成比例的大脑门……若老师身体不好，学生就到他家里上课。

30年代后期，爱森斯坦被勒令停职反省，处境恶劣，甚至有被逐出莫斯科的危险。在这种情况下，一位知己劝碧拉说，如果爱森斯坦真落到那种下场，最好能有个亲人陪伴着他，所以他们俩应当结婚。碧拉忧伤地说，看来即使结婚，也依然改变不了两人之间现在这种关系。

后来，爱森斯坦和碧拉果真去婚姻办事处登记结婚，然而这是秘密进行的，没向社会公开，所以一般人都不知情。办完登记手续，果真像碧拉所预料的那样，他俩依旧如同兄妹，并未成为真正的夫妻。两个人依旧分别住在各自家中，始终保持着柏拉图式的爱。

爱森斯坦获准拍摄历史片《亚历山大·涅夫斯基》(1937—1938)。这次工作与以前不同的是上级给他派来一名新的副导演——因执导了影片《夏伯阳》而走红的瓦西里耶夫，替代他原先的两位副导演：亚历山德洛夫和碧拉。瓦西里耶夫的任务是让爱森斯坦保持正确的政治方向。作曲家普罗科菲耶夫为影片配乐，取得十分完美的效果。影片上映后，其声誉甚至超过当年的《战舰波将金号》。斯大林拍着爱森斯坦的肩膀说："谢尔盖·米哈依洛维奇（爱森斯坦的名字和父名），你毕竟是个好布尔什维克！"

大师的名声再次隆起，1939年终于获得早应授予他的列宁勋章。碧拉为爱森斯坦的成功兴高采烈。虽然自己从副导演的位子上被撤了下来，但她认为爱森斯坦能够得到公正评价比什么都重要。

第二次世界大战后期，爱森斯坦拍摄了《伊凡雷帝》（1944—1945）。该片获斯大林奖金一等奖。爱森斯坦乘胜前进，拍摄了《伊凡雷帝》第二集（1946）。可是《伊凡雷帝》第二集却遭到批判，爱森斯坦再次跌入人生低谷。碧拉给他以精神力量，让他振作起来，继续从事电影理论的研究。

1948年2月11日夜晚，爱森斯坦正埋头工作，心脏病突发，轰然倒下。女仆听到房间里有声响，连忙推门进去，只见他躺在地上已奄奄一息。她连忙给碧拉打电话。当碧拉急匆匆赶到时，他已停止了呼吸，一代天才带着未了的心愿，溘然长逝，年仅五十岁。碧拉悲痛欲绝，责备自己没有保护好他。爱森斯坦的猝然离去，对她来说，是一生最沉重的打击。

在料理后事时，碧拉拿出结婚证书。她被公认为爱森斯坦的妻子。他的作品、书籍和遗物全部归她所有。

民众纷纷前来凭吊。碧拉和基赛——他们夫妇俩共同的至交，为爱森斯坦守灵。川流不息的人群，含着热泪，瞻仰大师的遗容。

爱森斯坦安葬在莫斯科新圣母公墓。碧拉请建筑师设计了一座大型墓碑。墓碑由四块黑色大理石组成，左上端是大师的侧面白色浮雕头像，下面刻着他的姓氏，姓氏横贯整座墓碑，显得气势恢宏。

后事料理完毕，碧拉向电影厂领导提出要求：将爱森斯坦的住所留作他的纪念馆。但上级不仅没有批准，反倒命令她尽快腾出爱森斯坦的寓所。碧拉只好将丈夫的遗物搬到自己那间狭小的房子里，很多东西不得不分别寄存在几位挚友家中。

这年碧拉未满四十八岁。她决定将自己的后半生奉献给这个最爱的人，全身心从事整理丈夫遗稿的工作。50年代中期，苏联文坛解冻，政府作出建立爱森斯坦故居纪念馆的决定，这令碧拉激动不已。但最后没能在他的原住所，而是在另一处，按照他故居的模样摆放家具和图书资料。在整个建馆过程中，碧拉做出最大的努力。现今的爱森斯坦故居纪念馆馆长对碧拉给予极高评价，他说：“阿塔舍娃博学多才，精通英语，而且异常聪慧，工作认真严谨。假若没有她，爱森斯坦的遗物很难保存得如此完整。她晚年罹患糖尿病，视力非常不好，但仍坚持用放大镜阅读爱森斯坦的遗作，艰难地一一整理出来。”

同样是在这位杰出女性的协助下，苏联出版了六卷本《爱森斯坦文集》。

碧拉留下遗嘱，身后要与丈夫合葬。在遗嘱中，她为自己设计了一个极其简单的墓碑。如今，她安息在莫斯科新圣母公墓的爱森斯坦墓内。爱森斯坦的墓碑宏伟壮观，而刻着碧拉姓名和生卒年代的两个小牌，却安置在大师墓碑底座的右下角，非常不显眼。这正如她的为人，那么谦逊，那么低调。世上很少有人知道这位碧拉，甚至登录俄国网站也很难找到对她的详细介绍。然而碧拉在巨匠背后默默奉献了几十年，为世界电影建立了不可磨灭的功勋，人们不应当忘记她。

爱森斯坦和两位中国朋友——梅兰芳、袁牧之

对梅兰芳仰慕已久

早在20世纪20年代，爱森斯坦就对中国文化产生了浓厚兴趣，曾经进行了多方面的研究。《战舰波将金号》拍摄完毕，他便打算到中国拍摄一部反映有关这个国家的电影，甚至连脚本都请人写好了。但后来由于形势发生变化，这个愿望未能实现。

爱森斯坦在欧美考查有声电影时，他从卓别林那里知道了梅兰芳这位神奇的中国艺术家。

1935年2月，苏联政府邀请梅兰芳以国宾身份访苏，在莫斯科和列宁格勒（即圣彼得堡）两大城市进行巡回演出。能请到梅兰芳来苏联，这是爱森斯坦早就期待的事。苏联对外文化协会为欢迎梅兰芳，出版了《梅兰芳和中国戏剧》一书。书中，爱森斯坦在题为《梨园仙子》的文章里写道："梅兰芳的声望远远超越了中国的疆域：你在旧金山每个华裔知识分子家里，在纽约唐人街的店铺中，在柏林的中国餐馆内，在墨西哥约卡坦州的酒馆里——在凡是聚集着怀念祖国的华人的地方，你都能发现梅兰芳的各种肖像。梅兰芳遐迩闻名。他遵循中国戏剧的传统，在很多照片里都能看到他塑造的雕像般的形象。梅兰芳不仅在自己同胞中享有盛誉，他那伟大的艺术也征服了许多国家的广大民众。"

当梅兰芳率剧团抵达莫斯科时，爱森斯坦指挥着摄影师们拍摄了苏联人民在车站热烈欢迎梅兰芳一行的场面。这时，苏联方面已经成立了一个"梅兰芳招待委员会"，成员由戏剧界及电影界的名家斯坦尼斯拉夫斯基、涅米罗维奇－丹钦科、梅耶荷德和爱森斯坦组成，热情迎候梅兰芳一行。

在欢迎梅兰芳的宴会上，爱森斯坦和梅兰芳坐在了一起。宴会开始，爱森斯

坦站起来，举着酒杯说："梅兰芳先生表演的中国戏剧艺术将会引起苏联电影工作者的极大兴趣。请允许我为大家所热爱的艺术——戏剧与电影干杯！……通过苏联与中国的共同努力，我们将创造新型的人类艺术！"

宴会后，放映电影。首先放映梅兰芳一行抵达莫斯科车站时的纪录片，接着放映故事片《夏伯阳》。两个朋友边看边对这部影片进行交谈。

梅兰芳开始在莫斯科演出，将这一古老的东方艺术奉献给苏联观众，使他们真切地感受到中国京剧的魅力。爱森斯坦一场不落地观摩梅兰芳的演出。他对中国戏曲那种不拘于形似追求神似、在讲究形神兼备的同时侧重神韵的艺术特色十分欣赏，认为年轻的电影艺术能从中学到许多东西。另外，他对梅兰芳的精湛演技也推崇备至。

在观摩梅兰芳演出后的研讨会上，爱森斯坦提出自己的看法："梅兰芳博士的戏曲对有声电影的发展也十分重要。语言问题并不能隔阂苏联观众对梅博士的兴趣。四百年来中国戏剧的现实主义，比日本的歌舞伎旧剧较为纯粹些，所以它影响苏联现代戏剧的潜能性很大。我原先以为中国和日本戏剧是一样的，现在我把二者的差别看得很清楚。中国戏剧表演扩大了我们的视野。大家一向非常敬佩莎士比亚时代，我认为他们在形式上比莎士比亚更完美。"

梅兰芳在莫斯科的那些日子，爱森斯坦几乎每天都同他见面，有时欣赏他的表演，有时两人进行艺术交流。爱森斯坦最后一部影片《伊凡雷帝》（1944—1945）带有歌舞伎的影响，同时也能看出中国京剧的痕迹。

"伟大的爱森斯坦拍摄的伟大的梅兰芳"

在梅兰芳剧团来到莫斯科的第五天，爱森斯坦就以莫斯科电影制片厂的名义，邀请梅兰芳拍摄一部舞台纪录片，他解释道："目的是为了发行到苏联各地，放映给没有机会看到您演出的广大苏联民众观看。剧目我想拍《虹霓关》里东方氏和王伯党对枪歌舞那场，因为这一场的舞蹈性比较强。"

梅兰芳见爱森斯坦考虑得如此周到，便欣然同意了。爱森斯坦笑着说："咱们现在是好朋友，等到拍电影的时候，您可不要恨我呀！"梅兰芳也笑了："不至于这样吧！"

爱森斯坦说："您不知道，演员和导演，在摄影棚里常常因为工作上意见不合，有时会变得跟仇人一般！"

3 月 29 日傍晚，梅兰芳一行来到莫斯科电影制片厂，爱森斯坦已经在门口迎候。他们首先商讨如何拍摄这场戏。在镜头的运用上，两人有过不同想法。梅兰芳提出，影片中少用近景镜头，而多用中景与全景镜头，这样才能充分表现出中国京剧的特点。

爱森斯坦点头称是，不过又提出："我尊重您的意见，但是特写镜头还得穿插进去，因为苏联观众多么希望能清楚地看到您啊，因此不得不多用特写镜头。"

梅兰芳只好本着演员服从导演的原则，说："在拍电影中，导演是主人，我们等待着您的指示。"

两个人又讨论了如何分镜头，如何剪辑等具体技术问题。主要目的是为了不破坏演出的完整性，取得最佳的电影效果。开始拍摄时已是午夜十二点。

拍电影对梅兰芳来说并非第一次。早于 20 年代，他就曾在国内和日本拍过无声片，1930 年在美国拍过有声电影《刺虎》。可是唯有这次同爱森斯坦合作过程中，发现大师对电影的认真、执着和近乎苛刻的态度是那么地与众不同。

拍摄延续到深夜，许多技术问题需要解决，往往是无休无止地重拍。拍拍停停，停停拍拍，拍短短几分钟的一段影片，却要花费不知多少倍的时间。有时，一场戏拍得非常顺利，可是爱森斯坦却提出要重拍，原因是他对录音感到不满意。演员们已经疲惫不堪，乐队成员更是显得很不耐烦，有人索性开始收拾乐器了。就在这时候，爱森斯坦非常礼貌而又坚定地对梅兰芳说："梅兰芳先生，我恳求您说服同志们坚持一下，拍完这个镜头就圆满完工了。这虽然是一出戏的片段，可是我并没有拿它当新闻片来拍，而是想拍出一部很有价值的艺术作品。"

梅兰芳被他的诚挚态度、严谨作风和一丝不苟的精神所感动，便去耐心劝说乐队成员们，于是拍摄继续下去。全部工作结束已经快天亮了。

在梅兰芳卸妆时，爱森斯坦走过来笑着说："前些天我对您说的话现在证实了吧？我有言在先，您和您的同志们在拍摄时会恨死我的！"梅兰芳也笑了："刚才我的确对您不满，现在仔细一想，觉得您这样做是对的——等影片在银幕上放映时，若发现不足之处就晚了。"

梅兰芳由此深刻体会到电影工作的艰辛，不由地对电影工作者肃然起敬。

爱森斯坦也对梅兰芳说："通过今天的合作，我认为您是位品德高尚的艺术家。"

那段戏只有十几分钟，而两位大师却拍了五个多小时，可见他们对艺术的虔诚与挚爱。临别时，爱森斯坦将自己新近出版的一本电影专著签名送给了梅兰芳，作为这次愉快合作的纪念。

第二天，苏联《真理报》报道这则消息时，称这个影片是"伟大的爱森斯坦拍摄的伟大的梅兰芳"。

爱森斯坦拍了他认为是典型京剧的电影《虹霓关》，对于中国戏曲艺术在苏联的广泛传播起到了推动作用。20 世纪 60 年代，梅兰芳去世后，中央新闻电影制片厂拍摄《梅兰芳》传记片，特意从苏联借来这部影片，采用了其中的片段。

1948 年 2 月，刚满五十岁的爱森斯坦因心脏病突发溘然离世。噩耗传来，梅兰芳极为震惊与哀恸，他想：这可真是天妒英才啊！

梅兰芳十分珍惜他同爱森斯坦之间的情谊，多次向友人谈起这段往事："我们相处的日子只不过短短一个月，而我们的友谊和我对他的怀念，却是深厚绵长，永恒无穷的。"

向《战舰波将金号》致敬的袁牧之

我国著名电影人袁牧之（1909—1978）是爱森斯坦的另一位中国朋友。袁牧之自幼喜欢新剧（即话剧）。童年时代他最痴迷的游戏就是和小伙伴们一块儿"演戏”。自编，自导，自己做主角。他十四岁在上海读中学时加入了戏剧协社，成为剧社中唯一一名小演员。由于年龄小，分配的角色戏并不重，他在剧社里什么活儿都干，还做过领座员。而这个戏剧团体是由中国现代话剧奠基人之一洪深等名家所主持的。袁牧之在戏剧前辈的启迪与影响下，通过排练和演出实践，为他的戏剧表演打下了深厚基础。

1927 年，袁牧之考入上海东吴大学法律系，同时加入“辛酉剧社”，成为剧社的台柱演员。1930 年他在俄国作家契诃夫的名剧《万尼亚舅舅》中扮演万尼亚，该剧是我国排演的第一部契诃夫戏剧。他还主演了俄国另一位作家安特列夫的《狗的跳舞》和日本小说家武者小路实笃的《桃花源》（武者小路实笃为经典电影《生死恋》的原作者）。

在袁牧之创造的众多角色中，对人物的神态刻画尤为突出，故被誉为“舞台千面人”。袁牧之以精湛的表演技巧形成了自己的表演风格，主张通过外形技术来表现角色的精神生活，人称“表现派”。“表现派”与当时逐渐兴起的、以斯坦尼斯拉夫斯基创建的“体验派”并称为话剧表演的两大派别。

袁牧之通过戏剧走向电影，1934 年加入上海电影制片公司。在电影界，他集编、导、演于一身，编剧兼主演影片《桃李劫》（1934），编导兼演《都市风光》（1935），编导《马路天使》（1937），主演《风云儿女》（1935）、《生死同心》（1936）和《八百壮士》（1938），部部都是中国电影史上的佳作。

爱森斯坦的巨片《战舰波将金号》于 20 世纪 30 年代在我国公映后，引起了极大的轰动。蒙太奇理论在中国文艺界受到高度重视。袁牧之、郑君里、赵丹和唐纳等，曾就蒙太奇与演员表演之间的关系展开过一场热烈讨论。袁牧之立即通过自己的影片《都市风光》，开始尝试这种新的表现方法。

袁牧之把舞台技巧移到银幕上，为中国影坛创造了喜剧片的典型。《都市风光》是中国第一部音乐喜剧故事片，也是他电影执导的处女作，在电影形式和电影语言上进行探索，有意识地运用了大量新颖独特的剪辑手法。袁牧之在片中扮演拉洋片的老头儿，这个角色虽然只在片头和片尾出现，却是整部电影的叙述者。后面的故事就是由他拉的“洋片”中讲述出来的，这种影片结构方式在当时颇为大胆新奇。

影片开场后，主人公坐在西洋镜前往里望。影片即通过两个剧烈的纵深移动镜头，向观众宣告了故事的正式开始，随后便是扑面而来的蒙太奇段落，灯光迷幻的霓虹广告、高耸入云的城市建筑、漫步花园的人群等，而后与堆积的大洋叠化，隐喻了旧上海的纸醉金迷。然而段落并没有到此结束，短短一百五十秒内，通过大量短镜头组接成完整的蒙太奇段落，勾勒出一幅旧上海的图景。在影片中，导演重复组接了两个石狮的镜头，这是有意向《战舰波将金号》中的经典片段——“三头石狮”致敬。

四年里，袁牧之完成多部优秀影片。特别在剪辑上，前无古人，且罕有来者，堪称中国早期电影的巅峰。

天才的“李涛”

抗日战争爆发，袁牧之来到延安，担任延安电影团的总编导，编导了纪录片《延安与八路军》。由于延安缺乏影片洗印和后期制作所需要的最基本的物质技术条件，党中央决定派袁牧之去设备先进的苏联，完成《延安与八路军》的后期制作。袁牧之提出希望音乐家冼星海一同前往苏联参加影片后期的配乐作曲工作，当时冼星海任延安鲁迅艺术学院音乐系主任。中央批准了袁牧之的请求，同意派冼星海和他一起去苏联。

1940 年，毛泽东在杨家岭为他们两人饯行时说，他们这次去苏联，不仅仅是为了完成一部影片的制作，同时也要对苏联的电影事业和音乐艺术进行考察，学习苏联在十月革命胜利后，建设和发展电影事业和音乐艺术的经验，作为我国今后的借鉴。

临走时，毛泽东又特别关照他们，说目前只有国民党与苏联有外交关系，你们办出境手续时，护照上不要写真实姓名，要用化名。于是袁牧之化名为“李涛”，冼星海化名为“黄训”。同年11月，他们携带影片底片的全部素材抵达莫斯科。

袁牧之、冼星海通过第三国际将《延安与八路军》的底片交给莫斯科电影制片厂洗印。令袁牧之无比兴奋的是终于见到了崇拜多年的爱森斯坦！由于袁牧之的俄语熟练，能和大师直接交谈，受益匪浅。在莫斯科电影制片厂，他担任实习导演、场记等职务。他对爱森斯坦十分钦佩，既钦佩他的博学多才和电影艺术的造诣，也景仰他的为人。

莫斯科电影制片厂很快将《延安与八路军》的底片全部洗印出来。正当袁牧之的影片后期制作工作接近尾声、冼星海的音乐创作业已完成的时候，意料不到的事件突然发生。1941年6月22日凌晨，纳粹德国撕毁《苏德互不侵犯条约》，向苏联发动闪电进攻，苏联卫国战争爆发。由于准备不足，战争初期，红军处于防御阶段，战事严重失利，损失惨重。苏联实行战略撤退，莫斯科电影制片厂及其他一些电影机构也都纷纷向后方撤退。在慌乱的撤退过程中，导致已经基本制作好的《延安与八路军》的底样片全部丢失！

袁牧之、冼星海和在莫斯科共产国际中国党校学习的同志一行十余人，在一名苏联上校的护送下撤离莫斯科，1941年8月到达蒙古首都乌兰巴托。11月，在中共中央特派交通员的陪同下，袁牧之、冼星海等人从乌兰巴托启程回国，计划越过蒙古高原到达陕北。他们在途经绥蒙大青山时，遭到侵华日军的阻挡，无法通过封锁线，只好返回乌兰巴托。

他们在乌兰巴托滞留一年后，看到从这里返回延安已没有希望，环境又如此恶劣，袁牧之和冼星海不得不折回苏联。由于战争大撤退，莫斯科电影制片厂已撤退到苏联哈萨克斯坦加盟共和国首府阿拉木图。袁牧之、冼星海于1942年底来到阿拉木图的莫斯科电影制片厂，再次见到爱森斯坦。

在阿拉木图，冼星海遇到哈萨克斯坦音乐家拜卡达莫夫，后者推荐他到北部城市科斯塔奈，为当地初创的音乐馆做音乐指导。冼星海便前往科斯塔奈从事音乐工作。1945年春天，他在一次去山区巡回演出中病倒。病情严重，后被转移到莫斯科治疗。同年10月冼星海病逝于莫斯科。这令远在阿拉木图的袁牧之悲痛万分。

袁牧之在电影厂一直给爱森斯坦当助手，参加影片《伊凡雷帝》的摄制。爱森斯坦十分欣赏袁牧之的艺术才华，称他是“天才的李涛”。

一次，在剪辑一部影片时，因排不上剪辑机房，而片子又需要紧急处理，袁牧之自告奋勇，不用剪辑机，只借用手摇的机器拉几次片子，就给接上了。这让爱森斯坦对他更加钦佩。

在哈萨克斯坦行吟诗人江布尔百年诞辰即将到来临之际，苏联政府准备举行隆重的庆祝活动，计划拍摄一部表现江布尔百年生平的传记纪录片。莫斯科电影制片厂接受了这个任务，经爱森斯坦推荐，由袁牧之独立编导纪录片《人民歌手江布尔》(1945)。

这位中国艺术家以极大的创作激情投入到创作中。他大量阅读了江布尔的诗歌作品，观看了许多与江布尔生平有关的影片素材，走遍江布尔生平所走过的哈萨克各个地区，访问了与江布尔生平有关的人士，多次拜访当年已经九十八岁高龄的老诗人江布尔。

袁牧之做了充分准备，影片的构想已逐步酝酿成熟。他用俄文写成一份提纲，征求爱森斯坦的意见，大师肯定了他的创作思路。袁牧之选用老诗人的重要作品贯穿全片，以诗人自己的精彩诗句作为影片的解说词，运用对比和隐喻的手法，结构影片的情节，叙述诗人的百年生平，使这部传记纪录片既像一部诗剧，又像一部长篇叙事诗，在结构和手法上都很有新意。袁牧之对影片的新颖构思和表现手法，得到爱森斯坦和苏联同行们的称赞。

江布尔于1945年病逝。这部为庆祝他百岁诞辰的传记纪录片，也成了为他送行的影片，放映时受到极大关注。

在苏联卫国战争期间，袁牧之历经各种磨难，但在电影创作上依然取得了丰硕成果。卫国战争胜利，他于1946年2月依依不舍地告别爱森斯坦，返回祖国。

现代芭蕾之父福金

《仙女们》——现代芭蕾的标志

2014年12月15日，俄罗斯马林斯基剧院芭蕾舞团在天津大剧院上演《福金编舞芭蕾集锦》。将《仙女们》《火鸟》《天方夜谭》三部风格迥异的经典舞剧奉献给观众，并以此缅怀芭蕾大师米哈伊尔·福金（1880—1942）。

第一个节目是根据浪漫乐派巨匠肖邦（1810—1849）几首乐曲创作的《仙女们》（1909）。舞台上一群美丽的仙女轻盈飘逸，娉婷婀娜，立刻吸引住台下的观众。人们如醉如痴，随着众仙女的曼妙舞姿也进入了“仙境”。

《仙女们》是芭蕾史上第一部无情节芭蕾舞，开创了现代芭蕾的先河。在这部完全没有故事和剧情的舞剧中，艺术家们为观众营造了一个梦幻般的仙境。全剧共包括四段独舞、一段双人舞和两段群舞。开幕时，仙女们组成一幅优雅的静态造型。随后，她们翩然起舞，在森林池畔追逐着一位年轻诗人，把他带进一个个梦幻世界。舞剧音乐由肖邦的前奏曲、夜曲、圆舞曲和玛祖卡舞曲等七首乐曲组成。美妙的舞姿与动听的音乐，天衣无缝地融为一体，把人带入绮丽而炫目的天地。尤其令观众感到别具情趣的是，当舞剧幕终时，全体舞者都回到幕启时的静态姿势，仿佛告诉观众：所有这一切只是个美丽的梦！

肖邦那些感情丰富、优美动听的音乐激起福金的创作欲望。舞剧最初题为《肖邦组曲》，后来作了修改，剧名也改成《仙女们》。这是一部浪漫主义现代芭蕾作品，继承了古典浪漫主义芭蕾的传统，同时又有所创新。舞剧虽然没有故事情节，但通过奇妙的舞蹈和音乐，舞台上呈现出一个充满诗意的境界。《仙女们》不仅是福金的杰作，也是20世纪初浪漫主义芭蕾的巅峰之作。后代舞蹈家都把《仙女们》的诞生，看作是芭蕾艺术由传统转向现代的一个标志。福金成了将古典芭蕾发展到现代芭蕾的领军人物，因而被誉为“现代芭蕾之父”。

以下事实足以说明《仙女们》在芭蕾史上所占据的重要地位：1942 年 8 月 22 日，当福金病逝的噩耗传出，世界各地共有十七个芭蕾舞团同时演出《仙女们》。苏联著名芭蕾舞大师加林娜·乌兰诺娃（1910—1998）于 1928 年在列宁格勒舞蹈学校的毕业考试，表演的是《仙女们》，1960 年五十岁告别舞台最后一场演出，也是以《仙女们》结束舞台生涯。另外，英国伦敦芭蕾舞艺术节，每届都以《仙女们》这一剧目来开场。

《仙女们》莅临我国已不是第一次。1959 年为庆祝中华人民共和国建国十周年，中国政府邀请乌兰诺娃来华参加庆典。这年 9 月，乌兰诺娃率领苏联大剧院芭蕾舞团到北京，在首都剧场举行了开幕演出。第一个节目就是由乌兰诺娃领衔主演的《仙女们》，第二个节目则是她的独舞、福金的另一部成功作品《天鹅之死》……这些艺术精品倾倒了广大中国民众。如今半个多世纪过去了，再次观赏到俄罗斯新一代舞蹈家到我国演出经典剧目《仙女们》，令老一辈观众不禁惊喜交加，感慨万千。

不朽的《天鹅之死》

福金出生于圣彼得堡，九岁进入圣彼得堡舞蹈学校。由于成绩突出，毕业后立即被马林斯基剧院芭蕾舞团聘为独舞演员。他具有很高的艺术修养，在音乐、绘画等领域都卓有成就。经常同他合作的是日后成为一代舞坛巨星的安娜·巴甫洛娃（1881—1931），他俩是配合默契的黄金搭档。

1905 年，巴甫洛娃应圣彼得堡皇家歌剧院之邀，将在贵族会馆举行的音乐会上表演一个独舞。她请福金为自己编舞。福金从女同事那楚楚动人的形象中获得灵感，随手拿起曼陀林弹奏了圣－桑的杰作《动物狂欢节》组曲中的第十三首——由大提琴与钢琴演奏的《天鹅》。在福金眼里，巴甫洛娃那娇美、柔弱、略显忧伤的神态恰恰就是“天鹅”的化身。他建议用这段乐曲来编舞，巴甫洛娃被音乐所打动，欣然同意。于是两个人边编边排，仅仅用了五六分钟，几乎是即兴地完成了这一独舞的创作。

舞蹈描述湖面上一只身负重伤濒临死亡的天鹅，那弱不禁风的羽毛微微颤动，她无限眷恋生命，奋力与死神抗争……作品反映了人类对生的渴望，是一首生的恋歌。《天鹅之死》具有撼人心魄的力量。这部充满诗情画意的独舞首场演出后，立即震惊艺术界，很快就流传到了国外。至今它仍是世界芭蕾舞中最受欢迎的经典剧目之一。回首往事，福金兴奋地说："真没想到，这个作品竟成了现代俄国舞蹈的象征。它证明舞蹈不单单是悦目的艺术，而且应是通过眼睛进入到灵魂深处的艺术。"

《天鹅之死》从此成了巴甫洛娃最杰出的代表作。后来，她虽然演出了无数优秀剧目，但《天鹅之死》却同她的名字总是紧紧地联系在一起。1931 年 1 月巴甫洛娃在荷兰海牙准备演出时，因劳累过度猝然逝去。当时英国皇家芭蕾舞团正在演出，得知这个不幸的消息后，乐队指挥马上中断了演出节目，宣布道：现在由安娜·巴甫洛娃表演《天鹅之死》。于是幕布徐徐拉开，乐队奏起了圣－桑的《天鹅》，台上空无一人，只有一束追光在缓缓移动——人们以这种方式沉痛悼念将一生奉献给芭蕾艺术的杰出舞蹈家。

同佳吉列夫合作的辉煌时代

福金的处女作《天鹅之死》取得巨大成功，充分展现了他的编舞才华。从此他不仅是马林斯基剧院芭蕾舞团的首席独舞演员，还成了团里的舞剧编导。

这位天才艺术家非常善于独立思考，对事物有自己的思想与见解。从学生时代，他就发现俄国芭蕾艺术已经衰退，内容空洞、形式僵化，舞台演出死气沉沉，几乎都是机械重复与模仿。就在他对舞坛现状深感不满时，观看了从欧洲来圣彼得堡演出的美国现代舞大师邓肯的表演，受到很大启发。1904 年，福金公开表达了自己对芭蕾的革新主张，认为应使芭蕾舞剧成为有思想、有内容、有表现张力的一门艺术，其核心就是使芭蕾戏剧化。福金的艺术主张与实践，对 20 世纪欧美乃至全世界的芭蕾艺术的发展产生了深远影响。

1908 年，福金应俄国著名戏剧活动家、俄罗斯芭蕾舞团经理谢尔盖·佳吉列夫（1872—1929）的聘请，为在巴黎举行的“俄罗斯芭蕾舞演出季”编导一批剧目。两位不同凡响人物的相会，改写了芭蕾史的进程。由于佳吉列夫的大力支持，福金革新芭蕾的愿望才得以付诸实现。

就是在这一变革时期，那部令人耳目一新的《仙女们》翩然问世，轰动艺坛。福金受到鼓舞，一发不可收，又创作了一部另类风格的作品——取材于俄罗斯民间传说的芭蕾舞剧《火鸟》(1910)。该剧由美籍俄裔作曲家、后来成为西方现代派音乐领袖的伊戈尔·斯特拉文斯基（1882—1971）谱曲。作曲家采用的是一种全新的音乐，福金的编舞也需与其风格一致，因而全剧闪耀着青春活力。《火鸟》的成功是芭蕾史上的重要事件，标志着舞剧创作已越过大型古典舞剧的全盛时期，迈入现代芭蕾的新阶段。它是 20 世纪最具影响力的现代芭蕾作品。

随后，福金与斯特拉文斯基第二次携手合作，那就是芭蕾舞剧《彼得鲁什卡》（1911）的诞生。它依然是根据俄罗斯古老传说写成，依然是福金和斯特拉文斯基各自最伟大的成就之一。

1917 年福金为马林斯基剧院创作了最后一部作品《鲁斯兰与柳德米拉》。它是拥有“俄国音乐之父”美称的大作曲家米哈伊尔·格林卡（1804—1857）的著名歌剧，福金为其编舞。直到今天，这部作品仍是马林斯基剧院芭蕾舞团的保留剧目。

倒在排练场上

1919 年，福金受到美国邀请，前往纽约为百老汇剧场编舞。1921 年他在纽约开设芭蕾舞学校，并先后在巴黎歌剧院、蒙特卡罗俄罗斯芭蕾舞团担任舞剧编导。

福金一家定居美国。他与俄罗斯大作曲家谢尔盖·拉赫玛尼诺夫（1873—1943）成为邻居，也是挚友。两个人都很思念俄罗斯，忧伤总是萦绕在他们的心头。

1937年夏天，福金邀请拉赫玛尼诺夫以帕格尼尼的传奇故事为蓝本，共同创作一部芭蕾舞剧，剧名为《帕格尼尼》。舞剧用拉赫玛尼诺夫那部著名的《帕格尼尼主题狂想曲》（1934）配乐，并在英国皇家歌剧院的首演中大获成功。这部舞剧成了福金晚期的杰作。拉赫玛尼诺夫很想和福金再合作一部舞剧。

年过花甲，福金仍在世界各地奔波，勤奋工作。1942年盛夏，他倒在了排练场上，不久于纽约溘然长逝，享年六十二岁。比他年长七岁的拉赫玛尼诺夫无限悲痛地说："天才陨落了！"半年多以后，作曲家也在工作中突然病倒，很快便离开了人世。

福金一生创作了将近八十部芭蕾舞剧，而许多传世杰作，如《天鹅之死》《埃及之夜》《仙女们》《天方夜谭》《火鸟》《玫瑰幽灵》《彼得鲁什卡》《鲁斯兰与柳德米拉》等，都属于他的早期作品。在国外漂泊的最后二十多年，除了《帕格尼尼》，成功之作并不多见。尽管如此，有一个事实将永远无法改变：他革新了芭蕾艺术。

芭蕾巨星巴甫洛娃和影片《红菱艳》

一

安娜·巴甫洛娃（1881—1931）生于圣彼得堡郊区一个贫民家庭。她是早产儿，从小体格孱弱。两岁时父亲去世，日子更加艰难，而母亲对她非常疼爱。作为八岁生日礼物，母亲带她看了一场马林斯基剧院芭蕾舞剧的《睡美人》。她第一次被美的力量所吸引，从此立志要学跳舞。母亲送她到圣彼得堡芭蕾舞学校面试，但是因为年龄小和过于瘦弱未能如愿。

小女孩并不服输，两年后考入圣彼得堡舞蹈学校。而她的体形特征并不太符合芭蕾舞演员的要求，为此饱受同学们的嘲笑。

与生俱来的天赋，再加上刻苦训练，使巴甫洛娃化茧成蝶。学生时代，已显露出独特的艺术个性，引起老师们注意，对她进行重点培养。1899 年毕业后，进入全国一流的马林斯基剧院芭蕾舞团任群舞领舞演员，第二年晋升为第一独舞，1905 年晋升为女首席独舞。巴甫洛娃的表演典雅轻盈，感情细腻，充满诗意。她主演了剧院几乎所有的保留剧目，如《天鹅湖》《睡美人》《胡桃夹子》和《舞姬》等。

巴甫洛娃不满足于做舞台上的一只漂亮蝴蝶，内心有更高的追求。这时她的师兄、也是剧院的男首席独舞福金（后被誉为“现代芭蕾之父”），正为改进古典芭蕾苦苦探索。他从巴甫洛娃那柔美动人的形象中获得了灵感，一支世界最美妙的独舞诞生了，那就是 20 世纪芭蕾舞的代表作之一——《天鹅之死》。乐曲来自圣-桑的《动物狂欢节》组曲中的第十三首《天鹅》。1905 年，巴甫洛娃在音乐会上首演了这支只有两分钟的独舞，打造了舞蹈史上永恒的经典。

福金说：“那是个仅用了五六分钟完成的即兴之作。人终有一死，因而舞蹈的目的不仅要表现技巧，还应当创造一种在生活中坚持不懈、奋力抗争的形象。《天鹅之死》光靠肢体是无法表现其深刻含意的，它需要整个身心。”巴甫洛娃正是用全身心的投入将这支独舞演绎到无人可以超越的地步。《天鹅之死》是她的成名作，也是她的代表作。

巴甫洛娃对事业的付出非常人能及。她说：“天生禀赋并非某个人的专利，上帝赐予人们天赋，汗水化天赋为天才。”“不懈地朝着一个目标努力，那就是成功的秘诀。”

这位舞蹈狂人无时不在训练，执着于自己的艺术梦想，到了欲罢不能的地步。法国文豪巴尔扎克认为“芭蕾是一种生存的方式”，一语道破献身于这门艺术的芭蕾舞者之生活真谛。他们一旦进入这个领域，就像走火入魔，一发不可收。巴甫洛娃正是这样的入魔者。她的舞蹈不是才华的炫耀，而是情感的体现和升华。她表演的是灵魂的舞蹈。她生来就为跳舞，是个降落凡间的舞之精灵。

二

1909 年，巴甫洛娃参加了俄国著名戏剧活动家佳吉列夫创办的俄罗斯芭蕾舞团。5 月 19 日在巴黎首届芭蕾演出季上演出，剧目为福金编导的《仙女们》《埃及艳后》《伊格尔王》等。观众席上坐着艺术界的名流：圣－桑、罗丹……

巴甫洛娃的演技轰动了巴黎，惊艳了西方世界。

随后，巴甫洛娃参加该团伦敦演出季的七场演出，仅仅七场演出就对英国芭蕾产生了很大影响。巴甫洛娃的光环保证了俄罗斯芭蕾舞团演出的成功，使得佳吉列夫在欧洲声名鹊起。然而，她却看不惯佳吉列夫的专横跋扈，冷酷无情，强迫团内成员像苦役犯般地工作。尽管他对巴甫洛娃另眼看待，尊重备至，但她毅然离开了这个芭蕾舞团。

1910 年，巴甫洛娃组织了自己的小型芭蕾舞团，开始在世界各地巡演。她率领舞蹈团到过四十四个国家，在全球传播和普及芭蕾艺术，实现了她要为天下所有人跳舞的愿望，并把舞蹈的美丽与快乐带给每一个观众。1922 年，这位巨星来到我国上海举行公演，成为西方芭蕾直接传入中国的第一人。

巴甫洛娃与剧团经理结为伉俪，1913 年于伦敦定居。住宅旁有个人工湖，她在那里饲养天鹅，丈夫笑称天鹅才是她的终身情人。在伦敦，她创办了一所芭蕾舞学校，因而英国芭蕾受到俄罗斯芭蕾更为深远的影响。

这位芭蕾仙子从未停止跳舞。一生对艺术执着追求，为奠定俄罗斯芭蕾舞学派在世界芭蕾舞坛的地位做出重大贡献。

1931 年 1 月初，巴甫洛娃到荷兰海牙巡演，因着凉患了肺炎。她告诉记者自己可能将永远无法再跳舞了："如果我不能跳舞，那么我宁愿死去！"1 月 23 日芭蕾皇后溘然长逝，弥留时她念念不忘重返舞台，吩咐女仆："把我的天鹅舞裙准备好！"

伦敦俄罗斯东正教堂为巴甫洛娃举行了悼念活动。她的骨灰盒是用芭蕾舞鞋来装饰的。2001 年，莫斯科市市长试图将她的骨灰迁葬到莫斯科新圣母公墓，但是没能成功。伦敦当局认为巴甫洛娃曾是该市市民，要将其骨灰留在伦敦。俄罗斯始终视她为民族的光荣与骄傲，2013 年普京总统出席了巴甫洛娃诞辰纪念活动。

三

巴甫洛娃与英国经典影片《红菱艳》（1948）有着千丝万缕的联系。影片改编自安徒生的著名童话《红舞鞋》（1845）。童话讲的是一个女孩穿上有魔法的红舞鞋，就不停地跳舞，再也无法停下。从白天跳到黑夜，跳到森林，跳到荒郊，跳得她精疲力竭，最后央求刽子手砍掉她的双脚……

《红菱艳》的故事由童话引申而来，讲述芭蕾舞女演员蓓姬的悲剧性命运。蓓姬视舞如命，当舞蹈团团长莱蒙托夫问她为什么要跳舞时，她答道："就像你为什么要活着！"莱蒙托夫让她主演新剧目《红舞鞋》，描写的就是安徒生童话中那个跳舞到死的女孩。影片里的舞蹈略有改动，将女孩被砍掉双脚改为由神职人员脱下她脚上的红舞鞋，让她安详地死去。影片中《红舞鞋》演出大获成功，蓓姬一夜走红。莱蒙托夫信誓旦旦地对她说，要使她成为世界一流的舞蹈家。可是蓓姬与团里的天才作曲家相恋了，这为莱蒙托夫所不容。莱蒙托夫是个忠于艺术的“鬼才”，认为艺术家应当舍弃爱情。他对蓓姬的男友怀恨在心，诬蔑对方作品写得糟糕而将他辞退。蓓姬一怒之下辞职，同作曲家结婚。莱蒙托夫虽然很失望，但并没有死心，千方百计引诱蓓姬再回剧团，再次演出《红舞鞋》。爱芭蕾如命的蓓姬经不住诱惑答应了。当她穿上红舞鞋即将登台时，丈夫突然出现。他憎恶莱蒙托夫，让妻子回家。这时莱蒙托夫也出现了，这两个人都有各自的要求，使得蓓姬痛苦不堪。莱蒙托夫决定开幕演出，蓓姬答应只演完这一场。丈夫失望地离去了。当她往台上走时，忽然想起《红舞鞋》中那个跳舞至死的女孩，感到不寒而栗。她的精神崩溃了，冲出去追丈夫，却被驶来的火车撞倒……蓓姬在奄奄一息时对丈夫说：“解下红舞鞋！”

而这时在剧院里，悔恨交加的莱蒙托夫上台向观众宣布：“蓓姬永远地离开了，而我们依然决定让这个剧照常上演。”此时音乐响起，演员就位，只是追光落下的地方再也没有蓓姬的身影……

蓓姬的原型出自巴甫洛娃，莱蒙托夫的原型则出自曾与巴甫洛娃合作过的经纪人、著名的“艺术沙皇”佳吉列夫。影片里包含着许多俄罗斯元素：人名就有莱蒙托夫、柳波夫、伊琳娜、伊万等俄国姓氏；剧目有《天鹅湖》《仙女们》和《睡美人》等俄国芭蕾舞剧；对白中还提到俄国大舞蹈家巴甫洛娃的名字。

总之，家喻户晓的《红舞鞋》(电影译成中文时改名《红菱艳》)改编自安徒生的同名童话。电影编导又从现实生活中受到启发，从巴甫洛娃充满神话色彩的一生获得灵感。影片上映后引起轰动，观众惊讶，能将舞蹈语汇和电影语汇结合得如此完美与动人。片中长达十六分钟的舞蹈场面，同故事情节的发展以及人物的性格逻辑是那么地水乳交融，自然流畅，使得影片具有极强的艺术魅力，这在世界电影史上也实属罕见。该片荣获 1949 年奥斯卡最佳配乐及最佳艺术指导奖。

《红菱艳》之所以能成为经典，追根溯源，在某种意义上应归功于不朽的巴甫洛娃。她的生命与芭蕾与童话已融为一体，成了个凄美的传奇。

芭蕾女神乌兰诺娃及其中国情缘

像云一样柔软，
像风一样轻，
比月亮更明亮，
比夜更宁静。
人体在太空里游行；
不是天上的仙女，
却是人间的女神，
比梦更美，
比幻想更动人……

（艾青《给乌兰诺娃》）

艰辛的童年

加林娜·乌兰诺娃1910年生于圣彼得堡一个芭蕾世家。父亲是马林斯基剧院的芭蕾舞演员和编导，母亲也是芭蕾舞演员，后来任教师。从孩提时代，乌兰诺娃就深知这种职业的艰辛。她初次看母亲在台上跳舞时，正值那严峻艰难的1918年冬天。为了让普通百姓了解芭蕾舞这种艺术，芭蕾舞演员们在剧院没有演出任务的晚上到电影院去，在放映电影前给观众表演芭蕾舞，因为电影院里总有很多观众。乌兰诺娃的父母经常参加这种演出。

从他们家到电影院的路途很远，几乎要穿越全城。由于当时没有任何交通工具，父母便把八岁的女儿放在小雪橇上，拉着雪橇长途步行。

来到电影院，乌兰诺娃的妈妈和其他演员聚集在银幕后面的那间小屋里，围坐在火炉旁，稍稍暖和一下，然后用冻僵的双手脱下靴子和外衣，换上红舞鞋和薄舞裙就出场了。他们跳得非常认真，非常投入，给那些坐在冰冷大厅里的观众带来巨大欢乐，并温暖了他们的心。

乌兰诺娃在后台看妈妈和她的同事们跳舞。随后电影开映了，芭蕾舞演员们回到小屋休息。到了第二场电影放映之前，他们又会上台去表演。

电影放映时，乌兰诺娃是在银幕背面看电影的。电影院每天晚上都要放映两三场。到了最后，她已困得睁不开眼……

回到家，妈妈要干许多家务活——做晚餐、照料女儿吃饭、睡觉。有时，乌兰诺娃半夜醒来，看见妈妈还在干活，不是洗衣服，就是缝补什么。于是在她印象里，妈妈是从来不睡觉的。所以后来当乌兰诺娃听爸爸妈妈谈到想把她送进舞蹈学校，让她将来也以舞蹈为职业时，她感到非常恐惧，心想，难道我以后也总是不能睡觉吗？

丑小鸭变成白天鹅

有人问乌兰诺娃："长大后你想干什么？"

她不假思索地回答："当海员！"

乌兰诺娃的这个心愿，是因为爸爸经常带她到野外打猎和垂钓而产生的。她在户外结交了一帮小男孩，同他们一块做各种大胆而冒险的游戏。所以在她心目里，女孩们要做的事不适合自己。

在父母的意志下，乌兰诺娃九岁进入国立舞蹈学校。舞校的教员初次见到这个弱不禁风的小姑娘，都觉得她的先天条件并不好：身材过于瘦小，肩膀略宽了些，脖子显得稍短……他们甚至怀疑这名学生是否适合学舞蹈。爸爸的同事对他说："你怎能让女儿学跳舞呢？这么细的腿会折断的啊！"

妈妈在这所学校任教，是乌兰诺娃的第一个老师。父母都是意志坚强的人。他们都有一种精神——无论做什么事，只要去做，就一定要做好。

乌兰诺娃在舞校上学的年代，恰逢苏维埃政权建立的初期，物质条件十分艰苦。没有燃料，在冰冷的大厅里上课，宿舍就像个冰窖，学生们几乎都冻病了。伙食也非常糟糕，还常常吃不饱……乌兰诺娃本来就孱弱，在这样恶劣的条件下更是疾病缠身。她患过麻疹、猩红热、腮腺炎、风疹、黄疸病……至于扁桃体炎，那更是家常便饭。

最初，乌兰诺娃对舞校的课程没有兴趣，再加上性格腼腆，不利于学舞蹈。然而，父母那种认真的性格和责任感，对女儿影响很大。乌兰诺娃终于下决心，一定要学好这门专业，一定要当一名优秀的芭蕾舞演员。从这以后，她就像变了个人。

乌兰诺娃针对自身的弱点，既要锻炼身体，增强体质，又要克服自己先天的缺陷。她无休止的刻苦训练，一次次地磨炼每个动作，每个舞姿，每个舞步……终于成为舞校学生中的佼佼者。

《天鹅湖》使她一举成名

1928 年乌兰诺娃从舞校毕业，进入列宁格勒歌舞剧院芭蕾舞团，从此开始了舞台生涯。她主演的第一部舞剧是柴可夫斯基的《天鹅湖》。她认为："对芭蕾舞演员来说，最重要的是舞剧的音乐应当适合于舞蹈，它必须是旋律优美，节奏鲜明，思想深刻，并能清晰地刻画出人物性格。"她称《天鹅湖》就是舞剧音乐的典范，因此感到自己非常幸运，第一次正式登台演出，就得益于柴可夫斯基的音乐。

由于成功扮演白天鹅，乌兰诺娃一举成名。以后，她又相继主演了柴可夫斯基的另外两部著名芭蕾舞剧——《睡美人》《胡桃夹子》。柴可夫斯基再次赐予她创作灵感。她的舞蹈同大师的音乐天衣无缝地融为一体，创造了一个神奇的童话世界。

长期艰辛的训练，使得乌兰诺娃的舞姿轻快、灵活、优雅，动作干净、流畅、完美。她能自如地运用娴熟的技巧来塑造人物性格，表达其思想感情。

展现在乌兰诺娃面前的并不是一条玫瑰花铺就的坦途。为了演好每一场舞剧，她克服了常人难以想象的困难，不断增加排练量，连续不断练几个小时，脚趾扭伤了，晚上仍要照常参加演出。她说：“芭蕾舞演员的生活就是不间断的重体力劳动。为了琢磨一个表达某种情感的动作就得苦练几个星期，可是在舞台上却只是一瞬间。”

1940 年初，她主演了根据莎士比亚的著名悲剧《罗密欧与朱丽叶》改编的同名芭蕾舞剧。她以卓越的演技，成功塑造了朱丽叶这个纯情少女的形象。她把朱丽叶的外在美与内心美统一起来。

在《罗密欧与朱丽叶》中，乌兰诺娃达到了自己所追求的“不要想到技术”的境界。这部舞剧成为她艺术生涯的一个里程碑，她也因扮演朱丽叶赢得了世界声誉。看了她的演出，使人感到一切灾难将被战胜，世界上只留下真理和美。

追求乌兰诺娃的年轻人很多，而她却仰慕比自己年长的成熟男性。后来她的几位生活伴侣，无一不是年龄比她大、事业有成的人物。

美男子扎瓦茨基

20 世纪 30 年代后期，乌兰诺娃与知名话剧演员兼导演尤里·扎瓦茨基（1894—1977）相识。扎瓦茨基出生在一个贵族家庭，从小喜爱戏剧，就读于莫斯科大学，大学还没毕业就到剧院当演员。扎瓦茨基被公认是莫斯科的美男子，他的金色卷发和蓝色眼睛充满魅力，吸引了无数女性。1918 年至 1919 年间，扎瓦茨基在瓦赫坦戈夫剧院当演员时，遇到著名女诗人玛琳娜·茨维塔耶娃（1892—1941）。她经常来剧院，同创作室的工作人员和演员们交流，提供自己创作的诗剧。茨维塔耶娃第一次见到扎瓦茨基就着迷、发狂，称他是“天使”。她给扎瓦茨基写了许多抒情诗和长诗，诗中充满火一般的热情。女诗人在爱情上主动、猛烈、无所顾忌，再加上她那孤傲、刚烈、极端的个性，扎瓦茨基对她避之唯恐不及。后来他遭到了女诗人的报复：在小说里用男主人公来影射扎瓦茨基，对这个人物颇有微词。

随后扎瓦茨基进入全国一流剧院——莫斯科艺术剧院，继承并发展了斯坦尼斯拉夫斯基的戏剧传统。当他观看了乌兰诺娃的演出，认为芭蕾舞对话剧艺术有着十分重要的启迪。他崇拜这位舞蹈家，称她为“女神”。不久两人结为伉俪。

扎瓦茨基的前妻是著名演员薇拉·马列茨卡娅（1906—1978）。说起马烈茨卡娅，也非等闲之辈。1947年她在经典影片《乡村女教师》中以精湛的技艺扮演女主角取得成功，1949年获“苏联人民演员”称号。我国于1950年将这部影片译制成中文，因此《乡村女教师》在我国家喻户晓，中老年观众一定还会记得。

扎瓦茨基和乌兰诺娃分别住在两个城市。直到1944年乌兰诺娃才从列宁格勒调到莫斯科大剧院芭蕾舞团任首席演员。

乌兰诺娃把事业放在人生的第一位，对扎瓦茨基照顾不周，自称没尽到妻子的责任。她不擅长家务，更不愿意要孩子。在她看来当芭蕾舞演员就不能要孩子，她甚至做过流产。在这一问题上，扎瓦茨基与她有着不同的看法。

他们的性格差别很大。乌兰诺娃有一种与世隔绝的天性，而扎瓦茨基则爱好广泛，两人之间分歧越来越多。到了40年代后期，这个家庭终于解体。

扎瓦茨基于1948年获“苏联人民演员”称号，在莫斯科国立戏剧学院任教。20世纪五六十年代，指导过中国留学生。如今九十余岁高龄的中央戏剧学院名誉院长徐晓钟就曾师从于他。

同乌兰诺娃离异后，拥有大量粉丝的扎瓦茨基没有再婚。他常去观看乌兰诺娃的演出，到她家做客。据友人回忆，一天晚上他和扎瓦茨基一起散步，走到乌兰诺娃住所亮着灯的窗下，扎瓦茨基望着窗子喃喃自语：“我的小星星还没睡呢。”他非常爱她，直到生命的最后一刻。

短暂的幸福生活

1949年，乌兰诺娃在反映中国人民争取民族解放斗争的芭蕾舞剧《红花》中，饰演一名中国少女。就在同一年，她与著名演员、导演、1948年获“苏联人民演员”称号的伊万·别尔谢涅夫（1889—1951）步入婚姻殿堂。20世纪初，别尔谢涅夫已是莫斯科艺术剧院的台柱演员。受到斯坦尼斯拉夫斯基、涅米罗维奇－丹钦科两位大师的亲自指导，为他一生的戏剧事业奠定了基础。

别尔谢涅夫于30年代后期拍过不少电影，其中最成功的是《伟大的公民》（上下集）。该片根据联共（布）中央政治局委员和中央书记基洛夫的生平事迹编写而成。20世纪50年代，我国将这部巨片译制成中文，受到中国观众的热烈欢迎。中老年观众也一定还会记得。

在戏剧史上，别尔谢涅夫和扎瓦茨基全都占据着苏联第一代大师的地位。

乌兰诺娃和别尔谢涅夫非常恩爱，共同度过一段幸福时光。对乌兰诺娃来说，这是她爱情生活的“华彩乐章”。与此同时，她的舞蹈事业也达到了巅峰，1951年获“苏联人民演员”称号。然而命运变幻莫测，幸福过于短暂，同年12月别尔谢涅夫不幸病逝。他于风华正茂时离开了世界，离开了爱妻。

乌兰诺娃在莫斯科新圣母公墓别尔谢涅夫的墓前，为他建立了一座纪念碑。

别尔谢涅夫的去世对乌兰诺娃是个沉重打击。可是她内心强大，立即投入工作。不久，1952年“中苏友好月”期间，乌兰诺娃随苏联艺术代表团首次访华，在北京、上海和广州等十二个城市演出芭蕾舞剧《罗密欧与朱丽叶》，这是对中国芭蕾艺术进行了一次历史性的启蒙。圣洁美丽、充满诗意的纯情少女朱丽叶的形象，使成千上万的中国观众为之倾倒。然而没有人知道，就在几个月之前，这位舞蹈家曾遭受丧夫的巨大痛苦。

中国情结

苏联艺术代表团1952年在我国访问演出四十多天。代表团在北京时，我国著名女舞蹈家戴爱莲专程去看望乌兰诺娃。乌兰诺娃告诉这位中国同行，她随代表团游览了颐和园，惊叹东方园艺之美，还说起母亲给她讲过不少有关中国的故事：男人能在舞台上扮演千娇百媚的女性形象；能工巧匠修造了精美无比的庙宇和宝塔；智者留下很多隽永不衰的人生哲理、警世名言……乌兰诺娃表示，实际上自己的中国情结从那时便已形成。她一再说，中国是她到过的众多国家中最喜爱和最向往的地方。她还谈到，中国产生了世界上最伟大的先哲，拥有最朴实勤劳的人民，而且风光秀丽，幅员辽阔……这个国家时刻吸引着她。

“当我看到数以万计的中国人挑着土筐，穿梭在修筑大堤工地上时，我惊愕得目瞪口呆，激动得流下热泪。这就是勤劳的中国人民！这就是团结一心的创造精神！”

“这次中国之行给我的印象太深了！”她向戴爱莲感叹道。

乌兰诺娃还对我国当时的文化部副部长夏衍说：1949 年排演芭蕾舞剧《红花》时，她就非常想到解放了的中国看看，以便更好地塑造剧里中国姑娘桃花这个人物。

1957 年是十月革命四十周年，中国组织了友好代表团赴苏参加纪念活动。乌兰诺娃为代表团演出《红花》后，见到了代表团成员梅兰芳、田汉等中国文艺界名人。早在 1935 年梅兰芳访苏演出期间就与乌兰诺娃相识，观看了她的《天鹅湖》。1952 年她首次来华两位艺术家又进行了深入交流，相互倾仰，可说他们已是老朋友了。

这次会晤，梅兰芳代表中方邀请乌兰诺娃在中国国庆十周年时到北京演出。她首先表示诚挚的感谢，接着又谦虚地说：“芭蕾舞是一种残酷的艺术，到了那时我能不能演出，可还没有完全的把握啊。”中国朋友便给她鼓劲加油道：梅兰芳先生六十多岁了，还能演少女，您的才华到了那时将会更加成熟。乌兰诺娃笑着回答：“但愿如此！”

果然，1959 年我国国庆十周年之际，乌兰诺娃应邀率莫斯科大剧院芭蕾舞团第二次来华公演，剧目有《仙女们》《天鹅之死》《吉赛尔》《天鹅湖》等，夺目的艺术魅力和精湛的表演一时倾国倾城。她的艺术已达到炉火纯青的地步，再次征服了广大中国观众，并证实了田汉等人当年的预言。

乌兰诺娃一行离开北京那天，乘坐的是清晨航班。戴爱莲前去送行，问她："今天的早功怎么办？"因为芭蕾舞演员每天"早功"是必修课。乌兰诺娃回答："功已练完。"戴爱莲很惊讶："这么早，又没有教室、练功厅，您怎么练的？"她说："我是在宾馆客房里完成这项任务的——窗台就是把杆。"

戴爱莲被她的刻苦精神深深感动，怀着无限虔诚说："我像大漠中一粒沙子那样仰慕她，能有机会结识她，与她共事是我的荣幸。"

从事教学工作

1960年12月，乌兰诺娃在莫斯科举行了最后一场演出，结束舞台生涯，从事教学工作，但依旧坚持每天练功。她为莫斯科大剧院培养造就了一批优秀演员。她指导学生，尽量不让他们模仿自己，而是努力使青年人隐藏的才华尽可能地发挥出来，保持每个人的鲜明个性。

在教学工作中，乌兰诺娃经常得做示范动作。当学生举起她时，她就笑道："你们忘了我的岁数啦！"

作为芭蕾舞大师，乌兰诺娃的文化修养很高，经常与画家、莫斯科大剧院的舞台美术大师瓦吉姆·雷金（1902—1974）交流心得，成为志同道合者。这时她想建立一个家庭，便接受了雷金的求婚。

雷金知识渊博，很有才华，享誉国内外，1962年获"苏联人民艺术家"称号。他们的结合令周围人感到意外，因为两个人的性格恰恰相反：雷金欢快外向、善于交际，有成群的伙伴，而乌兰诺娃非常内向，喜欢独处。

最初双方感情还好。但雷金的致命弱点是酗酒，乌兰诺娃劝说无效，最后她和雷金离异。分手时，她将自己收藏的许多珍稀的艺术类书籍送给雷金，作为纪念。

乌兰诺娃与扎瓦茨基、雷金始终保持友好关系。当他们都已不在人世时，她这样说："也许我的性格不适合做家中的主妇，所以我没能有一个家庭。而我的几位丈夫都是具有创造精神、才华横溢而且情趣高雅的人。他们给予我不少有益的教诲，我也从他们那里学到许多宝贵的东西。我总是怀着感激之情回忆起他们每一个人。"

大师与我国的芭蕾事业

今天的北京舞蹈学院和中央芭蕾舞团都是20世纪50年代在苏联专家、乌兰诺娃的舞伴古雪夫的帮助下建成的。因此，中国芭蕾在很大程度上沿袭了俄罗斯芭蕾舞的风格。

1954年，中国舞者接受了苏联专家古雪夫等人的系统训练，北京舞蹈学校建成。1958年在苏联专家指导下，学校成功演出了《天鹅湖》，中国也有了自己的"白天鹅"——白淑湘。从此开启了中国芭蕾舞的历史。1960年，上海芭蕾舞学校成立，背后也受到了乌兰诺娃的影响。后来，由上海芭蕾舞学校培养的谭元元，就曾受到过乌兰诺娃的提携。

1960年以后，中苏关系交恶，苏联专家从我国全部撤走，中国舞坛也与乌兰诺娃中断了联系。

过了二十多年，中苏关系正常化。乌兰诺娃最后一次来我国是在1989年，她随苏联代表团来到深圳，出席于深圳、珠海举行的国际艺术节。阔别三十年，再次见到中国朋友，她格外兴奋，在开幕式的酒会上说："明年1月8日我就满八十岁了，说不定到那天我还会跳一圈呢。若是我穿起舞鞋，踮起脚尖，你们一定会惊呆的！"

乌兰诺娃一直关怀我国芭蕾艺术事业的发展。她鼓励中国的年轻同行们："芭蕾舞演员一定要有毅力，要有文化修养……要艰苦地训练，认真地表演，给世界以美的魅力。争取在国际比赛中取得好成绩，夺金奖！”

临别时，乌兰诺娃深情表示，希望以后有机会再次访华。

1992 年，上海芭蕾舞学校十五岁的谭元元参加在巴黎举办的国际芭蕾舞蹈比赛，表现格外优异，获得金奖。时任评委会主席的乌兰诺娃给了她满分，并高度评价道：“你是我见过最具古典风味的女演员，要一直努力，才能继续精进。”

谭元元二十一岁就成为旧金山芭蕾舞团首席演员，是该团历史上最年轻的首席，至今仍是世界顶级芭蕾舞团中唯一的华人首席。

中国舞坛的楷模

乌兰诺娃给新中国的第一代芭蕾舞从业者树立了榜样。

1948 年，丁玲在莫斯科观看了乌兰诺娃主演的芭蕾舞剧《泪泉》，深受感动，对乌兰诺娃崇拜得五体投地。她动员女儿蒋祖慧去学芭蕾舞，而蒋祖慧却喜欢理科。在母亲一再劝说下，她动心了。1949 年蒋祖慧到平壤学舞蹈。一年后回国，成为中央戏剧学院舞蹈团（今中央歌舞团）的舞蹈演员。1955 年她被文化部选派到苏联国家戏剧学院舞剧编导系深造。

留学五年，蒋祖慧系统“掌握了编导芭蕾舞剧所需要的钥匙”。1960 她于暑假回国期间，在天津歌舞剧院大力支持下，第一次编导了大型芭蕾舞剧《西班牙女儿》，取得成功，成为周总理指定的国庆招待外宾节目。她毕业后回国进入北京舞蹈学校实验芭蕾舞团（今中央芭蕾舞团），曾参加编导革命现代舞剧《红色娘子军》。她是我国有成就的第一代芭蕾舞剧编导。

当代著名舞蹈大师陈爱莲，也是新中国舞蹈事业的奠基人之一。她自幼父母双亡，1952 年从上海一个孤儿院考入中央戏剧学院附属舞蹈团学员班，1954 年考入北京舞蹈学校。1959 年毕业，同年她主演了中国第一部芭蕾舞与中国舞蹈相结合的舞剧《鱼美人》，蜚声舞坛。

陈爱莲想当一名优秀的舞蹈家，奋斗的目标就是乌兰诺娃。她回忆说：“乌兰